CSSCI来源集刊
中国人文社会科学（AMI）核心集刊

ENGLISH AND AMERICAN LITERARY STUDIES

主　编　李维屏
副主编　周　敏

外教社 上海外语教育出版社
SHANGHAI FOREIGN LANGUAGE EDUCATION PRESS

图书在版编目(CIP)数据

英美文学研究论丛. 41 / 李维屏主编；周敏副主编.
上海：上海外语教育出版社，2024. -- ISBN 978-7
-5446-8322-7

Ⅰ. I106-53

中国国家版本馆CIP数据核字第2024YV7440号

出版发行：**上海外语教育出版社**
（上海外国语大学内） 邮编：200083
电　　话：021-65425300（总机）
电子邮箱：bookinfo@sflep.com.cn
网　　址：http://www.sflep.com
责任编辑：苗　杨

印　　刷：苏州市古得堡数码印刷有限公司
开　　本：635×965　1/16　印张 24.25　字数 397 千字
版　　次：2024年12月第1版　2024年12月第1次印刷

书　　号：ISBN 978-7-5446-8322-7
定　　价：78.00元

编 辑 部 地 址：上海市大连西路 550 号上海外国语大学文学研究院

邮 政 编 码：200083

电子邮件地址：ymwxlc@sina.com

Institute of Literature Studies

Shanghai International Studies University

550 Dalian Road（W）

Shanghai 200083，China

[编者的话]

2024年4月4号，我给乔国强教授去信，约请他担任《英美文学研究论丛》(下文简称《论丛》)2024年秋季号的"本辑人物"，并提供一篇围绕其学术思想的访谈。乔先生欣然答应。5月27日，编辑部的程汇涓老师收到了先生的访谈稿件。7月29日，在美国短访的我收到了乔先生去世的噩耗。我清楚记得，在风高浪急的旧金山里士满附近的滨海湾步道散步时，我接到编辑部王弋璇老师的电话，当时海风咆哮，我仍能听到电话那头她压抑地抽泣。我们打电话的时候，一只巨大的白色海鸟在海面上振翅翱翔，坚定有力地向西飞驰而去。7月31日，《论丛》主编李维屏先生和执行主编张和龙先生参加了乔先生的告别仪式。乔先生患病的详情，我是后来在乔夫人、同为上海外国语大学教授的姜玉琴老师的纪念文章中才获知的。大部分朋友可能都与我一样，以为他已经战胜了病魔，正在逐步康复中。现在回想起来，当初我们约稿的时候，乔老师已经被重疾所压，到了无药可医治的地步。他是忍着怎样的病痛完成这篇稿件的啊！

乔先生最为人熟知的是他的美国犹太文学研究，他先后在国内外出版了 *The Jewishness of Isaac Bashevis Singer*(2003)、《美国犹太文学》(2008，修订版2019)、《贝娄学术史研究》(2014)等。在深耕美国犹太文学的同时，先生在叙述学领域的研究也颇具影响。作为其生前的最后一篇稿件，本辑所刊登的访谈意义尤为特殊。一方面，乔先生曾长期担任《论丛》的副主编，为《论丛》的发展做出了不可磨灭的贡献。另一方面，作为见证了20世纪80年代"重写文学史"大讨论的一名重要学者，乔先生受他所擅长的叙述学启发，另辟蹊径，从范式构建的角度谈文学史的写作，无疑具有方法论的意义。80年代的那场讨论，所强调的更多是"重写文学史"的必要性和意义，文学史写作的上限与下限问题，以及对具体文学作品的再分析、再评价等。在乔先生看来，"重写文学史"的关键，从根本上说还是个"方法"问题，而他找到的方法，就是"叙说性"。从这个方法出发，乔先生提出了文学史的"虚构性"问题，认为文学史有真实性和时代性的要求，但归根结底它与以"客观、科学"而著称的历史文本还不是一回事,它始终是一种独具特色的、没有走出"虚构"的叙述文本,是一种用语言和观念建构起来且具有"情节设置"的叙述话语形式。不过,文学史并非只有"虚构性",在此基础之上,乔先生进一步从"真实世界"(文本世界)和"交叉世界"(读者世界)讨论了文学史的写作。如此,乔先生构建了文学史写作中的虚构性、真实性和交叉性的三重世界,形成了一个文学史叙述原理的理论框架。

"文虽小道,实与时代而变迁。"正是由于文学史的叙说性,文学史写作其实具有相当大的自由度,正所谓,一代人有一代人的文学史。张和龙教授在本辑评论了虞建华教授的《"非常"事件与美国历史小说——小说再现与意识形态批判研究》(2024)。这部新著并不仅仅是有关美国历史小说的研究,更是一部以"事件"为中心的"非常"文学史。美国历史上曾发生过一系列有违宪法、国策、法令甚至常理的非常事件,通过集中呈现以这些事件为书写对象的小说,虞先生丰富了文学史书写的新方式。韦勒克和沃伦曾感慨,"写一部文学史,即写一部既是文学又是历史的书,这是可能的吗?应当承认,大多数的文学史著作,要么是社会史,要么是文学作品所阐述的思想史,要么只是写下对那些多少按编年顺序加以排列的具体文学作品的印象和评价"[①]。但虞先生的著作显然就是一部既是文学,又是历史的书。它不仅仅是对历史文学的集中研究,从某种意义上来说,也是一种另辟蹊径的文学史书写,与乔国强先生关于文学史的叙说性的论断是异曲同工的。

乔先生在文中所提出的文学史写作的"三重世界说",不仅适用于文学史的研究,也是文学研究的圭臬所在,说到底,文学写什么,怎么写,如何对读者发生影响都与这三重世界紧密相关。本辑《论丛》的其他文章,也从各自的角度,印证了这一点。斯人已逝,文字永存,文学永存。是为记。

---

① 勒内·韦勒克、奥斯丁·沃伦:《文学理论》,刘象愚、邢培明、陈圣生、李哲明译,杭州:浙江人民出版社,2017年,第251页。

目　录

学者访谈

英国文学

美国文学

文学理论

加勒比文学专栏

书评

会议综述

CONTENTS

Interview

English Literature

American Literature

Literary Theory

Caribbean Literature

Book Review

Conference Summary

学者访谈

文学史叙述研究的范式构建

——乔国强①教授访谈录

毛燕安*

内容提要：乔国强教授是国内外著名的美国犹太文学研究专家。近20年来，他在研究美国犹太文学的同时，也在叙述学领域辛勤耕耘，取得了令人瞩目的成就，尤其是在文学史叙述研究方面，堪称独树一帜。他的研究不但为文学史的写作提供了一套理论和方法，而且在疆域上拓展了叙述学的研究领域。本访谈围绕文学史叙述研究的一些问题展开。乔国强教授从文学史叙述的虚构性、文学史的"三重世界"以及文学史叙述的故事性和时间性等角度，畅谈了他对文学史叙述研究的一些心得。

关键词：文学史叙述；虚构性；"三重世界"；故事性

Abstract: Professor Qiao Guoqiang is a distinguished authority on American Jewish Literature, recognized both in China and internationally. While maintaining his focus on American Jewish Literature over the past two decades, he has also made significant strides in the field of narratology. His research, particularly in literary history narrative, has earned him a prominent reputation. He has carved out a unique niche by offering a theoretical framework and methodology for the writing of literary history, while simultaneously broadening the horizons of narratology. This interview explores several pivotal issues related to the literary history narrative, including the inherent fictionality in literary history narrative, the "triple worlds" of literary history, as well as its storyness and temporality.

Key words: literary history narrative; fictionality; "triple worlds"; storyness

---

① 乔国强教授信息详见封底介绍。

* ［**作者简介**］：毛燕安，上海外国语大学英语学院博士研究生，研究方向为英美文学。

毛燕安(以下简称“毛”):乔老师,谢谢您接受我的访谈。您从 20 世纪 90 年代末就开始了叙述学研究,在 2003 年 Peter Lang 出版的 *The Jewishness of Isaac Bashevis Singer* 一书中,曾专门讨论过有关辛格作品的一些叙述特色。您的叙述学研究与国内学界的主流研究似乎有所不同:您似乎一直不怎么关注围绕经典与后经典所衍生出的一些问题,而是试图开拓叙述学研究的新领域——文学史叙述研究。经过这些年的努力与耕耘,您在这方面发表了不少相关文章,取得了令人瞩目的成果。请问乔老师,当初您为什么要另辟蹊径,萌生出把叙述理论应用到文学史研究上的想法?

乔国强(以下简称“乔”):这个说来话长,有个历史语境问题。20 世纪 80 年代,国内出现了一场势头较大的“重写文学史”讨论,很多学者在讨论中提出了自己的观点与看法。这些观点和看法在当时的语境下极其珍贵,也颇有启发意义。但是,回过头来再重新翻阅相关文章,发现绝大部分强调的都是“重写文学史”的必要性和意义;还有就是文学史写作的上限与下限问题,以及对具体文学作品的再分析、再评价等;而对重写文学史的一些更关键、更基础性的问题探讨还不太深入,譬如什么样的文学史观才是一个更为正确、恰当的文学史观?显然,这是个关乎学理的大问题,必须先厘清一系列与之有关的问题。这些问题包括:何谓文学史;文学史与一般意义上的历史之间的关系;文学史与文学之间的关系等诸多问题。当然,这并不是说之前的学者对这些问题没有展开过讨论,而是说那些讨论在方法论上对文学史的重写似乎提供不了直接帮助。在我看来,“重写文学史”的关键,从根本上说还是个“方法”问题。换句话说,如果没有一个好的方法,即便有好的文学史观念也难以得到全面而深刻的贯彻与阐释。

毛:乔老师,您所说的“好的方法”是一个什么样的方法?它有一个具体的标准吗?

乔:所谓“好的方法”,就是要有一个切入文学史中去的理论基点,并且围绕这个基点,能够搭建起一套由既定术语、概念构成的话语空间和表述体系。所以说,“好的方法”并不是个固定不变、拿来就用的方法,它因人而异,需要每个研究者结合自己的心得和体悟来寻找和确立。具体到我的“好的方法”上来,我是从“叙说性”的理论基点上来重新审视和构筑文学史的,即在我看来,文学史没有那么高深、神圣,它就是由“叙说”而来的。这个观点对以往的文学史可能是一种解构,但也并非随意得出的。在这个过程中，我阅读了大量的中外文本，做了许多笔记，并对这些写作者的研究思路和写作方法做了整理和分类，可以算是有感而发。当然，我绝不是指责这些研究者做得不好，相反，他们的基本功都极其扎实，有不少人在行文中还透露出思想者的光芒。他们的很多方面值得我学习，我只是不想再做一些重复性的工作而已。

毛：对，您是一位在学术上不断追求创新的人。2007 年，您发表了在文学史叙述方面的开山之作——《文学史：一种没有走出虚构的叙事文本》。这篇文章中的内容可以用振聋发聩来形容。当然，像一切新生事物一样，人们的说法各异。有的学者认为您这篇文章为重写文学史提供了有力的理论支持；也有的学者表示文章有些晦涩，不易读懂。您能简要谈谈这篇文章的写作情况吗？

乔：你说得不错，这篇文章确实是我文学史叙述方面的第一篇文章，至于是不是振聋发聩则是另外一回事。再说了，一般人在写文章的时候，也不会去考虑文章之外的东西。不过，这篇文章确实让我在写作过程中经历了不一样的感受：一万两千多字的长文，几天就写出来了，可谓酣畅淋漓、一气呵成。而且，文章完成后，我几乎没有修改。在以往的写作中，像这类如“神灵附体”的情况并不多见。我后来也想，这篇文章为何写得如此顺畅？或许是文中的观点在心中盘旋太久，有种不吐不快的感觉。

毛：请问乔老师，您说的这个“观点”到底是一种什么样的观点？能一句话概括出来吗？我这个要求是不是太苛刻，深刻的观点似乎都难以解释清楚。

乔：常言道：大道至简。所以深刻的观点也并非都说不清楚。当然，如果把能说得清楚的道理都归结为不够深刻，也是可以的，就不追究这个了。我这篇文章的核心观点很简单，就是提出了文学史的一个“虚构性”问题，即认为文学史具有真实性和时代性的要求，但归根结底，它与以“客观、科学”而著称的历史文本还不是一回事，它始终是一种独具特色的没有走出“虚构”的叙述文本。有的学者把我所提出的“虚构性”理解成研究者的主观性或主观个性，或者说我把大家以往所习惯说的主观性、主观个性换成了“虚构性”之说法。其实，这种理解不符合我的本意。我所说的“虚构性”绝非这么片面、简单。它事实上是一个有关文学和文学事件等诸多问题同频共振的叙述文本系统。

具体说,文学史写作也有一个文本化的过程,即有一个以文字为媒介,按照一定的写作原则和方法,对文学史料进行遴选、审读、书写、出版并进入流通领域的过程。显然这个过程很复杂,既包含文本内的因素,如对材料的遴选、审读、书写、出版等,也包含文本外的因素,诸如读者的接受、文化政策、意识形态、出版审查等。照道理讲,文学史作者书写下来的东西应该是曾经发生过的真实的文学事件、真实存在的文学人物、真实出现的文学思潮等;然而,事实并非如此,由于文学史写作受到文本内和文本外两大系统的影响和制约,所以在真实性方面都会或多或少地打折扣。重要的是,这种折扣不只是体现在"量"的增减上,还体现在"质"的变化上。除此之外,由于文学史的文本化不只是单纯地记录文学的历史事件、收集文学作品以及反映时代风云等,还要揭示出文学史作者对以上诸种问题的判断和评价。这也就意味着从本质上看,文学史与一般的叙述文本一样,也是一种用语言和观念建构起来的,且具有"情节设置"的叙述话语形式。这种话语形式因其自身的构建性而具有了一定意义上的虚构性。最后,文学的历史不仅是个审美生产的过程,也是个审美接受的过程。没有了读者的参与,这个过程就不完整。从这个意义上说,以往文学史的写作未能将他们包括进去,也是导致文学史成为虚构文本的一个重要方面。

毛:您在这篇文章的最后,提醒我们要"认识到文学史写作的虚构性与新历史主义者在提出'文本的历史性和历史的文本性'之后不愿回归到历史不同"(乔国强 2007: 34)。也有学者提到"文学史不能滥用叙述的魔力,必须警惕利用叙述创造的氛围感、真实感来'偷渡'似是而非、似是实非的判断"(陈培浩 27)。关于文学史的"虚构性",能否请您再进一步帮我们厘清一下?

乔:这位学者的观点有一定道理。认识到文学史写作的"虚构性",并不是说一切文学史写作都可以借着"虚构"的名义似是而非、肆意而为,而是更愿意为人们理解文学史提供一种向度,即让人们意识到,文学史的存在形式并不是一种"先验"存在,而是因人而异,并希望在此基础上追求最大限度上回归历史。换句话说,承认文学史的虚构性,是为了让文学史写作在最大程度上接近真实,至少能让人们意识到那份难以言传的真实。当然,文学史的真实不同于一般历史的真实,这就意味着对文学史的研究不能完全按照历史研究的理路来进行。文学史处理的不仅是现实、艺术标准等问题，还包括虚构和想象等问题。这就决定了文学史要分析和评判的不是现实世界，而是那个文学作品所呈现的世界。这个世界也可以被称为由作家通过摹仿或想象而创造出来的一个带有虚构性的文本世界。存在于文学史中的双重属性，即现实性和虚构性决定了我们在研究文学史时，除了要顾及它的现实内涵，还必须考虑它的虚构部分。为了避免出现歧义，我再特别声明一下“虚构性”的含义：“虚构性”既不是想以一个含混的表述巧妙地把问题引导到另一面；也不是借文学史要处理虚构性就推演说文学史完全是虚构的。所谓的“虚构性”，事实上主要是指文学史自身所具有的叙说性，借此来打破绝对的客观性、真实性的文学史观念。

毛：有关文学史的“虚构性”问题，您已经谈得很多了，但是由于这个术语对于文学史而言过于新奇，且容易使人产生误解，可否请您结合 2016 年发表在《武汉大学学报》上的《论文学史的三重世界及叙述——对文学史内部构建的理论探讨》一文，进一步解释一下您为何在该文中要借用“可能世界”理论来阐释文学史的“虚构性”？

乔：这篇文章其实是对文学史虚构性问题的进一步分析和完善。换句话说，这篇文章之所以要借用“可能世界”的理论，就是试图说明文学史还并非一个单纯的“虚构性”问题，即从单一的“虚构性”出发，还不能完全揭示出文学史的本质。因为，除此之外，文学史还与“真实世界”“交叉世界”相关。说得更直接一点，文学史就是由上述的“三重世界”共同构筑出来的。“虚构世界”在前面谈得太多了，在此不赘，我主要谈一下文学史的“真实世界”和文学史的“交叉世界”。所谓文学史的“真实世界”是一种遵循叙述和阅读规律，经过文学史作者、文学史中的人物以及文学史读者各自或共同“加工制造”出来的，且与文学史中的其他世界相互勾连的“真实世界”。需要指出的是，文学史文本中的“真实世界”是在“可能”框架下的“真实”，而并非绝对意义上的实际发生或真实存在。这种“真实世界”看上去好像不那么“真实”，但实际上它是一种符合逻辑、可以论证的存在。而文学史的“交叉世界”，一般来说可以分为两种：一种是从文学史文本内部组成部分的相互关系上来看，在实际写作中，这些组成部分是被交叉整合在一起的；另一种则是从结构上来看，很多文学史读起来好像千差万别，但分析起来大都脱不了这样两个价值维度，即“明”和“暗”的价值维度。所谓的“明”指的是能给人带来直观系列感的外在篇章结构；所谓的“暗”则是指隐含在这些篇章结构的背后，能在一定程度上揭示出文学发展规律的那个脉络。在具体的文学史文本中，它们之间不但有“可通达性”，而且还总是以一种相互交叉、相互融合的状态出现。把文学史的内部构建分为三重世界，不但有助于我们搞清文学史内部构建的多重属性——文学史的文本世界并非单一的，而是三重的。三重的文本世界是文学史所独有的特征，也是文学史独具的一种本质。更重要的是，它有助于我们从多视角、多层面来打量、分析和构筑文学史。这种综合性的文学史观，不仅让我们认清了文学史的本质、内部结构因子及其构建方式，还把文学史写作从假定的唯一真实性中解放了出来。总之，“可能世界”理论是一种敞开式的理论，既探讨了世界的真实性一面，也探讨了世界的虚构性一面，把世界的“实”“虚”两面都关照到了，即最大程度上把世界的可能性面目呈现出来，这种理论对拓展研究文学史的思路非常有益。

毛：您在最近的一篇文章中提到，“虽然叙事理论研究在国内已经取得了很大的成绩，不过，作为接受者的我们对已有的西方叙事理论及其相关话语体系还不能‘拿来’后毫无保留地全盘接受，而是需要对其不合理之处进行分析和批评，并在此基础上探讨和总结出隐含在叙事作品中的一些普遍规律或准则”(乔国强 2023：66)。在这一点上，您可谓身体力行，可以说您所有关于叙述学研究的论文都在践行着这一原则，就像前面刚刚谈到的“三重世界”。据我所知，在您的这篇论文之前，还没有研究者把“可能世界”理论引申到文学史研究中来。从这个意义上说，您这是货真价实的创新。

乔：或许有那么点创新的意思，但也不宜盲目夸大。目前叙述学研究在国内方兴未艾，越来越多的研究者开始对这一领域感兴趣。但是也正如你前面提到的那样，目前这门学科中的主要术语都来自西方学术体系，话语权还掌握在西方学者的手中，作为中国的学者，有义务也有责任在引进西方学术话语的时候，辨源析流，去伪存真。理论的阐释与构建模式可以是多种多样的，但是在阐释与构建的过程中，对于那些凡是被称为术语或范畴的概念，其内涵及价值所指一定要尽可能地准确无误，即要求研究者能把事物的来龙去脉以及本质特征，用清晰明了而又富有理论性的语言描述出来。假如用这个标准来衡量叙述研究中的一些所谓概念或术语，会发现有不少是经不起理论推敲与实践检验的。

毛：2017年北京大学出版社出版了您的专著《叙说的文学史》，您在之前的一个访谈中曾经提到，这本书的出版“意在构建一个讨论文学史叙事原理的理论框架”（郑佳、乔国强 23）。这也是我把此次对您访谈的题目定为“文学史叙述研究的范式构建”的缘由。乔老师，您是否可以谈论一下您的这本专著？

乔：谢谢你对我的关注。确实，《叙说的文学史》这本书旨在构建一个讨论文学史叙述原理的理论框架。至于是不是达到了你所说的“范式构建”，可能还是另外一回事。但是可以肯定的是，贯穿这本书的创作欲望与超越激情比以往任何一本专著都要大。这本书的核心意旨是，通过对文学史叙述结构的分层解析，试图揭示文学作品和文学运动在历史、文化和社会背景下的演变过程，以及叙述者这个角色在这一过程中发挥的影响。另外，它还着重探讨了文学史的叙述本质——叙说性问题。如果说这本书还有点新意的话，我想它主要体现在，强调了构建历史观念与认知模式的重要性，即彰显了叙述者对文学史文本的主导作用。在以往的文学史文本中，叙述者的姿态往往会放得比较低，基本会被史料的真实、事实的真实，甚至历史的真实、时代的真实所牵制，而在我的这本《叙说的文学史》中则最大可能地把叙述者从各式各样的牵绊中释放出来。我这样做的目的，是想以此来突破以往文学史写作框架的束缚。正如上海大学的曾军教授对这本书的评说：“从深层来看，这本书其实是乔国强对中外文学史写作困境与难题的积极回应。通过对文学史作为一种叙事行为的这一人为建构性、虚构性的强调，揭示出文学史写作追求的‘客观、中立’的科学性困境，呈现出文学史写作的叙事危机”（曾军 2018）。他将这本书总结为对中外文学史写作困境与难题的积极回应，这个解读与我的想法颇一致。确实，在文学史研究领域，我们面临着许多困难和挑战，譬如文学史叙述的主体性与客观性之间的平衡、叙述策略与历史真实之间的关系，还有如何让科学性与叙述性保持一种张力等等，这些都是复杂的大问题。

毛：您这本书自出版以来，在学术界产生了很大的影响。这种影响基本可分为两类：（一）阅读当下的相关文章，发现您的倡导已经有了回声，即有不少研究者开始从叙述的角度来关注文学史，探讨叙述者的身份、立场和目的，以及“叙述”在塑造文学历史形象和意义上的作用;(二)有些研究者对您的这部专著给予了极高评价,如叶隽教授认为:"《叙说的文学史》是外国文学学科贡献给中国学界的一部重要著作,它的意义绝不仅仅停留在狭窄的学科之内,而是具有明显的跨学科意义,这种探究的探索精神和努力的致思方向,是值得有心的学界同仁体会和学习的"(叶隽 241)。江守义教授说,您"从叙事文学研究开始,逐步拓展到叙事理论思考和文学史叙说,《叙说的文学史》在当前的叙事学界独树一帜,是中国叙事学界对国际叙事学界的一份贡献"(江守义 199)。乔老师,您本人是如何看待这些影响与评价的?

乔:哦,你还做了分类?你说的这种"影响"我倒没怎么注意。对我来说,发表过的东西,就是发表了,我不会关注有什么反响或动向。如果我提出的文学史叙说理论果真如你所说,给当下的文学史研究提供了一个新的视角和一些方法上的启发,我会觉着很荣幸,真心希望有更多的研究者在文学史研究领域能够有所突破和建树。至于你引用的两位教授的溢美之词,令我惭愧。江教授说我"独树一帜",我想主要可能是指我突破了当下叙述学界所流行的一些研究范畴与方法。正如前面所说,这也的确是我一贯的努力方向——我希望在叙述学方面另辟蹊径,发现一些新的问题。感谢江教授对我的理解。叶隽教授所说的"跨学科"问题,确实是一语道破精髓。以往的文学史研究多半是对文学(包括作家),再包括对文学所产生的诸种背景予以研究,而很少与其他学科交叉、融合。这是我一直不够满意之处,也是我把叙述学、"可能世界"的一些理念和方法运用到文学史研究中来的原因。从这个意义上说,我的文学史研究并不是狭义的文学史研究,而是尽可能地寻求文学史与其他学科的交叉与对话,即通过与不同学科之间的交流与合作,来进一步推进文学史研究领域的发展。

毛:针对这本专著的出版还有很多学者发表过评论,让我比较感兴趣的是青年学者邓金明的一个说法。针对您的这本书,他写过一个书评,说您的观点明显受到海登·怀特(Hayden White, 1928—2018)的《元史学》(*Metahistory*, 1975)的影响。他的话是这样说的:"《叙说的文学史》可以说是'元史学'在文学史学领域的投影,尽管这道'投影'与其说是'结构'的,不如说是'形式'的"(邓金明 98)。您认同他的观点么?

乔:海登·怀特是我喜欢的一位历史哲学家,他的不少书,包括著名的《元史学》对我的研究,譬如叙述结构、话语形式等方面肯定产生过一定的影响，但到底是不是一种“投影”式关系，我不敢肯定。我本人更倾向于认为，不管是从“结构”还是“形式”，《元史学》是《元史学》，《叙说的文学史》是《叙说的文学史》。它的独特之处是，从另一侧面证明了叙说文学史理论的跨学科性。面对《叙说的文学史》这本书，怎么说其实都是正常的，因为不同的叙述者有着不同的叙述理念，不同的叙述理念必定导向不同的叙述结果，这符合叙说的文学理论所追求的精神气质。

毛：《叙说的文学史》出版的同年，王德威（1954— ）教授主编的《新编中国现代文学史》（*A New Literary History of Modern China*，2017）也由哈佛大学出版社出版。您在《叙说的文学史》中提到了沃尔夫冈·顾彬（Wolfgang Kubin，1945— ）的《20世纪中国文学史》（*Die chinesische Literatur im 20 Jahrhundert*，2005），洪子诚（1939— ）的《中国当代文学史》（1999），孙康宜（1944— ）、宇文所安（Stephen Owen，1946— ）主编的《剑桥中国文学史》（*The Cambridge Chinese Literary History*，2010），王瑶（1914—1989）的《中国新文学史稿》（1951、1953）以及夏志清（1921—2013）的《中国现代小说史》（*A History of Modern Chinese Fiction*，1961），这些文学史文本为您分析和建构文学史叙述理论提供了材料，想问问乔老师，从您的文学史叙述理论来看，这本新编的中国现代文学史有何特别之处？

乔：从文学史叙述角度看，王德威教授主编的《新编中国现代文学史》与其他传统的中国现代文学史相比，具有一些独特之处。首先，这本新编的文学史在叙述方式上更加开放和多元。它不仅着眼于文学作品本身的历史演变，还注重将文学史置于更广泛的社会、文化和政治背景中进行解读，从而呈现出一个更为丰富和立体的中国现代文学图景。其次，这本文学史在选材和叙述结构上更加灵活和创新。相比于传统的线性叙述模式，它采用了更加多样化和交叉性的叙述方式，将不同时期、地域、流派和文学形式的文学作品相互交织在一起，形成了一个更加综合和多维的文学史叙述框架。此外，这本文学史还着重关注了一些被较少关注或边缘化的文学现象及文学作品，如女性文学、少数民族文学、地方文学等，从而呈现出一个更加全面和包容的中国现代文学面貌。总体说来，这本新编的中国现代文学史在文学史叙述方面展现出了更为开放、多元和创新的特点，为理解和探索中国现代文学的历史和发展提供了新的视角和方法。

毛：看来您对这本文学史是持肯定态度的。《中华读书报》和《新京报》都曾刊文讨论过这部文学史的故事性，您也曾发表过《论文学史叙事的故事性》的文章，能否请您谈谈“故事性”问题？

乔：我没有看到过《中华读书报》和《新京报》的讨论，所以不知道它们对“故事性”是如何讨论的。我只谈一谈我所理解的“故事性”。对文学史的写作而言，“故事性”与“虚构性”一样，也是一个令人感觉不适的词。因为在过去的研究范式中，“故事性”是与文学作品联系在一起，指的是如何给读者讲述一个引人入胜的故事。而以客观、严谨，甚至科学而著称的文学史，显然与“故事性”南辕北辙。我之所以把“故事性”这个词语引入文学史中，目的很明确，就是想借此打破文学史的那种仿佛生来就是如此的神圣姿态，让它保持一颗平和之心。当然，这也并非为打破而打破。事实上，从叙述或叙事的角度来看，文学史本身就是对文学发展历程的一种故事性呈现。“故事性呈现”与以往所说的“真实性呈现”是不一样的：“真实性呈现”，强调的是“唯一性”，而“故事性呈现”强调的是多种可能性，即彰显文学史所该具有的创造性功能。从某种意义上说，每一本文学史都应该是一个独特故事，即通过这个故事展示出文学的发展轨迹和演变历程。

毛：请问乔老师，您所说的这个“故事性”在文学史叙述中该如何展开呢？

乔：在文学史叙述中，“故事性”的呈现方式可以是多种多样的。譬如，既可以以时间的先后顺序为线索，来叙述不同时期文学作品的演变及意义，也可以以主题或流派为纵线，将同类或相关的文学作品聚集在一起，呈现出一个相互交叉和立体的文学史画面。当然还有其他各式各样的方法。总之，“故事性”的提出，会让文学史的性质发生某种程度的改变，它让资料堆砌的文学史变成了一个有着生动故事的文学史。

毛：《新编中国现代文学史》的简体中文版封面上有两个引人注目的数字：1635和2066。对于熟悉中国现代文学史的读者来说，这两个数字似乎指示着这部文学史的起止年份。然而，与传统的中国现代文学史的时间范围相比，这两个数字明显格格不入，引发了人们的好奇和思考。编者王德威似乎通过这种方式向读者展示他独特的文学史时间意识。您在《文学史叙事时间的再认识》一文中专门探讨了文学史中的“时间”，能否就这个话题谈谈您的看法。

乔：在人们的认知中，文学史中的时间就是按照文学史史实的时序排列下来的时间。其实并非如此，这种所谓既定的时序并非发生在文学史中的那个真实的时间。原因是，一切的文学史都是经过文学史作者叙说而成的。这种“叙说”性就决定了文学史中的时间都是经过文学史作者重新界定过的时间。事实上，文学史中的时间即便与史实的时间在形式上一致，那时间意义也不一样，即文学史作者把一个原本没有文学意义的时间变成了有文学意义的时间。因此说，文学史上的时间其实是一种话语时间。这种话语时间除了可以指向“过去”“现在”以外，还可以指向“未来”。我不知道《新编中国现代文学史》的“新编”理路是什么，所以对出现在封面上的那两个数字也不太理解：1635，在时间上是 17 世纪 30 年代，即明崇祯八年，或许可以理解成《新编中国现代文学史》中的“史”虽然发生于 20 世纪初期，但在时间上可以一直往上追溯到明代。2066 则是一个未来的时间概念，在该处或许是指“中国现代文学史”的无限性。或许这两个出现于文本外的数字，也没有什么特定的含义，就是一种象征吧。每个文学史家都有自己的文学史观念，就不去推测别人的想法了。总之，我认为文学史中的时间不仅仅是一种线性的时间观念，除此之外它还应该是一种叙述构建的手段和资源。从这个意义上说，文学史的时间可以是灵活、多元的，甚至是虚构的。

毛：从 2007 年第一篇关于文学史叙述的论文发表，到 2017 年国内外第一部有关文学史叙述专著的出版，真可谓十年磨一剑。可是您并未就此止步，目前还在持续深入地思考和研究，最新的研究成果是今年发表在《社会科学战线》第 3 期的《叙述性：一种文学史观的再思考与新构建》。您曾经说过“文学史毕竟还是一种叙事。从这个意义上说，探讨文学史撇开叙事这一层面是不完整和不彻底的”（乔国强 2017：91）。所以在我看来，您这篇论文最终还是回到了文学史的叙述性这一根本问题上，这是否意味着您的文学史叙述研究范式的构建已大功告成？

乔：哪有什么大功告成之说？确实，这 20 年来我的很大一部分精力都投入到了文学史叙述研究上来，一直在思考文学史的叙述本质到底是什么的问题。然而，思考得越多，问题也像滚雪球一样越来越多。你所提到的《叙述性：一种文学史观的再思考与新构建》这篇文章，的确带有总结的性质，但这种总结是一种阶段性的总结，并不意味着大功告成。事实上，我们人文学科上的东西，并不存在大功告成这件事，一切都永远处于探索中。

毛： 最后一个问题，听说北京大学出版社要出版《叙说的文学史》的第二版，您能透露一下这方面的信息么？

乔： 北京大学出版社预计今年将会出版《叙说的文学史》第二版。在这个版本中，我对原书进行了全面的修订和更新，包括添加了新内容、修正已有内容的欠缺和错误，并对一些理论观点进行了深化和拓展。与第一版相比，第二版或许能更加全面地呈现出我对文学史叙述的一些思考，期待着读者批评。

毛： 期待您的大作早日与读者见面，同时也非常感谢您在百忙之中接受我的采访。

引用作品[Works Cited]：

陈培浩："叙事的文学史：可能和限度"，《粤港澳大湾区文学评论》，2023 年第 4 期，第 27—31 页。

邓金明："文学史的语言学模式与'话语'的文学史"，《中国图书评论》，2018 年第 5 期，第 98—105 页。

江守义："从叙事文学研究到文学史叙说：乔国强叙事学研究的拓展"，《符号与传媒》，2021 年第 1 期，第 199—212 页。

乔国强："文学史：一种没有走出虚构的叙事文本"，《江西社会科学》，2007 年第 8 期，第 27—34 页。

——："论文学史的三重世界及叙述——对文学史内部构建的理论探讨"，《武汉大学学报》，2016 年第 6 期，第 68—83 页。

——：《叙说的文学史》，北京：北京大学出版社，2017 年。

——："非自然叙事：一种不确定性的存在"，《上海大学学报》(社会科学版)，2023 年第 4 期，第 66—77 页。

叶隽："如何在世界学术背景下安置文学史叙事？"，《文学研究》，2021 年第 1 期，第 236—241 页。

曾军："文学史写作的叙事危机：评乔国强的《叙说的文学史》"，《文汇报》，2018 年 2 月 26 日。

郑佳、乔国强："从文学研究到话语建构：乔国强教授访谈"，《广东外语外贸大学学报》，2022 年第 2 期，第 17—27 页。

脱欧、阿诺德的幻梦与21世纪英国小说中的“英格兰性”*

梁晓晖**

内容提要： 19世纪60年代，马修·阿诺德提出需利用英国文学经典培养民众向善的力量，这一言论遭到后世学者的攻击。伊格尔顿认为阿诺德是将英国文学视作统治工人阶级的工具；英国前殖民地学者指出英国文学还起到了统治殖民主体的作用。但帝国解体后，尤其是1999年放权政策和2016年英国公投脱欧后，英国多民族联盟陷入危机，英国文学在学理上受到攻击，致使21世纪集中探讨英格兰性的英格兰文学应运而生。

关键词： 马修·阿诺德；经典；21世纪英国小说；英格兰性

Abstract: In the 1860s, Matthew Arnold proposed that the canon of English literature could provide citizens with the strength of moral enhancement, a proposal which has been attacked by different critics. Terry Eagleton, among others, contends that Arnold treated English literature as a weapon against the working class. Moreover, scholars from the third world announce that English literature played a role of controlling the colonial subjects in the former colonies. However, in the post-imperial era, especially after Abolition and Brexit, English literature is losing its territorial basis, gestating a group of literary works to address directly the so-call England problem and Englishness involved.

Key words: Matthew Arnold; canon; the 21st century British fiction; Englishness

---

* ［**基金项目**］：本文系国家社科基金项目“新世纪‘脱欧小说’中英国社会共同体意识的嬗变研究”(24AWW009)、“英国编史元小说的可能世界研究”(16BWW010)的阶段性成果。本研究同时得到“《理智与感情》多维解读以及英国编史元小说”(06500131)项目经费资助。

** ［**作者简介**］：梁晓晖，北京科技大学外国语学院教授，主要从事英国文学、后殖民生态、后人类认知研究。

文学批评家常从自身时代与立场出发，凸显文学史中的某种倾向，以至于不同时期的批评家会对某些文学核心问题持迥异观点。19 世纪 60 年代，面对英国国内的社会纷争与经济危机，来自中产阶级教育世家的马修·阿诺德(Mathew Arnold, 1822—1888)提出，需利用优秀的英国传统文化教育民众，以培养其“道德热情”与“社会热情”(阿诺德 8)；他认为，作为英国优良文化核心的英国文学经典能提供这种“相互理解与向善的力量”，产生“美好与光明”的功效(同上 21)。而 20 世纪 80 年代，马克思主义文学批评家特里·伊格尔顿(Terry Eagleton, 1943—)却在其《文学理论导论》(*Literary Theory: An Introduction*, 1983)的首章论述“英语(英国文学)[①]学科的兴起”(The Rise of English)时，言辞辛辣地讽刺了阿诺德有关文学经典的观念，抨击其“对英格兰的阶级矛盾如此敏感”，对自己的阶级立场如此“不加掩饰”(Eagleton 24)，竟暗指“如果不扔给底层民众几本小说，民众就会揭竿而起”(同上 25)。俨然，伊格尔顿试图剥去阿诺德附加给文学的道德外衣，转而凸显维多利亚时期英国文学的意识形态功能：使工人阶级安贫乐道，以缓和阶级矛盾。关于英国文学的功能，华威大学教授迈克尔·葛迪纳(Michael Gardiner)在 2012 年又提出，英国文学这一意识形态载体曾“通过美化英格兰来实现英帝国在殖民地的霸业”，它在帝国解体后已丧失了以往依存于帝国的“地域根基”，且英国多民族联盟在政府 1999 年被迫批准向苏格兰等议会放权后，已陷入国家身份模糊的困境，故应将英国文学缩减成“英格兰文学”以适应新的国家状况(Gardiner 1)。2013 年，葛迪纳的弟子克莱尔·维尔斯托(Claire Westall)专门撰文《英国文学的兴起与衰落新篇》(“The New Rise and Fall of English Literature”)来回应伊格尔顿的论述，抨击以阿诺德、伊格尔顿为代表的英国学者惯用英格兰来指称整个英国，致使英格兰自身的问题被英国文学的扩张所掩盖(Westall 218—221)。2016 年全民公投脱欧后，由于脱欧选票多来自英格兰，而苏格兰和北爱尔兰因主张留欧则都提出独立主张，英国的分裂局面愈发严重，基于不列颠联合王国的英国文学面临丧失国内地域根基的危机。

那么，是什么原因使 21 世纪的英国学者对英国文学的看法在 150 年

① “English”一词在伊格尔顿的论述中是指以英语为媒介的英国文学这一学科，他在这一章专门探讨了英国于 19 世纪后半叶在牛津与剑桥设立“文学”即“英语研究”(Eagleton 22)这一学科的历史背景。如同我国的中文系实际上是指中国文学系。

后相较于阿诺德发生了巨大转变？又是什么原因使这些学者对“英格兰”的指称在30年后相较于伊格尔顿产生了根本不同？回溯英国文学的生产现场，既有助于梳理这些问题的答案，又有利于厘清英国小说在21世纪发生的“英格兰”转向。

一、阿诺德宣言与英国文学经典化

在论述18世纪英国小说的兴起时，处于二战恢复期、极度渴望个人自由的伊恩·瓦特（Ian Watt, 1917—1999）曾提出，18世纪英国小说与哲学都在试图取代“中世纪时对一个统一世界的描绘”，代之以“一种发展的，而且是意外的、特定经验的聚合体”（瓦特 26）。瓦特所谓英国小说的产生是源于表述差异性个体经验的需求，这种观点在某种程度上弱化了英国小说承载的传播国家意识形态的功能。事实上，英国小说从兴起之日起，就与英国所面临的国家危机和所拟定的国家规划密切相关，只是这种相关性被权威批评家的溢美之词裹袱其中。

英国小说一旦兴起，便走上了经典化与学科化的道路，在这一过程中阿诺德的推动至关重要。1784年美国独立战争胜利，英国被迫承认美国独立后，急需在国内加强摇摇欲坠的社会秩序，以面对阶级矛盾凸显、宗教纷争不断的危机；进入19世纪，德、法等邻国日益强大，英国这一率先进行工业革命的国家反而在工业品的对外出口上受到这些邻国的威胁与挑战。在此背景下，英国文化界人士在报刊上掀起了针对社会问题与宗教纷争的大辩论，阿诺德也参与其中，其主要观点被收录在《当下批评的功能》（“The Function of Criticism at the Present Time”, 1864）与《文化与无政府状态》（*Culture and Anarchy*, 1869）中。

在《当下批评的功能》一文中，阿诺德对威廉·莎士比亚（William Shakespeare, 1564—1616）时代以来的英国文学代表作品推崇至极，认为这些优秀的文学经典能使人感知到社会上最真挚的价值、最美好的文化，从而抵御物质的吸引和科学的冲击。对他而言，文学经典是“世界上所能想到的最好的事物”（Arnold 805）。正因为文学经典能够培养民众的高尚道德，文学批评也随之意义非凡：文学是至美的，“可以使批评家变成更好的人”，批评家的工作就是“建立一个观念的秩序，并使文学中的美好观念传播开来”（同上）。他甚至宣称，“一个好的文学评论家是对个人和社会的方方面面都有良好评判能力的人”（同上）。阿诺德以权威批评家的姿态确立文学经典作品,产生了深远影响,以至于 20 世纪末《文学术语简明牛津字典》(*The Concise Oxford Dictionary of Literary Terms*, 1996)在定义"经典"这一术语时,仍将其与"权威"相连:经典是"权威认可的一组文学创作。一个国家的经典是由批评家或选集家认为适合学术研究的一组作品"(Baldick 47)。于是,经典在权威推动下成为国家机器的一个组成部分。

在《文化与无政府状态》一书中,阿诺德继续推演他所倡导的经由文学经典培养优雅文化的主张。他提出"文化的有关完美的观念,才是兴盛民主力量的真正需要"(阿诺德 29)。阿诺德崇尚精神而非物质,尤其推崇"牛津精神",认为英格兰腹地"牛津的美与雅的情操"可以带领社会走向光明(同上 27)。他还去"古希腊文化中的智性理念"和"希伯来精神中的道德行为"中寻找提升当代文化的力量(同上 97—107)。对此,伊格尔顿总结道,"当宗教已经不能为社会团结提供力量后,英国文学这一学科被建构出来,以担当自维多利亚以来的意识形态功能",而这一过程的"主要推动者就是阿诺德"(Eagleton 22)。

在阿诺德有关经典之美的宣言中,英国文学走上了经典化与学科化的道路。但是,后世学者在这种宣扬美好精神的外衣下看到了其物质追求本性。透过英国文学经典作品的感人情节,通过比对英国银行系统不断累加的负债危机,当代学者更加清晰地剖析了阿诺德时期英国文学的本质:"维多利亚小说一方面描写了英帝国权力与繁华的稳固性,另一方面也暴露出这个国家依赖于信托与债务生存的不稳固性"(Brantlinger 7)。但这种暴露方式是隐晦的,因为国家债务危机等社会问题,在经由查尔斯·狄更斯(Charles Dickens, 1812—1870)、威廉·梅克比斯·萨克雷(William Makepeace Thackeray, 1811—1863)等作家的笔触描写后,都被转嫁成了"骗子、恶棍、吝啬鬼等类人物的阴谋诡计"这种个人问题(同上 157);而以上社会问题,竟然需要仰仗作品中的人物将英帝国殖民地的财产"带回英国偿还债务"(同上 45)才能得到解决。可见,英国社会充斥了"债务与帝国之间、广大民众的穷困与上流阶级的富有之间的矛盾连接"(同上 44),但英国文学经典作品刻意虚化或转化了这种矛盾。

可以说,阿诺德利用文学经典,以及文学经典所传递的围绕牛津精神或英格兰性的"完美"文化,协助英国权力机构扫清了国内下层阶级意欲反抗的障碍,以实现更大的国家伟业,如引用历史学者大卫·雷诺斯(David Reynolds)的表述,即"动员下层阶级协助上层阶级去世界各地的英帝国殖民地谋取利益”(Reynolds 85)。

二、帝国使命与英国文学世界化

在担当帝国使命的过程中,英国文学在殖民地发挥了比在国内更加重要的作用。学者们意识到,“英国历来利用从英格兰发生的英国文学,拓展其在帝国的影响”(Westall & Gardiner 2),尤其是在18、19世纪对外贸易与殖民时期,英格兰性作为帝国的内核,经由英国文学传递出智慧、勇敢、彬彬有礼的国民性格,“定义”(Kenny 2)并“保护着其他不列颠民族”(Reynolds 139),以共同攫取殖民地利益。直至今日,传统文学中的英格兰性还吸引着研究者的目光,他们在文学史中寻找英格兰人想象的源头(Ackroyd 2002),探究英格兰民族性格的出现与小说兴起的关系(Langford 2000),甚至以历史学家E. P. 汤姆森(E. P. Thompson, 1924—1993)的论文题目“英格兰人的特殊性”(The Peculiarities of the English)来串联英国小说史(Parrinder 1)。针对19世纪小说中完美英格兰性的著述尤为丰富,涉及英格兰社会改革(Docherty 2008)、英格兰绅士形象(Berberich 2016)在帝国扩张中的作用等诸多话题。例如,“福尔摩斯”这一形象就是帝国时期英格兰人性格的集中体现,他担当着在国内维护帝国秩序、以保证帝国海外使命的责任(Mukherjee 77)。正是所谓的文学经典作品所宣扬的那种完美的英格兰性,在被模糊拓展成为英国性后,摇身变为当年支撑大英帝国统治殖民地人民的文化逻辑与理由。

在20世纪下半叶后殖民理论的大潮下,来自前殖民地的当代学者开始对阿诺德的英国文学经典观念从另一个视角加以反思。他们越来越清醒地认识到,英国文学在帝国殖民地发挥着统摄殖民主体思想的意识形态功能。他们基于不同国家背景的思考,展现了英国文学的世界化与其所承担的帝国使命之间的内在联系。

在极具影响的《征服的面具:印度的文学研究与英国统治》(*Masks of Conquest: Literary Study and British Rule in India*, 1989)一书中,印度裔学者葛莉·薇思瓦纳珊(Gauri Viswanathan, 1950—)论证了英国文学在印度作为大学科目进行开设的原初理由。事实上,英国本欲利用基督教来同化印度民众的思想,所以19世纪初英国基督教传教士在印度异常活跃。但这种外来宗教在印度教与伊斯兰教的大型社区遭到了强烈抵触,于是英国只能转而考虑由英国文学来接管基督教对殖民主体的教化功能。正如薇思瓦纳珊所言,“以文学以及对英格兰的想象来教育殖民主体,是为从长远上巩固西方的文化霸权”(Viswanathan 2)。在这种情况下,19 世纪末、20 世纪初在英国统治印度期间,印度开设了英国文学这门课程。她感叹道,“具有讽刺意味的是,殖民地出现英国文学这一学科早于英国本土将其纳入法定科目”(同上)。她不满于伊格尔顿的论述,认为“伊格尔顿所谓的英国文学是用于安抚英格兰工人阶级的观点,只是将其置于英国的语境,忽略了帝国殖民地的视角”(同上 3),故而未能呈现英国文学在殖民地统治中发挥的更重要的作用。莎士比亚、简·奥斯汀(Jane Austen, 1775—1817)、夏洛蒂·勃朗特(Charlotte Brontë, 1816—1855)等“伟大的”英国文学经典作家的作品,经由阿诺德所谓的“所能想到的最好的”思想,以愉悦的方式改变着印度的文化观念与信仰,致使帝国文化对殖民地文化的影响无孔不入(同上 2)。可以说,英国文学作为一门学科,以其世界化在殖民地担负着帝国使命。

与此类似,肯尼亚学者恩古吉·瓦·提昂戈(Ngũgĩ wa Thiong'o, 1938—)针对南非开展的英国文学教学,也剖析出英国文学世界化的帝国使命。他在《取消英语系》(“On the Abolition of the English Department”, 1972)一文中提出,非洲教育系统一直延续英国殖民时期的旧有框架,这产生了严重后果:英语文学与英语语言学科深化了殖民使命,使当地人每时每刻都感受到英国文学传统所带来的文化与心理桎梏。针对这种局面,他决定不再使用英文写作,而是改用当地的基库尤语创作。他主张,大学应该明确殖民主义和新殖民主义带来的毁灭性影响,应该将英国文学教学置于非洲更广阔、更有趣的多元背景之下,以世界文学为图景来实现文学的多元化教学。这样才能使英国文学回归其应有的地位——世界文学的一个组成部分,从而使英国文学在非洲边缘化(Thiong'o et al. 1915)。

除了第三世界学者,女性主义学者也发出批判英国文学经典化的呼声,号召人们重新考察某些作品被官方选为经典的历史语境,以便“一铲一铲地铲除经典所铸造的高墙”(Ahmed 17)。英国文学的帝国使命成就了英国文学的世界化,而英国文学经典化与英国文学世界化是帝国发展的一体两面:都曾借由对英格兰的完美想象,打造出一种完美的英国性文化神话,以实现对内统治工人阶级、对外控制殖民地主体的功能。但是,这种想象的泡沫终将破灭。

三、苏格兰公投与英国文学含混化

如果说在帝国时代，英国曾利用美化后的英格兰文化来凝聚苏格兰等其他民族与英格兰一道前往殖民地攫取利益，那么在二战前后的宣传口径上，英格兰性则被围绕不列颠性的英国性所取代，以便各民族团结一道去集结帝国殖民地的力量，共同抗击欧洲的劲敌(Colls 2002)。20世纪50年代，英国进入二战后的复苏期，经济快速发展的红利使得英格兰暂时维系了与苏格兰、威尔士等的联盟关系。但到了60年代和70年代，殖民地纷纷独立后危机四伏。一方面英国丧失了在殖民地的大片自由贸易市场，另一方面德国与日本经济复苏使得苏格兰与威尔士所依赖的煤、钢、造船业等重工业失去了竞争地位。两面夹击之下，英国经济陷入困境，引发了苏格兰一波又一波的独立诉求。

1979年和1997年，英国被迫前后两次就向苏格兰、北爱尔兰、威尔士议会放权进行公投，1999年英国政府正式通过法案向苏格兰等议会放权。之后，英格兰以外的其他地区都开始享有各自议会的独立决议权。如果说威尔士独立议会只停留在文化诉求上(Reynolds 126)，那么苏格兰独立议会则带来了更为严重的后果：2011年，苏格兰议会集结了足够多的票数，支持2014年进行苏格兰独立公投，这标志着苏格兰从独立议会向独立国家演变。虽然倡独派以微弱劣势失败，但之后苏格兰议会一直致力于新一轮的独立公投。2016年，英国全民公投脱欧而苏格兰主张留欧之后，苏格兰独立的呼声愈演愈烈。

在如此强烈的民族独立呼声下，维多利亚时期所传承下来的“阿诺德式的”“文化帝国主义”(Gardiner 9)已无以为继，其中那种基于英格兰虚假想象的大一统完美口号，越来越暴露出其虚幻性。这种完美想象被认为是对其他“民族亲身经验的压抑”(同上)，无法解决“(传统的)遗传与(当代)经验”的矛盾(同上 11)。英国这一建立于多民族联盟的非民族国家身份，在苏格兰的独立呼声中进退维谷。在这种境况下，英国文学既因在帝国解体后是否应回归英格兰文学而踌躇不前，又因在苏格兰独立诉求下是否应囊括苏格兰文学而左右徘徊。20世纪下半叶，英国文学进入最为含混化的阶段。

英格兰性曾如黏合剂一般将威尔士、苏格兰和爱尔兰团结起来一致对外，但放权后尤其是脱欧后，这种国家身份认同遇到严重危机，英格兰的身份也难以界定。在此期间，苏格兰文学愈加彰显其独特的民族特征。

阿拉斯戴尔·格瑞(Alasdair Gray, 1934—2019)、欧文·威尔士(Irvine Welsh, 1958—)等一批苏格兰作家经由自己的作品批判英国的霸权行径、宣扬苏格兰的民族身份。

在苏格兰作家中,杰姆斯·克尔曼(James Kelman, 1946—)最具代表性,他不满于英格兰的文化霸权,严词拒绝将苏格兰文学"当作英国文学的一个分支"(Manfredi 215)。他希望模仿弗兰兹·卡夫卡(Franz Kafka, 1883—1924),以小民族方言形成一种德勒兹所谓的小民族写作。他以苏格兰方言创作了多部挑战英格兰文化的小说,利用基于语言的形式政治凸显苏格兰的民族问题。这位苏格兰作家言明,"我的文化与我的语言有权生存下去,无人有权解除这一权力"(同上)。1994 年,他的小说《太晚了,太晚了》(*How Late It Was, How Late*)获得布克奖。他获奖后出版的小说更加关注苏格兰工人阶级的生活与思想危机。

他笔下的人物皆因生活地点的改变而遭遇生活变故,由此陷入文化夹缝之中,被迫重新思考自己的文化身份。他们有的试图追寻苏格兰文化传统,有的意欲逃离苏格兰文化的牵绊。例如,《在自由之地你必须小心》(*You Have to be Careful in the Land of the Free*, 2004)中的耶利米在移民到美国后,游离于美国文化与苏格兰文化之间,一边是美国所流行的对苏格兰的浪漫想象,一边是真实的苏格兰状况。在不同文化的夹击下,他拒绝通过美化祖先而换得对苏格兰的美好假想,而是坚持思考苏格兰语言与文化的内在特质。相反,《莫说她很古怪》(*Mo Said She Was Quirky*, 2012)中的海伦搬到伦敦居住后,挣扎于伦敦文化与苏格兰文化之间,担心自己的苏格兰口音会引来嘲笑,也担心女儿因苏格兰口音遭到同学欺凌。她甚至刻意放慢语速以掩藏自己的乡音,在家乡人希望她能不忘记苏格兰乡情时,则对其嗤之以鼻。

在这种对苏格兰民族身份的彰显中,在一波又一波苏格兰独立的呼声中,英国非民族国家身份日渐式微,英格兰著名作家约翰·福尔斯(John Fowles, 1926—2005)首次喊出了我"不是不列颠人,而是英格兰人"的呼声(Fowles 156),呼唤英格兰的独立民族身份。一种拒绝被英国文学扩张掩盖的英格兰性,正在英国文学书写中悄然兴起。

四、英格兰问题与英国小说英格兰化

1999 年的放权法案后,英国掀起了"不同于不列颠性的英格兰性"的大讨论(Aughey 12),从此英格兰是否也应拥有独立议会的“英格兰问题”被提到议事日程。根据民意调查,认为英格兰应该拥有独立议会的人数从1999年到2009年翻了2.2倍(同上85),认为英格兰未得到公平对待的人数从2000年到2009年翻了2.1倍(同上86),而认为自己是英格兰人而非不列颠人的比例从1997年到2007翻了2.5倍(同上83)。倡导自身英格兰性的呼声,既反映了英格兰民众中认为“英格兰民族性格优于其他民族的心态”(Docherty 194),更折射出历史转型时期英格兰人“对英格兰民族危机的担忧”(Bentley 483)。英格兰性已成为一个愈发强烈的意识,甚至是宪法都需考虑的问题,相关讨论充斥于英国小说的创作之中。

可以说,近年来英国“对英格兰性进行质询、探讨、定义与定位的小说”(Bentley 483)持续激增(Westall & Gardiner 5; Kenny 2),乃至英国知名学者葛迪纳在《英国文学中英格兰的回归》(*The Return of England in English Literature*, 2012)一书中宣称,“英格兰已重回英国文学视野”(Gardiner 1)。2006年,帕特里克·帕林德(Patrick Parrinder)也提出,当今的英国小说应该是不同于爱尔兰、苏格兰、威尔士的英格兰民族的英语小说(Parrinder 3)。

相关创作主要分为本土作家的作品以及族裔作家的作品两大类。本土作家试图“将英格兰性与不列颠性剥离开来”(Ingelbien 160),其作品中的英格兰独特民族身份表现为小说中“隔绝独处的精神”(同上)、以新自由主义对英国未来进行田园式想象(MacPhee 142)、英格兰的独立诉求(Mycock 16)、放权后英格兰的迷茫(Dix 188)、与脱欧的关系(Eaglestone 2018)等主题。在他们的笔下,英格兰人主要被定位为“白人、男性、南方人、新教徒和中产阶级”(Mantel 96)。在《外环路》(*Orbital*, 2002)、《为英格兰发声》(*Speak for England*, 2005)、《王国降临》(*Kingdom Come*, 2005)、《分裂王国》(*Divided Kingdom*, 2005)等多部作品中,一众南方白人男性作家以反乌托邦倾向哀叹英格兰文化的窘境(Kenny 154)。但是,这些本土作家更多是经由对南方白人男主人公的刻画,传递其对英格兰性虚幻本质的反思。

最具代表性的当为知名作家朱利安·巴恩斯(Julian Barnes, 1946—)的布克奖作品《终结的感觉》(*The Sense of an Ending*, 2011)。作者毕业于英格兰教育腹地牛津大学,作为主流中产阶级男作家,他借南方白人男主人公来反思曾经辉煌的英格兰性的虚幻性。内心虚空的男主人公经过个体想象,向一个作为象征界的群体想象即英格兰性展开投射,以形成一个完整的可找到自我归属的欲望投射物,暂时填补了自我的虚空。但现实界的介入将英格兰理想特性不断击碎。小说采用对比式叙事,利用主人公老年与青年时的视角对比,剖析英格兰性,对英国文学的教育效果提出质疑。

这部小说以主人公托尼所罗列的一串名词词组开篇,表面上采用了第一人称经历自我的意识流手法:

> I remember, in no particular order:
>
> — a shiny inner wrist;
>
> — steam rising from a wet sink as a hot frying pan is laughingly tossed into it;
>
> — gouts of sperm circling a plughole, before being sluiced down the full length of a tall house;
>
> — a river rushing nonsensically upstream, its wave and wash lit by half a dozen chasing torchbeams;
>
> — another river, broad and grey, the direction of its flow disguised by a stiff wind exciting the surface;
>
> — bathwater long gone cold behind a locked door. (Barnes 4)
>
> [我记得,虽然次序不定:
>
> ——一只手的手腕内侧,闪闪发光;
>
> ——笑呵呵地把滚烫的平底锅抛进了水槽里,湿漉漉的水槽上顿时蒸汽升腾;
>
> ——一团团精子环绕水池出水孔,然后从高楼的下水道一泻而下;
>
> ——一条河莫名地逆流而上,奔涌跃腾,在六束追逐的手电筒光线下波光粼粼;
>
> ——另一条河,宽阔而灰暗,一阵狂风搅乱了水面,掩盖了河的流向;
>
> ——一扇上了锁的门后,冰冷已久的浴水。(巴恩斯 3)]

然而,这组词组并非出自主人公经历自我的意识流,而是源于老年时叙述自我对青年时代所接受的英国文学教育的反思。首句“I remember, in no particular order”一句中的动词“记得”是现代时态,将时间置于一种永恒的状态，既呼应叙述者在当下进行的反思，也展现叙述者对当年教育的评判已形成本质认识。这串名词词组所展现的记忆内容，是托尼青年时代所经历的重要事件经名词化处理后的表述，每一个词组在作品中均有对应情节。这些情节按词组的顺序依次为：托尼高中时代与同学戴手表的叛逆方式，托尼女友的母亲炸鸡蛋冒蒸汽时的轻佻举止，托尼在女友家发泄对女友激情的场景，老年后意识到当年所见河流的真实样貌，青年时狭隘眼光下河流的样貌，在托尼恶意刺激下其情敌芬恩反锁浴室在浴缸里自杀的情景。

托尼以一串名词词组高度概括自己青年时代的写法，在语言形式上应和了其在20世纪60年代所受的文学教育。那些在伦敦中学、剑桥大学受教育的英格兰精英们所上的文学课，教会了他们这种脱离语境进行文本分析、脱离真实场景进行主观臆测的作风，如同这组脱离语境让人不明就里的名词词组。

作者继而从这串词组直接进入当时的英国文学课堂，即伊格尔顿所谓“作为阿诺德继承人的利维斯”(Eagleton 34)所倡导的“文本细读”时代。毕业于剑桥大学的英语老师标新立异，采取当时盛行的新批评分析方法，将当代文本与语境割裂，“拿腔拿调”“喃喃自语”式地评价诗歌，并让学生对抹去了出版时间与作者署名的诗歌进行点评(巴恩斯 7)。伊格尔顿对 F. R. 利维斯(F. R. Leavis, 1895—1978)的那句批评，“既然利维斯拒绝对社会系统进行政治分析，也只能沉迷于对生活的抽象感悟之中”(Eagleton 42—43)，恰恰形成对小说开头那串名词词组的精妙点评：叙述者只按自己的意志抽离出生活的片段，对生活只有主观臆断与抽象感悟，缺少社会关照与责任担当。

在这种教育下，托尼与同学奉行的是功利主义与逃避主义。一方面，他与同学把学校视作监狱，“在那些日子里，我们想象自己被囚禁在某种候宰栏之内，期盼着能被放出来”(巴恩斯 11)。他们接受教育的唯一目的是“拿着那一本本资格证书做敲门砖找份工作”(同上 9)，对其而言，教育只是达到目的的手段。托尼青年时代对女友的幻想更是充满功利主义观念，一切都以满足自己一时一刻的欲望服务，这致使女友离他而去。另一方面，对现实的失望使托尼的同学芬恩产生了逃避思想。他先是在知识中寻找人生真谛，之后又将所有美好都寄托于对英格兰乡村的虚幻想象，希望在乡村中寻找到母爱与慰藉。他的这种逃避主义思想蕴含着对完美英格兰的想象误区，最终美好想象幻灭后，他选择了自杀。阿诺德一度倡导的英国文学经典,在 60 年代的英国文学课堂上遭遇了失败。那种宣扬美好文化的英国文学经典,那种令人向外的寄于乡村的英格兰性,在作者经由叙述者的反思中、在小说开头的名词词组中被切割得支离破碎。

除了白人作家对英格兰性的反思与挑战,更大的挑战来自族裔作家。二战之后,英国因经济发展需引进大量劳动力,致使英国在非洲和亚洲等前殖民地的人口大量涌入,主要进入经济发达的伦敦、曼彻斯特、利兹等英格兰大城市,形成帝国前殖民地文化对英格兰本土文化的反噬,以致出现了所谓"内部帝国"的现象(Magubane 16;Turner 765),种族矛盾严重。当代多位移民二代甚至三代作家致力于伦敦等大城市的族裔问题书写。迈克尔·肯尼(Michael Kenny)用后殖民视角将相关作家分为两类(Kenny 153),以扎迪·史密斯(Zadie Smith, 1975—)、莫妮卡·爱丽(Monica Ali, 1967—)为代表的作家,通过移民在英格兰的异置地位与痛苦遭遇来解构英格兰性;以卡利尔·菲利普斯(Caryl Phillips, 1958—)、安德莉亚·雷威(Andrea Levy, 1956—2019)为代表的作家,凸显英格兰性的开放范畴。在相关作品中,最著名的当属扎迪·史密斯的《白牙》(*White Teeth*, 2001)与伯纳丁·埃瓦里斯托(Bernardine Evaristo, 1959—)的《女孩、女人、其他》(*Girl, Woman, Other*, 2019)。前者囊括了英美小说多个重要奖项,后者则获当年布克奖。《白牙》中专门以"英格兰性"为一章标题的反讽写作更被奉为后殖民书写的经典。

《白牙》描写了一群居住在伦敦的移民及其二代与伦敦当地白人交往的故事。英格兰性在这些人的理解中均有不同。来自巴基斯坦的一代移民萨摩德既批判英格兰性,又不自觉地崇尚英格兰性。他因无法克制自己不检点的生活作风而焦虑,因违反伊斯兰教规而自责。于是英格兰性成为他归咎罪责的靶子:"他手淫,对妻子不好,对儿女漠视,所有这些英格兰人的坏品行"(Smith 141),他认为自己这是"被英格兰给腐化了"(同上 144)。他还通过刻意曲解英语习语"To the pure all things are pure"(同上 138)来安慰自己说,只要内心纯净,做点坏事也是个好人。但与此同时,他还不断跟英国朋友阿奇吹嘘自己祖父在英国占领印度时因"放了一枪"而起到了关键作用(同上 253),这种对英国文化的依附倾向溢于言表。

阿奇的混血女儿艾瑞则将英格兰性极尽美化。她继承了母系的加勒比血统,拥有非洲人的宽大骨架和黑肤黑发。她日日梦想自己能变成白肤金发的"英格兰玫瑰"(同上 266),甚至感觉英格兰就像一面大镜子,但照不出自己(同上 266)。她与萨摩德的儿子一道因接受当地人的免费课外教育,遇到了男主人是科学家、女主人是生物学家的乔玢一家。她渴望成为他们中的一员,从而能够拥有他们的“英格兰性,他们的家族性”,对她来讲,“乔玢家比英格兰人更具英格兰性”,每次走进他们家门,就仿佛自己“蹑手蹑脚地潜入了英格兰”(同上 328)。

如果说这些移民自身的心理感应使其深受英格兰文化的隐性控制,那么对乔玢一家的刻画则反映出英格兰人的强烈控制欲。他们前往孩子们的学校,主动提出要给移民二代提供义务课外教育,以帮助他们提升学业。在教育过程中,他们给孩子们规定应有何种兴趣爱好、采取何种思考方式、规划哪种未来职业。乔玢一家人以主人的姿态对这些移民二代既关爱有加,又指手画脚。作者临时制造动词,将英格兰文化对人的改造功能称为“Englishifying”(同上 345),与此类似,将乔玢家对人的改造功能称为“Chalfening”(同上 494)。这种讽刺口吻展现出作者对英格兰文化无孔不入的统摄所展开的批判。

结　　语

进入 21 世纪以来,英国本土作家针对英格兰经验的书写,多聚焦“公共生活危机、文化分裂”等衰败主题(Kenny 153),认为“战后英格兰的社会统一性与自我意识”均已丧失(Esty 6)。已有学者意识到,这种围绕英格兰民族书写中“怀旧”与“后帝国情结”的研究,只会更快地使“英格兰病入膏肓”(Trafford ix)。而族裔作家的创作因受后殖民理论预设的限制,都以阐发“多元文化”来“颠覆英格兰性的稳固”(Kenny 153)。甚至有学者认为其有“将种族当作卖点兜售”(Westall & Gardiner 8)之嫌。

有学者呼吁,“英格兰曾以一族之力支撑了英国文学的世界化”,目前英国多民族政体面临解体危险,“英国文学作为学科已无以为继”,故应将“English”的含义限定为英格兰,以“充分发挥英格兰文学的民族性,才能确保其世界性”(Gardiner 163)。当年阿诺德所畅想的英国文学的美妙功效,已在英格兰的身份危机中荡然无存,但学者们所呼吁的英格兰文学与当代围绕英格兰性进行讨伐与反思的英国小说相去甚远。脱欧之后苏格兰与北爱尔兰的独立蓄势待发,国家分裂加剧,英国小说怎样在英格兰的身份危机中继续发展,英格兰小说怎样在提升本民族性的书写中保持与世界文学的同步发展,都是值得观察与探讨的问题。

引用作品[Works Cited]:

Ackroyd, Peter. *Albion: The Origins of the English Imagination*. London: Chatto and Windus, 2002.

Ahmed, Sara. *Living a Feminist Life*. Durham: Duke UP, 2017.

Arnold, Matthew. "The Function of Criticism at the Present Time." *The Norton Anthology of Theory and Criticism*. Eds. Vincent B. Leitch et al. New York: W. W. Norton & Company, 2001. 805 - 824.

Aughey, Arthur. *The Politics of Englishness*. Manchester: Manchester UP, 2007.

Baldick, Chris. *The Concise Oxford Dictionary of Literary Terms*. Oxford: Oxford UP, 1996.

Barnes, Julian. *The Sense of an Ending*. London: Jonathan Cape, 2011.

Bentley, Nick. "Re-writing Englishness: Imagining the Nation in Julian Barnes's *England, England* and Zadie Smith's *White Teeth*." *Textual Practice* 21.3 (2007): 483 - 504.

Berberich, Christine. *The Image of the English Gentleman in Twentieth-Century Literature: Englishness and Nostalgia*. London: Routledge, 2016.

Brantlinger, Patrick. *Fictions of State: Culture and Credit in Britain, 1694 - 1994*. Ithaca and London: Cornell UP, 1996.

Colls, Robert. *Identity of England*. Oxford: Oxford UP, 2002.

Dix, Hywel. "Devolution and Cultural Catch-Up: Decoupling England and its Literature from English Literature." *Literature of an Independent England Revisions of England, Englishness, and English Literature*. Eds. Claire Westall & Michael Gardiner. Basingstoke, Hampshire: Palgrave Macmillan, 2013. 188 - 202.

Docherty, Thomas. *The English Question or Academic Freedoms*. Sussex: Sussex Academic Press, 2008.

Eaglestone, Robert. Ed. *Brexit and Literature: Critical and Cultural Responses*. New York: Routledge, 2018.

Eagleton, Terry. "The Rise of English." *Literary Theory: An Introduction*. Oxford: Basil Blackwell, 1983. 15 - 46.

Esty, Jed. *A Shrinking Island: Modernism and National Culture in England*. Princeton, New Jersey: Princeton UP, 2004.

Fowles, John. "On Being English but not British." *Texas Quarterly* 7(1964): 154 - 162.

Gardiner, Michael. *The Return of England in English Literature*. New York: Palgrave Macmillan, 2012.

Ingelbien, Raphaël. "Imagined Communities/Imagined Solitudes: Versions of Englishness in Postwar Literature." *European Journal of English Studies* 8.2 (2004): 159 - 171.

Kenny, Michael. *The Politics of English Nationhood*. Oxford: Oxford UP, 2014.

Langford, Paul. *Englishness Identified: Manners and Character 1650 - 1850*. Oxford and New York: Oxford UP, 2000.

MacPhee, Graham. "Anticipating the Neoliberal Nation: Philip Larkin and the Displacement of Englishness." *Literature of an Independent England Revisions of England, Englishness, and English Literature*. Eds. Claire Westall & Michael Gardiner. Basingstoke, Hampshire: Palgrave Macmillan, 2013. 130 - 146.

Magubane, Zine. *Bringing the Empire Home: Race, Class, and Gender in Britain and Colonial South Africa*. London: U of Chicago P, 2004.

Manfredi, Camille. "Tales from the Pigeon-Hole: James Kelman's *Migrant Voices*." *Études Anglaises* 68.2 (2015): 210 - 223.

Mantel, Hilary. "No Passes or Documents Needed: The Writer at Home in Europe." *On Modern British Fiction*. Ed. Zachary Leader. Oxford: Oxford UP, 2002. 93 - 107.

Mukherjee, Upamanyu Pablo. "Out-of-the-Way Asiatic Disease: Contagion, Malingering, and Sherlock's England." *Literature of an Independent England Revisions of England, Englishness, and English Literature*. Eds. Claire Westall & Michael Gardiner. Basingstoke, Hampshire: Palgrave Macmillan, 2013. 77 - 90.

Mycock, Andrew. "Understanding the Post-British English Nation State." *Literature of an Independent England Revisions of England, Englishness, and English Literature*. Eds. Claire Westall & Michael Gardiner. Basingstoke, Hampshire: Palgrave Macmillan, 2013. 15 - 30.

Parrinder, Patrick. *Nation and Novel: The English Novel from Its Origins to the Present Day*. Oxford: Oxford UP, 2006.

Reynolds, David. *Island Stories: An Unconventional History of Britain*. New York: Basic Books, 2020.

Smith, Zadie. *White Teeth*. London: Hamish Hamilton, 2000.

Thiong'o, Ngũgĩ wa et al. "On The Abolition of the English Department." *The Norton Anthology of Theory and Criticism*. Eds. Vincent B. Leitch et al. New York: W. W. Norton & Company, 2001. 1912 - 1968.

Trafford, James. *The Empire at Home: Internal Colonies and the End of Britain*. London: Pluto Press, 2021.

Turner, Joe. "Internal Colonisation: The Intimate Circulations of Empire, Race and Liberal Government." *European Journal of International Relations* 24. 4 (2018): 765 - 790.

Viswanathan, Gauri. *Masks of Conquest: Literary Study and British Rule in India*. Oxford: Oxford UP, 1989.

Westall, Claire. "The New Rise and Fall of English Literature." *Literature of an Independent England Revisions of England, Englishness, and English Literature*. Eds. Claire Westall & Michael Gardiner. Basingstoke, Hampshire: Palgrave Macmillan, 2013. 218 - 233.

Westall, Claire & Michael Gardiner. Eds. *Literature of an Independent England Revisions of England, Englishness, and English Literature*. Basingstoke, Hampshire: Palgrave Macmillan, 2013.

马修·阿诺德:《文化与无政府状态:政治与社会批评》,韩敏中译,北京:三联书店,2012年。

伊恩·瓦特:《小说的兴起:笛福、理查逊、菲尔丁研究》,高原、董红钧译,北京:三联书店,1992年。

朱利安·巴恩斯:《终结的感觉》,郭国良译,南京:译林出版社,2012年。

“自私的粉色老派自由主义者”：以奥登《死亡之舞》的结局为中心*

张 强**

内容提要：英国诗人奥登在 20 世纪 30 年代创作的早期实验性剧作《死亡之舞》，以梅尼普斯式反讽叙事摹拟欧洲当时激烈的意识形态交锋。剧末马克思登场，结束了众声喧哗的舞台矛盾交锋。本文以这一隐喻式结局为出发点，结合奥登在诗歌与散文作品中关于马克思主义及英国左翼传统的论述，澄清学界对奥登作为一位被标签化的马克思主义者的误解，指出剧中马克思的出场是奥登作为一位“自私的粉色老派自由主义者”的必然选择，也是其公众形象与私人话语妥协的必然结果，在一定程度上表现为奥登对马克思主义的认知属精神分析式的诊疗话语范畴。

关键词：W. H. 奥登；《死亡之舞》；马克思主义；梅尼普斯式反讽；自由主义

Abstract: The British poet W. H. Auden's early experimental play *The Dance of Death* written in the 1930s imitated the intense ideological conflict in Europe through Menippean satire. At the end of the play, Karl Marx appeared on the stage, ending the tumultuous stage conflict. This essay takes this metaphorical ending as the starting point. Drawing upon Auden's idea concerning Marxism and the British left-wing tradition in his poetry and prose, this essay clarifies the misconception of Auden as a labeled Marxist in academia, and points out that the appearance of Marx in the play is an inevitable choice for Auden as “a selfish pink old liberal”, and it is also the inexorable consequence of compromise between his public image and private discourse. To some extent, Auden's understanding of Marxism falls within the scope of psychoanalytical diagnostic discourse.

Key words: W. H. Auden; *The Dance of Death*; Marxism; Menippean satire; Liberalism

---

* ［**基金项目**］：本文系作者主持的国家社科基金青年项目“西南联大诗人群翻译活动与中国新诗翻译理论建构研究”(18CWW004)与中央高校基本科研业务费的阶段性研究成果。

** ［**作者简介**］：张强，南开大学外国语学院副教授，主要从事中英现代主义诗歌比较与新诗翻译研究。

英国诗人与剧作家 W. H. 奥登(W. H. Auden, 1907—1973)创作于 1933 年的《死亡之舞》(*The Dance of Death*)是一部讽刺性的音乐剧。奥登将中产阶级的死亡描绘成沉默的舞者形象,他们起先在沙滩与酒店度假,企图逃避现实,然后在民族主义与理想主义的情绪鼓动下,来到妓院参加新年派对。在《死亡之舞》的高潮部分,作为死神化身的舞者在舞台跌倒并动弹不得,这一举动被约翰·福勒(John Fuller)解读为"象征着死神对上帝虚假的爱"[①](Fuller 125)。在合唱团试图挽救舞者之时,经理登场,他意识到其中的政治敏感性,并提供了一间称之为"母校"(Alma Mater)的"如同家一样舒适的小夜店"(Auden 2019: 102),作为追忆往昔岁月的最后避难所,"被你们抛之脑后的美好的英国家园、可口的食物与美酒"(同上)。接着,台下演员纷纷走上舞台,他们以意识流般的思绪拼凑着生活的片段,其间交织着报幕员与合唱团以宏大史诗般叙事回顾从古希腊到工业革命以来的人类文明进程,"在一个充满活力的阐释颓废和犯罪的状态下,资本主义走向了灭亡"(Fuller 125)。随着新年零点钟声的到来,死亡之舞也接近尾声,剧末,卡尔·马克思(Karl Marx, 1818—1883)作为角色上台宣告了舞者的死亡,"他拥有了太多的生产工具,他被清算了"(Auden 2019: 107)。

马克思的出场直接平息了剧中的各种矛盾交锋,他从政治经济学视角对舞者的死亡盖棺定论,并以末日审判者的权威,宣告了全剧的结束。马克思在剧末的仓促亮相显然是奥登有意为之,这在学界产生了两极化的批评倾向。20 世纪 30 年代的剧评大多高度肯定了奥登剧作的实验性与创新性,赞同其共产主义者的身份。例如,在 1935 年上演之初,评论家哈罗德·霍布森(Harold Hobson, 1904—1992)给予该剧高度评价,指出奥登不仅开创了英国戏剧新的创作与批评范式,还宣告了共产主义的胜利,"根据他的经济学中的最严格定义,可以说奥登先生是个共产主义者,他的剧以布尔什维克风暴式的胜利登台收场,他们[共产主义者]冲出观众席,高唱国际歌,挥舞着真正宏伟的红旗"(Hobson 155)。"奥登一代"左翼诗人 C. 戴-刘易斯(C. Day-Lewis, 1904—1972)在肯定《死亡之舞》是"马克思主义视角下的说教式创作"的同时,也戏谑地指出剧本中的阶级性注定了它的成功,"社会讽喻也需要一个既定的体系让其发挥作用"(Day-Lewis 149)。本文以《死亡之舞》的隐喻性结局为出发点,澄清学界

① 文中译文,凡未标注译者处,均为笔者自译。

对奥登作为一位被标签化的马克思主义者的误解,指出剧中马克思的出场是奥登在30年代意识形态的激烈交锋之下作为一位"自私的粉色老派自由主义者"(Auden 1996:328)的必然选择。这一标签不仅使奥登声名远扬,更造成了他的困扰,在某种程度上促成了奥登的战时中国之旅,以及晚年移居美国并皈依基督教的决定。

一、"粉红"自由主义及其历史困境

20世纪30年代的"奥登一代"被标签化为马克思主义者已成为不争的事实,奥登独特的反讽与修辞成为左翼文人竞相模仿的对象。但同时也有声音质疑,甚至否定30年代奥登的马克思主义立场,指出这是社会政治环境与奥登左派个人主义倾向妥协的必然结果。彼得・菲尔乔(Peter Firchow)认为"奥登从未经历过'共产主义阶段'"(Firchow 2002:130)。据传记作家汉弗莱・卡朋特(Humphrey Carpenter, 1946—2005)记载,奥登早年求学期间可能读过马克思主义著作,在柏林游学期间甚至接触过共产主义者,但"直到1932年他的诗作也只是模糊地隐含某些左翼思想,在讨论到革命时,他心目中的激变也只是停留在心理层面"(Carpenter 147),这与他早年受西格蒙德・弗洛伊德(Sigmund Freud, 1856—1939)等人心理分析学说影响紧密相关。"奥登一派"当中的戴-刘易斯与斯蒂芬・斯彭德(Stephen Spender, 1909—1995)等人积极宣传共产国际运动,并于30年代中期相继加入共产党。奥登尽管在30年代奔赴西班牙战场,效力于共和政府的电台宣传部门,亲历阿拉贡前线,之后以来华记者身份到访战时中国,受到学界与政界的欢迎,但他始终未真正加入共产党,与共产主义运动保持着若即若离的关系。乔治・怀特(George White)认为,30年代奥登作品中的马克思主义只是其社会焦虑症的一个视角投射,因而"并不是赤诚的,且时常看来具有强加性与虚假性"(Wright 66)。马克思作为配角在《死亡之舞》剧末出场并草草了结剧中的诸多阶级矛盾,其行动方式的荒诞性与反讽性成为诸多学者关注的焦点。奥登文学遗产受托人爱德华・曼德尔森(Edward Mendelson, 1946—)认为"任何马克思主义者如果对这一结局感到满意的话,那就是对反讽的无动于衷"(Mendelson 247),同时,这一"不得体"的结局开启了奥登剧作中一种新创造的快感,用奥登的话来说,"共产主义者从未发现这是一个虚无主义的玩笑"(转引自 Mendelson 247)。以写作反极权主义作品著称的英国作家乔治·奥威尔(George Orwell, 1903—1950)意识到,奥登一派的政治立场是自1935年以后随着希特勒上台,在政治中立已成为不可能选项的情况下,而被迫做出的选择。

在两次世界大战夹缝中的30年代,“非此即彼”“非左即右”的政治话语渗透到了日常生活的方方面面,公众话语不断压制着诗人的私人话语空间,“被迫政治化意味着被迫过双重的生活……往往虚假的公众生活吞噬并摧毁真实的私人生活……而前者总会胜利,因为它可以把熏肉带回家”(Auden 2002: 418)。从40年代中后期奥登对前期作品的编选活动来看,他似乎有意回避自己在30年代的政治取向。据菲尔乔考察,1945年奥登即将出版第一部诗集时,有意将《一个共产主义者的告白》(“A Communist to Others”, 1932)排除在外,并在有生之年只允许再版一次(Firchow 1984: 66)。据卡朋特记载,他甚至同时也考虑删除《死亡之舞》整部剧,以及《两败俱伤》(*Paid on Both Sides*, 1930)和《演说家》(*The Orators*, 1932)中的大部分,只留下只言片语(Carpenter 330),可见,他对自己作为共产主义者的身份并无自信。在1936年游历冰岛期间,奥登曾委婉地指出自己“至死都是一位自私的粉色老派自由主义者”:

> 我痛恨浮华与所有的权威;
> 它那受伤害的正义气息也让我
> 对有教养的那些自鸣得意的少数派感到不寒而栗。
> “永恒的革命”,左翼朋友们
> 告诉我,“将以反革命告终。
> 你的命运将是无家可归
> 至死都是一位自私的粉色老派自由主义者。”
>
> (Auden 1996: 328)

奥登在《致拜伦勋爵的信》(“Letter to Lord Byron”, 1937)中对自己前途与命运的预言充分融入了其公众形象与私人话语:就公众形象而言,他坚信自己是左派自由主义者,“左派”只是一种政治情感倾向,远非马克思主义,其内涵具有模糊性与争议性。在奥威尔看来,1935年希特勒将矛头直指苏联、英国与法国,这不得不使英法共产主义实现了短暂的基于“爱国主义与帝国主义情结”(Orwell 1940: 166)的结盟,因而个人主义、平等主义、普世主义仍是大众所普遍接受的观点,其核心并非共产主义的阶级斗争论,“共产国际的口号突然由红色褪色为粉红。‘世界革命’与‘社会法西斯主义'让位于'保卫和平'与'希特勒住手！'"(同上)同样，学者里德·达森布洛克(Reed Dasenbrock)也认为奥登一代对马克思主义不可能有透彻的见解，甚至"不能说他们的作品代表了马克思主义占主导地位的经济学所提出的任何问题的解决方案"(Dasenbrock 61)。可见，在政治倾向上，"粉红"指涉奥登马克思主义思想的不彻底性，及其社会改良方式的柔和性。就私人话语而言，30 年代纳粹德国利用"粉红清单"追捕同性恋者，粉红色也成了对同性恋群体污名化的符号表征。奥登在这里不仅以自嘲式反讽暗示自己同性恋与温和的改良派身份[1]，而且也精准地预言了自己一生"无家可归"的漂泊之旅，在冰岛之行以后，他先后到访西班牙、中国，并于晚年定居美国，频繁往来于欧陆与北美，最终病逝于维也纳。

由此可见，如何定位奥登的"粉红马克思主义"在中产阶级死亡狂欢中的意义和作用，并考察马克思在剧中的仓促出场在何种程度上实现了对中产阶级的救赎，成为理解《死亡之舞》中各阶层矛盾话语和解方式的关键。通过对奥登同时期诗歌与剧作的跨文本阅读，可以发现，梅尼普斯式反讽叙事是奥登在 30 年代展现中产阶级死亡主题的主要方式，在形式上表现为人物刻画的概念式呈现。奥登早年多从马克思主义政治经济学视角分析欧洲社会矛盾，但《死亡之舞》及其相关主题作品仍属精神分析式诊疗话语范畴，未能从根本上为中产阶级的困境开出良方。

二、《死亡之舞》的梅尼普斯式反讽叙事

在《批评的解剖》(*Anatomy of Criticism*, 1957)中，诺思洛普·弗莱(Northrop Frye, 1912—1991)定义"梅尼普斯式讽刺更多地针对人们的思想态度而不是仅仅写他们的为人……梅尼普斯式讽刺作品的短小形式通常是一段对话或谈话形式的作品，引起人们对戏剧兴趣的是一些观念的冲突而不是性格的冲突"(弗莱 460—462)。梅尼普斯式反讽的文体形式表现为诗歌与散文的结合体，因而从一定程度上讲，诗剧是这种讽刺风格的理想载体；在叙事策略方面，它并不侧重人物性格的多方位、立体式具象刻画，而是"按照他们对职业生涯的态度而不是其社会行为来描写

---

[1] 奥登在《致拜伦勋爵的信》中讲述自己的童年经历，并暗示自己的性取向，"我必须承认我很早熟，/……/所用的词汇超乎我的年龄让人一惊/上学后我说的第一句话就惊倒众人/险些让一位女舍监摔倒；/'我喜欢看各种各样的男生'"，详见 Auden(1996：330)。

的”(同上 460),这导致人物远非写实,而是程式化的概念呈现,人物成为社会各种思想、诉求与声音的传话筒。奥登曾指出其 20 世纪 30 年代的剧作“真正的影响来源于中世纪神秘与奇迹剧”(转引自 Wright 15),它们的寓言式对话方式、情节行动的象征性描绘以及人物形象的概念化呈现,频现于奥登 30 年代的中产阶级死亡叙事。逃避与妥协既是中产阶级在“死亡本能”驱使下所做出的无奈选择,也是这一时期奥登情感倾向在创作心理上的外化写照。奥登认为存在两种形式的艺术,一种是“逃避的艺术,因为人需要逃离,就像他需要食物和充足的睡眠”,另一种是“寓言的艺术,教人忘记仇恨,学会爱”(Auden 1996: 104)。他将这两种艺术形式有机地融入 30 年代的中产阶级死亡叙事。在《死亡之舞》中,中产阶级在海滨度假、殴打犹太裔经理、登上民族主义的航船,这些做法既是逃离旧有社会矛盾,也是以寓言方式尝试建立新秩序,尽管在死神的支配下显得盲从和无力。海滩与船作为中产阶级狂欢化的象征性场所,“让我们明白了自己不是单个的存在,无论年龄、性别、层级或是才能,我们所有人都在同一艘船上(处境相同)”(奥登 2015: 613)。剧中为数不多的具象化个体,例如医生、爱德华爵士(Sir Edward)、博克斯与考克思(Box and Cox),都属于概念化的人物,他们有各自的阶级立场,对中产阶级持不同态度,然而这种态度很少付诸实际行动。博克斯与考克思的出场,直接指涉 19 世纪法国剧作家约翰·麦迪逊·莫顿(John Maddison Morton, 1811—1891)的同名独幕剧,讽刺两个人轮流担任某个角色、占据某个特定位置,实则展现了中产阶级忧郁、徒劳以及缺乏安全感的生存困境,正如报幕员总结道“所有的努力终将完结/他们无所奢求,只归于尘土/永远活在他们出生之前的平寂之中”(Auden 2019: 102)。

梅尼普斯式反讽也体现在奥登对马克思主义的把玩之中。虽然马克思在《死亡之舞》中姗姗来迟,但奥登在此剧中对人类社会发展史的宏大叙事则渗透着浓厚的马克思主义政治经济学意味。在午夜 12 点的钟声敲响之前,合唱团与报幕员一唱一和,分别从宏观与微观视角回顾了人类社会从古希腊文明到现代工业社会的历史变革:希腊文明为人类留下了田园诗般的美好景象与“煤炭矿藏”(同上 104);罗马帝国带来了机械与“生产资料的总和”(同上);中世纪的封建领主为人类社会带来了农耕文明与土地私有制;资产阶级的崛起与宗教改革使得“天选之族为自由经济而悦”(同上 105);法国革命实现了阶级的平等,“他们围起了公用土地,并在那放羊”(同上)。唯独在对近代工业革命场景的描绘中,奥登充满了厌恶之情,"肮脏的城镇"(同上),因被强迫劳动而饥渴难耐的工人,在葬礼上才可解渴的"红酒与啤酒"(同上),似乎都直指资产阶级贪婪地追求剩余价值。在一切皆可用价值来衡量的社会中,"海军腐朽了,民族湮灭了/货币(currency)永不可靠"(同上 107)。"currency"一词显然是双关,有"通货"与"流行"的双重含义,暗示了奥登对现代工业文明的质疑与挑战,因它破坏了社会旧有秩序的既定规则,使得"一切等级制和固定的东西都烟消云散了,一切神圣的东西都被亵渎了"(马克思、恩格斯 30—31)。奥登对马克思主义政治经济学话语的寓言式、概念式化用,只是"知识的游戏……通过给事物命名,将情感及其隐藏的关系带入意识"(Auden 2002: 345)。奥登从马克思那里获取了资产阶级的剩余价值论、阶级斗争观以及经济基础与上层建筑辩证关系论,然而这并不意味着他认同或信仰马克思主义,相反,他对中产阶级社会境遇的批判与反思更多是基于自由主义与物质层面的微观视角。

他的马克思主义分为两类,部分源自马克思和弗里德里希·恩格斯(Friedrich Engel, 1820—1895)所扮演的两个角色。一方面,在 19 世纪 40 年代他们成为德国经验主义哲学传统中的重要人物,主要是反对 G. W. F. 黑格尔(G. W. F. Hegel, 1770—1831)的唯心主义哲学。另一方面,他们同为政治经济学家、社会改良家和颇具争议的宣传家。奥登从作为政治经济学家的马克思那里借鉴了林林总总的材料和学说,诸如封建制衰落的原因、资产阶级与无产阶级的矛盾理论、文化"上层建筑"的概念,以及对资产阶级自我毁灭冲动的理解等。有证据表明,奥登无法严肃地接受这一层面的马克思主义。他倾向于把玩作为资本主义批评家的马克思及其工人拥护者的信仰,嘲弄他们,将这一切融入闹剧,就好像他很自觉地发现自己已卷入其中(Replogle 593)。

尽管共产主义、民族主义与法西斯主义都是当时欧洲中产阶级时常讨论的意识形态问题,然而在两次大战夹缝中的英国,大部分中产阶级仍"信奉自由主义与个人主义,崇尚道德而非迷信,富于感性而非理性"(Auden 1996: 48),这部分得益于英国国民教育体制中的三大基石:文艺复兴带来的人文主义传统、启蒙运动所激发的对"政治权威与理性"(同上 49)的天然质疑精神,以及新科学革命带来的"理论推理与实践检验相结合的科学方法"(同上)。中产阶级在享受科学革命带来的物质财富的同时,也被资本所奴役,"资产阶级在它已经取得了统治的地方把一切封建的、宗法的和田园诗般的关系都破坏了"(马克思、恩格斯 30),取而代之的是现代工业资本无孔不入地渗透到中产阶级的生活方式、思维习惯及意识形态当中。奥登创作于1937年的诗作《死神之舞》(“Dance Macabre”),开篇就意识到了化身为现代战争的死神,对伦理、科学与社会陈规的全面毁灭,“再见,客厅里节制有理的呼吁,/再见,教授合乎逻辑的推测和依据,/再见,身着礼服的外交官和沉稳的风范/现在要解决问题须用到毒气和炸弹”(奥登 2014: 205)。在描绘中产阶级的生活愿景时,奥登仍以梅尼普斯式反讽暗示富足的物质生活在现代消费社会中足以树立信仰的权威,以扫清世间繁杂,“我会现身,我会惩罚,魔鬼定将灭亡/我会给面包抹上厚厚的鱼子酱,/我会自建一座大教堂作为家宅府邸/每个房间都配一台真空吸尘器”(同上 207)。该诗以死神为第一人称叙述视角,他自称是除上帝与撒旦之外的“逍遥自在,被宠溺的第三圣子”(同上)。在另一诗作《死亡的回声》(“Death's Echo”)中,死神更发出了叛逆的厌恶人类的呼声,“人还是不要生出来最好”(同上 202)。可见,奥登对于中产阶级的前途总体持悲观态度,也并未将马克思主义信仰视为可能的救赎方式。

三、作为精神分析式诊疗话语的马克思主义

奥登晚年移居美国之后,曾回顾20世纪30年代对马克思主义的兴趣,承认多来源于心理分析层面,仍属英国左翼自由主义思想的范畴,其目的并非通过阶级斗争推翻资产阶级的统治,而是发掘共产主义在英国社会的可能呈现方式与形态,为中产阶级寻求更广阔的话语空间:

> 共产主义在很大程度上是中产阶级关心的问题。回顾历史,我自己、友人及那些在美国人看来是自由主义者的人们对马克思的兴趣,多是心理层面的,而非政治的。我们对马克思感兴趣,就像对弗洛伊德感兴趣一样,是一种揭开中产阶级意识形态面具的技巧,并非为了否定我们的阶级,而是要成为更好的资产阶级。我们最大的错误不是对俄国的虚假赞赏,而是这样一种势利感:认为在一个既没经历过文艺复兴也没经历过启蒙运动的半野蛮国家发生的任何事情都不重要。(Auden 2008: 524—525)

奥登晚年从"奥登一代"的创作特点与英国的社会文化语境两方面回应了30年代奥威尔的责难。奥威尔认为奥登一代是"说教的政治作家，与技巧相比，对主题更感兴趣，当然，他们也在艺术上意识到了前者"(Orwell 1968a：123)。奥登承认，相比T. S. 艾略特(T. S. Eliot，1888—1965)与埃兹拉·庞德(Ezra Pound，1885—1972)，他的诗歌技巧趋于保守，且剧作中意识形态过于浓烈，但我们也可以看到，以"喜剧诗人"(Auden 2015：459)自称的奥登综合运用戏仿与戏剧反讽等多种手段，让读者与观众也卷入意识形态与政治立场抉择的风暴之中，实现了戏剧欣赏的群体性与诗歌阅读的个体性之间的平衡。就英国社会文化语境而言，奥登并不认同奥威尔将其划入资产阶级(bourgeoise)的行列，因为"在英语国家中，资产阶级与无产阶级(proletariat)一样，都毫无意义"(同上460)。在奥登看来，彼时英国社会的核心矛盾并非这两大阶级之间的斗争，而是在战争危机与经济危机的双重威胁下如何为中产阶级的生存与发展创造空间。奥威尔认为，英国中产阶级内部"在那些追求绅士风度与不追求绅士风度的人群中，存在尖锐的分歧，是文化上的，而非经济上的"(Orwell 1968b：35)。在某种程度上，奥登认同奥威尔的观点，他从弗洛伊德精神分析学的视角，定位了自己所理解的马克思主义只能是心理层面，而非政治的，"在现代社会中，心理单元的大小与经济单元的大小无关，问题在于为全体民众找寻到一个合适的对象，将对生命充满敌意的、毁灭性的死亡本能集中在这个对象上，或者更确切地说，将这些置于生命本能的支配之下，例如性行为"(Auden 1996：54)。

在30年代的欧洲社会，奥登认为人们寻找到的唯一方式就是战争，而"如果有一个合适的仇恨对象(恺撒、马克思主义者、资产阶级)，我们会对分享他的邻居感到真正的爱"(同上)。显然，奥登在这里受到了弗洛伊德晚年在《超越唯乐原则》(*Beyond the Pleasure Principle*，1920)中提出的"死亡本能"与"爱的本能"(又称"性本能")理论的影响，并将其应用到自己的剧场创作实践中。在弗洛伊德看来，前者是破坏性的，既包括自然规律的生老病死，也包括不可抗力造成的死亡，如心理冲突、外部自然灾害、战争等；后者是建设性的，是人类维持自身存在和种族延续的必要行为，而性在"爱的本能"中所发挥的作用自然成为关注的焦点。尽管弗洛伊德以生物学、遗传学等自然科学为切入点分析两者的关系，奥登认为他的精神分析实质上是"历史的"，他的诊疗方法的目的是使病人"活出自己的过去，在分析师的推动与干预下发掘本真的自我"(Auden 2008：343)。

弗洛伊德将生的本能与死的本能视为尖锐对立的两极,“对像爱这个现象本身给我们提供了第二个类似于两极对立的例子,这两极便是爱(或钟爱)和恨(或侵犯)”(弗洛伊德 71)。奥登将存在主义式的生与死、心理认知层面的爱与恨之间的辩证关系视为其集团剧院创作的核心问题,“只有当它意味着仇恨被建设性地使用(就像雕塑家憎恨大理石一样),死亡被生命吞噬,这才是真实的”(Auden 1996: 54)。新旧、爱恨、虚幻与现实、历史与当下、健康与病态在奥登笔下并非截然对立的两极,它们不固化于既定的社会陈规,又在一定程度上被社会权力话语所压抑,因而在剧作中呈现出写实性摹仿与怪诞式想象,个性化人物呈现与群像式众声喧哗,程式化意象象征与寓言式行动反讽等矛盾之间的张力,“历史是独特且新奇的事件和纪念碑的领域。历史的过去与现在,健康或病理的标准不能建立在规律性的基础之上”(Auden 2008: 343)。

奥登在 30 年代集团剧院创作所奉行的原则,就是以多声部的全景视角展现社会矛盾,不急于进行说教式的道德批判,避免过早地将相互纠缠的复杂关系简单化与刻板化,这也符合他作为一位老派自由主义者与粉红马克思主义者的价值观。《死亡之舞》中的中产阶级(包括台上台下的演员,甚至被剧场情绪卷入其中的观众),对剧中一系列象征性行动(例如分发制服、登船远航、夜店派对)几乎都持左右摇摆的态度,这一定程度上归咎于报幕员与死神的蛊惑性言论引导,但也暗示了中产阶级群体天生对政治的低敏感度,他们更关注自身的生存境遇,至于“经济的安全,和平的外交,更多的社会平等”(Orwell 1968b: 30),只有在讨论到欧陆国家时,才会频繁使用此类政治术语。他们对资本主义、社会主义、共产主义、无政府主义、法西斯主义“只能给出模糊的(甚至愚蠢的)答案”(同上 28)。这也注定了中产阶级对政治概念的理解,只能停留在心理层面,很少有社会革命与阶级斗争的思想与冲动。奥登这一时期多数集团剧院作品,从宏观层面上印证了其诊疗话语本质上的线性历史逻辑:反思—联合—行动,即反思当下社会的病态表征,联合一切阶层的声音寻找致病机理与诊疗手段,并以象征性的行动方式判定病因。奥登式的精神分析诊疗并非以治愈病症为最终目的,而是以“语言的游戏”(Auden 2002: 345)展示社会病症的复杂性,在语言风格上体现为含混与反讽。《死亡之舞》的开篇,在海滨度假场景中,奥登通过对比现代欧洲人苍白臃肿的躯体与古希腊人健美的体魄,反思现代人的病症。报幕员将敌人直指“全球资本的独裁”(Auden 2019: 91),并联合持各种政见的中产阶级群体登上了民族主义复兴之船。舞者癫痫发作，倒在了舞台，众人控诉颓废与罪恶的资本主义，最终马克思宣告了舞者的死亡，并指出其被清算的根本原因是生产资料过剩。随后，在 1935 年与克里斯托弗·衣修伍德（Christopher Isherwood，1904—1986）合著的剧本《皮下之犬》（*The Dog Beneath the Skin*）中，奥登明确地指出，良好的国民教育与健硕的体魄是反思的基础，先进的生产工具与人力资源是联合的关键，而无限延展的人类智慧，才是行动的源泉，“你有完美的医院和一些好学校/反思吧。/你工具的精度与设计者的技能是无与伦比的/联合吧。/你的知识和你的力量能无限延伸/行动吧”（Auden & Isherwood 157）。

在《弗洛伊德的弦外之音》（“The Implication of Freud”）中，奥登这样阐释马克思与弗洛伊德学说的相通性与斗争性：

> 与马克思类似，弗洛伊德的学说也由文明的失败而起，前者源于贫困，后者源于疾病。两者都认为人类行为不是由意识，而是由本能的需要、饥饿或爱欲决定的。他们都渴望一个有理性选择和自决成为可能的世界。
>
> 他们之间的区别是在街上研究人群的人与在诊室里看病人（或者最多是他的家人）的人。马克思从外向内看到了外在世界和内在世界之间的关系，弗洛伊德则刚好相反。因而，双方互相怀疑。社会主义者指责心理学家屈服于现状，试图让神经症患者适应制度，这剥夺了他潜在的革命性。心理学家反驳说，社会主义者正试图通过“自己的靴子标签”来抬高自己，他们不了解自己，或者对金钱的渴望只是权力欲望的一种表现形式。以至于一旦他们通过革命掌握了权力，就会重蹈覆辙。
>
> 他们都是对的。只要文明还在，心理学家能治愈的病人就很少了。社会主义一旦掌权，就必须学会引导自己的内气，需要心理学家的诊疗。（Auden 1996：103）

作为一位“自私的粉色老派自由主义者”（同上 328），马克思主义与弗洛伊德心理分析学说同属奥登社会改良思想的工具，是一种思想与社会运动，以剖析现代西方社会的弊病。奥登认为近代工业革命的发展导致人际关系的疏离及个体心理的异化，“我们这个国家，没有人是健康的。我们病了，必须向有思想的伟人、世俗的圣人寻求帮助”（Auden 1934：14）。马克思以宏观的人类社会为研究对象，由外向内揭示社会革命与政治经济学的一般规律,弗洛伊德则从微观的人类心理与人际关系洞察社会的弊病与中产阶级的生存困境。奥登承认早年的公学教育使他成为一名"反政治主义者,喜欢独处,写写诗歌,有自己的朋友圈,过自己喜欢的性生活。曾经与一直以来的敌人都是政治家"(Auden 2002: 416),因为他认为政治家往往喜欢订立社会规则,并强迫人们来遵守。然而在中产阶级看来,权威与规则的缺席反而更容易导致信仰的缺失,正如舞者所扮演的死神退场之后所引发的恐慌,"现在,谁会做我们的主人? 谁会是那个/教我们如何从孤独(alone)飞往最终的孤独(Alone)的人?"(Auden 2019: 100)奥登从微观与内部视角关注现代工业社会人的生存境遇与心理病症,注定了其马克思主义话语亦属心理分析的范畴。英国学者鲁宾·奥兹本(Reuben Osborn)认为"马克思主义者,若于人类生活的主观方面一无所知,将永远是片面的;弗洛伊德的信徒,误解了人类主观生活所由以表现的客观环境的性质,也是片面的"(奥兹本 143)。两者关注的焦点都是人,但视角与维度皆有不同,只有将两者辩证统一起来,"便能供给关于人类的充分知识"(同上)。奥登在《悼西格蒙德·弗洛伊德》("In Memory of Sigmund Freud", 1940)一诗的开篇就意识到,在这个死亡的时代写挽歌并非易事,并暗示表现当下客观环境及其性质的史诗性宏大叙事是不可能的,只因"那么多貌似合理的崭新未来/经由威胁或阿谀正强令服从"(奥登 2014: 440)。早年奥登因家族与学校教育影响,痴迷于弗洛伊德精神分析,加之其天然的"反政治"倾向,及作为左派自由主义者的模糊政治取向,既是"非左即右"的时代大背景下的私人话语与公共形象相妥协的结果,也是贯穿其 30 年代作品的重要思想线索。

结　　语

《死亡之舞》是奥登 20 世纪 30 年代死亡主题的代表剧作,集中体现了两次世界大战夹缝中各种意识形态在欧洲的激烈交锋,以及中产阶级的生存困境与思想状态。作为奥登早期实验戏剧的代表作,在表演形式上,奥登融入诗歌、音乐、舞蹈等多种艺术形式,充分发挥演员在人物塑造上的多样化表现方式,并使观众融入戏剧表演的行动当中,这是对 30 年代众声喧哗的社会中各种声音的摹写。在表现技巧上,奥登以梅尼普斯式反讽叙事塑造了程式化与概念化的人物形象,赋予人物行为的象征性,为其诊疗式话语提供了必要的施展空间。在平衡剧作的说教性与娱乐性方面，英国诗人N. S. 汤普森（N. S. Thompson）在长诗《致奥登》（*Letter to Auden*，2010）中，以仿奥登式反英雄诗歌书信体回顾奥登的生活轨迹、创作历程与艺术特色，指出"幽默是最好的说教方式/尽管会有看似轻浮的可怕风险"（Thompson 36）。马克思在剧末颇具反讽性与幽默性的登场，实现了文学阅读的个体性与戏剧欣赏的群体性之间的平衡，更是行动中的说教方式。因此，在评论家迈克尔·西德内尔（Michael Sidnell）看来，"奥登将马克思主义教条作为一种知识的架构，但结果与其说是共产主义式的宣传，不如说是一种道德上永恒的（甚至宗教式的）死亡告诫"（Sidnell 74）。

在《死神之舞》中，死神最终得到了马克思的审判，但这并不意味着奥登认为马克思是欧洲中产阶级的救世主，更不能说明30年代的奥登是一位马克思主义者。马克思主义政治经济学、阶级分析法及唯物史观虽然在《死神之舞》《皮下之犬》等集团剧作中有所渗透，但这并不能改变奥登作为一位老派自由主义者与被标签化的马克思主义者的身份与立场。中产阶级的死亡本能，在奥登相关死亡主题作品中，基本属于弗洛伊德精神分析学的话语范畴，这与他早年公学生活中培养出的"反政治"倾向紧密相关，是在"非左即右"的时代大背景下的私人话语与公共形象相妥协的必然结果。因此，马克思的出场并不意味着欧洲各阶层矛盾的妥协与和解，真正的世纪审判远未到来，正如英国诗人威廉·燕卜荪（William Empson，1906—1984）在《只是掴奥登一巴掌》（"Just a Smack at Auden"）中打趣道，"孩子们，马克思说了什么？他有何想法？/孩子们，没有擦出好的火花，还在等待结束"（Empson 82）。

引用作品[Works Cited]：

Auden, W. H. *The Orators: An English Study*. London: Faber and Faber, 1934.

——. *Prose and Travel Books in Prose and Verse*, vol. Ⅰ. Ed. Edward Mendelson. Princeton: Princeton UP, 1996.

——. *W. H. Auden, Prose: 1939 - 1948*, vol. Ⅱ. Ed. Edward Mendelson. Princeton: Princeton UP, 2002.

——. *Selected Poems*. Ed. Edward Mendelson. New York: Vintage Books, 2007.

——. *W. H. Auden: Prose, 1949 - 1955*, vol. Ⅲ. Ed. Edward Mendelson. Princeton: Princeton UP, 2008.

——. *W. H. Auden: Prose, 1969 - 1973*, vol. Ⅳ. Ed. Edward Mendelson.

Princeton: Princeton UP, 2015.

——. *The Dance of Death, in Plays and Other Dramatic Writings, 1928 – 1938*. Princeton: Princeton UP, 2019.

—— & Christopher Isherwood. *The Dog Beneath the Skin*. London: Faber and Faber, 1935.

Carpenter, Humphrey. *W. H. Auden: A Biography*. Boston: Houghton Mifflin Co., 1981.

Dasenbrock, Reed. "Poetry and Politics." *A Companion to Twentieth-century Poetry*. Ed. Neil Roberts. Malden: Blackwell, 2003. 51 – 63.

Day-Lewis, C. "C. Day-Lewis on the Danger of Dilettantism." *W. H. Auden: The Critical Heritage*. Ed. John Haffenden. London: Routledge & Kegan Paul, 1983. 148 – 149.

Empson, William. *The Complete Poems of William Empson*. Ed. John Haffenden. Gainesville: UP of Florida, 2001.

Firchow, Peter. "W. H. Auden and the Ideology of Modernist Poetry." *CEA Critic* 46.3 (1984): 60 – 71.

——. *W. H. Auden: Contexts for Poetry*. Newark: U of Delaware P, 2002.

Fuller, John. *W. H. Auden: A Commentary*. London: Faber and Faber, 1998.

Hobson, Harold. "Harold Hobson Applauds a Pioneer, 'Christian Science Monitor.'" *W. H. Auden: The Critical Heritage*. Ed. John Haffenden. London: Routledge & Kegan Paul, 1983. 154 – 155.

Mendelson, Edward. *Early Auden, Later Auden: A Critical Biography*. Princeton and Oxford: Princeton UP, 2017.

Orwell, George. *Inside the Whale and Other Essays*. London: Victor Gollancz Ltd., 1940.

——. *The Collected Essays, Journalism and Letters of George Orwell*, vol. 2, *My Country Right or Left, 1940 – 1943*. Eds. Sonia Orwell and Ian Angus. New York: Harcourt Brace Jovanovich Inc., 1968a.

——. *The Collected Essays, Journalism and Letters of George Orwell*, vol. 3. Eds. Sonia Orwell and Ian Angus. Middlesex: Penguin Books, 1968b.

Replogle, Justin. "Auden's Marxism." *PMLA* 80.5 (1965): 584 – 595.

Sidnell, Michael. *Dances of Death: The Group Theatre of London in the Thirties*. London: Faber and Faber, 1984.

Thompson, N. S. *Letter to Auden*. Middlesbrough: Smokestack Books, 2010.

Wright, George. *W. H. Auden*. Boston: Twayne, 1981.

奥登:《奥登诗选:1927—1947》,马鸣谦、蔡海燕译,上海:上海译文出版社,2014 年。

——：《序跋集》，黄星烨译，上海：上海译文出版社，2015 年。
奥兹本：《弗洛伊德和马克思》，董秋斯译，北京：中国人民大学出版社，2004 年。
弗莱：《批评的解剖》，陈慧、袁宪军、吴伟仁译，天津：百花文艺出版社，2006 年。
弗洛伊德：《自我与本我》，林尘等译，上海：上海译文出版社，2011 年。
马克思、恩格斯：《共产党宣言》，北京：人民出版社，1997 年。

向外看：弗吉尼亚·伍尔夫的反彻底主观化叙事

隋晓荻*

内容提要：在以"我""思""在"为要素的西方现代性叙事的场景中，弗吉尼亚·伍尔夫以"向里看"的思路在小说领域展开了探索。然而，"向里看"并非她在西方小说现代化探索中的全部线路。实际上，在她早期和晚期的小说中，可辨析出集体自我叙事、身体见知叙事、现实体验叙事三种叙事范型，均包含了"向外看"的叙事动机。由于这三种范型分别立足于社会性、历史性、实践性，与"我""思""在"构成对位关系，因而可被看作伍尔夫对"向里看"可能带来的彻底主观化风险的控制和防范。

关键词：弗吉尼亚·伍尔夫；现代性叙事；彻底主观化；"向里看"；向外看

Abstract: In the landscape of the western narrative of modernity with "I", "think" and "being" as the fundamental elements, Virginia Woolf explores the way of "looking within" in the field of fiction. "Looking within", however, is not her complete exploring route to the modernization of fiction. Actually, in her early and late novels, three narrative norms can be recognized as the narrative of collective self, the narrative of bodily vision, and the narrative of actual experience, in each of which "looking outside" as narrative motivation is implied. Respectively generated on Woolf's social, historical and practical intentions in counterpoint to those of "I", "think" and "being", the three norms can be counted on for her sake of controlling and guarding against the potential risk of thorough subjectivization that "looking within" may bring about.

Key words: Virginia Woolf; narrative of modernity; subjectivization; "look within"; look outward

关于弗吉尼亚·伍尔夫(Virginia Woolf, 1882—1941)的现代性叙

* ［**作者简介**］：隋晓荻，大连理工大学外国语学院教授，主要研究方向为英国现当代文学、西方现当代文论。

事，弗雷德里克·詹姆逊（Fredric Jameson，1934—2024）的定性是"美学封闭性"（aesthetic closure）（Jameson 2007：165），意为伍尔夫所构造的从根本上看是一种审美性的、内倾性的彻底主观化叙事。这是一种以艺术家为叙事主体、以封闭的审美活动作为叙事方案基础框架的现代性叙事。就现代性这个话题而言，詹姆逊在《单一的现代性》（"A Singular Modernity"）中提出，"现代性不是一个概念"，而是"一种叙事类型"（Jameson 2012：40）。关于现代性及其叙事的话题，开端标志是勒内·笛卡尔（René Descartes，1596—1650）于1637年发表的哲学论著《方法论》（*Discours de la Méthode*）。在笛卡尔那里，"我""思""在"是现代性要素。同时，由于"'我思故我在'的'故'不是逻辑推论之'故'，而是表明它在'我思'与'我在'之间架起桥梁"（于奇智 117），因此三者之间的关系成为现代性叙事的基本框架。

伍尔夫曾提及笛卡尔，但并未就其哲学主张展开论述。早在出版文学作品之前，伍尔夫就曾于1911年在《泰晤士报文学增刊》（*The Times Literary Supplement*）上的一篇书评中提及笛卡尔。这篇书评题为《泰恩河畔纽卡斯尔的公爵和公爵夫人》（"The Duke and Duchess of Newcastle-upon-Tyne"），评论的对象是同名传记。据伍尔夫描述，在她评论的这部传记中，作为传主的公爵夫人来到法国，曾与笛卡尔和托马斯·霍布斯（Thomas Hobbes，1588—1679）同处一席。虽然他们是闻名于世的哲学家，但这位公爵夫人并不在意他们所讲的，哪怕是专门讲给她的，她关注的始终是自己探索的旨趣。伍尔夫做出积极评价："一句话，她的天赋是她的自我"（Woolf 1986：348）。对这位公爵夫人的评价同时显示出伍尔夫自己的价值取向，认知主体的旨趣优先于任何理论。就此来说，这与笛卡尔对"我思故我在"中的作为主体的"我"的肯定是一致的。

伍尔夫在1921年发表的《现代小说》（"Modern Fiction"）中所提出的小说叙事要"向里看"（"look within"）（Woolf 2008c：61），同样包含了笛卡尔式的现代性思考。从哲学意义上分析，"向里看"可以被理解为综合了"我思""我感""我直觉"的笛卡尔式范畴。她的现代主义小说代表作包含了"向里看"的自我封闭性叙事结构，也由此可以理解詹姆逊为何用"审美封闭性"来定性伍尔夫的现代主义小说。在此意义上，伍尔夫的叙事模式是彻底主观化的现代性叙事。

然而，"向里看"并非伍尔夫在其小说叙事探索中的完整线路。实际上，她早期和晚期的作品包含一种"向外看"的叙事动机。这种"向外看"

体现出伍尔夫在“我思”“我感”“我直觉”的纯粹主观性叙事之外,也在探索如何通过走向社会、走向历史、走向实践以达成小说的现代化。有研究指出,从伍尔夫对诗歌体裁的批评中,可以看到她“向外看”的意向。在伍尔夫看来,诗歌容易陷入“唯我论的‘抒情之我’”的困境,导致诗人不去探索内在的、主体性之外的世界(转引自 Bagocius 354)。伍尔夫的“向外看”意向,体现出对笛卡尔式现代性叙事的反拨,它是在与“我”“思”“在”这些要素所形成的对位维度上,探索如何解决现代性叙事的彻底主观化后果。

一、现代性叙事与彻底主观化

伍尔夫在《现代小说》中思考的主要问题,就是现代性叙事与主观化的关系。在这篇现代主义小说的宣言里,她态度明确地批判伪客观化的现代性叙事。伪客观化叙事,也就是她在 1919 年写的《现代长篇小说》(“Modern Novels”)一文里所谓的“物质主义”(“materialist”)(Woolf 1988a: 32)或者说实证主义(“positivist”)叙事(Woolf 1988b: 64—67)。在这种叙事方式中,客观化不是目的,只是一种手段、一种姿态。在伍尔夫看来,它体现为由固定的小说要素所构成的小说形式,以先验性规则自居,优先于生活本身。或者说,叙事形式先于现代生活本身。这是一种笛卡尔和伊曼努尔·康德(Immanuel Kant, 1724—1804)式的现代性叙事,其性质是人用思维的赋形能力为生活赋形。这种伪客观化的现代性叙事,归根结底,是康德意义上的人的先验能力的叙事表现,是一种以人的认知能力有边界为前提的主观化。

反对伪客观化的主观化叙事的同时,伍尔夫也明确反对彻底主观化。她直接批评了当时新兴的现代主义小说,认为它们的心理学式叙事(Woolf 1988a: 35)是一种个体主义的彻底主观化倾向。伍尔夫肯定了詹姆斯·乔伊斯(James Joyce, 1882—1941)的小说世界,认为这个世界包含了对个体的、主观的意识和经验,而这是谋求普遍客观性的写实主义小说传统所忽视的。然而,伍尔夫同时委婉指出,乔伊斯的《尤利西斯》(*Ulysses*, 1922)所呈现的生活还不够完整(Woolf 1988a: 34)。也就是说,伍尔夫对乔伊斯的评价是在认识论意义上的,意味着她虽然肯定由个体的感觉和直觉而来的经验的价值,但反对彻底主观化的小说叙事。伍尔夫在批判彻底主观化的同时,也努力探索如何解决这个现代性叙事的难题。

二、集体自我叙事范型

创建关于“他”及“他们”的叙事范型，是伍尔夫反彻底主观化探索的一条路线，暗含对笛卡尔式“我”的质疑。伍尔夫的第二部小说《夜与日》(*Night and Day*)于1919年出版，她在这部作品里尝试着构造一种关于“他们”的叙事，以破除唯“我”的叙事。伍尔夫在《夜与日》中沿用了简·奥斯汀(Jane Austen, 1775—1817)式的英国现代叙事框架，构造了一部社会喜剧(Briggs xi - xxiv)。但需要指出，伍尔夫在沿用中又走向不同。奥斯汀的社会喜剧把语言当作透明的客体，她的叙事是穿透了语言的“我”之“思”的表现。因此，奥斯汀看似客观的冷峻叙事姿态下，隐藏着具有绝对权威的理性主体。这种隐藏是有克制的主观化。相比之下，伍尔夫在《夜与日》里力图走出理性主体的主观化倾向。她在小说里构造了一个同时包含“我”与“他”的叙事，或者说关于“他们”的叙事。在《夜与日》叙事的尾声，不是女主人公单向度地走向她的爱人，而是他们二人相向共同进入了伍尔夫所谓的“沉默”，一种指向“他们”这个共同体的“沉默”(Woolf 1992: 430)。在这种沉默中，两个心灵被一个他们共同的心灵取代了(同上)。然而，沉默的叙事意义在于消解，对言说的消解、对叙事的消解。《夜与日》从企图言说“他们”开始，走向无法言说“他们”的沉默，这进一步意味着关于“他们”的叙事任务尚未完成。

如何走向关于“他”或“他们”的叙事，这个任务贯穿于伍尔夫的早期创作探索，1922年出版的《雅各的房间》(*Jacob's Room*)是这一探索的具象呈现。该小说可以看作一部关于雅各，也就是“他”，的传记性叙事。小说最后一章(即第十四章)的篇幅明显短于其他各章，却有力地隐喻了一个叙事的失败。前13章由不同视角下的追忆性叙事组成，是关于雅各的各种社会性事实和事件。但这些事实和事件碎片，却让伍尔夫无法回答“雅各是谁”，她在第十四章写道，“他(雅各)就这样把一切留下了”，“任何安排都没有”，“他期待过什么？ 他想过会回来么？”(Woolf 2008b: 186)在这里，一个普通的现代人雅各对于伍尔夫来说，不过是一个令她无能为力的能指符号，“雅各！ 雅各！”(同上 187)。关于他及生活的叙事尚未实现。在伍尔夫看来，现代性叙事尚未实现的原因，在于小说家尚无法捕捉到由某种未被认知的力量所驱动的“我们的生活”(同上 165)。关于雅各的叙事失败，也就是关于“我们”的叙事失败，其原因在于小说家们尚未认识真正的生活。

如果说《雅各的房间》隐喻了无法实现走向“他”的叙事,那么《达洛卫夫人》(*Mrs Dalloway*, 1925)和《海浪》(*The Waves*, 1931)则用一个“集体自我”,也就是以多重主观视角构造了一种现代性叙事型,去解决关于个体性、自我性的“我”的叙事难题。在《达洛卫夫人》的叙事语境中,达洛卫夫人并非作为生物性个体的“自我”,而是一个作为集体认知结合体的“自我”。这个“集体自我”是由多视角叙事综合而成,包含了彼得·沃尔什、理查德·达洛卫、萨莉·塞顿、基尔曼小姐、米尔顿夫人、伊丽莎白·达洛卫等人物有关达洛卫夫人的认知。在《海浪》里,作为讲故事的人的叙事者并非一个叙事个体。同时,它也不是视角无限的神性叙事者或视角有限的人性叙事者。伍尔夫用六个主人公各自的“我”的内心独白,集合而成一个故事,一个集体自我关于现代生活的叙事。

1928 年出版的《奥兰多传》(*Orlando: A Biography*)是一部似是而非的传记或小说,而这种似是而非的叙事形态正是伍尔夫式集体自我叙事的另外一种类型。《奥兰多传》的叙事同时包含了事实要素和虚构要素。奥兰多是虚构人物,但这个虚构人物又因伍尔夫的叙事同时充当了关于真实人物的能指。这些真实人物包括女诗人薇塔·塞克维尔-韦斯特(Vita Sackville-West, 1892—1962)、威廉·莎士比亚(William Shakespeare, 1564—1616)以及伍尔夫自己。关于奥兰多的个体叙事也因此转化为关于他人和自我的集体性叙事。这个奥兰多,既是一个从个体到众人的集合体,也是一个从伊丽莎白时代到 20 世纪初的英国现代社会的聚合体。在此意义上,《奥兰多传》是自传和他传的综合体,奥兰多就是一个集体自我。伍尔夫在 1933 年出版的《福莱希传》(*Flush: A Biography*)里也创造了一个类似的集体自我。福莱希被虚构为维多利亚时代女诗人伊丽莎白·勃朗宁(Elizabeth Browning, 1806—1861)的狗。伍尔夫在这场叙事行动中采用了去主体意识的生物性视角去呈现一个真实人物,由此展现出一种非社会性和非历史性的非个人化视角的叙事。这也是一种非“我”的集体自我叙事。

伍尔夫在《岁月》(*The Years*, 1937)中尝试使用让读者介入小说意义生成的叙事策略,目的是去除彻底主观化的叙事倾向,构造一种社会性的集体自我。创作期间,伍尔夫在日记中说,“屠[格涅夫](Ivan Turgenev, 1818—1883)的想法是,你作为作家,给出基本的,其余的,就留给读者去做吧。陀[斯妥耶夫斯基](Fyodor Dostoevsky, 1821—1881)是把能帮到和建议到读者的全给。屠[格涅夫]是少给”(Woolf 1982: 173)。在此处,伍尔夫更认同屠格涅夫的叙事策略，即通过叙事留白给读者参与意义生成的余地。

如果与《达洛卫夫人》和《海浪》的意识叙事策略相对比，《岁月》偏向于事实叙事，而后者迫使读者依靠自己去想象作品中人物的意识。此外，在《岁月》里，这种事实叙事是把事实碎片化为独立的事件，而不是采用英国写实传统的叙事方式，为诸事实构造出因果关系。由于伍尔夫力图保留事实本身的独立性，这就需要《岁月》的读者介入叙事意义的生成。而这正是伍尔夫所期待的，"我想的是描绘一个图景，社会作为一个全体；从每一面描绘人物；让他们面向社会，而不是面向私人生活"（Woolf 1980：116）。她在这里用社会意指全体，同时暗示出走出个体和私人性之外的意图。由于她采用的是多视角、碎片化的人物叙事方式，因此全体性的实现必然要借助读者的介入。在此意义上，作者、人物、读者，都无法用个体的私人性意指控制意义的生成。同时，他们又彼此制约。这样，一种彻底主观化的叙事就被遏制了，一种社会性的集体自我叙事得以生成。

如果说《岁月》只是隐晦地谋求读者的介入，伍尔夫的最后一部小说《幕间》（*Between the Acts*，1941）则是明确地构造了一种伍尔夫式的集体自我叙事范型，隐含着打破现代主义叙事审美封闭性的意味。詹姆逊用审美封闭性评价现代主义文学的普遍特质，意指一种强调审美自治或自律的美学主张。他批判这种审美自律把文学艺术作品的意义置于社会、历史、文化之外。这就间接地指出，在现代主义文学叙事中，作者因作品的自治权获得了一种走向彻底主观化的基础。

《幕间》的叙事体现出伍尔夫努力走出彻底主观化的审美意识。为此，她采用了将读者引入作品的叙事策略，以打破彻底主观化所要求的单调话语权力。她把《幕间》构造成一部舞台剧小说，或者说一部小说舞台剧，用舞台剧的现场性，也就是用观众的意愿去制衡作者的权威。整个叙事的主线围绕着导演拉·特鲁普小姐和观众，也就是村民，之间在如何演出问题上的对抗而展开。尽管拉·特鲁普的书写意志十分强悍，她力图用自己的强力意志统一观众离散的想法和意识，但最终失败，如她在《幕间》里所说，试图充当叙事主体的"'我自己'——已经不可能了"（Woolf 2008a：121）。这部小说未能创造出集体自我，未能在作者和观众之间构造出一个集体自我。然而，它让我们看到伍尔夫力图走出彻底主观化的努力，有研究指出，在《幕间》里，伍尔夫是在用小说这种审美性叙事，去统一"离散的我们"——英国民众、英国社会（Lecercle 246—247）。

三、身体见知叙事范型

创建关于身体的叙事,是伍尔夫反彻底主观化探索的另外一条路线,暗含对笛卡尔式"思"的质疑。"从劳伦斯·斯特恩(Laurence Sterne, 1713—1768)到乔治·梅瑞狄斯(George Meredith, 1828—1909)的英国小说都证明我们对……身体之美妙的天生爱好"(Woolf 2008c: 12),这是伍尔夫在《现代小说》中论及英国小说传统时,对身体叙事价值的肯定。她在创作第一部小说《远航》(*The Voyage Out*, 1915)时,已经开始探索身体、身体与心灵或"思"的关系、身体的认知价值等问题。

在《远航》中,需要得到心灵确认才得以存在的身体,被作者赋予对抗心灵优先性的权利。在谋求自我确立的隐喻性远航中,女主人公蕾切尔从身心聚一,转向身心二分,身体的愉悦成为她的根据,用以质疑知识的外在性和有限性。她认为,她的思维属于伊丽莎白时代以来的男性知识话语体系,而她的身体,却因此在的一切而愉悦(Woolf 2000b: 27)。伍尔夫在这里构建了一种二元对立关系,一端是以男性为标记的、强调理性认知为根本的知识体系,另一端是以女性为标记的感性或身体性之间的自我。前者不仅外在于后者,而且无法完整理解处于现代生活之中的"我"的此在的意义。来自女性身体的感觉经验,成为《远航》解决身心二分现代性难题的方案。有研究也认为,伍尔夫在构思《梅林布鲁西亚》(*Melymbrosia*, 1913),也就是后来的《远航》时,有意识地从英国 19 世纪女性文学传统及前辈女作家那里寻求一种"女性经验"(Reus 21)。

把身体当作受体,让身体受制于心灵范畴下的意识和意志,这是伍尔夫对身心二分意识下身体地位的分析。在《雅各的房间》和《达洛卫夫人》里,身心二元的分裂性和对抗性的表现被进一步强化,不同的是,身体变形为社会规范或个体意识入侵主体的受体,用主体无法抗拒的消极性,为心灵的主观化设置障碍。雅各变形为"雅各的房间",在这里,主体消失,仅以客体的形态,作为无法确认的他者,引发心灵的主观化活动。然而,作为主观化结果的再造性主体雅各,始终只是一个不断接纳之后又被新的再造性主体驱逐出去的"雅各的房间",一个人类主观化的受体。同样,"达洛卫夫人",成为伦敦或者英国社会观念的受体。尽管心灵试图以形而上的超越性作为主观化的方式抗拒入侵,但大本钟所隐喻的社会权力,却作为一种客观规律的象征,阻止了任何主观化活动。塞普蒂莫斯·华伦·史密斯选择放弃"丧失感觉能力"(Woolf 2000a: 76—77)的身体,用以最终达成彻底主观化。然而，这是一种以消解身体及其社会形态的一元化的努力。

身心二分意识，已成为现代性叙事的基本出发点，但也是导致主观化乃至彻底主观化的一个缘由。这也是伍尔夫进行现代性叙事时要面对的难题。就个人而言，她高度肯定身体的意义。在《现代小说》中，她认为英国小说传统中值得肯定的是“对身体之美妙的天生爱好”(Woolf 2008c: 64)。现代人一方面把自身设置在以身心二分为基本结构的现代性处境中，另一方面，又给自身提出问题。这个问题是，在身心二分的状况中，现代人该如何处理两者之间的关系？保持二元对立，还是统一二者？要选择统一二者，是否存在统一的基础和前提条件？在此意义上的统一如何可能？

伍尔夫提供了一种叙事方案，就是一种身体见知叙事型，用以重新确定现代性中的身体与心灵关系。所谓“身体见知”(“body of vision”)(Sinding 136—138)，意指人类全部认知经验中以身体为基础获得的认知和经验。伍尔夫用小说叙事的方式描绘了身体之于人的经验价值。在1927年出版的《到灯塔去》(*To the Lighthouse*)结尾处，伍尔夫以共情的方式，把去世多年的罗姆塞夫人，具象地或者说身体性地，带入以心灵为存在支点的罗姆塞先生的意识。之后，这种意识转化为前往灯塔的身体行动。如此，身心合一得以实现。由此，罗姆塞夫人并非一种具有心灵启示意义的象征和意象，而是一个集合了各种认识和经验的意义性身体。既有身体意味，又有心灵意味。这部小说就是把身心二分改造为身心合一的现代性叙事。这种身体性叙事，不同于《达洛卫夫人》的意识性叙事。在《达洛卫夫人》的结局部分，原本作为一种身体行动方式的宴会，却因达洛卫夫人对塞普蒂莫斯选择抛弃身体这种行动的认同，转化为一个发生于意识中的葬礼。意识在此主宰了叙事。

在1928年出版的《奥兰多传》里，伍尔夫尝试把语言作为切入点，用三重同体这种隐喻语言客体化的方式，取消了现代人身心二分的命题。主人公奥兰多既是雌雄同体，也是伍尔夫和莎士比亚的同体，还是伍尔夫和薇塔·塞克威尔-韦斯特的同体。雌雄同体取消了性别区分的身体前提。这就在根本上取消了身心二分得以成立的身体物质性前提。伍尔夫和薇塔同体，取消了以个体为基础的意识前提。这也就取消了身心二元结构中的意识的个体性，也就是我和他者的区分。伍尔夫和莎士比亚的同体，彻底取消了作为个体的现代人身心有限的区分。现代人身心二分的命题在这部小说里被三重同体的隐喻所取消，而这种取消以虚构或者说语言客体化的方式得以实现。

关于心灵与世界及二者是否二分的问题，也是伍尔夫在小说实践中力图解决的。从首部小说《远航》到离世后出版的《幕间》，她的全部小说作品都蕴含着对这个问题的探究。在《远航》与《夜与日》中，心灵开始怀疑自身与外部事物之间的确定性关系，尝试与外部事物分离，但二者尚未断裂二分。在《雅各的房间》《达洛卫夫人》《到灯塔去》中，心灵依赖记忆，维护自身生产世界的权力。在《奥兰多传》《海浪》《福莱希传》中，心灵把自身看作构造世界的上帝，人类及其历史、自然及其生命万物，都由它创造。在《岁月》与《幕间》中，心灵放弃构造自然万物映像的雄心，返回怀疑状态，探究自身的认识能力和认识尺度。

伍尔夫生前创作的最后一部小说《幕间》，仍在探究世界自在和心灵自为的关系问题，同时对现代科学方法论意识下关于事物的知识的合法性展开了思考。她在《幕间》里写道，“想看看老天爷是否听气象学家的话。天气确实多变……天上的云彩……游移不定，缺乏对称，毫无秩序。它们是遵循自己的法则呢，还是不遵循任何法则?”[①](Woolf 2008a：16)属于现代科学的气象学，把天气变化的规律作为研究对象，其结果是现代知识论意义上就天气变化表象所提出的规律性、齐一性、普遍性的认识。然而，在康德哲学意义上的事物自身，外在于人，无法达到，知识论或者方法论意义上关于事物的规律，并非来自事物自身，而是人的理性认知能力作用于事物的结果。伍尔夫在这里所思考的，也是关于事物的规律，它究竟来自事物自身，还是来自人的认知能力所赋予事物表象的某种结果。同时，是否存在由诸多事物构成的、具有内在关系和规律的世界，这也是伍尔夫思考的问题。

四、现实体验叙事范型

创建关于现实的叙事，是伍尔夫反彻底主观化探索的又一条路线，暗含对笛卡尔式“在”的质疑。《现代小说》提出生活先于有关生活的叙事视角及策略，这意味着对小说来说，现实性的“在”，先于“我思”。

在《现代小说》和《小说的诸阶段》(“Phase of Fiction”, 1929)两篇文

---

① 此处中文采用谷启楠译本，详见伍尔夫(2005)。

论中，伍尔夫提出一系列二元对立范畴，以强调现实体验先于小说家的叙事视角和策略。她着力区分了之后的文学史上惯用的对立范畴——现实主义和现代主义。关涉前者的，包括“物质主义者”“真实讲述者”，如H. G. 威尔斯（H. G. Wells，1866—1946）、丹尼尔·笛福（Daniel Defoe，1660—1731）和居易·德·莫泊桑（Guy de Maupassant，1850—1893）；与后者相关的，有“精神主义者”“心理主义者”“弗洛伊德主义者”，如亨利·詹姆斯（Henry James，1843—1916）、马塞尔·普鲁斯特（Marcel Proust，1871—1922）和乔伊斯（Woolf 2008c：58—64；Woolf 2009：40—89）。伍尔夫确立这种二元对立结构的出发点是认识论意义上的视角论，认知视角或者说方法论不同，则认识结果不同。她在《现代小说》中强调，小说家要认识生活，要由生活决定小说的方法论，而不是由小说的方法论决定生活。在此意义上，生活的现实性本身或者说现实体验决定了小说叙事的视角和策略。

《雅各的房间》《达洛卫夫人》《到灯塔去》《奥兰多传》《海浪》这五部小说都用“重要瞬间”作为现实体验叙事的形态，共同致力为“我感”与“在”构建关系。这五部小说出版于1922年到1931年期间，构成伍尔夫创作的现代主义时期。“我感即在”，是这一时期现实体验叙事范型的内容，“我感”和“在”的关系成为作品的基本叙事维度。

伍尔夫在现代主义时期的叙事型，都包含现实和体验的二元结构及这种结构的亚型。《雅各的房间》由来自不同人物的“我感觉”性叙事与关于主人公的写实性叙事构成。这些重要瞬间是小说人物对主人公雅各布的体验，这种“我感”与小说叙事者提供的关于雅各布的行动性现实，彼此悖论地构成了雅各布的“在”。《达洛卫夫人》是由正常和常规的“我感觉”性叙事，与由幻觉而来的“我感觉”性叙事组成。一条线索是关于“我”（女主人公达洛卫夫人）在日常现实的重要瞬间的正常体验，另外一条是关于“我”（男主人公塞普蒂莫斯·华伦·史密斯）在病理性幻觉体验所组成的重要瞬间中感受到的现实。《到灯塔去》是由关于过去和现在的写实性叙事与关于自然界的叙事构成。前者在“我感觉”下发生，后者在类似梦境叙事和想象叙事中发生。二者的关系是，后者取消了前者叙事所依赖的时间和空间要素。在《奥兰多传》中，关于自伊丽莎白时代到20世纪20年代的英国社会现实的叙事，与关于传主奥兰多的奇幻叙事，共同构成了伍尔夫对个体与社会的体验。《海浪》取消了叙事者及其叙事视角，也就是第三人称叙事，代之以六位主人公的独白性叙事，也就是不同的“我”和不同的现实和体验。一方面,“我感觉”即“在”,但另一方面,六位主人公彼此质疑,使“我感觉”的“在”失去了真正的现实意义。以此,伍尔夫最大限度地否定了“我感觉”所意味的彻底主观化。

叙事目的从关于现实的因果关系建构转向现实体验本身,这种现实体验型叙事是伍尔夫用以克服彻底主观化的方案之一。与纯粹主观性的经验主义立场不同,在伍尔夫的现代性思想的叙事形态下,作为叙事要素的时间和空间,主次位置发生变化。写实主义文学传统的本质是对待生活的经验主义立场,强调知识和经验形成于由时间性而来的因果关系。以连续和前后相继为结构的时间,是科学主义知识论的基础。在此意义上,现代人的主体性被彻底取消了,无“我”、无“思”、无“在”。彻底主观化不再可能,取而代之的是现实体验本身。就像《幕间》里所写的,“他们悬于不定之间,无在”;与此同时,“他们整个的神经都处于不安之中”,他们关注的是“目前。我们”(Woolf 2008a: 121)。

伍尔夫对现代性叙事范型的探索和创建,可以被理解为既是在笛卡尔所开启的现代性叙事史的框架内展开的,也是对笛卡尔式现代性叙事要素的批判与重建,其目的是防范叙事的彻底主观化倾向。小说叙事是她建设现代性叙事型的主要阵地。在小说叙事的意义上,集体、身体和现实成为她制约、对抗“我”“思”“在”的主要叙事要素,集体自我叙事、身体见知叙事、现实体验叙事,是她为现代小说创建的叙事型。在她这里,创建现代性叙事型或者说现代小说范型,既是一项思想任务,也是实践任务。归根结底,这是现代生活交付给小说家的革命任务。其革命性在于,真正的现代性叙事,不能只建基于笛卡尔式的个体性、思维性和普遍性,而要立足社会性、历史性、实践性所构成的当下,或者伍尔夫所谓的生活。

如果从“向外看”的叙事动机出发,伍尔夫的小说现代化探索,也属于我国学者李维屏所定义的一种以共同体书写为目的的英国文学传统。他认为,“自盎格鲁-撒克逊时代起,英国的共同体思想与文学想象如影随形”,并且随着社会历史的发展,“文学中的共同体类型不断繁衍”,“书写方式日趋多元”(李维屏 12)。在以个体主义的“我”“思”“在”为基本要素和出发点的现代性叙事的发展进程中,伍尔夫是以反彻底主观化的思路,尝试探索以社会性、历史性、实践性为要求的共同体书写方案。“向外看”与“向里看”共同构成伍尔夫探索小说现代化的完整路线。

引用作品[Works Cited]：

Bagocius, Benjamin. "*Virginia Woolf and Poetry* by Emily Kopley." *Tulsa Studies in Women's Literature* 41.2 (2022): 354 - 357.

Briggs, Julia. "Introduction." *Night and Day* by Virginia Woolf. London: Penguin Books, 1992. xi - xxxiv.

Jameson, Fredric. "Modernism and Imperialism." *The Modernist Papers*. London: Verso, 2007. 152 - 169.

——. "Part I: The Four Maxims of Modernity." *A Singular Modernity: Essay on the Ontology of the Present*. London: Verso, 2012. 15 - 96.

Lecercle, Jean-Jacques. "Dispersed Are We: Roman des Mondes et Monde du Roman dans Between the Acts, de Virginia Woolf." *Filozofski vestnik* XLII 2 (2021): 245 - 258.

Reus, Anne. *Virginia Woolf and Nineteenth-Century Women Writers: Victorian Legacies and Literary Afterlives*. Edinburgh: Edinburgh UP, 2022.

Sinding, Michael. *Body of Vision: Northrop Frye and the Poetics of Mind*. Toronto: U of Toronto P, 2014.

Woolf, Virginia. *The Letters of Virginia Woolf 1936 -1941*. Eds. Nigel Nicolson and Joanne Trautmann. London: Harcourt, 1980.

——. *The Diary of Virginia Woolf 1931 - 1935*. Ed. Anne Olivier Bell. London: Harcourt Inc., 1982.

——. "The Duke and Duchess of Newcastle-Upon-Tyne." *The Essays of Virginia Woolf 1904 - 1912*. Ed. Andrew NcNeillie. London: A Harvest Book, 1986. 345 - 351.

——. "Modern Novels." *The Essays of Virginia Woolf 1919 - 1924*. Ed. Andrew McNeillie. London: Harcourt Brace Jovanovich, 1988a. 30 - 37.

——. "A Positivist." *The Essays of Virginia Woolf 1919 - 1924*. Ed. Andrew McNeillie. London: Harcourt Brace Jovanovich, 1988b. 64 - 67.

——. *Night and Day*. London: Penguin Books, 1992.

——. *Mrs Dalloway*. London: Vintage, 2000a.

——. *The Voyage Out*. London: Vintage, 2000b.

——. *Between the Acts*. London: Harcourt, 2008a.

——. *Jacob's Room*. London: Harcourt, 2008b.

——. "Modern Fiction." *Virginia Woolf Selected Essays*. Ed. David Bradshaw. Oxford: Oxford UP, 2008c. 57 - 64.

——. "Phases of Fiction." *The Essays of Virginia Woolf 1929 - 1932*. Ed. Andrew McNeillie. London: Hogarth Press, 2009. 40 - 89.

李维屏:“论中世纪英国的共同体思想与文学想象”,《外国文学》,2023年第3期,第3—13页。

伍尔夫:《幕间》,谷启楠译,北京:人民文学出版社,2005年。

于奇智:“法国理性主义认识论的思想图景”,《中国社会科学》,2023年第7期,第115—137页。

生命政治视角下《居里厄斯·恺撒》中的权力之争[*]

许　展[**]

内容提要：本文从生命政治角度研究莎士比亚《居里厄斯·恺撒》中恺撒集团和勃鲁托斯集团的矛盾冲突本质，发现争夺至高权力和治理赤裸生命是古罗马贵族维持国家秩序、构建权力话语体系的两大核心。在此权力话语体系下，贵族集团之间矛盾丛生的根本原因并非政治意见相左，而是对至高主权的竞夺。而平民出于对自己随时可能沦为赤裸生命的忧惧，对至高主权进行限制和抵抗的反作用力是贵族权力集团在政变中失败的重要原因。

关键词：《居里厄斯·恺撒》；生命政治；至高主权；赤裸生命

Abstract: From the perspective of biopolitics, the nature of the conflict between the Caesar political group and the Brutus political group in Shakespeare's *Julius Caesar* shows that the struggle for supreme power and the governance of bare life were the cores of the construction of the power system in ancient Rome. Under this system of power discourse, the root of conflicts between the aristocratic groups was not the fight for democratic rights for the Roman commoners, but the competition for supreme sovereignty. The reaction from the commoners to limit and resist the supreme sovereignty out of the fear that they might be reduced to bare life was an important reason for the failure of the aristocratic power groups.

Key words: *Julius Caesar*; biopolitics; sovereign power; bare life

众多批评家将威廉·莎士比亚（William Shakespeare，1564—1616）的《居里厄斯·恺撒》（*Julius Caesar*，1599，后文简称《恺撒》）视为一部政

* ［**基金项目**］：本文系国家社会科学基金青年项目“早期现代英国戏剧中的战争书写与国家认同研究”（24CWW028）、国家社科基金重大项目“世界战争文学史研究”（22&ZD290）的阶段性研究成果。

** ［**作者简介**］：许展，洛阳理工学院外国语学院副教授，研究方向为英美文学。

治剧,他们或着眼于君主专制与民主共和这两种政体实践之间的矛盾,认为该剧呈现了以恺撒为代表的君主专制和以勃鲁托斯及其党羽为代表的共和主义之间的冲突(李伟民 1997;张源 2014;陈会亮 2017);或聚焦于普通民众在国家政治危机中的易变逢迎(王坚 2011;范若恩 2013;田俊武、李芳芳 2009)。在当今的政治理论中,共和民主是规范状态下对生命权利的扶植,而君主专制则是对至高权力的滥用。然而,从生命政治的视角出发,《恺撒》中两大政治集团间的冲突以及二者与人民间的矛盾并非仅仅源自执政理念或政治实践的相悖;两大集团间的矛盾核心在于争夺至高权力,从而实现自身对大众生命的利用、规训与治理。

米歇尔・福柯(Michel Foucault, 1926—1984)在其《必须保卫社会》(*Society Must be Defended*, 2003)中将"生命政治"定义为"把生命当作对象和目标的权力技术"(福柯 194),其核心特征就是对"生命权力"的使用。福柯指出,"生命权力"包括两重含义:一是"惩戒权力",即"以作为机器的肉体为中心而形成的"规训机制(同上 185);二是"大众的生命政治学",即"对生命,对作为类别的人的生理过程承担责任,并在他们身上进行调节"的一连串介入与控制(同上 188)。而吉奥乔・阿甘本(Giorgio Agamben, 1942—)则认为,所有的政治权力都是"生命政治",这种政治寻求对人类基本的、生物性基础结构的组织和构建。他认为"创造一个生命政治性的身体是至高权力的原初的活动,而赤裸生命被纳入生命政治领域中,这构成了至高权力的原始核心"(阿甘本 2016a: 10)。在古代罗马法中,赤裸生命表现为"神圣人",作为"可以被杀死,但不会被献祭"的生命典范,神圣人不仅被排除在俗世法律之外(可以被杀死),并且同时被排除在神法之外(不能祭祀)(同上 28)。赤裸生命以被排除在外的形式被纳入司法秩序内,更是至高权力运作方式的绝佳证明。

丹尼尔・胡安・吉尔(Daniel Juan Jil)曾指出,莎士比亚通过他的戏剧揭示了罗马城邦本质上是一个至高权力的载体(Jil 1),在那里,至高权力可以对生命权进行自由分配,采取将生命归入例外状态的手段随时决断其臣民的生死。由此可见,《恺撒》中贵族集团与人民大众间冲突的本质是共同体原始结构中拥有至高权力的主权者与随时可能被缩减为"赤裸生命"的神圣人之间对生命权的争夺。至高权力将民众作为赤裸生命排除在政治之外,而民众在找寻自我生命安插之处的过程中,出于对集权的恐惧也表现得颇为善变,但他们仍然可以通过在城邦中取得和保留自己的语言,拥有存在的逻各斯,以把自己纳入新的生命政治体系之中。

一、争夺至高权力：恺撒集团与勃鲁托斯集权的冲突本质

福柯通过对托马斯·霍布斯（Thomas Hobbes，1588—1679）《利维坦》（*Leviathan*，1651）的解读指出，主权权力作为一种代表权力和一种战争权力的结合构成了“人与人之间战争的基础”，而主权者只是胜利者意志和生命权利的代表（福柯 65）。在阿甘本的生命政治哲学中，古典时代的至高权力对应着现代的主权权力。从表面上看，勃鲁托斯是为了“自由、解放”等民众的荣誉和利益而被卡修斯所诱惑，从而奋起反抗代表君主暴政的恺撒，故两大集团之间的矛盾似乎可以归结为民主共和制与君主集权专制之间的冲突。但正如安德鲁·哈德菲尔德（Andrew Hadfield）指出：“《恺撒》一剧描绘了一个堕落的共和罗马，此时的罗马共和理想的典范正在消失，共和制也已经无法发挥政治力量”（Hadfield 168）。剧中的反叛者们并非为了争取荣誉和人民的共同利益而战斗，而是为了篡夺政治共同体中生杀予夺的至高权力而谋划。恺撒与以勃鲁托斯为代表的反叛者集团之间的矛盾，实际上是双方在统治权和生命权领域斗争关系的体现。

戏剧以罗马的卢柏克节开场，适逢恺撒击败庞贝，将要凯旋，罗马市民、手工业者们自行休假，走上街头，迎接恺撒。护民官弗莱维厄斯和玛罗勒斯对民众这一行为大加训斥，称他们为“下贱的东西”“愚民”，并命令他们把悬挂在恺撒雕像上的彩带扯下，将他们驱散（莎士比亚 2014：143）[①]。根据普鲁塔克（Plutarch，约 46—120）的传记记载，在除掉庞贝及其亲属党羽后，恺撒所拥有的权势远远超过了王政时期的国王，成为公认的独裁专制者。且恺撒行为高调，广揽民意，他想成为帝王的愿望，使得元老院对他产生明显而深刻的愤恨（普鲁塔克 175）。两个护民官虽然顶着“罗马公民权利代言人”的头衔，实际上却是元老院精英贵族意识形态的代表；他们之所以如此不悦，是因为在他们看来，如果任由恺撒收买民心，“民众会成为恺撒身上的羽毛，一旦羽翼丰满，他就会一飞冲天，凌驾于众人之上。使我们大家胆战心惊地听命于他”（144）。换言之，两个护民官担心恺撒收买民心，大权在握后将不受元老院约束，包括他们自己在

---

① 本文中关于《居里厄斯·恺撒》的引文均出自莎士比亚（2014），下文均随文标注页码，不再另注。

内的元老贵族们会面临被悬置于权力之外、随时被剥夺性命的风险。事实证明,两个护民官的担心并非毫无根据,剧中透露,他们两人因从恺撒像上扯下彩带,随后便被剥夺了发言权。后来屋大维、安东尼和莱比多斯更是通过"剥夺公民权和法律保护权的手法把一百个元老判了死刑"(226)。

阴谋刺杀恺撒的小集团核心成员是卡修斯和勃鲁托斯。卡修斯是恺撒的政坛宿敌,虽然曾获恺撒赦免,但并不受恺撒赏识与重用。他因此心生反意,并试图说服勃鲁托斯加入反叛者行列。当听到民众对凯旋的恺撒发出一阵又一阵的欢呼声时,卡修斯对勃鲁托斯哀叹道:"伙计,他[恺撒]像克劳索斯一样跨越这狭小的世界,而我们这些芸芸众生,却在他两条巨腿底下行走,探头探脑地为自己寻找那不光彩的坟墓"(150)。结合卡修斯所处的政治语境来理解,"不光彩的坟墓"是指人没有权利控制自己的生死。他担心恺撒成为大权在握的至高主权者,从而被其彻底控制生命权,因此敦促勃鲁托斯采取行动;他进一步提到勃鲁托斯和恺撒一样伟大,因为根据罗马历来的传统,勃鲁托斯完全可以与恺撒平起平坐,而现在的罗马却"成了[恺撒]一人的天下,独夫的卧榻"(150)。勃鲁托斯早前的确担心人民会推选恺撒为王,故十分认可卡修斯对恺撒的态度。显而易见,与两个护民官一样,二人都忌惮一朝恺撒大权独握,无人制衡,贵族的权利就会被削弱,自己和其他人就会成为统治者的仆人,被弃置在国家政治权力的主权领域之外,从而随时面临着被剥夺政治权和生命权的危险。

在勃鲁托斯决定加入卡修斯一伙的时刻,天空中出现了流星,这一暗喻意象有着承前启后的作用。后文中恺撒以北极星自居,将贵族们矮化为围绕他旋转的其他星辰。剧中梅特勒斯·辛伯的兄弟被判决放逐,勃鲁托斯、卡修斯等先前已经私下结成盟友的人,均请求恺撒撤销判词,赦其自由。但恺撒非但未撤销决议,还高谈阔论了一番:

> 如果我跟你们一样,我也会动心
> 如果我能用哀求打动别人,你们的
> 哀求也叫我心动。然而我却像
> 北极星一样坚定,它不可动摇,
> 那坚定,在整个天宇中找不出第二位。
> ……

这世上住满了人，
都是些有血有肉充满悟性的人。
但是这众多的人中我知道只有一位
无可争议地确保他的地位，不会因
煽动挑拨而摇摆，这人就是我。
让我稍稍向你们证明一下，即使在
这件小事上；我曾决心将辛伯放逐，
决定既已做出，就将永远不变。(190)

恺撒不仅专断地重申辛伯必须被放逐，并且自比北极星，傲慢地定义了自己与众贵族的关系。作为拥有高级别指挥权和调配权的军队统帅，恺撒显然没有把元老院(罗马共和国的最高权力机构)放在眼里。他将自己描述为岿然不动的北极星，是众星的核心，暴露了他怀有将自身凌驾于众人之上、成为至高主权者的欲望。福柯指出："君主的权力只能从君主可以杀人开始才有效果"(福柯 184)。引发对死亡的恐惧，是至高权力的力量所在；只有通过剥夺一部分公民的生命权，主权者才真正拥有权力。正因如此，主权者必须公共地展示死刑，以确认其所拥有的至高权力。恺撒公开地将自己的至高权力，即决断他人生死的权力的正当性展布在众人眼前，坐实了勃鲁托斯及其党羽对他的判断，为勃鲁托斯刺杀恺撒后，带领着暗杀者小集团欢呼"自由啦！解放啦！暴君死啦！"(191)的场面提供了合理性。

"自由""解放"是反叛集团响亮的口号，但他们并不是在为罗马下层平民欢呼，更不是在为被剥夺了人身自由的奴隶们伸张正义。勃鲁托斯口中的"大众"并非下层民众和奴隶，而是元老院的精英贵族们，因为在勃鲁托斯和卡修斯看来，他们才是国家构成的基础。这一观点在共和派对待平民的态度上得到了呼应，如护民官玛罗勒斯称欢迎恺撒的平民百姓为"木头石块，毫无灵性的东西"(142)；凯斯卡(小集团中的一员)认为拥护恺撒为王的民众是"乌合之众"；而主要人物卡修斯平时就有收受贿赂的恶习，战时更是用卑鄙的手段巧取豪夺；即便是"尊贵"的勃鲁托斯也未能平等看待普通民众，而对待社会底层的奴隶，他的态度则更加恶劣。他曾在争吵中警告卡修斯："把满腔怒火向你的奴隶们发作吧，让他们吓得发抖吧"(220)。

因此，表面上，共和派反对恺撒的理由是为了国家和人民的利益挥戈除暴，然而实际上即便是勃鲁托斯也没能找到除掉恺撒的合理借口，只好声称“他目前的行为构不成我们反对的理由，由此就得说‘照他现在的地位，若再扩大权力，便会走向极端。因此，且把他当作一颗蛇蛋，一旦孵出便会显出害人本性，不如趁他还在壳里便将它杀死’”(165)。这一莫须有的罪名被卡修斯拉拢安东尼时的许诺推翻，“我们重新分配官职的时候，你的意见将要受到同样的尊重”①——原来他们除掉恺撒的真正目的是在贵族集团内部进行权力再分配。不难看出，卡修斯将国家权力视为个人获取经济、政治利益的工具；其与勃鲁托斯的反叛，从根本上说并非为了人民的福祉，而是为了维护岌岌可危的贵族上层集团统治，共和不过是他们取得和维持特权的幌子而已。

二、“赤裸生命”的治理：恺撒集团与勃鲁托斯集团的不同路径

神圣的主权者(至高权力)与神圣人(赤裸生命)是人类共同体原始结构里的两个极端，都是由“神圣”这个例外空间造就的(阿甘本 2016a：31)。主权通过悬置或排除的方法创造例外状态，从而在共同体内建立起一个只有少数人能够进入的特权空间，阿甘本称之为“神圣”之域或至高禁止之域。神圣人就是至高禁止之下的生命之典范。神圣人所面对的是一种“双重排除”：如前所言，他们不仅被排除在俗世法律之外(可以被杀死)，并且同时被排除在了神法之外(不能被祭祀)(同上 28)。这种双重暴力将个体同时从俗世法和神法中彻底抹除，于是，“神圣人”的生命遭到弃置，成为彻底的“赤裸生命”。如果说反叛者小集团担心的只是在国家政治权力的公共空间被悬置或排挤，那么普通民众则随时可能被掌握生杀大权的至高主权决定生死。虽然这些赤裸生命从未被真正纳入主权之域，一直被动接受至高权力对其生命的掌控，但他们并非毫无政治诉求，且具有结构性的悖论力量。恺撒集团和勃鲁托斯的反叛者集团对这些赤裸生命采取了不同的态度和治理方式，而勃鲁托斯集团最终失败，证明了其治理路径的错误。

赤裸生命是通过例外状态产生的，阿甘本指出，在无法与法的秘密连接中存在的例外状态包括国丧和节庆/庆典(阿甘本 2015：112)。戏剧开篇的卢柏克节庆典就是一种例外状态，罗马民众放下劳动工具，涌上街

① 此处笔者引用的译本漏译，因此该处借鉴朱生豪译本，详见莎士比亚(1994：141)。

头，庆祝恺撒胜利归来。护民官弗莱维厄斯意图将“那些愚民从街上驱走”，并要求另一个护民官玛罗勒斯和他一起“见到哪儿人多，也一起把他们驱散”。除了抱怨民众政治立场的易变外，两个护民官真正反对的是平民们放弃他们在经济领域的既定角色，企图在政治生活中发挥作用的行为：

> 走开！闲得无聊的家伙，回家去吧。
> 今天可是假日？什么，你难道不知，
> 作为技工，你们不该脱下工装
> 放下工具，在工作日出来游逛？
> 说下，你干的是哪一个行当？(141)

对于护民官来说，平民是被公权力限制在经济领域的原始生命。一旦平民们试图从经济领域(以工装和工具为标志)脱离，越界到公共体的政治生活中去，就会被视为一群粗野的、待驯服的“赤裸生命”，因而必须被逐出公共街道。在阶级分明的罗马社会，拥护共和制的反叛者小集团和护民官一样，视城邦为专属精英贵族的阶级财产。在拥护精英共和制的贵族眼中，广大平民只能活动于为其创造利益的经济领域，和受其操纵的极为有限的政治领域。且看凯斯卡如何用轻蔑的口吻描述恺撒三次拒绝安东尼献上王冠时民众的表现：

> 那些乌合之众高声狂叫，拍着他们粗糙的手掌，把他们满是汗臭的睡帽抛向天空，把他们的口臭散布在空气之中，为的是恺撒拒绝了王冠，结果差一点儿把恺撒熏死，他晕倒在地上了。至于我，我不敢笑出声来，唯恐一开口就把那污浊的空气吸进肺脏。(154)

其言语之间毫不掩饰对人民群众的鄙视。自然，凯斯卡厌恶恺撒可能为王的念头，但是剧中真正激怒他的是恺撒赋予了民众权利。凯斯卡坚持认为，他只看到成群结队、赤裸裸的生命，本能地将民众简化为粗俗的物理表现——粗糙的手掌，污浊的口气。这些赤裸生命在国家公共生活中无足轻重，无权涉入掌握权力分配的政治领域。但以卢柏克节庆典为缩影的恺撒类独裁统治，以无羁的放纵和正常的法律与社会阶层的悬置与倒转为其特征(阿甘本 2015：113)。庆典的狂欢颠覆了弗莱维厄斯和玛罗勒斯所坚信的等级分明的社会和经济结构，消除了罗马社会中人与人之间的差异标志，使得平民脱离国家管制集合成为一种新的大众。或许可以称这种具有集体公众生活的民众为“公民”，但由于劳工被剥夺了包括正式平等在内的任何真正的政治权利,所以最好称呼他们为原始公民(Jil 26)。凯斯卡接着描述了恺撒对这些原始公民的态度:

> 在他还没有倒下之前,当他看到那些芸芸众生因为他拒绝了王冠而欢欣雀跃时,他就拉住我要我给他解开上衣,露出他的喉咙来任他们宰割……当他醒来以后,他说如果他做过什么不合适的事,或者说过什么不合适的话,他希望他们原谅他这个有病的人。(154)

由此可见,与反叛者们所愿景的政治形式——以精英贵族所主导的元老院议事不同,对于恺撒而言,政治话语的基本单位是由一群无明确阶层标志,可互换身份的"芸芸众生"所组成的原始公民集会。这些原始公民被从自己的经济身份制约中解放出来,并聚合在一起,成为拥有相当政治权利的公众。颇具讽刺意味的是,凯斯卡对进献皇冠时民众反应的攻击恰恰是其政治力量有效性的证明。凯斯卡认为这些仪式和欢呼赋予了恺撒政治合法性,实际情况却是,正是由于民众的欢呼,恺撒拒绝了王冠[①]。此外,民众在恺撒被刺之后安东尼和勃鲁托斯的演讲中高声附和,推动了事态发展,充分展示了自己存在的力量。正如大卫·洛文塔尔(David Lowenthal, 1923—2018)指出:"恺撒让普通民众成为自己权力的基础,而此剧也正是以群众开始的,并且在安东尼为恺撒所做的葬礼演讲之后,又以某种方式重新开始"(洛文塔尔 39)。

恺撒被刺后,众市民高声要求得到合理的解释,勃鲁托斯让卡修斯"到另一条街上,把听众引开一些,那些愿意听我的,让他们留在这里,那些愿意听卡修斯的,跟他一起走"(201)。这幅图景看似符合尤尔根·哈贝马斯(Jürgen Habermas, 1929—)所推崇的由交往理性主导的公平社会(哈贝马斯 10),勃鲁托斯仿佛是一个真诚的言说主体,他诉诸民众"理解"的言说行为是以传递真实言说为内容的理性、平等的"交往行为"。但正如福柯所言,权力对生命形式的塑造呈现隐形机制,这种机制通过话语、制度和知识来实现对生命的感性治理。话语只是权力关系策略装置中的一个元素(Foucault 465)。勃鲁托斯的行为本质是试图通过具有说服和表演性质的公共演说实现对"赤裸生命"的规制与治理。

---

① 根据普鲁塔克的记载,安东尼向恺撒进献王冠是一场事先安排好的表演,当安东尼向恺撒第一次进献王冠时,只有事先安排好的少数人稀稀拉拉地鼓掌,但当恺撒拒绝时,全体民众一致欢呼。如此三次,恺撒自知称王行不通,派人把王冠送到了朱庇特神殿。参见普鲁塔克(177)。

勃鲁托斯在演讲中使用平行结构,将荣誉/美德和死亡/野心并置与对比:“用尊敬崇赞他的勇敢,用死亡清算他的野心”(202)。勃鲁托斯赞扬恺撒英勇战斗为国家带来的荣誉,但他认为,恺撒过于雄心勃勃,必将成为暴君,从而损害罗马人的福祉。然而,他的演讲并未列出任何恺撒定会成为暴君的证据:他没有提到恺撒和庞贝内战的灾难性后果,没有提到恺撒将护民官禁言,更没有提到元老贵族们对共和国衰落的恐惧。其后他邀请安东尼上台,代表已故的恺撒发表演讲,试图让安东尼帮助自己证明恺撒必定成为暴君。

安东尼的演讲使用了与勃鲁托斯相似的排比修辞,但其目的是煽动平民反对反叛者集团。演讲中,老练的安东尼通过一系列排比,反复强调“勃鲁托斯是个品德高尚的人”,实现了强烈的讽刺效果。安东尼对“光荣”和“雄心勃勃”这两个词的多次重复近乎对勃鲁托斯的公开嘲笑,他嘲弄勃鲁托斯的荣誉信念和他所谓的恺撒野心,同时引导群众质疑反叛者的所作所为:

> 尊贵的勃鲁托斯
> 已经告诉你们,恺撒是有野心的;
> 如果真是这样,这确是重大的过失,
> 而恺撒也为此付出了沉重的代价。(204)

安东尼借“如果”一词在平民心中播下怀疑的种子,他提醒观众恺撒如何在卢柏克节拒绝了皇冠,暗示所谓恺撒的野心和他被暗杀一样可悲。安东尼自称“不是演说家”,提前博得了群众的同情和青睐,发表了一篇具有说服力的修辞演讲。与戏剧开始时护民官称平民为“木头石块,毫无灵性的东西”(142)不同,安东尼诉诸群众的感性治理,称呼民众为“善良的朋友”,并声称遗嘱的内容会使他们过于激动,因为“你们不是木头,不是石头,而是人”(206)。与勃鲁托斯对个人荣誉的强调和对其个人行为的直接辩护相反,安东尼通过列举恺撒的军事成就和他的慷慨遗赠实在地勾勒了恺撒为国为民的高大形象,反衬讽刺了阴谋家们自我标榜的“高尚品德”,使勃鲁托斯对荣誉异乎寻常的赞美被令人震惊的现实所削弱,激发了民众对反叛者集团的反抗。最后,当第四个平民响应安东尼时,他的暗示显然已被群众接受:

> 安东尼:我担心我对不起那些用刀子捅死恺撒的品德高尚的人,我确实担心。

市民丁：他们是叛贼！什么品德高尚的人！(207)

以上文本例证反映了争夺至高主权的恺撒集团和勃鲁托斯集团对待“赤裸生命”的不同治理路径。勃鲁托斯集团将精英贵族视为城邦共同体的核心，认为民众只是制度化经济秩序的参与者，是没有政治权利、随时可被调用与剥夺权益的“赤裸生命”。从恺撒及其继任者的视角来看，广大平民群众虽然是“乌合之众”，但他们是政治上强有力的“公众力量”，可被利用以制衡贵族权力。恺撒集团对民众力量的重视和勃鲁托斯集团对民众政治力量的漠视构成了强烈的对比，这种对比使得民众的“赤裸生命”性质在社会生活中尤为突出，他们犹如阴谋者害怕的“带着恶臭气息”的人群，犹如手捧婴儿的人群站在罗马的建筑之上，犹如恺撒伤口长出的那一条条舌头，发出自己的语言，奋起抗争。

三、来临中的共同体：反抗至高权力管控的赤裸生命

在阿甘本看来，自亚里士多德(Aristotle, 384 BC—322 BC)以降，整个西方的政治领域都建立在自然生命(希腊语 zoe)与政治生命(bios)的分离之上。根据亚里士多德的定义，“zoe” 指生物学意义上的自然生命，事关家庭、繁殖，赤裸生命是这样一种简单的存在；“bios”指政治层面上的共同生活，事关城邦的良善生活(阿甘本 2016a：导言 3)。赤裸生命虽然被分离出来，但作为活的存在，仍然拥有自己的声音(voice)。与其他活着的存在不同，例如动物的声音只能表达痛苦与快乐，人类的语言却可以表达正义与不正义。因此在形而上学的定义中，“活着的存在以何种方式拥有语言”这个问题，与如下问题完全一致：“赤裸生命以何种方式居住于城邦中？”阿甘本认为，正是通过取得和保留自己的语言，赤裸生命拥有了逻各斯，甚至是当它通过让自己的赤裸生命被排除在外——作为城邦内部的一种例外——而居住在城邦内时(同上 导言 12)。《恺撒》一剧中，罗马群众虽然是“赤裸生命”的代表，但他们拥有自己的语言，构建了自我生命存在的逻各斯，通过激进地抵抗至高主权在例外状态中对生命的捕获，探索了可能的生命共存形式。

生命权力的感性治理根植于异化的语言经验中，语言作为传递意义的中介，其背后是社会、权力斗争的场域。从表面上来看，《恺撒》一剧的主角是参与主权建构和争夺的贵族们；事实上，罗马平民在全剧各个关键

时刻都发出了自己的声音，推动了罗马的历史进程。在莎士比亚笔下，民众的语言和态度明晰高涨。当安东尼献上王冠时，他们就像在戏院子里那样"拍着手，对恺撒发出嘘声"；当恺撒拒绝王冠时，他们"高声狂叫"，"欢欣雀跃"(154)。罗马平民掷地有声地用自己的语言让恺撒知道，他们并不期望他成为唯一的王；而恺撒也清楚地意识到，无论罗马平民看上去多么拥戴他，一旦他将王冠戴在头上，民众就会立刻和他反目。因此，无论他多么想称王称帝，也不敢冒民心之大不韪。

在恺撒的葬礼上，安东尼也诉诸民众的语言能力，"让你们看看亲爱的恺撒的伤口，那可怜的、可怜的无言之口"(209)。恺撒作为失败的主权权力，其语言能力被消解，但安东尼的呼吁，使得民众像恺撒伤口里长出的一条条舌头，高喊着"抓住阴谋家""烧毁叛贼的屋子"(210)，并开始了暴动。由此可见，"赤裸生命"通过语言对权力进行激进解构的同时，也面临着被权力隐秘地捕获和操控的可能。尽管如此，剧中民众的声音对主权者们的政治决策仍具有重要性乃至决定性的影响。譬如，在腓利比一战中，安东尼和屋大维决胜勃鲁托斯和卡修斯。战地选择在战略上对于战役成败具有重要作用，如果勃鲁托斯和卡修斯没有选择腓利比，而是坚守山岭和高地，他们也许不会全军溃败，输掉战役。而他们之所以匆匆选择向腓利比进军，是因为他们自知已丧失民心："从腓利比到这儿，其间的一带百姓虽然对我们表示顺从，却是迫于无奈。因为他们对我们的征敛，心中颇有怨气。敌人一路进兵而来，沿途就会有百姓加入"(227)。民众的怨言成为决定勃鲁托斯战役失败的重要一环。赤裸生命的出现固然是由于主权权力的操纵，但在例外状态与法外连接的隐秘之处，赤裸生命也提出了自己的反抗策略。在《恺撒》一剧中，平民们的语言之张力，通过各种语言形式，欢呼、愤怒或是怨言表现出来，对主权的至高统治产生了悖论性的反作用力①。

① 汪民安通过对比卡尔·马克思(Karl Marx, 1818—1883)的无产阶级和阿甘本的赤裸生命指出，有别于亚里士多德、汉娜·阿伦特(Hannah Arendt, 1906—1975)的人是政治动物的谱系，约翰·洛克(John Locke, 1632—1704)和马克思从经济角度定义人，认为人和动物的根本不同是人有财产权。马克思的无产阶级是没有财产权的阶级，当无产阶级变成赤裸生命，他们在生产过程中可以联合起来，发动反击，推翻资本主义(汪民安 94-95)。但在阿甘本那里，他没有提出现代赤裸生命的反抗策略。但笔者认为，阿甘本的思想根植于对差异与本质的独特思考，其赤裸生命与例外状态是无本质共同的共同体。赤裸生命的反抗并不一定是实体存在，而是某种居于超验的时空之外的理念，这种理念通过语言回落至生活经验，并在具体鲜活的时刻中实现自身。阿甘本"来临中的共同体"实则就是赤裸生命在断裂时刻反抗完成的结果。

阿甘本认为,一种不再以"纳入性地排除赤裸生命"为基础的政治,不但是可能的,而且处于"随时到来"的状态中(阿甘本 2016a:导言16)。虽然阿甘本并没有为未来世界的理想政治制度提供现成方案,但他坚信赤裸生命之抵抗始终存在于一些断裂时刻的运作机制中,并在此过程中期待着可能"随时到来的共同体"。勃鲁托斯和卡修斯与奴隶们之间誓言的反转性或许是这个共同体即将来临的预兆。如果说赤裸生命的意义奠基于语言,那么誓言作为一种特殊的语言现象,更显现出其与生命权力关联的独特方式。G. W. F. 黑格尔(G. W. F. Hegel, 1770—1831)在其《精神现象学》(*Phänomenolgie des Geistes*, 1807)中提出了精神现象学中"主奴关系"的重要论题,即主奴关系是自我意识的核心。人的主体性只能作为"得到承认的实在性在存在中产生和维持"(杨云飞 25),而承认则与誓言有关,誓言不仅仅是一种语言,也规制了人们之间的关系(阿甘本 2016b:50)。誓言借起誓仪式的特定情景和主体语言的自由演说以确立统摄个体的生命经验,奴隶对于主人附属关系的义务相应地建立在誓言对主奴关系的指认之上。

从誓言与生命权力关联的独特方式中,可以看出《恺撒》一剧中由民众乃至奴隶所建构的共同体的形式。卡修斯请求奴隶品达勒斯刺死自己:"你在安息国做了我的俘虏,那时我叫你发誓:要是我免你一死,今后无论吩咐你干什么,都必须遵行。现在来吧,履行你的誓言吧!我让你做个自由人,你就拿着这柄刺透恺撒心脏的利剑,朝我的胸膛刺去吧!"(242)卡修斯意图使奴隶品达勒斯承认其作为主权权力拥有决断自己生死的能力,但正如生命是意识之自然的肯定,死亡便是意识之自然的否定,身体生命一旦消散,誓言与权力的关联方式也随之发生了改变。卡修斯没有从誓言中获得承认,品达勒斯也脱离了主权设立的奴役空间,誓言指认的主奴关系转变成了主权权力空间颠覆的象征。与其具有同等意义的还有勃鲁托斯最后请求伏伦涅斯帮助其伏剑而死。这两个例子中,他们虽互相依赖,但脱离了原有的合法社会关系,将主仆关系变成了纯粹的情感空间(胡鹏 26)。生命政治空间内个体共有的感知模式由主仆关系转变为情感关系,这种情感关系脱离了政治装置的控制,且随着主权权力身体的破坏,主奴关系终结,赤裸生命得以解放。

结　　语

阿甘本认为现实不过是生命政治封闭的内循环，在生命政治化的时代，一切目的和意义都已完全被生命权力捕捉，必须回溯生命内在的潜在状态才能退出实在的现实，只有通过“激进地抵抗至高主权在例外状态中对生命的捕获，才能废除生命的‘神圣性’，让其彻底‘污浊’，人的共同体生活才会美好”（阿甘本 2016a：65）。好比孩童用诸种不当的东西来嬉戏，以亵渎的方式在日常生活的经验缝隙中中止生命权力的运转，建构生命与生活形式间的张力关系，才能以不直接介入现实的方式拯救现实，达成生命的解放。莎士比亚的戏剧是“亵渎”的一种典型范式，通过戏剧语言和表演再现罗马历史，从内部打破共同体中权力的“神圣分隔”，并将被解放了的权力投入新的使用。当凯斯卡将平民的政治力量与剧场观众或赞同或反对的行为进行对比，并试图借此贬低他们的政治力量时：“要是这些乌合之众没有像他们在戏院里那样拍着手，对恺撒发出嘘声，我就是个说谎话的混蛋”（154），我们仿佛看到，当莎士比亚的剧目在环球剧场上演，来自伦敦社会底层的芸芸众生们或拍手或嘘声，彻底忽视了那嵌于共同体原始结构中的社会等级鸿沟。这种忽视不是不关注，而是一种新向度，“一方面坚定地保持自己之作为手段的本质，另一方面则从其同一个目的之关系中解放出来。它已经快乐地忘记了自身之目标，并能够如其所是地展示自身，即作为没有目的之手段来展示自身”（阿甘本 2016a：69）。

世俗是强大甚至充满暴力的，当人们对实在的专制主义无能为力时，唯有依靠讲述、重构和流传等方式，不断地把人从常规状态带向例外状态，通过对例外状态的建构，一步一步靠近或走进即将来临的共同体。莎士比亚对于生命权力的戏剧化展现，或许能给人们一些启示。然而，生命权力虽对秩序、和平、正义抱有永恒的追求，但我们不能用历史的相对性来比照真理的绝对性。当我们回顾人类历史长河中的战争行为，分析力量、权力和政治机制之间的关系时，我们就会发现《恺撒》不是对任何一种政府形式的简单批判，而是一个警示故事。莎士比亚以戏剧体裁展现恺撒的被害、政治权力的斗争和民众的反抗，以夸张的形式和语言重现社会、权力和文化斗争的场域。他在剧中对“主权权力”的政治本质进行了揭露，并提供了治国方略的正确答案：公共责任与个人欲望之间的平衡在于民众的支持，民众的支持对于成功的国家事业至关重要。没有民众的支持，任何重大事业都无法取得成功。

引用作品[Works Cited]:

Dohey, Stephanie. *Shakespeare's Roman Honour: Military, Morals, and Masculinity*. Newfoundland: Memorial University of Newfoundland, 2016.

Foucault, Michel. *Dits et Ecrits III (1976 -1979)*. Paris: Gallimard, 1994.

Hadfield, Andrew. *Shakespeare and Republicanism*. Cambridge: Cambridge UP, 2005.

Jil, Daniel Juan. *Shakespeare's Anti-Politics: Sovereign Power and the Life of the Flesh*. New York: Palgrave Macmillan, 2013.

陈会亮:"论《裘利斯·凯撒》中的矛盾冲突与凯撒精神",《外国文学研究》,2017 年第 2 期,第 137—143 页。

范若恩:《麻木的群氓文学流变视野中〈裘力斯·凯撒〉群氓场景反思》,复旦大学博士论文,2013 年。

福柯:《必须保卫社会:法兰西学院演讲系列》,钱翰译,上海:上海人民出版社,2010 年。

胡鹏:《莎士比亚戏剧早期现代性研究》,北京:北京大学出版社,2019 年。

吉奥乔·阿甘本:《例外状态——〈神圣之人〉二之一》,薛熙平译,陕西:西北大学出版社,2015 年。

——:《神圣人:至高权力与赤裸生命》,吴冠军译,北京:中央编译出版社,2016a 年。

——:《语言的圣礼:誓言考古学》,蓝江译,重庆:重庆大学出版社,2016b 年。

李伟民:"莎士比亚是共和派吗——试论《裘力斯·凯撒》",《外国文学评论》,1997 年第 4 期,第 125—131 页。

洛文塔尔:"莎士比亚的恺撒计划",载《莎士比亚笔下的王者》,刘小枫、陈少明编,北京:华夏出版社,2007 年,第 32—68 页。

普鲁塔克:《希腊罗马名人传》(第四卷),席代岳译,北京:北京时代华文书局,2020 年。

莎士比亚:《裘力斯·凯撒》,朱生豪译,《莎士比亚全集》(第五卷),北京:人民文学出版社,1994 年。

——:《居里厄斯·恺撒》,汪义群译,《莎士比亚全集·第六卷·罗马悲剧卷》,方平编,上海:上海译文出版社,2014 年。

田俊武、李芳芳:"从《裘力斯·凯撒》中的复调看莎士比亚对民众的态度",《戏剧文学》,2009 年第 4 期,第 67—70 页。

汪民安:"何谓赤裸生命",《马克思主义与现实》,2018 年第 6 期,第 88—96 页。

王坚:"莎士比亚罗马剧中的群众哲学",《政治思想史》,2011 年第 3 期,第 57—77 页。

杨云飞:"《精神现象学》中主奴关系的解析",《武汉大学学报》(人文社科版),2011 年第 4 期,第 25—34 页。

尤根·哈贝马斯:《交往行为理论(第一卷):行为合法性与社会合理性》,曹卫东译,上海:上海人民出版社,2004。

张源:"莎士比亚的《凯撒》与共和主义",《北京大学学报》(哲学社会科学版),2014年第3期,第44—56页。

《奥利农场》中的饮茶场景与情感结构

马晓俐*

内容提要：英国作家安东尼·特罗洛普的社会题材小说《奥利农场》以"奥利农场遗产诉讼案"为主线，通过讲述多个庄园故事，勾勒出维多利亚时代的社会面貌。小说巧妙地将英国传统茶礼仪融入三个家庭两代人的生活，展现传统饮茶与"成功""财富"等主题之间的关联；凸显人物饮茶与内心"焦虑""失落"和"幸福"等情感体验；也传递了特罗洛普对19世纪"进步"话语的回应和家庭伦理重构的设想。

关键词：安东尼·特罗洛普；《奥利农场》；饮茶；情感结构；"进步"

Abstract: *Orely Farm* is a socially-charged novel by British author Anthony Trollope, centered around the gripping legal dispute known as the "Orley Farm Estate Case". Set against the backdrop of the Victorian era, the narrative skillfully weaves together the tales of various estates, providing insight into the societal intricacies of the time. Through adept storytelling, Trollope integrates traditional British tea customs within the lives of three families, shedding light on the nuanced interplay between tea-drinking, notions of "success", "wealth", and other thematic elements. The characters' tea-drinking and internal struggles, encompassing emotions such as "anxiety", "loss" and "happiness", serve as a lens through which Trollope critiques 19th-century ideals of "progress" while envisioning a reconstruction of family ethics.

Key words: Anthony Trollope; *Orley Farm*; tea-drinking; structure of feeling; "progress"

当今研究安东尼·特罗洛普(Anthony Trollope，1815—1882)小说的论著可谓汗牛充栋，但是他笔下的饮茶场景尚鲜有人问津，更未见把饮茶场景与社会情感结构放在一起的研究。关于作品所折射的社会情感结构，学界已有关注。殷企平教授就认为，特罗洛普对当时英国社会的全面

---

* [**作者简介**]：马晓俐，浙江大学外国语学院副教授，主要从事19世纪、20世纪英美文学与茶文化研究。

揭示和批判"具体表现为对社会情感结构——一种普遍的情感结构——的揭示"(殷企平 233)。本文予以补充的是,维多利亚社会情感结构与当时盛行的英国国民饮茶习俗之间有很大的关联。雷蒙·威廉斯(Raymond Williams, 1921—1988)认为"情感结构"是一种"流动中的社会体验",在"一个名副其实的社区"中,人与人之间的关系是"依靠许多错综复杂的纽带得以维持的",一种健全的关系呈现出"思想和情感、个人和社区以及变动因素和稳定因素相互渗透的生动境界"(殷企平等 268)。

"情感结构"与人们普遍对"家庭"和"幸福生活"的认知分不开。什么是"家庭稳定"? 什么是"幸福生活"? 这些是特罗洛普始终关注的问题。答案的寻找可以从饮茶场景切入,正如马克曼·埃利斯(Markman Ellis)所描述的那样,"家庭稳定和幸福生活……构成维多利亚个人和国家或帝国身份观念认同的核心部分。饮茶处于家庭生活中的焦点位置,巧妙地从结构上进入该视域"(Ellis et al. 231)。当然,特罗洛普的最终关注点还是时代精神:"维多利亚精神影响了他,为他的创作提供了动力。事实上,特罗洛普最有针对性地回应了他们所处时代的迫切召唤"(apRoberts 264)。那么,特罗洛普究竟是怎样巧用饮茶场景,折射维多利亚社会的情感结构和时代精神的呢?

《奥利农场》(*Orely Farm*, 1862)就是这方面的一个范例。小说情节主线围绕一场 20 年前的遗产案再次被诉讼和审理调查展开。小说中的家庭饮茶是英国维多利亚时期"民族身份的有力象征,是一种共同的品味"(Ellis et al. 227)。它与"成功"和"财富"等语境相关联,凸显人物饮茶与内心"焦虑""矛盾"和"幸福"等情感体验的关联,传递了特罗洛普对 19 世纪"进步"话语的回应和家庭伦理重构的设想。

一、饮茶与焦虑情感

约瑟夫·梅森爵士家庭体现了以孤独、苦恼、焦虑和恐惧为特点的情感结构。他拥有地产和财富,膝下一儿三女均已成家,但是,他在晚年不得已买下奥利农场——"一所位于伦敦附近的小型乡村宅邸"(Heddendorf 368),孤独地生活到老。他的儿子梅森先生即便在戈卢比庄园举行圣诞节晚餐聚会也不会邀请他参加。他们"好心"邀请格林夫妇共度圣诞节,精心准备晚餐,用以感谢他们给孩子们免费上课,然而,晚餐后茶饮的缺失不仅淋漓尽致地揭示出梅森夫妇的抠门和虚伪,也传递出淡漠的亲情和友情。此场景凸显了梅森爵士家庭的情感特征与维多利亚盛行的饮茶活动——炉火上嗞嗞作响的茶壶和家人围炉烹茶的温馨情境——的反差。显然,梅森夫妇招待格林夫妇吃饭只是流于形式,故意略去餐后饮茶表明他们对格林夫妇的情感止于表面,无法进入和谐饮茶和深度情感交流的氛围。

梅森爵士的第二任妻子梅森夫人是奥利农场遗产诉讼案的当事人,长期饱受害怕和焦虑情感的折磨,她的家庭饮茶也总是处于缺失状态。如果家庭饮茶是幸福生活的象征,那么不幸的梅森夫人与这样的乐趣相距甚远。在少女时代,她遭遇家庭破产,身不由己嫁给了父亲的债权人约瑟夫·梅森爵士。她"接受了他慷慨和善意的帮助,用悉心照顾和青春给予回报,包括她的爱情。对于自己,她从来没想过要任何财富和金钱"(Ⅰ:15)[①]。她的婚姻是一场典型的缺少感情基础的利益交换,婚后无论她付出多少心血,都从未曾赢得丈夫的真爱。爵士临终前仍然冷酷无情,拒绝把奥利农场作为遗产留给他们的幼子。浓浓的母爱驱使她不惜犯下伪造欺诈罪,为幼子谋得一份遗产,由此也使自己陷入数十年孤独忧郁的寡居生活。

不幸的婚姻改变了梅森夫人的外貌和内心情感。她"高高的个子,长得眉清目秀。当约瑟夫爵士把她娶回家时,她非常俊美,——高挑纤细的身材、光滑洁白的皮肤、非常文静……她现在47岁了,儿子也已长大成人;然而,比起当年与约瑟夫·梅森爵士步入婚姻神坛时,现在的她或许更有女人味儿。她的安静和从容都与她的年龄和地位相匹配;她有些中年发福,高高的体格变得丰满;她惯有的忧郁表情与她的处境和性格很相称。然而她并不是真正的忧伤——至少认识她的人都这么说。那种忧郁只写在她脸上,内心则充满活力——如果活力也可以表现为安静、坚定的和恒定的神态外在表现"(Ⅰ:18—19)。这段精彩描写反映了20年婚姻生活的锻造,使她成为一个心智相当成熟的女人。她的面部表情和内心的活力和坚定形成对比,她尽可能不露声色,但是日常的行为举止还是映射出内心的复杂情感。这种复杂性也源于她承受的巨大压力。丈夫离世,她一边呵护幼子,一边沉着应对奥利农场遗产诉讼案。

---

① 《奥利农场》小说由两卷组成,参见 Trollope(2008)。小说外部没有标注上下卷,但目录内区分 Volume Ⅰ和 Volume Ⅱ,从第Ⅱ卷重新标注页码,本论文使用"卷号:页码"的形式标出该小说的引文,下文不再一一说明。

梅森夫人冷静的外表和得体的举止是对自我情感的一种压抑和伪装。她选择逃避社会活动，她知道亲戚并不在乎她，邻居也只是出于友好的礼节探望她；而她内心深藏犯下伪造遗产附件罪行的秘密，必须处处小心谨慎，时刻展示与"爵士夫人"身份相符的行为举止。她"成功"地为儿子谋得奥利农场的继承权，表面看来拥有了地位和财富，实则饱受焦虑和恐惧的百般折磨，这一切她只能自己默默承受，无人可以倾诉。当遗产诉讼案面临再次审理时，她的内心更加忐忑不安。20 年来，爵士夫人的身份和地位是她罪行的保护伞。弗尼沃尔律师和邻居佩雷格林·奥姆爵士一直帮助她，也对她再次遭受指控深表同情。年迈的奥姆爵士对她爱慕已久，甚至决定娶她为妻，担保她渡过难关。

小说发展至此，特罗洛普自己都承认情节似乎"失控"。因为就在与佩雷格林·奥姆爵士的愉快交谈中，梅森夫人脱口而出："'佩雷格林爵士，我有罪。''有罪！有什么罪？'他说道，惊诧的不是信息本身，而是她为什么要这样说。'就是他们指控我的罪行。'然后，她匍匐在他的脚下，双臂环抱着爵士的双腿"（Ⅱ：42）。面对他的真情示爱，梅森夫人内心万分触动，20 年来深埋心底的情感突然失控，致使她坦白了自己的罪行。一方面，失控来源于真实情感的流露，另一方面，失控也受到内心理性思考的驱动。她并非自私自利的"罪犯"或"坏人"，她是发自内心地不想连累佩雷格林爵士。为了保护自己所爱之人不被卷入责难漩涡，不让他的荣誉受损，她必须先向他坦白罪行。因为她知道，娶一名罪犯为妻会使爵士痛不欲生。她选择打破爵士的信任和幻想，以免他日后遭受更严重且永久性的伤害。梅森夫人既冲动又理性的认罪举动和她平日保持克制的行为习惯之间形成张力，构成特罗洛普笔下"情感结构的特殊表现形式，即打上了'不安'烙印的形式"（殷企平 236）。

小说中的家庭饮茶蕴涵亲情和友情，象征着人物"内心的真实道德和美德"（Fromer 217）。在特罗洛普看来，梅森夫人的罪犯身份似乎很难与家庭茶桌这一情感和美德的滋养场所产生勾连。

二、饮茶与孤独失落感

弗尼沃尔律师"所有的辛勤付出终于取得回报"，成为一位"赫赫有名的成功人士"（Ⅰ：94—95），拥有了在伦敦老广场林肯旅馆里的律所和哈雷街上的住所。但是，弗尼沃尔"幸福吗？不，他很烦躁，脾气暴躁，而且因为过度吃喝应酬而疲惫不堪……”(Ⅰ：109)。他的妻子“幸福吗？假如丝绸锦缎可以抚平昔日的心地善良，那么她会沉迷于那些丝绸锦缎”(同上)。显然，成功不能等同于幸福。一方面，正如大卫·斯基尔顿(David Skilton)所说“幸福不是源自财富或社会地位本身，而是来自工作和奋斗”(Skilton xvi)；另一方面，昔日幸福饮茶时光与现状对比鲜明，怀旧与感伤只会滋生矛盾和冲突。在《奥利农场》中，特罗洛普曾不止一次自问自答阐述“成功”与“幸福”之关系。饮茶见证了社会“进步”和“成功”与饮茶人的情感变化。

首先，弗尼沃尔夫人特别怀念昔日为丈夫沏茶的日子，节俭却充满幸福。她认为“生活应该在家中度过，那是生活中最美好的一部分。如果不是这样，家还有什么存在的意义呢?”(Ⅰ：106)男性完成工作后与家人共度闲暇，这是“最美好的”，“共度时光，相互支持和滋养产生的家庭和谐才能营造出满满的‘家’的感觉”(Ⅰ：227)。“贫穷时，弗尼沃尔先生尽心尽力担起照顾妻子和家庭的责任……贫穷时，弗尼沃尔先生曾是一位模范丈夫”(Ⅰ：98)。在弗尼沃尔夫人的记忆中，丈夫是“一个非常有节制的人”，一位有责任心、顾家的模范丈夫。但是，自从丈夫事业成功后，他们过上了富裕的物质生活，她却“发现自己不再像从前那么幸福”(Ⅰ：99)。丈夫“经常在外面吃饭，而在家吃饭时也特别挑剔”(Ⅰ：100)。而且，“他对年份葡萄酒很有见地，能精确判断生产年份，他确信伦敦的波特酒没有任何一款可以和他私藏酒的品质媲美……他的鼻子和脸颊弥漫着某种紫色，而且由于幻觉造成在家中情绪失控和失态的行为”(Ⅰ：99—100)。丈夫言行的变化和家庭交流凝固的氛围，使弗尼沃尔夫人内心愈发孤独不安。这里映射出维多利亚时期的社会状况，“世界正变得过于喜欢你所说的兴奋和成功。当然，男人靠自己的职业赚钱是好事，做不到时会是一件难事……但是，如果生活中的成功意味着横冲直撞，从来都不能安静地在炉边坐下来，那么我很快会设法摆脱它”(Ⅰ：106)。当时的社会发展犹如飞速疾驰的火车，只是不知驶向何方。车上人们有的兴奋，有的焦虑，但终究无法回到过去。纵使弗尼沃尔夫人伤感怀旧，丈夫疲劳无奈，也无法减缓“车轮”和社会“进步”的速度。而这种“进步”带给家庭的是沟通匮乏造成的矛盾和怨恨，是创伤甚至灾难。

其次，弗尼沃尔事业成功带来财富，却“对他个人生活造成伤害，影响到他和妻子的关系”(Fromer 224)。他频繁应酬，醉酒归家，脾气变得暴躁易怒。这种行为直接导致妻子备受冷落，遭受精神创伤，陷入情感危机,也“失去了家庭或社会意义上的身份”(同上)。家庭日常饮茶使她触景生情,变得爱唠叨和焦虑不安。“晚间时光,穿制服的仆人将茶放在一个大银盘上端来,弗尼沃尔夫人看到这一幕更加不悦。她真希望坐在她的茶盘后面,就像她过去辛勤工作的好日子那样,在盛有热水的碗上放一小叠涂了黄油的吐司,使其保温。在那些辛苦但美好的日子里,黄油吐司一直是弗尼沃尔深爱的美食;她,一个贤惠的女人,总是全神贯注坐在客厅的火炉边为他烤吐司,眼睛都不眨一下……这些日子里,他已学会津津乐道享受其他美食”(Ⅰ:108)。维多利亚茶叶历史学家曾描述“类似的渴望,女性忙于壁炉边烧水煮茶,集中在一个房间完成所有的家务活儿”(Fromer 229)。往日家人围炉饮茶的习俗遭受工业革命和社会快速发展的冲击,也象征着女性忙于壁炉前沏茶的传统习俗正在消失,女主人沏茶的心情和“家”的感觉也在随之消散。她“曾经喜欢悠闲地给自己沏茶,慢慢地加上糖和奶油——常常使用脱脂牛奶,省吃俭用只为让他喝到一大杯奶香浓郁合口的早餐茶;不管是脱脂和稀少的牛奶,还是省着用的茶,在当时那种情境下,她终究是女主人。她有她自己的方式,即使对自己很吝啬,内心却觉得值得这么做。但是现在的茶汤一点儿滋味都没有,因为茶汤在厨房沏好,经由一位穿制服的男人端给她时,又冷又无趣”(Ⅰ:108)。沏茶方式以及茶汤滋味的变化直接反映出夫人内心的变化,饮茶习惯和饮茶人都在悄然变化。维多利亚时代英印殖民地种植的茶叶大量涌入市场,价格大幅下降,饮茶迅速普及,随之煮水的大水壶又发明了出来。因此,中产阶级女性把沏茶任务完全交由仆人管理和操作。这样做既省事又方便,但也预示着家庭女主人主动放弃或被动失去茶桌边沏茶过程的乐趣,象征着女主人失去某种身份、权力和地位,家庭失去亲密“共度时光”的纽带。这反映出“进步”时代抛弃了女性“理想的家庭角色和道德立场”(Fromer 225)。

最后,弗尼沃尔夫妇期待的圣诞节“茶会”最终不欢而散。弗尼沃尔“承认这段时间对妻子的表现很糟糕”(Ⅰ:211),便在圣诞前夕写了封短信说,“我明天会回家,晚饭不用等我……会在喝茶前回到家”(Ⅰ:207)。弗尼沃尔夫人稍稍感到欣慰,毕竟丈夫会回家喝晚茶。圣诞节那天,她和朋友比格斯小姐“六点钟吃完饭,然后一直耐心地等到十点钟……他说他会回家喝茶,她们就应该等着他,哪怕是一直要等到凌晨四点钟”(Ⅰ:208—209)。漫长的等待过程,让她的心情由期待渐渐转为无奈、失望和怨恨。当弗尼沃尔回到家看到比格斯小姐也在时有些惊讶,他不经意间的言语和态度进一步引发了误解。比格斯小姐从一开始就不喜欢也看不起弗尼沃尔。她的在场和含沙射影的言语,直接导致弗尼沃尔夫人满腹怨气的情绪上升为激动和愤怒。面对妻子的埋怨和责怪,弗尼沃尔也顿生委屈和痛苦,"他原本打算这个特殊的晚上要好好表现来弥补"(Ⅰ:211),结果事与愿违,妻子的言语和行为让他尴尬难言,她甚至羞辱他的道德、权力和地位。他心中不悦,但"考虑到在比格斯小姐面前继续争吵有失体面,便在自己常坐的椅子上坐下来,不再说话"(同上)。即使夫人再次询问他"想喝茶吗?"他答道,"我无所谓"(同上)。此时,夫妇两人均已丧失喝茶的心情,僵持不久后终究不欢而散,各自回房休息。虽然"喝茶时间代表着夫妻偶尔用来重新缓和支离破碎的家庭圈子"(Ⅰ:231),然而,缺乏沟通和理解终究无法让人拥有围炉品茶的心境。"拥有财富是甜美的,但是获得生活方式、尊重和友谊则更加甜蜜"(Trollope 2016:107)。成功和财富增长致使饮茶习俗淡化是一种表征,它并不意味着家庭幸福和社会进步。

三、茶会与幸福伦理

"成功的婚姻是有序社会的缩影。住在诺宁斯比庄园的法官斯塔弗利和他的家庭就是这种典范"(Lansbury 164)。婚姻是一种契约形式,日常生活能反映婚姻家庭的真实状况。斯塔弗利家庭茶会堪称经典和楷模,在建构幸福典范家庭中发挥着重要作用。茶会上的行为礼仪透露出夫妻、亲朋好友相互理解和体贴的情感关系,家中弥漫着和谐善解人意的情感气息。

在幸福家庭中,早餐茶会不仅展现了贵族气质和财富,而且充满着乐趣和友爱的氛围。斯塔弗利家庭展现出新旧财富和权力的融合,这里面既有他艰苦奋斗获取的成功,又有来自妻子家族的权贵。作为新兴的中上阶层家庭,他们的家是全新的,"从地窖到天花板……所有设备都是舒适的最新款式……诺宁斯比是一座令人愉快的房子;没有一个有钱有势的人可以为自己创造一个比这更令人愉快的环境。而且,这里拥有的乐趣,即使用金钱和品味也无法获得"(Ⅰ:215)。在这座房子里,财富和品味只能位居第二,因为它最突出的是"愉快"和"乐趣"。圣诞节早餐茶会井然有序,节日气氛浓厚,"一幅令人愉悦的景象映入眼帘:一张宽阔的、长长的餐桌上摆满了早餐食物,宾朋满座"(同上)。叙述者两次提到参加人数有“18—20人”以显示“人气满满”(同上),这“绝不是一座小房子”,也“没有比诺宁斯比更舒适的乡间宅邸了”(同上)。斯塔弗利一家热情好客,广受亲朋好友尊重,茶会也充满了传统茶会的礼仪感和秩序性:精心布置的座位,男女主人就坐桌子两端;奥古斯每次都能坐在心仪的女孩边上,等等。作为父亲和家长,斯塔弗利担负家庭重任,也享受特权,“双倍大的空间”,形象威严,地位一目了然。作为丈夫,他体贴有爱,“总是说妻子好像完全是他身体的一部分”(Ⅱ:257)。作为父亲,他言传身教,行为得体尽显教养,相信并“允许他们做自己喜欢的事情……只要给予适当的教导,孩子们会知道哪些事情对他们有好处”(Ⅱ:71)。女主人依照习俗“掌管着”茶桌,亲手摆弄一组“自己的茶杯”。茶桌边的优雅行为是一种传统美德,一种权利和义务,传达女主人对家庭的滋养和抚育,为女儿玛德琳树立了榜样。这种家庭茶会的仪式感和愉快氛围,对于维多利亚时代的读者来说,足以唤起一种幸福温馨的生活想象,是一种人人期盼、争相效仿的家庭范式。

幸福家庭典范自然离不开亲人间的相互理解和关怀。这一点在斯塔弗利家庭晚餐后的茶会可见一斑。法官斯塔弗利的女儿玛德琳端正优雅,有教养,懂得尊重维多利亚饮茶文化习俗。她“规规矩矩地主持茶桌。法官坚持要把茶壶和开水壶都拿到客厅,并且喜欢自己的女儿把茶杯端给他。她开始泡茶,却仍然困惑于自己的难题。刚发生在她身上的事情让她无法控制情绪,眼泪忍不住要流出来了?”(Ⅰ:308)。玛德琳掌管茶桌时的情绪失控不仅无伤大雅,而且会博得读者同情,产生共情效应。这样日常生活的真实感和画面感也凸显出父母和子女间的亲情和关怀。父亲积极参与茶会,他“扮演成道德指导者的角色”(Fromer 218),也享受着父亲的幸福感和自豪感。他坚持让女儿在客厅当众沏茶,一方面,沏茶仪式可以展示女儿的良好教养和优雅礼仪,另一方面,当众接受女儿双手奉上刚沏好的热茶,彰显出父女的亲密感。茶是一种饮品,更是精神情感互相滋养的媒介和交流方式。女儿给父亲奉上一杯茶汤新鲜、浓淡恰好的茶,表现出对父亲的了解和孝敬。端茶杯的手象征着父女情感的纽带。同时,父亲在接过女儿茶杯时,能瞬间感知女儿情绪的变化,及时给予关爱。“她的手直接连接着她的情绪健康,通过她父亲对女儿幸福的关心,延伸至整个家庭的幸福。因此,女人的手有助于不断巩固家庭纽带,加强家庭成员之间的联系”(同上220)。和谐的家庭离不开女主人的得体和睿智,夫人不仅理解、心疼女儿,而且巧妙地化解了女儿担心无人接管茶桌的顾虑。只有家人相互给予物质和精神养料,才能"促进幸福持久的家庭生活"(同上)。

积极参与茶会的开明父母推动了玛德琳的幸福婚姻。晚餐茶会上玛德琳"头疼"是因为被奥姆先生的突然求婚弄得不知所措。她拒绝后,又心生内疚和自责,因为他是妈妈"心仪的女婿……他会成为一个好丈夫,毋庸置疑,他会继承头衔……继承祖父的克利夫庄园"(Ⅰ:302)。然而,正是奥姆的求婚让玛德琳情窦初开,使她明白自己对格雷厄姆先生的微妙情感和偏爱。格雷厄姆父母双亡且没有任何依靠,但是他思想活跃,是一名年轻有为的理想主义者和律师,他"在期刊上发表诗歌,也在便士报纸发表政治论点"(Ⅰ:138)。他们在早餐茶会上相谈甚欢,情投意合,总有一种意犹未尽的感觉。正如积极参与茶会,享受饮茶时光那样,斯塔弗利也关注女儿的成长。在得知女儿的真实情感后,他细心开导女儿勇敢面对自己的内心,鼓励她追求幸福爱情。为了安抚和打消妻子的顾虑,他积极推动格雷厄姆兼顾情感和事业,齐头并进地发展。斯塔弗利夫妇尊重女儿的选择,当格雷厄姆走到书房向玛德琳求婚时,他们一家人整个晚上都在客厅喝茶,等着格雷厄姆第一时间分享好消息。"在那里,法官的茶杯就放在身边"(Ⅱ:348)。平静的客厅早已准备好迎接一对幸福新人的加入。虽然小说主次情节设计复杂,"时间、空间和可能性"构成"多个世界的存在",然而,这并不妨碍斯塔弗利的家庭饮茶让"整个画面充满阳光"(Cohen 19)。

结　　语

盛行于维多利亚时代的饮茶习俗与个人、家庭和群体之间有着密切的关系。特罗洛普借助饮茶情境不仅唤起同时代读者的共鸣,在当下也充满现实意义,因为饮茶既是一种表达家庭和谐的生活方式,也可以推动社会形成"一种整体生活方式"(威廉斯 337)。它蕴涵家庭幸福伦理的现实图景,预示着一个国家健康生活和发展的愿景。"茶叶是下层阶级走向文明的社会推动者……它几乎有空灵的能力在家庭中创造和谐与文明"(Weygandt 35)。小说人物的饮茶行为与情感体验重在表达了它与官方的虚假宣传是相对立的——维多利亚时代大英帝国广泛流行宣传的"进步"话语,而大英子民的实际生活和情感体验则与之相反。小说中的饮茶场景描写不仅揭示统治阶级吹嘘"幸福"和"进步"话语的虚假,而且还寄托着特罗洛普对真正的进步——真正的幸福——的憧憬和想象。由此，特罗洛普表达了自己对走出“进步”话语造成的困境的文化愿景和对家庭伦理重构的设想。

引用作品[Works Cited]：

apRoberts, Ruth. "Trollope and the Zeitgeist." *Nineteenth-Century Fiction* 37.3 (1982): 259 - 271.

Cohen, Joan Mandel. *Form and Realism in Six Novels of Anthony Trollope*. Mouton: The Hague, 1976.

Ellis, Markman et al. *Empire of Tea: The Asian Leaf That Conquered the World*. London: Reaktion Books, 2015.

Fromer, Julie E. *A Necessary Luxury: Tea in Victorian England*. Athens: Ohio UP, 2008.

Heddendorf, David. "Anthony Trollope's *Scarlet Letter*." *The Sewanee Review* 121.3 (2013): 368 - 375.

Lansbury, Coral. *The Reasonable Man, Trollope's Legal Fiction*. Princeton: Princeton UP, 1981.

Skilton, David. "Introduction." *Orley Farm* by Anthony Trollope. New York: Oxford UP, 2008. vii - xvi.

Trollope, Anthony. *Orley Farm*. Oxford: Oxford UP, 2008.

——. *An Autobiography and Other Writings*. Oxford: Oxford UP, 2016.

Weygandt, Ariel. "Stirring It Up: The Changing of the British Nation through Food." Doctoral Diss. Texas Christian University, 2018.

雷蒙·威廉斯：《文化与社会：1780—1950》，高晓玲译，长春：吉林出版集团，2011年。

殷企平：《推敲“进步”话语——新型小说在19世纪的英国》，北京：商务印书馆，2009年。

殷企平等：《英国小说批评史》，上海：上海外语教育出版社，2001年。

《死亡宫殿》对“进步”话语的质疑*

赵京京**

内容提要：艾米莉·勃朗特的作品中包含了对资本主义文明及其“进步”观的犀利批判。1975年，伊格尔顿就从马克思主义视角解析了《呼啸山庄》中人物关系的异化，国内学者如殷企平近年也对夏洛蒂·勃朗特作品中的“进步”话语进行了解构。本文从艾米莉·勃朗特的短篇作品《死亡宫殿》入手，继续探究她对工业文明“进步”的独到见解和深刻剖析。本文关注资本主义“进步”的实质是什么，它对人性会产生怎样的考验，对人类的未来又有何警示等问题。

关键词：艾米莉·勃朗特；工业文明；“进步”；《死亡宫殿》

Abstract: Emily Brontë's works contain a trenchant critique of capitalist civilization, which is characterized by industrialization and its belief in "progress". In 1975, western scholar Terry Eagleton began to read *Wuthering Heights* from a Marxist perspective and analyze the alienation between individual characters. Domestically, Yin Qiping in his recent work has also deconstructed the so-called "progress" in another Brontë sister — Charlotte Brontë's novel *Shirley*. The present paper starts its discussion from Emily Brontë's essay "The Palace of Death", to explore the author's remarkable perception and unique insight on the nature of "progress" advocated by industrial civilization. What is the essence of capitalist "progress"? What sort of trials would it make human nature face? And what warning is issued against the future humankind? These are the questions that the article intends to unravel.

Key words: Emily Brontë; industrial civilization; "progress"; "The Palace of Death"

艾米莉·勃朗特(Emily Brontë, 1818—1848)的作品中包含了对以

---

* [**基金项目**]：本文系作者主持的浙江省哲学社会科学一般项目(青年)“勃朗特三姐妹诗作研究”(24NDQN119YBM)的阶段性成果。

** [**作者简介**]：赵京京，杭州师范大学外国语学院马云基金副教授，主要研究方向为19世纪英国文学和欧洲浪漫主义文学。

工业化为主导的资本主义“文明”及其“进步”观的犀利批判，学界围绕这一问题展开了持续讨论。早在20世纪70年代，英国著名文学理论家特里·伊格尔顿(Terry Eagleton, 1943—)就在他的《呼啸山庄》(“Wuthering Heights”, 1975)一文中，从马克思主义视角对艾米莉·勃朗特的小说做出了解读，有力地批判了因阶级、财富等社会因素导致的人与人之间关系的异化，以及对个体生命造成的伤害与摧残。维多利亚时代的一批优秀作家针砭时弊，通过其作品对资本主义“进步”话语做出质疑和解构，夏洛蒂·勃朗特(Charlotte Brontë, 1816—1855)的小说《谢莉》(*Shirley*, 1849)就是其中之一。反观国内，殷企平教授在其《推敲“进步”话语》(2009)一书中，也对《谢莉》中的“进步”话语做出了较为系统全面的解构，不仅详细剖析了小说对资本主义“进步”话语的质疑声，而且特别关注作品细微处由反讽、夸张等写作手法引起的文本张力，进而以小见大，引发读者对社会现实更为深入的审视。

殷企平在其著作中认为，处于19世纪社会转型期的英国资本主义经济迅速发展，这一现象引发了人们对“进步”的盲目推崇，直至使公众“痴迷于一种宏伟的构想，即人类社会因财富的无限增长而无止境地朝着幸福状态进步”(殷企平 4)。然而，这一“进步”的宏伟蓝图在实现过程中却时常要付出道德沦丧、精神生活被放逐乃至践踏人类尊严的沉重代价，因而这种进步观是单向度的、畸形的。

本文以伊格尔顿对艾米莉·勃朗特作品的马克思主义解读为基础，以艾米莉较少为人关注的《死亡宫殿》(“The Palace of Death”, 1842)为切入点，结合这位作家小说、诗歌等作品中的相关思想展开解读，尝试发掘这位19世纪作家在英国快速工业化进程和海外殖民扩张的历史背景下生发出的对所谓“进步”实质的反思。本文首先介绍《死亡宫殿》，并剖析其中最具代表性的片段，随后解读艾米莉的小说《呼啸山庄》(*Wuthering Heights*, 1848)及其诗作《何必问何时何地》(“Why ask to know what date what clime,” 1848)，进一步审视这些作品对“进步”话语的批判，从而领略艾米莉·勃朗特对资本主义“文明”敏锐的洞悉，对工业社会“进步”本质的犀利批判，以及对人类未来道路的审慎警示。

一、“法语短篇”

作为创作出《呼啸山庄》这一传世佳作的天才作家，艾米莉·勃朗特一直让学界和大众倾倒。众多学者对她小说的原创性及其鲜明写作特征做了深入研究,她的诗歌也日渐引起人们的关注。[①] 但与之形成强烈对比的是艾米莉的散文写作大多鲜为人知。艾米莉共有九篇作品留存于世,均作于留学比利时期间(时年24岁)。这些作品具有丰富的逻辑思辨和批判色彩,并因当初是用法语书写而被称为"法语短篇"(French Devoirs)。

1842年,艾米莉·勃朗特与夏洛蒂·勃朗特一同抵达位于比利时境内的赫格尔寄宿学校。这所学校是由康斯坦丁·赫格尔(Constantin Heger,生卒年不详)和他的妻子共同开办的。赫格尔先生经过考察,认为两姐妹对法语的熟练掌握程度足以使她们省却法语语法和词汇的机械式操练,因而提议为两姐妹布置一系列思辨写作题目,通过法语写作提高法语水平,这是一种更加高级的教学方式。赫格尔首先向她们诵读著名作家代表作品的片段,接着要求她们用相似的文体进行创作。赫格尔会布置写作的总体要求。他通常会规定文章的梗概,而两姐妹可以自己填充细节。有时候,赫格尔也会布置一些更为简单的作业,如写一封信、一个聚会邀请等。

从本质上说,这是一种以模仿为主的学习方法,因此方案一经提出,就遭到艾米莉·勃朗特的强烈反对。她直截了当地对赫格尔说,她"认为(这样的方式)毫无益处,并且一经采用,就会令她们丧失所有思想和表达方式上的原创性"(Gaskell 89)。但是当赫格尔的教学计划真正实行时,两姐妹获得了更多表达自己思想和观点的自由。多年以后,赫格尔声称两姐妹实际上很少遵照他提供的大纲写作。这一点在艾米莉·勃朗特身上表现得尤为明显。在赫格尔布置文章的基本架构后,艾米莉通常会自由发挥,使文章的布局发生偏离,甚至悄无声息地颠覆赫格尔提供的范式——《死亡宫殿》就是这样一个例子。艾米莉的这些写作通常具备鲜明尖锐的文风,并提供了严密、具有说服力的论据。这些特点让人确信,其中的观点都源自艾米莉·勃朗特的独立思考。

赫格尔和夏洛蒂·勃朗特都对艾米莉·勃朗特出众的思辨能力给予高度肯定。前者认为她拥有"一个擅长逻辑思辨的脑袋和非凡的辩论才

① 过去30年间一系列代表性学术著作相继出版,集中解读艾米莉·勃朗特的诗歌,如Gezari(2007)、Maynard(2016)等。这类书籍和文章帮助艾米莉·勃朗特成为19世纪维多利亚女性诗人中的重要一员。

能”(转引自 Barker 659),后者则声称,“可以这样说,只有当人们看到埃利斯(艾米莉·勃朗特笔名)作为文论家的一面时,她的全部才能才被完全公之于众”(Charlotte Brontë 28)。毋庸置疑,强大的思维力量和丝丝入扣的逻辑论辩给这些文章最早的读者们留下了深刻印象。更重要的是,在艾米莉的其他写作(如小说、诗歌)中,作者的声音通常隐藏在不同的主干叙述或人物声音背后。相比之下,这些短篇却因常常打破赫格尔设定的故事梗概而让读者有机会观察到属于作者自己的观点。没有了小说中多层次叙述结构那样的障眼法,我们可以通过对这些作品的解读,比较清楚地了解作者本身的观点。

艾米莉的短篇作品涉猎了很多主题,包括大自然的运行法则、女性在社会中的地位、子女对父母的恭敬与爱等等,不一而足。其中《死亡宫殿》描写了“死亡”日益扩张其力量边界,以及“文明”在这一过程中扮演的独特角色。艾米莉的小说《呼啸山庄》中展现出资本主义文明“进步”对社会个体的无情支配,关于这一点,学界已多有论述。有的学者认为小说体现了资本主义“进步”对个体自由发展的束缚,有的学者则认为资本主义社会的“进步”转型侵蚀了人的思想和健康状况,更有学者认为对物质“进步”的一味追求最终造成对个体生命的威胁(Eagleton 98—122)。那么,《死亡宫殿》又承载了艾米莉对资本主义“进步”观怎样的认识与思考呢?这些思考将如何有助于增进学界和大众读者对这位作家思想的理解?文章中蕴含的观点又会为我们带来怎样的启迪?

二、《死亡宫殿》

先从《死亡宫殿》的故事梗概讲起。艾米莉现存短篇的梗概部分都已丢失殆尽,唯有《死亡宫殿》的故事梗概被完整保留了下来。如果我们将艾米莉的《死亡宫殿》与她姐姐夏洛蒂的同名短篇进行比较,其鲜明独特的风格就更加凸显出来。《死亡宫殿》的故事提纲如下:

> 在过去的岁月中,“死亡”没有很多事情可做,那时它唯一的手下是名叫“暮年”的部长,但是不久以后,出现了更多的事务需要打理,它因此产生了任命一个首相的念头。
>
> 人们奉命在宫殿集结——所有的侍从都陆续抵达——挨个儿讲述为什么首相非自己莫属——正当“死亡”殿下对人选犹豫

> 不决的时候,殿门打开了,一位名唤“放纵”的美人翩然而至……此处对“放纵”进行外观描写——“死亡”最终选择放纵这位迟到者为首相,朝会解散。(Emily Brontë 1996: 224)[①]

在这一提纲中,我们可以清晰地看到短文最初的设计意图如下:“死亡”殿下鉴于“暮年”无法处理快速增长的事务,于是选出“放纵”为首相。

艾米莉和夏洛蒂的短篇在构架上大体都符合赫格尔规定的故事框架,但是与夏洛蒂的短篇明显不同的是,艾米莉并没有遵从老师的提议模仿成名作家的文笔。夏洛蒂花费了大量笔墨描绘在场宾客的外表、衣饰、行为举止(包括“怒火”“饥荒”“瘟疫”“野心”“狂热”等等),并引用了若干《圣经》(*The Bible*)和古典文学中的典故。艾米莉没有这样做,甚至梗概中明确提到的对“放纵”的描写要求,也被压缩成两个很短的语句[②]。正如这些短篇的编辑苏·罗诺夫所言,“她(艾米莉·勃朗特)的短篇中没有任何与论点无关的成分,也很少出现他处的援引。”[③]

正是因为艾米莉采用了这种简洁的文风,所以当她的短篇中出现了一个崭新的角色“文明”的时候,更加说明这一增添是深思熟虑后的决定。其重要性在于,这个角色在很大程度上颠覆了故事原有的主线。事实上,艾米莉不仅对“放纵”描写得少之又少,更是选择在文章结尾前不透露它的身份。诚如罗诺夫观察的那样,“从表面上看,艾米莉按照赫格尔安排的故事梗概将‘放纵’设为最后的胜出者,但‘放纵’在‘死亡’接纳它之前甚至未被提及姓名”,在整个故事叙述中,“放纵”都是“作为‘文明’的同谋发言”,而“文明”才是故事中真正的主角。以下是“放纵”对它的亲密盟友“文明”的出场所做的介绍:

> 我有一个朋友,在这里聚会的所有人都将在它的面前俯首称臣,它的名字叫“文明”。不出几年,它就会来到这片土地上与我们

---

① 此处有一点需要说明:在短篇的编辑苏·罗诺夫(Sue Lonoff)将艾米莉·勃朗特的法文原文翻译为英文的时候,罗诺夫选择将故事中的人物形象(如“死亡”“放纵”“文明”等)赋予女性称谓。这一做法增添了文章的戏剧性色彩,但或许并非艾米莉原本的写作意图。这是因为法文原文中的女性称谓是法语自带的语法使然(而非艾米莉主观选择)。因而在接下来的论述中,出于对艾米莉原文的尊重以及引用准确性方面的考量,笔者将称这些人物形象为“它”。

② “[...]she had a figure that seemed to glow with joy and health, her step was as light as a zephyr”,见 Emily Brontë (1996: 228)。

③ 本文的写作受益于编辑苏·罗诺夫对勃朗特两姐妹现存法语短篇的系统编辑整理,以及对这些短篇写作背景详尽且具有启发性的介绍,详见 Emily Brontë(1996: 234)。

> 共同生活，而每个世纪都将见证它力量的增长。最终，它会将“野心”从你（“死亡”）的麾下赶走，它会为“怒火”安上法律的闸门，它会夺走“狂热”手中的武器，它会驱逐“饥荒”至蛮荒之地，而只有我会在它的统治下繁荣昌盛。所有其他人的力量都会像它们的追随者一样消逝，但我的力量即便在我死后仍会绵延于世。只要我一接触到父亲，我的影响就会延伸到儿子那里。在人类团结起来把我从他们的社会中赶出去之前，我会施展本领，悄无声息地改变他们的本性，使他们整个种族变为尊贵的陛下容易获取的猎物。我的作用会如此有效，以至于“暮年”最终将几乎无事可做，而您的宫殿里会挤满作为献祭品的人。（Emily Brontë 1996：228 – 229）

这番话语，包括其中新颖独特的观点、强有力的逻辑，全都出自艾米莉的构思。因为无论是在故事梗概，还是在夏洛蒂的同名短篇中，都找不到相应或者类似的内容。由于这段写作并不在赫格尔规定的范围之内，因而它体现的是属于作者自身的观点与看法。在加入这段话的同时，艾米莉也脱离了赫格尔原初的设计，为其拟定的寓言赋予了崭新的逻辑内涵。短篇原本的设计是简单地宣布“放纵”为胜出者，其道德寓意在于提醒人们节制和勤俭的重要性。艾米莉的短篇则追溯“放纵”的根源到“文明”身上，并阐释了两者的关系：前者依赖后者的力量生存兴盛。与原来的设计相比，这一论点的提出无论在原创性还是思想性上，都更加大胆与富于挑战性，因为这将“文明”的本质、前进方向和最终归宿纳入了故事主线，并指出了它对人类社会显著的消极影响。这段话值得我们更为深入地探讨。

“放纵”如此预言：“不出几年，它（‘文明’）就会来到这片土地上与我们共同生活，而每个世纪都将见证它力量的增长。”这向朝会者们宣告了“文明”与日俱增的力量以及它在人类世界的统治地位，同时也道出了“文明”不断寻求扩张的属性。只要它一日与人类相伴，便会一日寻求扩张势力和扩大影响范围，而接下来的四个短句则预言了“文明”将会战胜“野心”“怒火”“狂热”和“饥荒”取得最终胜利——这些角色都是“死亡”的手下干将。换言之，这些“死亡”的侍从都无法在“文明”到来后继续生存，而是会被它一一驱逐或俘获。因此，它们中的任何一个都无法在真正意义上与“放纵”相抗衡，无法和它竞争首相的权位。同时，这几句话也使我们清晰地看到,“文明”能够对人类社会的精神领域(“野心”“怒火”“狂热”)以及自然界的运行规律(“饥荒”)施加日益增强的控制,以取得自身不断的发展进步。因此,“文明”对社会所具备的强大约束力,以及它将清理前进道路上的障碍的非凡执行力,都被展现在读者面前。

上文提到的“文明”的特性,与艾米莉·勃朗特当时所处的工业革命时代有着紧密的关系。对“饥荒”的攻克也指出了“文明”能够给人类社会带来基本的物质保障。到这里为止,“文明”在艾米莉的短篇中保持着积极的形象。在一个科技与经济快速发展的时代,人们很容易相信物质上的富足会为人类带来更加美好的未来,而事实上,在维多利亚早期,主流作品中也经常能够看到这种对未来的预判与设想。

但是艾米莉显然对此并不认同。因为她话锋一转,让“放纵”说道:“……只有我会在它(‘文明’)的统治下繁荣昌盛。所有其他人的力量都会像它们的追随者一样消逝,但我的力量即便在我死后仍会绵延于世。”这表明,“放纵”早已渗透到“文明”的核心,成为它本性的一部分。这一对盟友就像连体婴儿一样同兴衰、共存亡,更要命的是,在人类觉察到“放纵”的破坏力量,试图将它驱离之前,它就以改变人类的本性相对抗,使“整个(人类)种族”都变为“死亡”殿下可以“轻易捕获的猎物”,甚至有朝一日连“暮年”也将无事可做。

这是对资本主义工业“文明”发展的进程,以及人类共同的未来做出的一个凄凉而又沉重的预言。结合前文,这段话首先尖锐地指出,“文明”所具有的物质属性决定了它的本性不断追求剥削与扩张,具有属于自己的目标,而人类的福祉并不在其中;恰恰相反,在“文明”严苛无情、一丝不苟地实现自己伟大宏图的过程中,人类会渐渐被它俘获,并最终沦为它的奴仆,为其日夜劳作,直至生命消殒。艾米莉在短篇中不仅揭示出“文明”的物质本质,还指出其追求扩张的步伐将永不停歇,直至最终超越人类的驾驭能力,这一敏锐的洞见让人不禁胆寒。

三、工业文明的“进步”观

艾米莉的短篇《死亡宫殿》中蕴含的观点与其小说《呼啸山庄》的观念多有相通之处。在《呼啸山庄》中,通过情感的满足与物质的丰盈之间具有象征意义的“交换”,林顿家族(代表新兴资产阶级)得到了他们看似舒适的物质生活,却不再拥有尽情去爱、去享受生活的能力。而凯瑟琳在向仆人奈莉解释她不可能与希斯克利夫结婚的原因时，也如此说道：如果我那样做了，“我们两个就都会沦为乞丐”(Emily Brontë 2009：72)。换句话说，凯瑟琳之所以决定与林顿在一起，是物质层面的考虑起到了决定性的作用，因为这关系到个体在现代社会“丛林”中的生存几率。后来，希斯克利夫试图用属于“文明”的一套游戏规则来打败它，于是遵循投资需要与收益相符的无情法则行事。例如，他告诉仆人自己不打算再多花一文钱在他那奄奄一息的儿子身上，因为“他不值一文钱”(同上 72)。在冷酷的“文明”的统治之下，个体的生命被金钱量化。在小说里，凯瑟琳和希斯克利夫都尝试与“文明”结盟，然而他们的努力都以失败告终。究其深层原因，是因为他们想要过上真正自然、无拘无束、独立自主的生活，而这些追求是与资本主义“文明”的前进方向背道而驰的。资本主义“文明”的发展和繁荣在很大程度上依赖于工业化生产下无休止的财富创造与物质积累，这决定了生存于其中的个体的生活目标也要与之相契合，最终二者之间的矛盾变得不可调和，使两人的生活堕入悲剧。

在艾米莉·勃朗特现存于世的最后一首诗《何必问何时何地》中，我们也能看到类似观点的呈现。这首诗的叙述者是一位远离了故土，在异域他乡参加战争的士兵。通过他的视角，我们看到了一片荒废的玉米地：

这正是一年中晴朗的秋天，
当谷穗渐渐黄熟，渐渐饱满；
一天天过去，从中午到中午，
八月的太阳如六月的炽热火炉。

但我们睁着漠然的眼睛，
看着喘气的大地、闪耀的天空；
没有人紧握镰刀收割庄稼，
也没人在田野把它们捆扎。

我们的玉米收获在几个月前，
脱粒付出了血的代价，
玉米粒如牛奶一般香甜，
却遭受铁骑的疯狂践踏；

我在异邦土地上不断诅咒，
既不为家乡也不为上帝而战。
(勃朗特 397 - 398)[①]

这首诗描写了一派秋天景色，本该是丰收的季节，却看不到有人在田间劳作，因为作物早在几个月以前就被战争摧毁了。眼前的玉米地是一片战场，经历了鲜血淋漓的厮杀，目睹了战士们生命的陨落，也被毁灭掉了青涩的谷穗。就这样，死亡对众生性命的收割和人对田间谷物的收割发生无情的碰撞，并且提早发生了，因为人还没有老去，谷物也尚未成熟。由鲜血、谷粒和泥土混合形成的垛子呈现出一幅怪异骇人的图景，让人心惊胆战。这段场景描写，不仅控诉着战争对饱受摧残的土地造成的伤害，更提醒人们注视这里发生过的罪行，揭示了战争的残酷本质。

值得注意的是，在诗的最后一句中，叙述者宣称他“既不为家乡也不为上帝而战”，那么他为何而战呢？事实上，这首诗还有另外一个更长的版本，节选自岗多尔叙事，并对事件细节有更为详细的说明。[②] 如果参照长版本的相关内容，我们就会知道，叙述者是一个雇佣兵，既没有可以效忠的国家，也没有能够为之而战的信仰，只是金钱的力量驱使他拿起武器奔赴战场。艾米莉的这一细节处理将资产阶级经常高举着用来美化侵略战争的口号——如“自由”“忠诚”之类，摔得稀烂，尖锐地揭露出侵略战争的本真面目。古往今来，对金钱、利益的追逐才是战乱纷争的根由，而战争的残酷不仅暴露了人类对个体生命的漠视，还暴露了人类对大自然的无礼。

此外，这首诗同时揭示了发动战争的人所追求的利益远远超出了人类的基本需求，因为这种需求可以轻而易举地通过被战争参与者亲手毁掉的作物和农田来实现——粮食一旦丰收便能让人果腹，帮助人生存下去。然而，发动战争者显然欲壑难填：他们的“玉米收获在几个月前，/脱粒付出了血的代价”，而这里的“玉米”显然不是指田间生长的玉米，而是比它们更加有价值的东西，即使“付出血的代价”去掠夺，也在所不惜。这一讽刺也使我们更加清晰地看到，人类被贪婪和欲望吞噬之后，对社会无

① 文字略微有改动。

② 这首诗是另外一首题为“Why ask to know the date—the clime?”的长诗的重写。长诗作于许久之前，诗作的编辑詹妮特·吉扎里(Janet Gezari)认为它出自岗多尔世界，详见 Gezari (280)。岗多尔世界是一个由勃朗特家的孩子们共同创造的虚构世界。在一年的圣诞节期间他们从父亲那里得到了一些玩具士兵礼物，于是开始围绕这些士兵写故事，并凭借他们丰富的想象力，建立起有关城堡、地牢、宫殿乃至整个王国的叙事。

限膨胀的索取远远超出了生活需求。

这就与短篇作品《死亡宫殿》中“放纵”最后的话语形成了呼应。“放纵”向“死亡”炫耀本领，赤裸裸地承诺：“在人类团结起来把我从他们的社会赶出去之前，我会施展本领，悄无声息地改变他们的本性，使他们整个种族变为尊贵的殿下容易获取的猎物。我的作用会如此有效，以至于‘暮年’最终将几乎无事可做，而您的宫殿里会挤满作为献祭品的人。”艾米莉的诗作和短篇都揭露出资本主义“文明”的车轮滚滚向前的进程中，人类的贪欲不断滋长，终有一天会让人类丢失本性。发动战争肆意掠夺是资本主义“文明”扩张最剧烈、最直白的表现形式，和它并行的则是“放纵”所主导的杀人不见血的社会“文明”，它最终将把全人类变成“死亡”的猎物。

结　语

维多利亚时代初期，大英帝国正经历着海外版图的不断扩张和本土工业化的快速发展，由此而言，艾米莉·勃朗特对资本主义“文明”走向所持的灰暗看法，与其说是基于她日常生活中可以接触到的现实，不如说是来源于作者对“文明”本质的深刻洞察。如果说这位生活于19世纪英国的作家，在两百年前就已经预见今天人类所处的窘境，未免有些夸张，然而不可否认的是，艾米莉那时留下的明见在21世纪的今天得到了一丝微妙的回音。在当下的人类社会中，“文明”的核心驱动力正是来自对物质财富的不断搜刮积累，而且这种积累是建立在对自然无休止的索取和对个体的劳役榨取的基础之上的。资本主义“文明”也正在一步步实现艾米莉短篇中描绘的那般图景，她笔下的末日画面已经发展成由消融的冰山、燃烧的山火、无情的洪流、地震、蝗灾以及疾病灾害等组成的宏大牢狱——这是一场由大自然发起的对人类的苦涩清算。即便如此，“文明”的马达却仍旧在全速运转，昼夜不停。艾米莉作品中以大自然和个体生命为代价换取物质财富的行为方式，最终超越了虚构文本的边界，成为现实世界的真实写照。不得不说，艾米莉·勃朗特以她超出常人的敏锐洞察力和尖锐批判，为处于当下的我们敲响了警钟。在她笔下，资本主义“文明”及其“进步”观令人类的欲望不断膨胀，对物质财富的无节制追求又进而导致个体生命尊严的沦陷以及人类对大自然的漠视。她在这些问题上的理解与分析在全球经济生态一体化、人类面临空前挑战的今天，更加值得关注、思考与审视。

引用作品[Works Cited]:

Barker, Juliet. *The Brontës*. London: Hachette, 2010.

Brontë, Charlotte. "To W. S. Williams, 15 February 1848." *The Letters of Charlotte Brontë: With a Selection of Letters by Family and Friends*. Vol. 2, 1848—1851. Ed. Margaret Smith. Oxford: Clarendon, 2000. 27 - 28.

Brontë, Emily. *Emily Jane Brontë: The Complete Poems*. Ed. Janet Gezari. London: Penguin, 1992.

——. "The Palace of Death." *The Belgian Essays*. Ed. and Trans. Sue Lonoff. New Haven, CT: Yale UP, 1996. 224 - 231.

——. *Wuthering Heights*. Ed. Ian Jack. New York: Oxford UP, 2009.

Eagleton, Terry. "Wuthering Heights." *Myths of Power: A Marxist Study of the Brontës*. Houndmills: Palgrave Macmillan, 2005. 98 - 122.

Gaskell, Elizabeth. *The Life of Charlotte Brontë*. Oxford: Oxford UP, 1996.

Gezari, Janet. *Last Things: Emily Brontë's Poems*. Oxford: Oxford UP, 2007.

Maynard, John. "Poetry of Anne, Charlotte and Emily Brontë." *A Companion to the Brontës*. Eds. Diane Long Hoeveler and Deborah Denenholz Morse. Chichester: John Wiley and Sons, 2016. 229 - 247.

艾米莉·勃朗特:"何必问何时何地",载《艾米莉·勃朗特诗全集》,刘新民译,成都:四川文艺出版社,2021 年,第 397—398 页。

殷企平:《推敲"进步"话语》,北京:商务印书馆,2009 年。

萧伯纳戏剧事件在中国：基于操演性理论的分析

杨祎辰*

内容提要：萧伯纳在中国享有盛誉，但仅有的两部“完整版”演出所获反响均难称积极。本文首先强调了从操演性角度审视作为事件的萧伯纳戏剧在中国舞台化的意义，随后从改编者的创作意图、文本生成性和目标文化的接受三个方面，探讨了影响萧伯纳戏剧事件在中国生成的关键因素及其背后的操演性暗流。最后，文章探索了萧伯纳戏剧舞台化可能的方向，并试解其舞台化难题。

关键词：萧伯纳；戏剧；舞台化；事件；操演

Abstract: George Bernard Shaw, the renowned Irish playwright, enjoys significant acclaim in China. Despite this, the two “completed” productions of his dramatic works in the country have elicited varied critical responses. This article commences by highlighting the critical necessity of scrutinizing the enactment of Shaw's plays within the Chinese theatrical landscape through a performative lens. Subsequently, it delves into an analysis of the pivotal elements shaping the manifestation of Shaw's theatrical productions as performative events in China, taking into account the performative dimensions of the producers' objectives, the texts themselves, and audience reception. Finally, the article explores possible directions for future production of Shaw's plays in China.

Key words: George Bernard Shaw; plays; staging; event; performativity

尽管在中国被视为“最受欢迎的剧作家”之一（何辉斌 47，119），爱尔兰剧作家萧伯纳（George Bernard Shaw，1856—1950）的作品在中国的译介与传播并不“完整”：剧作家本人在中国享有很高文学声望的同时，其作品在中国的舞台化尝试却相对缺乏，取得较大社会关注的“完整版”演出仅有汪优游于1920年导演的《华伦夫人的职业》（*Mrs. Warren's Profession*，

* ［**作者简介**］：杨祎辰，上海外国语大学英语学院讲师，主要从事戏剧翻译研究。

1898)和英若诚于 1991 年导演的《芭巴拉少校》(*Major Barbara*, 1905),并且两部作品所获反响均难称积极。实际上,萧伯纳戏剧舞台化的困难并非仅出现在中国,在其他国家也存在舞台化作品褒贬不一,观众无法理解作品等情况(Pfeiffer 264)。站在创作者的视角,美国专演萧伯纳作品的芝加哥萧伯纳剧团(Shaw Chicago)导演兼演员鲍勃·斯科金(Bob Scogin, 1937—2018)将当代上演萧剧之难主要归结为两点:"英语语言和不做功课的导演"(转引自 Felder 11)。

然而,当我们将萧伯纳戏剧舞台化理解为戏剧事件,并从更强调结构性力量的操演理论视角审视历史上已有的演出,就会发现造成萧伯纳戏剧舞台化困境的不仅仅是作品语言以及导演是否敬业,其背后涌动着更为复杂的戏剧性、文化性、社会性暗流。本文借助操演性理论视角和事件概念,以 1920 年版《华伦夫人的职业》(当时题为《华奶奶之职业》,以下简称《华》)和 1991 版《芭巴拉少校》(以下简称《芭》)相关已出版和未出版的档案史料为基础,探索影响萧伯纳戏剧作为戏剧事件在中国生成过程的种种因素,并探寻萧伯纳戏剧舞台化未来可能的方向。

一、操演性理论下作为事件的萧伯纳戏剧舞台化

20 世纪 30 年代,萧伯纳进行了为期七天的中国之旅,包括瞿秋白、鲁迅、洪深等当时最有影响力的中国文人见证了此次来访,之后国内便掀起了萧伯纳作品译介与研究的第一波高潮。

在译介早期,萧伯纳被视为"一个同情社会主义的费边主义者和批判资本主义黑暗的现实主义作家"(杨保林 89),这使其在中国备受推崇的同时,也常被意识形态化解读。杜鹃认为,国内对萧伯纳戏剧作品存在现实主义批评惯性,研究作品集中,往往只根据单部作品讨论宏观议题,着眼点多在萧伯纳的思想而非戏剧成就,其戏剧艺术在国内仍在"尚待发掘"阶段(杜鹃 87—88)。此外,国内与国际研究现状仍存在较大脱节,"或许是受学术传统的影响,在萧伯纳研究中,我国学界很少有提出质疑和批评的,而西方学界对他的评价始终充满争议"(王岚 60)。在肯定上述观察的基础上,杨保林提出了未来研究者可以关注的若干问题(杨保林 89—90),但单从纯粹的文学研究视角出发,致使他未提及萧伯纳作品舞台化在国内相对缺乏这一突出的问题。国内有关萧伯纳戏剧的最新专著《社会与

政治的伦理表达：萧伯纳戏剧研究》也在综述部分呼应了上述观点，同时指出当前研究“重复现象较为严重”（刘茂生 37），不过舞台化研究匮乏的问题依旧未被提及。

实际上，对舞台化关注不足是萧伯纳戏剧研究界的共同问题（Gaines & O'Hara 1）。国际萧伯纳研究领域最权威的《萧伯纳研究》（*SHAW: The Journal of Bernard Shaw Studies*）成立于 1950 年，但到 2018 年才首次推出表演专刊。遗憾的是，相关研究依旧未引起国内学界的足够关注。目前国内关于萧伯纳戏剧演出的描述或讨论多散见于戏剧史论著。针对《华》演出的最详尽描述见于河南大学李燕 2015 年的硕士论文，该文以翔实的历史资料为基础，尽可能还原了当时的历史图景，还纠正了以往描述中的一些史实错误。针对《芭》演出的研究则更少，多作为萧伯纳文学或译介研究的脚注，鲜有学者展开讨论或评价。相对翔实的描述见于一篇关于萧伯纳戏剧中国接受史的英文论文，文中称该版演出“被视为 1991 年的主要戏剧事件之一”（Chen 29），该评价得到少数西方萧伯纳研究者引用（Radavich 268），但也仅限于此。

这两部舞台制作在中国翻译话剧史中的地位一直被低估，但它们值得被作为戏剧事件加以讨论。所谓事件是一种具有创造性、非可预见性和非确定性的突发现象（何成洲 2019：6—8）。事件能够打破旧有秩序和规则，带来新的可能性，揭示问题和矛盾，且拥有唤醒人们反思和行动的潜力。正如下文所揭示的，《华》和《芭》从一开始就被定位为一种打破戏剧常规的“断裂”（同上 6），包含着创新的力量，具有明显的事件性特征。

揭示萧伯纳戏剧在中国舞台化的事件性有助于更客观地研究和评价现有的舞台化尝试。首先，事件具有不确定性，它“不是单一方向的生成，因为它同时指向未来，也指向过去”（Deleuze 4—5）。萧伯纳戏剧舞台化的目的不是对萧伯纳戏剧文本的单纯回归。须指出，这并不意味着不再需要理解原作，反而如后文所揭示的，很多舞台化问题的症结或许恰恰在于对作品的不理解。承认事件的不确定性所强调的是要以一种开放式的态度审视改编者的再创作。同时，考虑到事件是一个连接着过去、现在和未来的连续过程，研究者需要关注戏剧事件发生的大叙事框架，而不仅仅是人物、情节、主题、表演技巧等传统戏剧研究焦点。

为更好地厘清萧伯纳戏剧事件发生的叙事框架，本文借助了操演性理论。该理论与事件概念的理论交叉点在于它们对于互动性、生成性和创造力等方面有着共同的关注。操演性（performativity）最早源于 20 世纪50年代英国语言哲学家J. L. 奥斯汀(J. L. Austin, 1911—1960)提出的言语行为理论(speech act theory)。该理论强调言语具备行为属性,并具有改变现实的力量。随着操演性概念跨学科应用的不断深入,越来越多的学者意识到仪式、剧场表演乃至各种社会互动都具有操演性的特点(何成洲 2020: 40)。

不同学科框架对操演性的定义侧重不同。简言之,操演性指通过可重复的言行达到特定效果或创造现实的能力。“在当代西方戏剧研究中,‘操演性’概念的核心内容是强调互动、生成性、创造力与干预”(同上)。2013年,翻译学国际核心期刊《目标》(*Target*)的“翻译和戏剧:从表演到操演”特刊首次将操演性推向跨文化、跨语言戏剧研究的前景,关注翻译作为行为对跨文化戏剧改编的干预,开启了该领域的“操演性转向”(Bigliazzi, Kofler & Ambrosi 3)。之后笔者亦撰文探讨跨文化戏剧生成中翻译及翻译外综合操演性因素的作用及相互作用,以北京人民艺术剧院1983年版的《推销员之死》中林达角色的生成为案例,揭示了隐藏在演员、导演、译者决策中的操演性力量,并指出正是这些力量在社会、文化、文本和戏剧等层面互动交织,共同塑造了这版颇受好评的林达(Yang 2021)。

在跨文化戏剧的生成中,各种文本和非文本因素,如创作、翻译、舞台排演、观演与评论,乃至整个社会文化生态,都具有操演性,它们相互影响,干预着作品的生成。由于操演理论关注的是可重复的言语和行为(何成洲 2020: 39),强调结构性力量的存在,用该理论解读跨文化剧场构建中主创人员言行及决策,可减少他们本人的叙事“偏见”对研究者的影响,从而揭示更深层的、为主创人员及评论者无法观察到的影响因素。这也是本文使用该理论解读《华》《芭》两剧主创及评论者言论,并在此基础上重构这两次戏剧事件的意义所在。

二、个案研究:《华伦夫人的职业》《芭巴拉少校》在中国的舞台化

“从事件的角度看待文学,核心问题是解释文学不同于其他写作的独特性,对于作家创作、文本、阅读等进行系统的重新认识和分析”(何成洲 2019: 6)。类似的讨论模式也适用于戏剧事件的研究,我们可将萧伯纳戏剧在中国的舞台划分为改编者的创作意图、文本生成性及目标文化的接

受三个方面进行分析，从而梳理出构建萧伯纳舞台作品的主要操演力量，并观察其在以往舞台化制作中的发挥情况。

（一）改编者的创作意图

从公开表露的创作意图来看，《华》的导演汪优游和《芭》的导演英若诚有着很大的不同。对于汪优游来说，他排演该剧的出发点主要是社会的。在《上海新舞台宣言》一文中，汪优游写道："近来'废娼'的声浪甚高，我们以为要提倡'妓女解放'，非先令妓女知道自己人格的重要不可，女子能尊重自己的人格，谁还肯去当妓女呢？这本戏于现在中国的恶浊社会极有益处，并且与中国的风俗人情，亦不大反背，所以我们决计演他"(1920a：12)。《芭》的导演兼剧本译者英若诚的公开意图则更加个人化，将上演萧伯纳的作品称为"我的夙愿"，称上演《芭》是为弥补"我国至今未正式上演"萧伯纳作品的"遗憾"，并表示："在排演《芭巴拉少校》的过程中，我和演员一道，不断为萧的这种一针见血、切中要害的本领而叫绝。经过 80 多年，萧的思想依然可以使我们感到新鲜、泼辣、深刻和才华横溢，这是萧伯纳的伟大之处，也是我们话剧应该借鉴之处，因为中国的话剧从一诞生就是靠思想的力量站住了脚并赢得观众的"(英若诚 1991)。与汪一样，英也注意到萧伯纳作品的思想力量，但不同的是他的出发点主要是戏剧的。

然而，从操演理论结构化的叙事视角出发，这两个看似不同的意图背后却有着相似的干预现实的动力。《华》作为"写实派的西洋剧本第一次和中国社会接触"(汪优游 1920b：12)，其包含的改革意图是公认的。洪深就曾评价其为"一个极勇敢的实验"(洪琛 33)。相较而言，很少有人意识到《芭》的上演也承载着强烈的改革愿望，这是因为英若诚在公开的导演自白中未曾提及。不过，在剧组的内部会议上，他不止一次谈及想借《芭》的制作，探索中国话剧的多方面改革：

> 这次翻译并执导《芭巴拉少校》是被雪茹等艺术交流中心同志们的精神所感动，因为我们都是搞话剧这一行的，这些年大家都希望在话剧事业上进行改革，有些突破，雪茹等同志有志于在话剧体制上进行继续改革的新尝试，我觉得应该支持……现在观众中存在着一种饥渴，如果不是小品、相声，观众在心理上和思想上不会满足，我们应该尽自己的力量，在内容上，思想上，也包括体制上、分配上，用剧院本身的结构取得最后的、最终的真正胜

> 利。在这个过程中,如果我们能做出些榜样,证明用这样的方法,自愿组合地,最后能够站住脚,这种榜样的力量是无穷的。(王翔浅 1991a: 编号芭 3.2①- 1991)

"改革""新尝试""榜样"等用词显示了《芭》上演背后的干预现实的动力。根据当时的报道(王翔浅 1991b;黄中俊 1991),讲话中所提到的"艺术交流中心"很可能指此次演出的发起方"北艺演出团"。该团体旨在让北京人民艺术剧院的退休演员依旧有戏可演,其中就包括有着中国话剧"皇后"与"皇帝"之称的朱琳和朱旭(剧中分别饰演薄丽托玛夫人和安德鲁·安德谢夫),而剧中相对年轻的角色则由北京人艺配备。此外,该制作也是北京人艺首次采取自筹资金、自负盈亏的市场化运作,这些都使得《芭》在中国的首次公演本身就是一场改革试验。

尽管两位改编者公开的自白显示出不同的创作出发点,但深挖可以发现,《华》和《芭》制作背后有着相似的操演暗流——改革的意愿,在宏观上主要体现在改编者对作品的改革实验场定位。这样的定位使得两部制作在某些方面都更为大胆,但也会增加其接受难度。

(二) 作品的生成性

那么,为什么中国话剧人会不约而同地选择上演萧伯纳的作品来表达他们的改革意愿呢?结合主创言论和演出相关档案史料,就可以发现这主要与作品自身的生成性有关,尤其体现在语言和社会两个维度上。

首先,鲜明的戏剧语言使萧伯纳作品具有较强的自我生成性,吸引着戏剧人去尝试。由于时代的客观条件所限,这点在《华》上演时未得体现:当时中国话剧尚处萌芽阶段,参演的旧剧和文明戏演员不仅不会读剧本,甚至不能统一使用标准国语,只能由导演"口授"台词,结果演员强记的台词错误百出,使观众很难理解(李燕 34)。在上演《芭》时,这些时代局限和技术性障碍都已扫除,于是萧伯纳"令人击节赞赏"的语言被作为舞台表现的重点,在建组会上,英若诚对演员提出的"第一个要求"就是"希望演员高度重视语言,能做到掷地有声",并且鼓励演员"如果有好的建议尽管提出。做到真正渗透它,改进它"(王翔浅 1991a: 编号芭 3.2①- 1991)。

英若诚的发言显示,萧伯纳戏剧语言的生成性可以从两个方面来看:首先,其独特的语言拥有足够的吸引力,能引起戏剧人的"高度重视";再者,可激发戏剧舞台的二次创作,也就是英若诚口中的"渗透"与"改进",

主要体现在对文本微观层面的修改以及对舞台语言构建(包括视觉呈现)的干预[1]。英若诚提出“这个戏的演员不能够靠灯光，舞美也不能回到那个时期的舞美。总之要在人物和语言上下功夫”(同上)，因此，正如该剧舞美设计韩西宇所描述，此剧“在设计安排上尽可能精简”(“正式建组会上，导演、设计谈景、艺术风格及工作安排” 1991)。

在社会维度方面，萧伯纳作品的思想性始终构成了其在中国上演的基石。与亨利克·易卜生(Henrik Ibsen, 1828—1906)一样，萧伯纳的作品在中国被定位为“社会问题剧”。前文提到汪优游曾表示选中《华》的直接原因是作品主题符合当时中国的社会需要，但来自中国社会内部的变革需求只构成其中的一股操演力量，另有一股隐性力量源自 20 世纪初中国的国际地位困境。汪在《上海新舞台演〈华伦夫人之职业〉的失败史》中提到，1920 年 9 月法国前总理保罗·班乐卫(Paul Painlevé, 1863—1933)在新舞台看戏，以了解中国风俗文化，但当时新舞台没有反映中国社会现实的剧目，只能上演西洋戏，引得外国观众嘲笑，汪由此感慨“我们常常受外国人底轻侮，所以不能不排几出稍有价值的戏剧”(汪仲贤 7)。在这样的大背景下，《华》在西方尚无法公演这一事实赋予了其更多的独特性，可以成为中国戏剧人提升中国国际形象的尝试对象，这也是《华》区别于当时《少奶奶的扇子》等其他中国话剧草创时期上演的外国作品的地方。

相较而言，讲述救世军成员芭巴拉与军火商父亲安德谢夫论争的《芭》与当时的社会需求似乎没有直接关联。然而，在正式建组会上，英若诚谈道：“内容上，战争、武器、道德问题都是中国面临的比较大的问题。它在思想、政治政策上会吸引人的”(“正式建组会上，导演、设计谈景、艺术风格及工作安排” 1991)。就 20 世纪八九十年代“中国面临的比较大的问题”是哪些，英若诚并未展开，笔者也尚未考据到曾身为中国文化部副部长(1986—1989)的他在其他场合发表过的相关言论。不过，结合上文分析出的《芭》的话剧改革试验场定位，或许可以解释英若诚为何认为该作“在思想、政治政策上会吸引人”：《芭》与当时的中国社会及中国话剧的契合之处，在于这是一部关于理想主义与资本制度对抗的作品。前者以芭巴拉为代表，后者以安德谢夫为象征，剧中芭巴拉的处境与当时不得不进行市场化改革的中国话剧以及其他很多社会方面颇有相似之处，芭巴

---

① 相关微观文本层面现象，笔者曾另撰文讨论，并指出戏剧文本的翻译与改写可以产生强大的操演力量，对作品及人物的舞台呈现产生至关重要的影响(Yang 2021)。

拉与安德谢夫围绕道德、理想和金钱的多场讨论对中国社会的市场化、商业化发展和世俗化娱乐等问题具有一定的启示。

萧伯纳作品社会维度上的生成性也干预了其舞台化改写：为提升可接受度，强化宣讲和教化效果，《华》被大幅度地中国化，甚至"华伦夫人"也被改为"华奶奶"。而《芭》虽称完整版，也遭大幅删节，英若诚称被删节的主要是："一是萧伯纳在剧中发表的与本剧毫无关系的台词；二是重复性台词；三是技术性太强的词"(同上)。上述修改都是为了更好地保持观众对萧伯纳颇有深意的对话的专注。

尽管两次制作的时代背景与文化土壤有极大不同，萧伯纳作品对于中国话剧人在语言与社会双重维度上均有着巨大的吸引力。其中语言维度的生成性决定了在客观条件允许的情况下，作品语言会被作为重点表现对象，而社会维度的生成性则表现为作品中的思想会得到本地化阐释，并作为改革隐喻得到演绎，文本自身也会受到相应改写。总体而言，萧伯纳作品文本的自身生成性对其舞台化的操演体现在它既吸引着中国话剧人上演作品，也影响着排演的方向。

(三) 接受的操演性

正如"文学事件的潜在力量只有在读者的体验中才能实现"(何成洲 2019：12)，戏剧事件的潜在力量将在接受阶段实现。在这一环节，可以观察到上述影响作品舞台化的力量的变化情况，以及本就具备操演性的接受行为对作品构建的长远影响。

首先，在这两个案例中，创作者的改革意图均得到了接受系统的肯定。《华》对中国话剧系统的影响力可以说极为深远，不仅促成了汪优游成立中国第一个新戏剧团体民众戏剧社，也加速了中国戏剧的现代化。同样，《芭》的试验场定位收获了广泛的认可，甚至受到北京以外地区的关注，例如《广州日报》剧评就曾指出，该剧为中国话剧的演员配备及筹款方式"提供了新的管理经验"(黄中俊 1991)。这给未来想尝试将萧伯纳戏剧舞台化的中国话剧人的启示是：他们或许可以继续挖掘萧伯纳戏剧与当代改革精神的契合之处，并在制作中凸显。

不过，现场的观众可能会有不同的着眼点。一般来说，话剧观众期待在剧场中获得艺术享受、情感共鸣和思想启迪。从前文材料来看，《华》和《芭》的导演的确都考虑到了作品的接受，但实际接受情况很可能未达预期：《华》的现场观众要求退票，大量批评见诸报端；《芭》所获得的评价也毁誉参半。不过这些评价也揭示了未来话剧人再尝试的切入点。上文提到，萧伯纳的戏剧语言具有强大的生成性，这点在《芭》中得到了很好的转化。当时不少剧评称赞了英若诚的翻译，认为英若诚把萧伯纳的作品"翻译成了中国观众可以懂的、机智、自然的语言"（孙佳琇 1991）。柯文辉还记录下了当时的现场效果："对话删去五分之二，华丽及穿透力虽有所削弱，仍给我们以隽永幽默的艺术享受。首演时笑声掌声把剧终推迟了七分钟，效果为近年所罕见"（柯文辉 2）。可见，萧伯纳戏剧语言魅力的跨文化及舞台化再现是个极具挑战但并非无法完成的任务。兼为译者的英若诚在这方面为未来的中国话剧人提供了宝贵经验。

《芭》在表现作品语言方面受到广泛认可的同时，其受到的批评也相对集中，主要针对的是饰演主角芭巴拉的宋丹丹的演技。《北京青年报》的点评具有代表性，称"宋丹丹依然按其老路数施展幽默、滑稽、俏皮、狡黠……却单单少了一位虔诚的救世军少校应有的执着和认真"（张天蔚 1991）[①]。与之相比，剧中老演员的表演则颇受好评，比如《北京晚报》的剧评写道："通过朱旭的精彩表演，观众不仅在安德谢夫身上看到了萧翁对社会现状所做的严肃思索与深刻探讨，也看到了现实与理想的搏斗，金钱与灵魂的撞击"（申慧辉 1991）。显然，《芭》观众期待欣赏到更精湛的演技和更清晰的主题思想表达，这些在安德谢夫这个角色上得到了满足。

须强调，这不仅仅关乎演员个体能力与表现水平，更是牵扯到了作品在社会维度上的生成是否成功。实际上，在排练阶段，另一位演技颇受观众好评的年长演员朱琳曾指出，作品中"唯有芭巴拉很难理解，尤其是最后到地狱中去拯救灵魂"（"演员座谈《芭巴拉》" 编号芭 3.2②- 1991）。此处，朱琳指的是芭巴拉在结局中的台词。芭巴拉宣告自己的勇气并没有"一去不复返"，提出"必须把地狱[指安德谢夫的军工厂]升华成天堂，把人升华成上帝，在阴暗的山谷里洒下永恒的光明"（萧伯纳 377）。针对芭巴拉的宣言，有西方学者分析，"《芭巴拉》结局的真正重点是宗教因素并未被打败"（Abbott 55），这也是作品复杂性的体现。然而，由于在观众眼中，宋丹丹在演技上似乎完全被老演员压制，其传达出的效果就是芭巴拉所代表的理想与灵魂力量被安德谢夫所代表的金钱力量碾压，因此该演出不仅未能展现出创作者希望营造的思想交锋，似乎还产出了相反的效果。

---

① 笔者另有撰文指出如此评价宋丹丹的表演有不公平之嫌：当时宋已因春晚小品出名，评论人口中的"老路数"，甚至所谓"可塑性"都暗示其喜剧形象可能已刻板化，影响着观者对其表演的判断（Yang 2017：148）。

在排演期间的专家座谈会上，有多位专家提出宋丹丹在演绎救世军成员芭巴拉时应表现得更“虔诚”，但就如何做到并没有提供具体意见。从北京人艺博物馆收藏的各种记录(包括留有导演具体舞台动作指导批注的“场记本”)中，都很难找到英若诚对芭巴拉这一人物的理解和针对性表演指导[①]。此处，不能因为证据缺失，就认定英若诚不够重视或理解芭巴拉这一人物，但就已有的资料来看，围绕芭巴拉这一人物从制作阶段开始就有很多困惑，并且贯穿了整个制作和接受过程。

以上讨论揭示出接受作为操演性行为的筛选性：萧伯纳戏剧的改革试验场定位得到了系统性的认可，与此同时来自观众及评论界的负面反馈，使得作品作为“多年来无人敢啃”的“硬核桃”(孙佳琇 1991)的名声被强化，影响着中国话剧人在未来尝试的兴趣和信心。

结　　语

萧伯纳是世界公认的经典戏剧作家，其作品在当代仍具有被阅读和被上演的价值。在中国，萧伯纳文学名声煊赫，但其舞台地位却与之不相匹配。就萧伯纳戏剧艺术的舞台化，依旧有许多潜力有待挖掘，相关研究也待深入，需要引入更多跨学科关注和国内外学术交流，才有可能全方位地理解并展现萧伯纳的戏剧作品。

从戏剧事件的角度来理解萧伯纳戏剧在中国的舞台化，可以更好地还原其作为开放的创作空间的本质，并客观评价现有制作。虽然上演的时代截然不同，但在操演性理论的框架下，我们可以发现《华》和《芭》两部作品背后均涌动着中国话剧人的改革意愿。这股力量使它们成为中国话剧改革的试验场。此外，当客观条件具备时，萧伯纳戏剧语言旺盛的生命力不仅会吸引中国话剧人上演作品，也会引导他们将其作为舞台表现的重点。另外，在接受环节，改编者的意图和作品语言的生成性相对容易转化。前者可以提升作品在中国话剧系统中的地位，后者处理得当则会极大地提升观众的戏剧体验。

从以往制作的接受情况来看，萧伯纳戏剧在中国的舞台化在社会维度上面临着更加复杂的挑战，其“社会问题剧”定位使其能够被认可为传

---

① 针对安德谢夫，他就曾明确指出“萧伯纳把它[他]当做[作]英雄来写”，见王翔浅(1991a：编号芭 3.2①- 1991)。

达改革意图的载体，但这也限制了其作为戏剧作品的发展。如果说20世纪20年代在“废娼”运动背景下上演《华》还相对应景，那么在20世纪90年代称《芭》中“问题”“都是中国面临的比较大的问题”，则有夸张之嫌。正如刘涛所指出的，“萧伯纳的社会问题剧因为过于趋时，难免会付出趋时的代价——过时。社会问题剧的生命往往会随着社会问题的逐渐解决而终结，这是此类剧作不得不面对的命运”（刘涛 362）。

未来的中国萧伯纳研究者和戏剧演绎者必须思考作品中“社会问题”的时代性以及与中国社会的真正关联。这不仅要求创作者更深入地理解作品，也意味着他们需要更加主动地进行本土化再创作。以《芭》为例，有西方学者指出该作“呈现了男性和女性、战争和和平、利润和慷慨、宗教和世俗化等多层次的二元对立关系”，并曾从道家哲学的视角解读了该作（Radavich 256）。这样的学术发现或许为未来有意再次尝试该作的中国话剧人提供一些提示：可以挖掘作品中与中国国情和大众生活更为贴近的戏剧内涵，并以东方视角加以诠释。这或许可以为未来中国舞台上的萧伯纳戏剧注入新的活力。

引用作品[Works Cited]：

Abbott, Anthony S. "Assault on Idealism: *Major Barbara*." *Twentieth Century Interpretations of* Major Barbara. Ed. Rose A. Zimbardo. Englewood Cliffs, NJ: Prentice-Hall, 1970. 42 - 57.

Bigliazzi, Silvia, Peter Kofler & Paola Ambrosi. Eds. *Theatre Translation in Performance*. London and New York: Routledge, 2013.

Chen, Wendi. "G. B. Shaw's Plays on the Chinese Stage: The 1991 Production of 'Major Barbara.'" *Comparative Literature Studies* 35.1 (1998): 25 - 48.

Deleuze, Gilles. *The Logic of Sense*. Trans. Mark Lester and Charles Stivale. London: The Athlone Press, 1990.

Felder, Susan. "Finding Shaw: A Hard Look at American Theater Trends, Dwindling Technique, and the Next Generation of Actors." *Shaw* 38.1 (2018): 6 - 19.

Gaines, Robert A. & Michael O'Hara. "Introduction: Shaw in Performance." *Shaw* 38.1 (2018): 1 - 5.

Pfeiffer, John R. "A Continuing Checklist of Shaviana." *Shaw* 33.1 (2013): 231 - 269.

Radavich, David A. "Eastern Paradox in Bernard Shaw's *Major Barbara*." *Shaw* 36.2 (2016): 256 - 271.

Yang, Yichen. "The Role and Potential of a Theatre Translator: A Case Study on Ying Ruocheng's Production of His Translation of *Major Barbara*." *Asia Pacific Translation and Intercultural Studies* 4.2 (2017): 147 - 159.

——. "Navigating the Labyrinth from Performability to Performativity: The Creation of a Beijing Linda Loman as a Case in Point." *Perspectives: Studies in Translation Theory and Practice* 29.6 (2021): 886 - 899.

"演员座谈《芭巴拉》",1991 年,芭 3.2②- 1991,北京人民艺术剧院博物馆档案室。

"正式建组会上,导演、设计谈景、艺术风格及工作安排",1991 年,编号缺失,北京人民艺术剧院博物馆档案室。

杜鹃:"尚待发掘的'萧伯纳式'戏剧艺术——国内萧伯纳接受史论",《南京师范大学文学院学报》,2011 年第 4 期,第 84—88 页。

何成洲:"何谓文学事件?",《南京师大学报》(社会科学版),2019 年第 6 期,第 5—14 页。

——:"西方文论的操演性转向",《文艺研究》,2020 年第 8 期,第 38—48 页。

何辉斌:《新中国外国戏剧的翻译与研究》,北京:中国社会科学出版社,2017 年。

洪深:"导言",载《中国新文学大系·戏剧集(影印本)》,赵家璧主编,上海:上海文艺出版社,1935 年,第 1—100 页。

黄中俊:"不同凡响的世界名剧《芭巴拉少校》",《广州日报》,1991 年 7 月 6 日。

柯文辉:"'萧伯纳'在中国——看《芭巴拉少校》随想",《戏剧电影报》,1991 年第 25 期,第 2 页。

李燕:《中国舞台上第一次演西洋剧本——1920 年 10 月〈华伦夫人之职业〉演出考论》,河南大学文学院硕士学位论文,2014 年。

刘茂生:《社会与政治的伦理表达:萧伯纳戏剧研究》,北京:人民出版社,2019 年。

刘涛:"对萧伯纳戏剧理论的深度反思与重新评价",《英美文学研究论丛》,2014 年春,第 355—369 页。

申慧辉:"震撼人心的《芭巴拉少校》",《北京晚报》,1991 年 6 月 13 日。

孙佳琇:"贺肖伯纳戏剧首次上演——看话剧《芭巴拉少校》",《中国戏剧》,1991 年第 7 期。

汪优游:"上海新舞台宣言(续)",《时事新报》,1920a 年 9 月 13 日,第 12 页。

——:"读周建云的评《华奶奶之职业》",《时事新报》,1920b 年 12 月 12 日,第 12 页。

汪仲贤(汪优游):"剧谈",《晨报》,1921 年 1 月 26 日,第 7 页。

王岚:"新中国 60 年萧伯纳戏剧研究之考察与分析",《戏剧艺术》,2013 年第 2 期,第 55—61 页。

王翔浅. "建组会导演英若诚谈话",1991a 年,编号芭 3.2①- 1991,北京人民艺术剧院博物馆档案室。

——：“一个漂亮的惊叹号——写给《芭巴拉少校》的公演”，《北京青年报》，1991b 年 6 月 25 日。

萧伯纳：《芭巴拉少校》，英若诚译，北京：中国对外翻译出版社，1999。

杨保林：“国内萧伯纳戏剧研究的现状与未来”，《电子科技大学学报》（社科版），2015 年第 1 期：87—90。

英若诚：“我的宿愿——写在《芭巴拉少校》上演之前”，《中国文化报》，1991 年 5 月 26 日。

张天蔚：“宋丹丹，悠着点”，《北京青年报》，1991 年 7 月 12 日。

文学文本与视觉艺术互动下伍尔夫小说《海浪》中的跨媒介叙事

丁礼明*

内容提要：伍尔夫小说《海浪》中的文学文本与视觉艺术互动在小说宏观和微观层面上展开。在宏观层面上，文学文本与视觉艺术互动发生在小说人物和具有艺术家特质的作者之间，具体关注情节发展进程中伍尔夫采用的文学范式和艺术手法。而视觉形象的设计、绘画技法的使用和图形标记的运用则体现了互动的微观层面。除此之外，《海浪》注重印象派艺术的色彩效果与光影呈现，既创造了文学的附加语义，也建构了文学的象征意蕴。由此，作者不仅借助印象派美学话语优势，同时借用语言文字传达出的绘画主题达成了宏观与微观层面的语义关联。与此同时，小说采用印象派的肖像画和风景图风格，凸显了文学文本与视觉艺术互动的显性特点，作者大量使用了画布、笔致、笔画和颜色等图形标记，既有助于读者认识文学之外的艺术世界，也成为深入考察文学主题的文本素材。

关键词：弗吉尼亚·伍尔夫；《海浪》；文学文本；视觉艺术；互动

Abstract: The interaction between literary texts and visual art in Virginia Woolf's *The Waves* unfolds at both macro and micro levels of the novel. At the macro level, the interaction between literary texts and visual art occurs between the novel characters and the author, specifically focusing on the literary paradigms and artistic techniques used in the process of plot development. The visual image design, the use of painting techniques, and the use of graphic markers reflect the micro level of interaction. In addition, the novel pays attention to the color, light and shadow effect of Impressionistic art, which not only creates the additional meaning of literature, but also constructs the symbolic meaning. As a result, the author not only uses the advantages of Impressionistic aesthetic discourse, but also uses the painting theme conveyed through language to achieve the semantic relationship between macro and micro levels. At the same time, the novel adopts Impressionistic portrait and landscape style on the genre level, highlighting the dominant characteristics of

---

* ［**作者简介**］：丁礼明，广西师范大学外国语学院教授，主要从事英国文学研究。

the interaction between literary text and visual art. In the portrait and landscape, the author uses a large number of graphic markers, such as canvas, strokes and colors, which not only helps the readers understand the art world outside literature, but also becomes the text material for in-depth investigation of literary themes.
Key words: Virginia Woolf; *The Waves*; literary texts; visual art; interaction

英国现代主义小说家弗吉尼亚·伍尔夫(Virginia Woolf, 1882—1941)的《海浪》(*The Waves*, 1931)自出版之日起就备受读者青睐。国外学界尤为关注小说《海浪》中的现代主义特征,学者 G. 巴体乌克(G. Batyuk)、J. 葛德曼(J. Goldman)借助现代主义文学观对其现代性展开文本阐释。此外,W. 沃尔夫(W. Wolf)、C. 欧尔克(C. Olk)运用间性关联理论探索小说中文学与艺术的媒介关系。国内有学者认为《海浪》中的花园是贯穿全文的主线和核心主题之一,伍尔夫的生态整体观在《海浪》的花园意象中获得进一步完整的体现(仇小萌 88)。但相关研究成果较少涉及跨媒介叙事策略,我们有必要在绘画媒介视野下探究《海浪》,以揭示作者的创作手法和艺术思想。

《海浪》的文学文本与视觉艺术呈现互动关系,而且两者之间的互动在小说宏观和微观层面上展开。在宏观层面上,文学文本与视觉艺术互动发生在小说人物和具有艺术家特质的作者之间,具体关注情节发展进程中伍尔夫采用的文学范式和艺术方法。而视觉形象的设计、绘画技法的使用和图形标记的运用则体现于互动的微观层面。此外,《海浪》注重印象派艺术的色彩效果与光影呈现,既创造了文学的附加语义,也建构了文学的象征意蕴。作者不仅借助印象派美学话语范式,同时借用语言文字传达出的绘画主题,达成了宏观与微观层面的语义关联。小说在体裁上采用了印象派的肖像画和风景图风格,凸显了文学文本与视觉艺术互动的显性特点,作者大量使用画布、笔致、笔画和颜色等图形标记,既有助于读者认识文学之外的艺术世界,也成为深入考察文学主题的文本素材。

一、文学文本与视觉艺术互动下的文学范式与艺术手法

对伍尔夫小说中画家意识、绘画技巧和图像标记的文学探索,不仅需

要借助文学与艺术互动理论和文本间性视角，也需要依托文化历史分析、符号学、媒介学等研究方法，主要是因为“伍尔夫拥有画家视野和艺术凝视特质，赋予作品独特的视觉化特点”(Louvel 107)。视觉化特质首先得益于作家对绘画艺术的充分了解，伍尔夫的艺术导师分别是著名的肖像画家约翰·辛格·萨金特(John Singer Sargent, 1856—1925)和拉斐尔前派画家瓦尔·普林斯普(Val Prinsep, 1838—1904)。此外，罗杰·弗莱(Roger Fry, 1866—1934)和保罗·塞尚(Paul Cezanne, 1839—1906)对她的影响也十分深远。其次，作家的艺术气质不仅源于她经常与家人一起参观英国国家美术馆、皇家艺术学院和众多艺术展览，也得益于伍尔夫家族优良的艺术传承。家族中朱莉亚·玛格丽特·卡梅隆(Julia Margaret Cameron, 1815—1879)擅长摄影，她的摄影作品对伍尔夫的文学创作影响至深，以至于《海浪》中的九个章节开篇都如同摄影佳作，作者在自然景观描绘中巧妙地穿插色彩斑斓的绘画。从第一章的“太阳尚未升起”，“地平线上那道幽暗的阴影逐渐变得明朗起来，就像一瓶陈年老酒中的沉渣沉淀后，酒瓶泛出绿茵茵的光泽”(伍尔夫 2012: 1)，到第二章的“太阳正在升起。蓝色的海浪绿色的海浪呈扇面状快速冲刷着海滩，它绕过海冬青的花穗，在沙滩上留下一片片浅浅的发亮的水坑”(同上 21)，它们构成一块块画板，主人公随后在画板上留下自己鲜明的生活印记，展示出内心真实的一面。伍尔夫在《海浪》中建构了独特的文学范式，兼顾绘画语言和风格，呈现出别具一格的艺术手法。

除了摄影艺术的影响之外，伍尔夫的姐姐瓦妮莎·贝尔(Vanessa Bell, 1879—1961)的影响也不容小觑。瓦妮莎曾经在皇家美术学院学习绘画，技艺超群。瓦妮莎多次为伍尔夫的小说做艺术设计，伍尔夫为瓦妮莎的艺术展目录撰写介绍性文字，姐妹间文学与艺术相得益彰，传为佳话(贝尔 66)。《海浪》中苏珊如同瓦妮莎一般具有艺术家气质，她曾经提到过“我们参观美术展览馆，欣赏绘画作品”(伍尔夫 2012: 30)。伍尔夫和瓦妮莎出于争强好胜和对文学、艺术的强烈热爱走到一起，在相互提携和共同合作中她们鉴赏彼此的艺术作品。伍尔夫从来没有认为写作和绘画是各自独立的存在，在信件中她也曾如此问姐姐：“你认为我们拥有相同的眼睛，但又具有不同的视角吗?”(Woolf 1975: 158)伍尔夫明确地表达出她们有相似的艺术理解力。恰如《伍尔夫传》中所言：“姐妹之爱的魅力完全在于彼此间的亲密交流，包括喜欢对方的性格特征。从一开始，两个人中的瓦妮莎注定会当上画家，而弗吉尼亚会成为作家”(贝尔 32)。

在姐妹间文学与艺术创造力相互影响的基础上，伍尔夫把对母亲的美好记忆转化为抒情散文式小说《海浪》，瓦妮莎则深受启发创作了《儿童的房间》(*Children's Room*, 1930—1932)等系列艺术画作。《海浪》不仅展示出伍尔夫深受瓦妮莎绘画艺术的影响，也融合了姐夫克莱夫·贝尔(Clive Bell, 1881—1964)注重"形式和色彩"的艺术理念。在此背景下，伍尔夫在绘画技巧和图画标记帮助下对小说叙事形式做出了大胆尝试，并试图找到像画家那样创作文学文本的话语范式和艺术技巧。《海浪》中随处可见伍尔夫式"形式和色彩"结合的表达，例如，伯纳德说"墙上开满了金灿灿的裂缝，窗户前面摇曳着由树叶映照出来的手指印般的蓝色阴影"(伍尔夫 2012：4)。此处，伍尔夫采用的是印象派绘画的形式，寥寥几笔勾勒出墙上的裂缝和窗户前树叶所构成的画面背景。色彩上只有阳光洒下的金色和树叶映照出的蓝色。类似的话语在小说文本中随处可见。不仅每章的开篇都是色彩变幻构成的美景图，而且主人公所见和所感都是由色彩带来的。罗达眼中的"兰波小姐戒指上的紫色光泽；祈祷书皓白书页上的黑色斑点；美酒一般的颜色；棕色的哔叽呢"，珍妮言语中的"那个黑黑的女人；贝壳一样带花纹的闪闪发亮的衣服；红色的丝线；红色的衣服"(同上 25)。苏珊眼中也是色彩艳丽的世界：那片挂在天际的淡淡的红晕，以及红晕消退之后跟着出现的蓝茵茵的光影(同上 84)。如此，伍尔夫笔下的《海浪》既有绘画的色彩和形式，也有诗意盎然的语言，小说拥有了如画般的文学意境和美妙的绘画技艺，实现了文学与艺术融合的跨媒介叙事，达成了文学文本与视觉艺术的良性互动，也由此产生意想不到的艺术效果。

不仅如此，伍尔夫对其他国家文化的艺术特质颇感兴趣，尤为了解不同时代、不同国度、不同艺术流派中的画家及其作品。因此，在她的小说中读者可以找到特定时代艺术流派的影响以及绘画作品的印记。值得一提的是，伍尔夫深受印象主义绘画艺术的影响。英国学者简·葛德曼(Jane Goldman)撰文强调"伍尔夫被称为实验形式、印象主义和意识流的革新者实不为过"(Goldman 127)。克莱夫·贝尔也认为伍尔夫拥有与画家一样敏锐的视角(Bell 113)。伍尔夫按照自己的美学原则抛弃了 19 世纪现实主义文学的人物塑造和话语风格。具体而言，《海浪》没有按照传统文学写法把故事捆绑起来进行情节设计，而是分解成九个独立的故事，辅之以印象派艺术技巧，勾勒出不同人物的内心情感和精神状态，展示他们内心的意识和思想流动。作者的艺术情趣和美学形式在作品中得到了清晰的展示,促成了非传统文学文本创作方式的形成,实现了文学作品的跨媒介叙事。对此,A. 麦克内尔(A. McNeille)总结道:“看看你的内心世界,你会发现生活和现在相差甚远。在平凡的日子里审视每一个平凡的人。头脑接收着无数的印象:琐碎的、奇妙的、转瞬即逝的,或刻着钢铁般锋利的印记”(McNeille 160)。如此看来,《海浪》颠覆了传统的叙事手法,弥漫着视觉艺术凸显的绘画印记和主观印象,体现了印象主义绘画的美学风格,印证了日常生活中存在的“琐碎的、奇妙的、转瞬即逝的,或刻着钢铁般锋利的印记”的印象主义艺术观。

从艺术角度看,“印象主义”术语源于首次在巴黎举办的印象派作品展中克劳德·莫奈(Claude Monet, 1840—1926)的作品《日出·印象》(*Sunrise Impression*, 1872)。N. 莫珍科娃(N. Morzhenkova)追溯了伍尔夫的文学创作与法国印象派画家莫奈绘画作品之间的内在联系(Morzhenkova 136)。创造现实幻觉的“瞬间印象”是印象派美学基础,印象派强调画家要用色彩和细节勾勒出生活中短暂的、琐碎的、奇妙的、即逝的瞬间(詹树魁 50)。观者只有站在远处才能清楚地意识到《日出·印象》的内容,也只有在一定的距离之外才能在灰色和蓝色雾霾中辨认出水面上的一个橙色的太阳亮点,而在深蓝色笔迹中才可以辨认出渔船的大致模样。阅读《海浪》与观赏《日出·印象》的感觉如出一辙。伍尔夫惯于使用强烈的画框效果,小说的每一章都以印象派风景画风格开始,营造出强烈的艺术氛围。比如第一章开头如此描绘海天一色的风景:“太阳尚未升起。海和天浑然一体,只有海面上微波荡漾,像是有一块布在那里摇摆出层层褶皱。随着天际逐渐泛出白色,一道深幽的阴影出现在地平线上,分开了海和天,那块灰色的布面上现出一道道色彩浓重的条带,它们前后翻滚,在水下,你推我拥,相互追逐,绵延不绝”(伍尔夫 2012: 1)。此后每章开头的文字虽略有差异,但彼此之间形成了大致相似的效果。作者是在建构独特的文学话语范式:用艺术性绘画语言表达人物内心世界的真实想法。每章开篇的风景描绘均有深意,太阳的运动轨迹被比作人生路径:太阳尚未升起意味着生命在孕育、太阳正在升起意指人的婴儿期、太阳升起来后则对应着人的少年期、太阳高悬中天与人的中年期形成对应关系,而太阳西沉暗指人的老年期和生命的结束。如此,伍尔夫借助绘画艺术提升了文学文本的意蕴,实现了两者之间的有效互动。其次,色彩变化的层次感随着太阳逐渐升起也在变幻着,由最初的蓝色、绿色的海浪到洒落在海面上的黄色、绿色的缕缕光线。颜色的变化对应着主人公的心理状态，有时忧郁如蓝色，有时心情明快如绿色。

不仅如此，小说中每个风景的插曲都用斜体突出显示，分别放置在九个故事的开始部分。作者似乎在文本中组织了几次印象派画展，把美妙的光影效果图呈现在读者面前，建构了光影效果与语义内涵上的关联，仿佛在用无声语言来讲述时光流转，传达出人物在此图景下的内心情怀。因此，从艺术角度来看，伍尔夫在《海浪》中忽略了传统形式下的叙事方法与情节安排，在对视觉艺术手法的娴熟运用中凸显如诗如画的语言文字，实现文学技巧的艺术创新，也同时彰显了西方绘画中的重要元素：形式、光影和色彩。《海浪》从文学文本变成一幅美妙的艺术画作，塑造出各色人物的众生相，苏珊、伯纳德、罗达、路易斯等都在画作中留下生命的印迹，他们成为最亮丽的风景画中的主角(冯伟 93)。总之，伍尔夫在《海浪》中成功地运用了印象派画家的手法，借助精心设置的语言文字将视觉图像转化为文学表述，也正是在印象派美学思想的引导下，作家才能在文学与绘画间创设了互为作用的语境，实现小说的跨媒介叙事，继而达成文学文本与视觉艺术的良性互动。

除此之外，海面景致的描写是《海浪》的焦点和亮点。小说如此写道："太阳一出现在地平线上，整个世界就充满了色彩：与灰色的画布相比，覆盖在大海上的厚重笔画层层叠叠地移动着"；"海面慢慢地变得透明了，海面上水波起伏、波光粼粼，直到那些黑色的条纹被逐渐抹去"；"(太阳升起)远处地平线上的黑色线条渐渐地变得清晰起来，黑暗就像旧酒瓶里的沉淀物般下沉了，窗户的玻璃也逐渐变成了绿色。最后天空放晴，白色笼罩着整个大地"(Woolf 2005：639)。伍尔夫如此不厌其烦地描写海面上丰富和细腻的色彩变化，意在表明：海面上颜色和光线的变化与太阳运动息息相关。太阳赋予万物生机和活力。大海中无法穿透的黑暗随着太阳升起逐渐稀疏，变得明朗起来，于是黑色先变成灰色，然后再出现白色、黄色和绿色的波纹，最后太阳的火焰燃烧起来，大海闪耀着金色，天空倾泻着蓝色。周围的世界彻底苏醒了过来，万物有了清晰的轮廓。大海和天空有了结构和颜色才会变得真实而有活力。小说中无处不在的语言化景观间奏曲再现了海面上色彩的变化和生命的律动。如此这般，小说中视觉艺术建构的画面感扑面而来，冲击着读者的感官，文学文本与视觉艺术由此实现了良性互动。

事实上，伍尔夫试图借文学笔触再现生活现实和生命本质，她希望借用文学语言传达出世间万物的视觉效果和短暂的生命印象，展现光与影游戏中人类情感的细微差别。她用文学语言和美学话语创作了一幅幅色彩丰富的印象画作,画面形式多样,有扁平的条状、心形的叶子状、长腿的玻璃杯;画面的质地有略显粗糙的花草萌芽和小径上光滑的鹅卵石;光影效果中包含岛屿上从窗户里投射出的燃烧的火光、树木狭长的阴影、炫目的街灯和黄昏的阳光等。读者仿佛能听到不同的声音:电铃的响声,鸽子翅膀在空中的拍打声以及汽车的轰鸣声。总之,伍尔夫借用印象派艺术技巧营造出多姿多彩的视觉效果,在宏观和微观层面达成了文学文本与视觉艺术之间的良性互动。

二、文学文本与视觉艺术互动下的色彩、语义和象征

印象派艺术的光线与色彩背后隐藏着深刻的生命意义,运用于小说文本中可以创造出丰富的语义内涵。伍尔夫认为自然万物的颜色变化多端,光亮与阴影相互依存。《海浪》中多次描写色彩的多样和光影的变化:“树在秋天的阳光下呈现出斑驳枯黄。小船悠悠地飘过,穿过了一片红色,又穿过一片绿色”(伍尔夫 2012: 70)。色彩缤纷的客观万物在心灵上投下万般印象。伍尔夫十分重视印象,看重人物内心的心理真实(即对于客观世界的主观感受),她希望作家能把现代西方人内心感受到的刺激和震动表现出来(伍尔夫 2000: 351)。客观世界万物的存在都有其象征意义,可以用来反映主人公的复杂心情和内心感受(同上 353)。《海浪》中轻描淡写的一句“现在黑窗玻璃又绿了”实际上含义深刻(Woolf 2005: 666),它从侧面展示出主人公内心世界的变化。此外,在伍尔夫的颜色名录中,红色、绿色、白色、黄色、金色、黑色、丁香色、灰色和粉色一直占据主导地位,且各有深意,比如红色蕴含人物的诸多情感联想。红酒使人兴奋,红色血液令人愤怒,也使人想到痛苦的感觉,而“腐烂的橡树果随着岁月的增长而变红”,它带给读者的是另外一种生命感悟(同上 644)。红彤彤的脸庞、太阳的红光、火焰般的暖红色、花朵的红艳及鲜红的玫瑰花瓣和天竺葵都带来生命世界的丰富体验。凡此种种,由于作者对生命意义的主观感知和情感体验,原本毫无生命气息的色彩被赋予了全新的文学内涵和艺术美感,因此,珍妮冬天许下的愿望:“(我希望拥有)一件在火光下闪闪发亮的红色细线连衣裙。等灯光闪耀,我就穿上像面纱一样薄的红裙子”(同上 652)。这里意在表明紫色和红色可以成为生命力的、温暖

的和高贵的象征。

不仅如此，小说中绿色、白色、金银色、蓝色、黄色和黑色等色彩的语义内涵和象征意蕴也很丰富，更加凸显文学文本的视觉化特质。从传统意义上看，深绿色、绿色的紫杉、绿色的蜗牛眼与自然万物、生命本质、肌体活力有关联。至于绿色的河水和植被在文本中视野所及范围内无处不在。从文学意蕴上看，摆设在房间客厅里的绿色桌台侧面折射出英国人的保守思想和传统意识。正如小说中经常提到的老物件，英国人都是爱不释手，不会随意丢弃，而且代代相传，比如“现在桌子上又摆了一圈白色的瓷盘，每只盘子的边上都镶着银线”(伍尔夫 2012：4)，还有“静候来客的房间里摆着涂金漆的椅子”(同上 88)。所以，不论讲究的瓷盘，还是椅子等老物件，甚至是绿色桌台都是文化传统的展示，也间接表明了英国人的保守思想。其次，频繁的重复加深了人们对绿色的固有印象。似乎野草、树叶、黑暗的绿色植物都是人类生命的化身，颜色的动态变化与太阳的运动息息相关。此处绿色深受作家喜爱，不仅因为它象征生命的活力，也隐喻主人公内心世界对生命的感悟。此外，伍尔夫也偏爱白色的物体，小说中提到天空中的白云、白色的帆船、树林间白色的房屋、白色的文字、白色的袜子、白色的鹅卵石、白色的领带、白色的脸庞、白色的祈祷书、白色的衣服、白色的丝带和白色的灯光等，它们都是纯真、纯洁和快乐的象征。金银色(金十字架、线、椅、光、裂纹)在小说中有着相似的语义内涵，意味着高贵的起源、幸福、荣耀、神圣的光和欢乐。蓝色往往象征着不可能实现的理想、神圣的信仰和难以接近的欲望，小说中写道“我要像我的母亲一样，沉默不语，系上一条蓝色的围裙，锁上碗柜”(Woolf 2005：683)。黄色也是伍尔夫中意的色彩之一。《海浪》中经常提及的黄色条纹和黄色花朵象征着主人公愉悦的心情。黑色的含义有些刻板，鸟儿的黑色翅膀和一本黑皮书可能会经常出现，折射出主人公沮丧和悲观的情绪。被作家用来与大海比较的紫色是模棱两可的颜色。在伍尔夫看来，生命历程如同水波荡漾，我们不断地感觉到它们的飞溅和咆哮。粉红色是青春和天真的象征，它与婴儿、小女孩、女性和温柔联系在一起。由此可见，小说中的缤纷色彩都是伍尔夫独特的艺术设计，作家笔下的色彩具有独特的语义内涵。

值得一提的是，伍尔夫独有的视觉艺术特质在人物性格塑造方面尤为突出，小说中的色彩效果和光影呈现与印象派画家有诸多相似之处，突出表现在他们都能借助色彩、笔画和光线来表达创作者复杂的思想和多变的情感,同时塑造出丰满的人物形象。《海浪》中苏珊的形象塑造正是借助色彩的运用,展现出她思想和联想的海市蜃楼。比如,在小说第一章苏珊说:"我看见一片淡黄色蔓延开来,最后跟一道紫色的纹带连在一起"(伍尔夫 2012: 2)。与珍妮看见的绯红色不同,苏珊看到的是淡黄色,象征着她内心世界对未来的美好憧憬。而光线的运用则凸显出苏珊的复杂心境:"有时我想(我还不到20岁)不算是一个真正的女人,但那道生命之光终将照射在这扇门上,在这片土地上照耀。有时我想自己如同季节,有时是一月、五月或者是十一月;有时我是泥土、迷雾或是黎明"(Woolf 2005: 683)。苏珊的人物形象如果仅凭几句话是无法刻画出来的。完整的人物形象需要读者通读整部小说才能得到,因为每位主人公的形象都是由联想、情感和思想共同构成的,恰如印象派艺术的画面是由大量色块和碎片组成的,这些色块和碎片只有聚集起来才能构成整体形象。伍尔夫能够成功地塑造出热爱生活的伯纳德、崇尚理性精神的奈维尔、厌弃都市生活的苏珊、憧憬社交生活的珍妮、羞怯和神秘的罗达并非只是依靠几个色块和碎片。伍尔夫借助印象派艺术绘画技巧和图画标记成功地描写了小说中反复强调的"此时与此地"(here and now)的生活,但对她来说,"生活远非'如此'。"艺术家的主要任务是能够洞察现实生活,用艺术表达当下世界,传递生命的活力。

结　　语

综上所述,《海浪》中艺术与文学互动的特殊性在微观和宏观层面上得以体现。宏观层面是指世界观、范式和哲学方法,涉及作者对生活的理解、对现实世界的感悟,以及主观经验。微观层面是指在设计视觉形象时运用的绘画技巧和图形标记。艺术与文学互动在艺术风格的流派上可以显现:《海浪》中出现的风景画、肖像画属于印象派风格,作者使用了大量诸如画笔、画布、颜料的图像标记以帮助读者认识视觉艺术的魅力。伍尔夫小说中艺术与文学的共存一方面揭示了作家艺术思维的特殊性,另一方面,作者凸显光影的色彩和效果营造出作品浓厚的艺术氛围,折射出人物的内心感受和生命意识,最终实现了文学文本的主题传达。

引用作品[Works Cited]：

Bell, Clive. *Old Friends*. London: Chatto and Windus, 1956.

Goldman, Jane. *Introduction to Virginia Woolf*. Cambridge: Cambridge UP, 2006.

Louvel, Liliane. 2008. "Telling by Pictures: Virginia Woolf's Shorter Fiction." *Journal of the Short Story in English* 50(2008): 107 - 123.

McNeille, A. Ed. *The Essays of Virginia Woolf*. Vol. 4: 1925 to 1928. London: Hogarth, 1984.

Morzhenkova, N. "Afterword." *The Waves*. Saint Petersburg: Saint Petersburg UP, 2010. 136 - 138.

Woolf, Virginia. *The Letters of Virginia Woolf*. 6 vols. New York: Harcourt Brace Jovanovich, 1975 - 1980.

——. *Selected Works of Virginia Woolf*. London: Wordsworth Editions, 2005.

弗吉尼亚·伍尔夫：《论小说与小说家》，瞿世镜译，上海：上海译文出版社，2000年。

——：《到灯塔去》，瞿世镜译，上海：上海译文出版社，2010年。

——：《海浪》，曹元勇译，上海：上海译文出版社，2012年。

冯伟："生命中的那个美好瞬间——试析弗·伍尔夫《到灯塔去》中的绘画元素"，《国外文学》，2004年第1期，第90—94页。

昆汀·贝尔：《弗吉尼亚·伍尔夫传》，萧易译，桂林：广西师范大学出版社，2018年。

仇小萌："伍尔夫小说花园意象的生态女性主义解读"，《广东外语外贸大学学报》，2017年第5期，第84—89页。

詹树魁："《海浪》：人生瞬间印象构成的文本"，《外语与外语教学》，1999年第9期，第49—51页。

乔叟英语变体和语言特征初探

孙晓蕾*

内容提要：本文以《坎特伯雷故事集》总序为例，探讨乔叟英语变体和语言特征。乔叟英语变体主要包括法语和拉丁语影响下的语言变体和地方方言影响下的方言变体。乔叟英语以文学性的伦敦方言为基础，在继承法语和拉丁语诗歌传统基础上，展现了一个能与法语和拉丁语相提并论的英语世界。乔叟英语语言特征主要体现在乔叟诗歌的韵律形式、语法形态和写作风格上，与现代英语在读音、语法、句法和风格上存在差异。

关键词：英语；乔叟；语言；变体；中古英语

Abstract: To remove the obstacles for the deep reading of Chaucer's English, this article explores Chaucer's English varieties and language features, with examples taken from the "General Prologue" of *The Canterbury Tales*. Chaucer's English varieties include mainly the varieties influenced by French and Latin, and the varieties owing to dialect differences. In the voice of literary London dialect, with the inheritance of French and Latin verse tradition, Chaucer's English depicts a world of English language that is comparable to French and Latin. The language features of Chaucer's English are specifically demonstrated in the rhyming scheme, grammatical form, and writing style of Chaucer's verses, and are particularly differentiated from Modern English in terms of pronunciation, grammar, syntax, and style.

Key words: English; Chaucer; language; varieties; Middle English

杰弗雷·乔叟(Geoffrey Chaucer，1340 或 1343—1400)是中世纪晚期英国文学中最有影响力的民族文学作家。早在 15 世纪，乔叟就被同胞诗人托马斯·霍克利夫(Thomas Hoccleve，1368 或 1369—1450?)和印

* ［**作者简介**］：孙晓蕾，上海出版印刷高等专科学校讲师，主要从事乔叟文学、英语语言史和英国文学研究。

刷商威廉·卡克斯顿(William Caxton, 1422—1491)喻为“大师”(mayster)和“父亲”(fader)(转引自 Freeborn 242;转引自 Bishop 343),其代表作《坎特伯雷故事集》(*The Canterbury Tales*, 1387—1400)自中世纪以来持续出版。近50年来,乔叟文学、文集、编纂和文本研究,尤其是手稿和手稿誊抄研究明显增加,史学和文本研究高度融合,文本阐释新意迭出,女性话题相关的研究逐步增加,乔叟接受和译介研究如火如荼。然而,乔叟研究时常借助现代英语或中文传情达意,这无疑影响读者,尤其是非母语文化读者,深入鉴赏乔叟原作。20世纪60年代,“研究乔叟的专业人员都懂拉丁语和法语”,因此不需要借助翻译,但90年代以后,“读者除了(现代)英语外不懂其他语言”,因此翻译已经成为乔叟研究的“一种必需”(Cooper 168)。同时,正是因为研究者借助翻译,忽略乔叟英语是语言变体和方言变体相综合的本质问题,以现代英语思维去看待乔叟英语,所以会造成相应研究缺乏历史维度和时空背景,简单化、片面化或神圣化乔叟英语及其诗歌的历史地位。针对大多需借助翻译研究乔叟语言的读者,本文以《坎特伯雷故事集》总序为例,探讨乔叟英语变体和语言特征,介绍法语和拉丁语以及方言因素对乔叟英语的影响,并以此管窥中古英语从综合性向分析性语言过渡的总趋势。此外,本文还对比乔叟英语与现代英语在读音、语法、句法和风格上的差异,帮助读者读懂乔叟英语,体会原作精髓。

一、乔叟英语的语言变体

中世纪(Medieval period,公元5到15世纪下半叶)是英国民族和语言形成的重要时期。以1066年诺曼征服这一历史性事件为节点,英国中世纪分为早期(Early Medieval)和晚期(Later Medieval)。早期是盎格鲁-萨克森时期,使用盎格鲁-萨克森语,即古英语(Old English);晚期是盎格鲁-诺曼王朝时期,也是盎格鲁-萨克森民族重夺国家主权的时期,使用中古英语(Middle English)。中古英语对古英语进行了大量简化,比如词在句子中的关系由词的位置决定,呈现从综合性向分析性过渡的趋势。到中世纪晚期,虽然中古英语仍然带有一些遗留的古英语语法形态,但已具有早期现代英语的雏形。

乔叟生于“14世纪40年代头几年”(Crow & Leland xvi),卒于1400年,生活的时代属于中古英语时期。中古英语和现代英语最大的差别在于标准化。我们知道现代英语经过标准和规范化以后,读音和拼写都比较固定,没有太大变化。然而中古英语却并不是一种统一规范的语言。中古英语是历史、政治和经济等多因素影响下多语言的混合,是"古英语和现代英语过渡期间一系列不同的、快速变化又相互交织的英语变体的综合体"(Blake 157)。其中,法语和拉丁语对它的影响最为突出。

在这一阶段,英语与法语交融与共生。自1066年诺曼征服到14世纪中期,诺曼法语在英国占主导优势。几乎所有英国贵族被剥夺土地,教会财产被没收,官职由说法语的大主教和主教担任,说法语的僧侣入主修道院。在这一历史时期,许多古英语词汇消失,大量法语词汇被英语吸收。例如,古英语中字母"þ"(读音"thorn")受法语影响书写为"th","cw"书写为"qu","þis"书写为"this","cwen"书写为"queen"(Freeborn 90)。此时的中古英语确切地说是一种包括各式"英语"和"法语"在内的英格兰本土语。"英语"主要指包括古诺斯语(Old Norse)在内的古英语、中古英语、诺曼英语(Norman English)和多种方言变体。"法语"也不是一种语言,而是类别的统称,包括法国北部和低地国家南部所说的北部法语(Northern French),12世纪和13世纪英格兰境内使用的法语,即由巴黎法语(Parisan French)派生的盎格鲁-诺曼法语(Anglo-Norman French),还有13世纪英国王室高级皇家法庭所用的"法律法语",这是由盎格鲁-诺曼法语再派生出来具有鲜明法律专业词汇的特殊领域法语(Ormrod 753)。

乔叟时代,英语和法语在语言和政治上存在对立统一关系。一方面,英语是本土语言,有广泛的群众基础。对于法国诺曼王朝统治者而言,培植英国本土贵族对于稳固朝政和征收赋税确有必要。因此,诺曼法语在与英语接触交流中产生了诺曼英语,它其实就是诺曼统治阶级说得不地道的英语。另一方面,法语是官方语言,所有从事法律、政治和行政事务的英国人都会选择说法语。说法语代表精英身份,能够与说英语的普通大众拉开差距。尽管说得不地道,但说法语比说什么法语更重要。盎格鲁-诺曼法语就是英国人说得不地道的法语。比如,《坎特伯雷故事集》总序中女修道院长(Prioresse)就爱说这种法语。这是她在伦敦东部郊区修道院里学习的法语(After the scole of Stratford atte Bowe 125)[①],对巴黎法语她却一概不知(For Frenssh of Parys was to hire unknowe 126)。

① 本文中《坎特伯雷故事集》总序引文均出自(Chaucer 1987),后文所引仅标注诗句的行数。文中所引相关现代英语和中文翻译均为本文作者自译。

如果说法语对英语的影响是政治的产物，那么拉丁语对英语的影响是宗教和历史双重作用的结果。自5世纪起，日耳曼语言文化便与罗马宗教文化密不可分。到乔叟时代，拉丁语已经有几千年历史，是经典作家、中世纪学者和教会使用的权威语言，且大多为男性使用（因为女性很少有机会接受学校教育）。拉丁语是为"后人"记载，用于"表达持久不变的解决方案"（Dodd 258），比如用于特许证书和法庭判决等。总序中法庭差役（Somonour）酒后爱说几句拉丁语（Thanne wolde he speke no word but Latyn 638），其实就是法庭判决里学来的两三个术语（A fewe termes hadde he, two or thre,/That he had lerned out of som decree 639－640），比如"*Questio quid iuris*"（646），翻译成英文为"The question is, what point of the law (applies)"，意思是"问题是依照法律……"。

拉丁语既不是英国本土语，也不是活的语言，但在英国流传甚广，对英语产生持续影响。拉丁语与英国本土语结合形成的变体或"混合语"（macoronic）是涉及神学、学术和行政事务的"通用语"（lingua franca），是哲人辩论、外交谈判和"说不同语言"的"商人、朝圣者和其他旅行者"之间的"共同语"（Horobin 15）。《富兰克林的故事》（"The Franklin's Tale"）中，奥列里乌斯（Aurelius）兄弟俩就是用拉丁语与来自法国奥尔良（Orliens）的学生礼貌地打招呼的（A yong clerk romynge by hymself they mette,/Which that in Latyn thriftily hem grette 1173—1174）。值得一提的是，中世纪以后拉丁语持续对英语产生影响，尤其是16、17世纪文艺复兴时期。现代英语外来借词中拉丁语占比最高，直接借词和以拉丁语词素为基础的英语词汇（尤其是科技等专业领域）占比明显，而且大部分以书写为媒介进入英语词汇（Barber 188—192）。

乔叟时代，法语是英国政府日常工作语言，拉丁语是国家和教会官方书面用语。此时，英语与法语和拉丁语相融共生，产生多种变体，见证了盎格鲁-诺曼时期英格兰的语言社会。身处三语同期的语言环境，法语和拉丁语对个人的影响是显而易见的。比如，乔叟幼年时接受过良好教育，学过拉丁文法、神学和维吉尔等罗马诗人的经典作品（Crow & Leland xvii）；在王室当差的最初几年，乔叟25岁左右，按照惯例在英国伦敦培养律师的内殿律师学院（Inner Temple）接受过专门培训（同上 xviii）；做过12年之久的关税总督，以及多年国王文书工作；二十多岁译过法语作品《玫瑰的罗曼斯》（*Romance of Rose*），四十多岁译过拉丁语作品《哲学的慰藉》（*Consolation of Philosophy*）。事实上，乔叟同时代的好友约翰·

高尔(John Gower, 1330—1408)就分别用法语、拉丁语和英语创作了《沉思者之镜》(*Mirour de l'omme*, 1376—1379)、《呼号者的声音》(*Vox Clamantis*, 1382)和《情人的忏悔》(*Confessio Amantis*, 1390)。然而,在这个"伟大的独立作家的时代"(Period of Great Individual Writers, 1350—1400),乔叟首屈一指,以英语写作为特色,开创了英国古典诗歌先河,是"奠定英国新的文学语言的始祖"(方重 1)。

15 世纪初,托马斯·霍克利夫在乔叟逝世的颂词中称乔叟为"我们的希思罗""英语亚里士多德"和"维吉尔接班人",高度认可乔叟在英语修辞、哲学和诗歌方面的突出表现(转引自 Freeborn 242);1430 年,约翰·利德盖特(John Lydgate, 1370—1450)在《王子的陨落》(*The Falle of Princis*)中称乔叟为"英语但丁"(转引自 Spurgeon 4);1474 年,威廉·卡克斯顿在译作《特洛伊历史故事集》(*The Recuyell of the Historyes of Troye*)中呼吁读者阅读乔叟笔下的特洛伊罗斯(同上 8);高尔将《情人的忏悔》致献乔叟,称乔叟为阿里斯塔克[①](同上 27);1595 年,托马斯·丘奇亚德(Thomas Churchyard,约 1520—1604)在《诗歌的赞美》(*A Praise of Poetrie*)中称乔叟的"金笔"能够企及"太阳和最高处的星星""触碰天堂"(同上 47);1603 年,威廉·莎士比亚(William Shakespeare, 1564—1616)以乔叟的特洛伊罗斯为原型创作了悲剧《特洛伊罗斯与克瑞西达》(*Troilus and Cressida*)(同上 56),次年又沿用乔叟开创的英雄双韵体创作了十四行诗(同上 46);1700 年,桂冠诗人约翰·德莱顿(John Dryden, 1631—1700)在总结前人对乔叟综合评价的基础上,称乔叟为"英语诗歌之父"(the Father of English poetry)(转引自 Bishop 336)。

乔叟英语获得的高度评价是时代中形成的。乔叟英语的文学性、民族性和创造性,以及乔叟在民族语言文化传承中发挥的作用,是乔叟被世人称颂的主要原因。

二、乔叟英语的方言变体

除了法语和拉丁语等外部因素,14 世纪末,英格兰民族文学文本中还没有任何一种建立在地方方言之上的标准形成,此时苏格兰也有自己的书写形式即苏格兰语(Blake 158)。事实上,直到 18 世纪末,在标准英语

① 阿里斯塔克(Aristarchus, 310 BC—230 BC)是古希腊天文学家,历史上最早提出日心说的人。

发音(Received Pronunciation)和拼写最终确立之前,英国各地还说着不同的方言。

据古英语手稿所示,公元 7—8 世纪,英格兰所处的七国时代(Heptarchy)存在三种方言变体:由诺森伯兰语(Northumbrian)和莫西亚语(Mercian)组成的盎格鲁语(Anglian)、肯特语(Kentish)以及西萨克森语(West Saxon)(Freeborn 42)。公元 10—11 世纪,西萨克森语作为书面语标准被广泛使用。[①]中古英语大致保留了古英语方言区,只有英格兰中部的莫西亚地区(Mercia)发生了变化。由于受到丹麦人控制并实施丹麦法律(the Danelaw),莫西亚西部和东部进一步分化,形成英格兰西中部和东中部两个方言区。因此中古英语五个主要方言变体分别为:由诺森伯兰语演变的北部方言(Northern)、由西萨克森语演变的南部方言(Southern)、肯特方言(Kentish)或称东南方言(South-East)、西中部方言(West Midlands)以及东中部方言(East Midlands)(同上 173)。

乔叟英语也是方言英语,属于伦敦方言。伦敦方言主要属于东中部方言,同时也吸收了一些北部方言和南部方言的特点(李赋宁 99)。然而,不同于伦敦普通大众所说的语言,乔叟英语是以"受教育阶级"为基础"文学形式"的"伦敦方言"(Freeborn 242)。乔叟用富有文学性的伦敦方言描写了来自不同地区人物,比如磨坊主(本地商人)说伦敦方言;管家(诺森伯兰的"北方佬")说北部方言;船员(西南沿海达特茅斯海盗)说南部沿海方言;法国商人说法语等等,不一而足。其实,以英语作为文学语言进行创作,并非乔叟独创。9 世纪,英国历史上第一个盎格鲁-萨克森国王阿尔弗雷德大帝(Alfred the Great, 849—899)鼓励教育,鼓励翻译大批古典名著,编纂《盎格鲁-萨克森编年史》(*Anglo-Saxon Chronicle*);12—13 世纪,英格兰西部的一位牧师莱阿门(Layamon)用头韵体编写了《布鲁特》(*Brut*),描写亚瑟王故事和不列颠民族历史传奇;13 世纪早期,匿名作品《女修道士指南》(*Ancrene Wisse*),是为归隐英格兰女性而作的神学宗教书等(Horobin 15—16;沈弘 103)。然而,乔叟是英国历史上第一个用方言创作"无用"之作的人,是民族语言的践行者。

对乔叟而言,用伦敦英语写作是自然而然的选择、自我身份的书写和自我价值的体现。德里克·布鲁尔(Derek Brewer)在《乔叟的世界》

---

① 现如今绝大多数古英语遗留手稿都由西萨克森语所著,因此人们通常所指的古英语就是 10—11 世纪的西萨克森语。

(*The World of Chaucer*, 2000)中指出,"乔叟的日常工作、家庭还有宫廷里的所有关系"展现了"英国社会的横截面",他"在与核心势力保持关系"的同时,熟悉"社会边缘人群","十分了解伦敦底层生活",这是他的"出生、职责和所接触的人"以及"对于非官方、不合体统和边缘社会的兴趣"自然带给他的真实生活体验(Brewer 136—144)。乔叟的英语创作顺应了历史潮流,代表了民心所向。乔叟职业生涯中晚期,正值第一个以英语为母语的国王亨利四世(Henry Ⅳ, 1367—1413)当政期,彼时"伦敦和西敏寺的宫廷圈"已经逐渐开始说英语(Burrow & Turville-Petre 16)。随着国家政权的回归,英国民众对于民族语言的拥护和支持不断高涨,英语主体地位"在整个 14 世纪民众生活的方方面面"已经不断显现(Davis xxx)。自此以后,东中部方言区,尤其是以受教育阶层为基础的伦敦英语,在政治经济影响下,吸收并影响其他地区方言,英国民族标准语的雏形逐渐形成。

乔叟的英语创作,既见证了英国民族民主意识和文化的觉醒,也是生活艺术化和艺术生活化的典范。在法语和拉丁语作为政府和宗教语言大行其道之时,乔叟能够用本土英语"在一系列语域描写中将英语语言的丰富和厚度展现出来","攫取和捕获时代话语的共振"(Horobin 25—26),描写了"多样性"和"真实性"的人物形象(李维屏 9),展现了民族语言文化强大的生命力。以《坎特伯雷故事集》为例,乔叟以伦敦方言为基调,在朝圣框架主题下描绘了骑士、教士和平民三个传统阶层(three estates),以及以经济基础为纽带的新晋市民阶层,将包括女性在内的四个社会阶层淋漓尽致地展现出来,再现了英格兰民众生活的画卷。

作为例证,总序中朝圣者出场时的衣着装束和外在形象,足以窥见乔叟描绘不同阶级人物的深厚功力。骑士、教士和平民三个传统阶层人物形象鲜明,符合角色定位:战功赫赫的骑士,身上的粗布棉军袄"被铠甲染得锈迹斑斑"(Al bismotered with his habergeon 76);骑士的儿子,年轻浪漫的扈从,"身着刺绣,犹如开满鲜花的绿草地"(Embrouded was he, as it were a meede/Al ful of fresshe floures 88—89);追随骑士的自由农,拥有地产,做过林务官,"胸前佩戴一枚银闪闪的克里斯托弗圣像"(A Christopher on his brest of silver sheene 115)[①];女修道院长,佩戴的珊

① 克里斯托弗的圣像是旅行者的护身符。英国 1363 年的禁奢法令规定了各阶层民众衣着的奢侈程度,禁止自耕农穿戴银饰挂件,详见 Baldwin(55)。

瑚珠串的绿色祷告念珠上，悬挂了一枚金亮的胸针，写有拉丁文“爱战胜一切”(*Amor vincit omnia* 162)[①]；僧士帽子上的金别针，“另一头有一颗爱心结”(A love-knotte in the gretter ende ther was 197)[②]；游乞僧，“他的连帽圣带上塞满了要送给漂亮妻子的小刀和别针”(His typet was ay farsed ful of knyves/And pynnes, for to yeven faire wyves 233—234)[③]；贫寒好学的学者，穿的“旧短衣外面的线头已经完全脱落”(Ful thredbare was his overeste courtepy 290)；善良宽厚的农夫，身着劳动时常穿的宽大无袖罩衫(In a tabard 541)，是“真正的劳动人民和劳作的好手”(A trewe swynkere and a good was he 531)。

除了传统阶层，乔叟还准确刻画了新晋市民阶层商人的形象，用鄙俚浅陋的文字着重表现他们的市侩和庸俗浅薄，具有强烈的现实主义色彩。布料制作商巴斯妇易怒(so wrooth was she 451)，“牙齿缝隙大”(Gat-tothed was she 468)，“爱笑健谈”(wel koude she laughe and carpe 474)，“专通情事”(Of remedies of love she knew 475)；磨坊主，“肩窄，身粗，人肥壮”(short-sholdred, brood, a thikke knarre 549)，“鼻尖右边有颗疣子，上面长有一簇毛，红得像母猪耳朵上的刚毛”(Upon the cop right of his nose the hade/A werte, and theron stood a toft of herys,/Reed as the brustles of a sowes erys 554—556)；管家，一个“瘦长胆汁质类型的人”(a sclendre colerik man 587)，“胡子刮得极其干净，围绕耳边的头发剃得很短”(His berd was shave as ny as ever he kan;/His heer was by his erys ful round yshorn 588—589)，“没有人敢拖延他的欠款”(Ther koude no man brynge hym in arrerage 602)，“害怕他就像害怕瘟疫”(adrad of hym as of the deeth 605)；法庭差役，一张“火红皮肤的娃娃脸”(a fyr-reed cherubynnes face 624)，“一脸脓包，眼皮发肿”(For saucefleem he was, with eyen narwe 625)，“黑色眉毛上有癣疹，胡子脱落。他的相貌孩子见了会害怕”(With scalled browes blake and piled berd./Of his visage children were aferd 627—628)。

此外，乔叟灵活运用地产阶层类相关词语，以“开放”的眼光“不断接

① “爱战胜一切”中“爱”主要指宗教神爱，也暗指世俗情爱。女修道士违反了天主教端庄朴素的着装要求。按教义，女修道士不应该佩戴胸针，应避免过度修饰，避免让身体成为被关注的对象。

② 僧士佩戴“爱心结”，暗示他与自己的相好暗约偷情。

③ 游乞僧以小刀和别针相赠，骗取施主，尤其是女施主的钱财。

受变化”,不拘泥于传统诗学,创造新义(Edwards 27)①。比如,乔叟在总序中用“worthy”“yemanly”“estatly”和“estalich”四个形容词,形象描绘了骑士、自由农、商人和女修道士身份、地位和财富状况。骑士,“出生尊贵”(a worthy man 44),“在卫君之战中屡立战功”(Ful worthy was he in his lordes werre 47),“无论是基督教国家还是异教国度,他都一样因为功勋卓著而受人尊敬”(As wel in cristendom as in hethenesse,/And evere honoured for this worthynesse 49—50);自由农(Yeman)出身的骑士侍卫,身背“一捆孔雀羽毛箭,明亮又锋利,安放在腰带下面,备好武器做好卫护”(A sheef of pecok arwes, bright and kene,/Under his belt he bar ful thriftily/Wel koude he dresse his takel yemanly 104—106);商人“这位有钱人很会用脑筋:从不欠人债款,他的管理能力非常高超,不论是做买卖还是做投资”(This worthy man ful wel his wit bisette:/Ther wiste no wight that he was in dette,/So estatly was he of his governaunce/With his bargaynes and with his chevyssaunce. 279—282);女修道士“煞费苦心模仿宫廷礼仪”(peyned hire to countrefete cheere/Of court 139),为的是能够“达到举止尊贵显地位”(to been estatlich of manere 140)。注意,同为“estate”派生词,乔叟用“estatly”修饰商人,用“estalich”修饰女修道士,区别明显,不容小觑:“estatly”实指拥有与地产相符的财富和社会地位,而“estalich”只是看上去显得像有地产的样子而已。

总的来说,在英国民族语言形成之际、英语尚未标准化之前,乔叟时代法语、拉丁语和英语三语同期,英语不只是一种语言,英国文学不只是英语文学,乔叟的英语写作也不只涉及英语语言和文化。乔叟将法语和拉丁语融入英文写作中,发挥英语主体作用,顺应历史潮流,用具有文学性的伦敦方言,在《坎特伯雷故事集》中刻画了宗教社会中具有自然本真的群体和个体形象,集生活化和艺术性于一体,描述富有生活气息的英格兰社会。注重创新,不断丰富英语表达,突出民族语言优势和强大生命力,是一位“伟大的革新者”——用生动的创作展现了一个能与法语和拉丁语相提并论的英语世界,向世人展现了同样“优雅”和富有“力量”的本民族语言(Davis xxx)。

---

① 乔叟英语中用于表达地产阶层的词语,如 estate 和 worth 等,不仅指经济上的地产财富,还包含与之相应的出身、品质和社会阶级评价。

三、乔叟英语的语言特征

乔叟时期英语诗歌有两种基本形式：头韵体和尾韵体，前者源于古英语，属于日耳曼诗歌传统；后者始于12世纪，源于法语和拉丁语传统。乔叟对英语诗歌的最大贡献是在吸收拉丁语诗歌音步格律以及法语诗歌双韵体形式的基础上（张素雪 259），开创了抑扬五音步十音节双韵体(iambic pentameter dacasyllable couplets)的诗歌形式(Davis xliii)，德莱顿称之为“英雄双韵体”，后来成为英国古典诗体。乔叟作为英语诗歌之父是英语诗歌传统不断建构的理念。“单从英语诗歌形式的发轫和传承”来看，乔叟无愧于“英语诗歌之父”的称号（沈弘 xi）。

以《坎特伯雷故事集》总序开头前12句诗行为例，对比乔叟英语和现代英语，读者不难发现乔叟英语与现代英语存在差异。

Whan that Aprill with *his* shoures soote	When that April with its showers sweet
The droghte of March *hath perced* to the roote,	The drought of March has pierced to the root,
And *bathed* every veyne in swich lic**our**	And bathed every vein in such liquid
Of which vertu *engendred* is the fl**our**;	Of which power engendered is the flower;
Whan Zephirus eek with *his* sweete breeth	When the west wind also with its sweet breeze
Inspired hath in every holt and heeth	Inspired has in every grove and heath
The tendre croppes, and the yonge sonne	The tender shoots, and the young sun
Hath in the Ram *his* half cours *yronne*,	Has in the sign of Aries its half course run,
And smale foweles maken melod**ye**,	And small birds make melody,
That slepen al the nyght with open **ye**	That sleep all the night with open eye

(So priketh *hem* Nature in *hir* corages),	(So incites them nature in their hearts),
Thanne *longen* folk to *goon* on pilgrimages,	Then the longing folk to go on pilgrimages,

选段明显可见乔叟英语已经具有现代英语雏形,但仍有不少古英语屈折变化。古英语源于西日耳曼语,是综合性语言,运用词的形态变化来表示语法关系。作为中古英语的代表,乔叟英语呈现出从综合性到分析性过渡的发展趋势。现代英语不断弱化词形变化,通过固定的词序来表达语法意义。以下将分别从读音、语法、句法和风格方面介绍乔叟英语与现代英语的差异。

首先,在读音上,选段清晰可见全文最主要的诗歌形式[①],即乔叟开创的抑扬格五音步双韵体。一个弱读音节与一个重读音节构成一个抑扬格音步,每行五个音步,每两行结尾处相押韵。除了第 1 行和第 12 行"断头句"(headless)——缺少开头的弱音,以及第 8 行"断背句"(broken-backed)——第二个重音后缺少一个弱音(Davis xliv),每行都是抑扬格五音步。借助音步格律,我们能够解决不少乔叟英语的读音难题,尤其是难读的字母 e。

单词 shoures、perced、bathed、engendred、sweete、inspired、croppes、foweles、corages、pilgrimages 中标点的字母 e,在单词中构成弱读音节,都发音;droghte、every 和 foweles 中的字母 e,在单词中不构成音节,被略读,不发音;词尾-e 作为功能词尾或单词的一部分都发音,发弱音。如第 7 诗行中 the yonge sonne,yonge 的词尾-e 是功能词尾,属于定冠词后形容词屈折变化,sonne 的词尾-e 是单词拼写的一部分,古英语 sunne 时就已存在;第 9 诗行中 smale 的词尾-e 也是功能词尾,是名词复数的形容词词尾(同上 xliii)。词尾-e 位于元音读音开头的单词前不发音,如第 2 句诗行中 droghte处于 of 之前,e 不发音;第 11 句诗行 Nature的词尾-e 处于 in 之前,也不发音(同上 xliv);第 3 和第 9 诗行结尾处 licour 和 melodye,

① 其他形式包括散文体《梅勒比的故事》和《教士的故事》;六行四音步《托巴斯先生的故事》(aabaab);八行五音步《僧士的故事》(ababbcbc);以及七行五音步"皇家诗"(rime royal)《律师的故事》《学者的故事》《女修道院长的故事》和《第二个女尼的故事》(ababbcc)。

重音位于词尾，与对应偶句中的 flour 和 ye 押韵，读音分别是/u:/[①]和/ai/。

需要特别指出的是，乔叟时期，英语“读音和拼写之间的关系比现今更加紧密”，因此尚未统一语音的单词会有不同的拼写，“说话者为了读音改变单词的拼写”，都是常有的事（Horobin 54）[②]，这是乔叟英语给现代读者带来陌生感的主要原因。

其次，在语法层面，乔叟英语仍然带有少量古英语遗留的语法形态，比如人称代词、动词和现在分词与现代英语不同。具体如下：第 1、5、8 诗行中 his 是三单中性代词（与阳性相同），属于古英语，源于古诺斯语，相当于现代英语 its。其他代词有第三人称复数 hem（them）和 hir（their）；动词三单直陈式形式为-th，如 hath（has）和 priketh（pricks），第三人称复数直陈式形式为-e 或者-en，如 maken（make）和 slepen（sleep）；动词过去分词有强弱变化，词尾包括-ed，y-和-en。比如 percen（pierce）、bathen（bathe）、engendren（engender）、inspiren（inspire）、rennen（run）和第 18 诗行中 helpen（help）的过去分词依次是 perced、bathed、engendred、inspired、yronne 和 holpen；[③]第 12 诗行中 longen，现代英语为 longing。乔叟时期，英格兰南方和北方方言分别以-en 和-ing/-yng 为现在分词词尾，这两种形式在乔叟作品中都出现过；第 12 诗行中 go(o)n 的现代英语为 go。特别说明一下，现代英语 go 的过去时 went 却源自另外一个词 wende，其现代英语为 travel（同上 45—46）。

第三，在句法层面，乔叟英语中仍然带有少量古英语语序，主要表现为动宾和主谓顺序上。具体如下：

乔叟英语与现代英语句法对比		
宾语前置	The droghte of March hath perced to the roote,	Has pierced the drought of March to the root,

① 受法语影响，乔叟英语中带有-ou 和-ow 拼写的单词，读音为/u:/，如 licour、flour、town、house、mouse、how、down、you（yow）等。

② 比如 liste 和 leste（现代英语 please *v*.）就是两个变体，在诗行中分别与 wiste 和 beste 押韵，详见 Chaucer（471 - 586，678 - 679，1028 - 1029）。

③ 因篇幅原因，引文未引用第 18 句诗行。作为动词强变化分词-en 词尾示例，故特提及“helpen（help）”及其过去分词“holpen（helped）”。

续 表

乔叟英语与现代英语句法对比		
部分谓语前置	Inspired hath in every holt and heeth	Has inspired in very grove and heath
谓语前置	(So priketh hem Nature in hir corages),	(So nature incites them in their hearts),

最后,在风格上,乔叟并不拘泥于传统风格诗学定义,在"用词、句法、诗律、暗喻和修辞手段"上不断"重述"多种文学形式,以"古典"文风或"新颖"词语为特点,将高雅和通俗的风格相结合,形成富有创造力的"风格错置""新词新义"或"新造词语"(Plummer 451 - 452; Eckhardt 189; Horobin 128)。比如,乔叟模仿古典宫廷文风,以长句开篇,点缀法语借词,营造高雅风格。第 4 行 vertu 和第 11 行 corages 属法语借词,为诗眼。乔叟融俗于雅,暗喻反讽,赋予它们新义。vertu(现代英语 virtue)意为"力量",指"身体""精神""生理""神灵""法律"和"道德"等方面的力量,常用搭配"vertu of bering (child-beringe)/gendringe (gendrure)"意为"生育或繁殖能力"①。乔叟借雨露滋养叶脉催生花朵的自然景象,暗示人的生存繁衍。corages(现代英语 courage)具有双重含义:一是"作为情绪、情感、态度和意志所在的内心"及"勇气"和"胆量",二是"倾向、欲望、性欲和享受欲"②。一词双关,暗指朝圣者在自然的召唤下焕发春心,此次朝圣之旅也将开启自然真实的生活画卷。乔叟在高雅的文风和庄重的宗教中,用"现实主义"和"自然主义"的手法(Muscantine 59),描绘日常生活,突出宗教社会中自然人的属性,带来人文主义启迪。

结 语

乔叟时代法语、拉丁语和英语三语同期,英语尚未统一,方言差异明

① 详见美国密西根大学"中古英语汇编"网站《中古英语词典》,MLIBRARY: Middle English Compendium 〈vertu - Middle English Compendium Search Results (umich. edu)〉 University of Michigan. Data last refreshed July 2023. (Accessed Mar. 4, 2024).

② 同上。

显。乔叟英语以文学性的伦敦方言为基础，受到法语和拉丁语以及地方方言的影响，存在法语、拉丁语和方言变体。乔叟在继承法语和拉丁语诗歌传统基础上，开创了英国古典诗体的先河，集高雅和通俗文风于一体，与现代英语在读音、语法、句法和风格上存在差异。乔叟英语变体和语言特征研究深入乔叟英语所反映的政治、经济、宗教和文化生活，为当代读者打开一扇历史之门，探究早期现代英语雏形期的英语社会，开展跨越历史时空的对话。目前，在全球范围内，乔叟英语研究正从以母语为英语的国家（Anglophonic countries）为主导走向以英语为交流媒介的其他非英语国家（non-Anglophonic countries）。随着我国对外研究的深入，乔叟英语研究将吸引更多中国学者从世界文学角度展开一场语言、历史与文化的对话和交流。

引用作品[Works Cited]：

Baldwin, Frances Elizabeth. *Sumptuary Legislation and Personal Regulation in England*. Baltimore: Johns Hopkins Press, 1926.

Barber, Charles, Joan C. Beal & Philip A. Shaw. *The English Language: A Historical Introduction*. 2nd ed. Cambridge: Cambridge UP, 2009.

Bishop, Louise M. "Father Chaucer and the vivification of print." *The Journal of English and Germanic Philology* 106. 3 (2007): 336 - 363.

Blake, Norman. Ed. *The English Language: 1066 - 1476*. Cambridge: Cambridge UP, 2006. Vol. 2 of *The Cambridge History of the English Language*. 6 vols. 1992 - 2007.

Brewer, Derek. *The World of Chaucer*. Woodbridge: D. S. Brewer, 2000.

Burrow, J. A. & Thorlac Turville-Petre. *A Book of Middle English*. 3rd ed. Oxford: Blackwell Publishing, 2005.

Chaucer, Geoffrey. *The Canterbury Tales*. Ed. Larry D. Benson. *The Riverside Chaucer*. 3rd ed. Boston: Houghton Mifflin Co., 1987.

Cooper, Helen. "The Chaucer Review: Then and Now." *The Chaucer Review* 52.2 (2017): 167 - 172.

Crow, Martin M. & Virginia E. Leland. "Chaucer's Life: Introduction." *The Riverside Chaucer*. Ed. Larry D. Benson. Boston: Houghton Mifflin Co., 1987. xv - xxvi.

Davis, Norman. "Language and Versification: Introduction." *The Riverside Chaucer*. Ed. Larry D. Benson. Boston: Houghton Mifflin Co., 1987. xxix - xlv.

Dodd, Gwilym. "Trilingualism in the Medieval English Bureaucracy: The Use-and disuse of Languages in the Fifteenth-century Privy Seal Office." *Journal of English Studies* 51.2 (2012): 253 - 283.

Eckhardt, Caroline. "Genre." *A New Companion to Chaucer*. Ed. Peter Brown. Chichester: Wiley Blackwell, 2019. 185 - 200.

Edwards, Robert R. *The Dream of Chaucer: Representation and Reflection in the Early Narratives*. Durham, N. C.: Duke UP, 1989.

Freeborn, Dennis. *From Old English to Standard English*. Shanghai: Shanghai Foreign Language Education Press, 2015.

Horobin, Simon. *Chaucer's Language*. 2nd ed. Hampshire and New York: Palgrave Macmillan, 2013.

Muscantine, Charles. *Chaucer and the French Tradition*. Berkeley: U of California P, 1957.

Ormrod, W. M. "The Use of English: Language, Law, and Political Culture in Fourteenth-century England." *Speculum* 78.3 (2003): 750 - 787.

Plummer, John F. "Style." *A New Companion to Chaucer*. Ed. Peter Brown. Chichester: Wiley Blackwell, 2019. 451 - 460.

Spurgeon, Carolina F. E. *Five Hundred Years of Chaucer Criticism and Allusion, 1357 - 1900*. Cambridge: Cambridge UP, 1925.

方重:《坎特伯雷故事》,上海:上海译文出版社,1995 年。

李赋宁:《英语史》,北京:商务印书馆,1991 年。

李维屏:"论中世纪英国的共同体思想与文学想象",《外国文学》,2023 年第 3 期,第 3—13 页。

沈弘:《英国中世纪诗歌选集》,杭州:浙江大学出版社,2022 年。

张素雪:"中世纪英语传奇的载体与传播研究前沿:《中世纪英语传奇的传播:格律、手抄本及早期印刷本》评介",《中世纪与文艺复兴研究》(三),杭州:浙江大学出版社,2020 年,第 257—267 页。

古尔纳《赞美沉默》中的言说叙事与共同体意识*

钱　虹**

内容提要： 古尔纳的小说《赞美沉默》通过言说叙事讲述故事情节，言说中蕴含着作家丰富的共同体精神。作品从无声的言说、谎言的言说、回家省亲的言说、家破人散的言说四部分内容论述了主人公的身份认同与生存困境，彰显了小说所体现的共同体意识，展示了古尔纳对彷徨在宗主国和殖民地的异乡人的深切观照，对移民身份危机的深刻洞察。

关键词： 叙事；共同体意识；流散；后殖民主义

Abstract: Abdulrazak Gurnah's novel *Admiring Silence* tells the story through speech narrative, which implies profound community spirit. By discussing the protagonist's identity and living plight from four parts, namely silent speech, lie speech, family visit speech, and family breakup speech, the work highlights community consciousness. The novel shows Gurnah's in-depth observation of foreigners wandering in the Suzerain country and colonies, and offers an opportunity to gain profound insight into the crisis of immigrant identity.

Key words: narrative; community consciousness; diaspora; post-colonialism

《赞美沉默》（*Admiring Silence*）是2021年诺贝尔文学奖得主坦桑尼亚裔作家阿卜杜勒拉扎克·古尔纳（Abdulrazak Gurnah，1948—　）的第五部小说。国内外学界对这部小说的关注度不及《天堂》《海边》等热门小说高。前人研究成果主要聚焦于流散叙事、后殖民迁移、沉默叙事、创伤书写等视角，对小说所蕴含的共同体意识涉及较少。然而，这部以难民为主题的小说，蕴含着古尔纳深邃的共同体思想，体现了他对民族身份的

---

* ［**基金项目**］：本文系浙江省高校科研计划项目“古尔纳小说的共同体思想研究”（Y202351840）的阶段性成果。

** ［**作者简介**］：钱虹，台州学院外国语学院讲师，主要研究方向为现当代英语文学。

认同和对共同体的憧憬。

小说叙述了主人公“我”从移居英国到回乡探亲的20多年的历程,小说以“言说”为主要叙事方式,从沉默叙事、编织谎言、回乡省亲、家破人散四方面的言说,通过不同的空间迁移描述“我”的身份建构和生存困境。“我”在不同的时间和空间追求身份的认同和归属的渴望,在叙述现实的过程中穿插着对过去生活的回忆。通过呈现过去与现在、英国与故土的不同时空置换,作品把“介于两个世界之间”的“我”的身份焦虑表现得淋漓尽致,生动地展现出在宗主国和殖民地都无法融入当地生活的夹缝人的困境,“体现了对异乡人彷徨心灵的深刻观照和对移民身份危机的深刻洞察”(西子卡、午荷 2022)。从言说的角度切入作品的分析,探讨小说中的民族身份共同体、流散文化共同体和人类命运共同体问题,能够从全新的视角去理解古尔纳及其作品。

一、无声的言说

小说主人公“我”来自桑给巴尔,为躲避国内的政治高压形势来到英国求学,是一位异邦流散的难民。流散“不仅仅是地理上的散居,还有移置所造成的身份、记忆和家园的困惑”(阿希克洛夫特等 206)。流散涉及三个层次的跨越:时间、空间和文化。时间上的跨越把流散者的时间划分为过去和现实,空间上的跨越涉及地理位置的徙移,使得流散者同时处于故乡与异乡的纠缠中(朱振武 50),“流散更重要的是文化上的一种跨越,有着流散经历的个人或群体往往会面临着母国文化和异国文化的巨大差异”(张平功 88)。从英国的大学毕业后,“我”在旺兹沃思的一所综合学校找到了工作,与英国女友艾玛同居后生育了女儿阿美莉亚。表面上看,“我”是幸运的,能在英国拥有体面的工作和稳定的收入,与心爱的女友共同抚育着女儿。而实际上,“我”由于地理位置的徙移面临异质文化间的冲突与融合,产生了一系列异邦流散的症候,其中最为典型的症状就是保持沉默,即无声的言说。

正如乔治·奥威尔(George Orwell, 1903—1950)所说,“英国文明的温柔是与野蛮的事情混杂在一起的。对殖民地臣民和从殖民地迁移至英国的移民实施种族歧视就是‘野蛮的事情’之一”(转引自方红 39)。小说一开始就讲述“我”因为心脏不适就医,看病的医生抛出一堆种族歧视的刻板言论,“非裔加勒比人心脏爱出问题……他们容易患高血压、链状细胞贫血、痴呆、忧郁、登革热、昏睡病、糖尿病、健忘症、黄疸、多痰、忧郁和癔症。你不必对自己的情况感到吃惊”(古尔纳 2022b: 10)①。而实际上,“我”不是非裔加勒比人,而是来自印度洋的穆斯林。尽管“我”内心耻笑医生自鸣得意的无知,把种族特性作为致病的原因,但是,“我”对此却保持沉默,这是“移民群体应对刻板印象之举”(Kaigai 126),“我”“正在使用自己强加的沉默来暴露其他人物的无知和种族主义”(同上 129)。沉默是一种不发声的叙事话语,作家利用沉默书写、建构“我”的少数族裔身份,并借此来保护弱势的自我和抵抗强势的“他者”(赵静蓉 137)。言语的缺失也是边缘化人群的一种选择,他们努力想在充满敌意的环境中生存下来(Eastmond 519)。

小说中还描绘了另一种沉默,即压迫者利用权力控制被压迫者,剥夺他们说话的权力。例如小说第一部分的题词就写道:“他在岛上是个崇拜沉默的人……他宁愿自己的臣民去吟唱,而不是去说话”(1)。这里所描绘的阿佩玛玛岛的国王泰比诺克,他就是一个独裁的暴君,利用自己的权力控制民众的言论自由,让他们服从自己的意志并保持沉默。小说第三部分提到了政府官员,“正是他们让我们的生活陷入混乱状态,并且毫无头绪或无意义地让我们的社会穷困不已……我们因为害怕丢掉性命而保持沉默并点头同意,而那些臃肿的暴君却为自己的一丝满足而肆意放屁并践踏我们”(223)。面对这些沉默的崇拜者,被压迫者为了能够存活不得不缄口不言。他们的不言说是因为“社会或政治的禁忌”,而沉默背后折射出的是强权政治的高压对广大民众的残酷压迫,“它直接揭示出历史的残酷和真相的恐怖,并且只能以一种含混暧昧和阴郁晦暗的形式被体验”(赵静蓉 138)。

二、谎言的言说

“我”的异族身份使“我”在移居英国后一直心存顾虑,谨言慎行。黑人流散者的英国家园焦虑体现在“我”与艾玛及其父母的相处中。与艾玛的相爱使“我”在异国他乡感受到温暖,“有时我甚至会忘了自己,我想象自己长得和他们一样,说话也和他们一样,过着和他们一样的生活”(70)。为了满足艾玛对“我”和家乡的兴趣,“我”刻意隐瞒了自己的身世。“我既

① 本文所有《赞美沉默》的引文均出自中译本古尔纳(2022b),下文仅标注页码,不再一一说明。

没有舅舅,也没有父亲。我根据自己的继父,或多或少为艾玛创造了这两个人物”(41)。“我”虚构了一个父母双全的完整家庭,美化了尘封在往日记忆中的苦涩和痛楚,编造了许多虚假的情节,只为在艾玛心中留下良好的印象。面对艾玛的父母,“我觉得在他们面前自己是个隐形人,我在他们谈话时如果开口,我的声音听起来会非常奇怪,仿佛我在使用一种无法理解的语言讲话。我感觉若有所失,不仅言语不清,而且羞于开口”(36)。弗朗兹·法侬(Franz Fanon, 1925—1961)指出,“在白人注视的眼光中,伴随着白人编织的‘他者’的神话,黑人注意到自己的黑人性,他的族裔特点,感到自卑”(Fanon 112)。为了迎合艾玛和她父母,更好地融入他们的生活,“我”开始不断地编织谎言,粉饰自己的故事。“我”虽然感到羞愧难当,但这种羞愧片刻就会消失,因为“有些故事明显是为了让我们不至过于卑微,并且让我们的生活看似高贵、有序而已”(39—40)。“在我父亲的房子里,所有的床都是金子做的,而且在我 16 岁之前,仆人每天早上用牛奶给我沐浴,然后用椰汁给我冲洗”(26)。过于修饰的美好谎言其实是为了掩饰“我”内心的卑微,“戏仿了高贵的野蛮人(noble savage)的形象”(张峰 60)。

艾玛的父亲威洛比先生沉迷于大英帝国殖民统治的辉煌历史,他只对我的帝国故事感兴趣。为了迎合他的这个“嗜好”,“我”不断编织着荒诞可笑的帝国故事。“我”叙述了殖民话语中对被殖民者的刻板印象,如当地政府将食人合法化、总统患有梅毒且已经精神分裂、性行为放纵,“为了使种族特征固定下来,他们就发明了‘类型’这个概念来替代种族。这种类型把各个种族固定下来,描述成具有不变的、永恒的特征,成为一种陈词滥调”(贺玉高 63)。“我”讲述了关于殖民地教育的故事,孩子们可以享用学校提供的免费牛奶和水果,“我们大步走到灯光明亮的教室,打破无知和疾病的枷锁,正是它们让我们长期处于黑暗当中,而大英帝国则让我们从中摆脱出来”(31)。“我”还讲述了自己在一家英国医院得到一位护士大姐拯救的事情,赞美“帝国英雄主义的善举”(37)。通过这些故事,“我”刻意美化了英国殖民者的救世主形象,强化非洲殖民地落后野蛮的刻板印象,为大英帝国的殖民统治提供合法的理由和依据。这些编织的谎言符合威洛比先生对帝国共同体的想象,大英帝国曾经辉煌的殖民侵略史一直被像威洛比先生这样的遗老所津津乐道。“殖民者与被殖民者的身份是互相依存的,殖民者优越文化身份的确立需要从被殖民者那里得到心理确认”(贺玉高 83)。威洛比先生对此非常着迷,“他的眼里闪着光芒，入迷得连嘴巴也合不拢”(85)。以至于知道威洛比夫妇要上门，“我”要花费好多天时间去构思一个故事。但“我”内心对于他的愚昧和狂妄自信是充满嘲讽的，“过去没我为他提供素材，他这么多年都是如何熬过来的”(84)。

虽然与艾玛相爱同居，但“我”一直没有被威洛比夫妇真正地接纳，尤其体现在得知艾玛怀孕的消息时，威洛比太太感到“惊恐万分”，威洛比先生的“眼里既没有了热切的光芒，也没有了对我们往常话题的渴望”(99)。“她将不得不在污染中度过余生，她不可能再成为一个普通的英国女人……随着受到污染的血液一代又一代地流淌，混血后代定会出现异常和堕落，而疯癫、先天骨骼软弱、同性恋、怯懦和背叛终将浮出水面”(99—100)。针对英国人对种族纯洁的重视，卡利尔·菲利普斯(Caryl Phillips, 1958—)曾指出“种族和族裔是英国人沿着他们的岛国所建围墙的砖和灰泥”(Phillips 272—273)。夫妇俩对异族通婚和白人纯正血统受到玷污感到恐惧，为他们心中根深蒂固的“英国性”受到挑战感到痛心，种族歧视的阴影无处不在，已经成为英国社会的“一种文化氛围，可以造成心理和认知上的压迫”(Thomas 24)。

三、回乡省亲的言说

小说第二部分讲述了“我”离开英国回家探亲的故事。回到阔别20多年的家乡，我并没有像一般游子那样归心似箭，对故土心驰神往。相反，多年来夹在英国和故乡的边缘化处境使“我”在身份认同上感到困惑，回乡省亲部分描绘了家乡人民的后殖民创伤、“我”对家乡未来命运的忧思以及“我”深沉的爱国意识。这部分的言说主要包括对后殖民时代新政府的极度失望和与家人关系的疏离。

独立后的家乡百废待兴，经济落后，物资奇缺，“每天只有几个小时的供电，肥皂、胡椒、白糖、牙膏、大米等，个个短缺”(140)。更让人难以忍受的是马桶堵塞，没有自来水。除了家乡的贫穷和困苦，法制缺失和政府的腐败无能也让我感到震惊和失望。坐出租车从机场回家的路上，“我”几次遇到警察故意设路障敲诈勒索，是弟弟阿克巴交了钱才让“我”顺利通过。新政府在重建家园、改善人民生活方面并不作为。从“我”拜访的文化部常务秘书到政府总理，无一谈论国家运转、经济发展的具体举措，却把希望寄托在国外基金会的资金援助上。总理甚至还询问起我的私生活。“鉴于有这么多事情等着他去处理,我们的领导竟然还会抽出时间来关心我生活当中那些私密而可悲的行径……那么除希望斯堪的纳维亚文化基金会的资金可以到位,并让破旧不堪的国家机器顺利运转之外也别无选择”(235—236)。

外族入侵、征服和殖民统治给桑给巴尔带来了巨大的灾难和不幸,同时也把它变成了一个多元杂糅的民族共同体。这个多元的民族共同体中糅合了黑人族裔、穆斯林和来自印度、伊朗的少数族裔。英国殖民统治结束后,这片土地已经陷入了身份困境,无法重塑自我(张峰 62)。现任的统治者“想在不断的声讨中、在复仇的承诺中、在过去的压迫中、在当前的贫困中、在自己黑色皮肤的高贵中倍感荣耀”(77)。国家还陷入了极端民族主义的漩涡,“国家恐怖主义和蓄意羞辱无处不在”(古尔纳 2022a: 55)。执掌新政府的非洲黑人对少数族裔进行残酷的迫害,“针对反对派的民族主义言论,他们可笑地宣称要重拾自己可鄙的非洲性,他们嘲笑民族主义者最新发现的良知,并向对方承诺在不久的将来就进行清算”(77)。“当我在老城闲逛时,举目所见都是被事先警告过的景象:有些片区的房屋已经弃置坍塌,曾经喧闹的集市被封之后变成了阴暗的街道,破裂的管道把污水泄在狭窄的街道上,蜿蜒的臭水像小溪一样流淌,而人们只能迈步穿行其中。这种情况过于刻意和普遍,根本不是失修所致,倒更像是恣意破坏……确实不用费多少脑袋,就会看到政府睚眦必报的甜蜜”(129)。我漫步海滩,感慨在英国人殖民的时代这片海滩曾是优雅的散步、幽会场所,如今却蜕变成乌鸦抢食内脏的水沟,“我感慨的并不只是对帝国专制秩序的怀旧,帝国可以通过发布强制命令和卫生条款来淡化矛盾,而是当我漫步在被毁的城镇废墟周围,我感觉像一个逃离自己生活的难民”(217)。更有甚者,政府的高级官员以及革命救赎委员会成员这些肥胖老男人还强迫来自伊朗、阿拉伯或印度的少数族裔年轻妇女与他们结婚。这些场景实际上是后殖民时代桑给巴尔的社会现实。黑人作为曾经的种族主义受害者,又以同样的种族主义暴力去掠夺、迫害所谓“野蛮人”的少数族裔。曾经的被殖民者变成了现在的新殖民者,这些新殖民者也背负着血债。这显然是一种狂妄自大、唯我独尊的民族沙文主义的价值观,其背后折射出一种恐外、仇外、排外、自满的病态心理,这对于塑造健康、合理的民族文化身份和建构独立、自主的民族共同体十分有害(胡强等 42)。这部分的控诉也是古尔纳对共同体秩序缺失的焦虑,是社会转型时新旧世界的断裂所致。

回乡后的另一个重大变故就是与家人关系的疏离。“我”为艾玛编织的谎言至此揭开。“我”没有父亲,“我”的生父阿巴斯在“我”出生之前就离开了“我”的母亲去了英国,从此杳无音信。七岁时,母亲带着“我”改嫁父亲的舅舅哈希姆,又为继父生了一对儿女。在重组的家庭中“我”感到缺爱,继父虽待“我”和蔼,且十分礼貌,但是他对“我”一直保持距离,仿佛“我”是他负责照顾的孤儿,“我”感觉自己失去了母亲,“我知道自己当时想,等我长大以后绝不结婚,也绝对不要孩子。我无法想象连母亲对我的爱竟然也会消失”(138)。

在家人面前“我”隐瞒了与艾玛共同生活并生下女儿阿美莉亚的事实。对穆斯林家庭来说,与持不同信仰的异族人通婚并生下孩子是家族的耻辱。当年父亲阿巴斯抛弃母亲和尚未出生的“我”偷渡去了英国,从此杳无音信,给母亲和家族带来巨大的创伤。“我”回家向母亲询问起父亲时,“我发现她无法停止讲述过去,无法掩饰那么多年的伤害,无法掩饰爱情失败的痛苦”(152)。对此“我”却无能为力,“我逼她揭开过去的伤口,而我又没有办法帮她愈合”(153)。因为父亲的缘故,“我”不敢公开在英国的真实生活,这样会被家人看作重蹈父亲的覆辙。“我想过撒谎,想过写信说我娶了个英国女人,但我从来没有这样做,既害怕突如其来的浩劫,也害怕随之而来一连串的指责”(104)。而不明真相的家人,见“我”孤身一人在英国,还热心地安排我与未成年少女的相亲。这使“我”更加不敢说出真相,继续保持沉默。直到事态愈演愈烈,到最后“我”迫于无奈告诉家人全部的事实,招致全家人对“我”的指责和愤怒。“我的母亲说,既然我已经忘了她这么久,她也要必须学会忘记我。她要学会不再把我当她的儿子”(212)。众叛亲离的“我”内心备受煎熬,家人根本不了解“我”在英国的生存状况:“我是一个可怜的流民,过着奴役和虚伪的生活,一个陌生人、一个异类,在那边既没有名望也毫无用处,但我已经别无选择”(211)。异邦流散的移民因为常年生活在异乡,回到宗教传统、文化背景和社会发展进程截然不同的母国,必然面临自我身份认同的困境,与家人的矛盾关系使“我”意识到已经无法融入这个家庭共同体。“与异质文化冲突相伴而来的另一个重要问题就是边缘化处境”(朱振武 52)。20 年后的返乡之旅看似为“我”提供了重拾非洲身份的机会,但是对新政府腐败无能的失望和与家人的疏离导致这个理想的幻灭。“当社会认同令人不满的时候,个体会力图离开其所属群体”(王莹 52),带着对家乡民族共同体建构的失望和被家庭共同体的抛弃,我在返乡几周后,就匆匆踏上返回英国的旅程。

四、家破人散的言说

结束回乡省亲后,“我”返回英国。带着家人的谴责和愤怒,“我”归心似箭地回到英国,“因为那里是我和艾玛生活的地方。那是我人生中最隐秘、最完整、最真实的部分”(198)。然而“我”朝思暮想的艾玛却告知她已经有了别人,把“我”抛弃了。其实,家破人散的结局“我”之前已经感觉到了预兆,“那天晚上,我梦见巴特西公寓的煤气灶爆炸了,地上和墙上到处散落着人体的碎片。我梦见当我闭上眼睛时,这个场景就会消失,而当我再睁开眼睛时,又看到散落的金属和各种碎片”(214)。这个梦实际上预示着“我”英国家庭共同体的破碎。在返航的飞机上,“我开始担心我们之间已经过于疏远,并且等我回来的时候,她可能就不在那里了,她可能已经把我在这里熟悉的生活全部带走”(242)。

艾玛是一个反资产阶级者,具有开放的思想,反对种族歧视和殖民统治,因此当年她不顾家庭的反对坚决与“我”这个流亡的黑人青年同居生活。与艾玛的爱情使“我”在异国他乡感受到家庭的温暖,是“我”能在英国生活 20 多年的精神支柱。为了维护这段感情,“我”一方面不断编织着家庭圆满的谎言,另一方面又向家人隐瞒艾玛和女儿的存在,致使艾玛认为“我”的家人对她和女儿漠不关心。而且,艾玛作为在英国文化环境中长大的白人中产阶级,无法完全摆脱主流意识形态的影响,在长年累月的忽视和欺瞒中,激情慢慢消退,两人渐生隔阂,这使得两人的关系日趋紧张直至破裂。正如艾玛所言,“她的人生是一段拒绝收尾的叙事,现在她正处在另一个故事的开端,一个她替自己选择的故事,而非偶然跌入其中却找不到出路的奇遇”(246)。艾玛毅然决然地结束和“我”的感情,是因为她已经厌倦了和“我”在一起的生活,找到了新的归宿。

艾玛的离去让我痛苦迷惘,“我发觉自己不再明白在英国生活的原因”(252)。但我意识到“我必须杀死那个我认识的自己,然后才能找到我将要成为的另一个人”(252)。“我”打算报个夜班学习水暖课程。对水暖发生兴趣一方面是为了转移艾玛离去所带来的痛苦,另一方面“我将严格按照外籍人员的工资为自己的祖国效劳,这样我们就可以疏通那些堵塞的马桶”(250)。这里的马桶堵塞实际上暗示着(社会发展停滞的)困扰,借助马桶这个隐喻,“我”以戏谑的口吻嘲讽了英国和桑给巴尔政府的政治肮脏和腐败(张峰 63)。这里的“外籍人员”强调了自己并不属于家乡,表达了“我”对腐败无能充满失望。小说的结尾处提到家人在信中劝“我”

回家,对"我"而言,那已经不再是家,"我"无法重拾这个诱人的念头。孤独无助的"我"想起了在飞机上邂逅的艾拉。她是一位印度裔移民,与英国白人组建家庭后被丈夫抛弃。"我"和艾拉有着相同的身世背景和人生经历,都无法摆脱在英国身为异类、身为外国人的感觉,都经历了失望的爱。正如齐格蒙特·鲍曼(Zygmunt Bauman,1925—2017)的观点:"共同体是一个'温馨'的地方,一个温暖而又舒适的场所","在共同体中,我们能够互相依靠对方"(鲍曼 2—3)。共同体不仅仅意味着人民在一起共同生活,组成一个整体,更寓示心灵距离的拉近和心灵上的亲近感(胡强等 129)。不同文化共同体中的人民"对创伤、灾难相同或相似的认识和经历使其产生情感和道德上的共鸣,他们彼此之间休戚与共构成跨种族、跨文化和超越国家政治地理疆界的命运共同体"(徐彬 25)。同病相怜的沦落人是否会抱团取暖,相互安慰而走到一起,小说没有给出确定的答案,作者在此给读者留下无限的想象空间(张峰 65)。开放式的结局虽然没有彻底解决像这样移居他乡的移民所面临的困境,但至少还是让人看到一线希望。艾拉的出现对"我"是莫大的安慰,也是促使"我"获得觉醒重生的希望。

结　　语

"大凡优秀的文学家和批评家都有一种'共同体'冲动,即憧憬未来的美好社会,一种超越亲缘和地域的、有机生成的、具有活力和凝聚力的共同体形式"(殷企平 78)。作为流散文学作家,古尔纳也不例外,他的"共同体冲动"表现为对"深陷不同文化与大陆之间鸿沟的难民"①的人类命运共同体的想象与构建。古尔纳通过对保持沉默、编织谎言、回乡探亲和家破人散等四个方面的言说叙事,对主人公的身份叙事和生存困境展开了非常细致的勾勒和描述。正如爱德华·萨义德(Edward Said,1935—2003)所言,"流亡是强加于个人与故乡以及自我与其真正家园之间的不可弥合的裂痕,它那极大的哀伤是永远也无法克服的"(Said 173)。对于英国的白人阶层来说,小说主人公是来自非洲殖民地的黑人移民,不能被英国的主流社会所接纳,因此是"他者";对于非洲的故乡来说,他违背传统的宗

① 出自2022年诺贝尔文学奖的颁奖词,瑞典文学院在颁奖公告称古尔纳"毫不妥协但充满同情地深入剖析了殖民主义的影响,以及深陷不同文化与大陆之间鸿沟的难民的命运"。

教观和价值观,与异族的白人同居生女,不能被家族所接受和认可,因此也成为“他者”。这种双重的“他者”导致主人公对自己的身份有一种疏离感,产生了文化认同的危机感。特殊的家庭背景和成长经历使主人公饱受身份的折磨,在社会和家庭环境中找不到属于自己的位置,使他成为游离于黑白世界的流浪者。可以说,他是“永远在陌生性中挣扎的斗士,是普世主义与民族主义之间的棋子,在永恒的逃亡中偷来稍纵即逝的安宁,在自信与自怨之间摇摆不定。明明已经逃离了家乡,他们却始终深陷对过去的留恋,任由故人的梦魇纠缠;明明已经在别处定居,他们却始终需要面对他人的怜悯与憎恶,在他人对身世的诘问中面露惭色”(陆观宇 xvi—xvii)。在流散的语境中,主人公“面临着自然水土和文化精神水土适应的痛苦,体验着文化归属的焦虑,承受着迷失自我的风险,感受着孤独、迷茫、彷徨的情绪,陷入没有中心、被抛出主流社会、行走在边缘的境地”(杨中举 167)。主人公陷于这样举步维艰的境地,但他似乎没有丧失继续生活的勇气。从他报班学习水暖课程准备日后报效自己的祖国,试图联系艾拉寻找情感的归宿等可以看出,他渴望树立新的人生目标,在惨淡无光的生活中继续寻找生存的希望。这也许展示了古尔纳作为文学创造者对美好未来的期盼。

引用作品[Works Cited]:

Eastmond, Marita & Johanna Mannergren Selimovic. “Silence as Possibility in Postwar Everyday Life.” *The International Journal of Transitional Justice* 6 (2012): 502 - 524.

Fanon, Frantz. *Black Skin, White Masks*. Trans. Charles Lam Markmann. London: Pluto, 1967.

Kaigai, K. *Encountering Strange Lands: Migrant Texture in Abdulrazak Gurnah's Fiction*. Diss. Stellenbosch University, 2014.

Phillips, Caryl. *A New World Order: Selected Essays*. London: Secker & Warburg, 2001.

Said, Edward. *Reflections on Exile and Other Essays*. Cambridge, Mass: Harvard UP, 2000.

Thomas, Sue. “Coloring the English.” *England through Colonial Eyes in Twentieth-Century Fiction*. Eds. Ann Blake et al. Houndmills and New York: Palgrave, 2001. 9 - 32.

阿卜杜勒拉扎克·古尔纳:“写作与地方”,谢娟译,《世界文学》,2022a年第2期,第54—59页。

——:《赞美沉默》,陆泉枝译,上海:上海译文出版社,2022b年。

比尔·阿希克洛夫特等:《逆写帝国:后殖民文学的理论与实践》,任一鸣译,北京:北京大学出版社,2014年。

方红:《完整生存:后殖民英语国家女性创作研究》,杭州:浙江大学出版社,2011年。

贺玉高:《霍米巴巴的杂交性身份理论研究》,北京:中国社会科学出版社,2012年。

胡强等:《文化观念拓展时期的英国文学典籍研究》,上海:上海外语教育出版社,2020年。

陆观宇:“译者序”,载《我们自身的外人》,朱莉娅·克里斯蒂娃著,陆观宇译,上海:上海文艺出版社,2022年,第xi-xxxiii页。

齐格蒙特·鲍曼,《共同体》,欧阳景根译,南京:江苏人民出版社,2003年。

王莹:“身份认同与身份建构研究评析”,《河南师范大学学报》(哲学社会科学版),2008年第1期,第50—52页。

西子卡、午荷:“古尔纳作品及后殖民文学探讨”,《中国社会科学报》,2022年12月29日第2版。

徐彬:“流散文学溯源及其中人类命运共同体的基本范式”,《外国文学研究》,2023年第1期,第17—30页。

杨中举:“跨界流散写作:比较文学研究的重镇”,《东方丛刊》,2007年第2期,第164—176页。

殷企平:“西方文论关键词:共同体”,《外国文学》,2016年第2期,第70—79页。

张峰:“古尔纳《赞美沉默》中的多重叙事策略与主题意蕴”,《外国文学研究》,2022年第2期,第55—67页。

张平功:《全球化与文化身份认同》,广州:暨南大学出版社,2013年。

赵静蓉:“让沉默发声——记忆研究中的‘沉默’及其表征”,《探索与争鸣》,2023年第1期,第135—147页,第180页。

朱莉娅·克里斯蒂娃:《我们自身的外人》,陆观宇译,上海:上海文艺出版社,2022年。

朱振武:《非洲英语文学的源与流》,上海:学林出版社,2019年。

与传统对话：夏洛特·史密斯的浪漫主义诗学[*]

蔡　乐[**]

内容提要： 18 世纪英国女诗人夏洛特·史密斯对浪漫主义诗学的先驱贡献在 20 世纪下半叶经典重构的浪潮中被重新发掘与肯定。对自然的关注、对情感的强调，以及对诗歌体裁的探索实验，构成了史密斯浪漫主义诗学的基本框架。她笔下的自然呈现出如画美与崇高感两大突出特征，她诗中的情感既有自传性的私密感悟，又有格局宽广的人文关怀，她对十四行诗与抒情长诗体裁的创新成为后代诗人的范例。史密斯独特的诗学风格是其与 18 世纪文学、美学、哲学、科学等传统深度互动的结果，为以华兹华斯为代表的英国浪漫主义诗学奠定了基础。

关键词： 夏洛特·史密斯；浪漫主义诗学；自然；情感；体裁创新

Abstract: In the second half of the 20th century, the pioneering contributions of Charlotte Smith, an 18th-century English female poet, to Romantic poetic theory were rediscovered and acknowledged in the tide of canon reconstruction. Her focus on nature, emphasis on emotions, and experimental exploration of poetic forms constitute the fundamental framework of her romantic poetic theory. The natural world in her writings exhibits prominent features of picturesque beauty and sublimity. The emotions expressed in her poetry encompass both introspective personal insights and broad humanistic concerns. Her innovative attempts in the sonnet and long lyric poem genres serve as exemplars for future generations of poets. Smith's unique poetic style is the result of deep interaction with the literary, aesthetic, philosophical, and scientific traditions of the 18th century. It laid the foundation for British Romantic poetic theory, with figures like Wordsworth as its representative.

Key words: Charlotte Smith; romantic poetics; nature; emotion; genre innovation

---

* ［**基金项目**］：本文系上海外国语大学第五届“导师学术引领计划”项目（2022113037）的阶段性成果。

** ［**作者简介**］：蔡乐，上海外国语大学博士生，主要从事英美文学方向的研究。

18世纪英国女作家夏洛特·史密斯(Charlotte Smith，1749—1806)的文学价值与声望在20世纪后半叶随着女性主义批评的发展和解构思潮中经典重构的实践被重新挖掘与肯定。斯图尔特·卡润(Stuart Curran)在1993年牛津大学出版的《夏洛特·史密斯诗歌集》(*The Poems of Charlotte Smith*，1993)导论中将这位女作家称为“第一位浪漫主义诗人”，肯定她所建立的“经久不衰的思维模式和风格惯例成为当时的准则”(Curran 1993：xix)；杰奎琳·M.拉贝(Jacqueline M. Labbe)认为“史密斯处于浪漫主义诗学形成的中心位置”(Labbe 2011：2)；《夏洛特·史密斯信札集》(*The Collected Letters of Charlotte Smith*，2003)的编辑朱迪思·P.斯坦顿(Judith P. Stanton)评论道：“夏洛特·史密斯是她那个时代最受欢迎的诗人之一，她复兴了英国的十四行诗，影响了华兹华斯与济慈”(Stanton xxxi)。换言之，众多当代学者达成共识——史密斯的创作实践与诗学思想为英国浪漫主义诗学传统勾勒了雏形，奠定了基础。

在英国浪漫主义的文学传统中，“自然”与“情感”始终是两大核心概念。威廉·华兹华斯(William Wordsworth，1770—1850)在其1833年诗作《在圣比斯角旁蒸汽船中所作诗篇》(“Stanzas Suggested in a Steam-Boat off St. Bees Heads”)的注释中写道：“夏洛特·史密斯女士……怀着对乡土自然的真情实感写作，而那时英国的大诗人们还未曾过多留意自然；因为从时间上来说，她的早期创作要先于考珀和彭斯”(Labbe 2011：5)。此番评价直接将浪漫主义诗歌关注自然的源头推至史密斯的写作，且点明了“真情实感”(true feeling)之于其诗歌创作的重要性；塞缪尔·柯勒律治(Samuel Coleridge，1772—1834)在《十四行诗介绍》(“Introduction to the Sonnets”)一文中认为“是夏洛特·史密斯和鲍尔斯最早使十四行诗在现今的英国人中流行起来”(Coleridge 129)，并遵二位的十四行诗创作为范式，提出了十四行诗中的“道德情操、感情或感觉均可追溯至和联系于自然风景”(同上130)的观点。由此可见，史密斯对自然的刻画、对情感的描摹以及对十四行诗体裁的复兴早已引起了后世公认的英国浪漫主义文学两大创始人的注意与模仿；除此之外，她在《比奇角》(“Beachy Head”，1807)中对抒情长诗的体裁包容度进行了大胆尝试。可以说，对自然的关注、对情感的强调，以及对诗歌体裁的探索实验，构成了史密斯浪漫主义诗学的基本框架。

目前，国外史密斯诗学研究多侧重于探讨其对华兹华斯诗学的影响及二者间的互动关系；国内学界对这位女诗人的关注则始于2010年之后,研究成果扎实但数量不甚丰硕,王欣认为史密斯是英国浪漫派情感诗学的女性先驱之一,她的作品“正在经历当代经典化的过程”(王欣 2011a:85);陈师琴指出,身处新古典主义到浪漫主义时期的过渡阶段,史密斯的诗学在抒情范式、想象力以及对崇高感的认知方面风格突出,贡献独特(陈师琴 38—48)。本文将在阐释史密斯浪漫主义诗学内涵的基础上,探究其思想与理论渊源;本文指出,夏洛特·史密斯浪漫主义诗学的产生是其与 18 世纪文学、美学、哲学、科学等传统深度互动的结果,为以华兹华斯为代表的英国浪漫主义诗学奠定了基础。

一、诗性自然:如画美与崇高感

《夏洛特·史密斯诗作全集》(*Complete Poetical Works of Charlotte Smith*, 2014)中的《挽歌十四行诗》(*Elegiac Sonnets*)共收录了 92 首诗作,它们无不包含对自然风光的直接描写,或对自然意象的引用指涉。第 31 首十四行诗《1784 年 5 月写于南丘农林场地》(“Written in Farm Wood, South Downs, May 1784”)末尾诗行中的“品味”(taste)一词暗示了史密斯的创作观念与技巧,即诗人对自然的欣赏并非被动接受映入眼帘的风景,而是一种主观能动的“品味”,诗歌中呈现的自然并非未经提炼的原始自然,而是精心挑选和重新编排后能够打动诗人本人和读者的“诗性自然”。然而,史密斯的“诗性自然”亦不是文字矫饰的产物,是以“求真”为本,富有“如画美”与“崇高感”的诗学实践。

史密斯在创作中赋予自然“诗似画”(*ut pictura poesis*)的特质,即在诗中“创造视觉艺术”(Labbe 1998:201),读者所见的自然“既是写出来的,也是画出来的”(同上 206),因而更加生动,更能实现表情达意的目的。史密斯对这一创作手法的运用,深受英国 18 世纪末“如画运动”(The Picturesque Movement)的影响。由威廉·吉尔品(William Gilpin, 1724—1804)领衔的“如画运动”以采风选材合适风景入画的方式实践了让-雅克·卢梭(Jean-Jacques Rousseau, 1712—1778)“情景交织”的自然观,拒斥了启蒙思潮对科学和理性的过度强调,是前浪漫主义时期艺术家们对“激情”和“自然”投以关注的先声。这场运动的参与与呼应者众多,其中就包括有着“英伦克劳德”[①](The English Claude)之称的风景画家乔

① 克劳德·洛兰(Claude Lorrain, 约 1600—1682),巴洛克时期法国著名风景画家(landscapist)。

治·史密斯(George Smith of Chichester，1713—1776)，而夏洛特·史密斯曾在童年时期修习过这位名师的绘画课程[①](已有学者注意到史密斯在小说中对风景的艺术性调度与乔治·史密斯画作间的互文性关系[②])；童年接受的绘画启蒙和艺术熏陶使对绘画的喜爱伴随史密斯一生，她不仅自己创作风景与植物画作，还是乔治·罗姆尼(George Romney，1734—1802)、詹姆斯·诺斯科特(James Northcote，1746—1831)、约翰·拉斐尔·史密斯(John Raphael Smith，1751—1812)、艾玛·史密斯(Emma Smith，1783—1853)[③]和吉尔品等一系列知名风景画家的忠实观众。在一封1799年写给出版商小托马斯·卡德尔(Thomas Cadell the younger，1773—1836)和威廉·戴维斯(William Davies，1764—1820)的信件中，史密斯嘱托道："烦请二位寄送……以下两部吉尔品的作品——《对坎伯兰郡和威斯特摩兰郡湖区的如画评价》《对苏格兰高地的如画评价》[④]，这样一来我便集齐了全套"(Smith 2003：332)。"如画"风格对史密斯的熏陶，使其诗歌作品中的自然自觉或不自觉地透露着鲜明的"如画美"特质。

吉尔品在如画理论的集大成之作《如画三论——论如画美；论如画旅行；论风景素描：附诗一首〈关于风景绘画〉》(*Three Essays: On Picturesque Beauty; On Picturesque Travel; and On Sketching Landscape: to which is added a poem, On Landscape Painting*，1792)中明确了"美"(beautiful)的对象与"如画"(picturesque)的对象之间的区别，他继承埃德蒙·伯克(Edmund Burke，1729—1797)对"美"的定义，认为"美"的本质在于"光滑"(smoothness)，"光滑"引发怜爱，产生愉悦；而"如画"与"美"的核心分歧则在于"如画"引入了"粗糙"(roughness)的元素，使单纯的"美"进化为适合入画的"如画美"(picturesque beauty)。"如画美"的目标亦是追求

---

① 《夏洛特·史密斯信札集》年表页显示：约1756—1757年，史密斯于英国南部城市奇切斯特上学，其间跟从乔治·史密斯学习过绘画课程；《夏洛特·史密斯：批评传记》(*Charlotte Smith: A Critical Biography*，1998)更为详细地记载和介绍了这段经历。

② 详见 Derbyshire(2019)和 Hussey(1967)。

③ 详见 Derbyshire(3)。

④ 史密斯此处提及两本书的正式出版名称分别为：*Observations, Relative Chiefly to Picturesque Beauty, Made in the Year 1772, on Several Parts of England; Particularly the Mountains, and Lakes of Cumberland, and Westmoreland*(1786)和 *Observations, Relative Chiefly to Picturesque Beauty, Made in the Year 1776, on Several Parts of Great Britain; Particularly the High-lands of Scotland*(1789)。

审美愉悦,但由于“粗糙”特质的凸显,生动再现了真实的自然,能够勾起观众更加复杂、深刻的情感体验。吉尔品继而介绍了赋予画面“粗糙”特质的几种方法：打断画面连续性;表现激越情感;描绘动态过程;选取不同视角;丰富光影变化;使用多种色彩(Gilpin 7—23)。细读史密斯的创作,不难发现她十分巧妙地将上述方法融入了对自然的描绘之中,她笔下的自然一如吉尔品画中的风景,充满了“无穷的转折”(同上 23)。

收录于《诺顿英国文学选集：浪漫主义时期》(*The Norton Anthology of English Literature: The Romantic Period*, 1999)第七版的第83首十四行诗《海景》(Sonnet 83 “The Sea View”)正是史密斯对自然进行“如画”处理的杰出代表。诗歌的前八个诗行勾勒了一帧山岗上夕阳西下牧羊人斜倚小憩的安详画面,然而第九诗行画风突转,随着牧羊人眼光的延伸——远方的海面上竟是一番两军交战、血肉横飞的残酷景象。原先既“壮丽”(magnificent)又“宁静”(tranquil)的牧歌情调被“残暴”(fierce)和“毁灭性”(destructive)的战争场面所打断,读者与牧羊人一同欣赏自然的平和心境也因陡然发现的可怕交锋而变得紧张、沉郁和激荡了起来。读者的视线随着诗行的行进从牧羊人过渡至山脊,从山脊远眺至海天相接的天际线,接着从天际线上移到天空,再由落日向下引至西边的海面,而海面上的情况一开始只是模糊的“暗黑祸点”(dark plague-spots),直到目光聚焦才看清损坏的战舰与垂死的战士,这一系列视角变换赋予了整首诗歌动态性质,使读者仿佛置身于一幅叙事风景画前。诗中的色彩运用也相当丰富,除了直接出现的形容词“明亮的”“紫色的”“暗黑的”和“通红的”之外,还有众多隐含在意象背后的颜色暗示,譬如羊毛的纯白、草地的青绿、海水的深蓝和血液的浑红等。众多或调和、或冲突的颜色相碰撞,增添了画面的层次感,营造了夕阳中光影交错重叠的压抑氛围。史密斯对这首诗歌画面的排布,几乎逐条遵照了吉尔品关于如何创造画面“粗糙感”的指导,以粗糙为核心的“如画美”步步累积,直到最后化作痛惜的激情呐喊宣泄而出——“啊,人类就如此用鲜血毁掉了上天的杰作!”(Smith 1993: 72),诉诸视觉的“画”与诉诸智性的“诗”在“如画美”的自然中实现了统一,形成与展现了史密斯独特的诗学风格。

“崇高感”是史密斯笔下“诗性自然”的另一显著特质,在两部诗集《挽歌十四行诗》和《比奇角及其他诗歌》(*Beachy Head and Other Poems*, 1807)中,“崇高”(sublime)一词多次出现,用以形容大海、城堡塔楼、比奇角等广博、宏伟、恐怖的意象。值得注意的是，伯克对于“崇高感”的考察不仅仅局限在对象的视觉效果上，在《关于我们崇高与美观念之根源的哲学探讨》(*A Philosophical Enquiry into the Origin of Our Ideas of the Sublime and Beautiful*, 1757)的第二部分，伯克将促发崇高感的范畴扩大到了听觉、嗅觉、味觉、触觉以及“感”觉上，他指出“异乎寻常的巨大声响，其本身就足以占据人的心神，使其无法活动、充满恐惧”(伯克 71)，而动物发出的人类不甚熟悉的“变调声音”也足以“令人惶恐”(同上 74)——《写于萨塞克斯米德尔顿教堂墓地》(Sonnet 44 “Written in the Church-Yard at Middleton, in Sussex”)中狂风呼啸、涛声震天(“winds and waters rave”)；《写于1791年9月一场惊人的雷暴间》(Sonnet 59 “Written Sept. 1791, During a Remarkable Thunderstorm”)中雷暴轰鸣(“Terrific thunders burst”)；《1788年秋写于彭赫斯特》(Sonnet 46 “Written at Penhurst, in Autumn 1788”)中苍鹭叫声刺耳(“clamours the discordant heron”)[①]……类似描述不胜枚举。除此之外，伯克提到“某些异乎寻常的苦味或者无法忍受的恶臭”，“在某种比喻性或者虚构性的文字当中……(如)‘一杯苦涩人生’……都是某种带有崇高感的描写”，“会让人产生一种尊严感”(同上 74—75)。可以说这种比喻性的苦涩和腐败气息贯穿了史密斯的整部《挽歌十四行诗》，诗集中绝大多数诗歌指向了一个共同主题：人生痛苦，无计消弭。这种痛苦比最骇人的自然灾难更可怕，即使最怡人的自然风光也无法缓解和疗愈，这使得人的自保需求受到威胁，而崇高恰恰“从属于我们自我保存的观念……它的最强烈表现就是痛苦忧伤的情感”(同上 76)。史密斯通过细致刻画自然感官特点的方式，赋予了自然伯克式的“崇高感”。史密斯着力再现的不是抽象、超验的想象自然，而是真实的、历史的、诉诸五感的自然，因为这样的自然才是人类生存其中，并与之互动的真正场域；通过对这一场域的描述，史密斯探索了人在自然中的位置，突出了人的存在较之自然“崇高”的渺小和有限性，以及人的情感与自然的密不可分性。

史密斯笔下以“如画美”和“崇高感”为特征的“诗性自然”，表现了自然世界的视觉美感、感官真实性以及其对于人的情感调动力；华兹华斯自少年时代于霍克斯黑德文法学校(Hawkshead Grammar School)就读时，便是史密斯的忠实读者之一，他在《〈抒情歌谣集〉序言》(“Preface to

---

① 此处列举的三首十四行诗全诗详见 Smith(1993：42,52,43)。

Lyrical Ballads", 1800)中对"质朴的"(low)、"乡村的"(rustic)自然入诗的推崇和对"人的激情与美丽而恒久的自然形态相交融"的信仰(Wordsworth & Coleridge 290)均可在史密斯的诗学实践中窥见源头。

二、多维情感:抒情与同情

史密斯对英国浪漫主义诗学传统的另一开创性贡献是其对情感的强调,她虽未撰写诗学专著或篇章,却在诗作中零散地表达了一些个人的"情感诗学"思想。在《致忧郁》(Sonnet 32 "To Melancholy")中她将"忧郁"情绪作为主题和歌咏对象,认为抒发忧郁既是诗人创作的动力,也能为诗人带来心灵的慰藉。《致阿伦河》(Sonnet 26 "To The River Arun")在一定程度上可以理解为史密斯对诗歌本质的认识,即引发人们的共情;在《挽歌十四行诗》的第六版序言中史密斯坦言:"我的笔调之所以哀伤,是因为我的心情并不快畅",并拒绝了友人让其采用一种"更加令人愉悦的风格"(Smith 1993: 5)进行创作的建议。由此可见,在史密斯看来,诗人的任务是诚实地表达自己的情感;在《致C小姐》(Sonnet 29 "To Miss C——On being desired to attempt writing a Comedy")中,她重申了这一观点,且认为诗人写作的奖赏来自"善于感受的心灵"(同上 32)的肯定,既赋予了读者崇高的地位,也对读者情感的敏锐性提出了要求。这些散落的思想火花,勾连成史密斯情感诗学的一部分,与华兹华斯在《〈抒情歌谣集〉序言》中所述的诗歌创作目的——"追踪思维在被我们天性中伟大且简单的情感所激动时的波动与回流",以及他对情感重要性的阐释——"是情感赋予了行动和情境重要性,而非倒置过来"(Wordsworth & Coleridge 292—293),又及他的"伟大的诗人应该'纠正人们的情感……使它更健康,更纯洁,更持久'"(艾布拉姆斯 533)等理论主张遥相呼应,是浪漫主义情感诗学的先声。

从总体上来看,史密斯的《挽歌十四行诗》展现了一种"借乐景写哀情"的突出风格,以自然风光的优美反衬主人公痛苦、绝望的心境,表达了"今非昔比"的怀旧愁绪。这种忧伤之情首先源自她本人的现实生活:三岁丧母、父亲再娶、婚姻不幸、子女早逝、经济窘迫、健康受损……而这些痛苦的经历在其小说和诗歌作品中找到了得以抒发和宣泄的出口。《夏洛特·史密斯:批评传记》的作者洛兰·弗莱彻(Loraine Fletcher)评价道:"她对自传素材不加掩饰的运用超过我所知的其他任何作家,她将自己、父亲、恋爱、丈夫、婚姻、子女、朋友以及敌人纷纷投射进想象作品当中，并且期待读者识别出这些戏剧化的再现”(Fletcher 3)。史密斯的期待显然已在她真诚的写作中得以实现，读者在第65、70、89、90、91首十四行诗中为她对女儿的深切悼念而落泪；在第28、29、34、37、48、56首十四行诗中为她拥有挚友的支持安慰而宽心；在第27、31、71、92首十四行诗中与她一同咀嚼美好时光一去不返的遗憾。

对于史密斯诗歌中充溢的情感，朱迪斯·帕斯科(Judith Pascoe)认为“夏洛特·史密斯设计的诗人面具与舞台上最常见的女性角色——悲剧女主角——有诸多共同之处”(Pascoe 16)；而萨拉·M. 齐默尔曼(Sarah M. Zimmerman)则提到，在当时“史密斯的潜在读者深谙感伤传统，这一传统通过呈现特定的行为准则以消除生活与艺术之间显而易见的界限”(Zimmerman 55)。可见，在一些学者看来，史密斯对私人经历的文学戏剧化有贩卖隐私与迎合市场之嫌。实际上，就《挽歌十四行诗》而言，其中“36首十四行诗，超过了三分之一，采用了不同于史密斯本人的叙述声音”(Curran 1994：72)，这使得史密斯诗歌中充沛的情感与不同的抒情主体联系在了一起。譬如，为爱痴狂的彼特拉克(Sonnet 13—16)、被情所困的少年维特(Sonnet 21—25)、希望破灭的流放者(Sonnet 43)、初识萤火虫的天真孩童(Sonnet 58)以及大梦初醒的朝圣者(Sonnet 75)等等。这种以个体的经历、体验和情感为中心的创作实践，构建了不同抒情人称的主体性，反拨了作为启蒙运动哲学根基的约翰·洛克(John Locke，1632—1704)的经验主义思想，预示着浪漫主义诗学摆脱18世纪机械的自然科学、过度的理性思维以及僵化的新古典范式，实现对人的心灵从“镜”到“灯”的认识飞跃。另一方面，在史密斯开始创作的18世纪80年代，英国文坛掀起了由女性作家引领的“情感崇拜”(the cult of sensibility)之风，除史密斯外，还出现了以女诗人玛丽·罗宾森(Mary Robinson，1757—1800)为代表的“秕糠派”(The Della Cruscans)。“秕糠派诗歌因为夸张的情感和做作的表达而受到当时评论界的抨击，其中就包括华兹华斯的《〈抒情歌谣集〉序言》”，“秕糠派的诗歌是妖娆的，是做作的，是戏剧化的”(王欣 2011b：86)，而史密斯的诗歌虽然“哀伤”(plaintive)却是“简约”的。[①] 由此

① 史密斯在《挽歌十四行诗》第一、二版前言末尾写道：“我只能期望吸引心灵敏感且品味简约的少数读者”(Smith 1993：3)；在第六版前言中，史密斯提及一位友人评价其多数诗歌的笔触为“哀伤的”(同上 5)。

可见,史密斯与同时代以夸张为特征的感伤书写不同,她的诗风朴素而诚挚,与华兹华斯日后所提出的在诗歌中探索日常生活、日常语言以及人的思想情感这三者如何运作和相互作用的观点高度一致,谱写了浪漫主义情感诗学的序曲。

在长诗《移民》(*The Emigrants*, 1793)和《比奇角》中,史密斯将情感书写的范畴从个人经验扩展到了历史、政治、社会等公共领域,既体现了她本人对同时代人前途命运的关注,也为18世纪由女性开创和主导的抒情传统正名,即情感不仅是多愁善感的自我表达,亦是"智性发展得以培养和塑形的天然场域"(Curran 1988: 195—196),同时也为后继的浪漫主义"革命诗人"拜伦、雪莱等人树立了以诗歌反映和关注时事的体裁典范。史密斯的第二部诗集《移民》以两卷本的形式收录了长达826行的同名叙事长诗,记述了法国大革命中遭受政治与宗教迫害的贵族、中产、教士等流亡英国的史实,表达了史密斯对这些因政见不同而背井离乡、饱尝艰辛的移民们的深切同情。在献给威廉·考珀(William Cowper, 1731—1800)的前言中,史密斯表示:"我的内心早已从自身经历的痛苦中学会了用徒劳但敏锐的同情去感受他人所遇的不幸"(Smith 1993: 132)。在这里,史密斯的"同情"并非不加反思的感性共情,她呼吁当面对这些的流亡者时,英国人胸中"正义的同情(just compassion)始终占据主导"(同上148),这将她诗歌中的情感维度与理性思考和道德判断与教化联系在了一起,拓展了诗歌的智性空间。在诗中,她一方面对法国大革命的暴力恐怖手段加以反对,对流亡英国的法国前当权派们报以怜悯,但另一方面也谴责了他们先前对待百姓的不公。在这种情感与理智相交织的反思中,史密斯"从个人语境中抽离……成为一位政治辩论的积极参与者,一位具有社会责任感的为现代英国国家发展方向建言献策的女性"(Hart 311)。在诗歌的末尾,她满怀同情与渴望地期盼"修复理性、自由与和平的统治"(Smith 1993: 163),这不仅仅是对英、法两国社会的期盼,也"超越和替代了以亲缘和国籍为纽带的社群关系"(Craciun 170),体现了史密斯世界主义的情感包容。

这样一种对情感的智性深度和广度进行探索的诗学实践,在史密斯最后一首长诗作品《比奇角》中发挥到了极致。与《移民》相似,这首诗亦以真实的历史事件为创作背景——1803—1806年,拿破仑战争打响,法国威胁进军英国本土;然而,比《移民》更加成熟深刻的是,《比奇角》中的叙事视角跨越了时空,在现实与历史、真实与虚构之间穿梭:商队、渔民、诺曼征服者、牧羊人、童年的诗人、城堡里的陌生人、岩洞中的隐士等角色悉数登场，比奇角的地质形成过程与战略重要性也相继展现在读者眼前；跳跃的时空营造出"沧海桑田"的历史巨变感，生动而丰富的人物与自然意象又将宏大辽远与具体而微联系起来；史密斯关注与同情的对象不再局限于眼前的受难者，而是将历史演进、朝代更迭中所有因战争而饱受煎熬的人全部纳入她的"同情系统"中，且她表达同情的笔触也更加细腻、真挚。有学者据此认为《比奇角》"呈现出了对道德同情(moral sympathy)及其文学表现的关切"，与 18 世纪的"同情话语"(sympathetic discourse)形成了对话与补充(Holt 1)。

亚当·斯密(Adam Smith, 1723—1790)在《道德情操论》(*The Theory of Moral Sentiments*, 1759)中论及"同情"的特点时谈道："对于人性中的那些自私而又原始的激情来说，我们自己的毫厘之得失会显得比另一个和我们没有特殊关系的人的最高利益重要得多，会激起某种更为激昂的高兴或悲伤，引出某种更为强烈的渴望和嫌恶"(斯密 164)；大卫·休谟(David Hume, 1711—1776)在《人性论》(*A Treatise of Human Nature*, 1740)的第二卷《论情感》中也表示："怜悯在很大程度上依靠于接近关系，甚至要见到对象才能引起"(休谟 407)。由此可见，这两位 18 世纪对情感颇有洞见的大哲人均认为，心理和地缘上的切近关系是引发同情心的必要条件。这种对"同情"的认识"从某种程度上来说，是启蒙时代所特有的"，"同情奠定了启蒙时代主体(间)性和社会性的基础"(Schwalm 313—314)。在《比奇角》的七至十四诗节，诗歌中的第一人称叙事主人公忆起自己在自然美景中度过的幸福童年，而如今却被迫感慨战争的残酷与徒劳——"毁灭性的掠夺，战火与利剑/直插山谷，扰了无名者的永眠""它们倏忽而过的阴郁，旋即将被遗忘"(Smith 1993: 235)；在这里史密斯首先聚焦个人经验，哀悼曾经的快乐时光一去不返，而后推己及人，但她同情的对象不仅仅是自己熟悉和亲近的人们，还包括那些历史长河中与她毫无干系的"无名者"(unremember'd)，颇为明显地拓展了 18 世纪对"同情"的特点、对象和内驱力的认识，也丰富了 18 世纪主体间性与社会性的文学表达。

从《挽歌十四行诗》至《移民》再至《比奇角》，史密斯的抒情对象从个人扩大至特定公共对象再至全人类，抒情的目的从表达自我、引发共情发展到以同情承载教化之用，形成了其独特而完善的情感诗学体系，一方面继承了 18 世纪"文以载道"的文学传统，另一方面开辟了英国浪漫主义"以情动人"的文学新范式。

三、体裁创新：不规则新范式

史密斯对 18 世纪英国文坛十四行诗复兴的贡献有目共睹，除了前文提及柯勒律治对其先驱地位的肯定外，华兹华斯亦称史密斯为“第一位在十四行诗领域有所造诣的现代诗人”(转引自 Roberts 1)。卡润在其专著《诗歌形式与英国浪漫主义》(*Poetic Form and British Romanticism*, 1986)的第三章中从文学传统的角度论及十四行诗的“前世今生”：“在约翰·弥尔顿(John Milton, 1608—1674)去世后的一个世纪里，十四行诗几乎从英国文坛消失，此古怪现象无法用‘不太适合英语语言’这样的托词来掩盖。相反，这其实是 18 世纪离间自身与伊丽莎白时代文化的症候表现，18 世纪普遍认为伊丽莎白时代的人们尚未开化，他们的文学范例自然会被后来文雅的语言、构思和韵律所取代”，“‘早期的十四行诗充满了夸张粗俗的情感，任何有教养和品味的读者都会觉之恶心不堪’”(Curran 1986: 29)。由此可见，18 世纪对十四行诗的排斥实际上是新古典文论对情感的责难和对规整形式的要求，18、19 世纪之交十四行诗的再度流行则与浪漫主义思潮对情感的重视并行而生；然而“十四行诗的复兴……不只是对内心痛楚和过剩情感的沉迷，而是一场货真价实的艺术运动，充满了热情、积极的创新和对传统的颠覆”(同上 31)，史密斯正是这场艺术运动的领军人物。

贝珊·罗伯茨(Bethan Roberts)所撰写的《夏洛特·史密斯与十四行诗：形式、地方与 18 世纪末传统》(*Charlotte Smith and the Sonnets: Form, Place and Tradition in the Late Eighteenth Century*, 2019)是学界第一部聚焦史密斯十四行诗创新的专著。该专著采用文化诗学的研究路径，将史密斯的十四行诗创作置于十四行诗体裁自弗朗齐斯科·彼特拉克(Francesco Petrarca, 1304—1374)至弥尔顿的历史发展进程，18 世纪的启蒙传统和感伤传统，以及 18、19 世纪之交浪漫主义萌芽之势中进行考察；以史密斯十四行诗中最常出现和最突出的几大意象(夜莺、河流、大海、墓地、植物、蛛丝等)为线索，论述了史密斯与英诗十四行诗传统的关系。罗伯茨认为史密斯对上述意象的继承和创造性运用，使其与十四行诗传统形成了一种“若即若离”的独特关系：一方面，史密斯在其诸多十四行诗后的注释中详细交代了她所借鉴和挪用的诗人与诗句，并且多次谦虚地申称自己的十四行诗较前辈或同时代的大诗人(弥尔顿、彼特拉克、威廉·莱尔·鲍尔斯[William Lisle Bowles, 1762—1850]等)为“劣等”之作；另一方面，她在诗中大胆革新，引入了“汹涌的大海”等极少出现在传统十四行诗中的意象，丰富了十四行诗的表现范围。此外，在内容上，传统的十四行诗通常遵循“生命在艺术中实现永恒”的主旨思想与抒情范式，而史密斯则通过自然周而复始、充满美景活力与人生苦难际遇和郁闷情感的对比，颠覆了传统十四行诗单一的思想内核，使十四行诗与“感伤”这一前浪漫主义关键词联系在了一起；在形式上，史密斯通过无韵体的使用，意大利式十四行诗与英式十四行诗韵律的杂糅、诗句长短和诗行分页等手段，使“不规则”(irregular)的十四行诗形式成为其诗作的突出特征，解放了十四行诗对英语语言的限制。

以罗伯茨的研究发现为基础，不难总结出史密斯复兴与改革十四行诗体裁的文学史及诗学特点和重要性：首先，虽然十四行诗的复兴与18、19世纪之交以史密斯、罗宾森、安娜·西沃德(Anna Seward，1742—1809)等女诗人领衔的情感主义运动在时间上相吻合，但不能将史密斯对十四行诗形式、内容与抒情范式的创新简单地解释为与主流文学话语相疏离的女性亚文化产物[①]；罗伯茨的学术考证显然证明，史密斯与彼特拉克、弥尔顿开创的十四行诗传统，以及其同时代知名诗人托马斯·格雷(Thomas Gray，1716—1771)、托马斯·沃顿(Thomas Warton，1728—1790)、威廉·海利(William Hayley，1745—1820)和鲍尔斯等人的诗学思想与创作实践深入互动，借用其本人真实的生活体验为蓝本，再经由其作为女性特有的情感细腻程度将经验转换为作品，以《挽歌十四行诗》中90余首诗歌的形式，参与了对英国前浪漫主义至浪漫主义时期主流文学史的构建。其次，从其多首十四行诗呈现的诗学特点来看，史密斯的创作实践使十四行诗体裁达到了“形式”与“内容”相统一的美学高度。以《致织网的昆虫》(Sonnet 77 “To the Insect of the Gossamer”)为例，该首十四行诗由一个八行诗节和一个六行诗节组成，但“诗行内部的断句与停顿超越了这一结构和诗行结尾造成的分隔”(Roberts 148)，营造了形式上的不确定感，与诗歌内容所述的轻盈的小蜘蛛与蛛丝以及飘忽的希望与梦想相呼应契合。

除了对十四行诗的内容与形式进行革新之外，史密斯在《比奇角》中

---

① 美国女性主义批评家伊莱恩·肖瓦尔特(Elaine Showalter)在论著《她们自己的文学：英国女小说家从勃朗特到莱辛》(*A Literature of Their Own: British Women Novelists from Brontë to Lessing*, 1977)中认为在男权社会的话语体系中，女性文学传统是一种“文学亚文化”。

对抒情长诗的体裁包容性也进行了大胆尝试。学者多尼尔·鲁伊(Donelle Ruwe)对该诗的形式特征做出了全面总结:

> 《比奇角》是一首"诗人之诗"——一首742诗行的浪漫主义抒情片段诗,分为21个无韵体诗节,附有64个脚注,还嵌有两首共19诗行由"陌生人"创作的韵律诗。《比奇角》提到了25种不同的鸟类和26种地面植物的俗称与学名。它参与了浪漫主义时代的末世战争修辞,也颂扬了平凡、乡村生活、记忆、吟游诗人、崇高、感性以及创造性想象力。这首诗既有广阔的视角又有私密的感受,既有元诗性又有政治性。是一首相当不简单的诗歌。(Ruwe 300—301)

从鲁伊精准的概括中,不难看出该诗杂糅的形式风格,呈现出"片段诗"的突出特征,此观点在约翰·安德森(John Anderson)处得到了呼应与更详尽的解释,他在批评文章《"比奇角":马赛克式浪漫主义片段诗》("'Beachy Head': The Romantic Fragment Poem As Mosaic")一文中以马乔莉·列文森(Marjorie Levinson)在专著《浪漫主义片段诗》(*The Romantic Fragment Poem*, 2011)中提出的批评术语和范式为基础,将《比奇角》归类为"依附片段"(dependent fragment),认为"这是一首非常现代的艺术作品,一幅晦涩的、自我指涉的拼贴画",而解读这首诗的关键在于"认识到即便是未被承认的范例和来源也为这首诗提供了很大程度的启发,认识到这首经典之外的作品在很大程度上也根植于文学传统"(Anderson 551)。可以说,作为史密斯的最后一部长诗,《比奇角》融汇了她一生的情感、经历与知识——她把对昔日美好时光的追忆,对处于历史变革中的普通人命运的关注,对自然地理知识的爱好,对前代和同时代杰出诗人的涉猎变形重组,创作出了这首体裁杂糅包容的优秀作品。安德森认为在浪漫主义诗人中对于"片段诗"这一体裁的创作,"约翰·济慈(John Keats, 1795—1821)是最后一人,而史密斯是第一人;济慈受到珀西·比希·雪莱(Percy Bysshe Shelley, 1792—1822)、柯勒律治和华兹华斯的影响,而他们则受了史密斯的影响"(同上),由此可见,史密斯不仅是英国浪漫主义时期十四行诗复兴的先驱,也是浪漫主义片段诗创作的杰出范例。

《比奇角》的另一大形式特征在于诗后附录的60余条涉及地理、历史、植物学等多个领域的注释,其内容之丰富、介绍之详细,值得学者投以关注。其中一条注释显示史密斯曾对安娜·巴波德(Anna Barbauld,

1743—1825)之弟约翰·艾金(John Aikin, 1747—1822)的《将自然历史运用于诗歌创作的目的》("On the Application of Natural History to the Purposes of Poetry")一文颇为熟悉,艾金在该文中写道:"现代诗歌寡淡无味……用几乎相同的语言包裹着重复不变的意象","呈现出一种破败、衰弱、拘束的状态"(Aikin 1—3)。莎伦·拉斯顿(Sharon Ruston)指出,"他的批评当然是针对我们现在所称的奥古斯都派诗歌;他谴责当时的挽歌与颂歌'造作''封闭''千篇一律'的风格,要求更多地关注'自然慷慨赋予我们的壮观而优美的事物'"(Ruston),他呼吁诗人对自然进行科学考察式的精准描绘,因为"不以真实为基础的事物不可能真正美丽"(Aikin 25);"这种真实性也具有道德性质……因为它们'为人类提供了愉悦且具指导性的教义'"(Ruston)。这样一种追求将真、美、教化三者统一于对自然准确再现中的写作的终极指涉是对人性的重新认知,"正如艾金在《给儿子的信》中指出的那样:'人,无论处于何种形式和环境中,本质上都是动物——人类。他的天性时常会突破一切既定的制度束缚'(1800, Ⅱ, 311)"(同上)。艾金所言并非一家之见,与其同时代的动植物学家托马斯·彭南特(Thomas Pennant, 1726—1798)、外科医生托马斯·珀西瓦尔(Thomas Percival, 1740—1804)及其姐姐诗人巴波德等亦从不同侧面强调了对自然知识的充分掌握之于诗歌创作的重要性——赋予描绘对象以生机;提供返归乡土风貌之契机;培养以本真心灵认知经验之性情。史密斯在《比奇角》中对自然细致入微、精准详细的描述与附注,学习、借鉴与呼应了上述以艾金为代表的沃灵顿学院圈[①]以及约翰逊出版圈[②]对自然世界的敬畏和对人类心智发展方向的期许,启发了华兹华斯在《〈抒情歌谣集〉序言》中"无须对自然进行修饰与拔高"(Wordsworth & Coleridge 300)的主张,以及其在诗歌创作中透露的人类对"伟大而美丽的自然景物"产生"道德依恋"(同上 293)的思想。

① 沃灵顿学院(Warrington Academy)是18世纪英国一家重要的教育机构,艾金与巴波德之父约翰·艾金(John Aikin, 1713—1780)曾于其中担任首批教师,该机构培养了许多18世纪杰出的自然科学、医学从业者。

② 以18世纪伦敦著名出版商约瑟夫·约翰逊(Joseph Johnson, 1738—1809)为核心的思想社交圈,知名成员有约瑟夫·普里斯特利(Joseph Priestley, 1733—1804)、托马斯·珀西瓦尔(Thomas Perical, 1740—1804)、安娜·巴波德、约翰·艾金等。

结　　语

综上所述,18 世纪女诗人夏洛特·史密斯学习并借鉴了同时代知名画家威廉·吉尔品的"如画"理论,呼应且挑战了伯克的"崇高"美学,其笔下的自然呈现了风格独特的"如画美"与"崇高感";她的抒情诗作"煽情"而不"滥情",既包含对个人经验的真诚体悟,又涉及对公共话题的深切关注,与"秕糠派"等女性抒情传统和斯密、休谟领衔的同情话语形成了补充与对话;她的十四行诗创作在继承中改革了传统,使英式十四行诗的形式与内容愈发趋于和谐,她对长诗形式的创新是与当时的文学、科学、哲学思想相互动的结果。以自然、情感和体裁创新为核心的史密斯诗学是英国浪漫主义的前奏,为以华兹华斯的创作和理论为代表的英国浪漫主义诗学奠定了基础。

引用作品[Works Cited]:

Aikin, John. *An Essay on the Application of Natural History to Poetry*. Warrington: J. Johnson, 1777.

Anderson, John M. " 'Beachy Head': The Romantic Fragment Poem as Mosaic." *Huntington Library Quarterly* 63.4 (2000): 547 - 574.

Coleridge, Samuel T. "Introduction to the Sonnets." *The Poetical and Dramatic Works of Samuel Taylor Coleridge*. Ed. Richard H. Shepherd. London: Macmillan and Co, 1880. 129 - 132.

Craciun, Adriana. "Citizens of the World: Émigrés, Romantic Cosmopolitanism, and Charlotte Smith." *Nineteenth-Century Contexts* 29.2 - 3 (2007): 169 - 185.

Curran, Stuart. *Poetic Form and British Romanticism*. New York: Oxford UP, 1986.

——. " The I Altered." *Romanticism and Feminism*. Ed. Anne K. Mellor. Bloomington and Indianapolis: Indiana UP, 1988. 185 - 207.

——. "Introduction." *The Poems of Charlotte Smith*. New York: Oxford UP, 1993. xix - xxix.

——. "Charlotte Smith and British Romanticism." *South Central Review* 11. 2 (1994): 66 - 78.

Derbyshire, Valerie. *The Picturesque, The Sublime, The Beautiful: Visual Artistry in the Works of Charlotte Smith (1749 - 1806)*. Wilmington: Vernon Press, 2019.

Fletcher, Loraine. *Charlotte Smith: A Critical Biography*. Houndmills and New York: Palgrave Macmillan, 1998.

Gilpin, William. *Three Essays: On Picturesque Beauty; On Picturesque Travel; and On Sketching Landscape: to which is added a poem, On Landscape Painting*. London: Forgotten Books, 2012.

Hart, Monica S. "Charlotte Smith's Exilic Persona." *Journal of Literature and the History of Ideas* 8.2(2010): 305 - 323.

Holt, Kelli M. "Charlotte Smith's Beachy Head: Science and the Dual Affliction of Minute Sympathy." *Interactive Journal for Women in the Arts, 1640 -1830* 4.1 (2014): Article 3.

Hussey, Christopher. *The Picturesque: Studies in a Point of View*. London: Routledge, 1967.

Labbe, Jacqueline M. "Every Poet Has Her Own Drawing Master: Charlotte Smith, Anna Seward and ut pictura poesis." *Early Romantics: Perspectives in British Poetry from Pope to Wordsworth*. Ed. Thomas Woodman. London: Macmillan, 1998. 200 - 214.

——. *Writing Romanticism: Charlotte Smith and William Wordsworth, 1784 -1807*. New York: Palgrave Macmillan, 2011.

Pascoe, Judith. *Romantic Theatricality: Gender, Poetry, and Spectatorship*. Ithaca and London: Cornell UP, 1997.

Roberts, Bethan. *Charlotte Smith and the Sonnet: Form, Place and Tradition in the Late Eighteenth Century*. Liverpool: Liverpool UP, 2019.

Ruston, Sharon. "The Application of Natural History to Poetry." 〈https://www.liverpool.ac.uk/literature-and-science/archive/archiveofthepoetryandsciencehub/essays/ruston_hist/〉 (Accessed Feb.23, 2024).

Ruwe, Donelle. "Charlotte Smith's Beachy Head and the Lyric Mode." *Pedagogy*, 16.2(2016): 300 - 307.

Schwalm, Helga. "Sympathy across Eighteenth-Century Worlds: Proximity against Global Vision." *Postcolonial Studies* 23.3(2020): 313 - 329.

Showalter, Elaine. *A Literature of Their Own: British Novelists from Brontë to Lessing*. Princeton: Princeton UP, 1977.

Smith, Charlotte. *The Poems of Charlotte Smith*. Ed. Stuart Curran. New York: Oxford UP, 1993.

——. *The Collected Letters of Charlotte Smith*. Ed. Judith P. Stanton. Bloomington: Indiana UP, 2003.

Stanton, Judith P. "Introduction to Charlotte Smith's Letters." *The Collected Letters of Charlotte Smith*. Bloomington: Indiana UP, 2003. xiii - xxxii.

Wordsworth, William & Samuel T. Coleridge. *Lyrical Ballads*. Eds. R. L. Brett and A. R. Jones. London and New York: Routledge Classics, 2005.

Zimmerman, Sarah M. *Romanticism, Lyricism, and History*. Albany: State U of New York P, 1999.

M. H. 艾布拉姆斯:《镜与灯:浪漫主义文论及批评传统》,郦稚牛、张照进、童庆生译,北京:北京大学出版社,1989 年。

埃德蒙·伯克:《关于我们崇高与美观念之根源的哲学探讨》,郭飞译,郑州:大象出版社,2010 年。

陈师琴:"过渡阶段的独特贡献:夏洛特·史密斯诗学评述",《外国文学》,2020 年第 1 期,第 38—48 页。

大卫·休谟:《人性论》,关文运译,北京:商务印书馆,1996 年。

王欣:"英国浪漫主义女性诗歌的当代经典化",《外语与外语教学》,2011(a)年第 3 期,第 82—85 页。

——:"英国浪漫派情感诗学的女性先驱们——以罗宾森、史密斯为例",《外国文学评论》,2011(b)年第 2 期,第 84—94 页。

亚当·斯密:《道德情操论》,蒋自强、钦北愚、朱钟棣、沈凯璋译,北京:商务印书馆,2003 年。

《瓦特》中英语语言共同体之解构

魏妍妍*

内容提要：语言共同体虽是指使用同一语言的群体，但也包含历史、文化、民族身份等多重因素。贝克特的小说《瓦特》中的人物山姆和瓦特看似因共同使用英语而构成了小型语言共同体，实际上却再现了历史上英国政府通过一系列语言政策而建构的统治爱尔兰的政治实体。在“同者”山姆的话语霸权之下，“他者”瓦特被形塑为“爱尔兰疯子”。显然，处于弱势文化地位的瓦特无法真正融入其中，实现平等对话。但是，瓦特并未屈服于山姆的话语霸权，而是采用倒置话语的方式制造语言障碍，达到解构语言共同体的目的。由此可见，仅停留在语言层面的“平等”势必导致语言共同体的消亡，成员的身份认同和归属感应是语言共同体能否成立的关键所在。

关键词：萨缪尔·贝克特；《瓦特》；英语语言共同体；解构

Abstract: A language community transcends the mere utilization of lingua franca and encompasses multiple elements such as history, culture, and national identity. In Samuel Beckett's novel *Watt*, it seems that Sam and Watt constitute a miniature English language community. Actually, it represents the political entity established by the British government to rule Ireland through a series of language policies. Under the discourse hegemony of Sam (the One), Watt (the Other) is depicted as an "Irish madman". It is clear that Watt, in a disadvantaged cultural position, cannot truly integrate into it and communicate with Sam equally. However, Watt does not succumb to the discursive hegemony of Sam, and the language barrier is also his way to reverse discourse and deconstruct the language community. In this sense, "equality" at the level of language will only inevitably lead to the deconstruction of language community. The identity of members and their sense of belonging should be the crux of a language community.

Key words: Samuel Beckett; *Watt*; the English language community; deconstruction

---

* ［**作者简介**］：魏妍妍，河南师范大学比较文学与世界文学专业博士研究生，主要研究方向为英美文学、比较文学与世界文学。

《瓦特》(*Watt*, 1953)是贝克特(Samuel Beckett, 1906—1989)最后一部英语小说,这部小说充满了语言实验,被视为其创作风格的转折点。瓦特的语言障碍——作为贝克特语言实验的一种存在形式,其内涵存在多种解读。国外学者从多个角度分析了《瓦特》的语言特征。阿曼达·M. 丹妮丝(Amanda M. Dennis)从感官诗学的角度,强调《瓦特》中人物的沉默是贝克特在后期作品中建构语言意义的重要工具(Dennis 103—105);安娜·蒂克尔(Anna Teekell)指出,瓦特的失语症源于二战不可言说的伤痛(Teekell 248);凯文·哈特(Kevin Hart)认为,"《瓦特》展示了帝国主义的词汇和交流模式是如何崩溃的",显示了贝克特对语言标准化(language standardization)过程中政治因素的关注(Hart 518)。国内学者也对《瓦特》中的语言实验展开了深入研究,有学者结合时代背景指出瓦特的语言表征危机源自贝克特"直面'人'的虚妄"(陆建德 159),还有的学者认为瓦特的语言障碍展示了西方社会在二战期间的信仰危机(王雅华 vii)。后现代理论也是探究《瓦特》中语言实验的重要路径:贝克特的语言实验被视为进入虚无的工具(张士民 125);有的学者指出瓦特的语言表征危机来自"父亲式人物诺特的无能和冷漠"(曹波 2015: 64);《瓦特》中的语言困境也被置于语言哲学视域之下予以考察,贝克特意在以此传达"语言最有效误用之时,也即语言最有效运用之时"(荆兴梅 16)。但近年来,国内关于贝克特小说的研究较少从语言共同体层面解读《瓦特》,从这一角度分析瓦特的语言障碍不失为一条新的研究路径,同时也有助于加深人们对语言共同体的理解。

在界定《瓦特》中的英语语言共同体之前,辨析"言语共同体"和"语言共同体"这两个概念尤为重要。传统语言学家把"共同使用某种语言"作为言语共同体(speech community)的界定标准(祝畹瑾 29)。莱昂纳德·布隆菲尔德(Leonard Bloomfield, 1887—1949)将言语共同体定义为"使用相同语言符号系统的群体"(Bloomfield 29)[①]。约翰·J. 甘柏兹(John J. Gumperz, 1922—2013)认为语言共同体(linguistic community)是指因社交活动而结合在一起的单语或多语的社会群体,其规模可大可小(Gumperz 463)。[②] M. A. K. 韩礼德(M. A. K. Halliday, 1925—2018)认

① 原文为"A group of people who use the same system of speech-signals is a speech-community"。

② 甘柏兹重点关注社会交往,只要这一共同体内有自己独特系统的语言特征(如拥有自己的行话、俚语等)就可以称之为语言共同体。详见 Gumperz(460 - 472)。

为语言共同体(language community)是指"使用同一种语言的群体"(Halliday et al. 140)。[①] 言语共同体和语言共同体看似相同,但两者在界定标准及侧重点这两方面存在较大差异。在共同体界定标准方面,言语共同体以相同的语言使用规范为标准,而语言共同体将同一语言种类作为其前提条件。在研究重点方面,前者更关注其成员在语言使用中的细微差别,后者则关注某一语言种类何以成为语言共同体的标准语,对其成员产生怎样的影响,[②]这正是本研究关注的主要内容。

从上述语言共同体的内涵来看,贝克特小说《瓦特》中的两位主要人物,山姆和瓦特看似因共同使用英语这一标准语而构成了小型英语语言共同体(a miniature English language community)。然而,在话语实践中,身为英格兰人[③]的山姆显示出其强势地位,瓦特的语言特征则指向其爱尔兰民族身份。他们是这一语言共同体中的同者与他者,后者处于前者的压迫之下。事实上,这一小型英语语言共同体正是历史上英语语言共同体[④]的文学再现。因此,作为他者的瓦特无法真正融入其中。但他未完全屈从于山姆的话语霸权,而是通过倒置话语,制造语言障碍以解构语言共同体。究其实,语言共同体内民族身份的不平等所导致的话语霸权致使瓦特身份认同和归属感缺失,从而进一步激发他采用倒置话语抵抗主流话语。贝克特通过瓦特的语言障碍向读者表明:假如平等只停留在语言层面,民族身份的不平等注定使共同体成员无法产生真正的交流。在此意义上,小型英语语言共同体走向瓦解。因而,探究山姆与瓦特之间同者与他者的关系,回溯历史上英语语言共同体的形成史,分析《瓦特》中英语语言共同体之解构,有助于深入挖掘语言共同体成员身份认同和归属感的重要性,反思其本质内涵。

---

① 原文为"The language community is a group of people who regard themselves as using the same language"。

② 详见 Pütz, Fishman & Aertselaer(2006)。该书侧重语言共同体的标准语对其成员的影响,其对"语言共同体"这一概念的界定也是以"同一语言种类"为标准的。

③ 泛指在英语语言共同体中处于强势、同者地位的英国人,与爱尔兰人在英语语言共同体中所代表的他者相区别。

④ 主要包括英格兰人和爱尔兰人。下同,不再赘述。

一、山姆与瓦特：小型英语语言共同体的同者与他者

山姆是小说的叙述者，由他转述主人公瓦特在雇主诺特先生家中的经历。在这部小说特定的叙述环境中，这两位民族身份不同的人物看似因共同使用英语构成了小型英语语言共同体，但他们之间事实上却产生了同者(One)与他者(the Other)的权力关系。山姆在瓦特自述的过程中嘲讽他的话语形式“太像爱尔兰语了”(236)[①]。将山姆的话语放置于历史上英格兰和爱尔兰、殖民者和被殖民者的关系中进行分析，就可以看出，山姆对瓦特“爱尔兰风味”语言的讽刺与英格兰人对待爱尔兰语的态度是相同的：爱尔兰是野蛮的民族，他们的语言也同样低俗。共同体中语言地位的差异意味着民族地位的不同(Esman 381)，山姆对待瓦特所持语言的态度也暗示了他们民族身份的不平等关系。山姆的优越感不仅限对待瓦特一人，也暗含着他对瓦特所代表的爱尔兰民族的鄙夷和排斥，他用这种方式令其处于英格兰民族语言文化的阴影之下。爱尔兰式英语展示了爱尔兰人的困境：虽然他们与英格兰人使用同一种语言，但“平等”只停留在使用同一语言的假象中。

除讽刺瓦特“爱尔兰风味”的语言之外，山姆还对瓦特的叙述内容进行了增删。瓦特在诺特先生家中的经历是通过山姆向读者展示的，在讲述瓦特故事的过程中，山姆提到：

> 可是，除此之外，瓦特这样的一个人要讲一个瓦特式的漫长的故事，却不遗漏一些事情和事物，添加一些事情和事物，这是很难的。而且，这并不意味着，我就不会把瓦特告诉我的事情和事物遗漏一些……不把人家没有讲述过的事情和事物，从未讲述过、根本就没有讲述过的事情和事物，添加一些进去，那真是太难了。(174)

引文所述可见，瓦特的故事经过了山姆的“加工”。山姆认为，瓦特不可能不增添或者遗漏事实。但是，瓦特的整个故事都经由山姆转述，瓦特对自己叙述内容“添加一些事情和事物”的行为仅是山姆的主观臆断。与此类似，瓦特对叙述内容的遗漏也源自山姆自身的因素。这体现了山姆作为

① 本文所有《瓦特》的引文均出自中译本贝克特(2016)，下文仅标注页码，不再一一说明。

同者对瓦特不同程度上的话语压制。从这两者之间"同者"与"他者"的关系来看,转述者山姆对瓦特叙述内容的增删绝非无意之失,而是他试图夺取瓦特话语权、抹杀其民族特性而采用的手段。

此后,山姆的话语再次表明,他遗漏瓦特部分叙述内容的行为是有意为之。在转述过程中,山姆对瓦特的自述经历做出了如下评论:

> 可是,瓦特说话就像在让人做听写,或者说在背诵一篇课文,鹦鹉似的,由于反复口授或者背诵(让人做听写、让听话者做笔记),简直让人耳朵起茧。这奔腾不断的咕哝声,由于我的听觉和理解力都不甚完好,许多都成了耳旁风,而且疾风刮来,许多都吹跑了,永远找不回来了。(217)[①]

在山姆看来,瓦特的诉说是持续的,甚至是"鹦鹉似的"背诵性的重复,且他声称自己"听觉及理解力都不甚完好",故意省去了瓦特的部分叙述内容。事实上,山姆并非因自身听觉和理解力的缺陷而错过瓦特的叙述内容,他只是厌倦了瓦特的重复话语、刻意忽视其叙事内容。瓦特虽然有强烈的讲述欲望,但山姆却无意倾听、理解其话语意义,而是把它当作耳旁风。他的刻意忽略让瓦特的话语沦为毫无意义的空壳,这场对话演变成瓦特一个人的自言自语。事实上,无论是由于瓦特自身"鹦鹉似的"重复、"像在让人做听写"般的语速、类似"背诵"的"奔腾不断的咕哝声",还是山姆本人"听觉及理解力"的缺陷,二者交流的最终结果都呈现为山姆"主动"省略了瓦特的部分叙述内容。因此,山姆对瓦特故事的轻慢态度不单纯针对其叙述内容,他的真正目的在于通过这一行为显示自身的话语权力。换言之,其目的在于显示自身作为语言共同体中同者的话语霸权,而他对瓦特的话语压制并不仅限于此。

接下来,山姆进一步篡改了瓦特的叙述顺序。他在叙述过程中明确指出,瓦特的叙述顺序存在问题:

> 正如瓦特把自身故事的开头讲了,不是在第一部分,而是在第二部分,所以不是在第四部分,而是在第三部分,现在他讲故事的结尾了。二,一,四,三,这就是瓦特讲述自身故事的顺序。(就连)英雄体四行诗(也)没有别的叙述方式了。(306)

① 出于文本分析的需要,本段引文在中译本贝克特(2016)基础上做出了部分修改。下同,不再赘述。

由引文可见,小说分为四个部分,瓦特讲述自身故事的叙述顺序是"二、一、四、三"。但是,山姆认为他应该在第一部分,而非在第二部分才开始讲述故事的开头;应该在第四部分而非第三部分讲述故事的结尾。他甚至嘲讽说:"(就连)英雄体四行诗(也)没有别的叙述方式了"(306)。山姆认为叙述事件应该有准确的时间顺序,因此他从自己的逻辑出发,将瓦特的故事顺序进行了重新排列,篡改瓦特叙述内容的顺序以迎合自己的叙述规范。很明显,山姆是在用语言共同体中同者的标准来要求瓦特,这是对其话语权的压制,也是建构瓦特"他者"身份的方式。叙述者可以在话语场域内通过讲述他人的故事来建构其形象和身份(梁晓冬 267)。在这一小型英语语言共同体内,山姆全然不在意瓦特叙述顺序的原貌,将其叙述顺序更改为所谓正确的顺序。故事顺序的细微更改也会影响读者的理解,瓦特的故事经由山姆的篡改之后早已面目全非,读者再无法获知故事的全貌。他利用自身的话语权力,蓄意将瓦特建构为一个说话颠三倒四、满口呓语的"爱尔兰疯子"形象。

值得注意的是,疯癫是"'社会空间'中的一个知觉对象,它是历史过程中由许多方面构成的,是由多种社会实践,而不是由一种集体感觉所捕捉到的"(刘北成、杨远婴 275)。同样,山姆将瓦特建构为"爱尔兰疯子"的根本原因在于他们之间同者与他者的关系。正因此,我们就更需要将这一现象还原至相应历史及社会实践中予以考察、分析,以理解山姆将瓦特建构为"爱尔兰疯子"的原因。

山姆和瓦特组成的小型英语语言共同体再现了英国历史上的英语语言共同体,凸显了英格兰人对爱尔兰民族、语言、文化的压制。纵观历史,英国政府曾多次制定法案强迫爱尔兰人使用英语以改变爱尔兰的语言、文化及民族身份。早在1295年,英国国王爱德华一世(Edward Ⅰ, 1239—1307)就声称法国想要消灭英格兰民族和他们的语言(伯克 21—22)。他们此时已经深刻意识到语言与民族的密切联系,认为共用的语言可以使统治变得容易(马歇尔 184)。1366年,第一代克拉伦斯公爵安特卫普的莱昂内尔(Lionel of Antwerp, 1338—1368)制定的《基尔肯尼法令》(*The Statute of Kilkenny*)规定居住在英、爱混合地区的爱尔兰人必须使用英语、沿用英国人的习俗(柯蒂斯 211)。虽然这一法令的主要目的是避免爱尔兰的英国人盖尔人化(Crowley 14),但这一行为显然表明英国政府认为爱尔兰人是低等的,这也是他们试图将爱尔兰人英国化、建构英语语言共同体的第一步。1536年,亨利八世(Henry Ⅷ, 1491—1547)在戈尔韦(Galway)进行公众演讲，提倡爱尔兰人使用英语、送孩子去学校学习英语。1537年，《英国秩序、习惯和语言法案》(*1537 Act for the English Order, Habit and Language*)颁布，这一法案限制使用爱尔兰语，违者甚至会受到惩罚；法案要求爱尔兰的主教和教会学习英语并用英语布道；同时，这一法案再次强调爱尔兰人应根据自身的情况，尽可能让孩子学习英语(同上 21—22)。亨利八世甚至希望"利用驯良的主教和贵族把爱尔兰改造成第二个英格兰"(柯蒂斯 321)。因此，在爱尔兰推行英语的语言政策、建构英语语言共同体成为英国在政治上更有力地控制爱尔兰、扼杀其民族特性的手段。英格兰人把自己的语言强加给爱尔兰人，而后者的语言、文化却被随意抹杀。瓦特的爱尔兰式英语被山姆鄙夷的状态与爱尔兰人在英语语言共同体中的境况相同，山姆篡改瓦特叙述内容、叙述顺序以剥夺其话语权、将其建构为说话颠三倒四、满口呓语的"爱尔兰疯子"形象的行为也与英国历史上对爱尔兰语的同化政策如出一辙。正如历史上英国政府强行在爱尔兰推行英语一样，山姆也试图对瓦特进行语言操控，扼杀其民族身份。

由此可见，语言不单纯作为交流或传递信息的工具出现，历史上的语言政策具有政治性。国家统治者认为语言的统一化可以消除不公平及不同民族之间的差异，是其重视公平的表现(Schubert 17—18)。事实上，同化是压迫的信号(宋银秋、穆婉姝 180)，作为英裔爱尔兰人的贝克特深知这一点。以英语为统一语言的共同体看似消除了民族语言之间的差异，实际上，这一被规定的统一语言正在以一种温和的方式行使它的霸权，压制其他民族的语言。如侯明华所论，语言统一化导致标准语之外的语种成为低劣的语言(侯明华 242)。作为这一语言共同体的标准语，英语的统一使用就是对其他民族语言的打压，迫使其处于边缘地位。以上英国对爱尔兰实行的一系列语言政策都表明，建构英语语言共同体的行为是极具政治性的。在这种看似和谐的表面之下，是英格兰人对爱尔兰民族、语言、文化的压制。这一情况和贝克特自身的经历都促使他反思语言共同体的内涵。正如乔治·拉伦(Jorge Larrain)所言，不同文化的冲突和不对称导致文化身份问题(Larrain 142—143)。单从语言来看，英格兰与爱尔兰民族处于同一个语言共同体，但是双方所属民族的地位不平等。爱尔兰人作为其所属语言共同体的"他者"，处于弱势文化地位。面对如此境况，贝克特通过《瓦特》中的小型英语语言共同体来展现他对这一概念中民族、语言、文化内涵的思考。

二、瓦特的语言障碍：小型英语语言共同体之瓦解

如前所述，山姆与瓦特组成的小型英语语言共同体是贝克特对历史上英国建构的英语语言共同体的文学再现。作者清楚地认识到，英国政府仅以语言种类作为语言共同体成立的标准，其成员的民族身份并未随语言的一致而趋于平等。山姆与瓦特、同者与他者的关系就源自贝克特对英语语言共同体内民族身份不平等的深刻感知。在贝克特看来，在这一语言共同体内，英语无法成为人们沟通交流的工具。早在1930年的《论普鲁斯特》(*Proust*)中，他就认为人与人之间"绝无沟通可言"(Beckett & Duhuit 63)。与此同时，他认为作品应表现"友谊"的缺失(同上 64)。曹波指出，贝克特所提出的"友谊的缺失"即"沟通的缺失"，也就是共同体的崩溃(曹波 2016：62)。确实，贝克特对人与人之间沟通状态的表述与语言共同体息息相关，他对人与人之间沟通、理解无能的洞察最终表现为瓦特通过倒置话语，制造语言障碍以解构英语语言共同体的行动。

瓦特的语言障碍首先表现为他无法匹配语言的能指与所指。在瓦特的主人诺特先生家中，他看到厨房中做饭的容器，却无法准确说出这个容器的名称：

> 它像一只锅子，几乎就是一只锅子，可是它不是一只人们对它说锅子、锅子就能心安理得的锅子。即使它丝毫不差地履行了锅子的一切功能，完成了锅子的一切义务，那也无济于事，它不是一只锅子……因为瓦特有把握，对于除他之外的任何人，那只锅子仍然是锅子。对于瓦特一个人而言那只锅子，不再是锅子了。(109—110)

正如曹波所指出的，《瓦特》中的"意义似乎总是缺场，或延误在无限的能指链中"(曹波 2016：58)。"锅子"在瓦特这里失去了其能指内涵，他无法把"锅子"这个能指符号与真实世界中的所指相联系，能指的概念世界与所指的真实世界产生断层。瓦特对"锅子"这一简单事物尚且存在语言障碍，其他能指与所指之间的匹配于他而言就更是难题。在笔者看来，结合贝克特的爱尔兰民族身份来分析瓦特的语言障碍，可以发现，瓦特的语言障碍不仅体现了"二战中的信仰危机"(王雅华 vii)，或是贝克特进入虚无

的工具(张士民 125)以及“父亲式人物诺特的无能和冷漠”(曹波 2015：64),更揭示了语言与民族身份、文化压制的关系。

凯文·哈特曾指出,“语言的固定用法剥夺了人们谈论、认同和认识自己的机会”(Hart 521)。以山姆为代表的同者所构建的话语霸权赋予“锅子”特定的能指符号,英语作为主流话语导致瓦特只能将面前的容器命名为“锅子”。因此,瓦特缺乏对“锅子”的自主认知和表达能力,也就更无法认识自我。主流话语所提供的主体位置与瓦特的个人利益相抵牾,影响了他的自我认知,“针对主体位置的抵抗力量随之产生”(Weedon 112—113)。诚如陆建德所言,语言障碍使瓦特“直面‘人’的虚妄：他可以称自己为一只盒,或一只瓮。瓦特的结果不难预料,他弃绝盲目,获得睿智,但被在语言神话奴役下的世人送到精神病院”(陆建德 159)。在山姆看来,瓦特无法匹配面前的容器与“锅子”这一能指符号的状态是疯癫的表现。但事实上,瓦特的语言障碍打破了语言神话的面具,更新了“人”对语言的认知,这是他试图通过倒置话语打破主流话语模式、重新赋予事物能指符号的前兆。

瓦特的语言障碍并非被动的,而是贝克特借用瓦特之口、采用倒置话语(reverse discourse)打破旧有语言规范、反抗语言奴役以解构语言共同体的主动行为。倒置话语“通过重新评价并反转被主流话语贬抑的话语、知识、主体位置,来达到颠覆主流话语的目的”(黄华 43)。以此观之,瓦特正是试图通过倒置话语,制造语言障碍以反转被主流话语贬抑的话语。他无法匹配事物能指符号的状态预示了他接下来使用自身话语模式为身边所有事物举行“命名仪式”的行动：

> 有时候,瓦特对语意援助的需求十分强烈,驱使他给事物冠以名字,给自己冠以名字,就像女人给帽子冠以名字一样。因此对于那个伪锅子,他会三思而后说,那是盾牌,要不,再大胆一点儿,就说那是乌鸦,如此等等。(111)

引文所述可见,瓦特不再使用主流话语规定的“锅子”这一特定能指符号定义他面前的这一容器,而是为周围的事物重新定义、命名。换言之,他不再屈服于主流的话语模式,而是主动反转了语言共同体中处于边缘地位的话语。一旦逃脱了主流话语,瓦特也就转变为对叙述内容存有话语权的主体。在这种情况下,瓦特的语言障碍反而成为他自我言说的象征。很明显,瓦特的语言障碍是贝克特有意为之。他以此解构了山姆所建构的疯癫形象,将这一原本"异类的""弱势的""疯癫的"人物转化为一个正向的、对抗主流话语的形象,显示了"倒置话语"的力量。

瓦特的"倒置话语"在前期仅表现为举行"命名仪式",后期则完全进化为颠覆词语和句子的顺序以建构自己的话语模式:

> 要圈转,淡暗糊模,暗黑躯身。要打敲,声低气吹,声低气吹。要皮剥,共总量重,共总量重。要闻嗅,浊污臭馊。要尝品,酸发爽甜,酸发爽甜。
>
> 虽说我们一起踱步,胸部贴着胸部,但对我来说,这些声音起初没有什么意义,甚至根本就没有意义。(231)

瓦特的话语模式一直处于语序、词序的颠覆之中。"模糊暗淡"被他称为"淡暗糊模",而"甜爽发酸"则被他修改为"酸发爽甜",此类异于主流话语的模式成为他的表达方式。处于统治地位的人一般使用合法化的标准语言,而被支配者所使用的多是蹩脚的或不符合规范的语言(陈秀 54)。但是,被支配者所使用的不符合规范的语言并不总展示他们的被支配地位,也可能显示着权力的变更。恰如米歇尔·福柯(Michel Foucault, 1926—1984)所言,"各种力量关系的旋转柱石永不停歇地通过他们不平等关系引出各种局部的和不稳定的权力形态"(福柯 60)。正是由于力量关系之间的不平等状态,权力才不是一成不变的。力量关系之间的不平等或是目的的改变都会引起权力的改变,因而权力总是处在动态变化之中。

山姆与瓦特也处于不平等的力量关系之中,同时,瓦特此处的话语模式不符合权力者规范,体现了他们权力关系的变更,也预示着小型英语语言共同体的瓦解。山姆原本拥有语言的掌控权,而瓦特颠三倒四的叙述方式原本被置于劣等位置,他个人的主体性也因话语被边缘化而处于被压制的地位。但是,瓦特不仅没有修改自己的叙述模式,反而更甚于之前的叙述行为,他通过以语言障碍为表现方式的倒置话语扭转了话语霸权。他的非常规话语,即句子顺序、词语顺序、字母在词语里顺序的错置带给山姆无尽的困扰。山姆无法理解瓦特的话语,认为"这些声音起初没有什么意义,甚至根本就没有意义"(231)。对比之前山姆把瓦特话语当作耳旁风的做法,他此时无法理解瓦特话语的原因绝非在于他作为"同者"面对"他者"的不屑态度,而是在于瓦特使用非常规语言造成的意义含混。山姆被迫失去了理解瓦特话语的权利,也就意味着他无法更改瓦特的话语内涵,瓦特的话语因而得以不被扭曲。山姆从"不屑于倾听"瓦特话语变为“无法理解”瓦特话语的状态，这一转换不只是简单的意义理解问题，而是话语权的丧失。瓦特则从被支配者转变为话语权的持有者，在此意义上，二者之间的话语权力经由瓦特采用倒置话语的行为得以转换。同时，权力关系的改变也加剧了他们语言沟通的困难，小型英语语言共同体就此瓦解。

结语：英语语言共同体之思

历史上的英国政府仅以语言作为语言共同体标准，却并未将不同民族置于平等地位。同样，从语言种类这一标准分析，山姆和瓦特同属一个小型英语语言共同体；从民族身份角度观测，二者却处于不平等的地位。面对强势的英格兰文化，瓦特不得不使用英语这一殖民者的语言，其爱尔兰民族身份又导致他无法在情感上融入这一共同体，他在这两种语言所代表的民族身份之间极限拉扯。通用语能够团结一个国家，同时也会使其成员产生分裂感（Garvin & Mathiot 369）。一个语言共同体可以因被规定为通用语的语言而联结在一起，其成员因这一共用语言而更具有凝聚力；与此同时，不以这一共用语言为母语的成员则会因此形成对立、隔阂。于瓦特而言，虽然他和山姆使用同一种语言，但二者的民族地位不平等，这一语言共同体无法使他产生身份认同和归属感。因此，他通过倒置话语的方式制造语言障碍，对抗主流话语模式的语言霸权，从而达到解构英语语言共同体的目的。

从《瓦特》中英语语言共同体成员无法融合和相互理解的状态来看，语言共同体绝非仅靠语言就能够成立，贝克特的作品促使我们反思这一概念更加复杂、深刻的内涵。语言共同体被定义为“使用同一种语言的群体”，“群体”本身就包含不同民族、不同宗教信仰、不同社会阶层及不同领域的人，这一概念显然已经触及了语言共同体成员身份的复杂性。然而，语言被视为语言共同体的唯一分类标准，却忽略了其成员因民族身份不平等导致的问题。贝克特虽未指明何为真正的语言共同体，但他显然已经意识到民族地位的平等、共同体成员相互理解而产生的身份认同和归属感应该在其中占据重要位置。费迪南·滕尼斯（Ferdinand Tönnies，1855—1936）也认为最高形式的共同体依靠“相互理解或共识（mutual understanding or consensus）”将人们团结为一个整体（Tönnies 32—33）。同一种语言种类是语言共同体成立的外在因素，而成员在“相互理解”基础之上形成的身份认同和归属感，则是语言共同体真正得以成立的内在因素，两者相辅相成。只停留在语言层面的平等必然会导致语言共同体的消亡。

引用作品[Works Cited]：

Beckett, Samuel & Georges Duhuit. *Proust and Three Dialogues with Georges Duthuit*. London: John Calder, 1999.

Bloomfield, Leonard. *Language*. Beijing: Foreign Language Teaching and Research Press, 2001.

Crowley, Tony. *The Politics of Language in Ireland 1366 – 1922*. London and New York: Routledge, 2000.

Dennis, Amanda M. "Glitches in Logic in Beckett's *Watt*: Toward a Sensory Poetics." *Journal of Modern Literature* 38.2(2015): 103 – 116.

Esman, Milton J. "The State and Language Policy." *International Political Science Review* 4(1992): 381 – 396.

Garvin, Paul L. & Madeleine Mathiot. "The Urbanization of the Guarani Language." *Readings in the Sociology of Language*. Ed. Joshua A. Fishman. The Hague: Mouton, 1968. 365 – 374.

Gumperz, John J. "Types of Linguistic Communities." *Readings in the Sociology of Language*. Ed. Joshua A. Fishman. The Hague: Mouton Publishers, 1968. 460 – 472.

Halliday, M. A. K., Angus McIntosh & Peter Strevens. "The Users and Uses of Language." *Readings in the Sociology of Language*. Ed. Joshua A. Fishman. The Hague: Mouton, 1968. 139 – 169.

Hart, Kevin. "'Words Fail Us': Beckett, Leacock, and Johnson." *Irish Studies Review* 26.4(2018): 510 – 530.

Larrain, Jorge. *Ideology and Cultural Identity: Modernity and the Third World Presence*. Cambridge: Polity Press, 1994.

Pütz, Martin, Joshua A. Fishman & Jo Anne Neff-van Aertselaer. *"Along the Routes to Power": Explorations of Empowerment through Language*. Berlin: Mouton de Gruyter, 2006.

Schubert, Klaus. "Interlinguistics: Its Aims, Its achievements, and Its Place in Language Science." *Interlinguistics: Aspects of the Science of Planned Languages*. Ed. Klaus Schubert. Berlin/New York: Mouton de Gruyter, 1989. 7 – 44.

Teekell, Anna. "Beckett in Purgatory: 'Unspeakable' Watt and the Second World War." *Twentieth-Century Literature* 62.3(2016): 247 - 270.

Tönnies, Ferdinand. *Community and Civil Society*. Trans. Jose Harris and Margaret Hollis. New York: Cambridge UP, 2001.

Weedon, Chris. *Feminist Practice and Poststructuralist Theory*. New York: Basil Blackwell, 1987.

P. J. 马歇尔主编:《大英帝国史》,樊新志译,北京:世界知识出版社,2018年。

艾德蒙·柯蒂斯:《爱尔兰史》,江苏师范学院翻译组译,南京:江苏人民出版社,1974年。

彼得·伯克:《语言的文化史:近代早期欧洲的语言和共同体》,李霄翔等译,北京:北京大学出版社,2007年。

曹波:《贝克特失败小说研究》,北京:商务印书馆,2015年。

——:"贝克特小说中共同体的解体",《外语与翻译》,2016年第1期,第56—62页。

陈秀:《翻译的社会学途径—以布迪厄的社会学理论为指导》,杭州:浙江大学出版社,2016年。

黄华:《权力,身体与自我——福柯与女性主义文学批评》,北京:北京大学出版社,2005年。

侯明华:"近代欧洲的语言与共同体——读《语言的文化史》",《学术界》,2016年第6期,第239—328页。

荆兴梅:"维特根斯坦的梯子:语言哲学视阈中的斯泰因和贝克特",《外语学刊》,2016年第4期,第13—17页。

刘北成、杨远婴:"译者后记",载《疯癫与文明》,米歇尔·福柯著,北京:生活·读书·新知三联书店,2012年,第274—277页。

陆建德:"自由虚空的心灵——萨缪尔·贝克特的小说创作",载《从现代主义到后现代主义》,柳鸣九主编,北京:中国社会科学出版社,1994年,第145—167页。

梁晓冬:"身份焦虑与暴力叙述:达菲诗歌的移民共同体书写",《英美文学研究论丛》,2022年秋,第255—270页。

米歇尔·福柯:《性经验史》(增订版),佘碧平译,上海:上海世纪出版集团,2005年。

塞缪尔·贝克特:《瓦特》,曹波、姚忠译,长沙:湖南文艺出版社,2016年。

宋银秋、穆婉姝:"对西方自由主义视角下'语言消亡'不同诠释的批判",《东北师大学报》(哲学社会科学版),2009年第4期,第177—180页。

王雅华:《走向虚无——贝克特小说的自我探索与形式实验》,北京,北京语言大学出版社,2005年。

张士民:《贝克特的边界景观:退却的游戏》,北京:外语教学与研究出版社,2009年。

祝畹瑾主编:《社会语言学概论》,长沙:湖南教育出版社,1992年。

《现代骑士》的复调叙事与代议制政治*

袁先来**

内容提要：休·亨利·布拉肯里奇曾是威士忌叛乱的重要见证者，这场地方抗争运动是对联邦权力的首次重大考验。其小说《现代骑士》以讽拟体的对话性形式，对事件背景中贵族精英的自以为是进行了讽刺，也对大众民主的狂热与自命不凡进行了嘲讽，试图平衡傲慢的贵族共和与激进的大众民主之间的冲突，从而化解国家政治的风险。布拉肯里奇是从居间者角度提出对话性的民主审议设想，以调节直接民主的地方传统和联邦代议制之间的分裂、矛盾与分歧。

关键词：休·亨利·布拉肯里奇；《现代骑士》；联邦党人；民主审议；公共领域；代议制

Abstract: Hugh Henry Brackenridge had been a key witness to the Whiskey Rebellion, a local resistance movement that was the first major test of federal power. His work, *Modern Chivalry*, a polyphonic novel in the form of satirical dialogue, satirizes the self-righteousness of the elite aristocrats as well as the fanaticism and pretentiousness of the mass democrats, thus alleviating the contradiction between the arrogant aristocrats who advocated the republican system and the radical populace who paraded democracy, and thereby defusing the risks of national politics. From the perspective of an intermediator, Brackenridge initiated the pro-dialogue democratic deliberation hypothesis so as to work on the deviation, contradiction and divergence between the conventional local practice of direct democracy and the representative political system of the federal government.

Key words: Hugh Henry Brackenridge; *Modern Chivalry*; The Federalist; Deliberate

---

* ［**基金项目**］：本文系作者主持的国家社科基金一般项目“美国革命时期的文学话语生成与国家形象建构研究(1750—1800)”(18BWW058)的阶段性研究成果。

** ［**作者简介**］：袁先来，东北师范大学文学院教授，主要从事美国早期文学与宗教、政治关系之研究。

Democracy; Public sphere; Representative system

休·亨利·布拉肯里奇(Hugh Henry Brackenridge, 1748—1816)的七卷本流浪汉小说《现代骑士》(*Modern Chivalry*, 1792—1815)反映了宪法颁布初期美国(西部)民主思想的逐步发展,以及联邦主义在18世纪90年代从雄踞政坛到迅速衰落的过程,是探索美国早期政治格局无可替代的虚构作品。《现代骑士》松散、不连贯的情节,频繁论证、插话、评论的元叙事形式,非常适合联邦政治复杂情形的复调性表达。罗伯特·弗格森(Robert Ferguson)曾令人信服地提出小说中"民主国家的政治主题,为一部松散的流浪汉小说提供了目的和动力"(Ferguson 122)。1787年美国宪法确定了一个代议制形式的政体架构,达纳·尼尔森(Dana Nelson)指出,"美国的政治系统是一个代议制共和国,确切地说,不是一个民主国家"(Nelson 2011: 389)。而《现代骑士》情节结构的核心,就是围绕当时的政治形势特别是民主审议(Deliberate Democracy)进程来展开的,全景式地呈现了18、19世纪之交美国联邦党人和共和党人之间、精英阶层和普通民众之间在坚持传统权力和要求通过选举重新分配权力之间的紧张关系,"激烈的、高度紧张的(但隐含的)争论首先集中在美国的意义和谁是它的合法继承人上"(Elliott 1991: 19)。布拉肯里奇不只是"将小说作为进行政治审议的另一种手段"(Koenigs 60),或"有助于分散中央集权的傲慢"(Rice 139),富有成效地呈现"直接民主的地方传统和联邦代议制秩序之间产生的紧张关系"(Nelson 2016: 68),更是以讽拟体的方式探索新国家内部各阶层之间的核心政治立场与矛盾,描摹美国建国初期西部边疆代议制的实施困境以及发展可能。

一、法拉戈上尉的说教

《现代骑士》虽然篇幅冗长,但基本情节比较简单。小说中有两个主要人物,"具有良好自然意识和相当知识"的法拉戈上尉和他精力充沛、不识字、经常不听话但又渴望在革命后世界崛起的仆人蒂格·奥雷根,他们一起在宾夕法尼亚州边区漫游,并目睹新获得权利的公民如何处理他们的政治事务。复杂的政治格局、立场与态度,以及对社会的讽刺主要源于这对伙伴与当地人物的互动,而互动的大部分情节都围绕着类似的情节展开：蒂格总是受到民众推举，处于被授予某种荣誉、被任命担任某种公共职位的边缘，而他似乎并不配拥有这些荣誉或职位，它们包括：国会议员、长老会牧师、美国哲学学会成员、印第安部落酋长等。蒂格因此持续尝试实现自己的抱负与野心，也不断获得普通民众的支持，而法拉戈则反过来不断挫败蒂格的野心。

蒂格是美国平民民主梦想的象征人物，即使他是一个文盲移民，“受教育程度很低”，也不妨碍他在新世界追求成功，也就是实现作者说的“雄心勃勃的精神”(Brackenridge 24)。[①] “在一个新的国家里，”法拉戈告诉蒂格，“除了你的性格外，没有别的东西可以依靠”，但是布拉肯里奇对蒂格的性格“只字不提”，如同一个同样需要定义的新国家一样，他也是一个需要定义的人，“因为他的名字就意味着他是什么”(6)——“蒂格”(Teague)就是爱尔兰人的意思。布拉肯里奇向他的读者解释说，读者已经从跨大西洋的英国戏剧传统中熟悉了它的意思，而且“美国的中部各州和西部地区一般都有一半的爱尔兰血统”(405)。在这一传统中，爱尔兰人被表现为无知的小丑，却有着雄心勃勃的抱负(Smith 14—19)，小说借此表达出对蒂格的种族与阶层评价。不过，尽管蒂格持续地制造混乱和纠葛，但这显示出他具有极强的可塑性。更重要的是，在漫游的过程中，蒂格遇到的民众几乎都赞同这个仆人的观点，并准备帮助他在这个世界崛起。蒂格先后有机会成为各种公众人物，无知和浓重的口音在公众眼中反而是一种滑稽的优势。此外，乡下的选民们对他们想选谁就选谁的权利感到兴奋。布拉肯里奇的讽刺对象与其说是蒂格，不如说是那些在他看来没有审慎考虑的民众，他们意识不到一个泥腿子是多么不适合担任公职。在蒂格出人头地的成功机会和法拉戈为阻止他而做出的利己努力之间的持续冲突中，相关叙述为布拉肯里奇提供了充分的空间来讽刺新国家的各部门(美国哲学学会、辛辛那提协会、政府)，和医生、传教士、印第安人条约居间者等各行业从业者，以及利用这一制度或被其利用的民众和政治人物。如果从联邦党人的角度辩护，前三卷中法拉戈对蒂格野心的每一次阻止，也都可以看作他承担起纠正偏颇、防止不当行为的领导责任，他随时准备警告那些不守规矩、不讲道理、受教育程度较低的民众不可避免的错误观念，以暗示对暴民无政府主义倾向的持续批判。

然而，小说同样讽刺法拉戈狡黠而又艺术的政治欺骗手段。法拉戈

① 本文所有《现代骑士》的引文均出自 Brackenridge(1962)，下文仅标注页码，不再一一说明。

总是依靠自己花言巧语的说服能力，不断提供所谓建议和指导，试图克制他的仆人肆无忌惮的上升野心，及时干预与阻止蒂格获得以上所列各种荣誉或职位——他自以为是国家秩序的倡导者，必须纠正仆人与民众的误解。比如，在蒂格即将被选入议会时，法拉戈称民众会肆无忌惮地攻击他，“让你上报纸，把你讥讽为一只完美的野兽”(17)；在蒂格被推举为哲学学会会员时，法拉戈称人们会让他“装扮成”一只巨大的水獭，或者派他到野外狩猎危险动物；当蒂格想成为传教士时，法拉戈说牧师正在招募他参加“与魔鬼的战争”(39)。多数情况下法拉戈的说教都对蒂格产生了预期的恐吓效果，从而使得主仆关系得以保持。法拉戈还深谙强权之外的驭民之术，把语言诡计当作社会控制的欺骗手段，以维护新的父权制利益。有一次法拉戈给一个为情所困的年轻人提建议，教他如何获得情感成功，他指出关键在于给对方“留下同样的印象”或者暗示，使她“怀疑”她可能失去他，而接受他的求婚符合她的最佳利益，这意味用语言构造的“想象力支配着世界”(65)，是支配下属、支配这个世界其他人的重要政治原则。而在蒂格与某富家女一度达成恋爱关系的时候，法拉戈同样用语言诡计说服了女方父亲，来达到双方家长的操控目的：“(欺骗)艺术比武力更能发挥作用”，不应该强力反对，而是要想办法败坏蒂格的形象，“有效地使她感到厌恶，并消除她的依恋”(236)。在最后，叙述者还特意强调，“在公开的武力无济于事时，用计谋来对付他是自卫，也是合理的”(242)，这意在毫不掩饰地说明用迂回的语言策略进行阶级利益协调的合理性。“布拉肯里奇在这里对欺骗的定义非常接近本杰明·富兰克林(Benjamin Franklin，1706—1790)在《美德的艺术》(“The Art of Virtue”)中对真诚的定义，也就是说，‘为了自己的利益欺骗一个人’显然意味着进行的是‘没有伤害的欺骗’”(Jordan 68)。

更糟糕的是，法拉戈的政治实践不断损害联邦党人的教育观。法拉戈曾迫切地谈到对蒂格的教育问题，而且在他最初试图解释蒂格的缺陷时认为，蒂格没有资格进入国会是因为他的教育有问题。法拉戈一开始对蒂格解释说，“不是你本性的错，而是你所受教育的错；你早年习惯于挖草皮，而不是使用经典或普通学校的书本来指导自己”(17)，但他又在别处自相矛盾地说，“坏的天性”(391)是蒂格产生野心的原因，“我不相信的是你的自然判断……在所有必要的比较、思考和推理方面，我对你的能力并不完全信任”(599)。小说暗示了精英阶层对底层持恩惠与贬低的态度，“费城的立法者只关心民众的最大利益，尽管民众大多由‘傲慢’的外省人组成,甚至不值得他们的上层关心。他的观点太肤浅了,太'反动'了,不能认真对待"(Davidson 262)。法拉戈善于运用联邦党人"一切可能的艺术手段",来操控下层民众的"希望和恐惧"(38),多次假意对蒂格实施提升培养计划:其中有一次为了"治愈"蒂格期望成为律师的矫情,贿赂救济院看守人,让他狠狠地教训一下"他不听话的仆人"(149),随后他对蒂格谎称,鞭打与折磨是有资格进行下一步法律培训的前提。当悔恨的蒂格从马鞭下恢复过来,恳求重新为他的主人服务时,法拉戈希望"他所受到的最后一次责罚可能会产生良好的效果,使他摆脱野心的渴望"(142),并欢迎这个浪子归来。这种所谓的教育只是为了证明他的旧偏见,只是为了维护社会等级制度的必要性,实现家长式领导操纵下层阶级的手段。

虽然法拉戈先后把蒂格送到舞蹈大师和救济院看守人那里接受教育,其目的是驯化蒂格的野心,但这却出乎意料地形成对联邦精英自我形塑的讽刺。法拉戈一度假意打算把蒂格培训成为美国总统,因为民主国家的总统演艺精湛(202):在按照 18 世纪行为规范指南对他进行全方位的绅士礼仪训练后,蒂格居然在啤酒屋中获得了立法、行政和外交各方面人士的青睐,甚至赢得了淑女们的芳心。针对穿戴与举止方面包装一新的蒂格在华盛顿十分受欢迎的细节,马克 · R. 帕特森(Mark R. Patterson)指出,"这种描述与富兰克林通过谦逊的举止进行劝说的习惯只有程度上的不同。蒂格的成功可以通过他'扮演''重新代表'或反映我们的程度来衡量"(Patterson 45)。法拉戈打造蒂格的过程,无疑也是在情节上戏仿底层出身的富兰克林如何在行为与价值上自我形塑为联邦精英的历程,这反过来说明,如果不是法拉戈的说教充满谎言、欺骗和心理压迫,蒂格同样可以在民主事业中借由适度的教育获得成功。然而,"在每一种情况下,法拉戈都编造谎言,说明他们对这个'可怜的流浪汉'的期望,其动机是自我和公共利益这两个可以互换的借口"(Watts 38)。父权制语言在一个不值得信赖的精英手中,就这样变成了两面三刀的操控手段。

小说塑造了两个充满喜剧能量的人物,蒂格代表的是未开化的、浮躁的新兴民主代表,法拉戈代表的是伪装理性、依恋敬畏礼仪的贵族精英代表,"戏剧性和幽默感来自法拉戈试图向无法教育的蒂格传授共和主义美德的精髓"(Ferguson 122)。《现代骑士》的"整体结构是建立在各种相互竞争的观点的平衡之上的,这些观点不断被调和成令人不满意的妥协,这些妥协对于社会交往和凝聚力来说是必要的，但对于那些做妥协的人来说却是内疚和沮丧的来源”(Elliott 1982：185)。布拉肯里奇的讽刺无疑是双向的，既包括法拉戈的贵族怀旧情绪，也包括蒂格的无序变革希望。

二、民主图景的讽拟

《现代骑士》的前三卷以戏剧性方式描写了西部蓬勃发展的民主。其中，对代议制的直接讨论，扩大了联邦党人狭隘的代表范围，使小说成为讨论代议制的公共领域。在第1卷第3章中，法拉戈和蒂格偶然遇到一个地方集会，其目的是选举代表他们的人进入该州的立法机构。在那里，法拉戈第一次遇到了大众民主。令他沮丧的是，他发现粗俗的群众即将选举一个不学无术的织工特拉德尔进入州议会，而不是选举他的对手，一个匿名的“有教养的人”(13)。

为什么布拉肯里奇让有教养的人与织工对立？这个场景部分复现了布拉肯里奇的亲身经历，因为选民把前织布工威廉·芬德利(William Findley，1742—1821)，即小说中的特拉德尔，选入国会，让布拉肯里奇对代议制的选举感到失望。与富兰克林相似，布拉肯里奇通过帮助建立《匹兹堡公报》(*Pittsburgh Gazette*)的方式，在西部边疆传播他的学说并竞选候选代表资格。他在《报纸的价值》(“Value of a Newspaper”，1786)中写道，报纸在报道“我们国家发生的事情，特别是我们的代表在做什么”方面具有重要价值。而在《来自俄亥俄河源头的国家观察》(“Observations on the Country at the head of the Ohio River”，1786)中，他认为，传教士、医生、劳动者、法官和律师也可以像报纸一样发挥政治工具的作用，培养民众正确的公民义务和道德(转引自 Sanderson 308)。当时支持联邦党人的他认为乡绅应该是主要的民主立法者，“可以肯定的是，任何时期的少数杰出人物通常都会给整个国家，甚至有时给整个时代定下基调”(Marder 116)。有影响力的反联邦党人芬德利，是布拉肯里奇在政治和宣传生涯的主要对手，两者在18世纪80年代一起在宾夕法尼亚州议会任职。在1786年的议会选举中，布拉肯里奇特别承诺支持一项法令，允许西部定居者用国家债券面值交换土地债券——这种做法鼓励投机者以最低的价格从边疆贫困的农民手中购买土地，然后以原价卖给政府。然而当他发现这些债券大多落入东部投机者手中的时候，他转而与联邦党人决裂，反对这项伤害西部农民利益的法令，这场政治争斗一直拖到1794

年的威士忌叛乱全面爆发。

布拉肯里奇受到了以芬德利为首的西部对手的乘机攻击,“他是一个自称有最强的后天能力和最耀眼的想象力的绅士,但他以人民的信任为猎物,出卖他们的利益,以自己庄严的职业为琐事,可以预期人民会以愤慨的眼光看待他,以蔑视的态度对待他”(Newlin 79—80)。当 1787 年布拉肯里奇在一次晚宴上说“人民是傻瓜”时(同上 78),芬德利在《匹兹堡公报》上攻击他,把他描绘成精英主义者和自利主义者,指责他不以公众利益为重(Wood 96)。1788 年 6 月宪法获得批准后,布拉肯里奇与芬德利竞选第一届国会议员。布拉肯里奇觉得自己比芬德利高明得多,因为他毕竟受过教育,有修养,然而芬德利在选举中击败了布拉肯里奇。在《抗议选举的讲话》(“An Address in Opposition to the Election of ________”, 1789)中,布拉肯里奇抗议芬德利的当选,“难道在这么短的时间内,他在政治研究方面取得了如此大的进展,以至于他可以驾驭个别州的参议院的地位?”(Marder 137)布拉肯里奇还暗示芬德利对自我利益更感兴趣,因此很可能追求奢侈并导致政治腐败,从而对共和政治构成威胁。

芬德利把布拉肯里奇“从政治领域赶到了文学领域”,刺激他“把对美国民主的无常的失望变成了他的讽刺杰作《现代骑士》”(Wood 96),这得益于布拉肯里奇并不止步于贵族精英自怨自艾式的复述,而是对当时的民主图景进行讽拟体叙述。米哈伊尔·巴赫金(Mikhail Bakhtin, 1895—1975)将讽拟体解释为“作者要赋予这个他人语言一种意向,并且同那人原来的意向完全相反”(巴赫金 266)。小说把芬德利描写为雄心勃勃但无知的织工特拉德尔,有教养的人谦虚地赞美自己的才能,嘲笑他的竞争对手特拉德尔,“这个织工竟然认为自己有资格担任这个职务……”(13),“当你去参议院的时候,你要做的不是编织一张网,而是为联邦制定法律”(14)。法拉戈还向人群讲话,支持有教养的人,“从底层升到参议院,将是一个不自然的举动……这将是对自然秩序的颠覆”(14),有教养的人也建议特拉德尔最好留在“上帝和自然安排的领域”,做好本职工作“更符合你们的尊严,也更有利于你们的利益”(13),“最底层的公民可以成为行政长官,但拥有这项权利就足够了;行使这项权利并非绝对必要”(15)。

然而任何共和美德的说辞都不能掩盖阶级利益冲突的问题。在西部边疆,“民主、经济自由和社会平等借用了千禧年进步的时间计划,而古典共和主义现在被暴露为经济特权的意识形态,坚持了腐败和复辟的模式”

(Looby 248)。芬德利之所以能够击败布拉肯里奇,在很大程度上,是因为他反对联邦主义者尤其是汉密尔顿经济学,主张政治民主和经济平等之间的关系,历史学家特里·布顿(Terry Bouton)论道,"根据芬德利的说法,革命的最大成就是给予公民平等保护、权力、特权和影响力的权利……在芬德利看来,保护所有这些不同阶层的平等意味着政府必须维护基本的财富平等"(Bouton 106—107)。当法拉戈急于为维护主仆关系而仓促辩护时,就立刻暴露了他的经济利益,"以一种明显的方式行使民主特权,但从我这里偷走一个我无法很好地利用的雇工来为你们服务,这是不是太低三下四了?"(15)他继而从传统伟大存在之链的观念出发,指出每个人都有他的身份与阶级的连续性与固定性,"你想让这个男仆成为参议员,把他从一个他已经熟悉的工作中带走,让他去做另一个他没有接受过训练的工作,这肯定是把事情做得太过了"(16)。也就是说,法拉戈自然而然地认为社会是由贵族与工农、教育与无知、主人与仆人、精英与平庸之间的对比来界定的,而没有考虑到对话的可能。

在小说中,布拉肯里奇曾经的联邦党人立场无疑得到调和与修正。当法拉戈居高临下、滔滔不绝地陈述自己的政治见解时,底层阶级的怨恨正在助长激进的民主想象力。民众并没有被法拉戈愚弄,他们不仅对他表示强烈的不满,而且坚持要给蒂格投票。民众以对精英们如何利用法律来促进他们自己的经济利益的怀疑,来阐述他们对蒂格的青睐以及对法拉戈的反驳,"我们将赋予他权力;相信一个像他这样的普通人,比相信你们那些高高在上的人要好,他们会制定适合自己目的的法律"(16)。在这段反驳中,民众间接回应了法拉戈指责他们缺乏判断力、无权做出政治判断的说辞。民众承认,尽管蒂格"可能还不熟练",似乎还没有充足的资格担任公职,但是"好日子快到了",在不远的将来就会有充足的资格,而不是像法拉戈所坚持的,每个人就应该待在生来所处的社会位置上。小说中,法拉戈成功说服蒂格退出选举,但织工击败了有教养的人。在这段常被评论界讨论的情节之后,法拉戈和蒂格向一位巫师讨教选举的性质,巫师回答道,"把一个不合格的人变成参议员的过程,有一种创造的力量",进而暗示双方的两面性,"因此有一场持久的战争:贵族们努力损害人民,而人民则争相损害自己。应该如此,因为通过这种动荡,民主的精神将得以保持"(19)。布拉肯里奇是在暗示,联邦精英政治和地方民主实践持续存在的张力,是国家政治活力之所在。

《现代骑士》对西部民主实践场景的讽拟,力图表明无论是哪个阶层对代表权的理解都存在着多种形式和模式,被各种动机所左右,而且各个动机之间存在利益竞争。小说中古怪的、高度重复性的情节,不仅是对蒂格与法拉戈的双重嘲讽,也表现出精英与民众对“代表”理解的扭曲倾向。小说情节迫使读者考虑代议制的不稳定性质,质疑它的规模、范围与适应性,因此,布拉肯里奇的反复陈述是要说明代表权不仅仅是以选举的形式将政治权力委托给代理人,或以宪法决定的形式进行民主决策的结果,它必须能够切实地落实于复杂的实践中,需要细致地探索与总结代表政治意愿背后的复杂条件。

三、文学公共领域的民主审议

在这部关于刚刚起步的代议制实践的长篇闹剧中,“代表”无疑成为小说的关键词,也几乎是每个重要情节的重头戏。在宪法设计中,尽管占据上风的联邦党人对代表的选举、权限与规则进行了精细的设计,以实现“野心抵抗野心”(汉密尔顿 264),但政治结果往往就像《现代骑士》所描述的那样,从来都不是纯粹地按部就班。法拉戈遇到的印第安人条约居间者曾向他保证,蒂格可以在“大约九天内”变成一个印第安部落酋长,他的自信显然与代议制有关,“生活在远离行动现场的人怎么可能对印第安人的性质或为他们进行的交易有足够的了解?”(56)被代表的对象印第安酋长和代表蒂格之间涉及雅克·德里达(Jacques Derrida, 1930—2004)所谓不在场东西的呈现,如果说法拉戈希望代表是一个固定性的、约定俗成的所指,那么蒂格则是一个流动性的、滑动的能指。另一个关于真假牧师的例子也是如此,两个同船抵达美国的爱尔兰人都声称自己是牧师,一个说自己持有牧师证书,一个说自己被偷走了证书(100),法拉戈实验后得出结论:“我认为让他们都来讲道没有什么坏处。在这个新的国家,有足够的工作给他们做”(104)。也就是说,这里的代表并不只是通过虚假的陈述或者某个机构授权来建立可信度,从而形成内外一致的存在,而是强调重新考虑证书(或代表)的真实性和生效条件,从而因地制宜,成就独创性。

法拉戈无法实现联邦党人富兰克林《自传》(*Autobiography*, 1771—1790)中典型性、代表性人格的统一形塑以赢得共识,小说彰显了日益令他困扰的紧迫感和徒劳感。法拉戈虽然是个有修养的绅士,学识渊博,有很高的道德标准,但其观念“主要来自所谓的旧教育,传授自希腊和罗马的知识概念”(53),他作为美国贵族阶级成员,拼命地坚持革命战争前社会的土地贵族传统、文化和经济优势。小说揭露了法拉戈对共和主义理想的妄想,这一妄想的前提是相信固化的存在之链。布拉肯里奇更是讽刺了法拉戈以撒谎、欺诈和阴谋的“合理化”塑造手段,来完成“代表”人物的政治权威,“不顾一切地想通过留住他的仆人,让他尽可能长时间地不了解自己的共和权利,来坚持过去的特权”(Elliott 1982: 185)。法拉戈的持续干预既方便地体现了联邦党人所谓最佳政治利益的考虑,也为法拉戈自己骄傲和自私的个人需要服务——揭示了国家政治结构中不同阶层之间裂痕的动因。与富兰克林稳定、统一的主角化角色不同,法拉戈始终是一个流动的局外人,处于阶层冲突之中。在第1卷中,法拉戈被邀请成为美国哲学学会的成员,他谦逊地以“自己没有资格在这样的机构中占有一席之地”而拒绝(24)。然而当他得知自己无知的仆人蒂格也可以获得这一荣誉后,他感到震惊,招募人员解释说,学会“已经站在了一个广泛的、信仰天主教的底层一边”(25)。这个极端的例子描绘了一个精英视野下社会变化的缩影,说明法拉戈与富兰克林以及其他革命一代的奠基人在意识形态上的联系,哲学学会这个更高标准的机构变得“民主化”,不分青红皂白地接纳成员,违背了该学会最初的精英构想,暗示着“在建国后的短短几年里,‘非理性’的民众能量在抵抗共和主义意识形态中的浮现”(Jordan 59)——毕竟该卷小说出版于1792年,距离富兰克林去世仅仅两年。

美国宪法是按照启蒙理想的自然秩序设想来创建代议制政治制度的,这个制度常常被想象成可以自动运转的共和主义机器。在小说早先部分,成为消费税官员的蒂格,用一匹马换了一块手表,而当法拉戈问不识字的他如何分辨手表上的数字时,蒂格说,“我从来没有想过这个问题。当我看到这些数字时,它们不会为自己说话吗?”(270)小说对蒂格交换手表行为的呈现,表面上是在嘲笑他的无知,但实际上却预示着他不会自动成为一个合格的消费税官员。然而蒂格还是为自己辩解,他观察到牧师在阅读《圣经》(*The Bible*)时,被想象成听到书页在说话。用克里斯托弗·洛比(Christopher Looby)的话说,这里显然暗示了布拉肯里奇的一个狡猾目的,就是攻击共和主义传播知识和规范民主大众行为机制的缺陷,因为马作为牲畜的自然动力被机械动力所取代,马兑换成表是一种兑现启蒙改进的企图(Looby 261)。保罗·吉尔摩(Paul Gilmore)认为,如果像本杰明·拉什(Benjamin Rush, 1745—1813)所说的国家应该“把人变成共和制的机器”,那么民众应该接受训练,从而创造出一个统一的、平稳运行的社会,这个社会将以微型方式再现上帝创造的钟表宇宙,“在政府、公民和文学像机器一样精确运转的共和主义概念的中心,是一个机械大师的形象,一个作为钟表匠的上帝”(Gilmore 302)。但蒂格无法像手表那样,机器/机制适当调教就可以自动运转,他无法读懂他手表上的“数字”,自然也就没有能力完成他的工作职责。

法拉戈与蒂格“代表”实践运作的困境,这意味着彼此之间的斗争,以及酝酿民主革命浪潮的风险。在小说的前半部分,历史进程中的蒂格们逐渐“崛起”,法拉戈试图克制他仆人肆无忌惮野心的行为变得越来越徒劳。在小说的第 2 卷,法拉戈“厌倦了沼泽旅行者荒谬的野心……同意让蒂格试试他的运气,在政府中谋得一份差事”(197)。但在第 3 卷中,不谙世事的蒂格被华盛顿亲自任命为消费税官员,最终却被愤怒的民众涂上焦油和羽毛,这一情节直接使用威士忌叛乱活动的细节,暗示着在这个多变的社会中,如果不是法拉戈家长式的保护,复杂的社会情形也会很快毁掉无知的蒂格。到了《现代骑士》的后半部分,法拉戈的领导艺术语言已经接近失能。小说末尾(第 7 卷)处,作为新定居点总督的法拉格试图实施权威性的领导,但这却“不受欢迎”,“公众的想法是如此坚定,认为这件事值得一试,所以他不得不屈服”(700—701)。他还受到了选民的弹劾威胁,因为有一些谣言说蒂格被怀疑在夺取印第安人头皮的荣誉中弄虚作假。法拉戈设法说服民众,他不再对蒂格的行为负责,而被激怒的人群则要求杀了蒂格。最终,一个聪明的园丁拿出一块刚弄到的幼豹皮,声称是蒂格的头皮,才平息了众怒,“他们开始缓和下来,并责怪自己在陈情时过于草率”(736)。然而民众又很快开始打算把法拉戈从总督的位置上赶下去,让蒂格通过选举取而代之。

法拉戈不得不再次利用灌输恐惧的方式来获得少数控制多数的影响力。他通过发表演讲以谴责投票选举的危险性,“在这方面,你们才是唐吉诃德,是疯子……动不动就把帽子扔掉,要求制定新的宪法;不考虑当一件事情进入变化的方式时,它永远不会停止,直到到达自由的尽头,变成专制主义”(783)。法拉戈在结束他的演讲时再次利用联邦党人恐法症说辞获得了民众的认同,即如果蒂格担任总督,“你们中的一些人将在半个月内被送上断头台……这在法国大革命中发生过,如果你们屈服于幻想,它也会发生在你们身上”(784)。法拉戈利用民众不了解法国大革命以及“预感到一些不好的后果”的恐惧,再次实现了他的目标,议员和民众恳求法拉戈"保留他的总督职位;甚至暗示要把这个泥腿子送上断头台"(784)。叙述者直言不讳地指出,管理人最简单的方法就是管理野兽的方法,"在孟德斯鸠看来,在美德的基础上建立共和国,在荣誉的基础上建立君主制,在恐惧的基础上建立专制主义,这只是一种自负",叙述者又接着解释说,"恐惧",尤其是对"遭受遥不可及的邪恶的恐惧",是政治统治的基础,这"取决于人的本性"(765)。民众先试图弹劾法拉戈,后又试图杀掉蒂格,这种"暴民"的例证是为了说明未经调节的激情的危险性,它无疑警示人们谨慎地对待选举,谨慎地对待民主自由,防止无政府主义的热情摧毁宪法颁布后的国家愿景,"当政体显示出无政府主义倾向的症状时,恐惧——它既影响人的激情,也影响人的理性——在社会上是必要的,也就是说,对整个政体是有利的"(Shapiro 107)。

正是因为对人性与民众的恐惧,联邦党人在宪法中设计了代议制,以起到避免民众直接参与政治、隔离过度激情的作用。小说第 7 卷的叙述也暗示联邦党人的基本看法,缺乏慎重审议、深思熟虑能力的公民,就不是合格的选民,因为他们无法正确地表述公共的意愿。《现代骑士》的突破在于它逐渐接受了自由民主无可抑制的事实,在第 6 卷中,法拉戈宣称自己为民主人士,并引用伯里克利(Pericles, 495 BC—429 BC)对雅典人民的说辞,"我们的政府被称为民主,因为在管理上,它不是尊重少数人,而是尊重众人","在法律上,在他们的私人争论上,所有人都是平等的",而且民主最重要的原则是宪法保证的"所有的人都有平等的选举权和平等的任职权"(530,533)。然而民主不是简单地获得选举权与被选举权,它是一个相对有序的展开过程,叙述者称,"明智而良性地行使选举权,是共和国幸福的第一源泉……为了确保这一点,不仅需要通过实在法做出明智的规定,而且家庭和学校教育系统也应该考虑到这一点"(297)。小说坚持认为,"代表权不仅是政治和法律的,它还是社会和审美的。它的记录不仅在于政治关系,也在于经济、社会和人际关系。它的领域不仅仅是形式上的,而且是情感上的"(Nelson 2002: 26)。这种叙述成为联邦党人与共和党人进行公民教育的共同试金石,认为国家建立者创造了谨慎的约束,那么普通人同样应该保持谦逊和自我否定。

结 语

在政治领域失败的布拉肯里奇,试图将政治公共领域的代议制议题部署到文学公共领域,讽拟体的运用多少从叙事层面说明他突破了个人政治事业的偏颇与怨恨。正如叙述者所观察到的,“人类事务在应用原则方面是无法达到完美的。所有能做的,就是通过对情况的公正辨别,尽可能地接近它。所做的事可能会受到指责;但如果做的是相反的事,可能会受到更多的指责”(743)。叙述者不是简单地为精英特权辩护,利用共和主义的美德修辞来维护自己利益。《现代骑士》通过虚构的形式,以代表选择过程和选举合适的代表所经历的认识论的矛盾主张来探讨民主政治的多样性,将可疑的小说体裁重新设想为在更广泛的公共领域进行民主审议的理想工具。在现实生活中,布拉肯里奇在宪法辩论期间拥护联邦主义,但在联邦政策开始以牺牲贫困农民的利益为代价给予土地投机特权时,又成为反联邦主义者,这无疑也为小说的公共领域审议性论断提供佐证。布拉肯里奇显然同意,良好组织的联邦必须能够保证各方的利益,且必须制止和控制狂热分裂的趋势,以免伤害共同的国家利益。

引用作品[Works Cited]:

Bouton, Terry. *Taming Democracy: The People, the Founders and the Troubled Ending of the American Revolution*. New York: Oxford UP, 2007.

Brackenridge, Hugh Henry. *Modern Chivalry*. New York: Hafner Publishing Co., 1962.

Davidson, Cathy N. *Revolution and the Word: The Rise of the Novel in America*. New York: Oxford UP, 1986.

Elliott, Emory. *Revolutionary Writers: Literature and Authority in the New Republic, 1725 – 1810*. New York: Oxford UP, 1982.

——. Gene. Ed. *The Columbia History of the American Novel*. New York: Columbia UP, 1991.

Ferguson, Robert A. *Law and Letters in American Culture*. Cambridge: Harvard UP, 1984.

Gilmore, Paul. "Republican Machines and Brackenridge's Caves: Aesthetics and Models of Machinery in the Early Republic." *Early American Literature* 39. 2 (2004): 299 – 322.

Jordan, Cynthia S. *Second Stories: The Politics of Language, Form, and Gender in Early American Fictions*. Chapel Hill and London: U of North Carolina P, 1989.

Koenigs, Thomas. *Founded in Fiction: The Uses of Fiction in the Early United States*. Princeton: Princeton UP, 2021.

Looby, Christopher. *Voicing America: Language, Literary Form, and the Origins of the United States*. Chicago: U of Chicago P, 1996.

Marder, Daniel. *A Hugh Henry Brackenridge Reader, 1779 - 1815*. Pittsburgh: U of Pittsburgh P, 1970.

Nelson, Dana D. "'Indications of the Public Will': *Modern Chivalry*'s Theory of Democratic Representation." *ANQ: A Quarterly Journal of Short Articles, Notes and Reviews* 15.1(2002): 23 - 29.

——. "Democratic Cultures and the First Century of US Literature." *A Companion to American Literary Studies*. Eds. Caroline F. Levander and Robert S. Levine. Malden: Blackwell Publishing, 2011. 389 - 405.

——. *Commons Democracy: Reading the Politics of Participation in the Early United States*. New York: Fordham UP, 2016.

Newlin, Claude M. Ed. *The Life and Writings of Hugh Henry Brackenridge*. Princeton: Princeton UP, 1932.

Patterson, Mark R. *Authority, Autonomy, and Representation in American Literature, 1776 - 1865*. Princeton: Princeton UP, 1988.

Rice, Grantland S. *The Transformation of Authorship in America*. Chicago: U of Chicago P, 1997.

Sanderson, James. "Agrarianism in Hugh Henry Brackenridge's Articles for 'The Pittsburgh Gazette'." *Early American Literature* 22. 3 (1987): 306 - 319.

Shapiro, Joe. *The Illiberal Imagination: Class and the Rise of the U.S. Novel*. Charlottesville: U of Virginia P, 2017.

Smith, Herb. "Hugh Henry Brackenridge's Debt to the Stage Irish Convention." *Ball State University Forum* 30 (1989): 14 - 19.

Watts, Edward. *Writing and Postcolonialism in the Early Republic*. Charlottesville: UP of Virginia, 1998.

Wood, Gordon. "Interests and Disinterestedness in the Making of the Constitution." *Beyond Confederation: Origins of the Constitution and American National Identity*. Eds. Richard Beeman, Stephen Botein, and Edward C. Carter Ⅱ. Chapel Hill: U of North Carolina P, 1987. 69 - 109.

巴赫金:《陀思妥耶夫斯基诗学问题》,白春仁、顾亚铃译,北京:三联书店,1992年。

戈登·S. 伍德:《美国革命的激进主义》,傅国英译,北京:商务印书馆,2011年。

汉密尔顿等:《联邦党人文集》,程逢如、在汉、舒逊译,北京:商务印书馆,1995年。

颠覆与反抗：评盖恩斯《老汉们的聚会》哥特空间叙事特色*

王苑苑**

内容提要：非裔美国作家盖恩斯以对种族问题的深邃洞察和高超的叙事技巧闻名。在小说《老汉们的聚会》中，盖恩斯将经典哥特叙事策略与空间叙事手法巧妙结合，勾勒出具有共时特质的乞灵空间、哭诉空间以及怪诞空间。在各个空间中，种族主义导致的恐惧与颠覆反抗恐惧之间形成的叙事张力，揭露了空间恐惧的表征和根源，突出对抗恐惧的重要意义，反映出作者对美国非裔深切的人文关怀。

关键词：欧内斯特·盖恩斯；哥特空间叙事；《老汉们的聚会》

Abstract: African American writer Ernest Gaines is famous for his insight into American racial problems and his excellent writing techniques. In *The Gathering of Old Men*, Gaines ingeniously applies both the classic Gothic narrative and space narrative to illustrate the synchronic psychic space, mourning space and grotesque space. In each space, the narrative tension caused by the fight between racist horror and anti-racist horror discloses the characteristics and root of horror space, presents the significance of the resistance to horror and reflects the writer's concern for African Americans.

Key words: Ernest Gaines; Gothic space narrative; *The Gathering of Old Men*

欧内斯特· 盖恩斯 (Ernest Gaines，1933—2019)是当代美国著名非裔作家，他的创作深深根植于美国南方。正如威廉·福克纳(William Faulkner，1897—1962)描述的约克纳帕塔法镇那样，盖恩斯在小说中虚构的贝永镇(Bayonne)借助路易斯安那农村种族冲突严重的社会环境，将

---

* ［**基金项目**］：本文系国家社会科学基金重大项目"美国族裔文学中的文化共同体思想研究"(21&ZD281)的阶段性研究成果。

** ［**作者简介**］：王苑苑，江苏师范大学外国语学院副教授，研究方向为美国文学。

黑人与白人的真实境遇绘影绘声地呈现给读者。《老汉们的聚会》(*The Gathering of Old Men*, 1983)是盖恩斯第五部长篇小说，主要讲述了20世纪70年代路易斯安那农村贝永镇马歇尔农场的暮年黑人自发聚集黑人老汉马苏家，为其谋杀白人的罪行申辩，反抗种族压迫的故事。前人研究主要集中于小说的主题探索。有的学者认为，尽管70年代民权运动进入后期，但南方农村仍深浸于吉姆·克劳法(Jim Crow laws)的种族隔离思想，非裔深受荼毒(Tucker 107)。有学者分析该小说情节编排采用了舞台剧的标准传统，指出非裔土语在反抗白人权威中的重要作用(Lambert 108)。刘锦丽从老年书写出发，指出该小说"强调老人意义主体的身份，并以其深厚的生活底蕴和丰富的文化内涵而独具特色"(刘锦丽 120)。隋红升探讨了小说中老年黑人在种族压迫环境下的男性气概建构(隋红升 2010)。

《老汉们的聚会》以南方农村黑白种族冲突为主线，着墨于黑人在种族歧视环境下的骇人磨难和勇敢反抗。小说的空间叙事与哥特叙事交相辉映，别具特色。约瑟夫· 弗兰克(Joseph Frank, 1918—2013)于1945年率先提出了文本空间"并置"的观念。在分析居斯塔夫·福楼拜(Gustave Flaubert, 1821—1880)的《包法利夫人》(*Madame Bovary*, 1857)的一个场景中，他提出，"叙述的时间被终止……注意力在有限的时间范围内被固定在诸种联系的交互作用上……场景的全部意义仅仅由各个意义单位之间的反应联系所赋予"(Frank 231)。在弗兰克看来，现代小说的空间形式强调一种共时性的空间，即在"瞬间"形成的文本空间。加百利文· 佐拉(Gabriel Zoran)的《朝向空间的叙事理论》("Towards a Theory of Space in Narrative", 1984)一文进一步阐释"并置"。他划分了叙事文本的行动域(a zone of action)层级。这一层级"不会被空间的连续性或一个清晰的地形边界所确定，而是由其中发生的事件来确定……在同一个地方，几件不同的事可能同时发生"(Zoran 323)。佐拉认为，行动域层级空间由事件以及事件间的关联构成，这一空间不受所处的历时空间环境制约。希拉·汉斯(Shelia Hones)持有相似观点，"空间并不由事件发生的客观条件和具体位置组成，而是应理解为人与地方之间互动的结果，是一种关系维度，且一直处于变动中"(Hones 76)。在这部小说中，共时空间叙事与哥特叙事紧密嵌合，形成别具特色的叙事风格。本文拟从乞灵空间、哭诉空间以及怪诞空间叙事展开讨论，探究小说空间叙事与哥特叙事策略的互动互构，揭示作者高超的叙事技巧以及他对非裔深切的关怀。

一、乞灵空间

不同于历时空间里生与死的畛域分明，小说乞灵空间叙事下死生边界被打破。首先，逝者可以存在于当下的时空与生者交流沟通。其次，生者与死者的身份被调换。同时，象征着生的标记亦可以作为生命结束的信号。生死并置的空间充满了各种哥特叙事。老汉们与逝去亲人隐喻式的对话一来揭露了种族主义空间的残忍，二来成为老汉们反抗压迫的动力。同时，白人死亡的惨状引发了奴隶制暗恐和对白人凶残的无情嘲讽。通过乞灵空间叙事，小说呈现了黑人抗争的勇气和针对白人罪恶展开复仇的机会。本部分将探讨墓地饮食与辱尸叙事。

墓地饮食叙事突破生死之间的时空壁垒，旨在构筑起一座沟通于阴阳两界的桥梁，并融过去、现在和未来于一体。随着禁锢过往记忆的灰尘被抹去，前路的无数凶险也全然呼之欲出。镌铭了无数血泪史的墓地已然成为老汉们不断汲取勇气与未知险境对抗的能量源泉。在赶往马苏家的路上，黑人老汉们路过埋葬亲人的墓地。外号“樱桃”的老汉回忆童年时代，大人们“从不在墓碑上刻字”(Gaines 44)[①]。看似沉默的无字墓碑仿佛在发出呐喊，奴隶制的暗恐在昔日苦难的引发之下昭然若揭。卡尔·佩德森(Carl Pederson)认为，非裔无字墓碑的传统可辗转追溯至“中间航道”(the Middle Passage)时代，彼时无数非洲黑人在奴隶主无情制裁之下动辄随着一腔怨愤葬身大海；在奴隶制鼎盛的时代，被折磨致死的黑奴也带着对那个时代不公的抗议而被随意弃尸路旁(Pedersen 1999：46)。安吉莉卡·克鲁格-卡卢拉(Angelika Kruger-Kahloula)指出，“墓志铭为族谱和历史提供清晰可见的证明。黑人长期以来被历史遗忘，在奴隶获得解放之前根本找不到几处黑人的墓地”(Kruger-Kahloula 317)。无字墓碑传统分明昭示出一部血泪斑驳的非裔悲惨史，他们在“白手高悬霸主鞭”的无情折磨之下被不自知地边缘化。毋庸置疑，无字墓碑的存在，正是对白人无声的挞伐。可悲的是，老汉亲人的墓碑不但随时间的流逝湮灭于莽原野草之中，马歇尔农场的白人还不断侵蚀黑人墓地，仅仅是为了获得更广袤的土地以种植庄稼获利。黑人墓地的日渐缩小不但将白人擢发难数的罪状一笔勾销，而且将黑人遭受的苦难和曾经对这片土地的贡献也一概抹杀，最终黑人将被历史和国家话语彻底遗忘。

---

① 本文所有《老汉们的聚会》的引文均出自 Gaines(1983)，下文仅标注页码，不再一一说明。

鉴于此，小说展开墓地饮食仪式叙事。老汉们集体“坐在杂草丛生的墓地吃着掉落在地上的核桃”(46)。核桃象征老汉们逝去的祖先身体的一部分，顽强生长在墓地里的核桃树上，生长在一块块无字墓碑边。逝者的遗体回归大地之后为核桃树和后代们提供不竭的养分。外号“污泥里德”(Dirty Red)的老汉不禁夸赞核桃的美味，“坟场里的核桃吃起来总是那么香”(47)。核桃是黑人逝者血肉的隐喻，是他们生前曾经在南方土地血汗交织的缩影。逝者的灵魂托体于核桃之上，既是对生前因种族歧视而不得善终的恐怖经历发出控诉，又是对死后白人铲除他们墓地的卑鄙行径的担忧。逝者长眠于冰冷窀穸，却将热血飨以大地。亲人们熟悉的面孔和历经的种种苦难，通过核桃这一沟通生死空间的媒介再次浮现在老汉们面前。与之不同的是，这一次，过往恐怖的经历和周遭压迫歧视的环境在老汉们面前荡然无存。亲人身躯滋养的核桃给予他们蹈锋饮血的勇气，去面对即将发生的巨大危险。“‘还剩这点时间了，你(污泥里德)是不是觉得趁活着就要做点什么?’我(‘樱桃’)问道……‘该做点事情了，’他回答道。他又吃了一颗核桃，说道‘你的族人会为你骄傲的，污泥里德’”(47)。在去马苏家为其谋杀申辩的路上，老汉们一改往日的胆怯懦弱，皆因祖先在无字墓碑旁托体的核桃被他们食用，他们获得了莫大的勇气。由此，小说将生死并置于同一空间，让老汉们更清楚地审视内心，正视苦难，反抗被历史抛弃的不公。

与此同时，小说刻画了白人鲍·布唐的死亡惨状，并展开辱尸叙事。鲍暴毙于马苏家门口，他“尸体周围的野草布满血迹”(6)。鲍的尸体触发多重恐惧。第一，他的尸身引起了奴隶制暗恐。阿尼莎·瓦尔迪(Anissa Wardi)提出，奴隶时代奴隶主随意将黑奴的尸体遗弃荒野，“就像在后院埋了什么动物似的”(Wardi 41)。在乞灵空间叙事中，死者由饱受苦难折磨的黑色身躯置换成了罪行累累的白人。面对白人的百般恫吓，黑人们不再像以往那样詟息于淫威，而是带着对布唐家族的恨意，一口咬定是自己射杀了这个恶贯满盈的白人。在这一瞬间恐惧感也随着一身凛然正气消弭于无形。黑人老汉们通过在垂暮之年找回暌违已久的尊严纾解了心中的痛苦和愤怒。第二，生死的界限再次被打破，象征生的标记亦是死的信号。在白人记者卢小心翼翼的提议下，黑人妇女科林用破旧的床单盖在鲍的尸体上，“那个床单可能是绿色，粉色，蓝色，或者紫色，但是现在太破旧了，已经褪成了灰色……”(62)。床单象征了非裔的“百纳被”。在那个箪瓢屡空的年代，犹如鹑衣百结的百纳被解决了黑人的基本生活问题，它既是延续黑人生命文化的标志,又是非裔文化传承的重要载体之一,见证了一代代黑人的繁衍生息。而如今它覆于鲍的尸身之上,逐渐褪去的色泽暗喻了白人的死亡与种族歧视的穷途末路。寓意着百纳被的床单同时兼具生死矛盾二重性,是乞灵空间叙事特有的属性,成为长期饱受磨难的黑人对白人复仇的重要工具。

值得一提的是,鲍惨死之状与经典哥特小说《僧侣》(*The Monk*, 1796)互文。在普罗米修斯终审中,为了惩罚堕落的僧侣安布罗西奥的强暴之罪,他的尸体被虫子叮、被老鹰啄,死状相当恐怖。如出一辙,鲍的嘴巴张开、眼睛瞪大,他的脸"沾满了泥土",他的头发"满是野草……子弹撕裂了他的左胸,撤下了他的衬衫……密密麻麻的苍蝇覆盖了干枯的血迹"(101)。《僧侣》中的安布罗西奥将灵魂卖给撒旦,最终自身也难逃撒旦的审判,"你的罪行能被原谅吗?你能逃过我的惩罚吗……永生已将你抛弃"(Lewis 286)。在种族主义空间,鲍及其家族其他成员将残暴的特权建立在黑人低等、无能、附属的投射之上,是剥削压迫黑人们的"撒旦"。而在乞灵空间,既有的规则被按下暂停键,惩罚者与受罚者发生变化。长期受鲍及其家族压迫的黑人老汉们成为白人的"撒旦",鲍的惨死和令人厌恶的尸首是黑人们对其滔天罪行的复仇。

由此可见,通过乞灵空间叙事,生死界限不再彰明较著。黑人老汉们在墓地与逝去亲人展开隐喻性对话,由此获得反抗种族压迫的勇气。同时,生者与死者的身份也不再是约定俗成的性质。一贯在种族主义环境下受白人凌虐致死的黑人成为反抗压迫的主体。白人施暴者血肉模糊的尸首引发奴隶制暗恐。覆盖鲍尸体的床单具有百纳被寓意。百纳被是非裔重要的物质文化传承,是黑人们生命延续的见证;同时它也代表了白人生命走向终结,鲍令人恐惧的尸身是对其生前暴戾恣睢的无情讽刺。通过乞灵空间叙事,黑人老汉们不再畏惧死亡,终于向白人权威发起挑战。

二、哭 诉 空 间

米歇尔·福柯(Michel Foucault, 1926—1984)在其采访录中抛出了一个发人深省的问题:"一个主体需要付出怎样的代价才能说出关于自己的真相?主体是疯子的话,他要付出多大的代价才能说出关于自己的真相?"(Lotringer 355)。在这部小说中,黑人老汉长期受制于暴戾的种族压迫,偶尔的反抗被视为"丧失理智"。福柯的质问暗示了直面内心并发声呐喊需要极大的勇气和自我认知。哭诉空间为黑人们提供了正视自我、反抗压迫的契机。在这个空间里，黑人与白人针锋相对，从极端压抑到情绪爆发，从缄默不言到百口呼冤，集体为骇人的苦难、受迫害致死的亲人们哭诉，发泄多年积攒的愤恨。哭诉对于黑人而言意义重大，是他们重拾勇气的重要途径，是他们构建身份的重要环节。马苏家门前老汉们集体哭诉构成的共时性空间与黑人毫无尊严的苟且偷安大相径庭，与种族主义空间中白人不可一世的权威形成了强烈对抗。

老汉们的集体哭诉具有多重意义。首先，哭诉触发哥特式恐惧。在集体声讨鲍家族和其他白人犯下的罪恶时，黑人塔克的哭诉具有代表意义。一向毫无存在感的塔克突然爆发，痛哭诉说兄弟塞拉斯的悲惨经历：由于塞拉斯痴迷于种地，不停干活最终逼疯了妻子；他因和白人比赛种庄稼获胜，被白人无情地鞭打致死。“你们都记得我的兄弟塞拉斯，是吧……我的兄弟和骡子，骡子和我的兄弟。骡子不停地拉呀，拉呀，流着汗，滑倒，倒下，再起来拉。它们口吐白沫，嘴上都是鞭子抽的伤口，满身的白沫与伤口，接着倒下，但它们仍不停地拉呀，拉呀……”(96)可怕的场景引发奴隶制暗恐。在奴隶制时代，骡子成为黑人奴隶的隐喻，黑人因其血统被白人视为如驴马杂交的骡子一般“不纯洁”，同时骡子没有生育能力，也暗示了黑人奴隶的生育权尽在白人主人的剥夺掌控之中。因此，在塔克的哭诉中，骡子遍体鳞伤、鲜血迸流的遭遇即塞拉斯为了守住自己仅存的土地拼尽最后一丝气力的最终宿命。在塞拉斯用骡子赢了机器之后，白人恼羞成怒，“……他们打他。他们拿起甘蔗往他身上打，打，打……因为他没有像黑鬼那样失败，他们就打他。他们打他，他们打他……”(97)白人以众凌寡和暴戾恣睢的画面，都随着塔克语无伦次与重复使用“打他”而浮现在人们脑海中。除了塔克之外，比利叔叔的儿子被白人殴打成疯子，像猪一样曳尾乞食于泥槽；盖布尔的儿子沉冤莫白，电刑加身；贝乌拉依然记得小小的棺材里装着被白人溺死的黑人小孩儿的尸体。黑人们的集体哭诉实现了“错位法”(catachresis)的哥特修辞[①]，撕

① 埃里克·萨沃伊(Eric Savoy)指出，“美国哥特源于记录在册的文明史与未记录的历史之间的冲突”(Savoy 7)。被记录的历史具有特权，构成了统一完整的国家叙事(the national narrative)。然而，当文明的对立面出现，未被记录的历史将以哥特恐怖叙事发声。“错位法”本来指本体与喻体间并没有关联却被强行组合在一起。美国哥特理论的错位法，打破了原本统一的话语符号体系中“能指”与“所指”的对应，呈现了文明与黑暗之间不可调和的矛盾。因此，美国哥特的根源在于被文明理智压抑的另一半——即野蛮与非理性的不断“入侵”和“打扰”。

裂了白人自诩文明理性的遮羞布，把黑人受到的歧视和虐待插入原本统一完整的美国国家叙事，直指恐惧的根源，即白人种族主义。

其次，在哭诉空间里，对往昔痛苦回忆的倾诉不仅触发了哥特恐惧，更为重要的是，哭诉是黑人们构建身份、抗争被历史叙事遗忘的重要环节。在《黑色太阳：压抑与抑郁症》(*Black Sun: Depression and Melancholia*, 1989)中，朱莉娅·克里斯蒂娃(Julia Kristeva, 1941—　)认为，哭诉是一种生命的象征(Kristeva 246)。通过哭诉和哀悼，遗失和被压抑的部分回归到话语符号系统。凯瑟琳·布罗根(Kathleen Brogan)在《文化的鬼魅：近代美国文学中的鬼魂与族裔》(*Cultural Haunting: Ghosts and Ethnicity in Recent American Literature*, 1998)中也指出，现代哥特小说是一种"泛族裔的现象，广泛关注族裔身份和文化传播等问题……哭诉是根本性综合过程，通过哭诉，生者与逝者在新的领域和新的身份中联系起来……曾被抑制的、遗忘的，甚至是抛弃的过去，通过哥特小说再次回到叙事中"(Brogan 171)。从噤若寒蝉到发出声音，从苟且偷安到英勇抗争，黑人通过哭诉使性格和命运发生了巨大转变。被他们哀悼的逝者也以全新的形象涅槃重生。塞拉斯不再是骡子或约翰·亨利式[①]的黑人，而是通过勤劳努力，将满腔热血回馈给生养了数代黑人的土地；他不畏惧白人手中的武器和机器，与白人比赛种地。比利叔叔和盖布尔的儿子们也不是罪犯，而是牺牲于不公法律之下的捐躯者。白人恶贯满盈的事实亦随着黑人孩子们的入殓而被盖棺论定。黑人们的哭诉揭露了这段白人试图抹去的受难史，因此，哭诉不再是对创伤的简单重复，而是打破了统一的话语符号系统，借用朱迪斯·巴特勒(Judith Butler, 1956—　)的话来说，即"抵挡并反抗话语系统"(Butler 70)。苦难的历史是黑人文化的重要组成部分，是他们构建身份和充实勇气的根基，是他们不应被遗忘的重要证明。

第三，在哭诉空间叙事中，黑人的集体哀悼和共同讨伐之声彻底消灭了白人的嚣张气焰，白人特权阶级惊恐并消声。负责处理马苏家谋杀案的白人警官梅普斯和他的副官原本占有绝对领导权和话语权。他们对马苏门前集合的老汉们详加诘问，并肆意羞辱殴打，仅仅是因为他们疏慢于回答或是"眼睛抬到比梅普斯胸部高的地方"(69)。在哭诉空间中，原有

---

① "约翰·亨利传奇"(John Henry Legend)讲述了非裔工人约翰·亨利在修铁路时，与蒸汽钻机竞赛，最终赢得比赛，却活活累死一事。

的种族主义空间秩序被扰乱。伴随着黑人们不断哀悼逝者、哭诉过往的声音，此前飞扬跋扈的白人警察陷入极大的恐惧中。弗朗兹·法侬(Franz Fanon，1925—1961)在《黑皮肤，白面具》(*Black Skins, White Masks*，1967)中写到自己在公交车上的经历：一个白人小男孩看见法侬，惊叫道，“妈妈，快看那个黑鬼！我好害怕呀！”(Fanon 112)白人警察副官从未见过黑人敢于挑战他们的权威，敢于以集体哭诉的形式撄其锋芒。他如同法侬笔下惊恐不已的小男孩儿，紧紧贴在梅普斯身后，“近得就像是受到惊吓的孩子紧紧靠在父亲身边”(101)。白人的恐惧与黑人的恐惧根源有本质上的不同，它源自特权受到威胁。1831 年《里士满调查》(*Richmond Enquirer*)报道了纳特·特纳事件[1]，将纳特和他们的同伴比作“强盗……令人想到了阿尔卑斯山上下来的嗜血野狼”(43)。纳特事件引发南方奴隶制对奴隶反叛的恐慌，最终演变为奴隶主的哥特叙事，即野兽般的奴隶叛乱严重威胁到白人主人的特权和利益。在黑人们的集体哀悼面前，具有绝对权威的警官梅普斯逐渐消声，变得“越来越疲倦”(100)。面对黑人的质问，他“嘀嘀咕咕。低声。安静”(103)。最后，梅普斯沦为黑人哭诉交响曲中“一个又肥又红的大块头”(104)，彻底哑口无言。梅普斯和副官的恐惧与黑人的悲惨遭遇无关，其中之肇因是自己的地位和权力被挑战。

综上，在哭诉空间里，黑人老汉们的集体声讨与白人警察的消声并置。马歇尔农场原有的种族歧视法则被按下暂停键，黑人老汉们逐渐掌握话语权。哭诉引发奴隶制暗恐，同时揭露了那段被压抑排斥的历史。哭诉是黑人克服恐惧、重构身份的重要途径，并使他们摆脱被历史和国家叙事遗忘的命运。与之截然不同的是，白人在哭诉空间失去原有的特权，他们从肆意谩骂殴打黑人，到逐渐被消声，最终被黑人老汉们的集体哭诉所淹没。白人的恐惧是对特权不保的恐慌。他们将野蛮、低等的想象投射到黑人身上，以满足自诩文明、理智的畸态心理。

三、怪诞空间

怪诞空间具有共时空间的种种特征，事件间的并置与关联演绎为个

---

① 奈特·特纳(Nat Turner，1800—1831)于 1831 年在美国弗吉尼亚州组织领导奴隶暴乱，报复白人。暴乱失败后，纳特和其他 16 名跟随者被绞死。纳特暴乱事件一方面严重刺激到白人，他们杀害更多的黑人；另一方面，废除奴隶制的呼声也越来越高。

体多重身份属性的并置。怪诞空间叙事下,个体原本具有单一性的因素,如性别、年龄以及观念等发生裂变,一切处于流动中,表现出截然不同的特性。在《老汉们的聚会》中,黑人们不再受种族历时空间的制约,白人亦在善与恶之间产生心灵的纠葛。

在怪诞空间叙事中,马歇尔农场主坎蒂的性别气质表现出多重不稳定性。二元对立认知被打破,定量成为变量,固定成为流动,从而引发“怪诞”(grotesqueness)的恐惧感。哥特文学叙事传统中的“怪诞”指的是古怪、奇特、不协调等超越认知的特征,它令人厌恶恐惧。经典哥特小说《甲虫》(*The Beetle*, 1897)讲述了一个关于怪诞变形的故事,小说主角是古埃及甲虫女王,她为了疯狂报复英国议员,随意变换自身性别甚至物种。在《老汉们的聚会》中,坎蒂也并置了女性和男性的特质。在外形上,她颠覆了南方传统的女性形象,“穿着白色衬衫,短裤,棕色的鞋子配有金色的小扣头……头发剪得跟男人一样短”(5)。言谈举止间,她的父权特质展露无遗,她试图掌控马苏家门前骚乱的场面,对在场的黑人老汉们、白人警察以及自己的男朋友卢发号施令。当男友卢对自己的指挥表现出质疑时,坎蒂眼冒火光,嘴唇发颤,愤怒不已。在性别歧视与种族歧视程度不相上下的南方农村,坎蒂表现出的男性特质被视为怪诞的表现。怪诞打破了阈值的权威性。玛丽·道格拉斯(Mary Douglas, 1921—2007)研究阈值的失效与恐惧的关系,她指出当决定事物属性的阈值不再起作用,例如物种或性别的界限定义被打破,无法区分人与动物、男性或女性之时,恐惧即由此产生(Douglas 41)。坎蒂“非男非女”,引发一连串的恐惧反应,不仅使人们产生对怪诞的畏惧,又制造出令人陷入恐慌的不确定性——坎蒂究竟是何许人也?又意欲何为?是极力维护私有财产的传统奴隶主,还是支持种族、性别平等的开明南方白人?比起恶贯满盈的布唐家族,坎蒂是更甚于他们,还是涅而不缁,反倒能护得黑人老汉们的周全?

正如她的性别特质扑朔迷离,小说同时刻画了坎蒂令人捉摸不定的种族态度。对于白人向黑人施暴,她时而激昂反对,时而又歇斯底里地维护,两种截然不同的态度并置于一身。当她愤怒地斥责鲍·布唐及其家人羞辱、压迫乃至体罚黑人时,作为马歇尔农场主的坎蒂看似一名开明之士,集先进的思想、包容的心态和非凡的勇气于一身,突破了其自身种族、阶级、性别的局限,表现出一种大无畏的可贵精神。然而,当黑人克拉图否定坎蒂的权威,拒绝她进入马苏家参与黑人老汉们的集体商议时,她的态度旋即发生令人惊恐的转变。克拉图唤醒了她内心象征着奴隶主身份的恶魔，她恼羞成怒，浑身颤抖着怒吼道，“这是我的地盘……你鬼扯什么？……你知道你在跟谁说话吗？滚出我的地盘”(143)。坎蒂突如其来的态度转变引发奴隶制暗恐。她与老汉们结盟的性质瞬间发生变化：她对包括马苏在内的黑人老汉们的维护，完全是出于对私有财产的保护，农场的黑人们“一直都是她豢养的奴隶”(144)。坎蒂表现出的两种极端态度正是奴隶主与奴隶关系的叙事。废奴主义者莉迪亚·蔡尔德(Lydia Child，1802—1880)在《母亲之书》(*The Mother's Book*，1831)中认为饲养宠物的方式与规训奴隶极为相似。她目睹一个年轻的母亲陪伴孩子与小猫玩耍，当小猫出于自卫本能而攻击小主人时，母亲厌恶地将猫一脚踢开，并狠狠地殴打它。根据废奴主义“奴隶就是家养的宠物，稍有违抗便招致主人狠毒的惩罚”(Child 169)的观点，这些老汉们正是坎蒂饲养的“宠物”，坎蒂虽然可以视他们为家族一分子并在适当条件下给予一定保护，但对他们仍具有绝对的掌控权和领导权。一旦“宠物”表现出反抗或不满，主人的保护随即变为无情的惩罚。如此一来，被种族主义蒙蔽双眼的坎蒂正像那只不断变形的甲虫女王，她周围弥漫着种种剑拔弩张的杀机和不可言喻的恐惧感。

坎蒂阴晴不定的怪诞在其恋父症的治愈过程中逐渐归于稳定。这种稳定源于在怪诞分裂后直面恐惧，不断内省，最终促使恐惧孕育出希望。首先，坎蒂对黑人老汉马苏存有恋父情结。马苏是孤儿坎蒂成长路上重要的领路人，之于她是父亲一般的存在。故而马苏即将面临被捕时，坎蒂伤心欲绝，紧紧握住马苏的双手，深情地凝望他，像是失去“爱人”般恐惧不已。在庭审结束后，坎蒂提出送马苏回家，并像“女人看着男人那般”(177)望着马苏，殷盼这个治愈了她心疾的“恋父对象”能看穿自己的心思并报施以爱意。然而令她意外的是马苏拒绝了她的帮助，并指向她的男朋友卢，“你应该和他在一起”(177)。黑人老汉马苏拒绝坎蒂的原因不仅仅是想要医治她，同时也是避免自己落入“黑人老奴忠心耿耿地养育白人孩子”的圈套，或者沦为白人豢养的“宠物”。坎蒂最终并没有因为马苏的拒绝而勃然大怒，而是默默地牵起了卢的手，与马苏挥手告别。坎蒂没有变成可怕的奴隶主或是恋父的小女孩，她的表现也从怪诞不可测趋于稳定。坎蒂意识到，那股颠覆的力量，即对性别、种族制约的不满和抗争，作用在她身上，同时也作用在马苏身上，作用在农场其他黑人老汉们的身上。作为白人农场主，坎蒂要理解并接受那段“未记录的历史”(Savoy 7)，即记载着黑人过往的苦难史。其次，她须直面并战胜恐惧，包括白人失去掌握黑奴的权势之恐惧，又如恋父的小女孩失去曾经拥有的“父爱”之恐惧。在接受一切原本使其分裂的因素后，坎蒂的稳定实现了该空间中白人身份与种族平等的积极并置。

在怪诞空间叙事中，坎蒂对外表现出男性霸权气质，在反对与支持奴隶制之间摇摆不定，同时其内在精神退化成罹患恋父症的小女孩，对黑人老汉马苏表现出超越父女之情的依恋。坎蒂各种矛盾表现的并置，引发怪诞的恐惧——阈值的失效以及不确定性导致的恐慌。坎蒂的不稳定性源于两种文化的冲击。黑人老汉马苏的启蒙教育赋予其颠覆和反抗的力量，而白人社会的影响使她无法即刻洞察“未记录的历史”的重要意义。直到她经历了马苏家黑人老汉的聚会反抗后，心灵才得以重获洗礼。她意识到只有不断内省，接受那段被消声的历史记忆，种族矛盾导致的各种恐惧才能转化为种族平等的希望。由此，怪诞空间里消极的变形朝向积极转化。

结　语

在《老汉们的聚会》中，盖恩斯以精湛的哥特叙事技巧勾勒出一个个共时性空间，呈现出生与死、消声与发声以及个体怪诞分裂等的交织，实现了从微观到宏观的并置空间建构。通过哥特空间叙事，小说反抗和颠覆了种族主义空间的符号系统，呈现出被文明史压抑的“黑色深渊”(同上 9)。在这部小说中，“黑色深渊”是黑人老汉们不堪回首的苦难史，也是他们文化身份构建的重要组成部分。白人失去原有的话语权和掌控权，有的沉默且深陷恐慌，有的则克服怪诞变形的命运。从空间建构的角度而言，共时空间是历时空间一个个瞬间性的呈现，具有与历时空间抗衡的巨大潜能。这种抗衡意义非凡，触发空间中的哥特叙事超越恐惧本体，朝向希望与生机。总之，这部小说的空间叙事与哥特叙事相辅相成，形成了别具一格的风格，体现出作者高超的写作技艺以及对非裔深切的关怀。

引用作品[Works Cited]：

Brogan, Kathleen. *Cultural Haunting: Ghosts and Ethnicity in Recent American Literature*. Charlottesville: Virginia UP, 1998.

Butler, Judith. *Bodies That Matter: On the Discursive Limits of "Sex"*. New York:

Routledge, 1993.

Child, Lydia. *The Mother's Book, 1802 - 1880*. Boston: Carter, Hendee and Babcock, 1831.

Douglas, Mary. *Rules and Meanings. The Anthropology of Everyday Knowledge: Selected Readings*. New York: Penguin Books, 1973.

Fanon, Frantz. *Black Skin, White Masks*. New York: Grove, 2008.

Frank, Joseph. "Spatial Form in Modern Literature: An Essay in Three Parts (I)." *The Sewanee Review* 53 (1945): 221 - 240.

Gaines, Ernest. *A Gathering of Old Men*. New York: Vintage, 1983.

Hones, Shelia. *Literary Geographies: Narrative Space in Let the Great World Spin*. New York: Palgrave, 2014.

Kristeva, Julia. *Black Sun: Depression and Melancholia*. New York: Columbia UP, 1989.

Kruger-Kahloula, Angelika. "Homage and Hegemony: African American Grave Inscription and Decoration." *Slavery in the Americas*. Ed. Wolfgeang Binder. Wurzburg: Konigshausen & Neumann, 1993. 317 - 335.

Lambert, Raphaël. "Race and the Tragic Mode in Ernest J. Gaines's *A Gathering of Old Men*." *Southern Literary Journal* 42(2012): 106 - 125.

Lewis, Matthew Gregory. *The Monk*. New York: Penguin Classics, 1991.

Lotringer, Sylvère. Ed. *Foucault Live (Interviews, 1961 - 1984)*. Trans. Lysa Hochroth and John Johnston. New York: Semiotext(e), 1996.

Marsh, Richard. *The Beetle. A Mystery*. London: Skeffington & Co., 1897.

Pedersen, Carl. "Sea Change: The Middle Passage and the Transatlantic Imagination." *The Black Columbia: Defining Moments in African American Literature and Culture*. Eds. Werner Sollors and Maria Diedrich. Boston: Harvard UP, 1994. 42 - 51.

——. *Black Imagination and the Middle Passage*. New York and Oxford: Oxford UP, 1999.

Savoy, Eric. "The Face of the Tenant: A Theory of American Gothic." *American Gothic: New Interventions in a National Narrative*. Eds. Robert K. Martin and Eric Savoy. Iowa City: U of Iowa P, 1998. 3 - 19.

Tucker, Terrence. "(Re)Claiming Legacy in the Post-Civil Rights South in Richard Wright's 'Down by the Riverside' and Ernest Gaines's *A Gathering of Old Men*." *Southern Literary Journal* 32(2001): 105 - 124 + 153.

Wardi, Anissa. "Inscriptions in the Dust: *A Gathering of Old Men* and *Beloved* as Ancestral Requiems." *African American Review* 36 (2002): 35 - 53.

Zoran, Gabriel. "Towards a Theory of Space in Narrative." *Poetics Today* 5.2 (1984): 309-335.

刘锦丽:"论非裔美国小说家欧内斯特·盖恩斯的老年书写",《湖北大学学报》(哲学社会科学版),2020 年第 2 期,第 106—125 页。

隋红升:《身份的危机与建构——欧内斯特·J. 盖恩斯小说中的男性气概》,浙江大学博士学位论文,2010 年。

归域：美国印第安小说中“地方”的想象与重构*

孙小芳**

内容提要：“地方”是印第安宇宙观念及殖民历史中的一个核心要素，也是美国印第安作家琳达·霍根作品中的重要议题。本文聚焦霍根小说中“地方”的文学表征，梳理出作者去殖化的“地方”建构模式：通过神话归域恢复人们与地方的内在联系，确定种族来源感；通过心灵归域完成对族群地方记忆的认同，恢复人们的部落感；通过文化归域完成对地方文化的认同，重构自己的文化身份。总之，这种关于“地方”的想象与重构使作者完成去殖化历程并重塑人们的地域身份、族裔身份及文化身份。

关键词：琳达·霍根；地方；神话归域；心灵归域；文化归域

Abstract: “Place” is a pivotal element in the American Indian native cosmology and colonial history, and thus becomes a recurrent theme in Linda Hogan’s writing. This paper focuses on the literary representation of place in her fiction and figures out three decolonized modes: restoring people’s inherent connection to place and sense of origin through mythic reterritorialization, identifying with the collective memory of place and reconfiguring the sense of community through psychic reterritorialization, and retrieving the local culture and tribal traditions through cultural reterritorialization. In brief, this imaginative and nostalgic reconstruction of place enables the author to complete the decolonizing process and reshape indigenous people’s geographical, ethnic and cultural identities.

Key words: Linda Hogan; place; mythic reterritorialization; psychic reterritorialization; cultural reterritorialization

---

* ［**基金项目**］：本文系广东省社科基金规划项目“美国印第安作家琳达·霍根的地方思想研究”（GD20CWW05）的阶段性成果。

** ［**作者简介**］：孙小芳，深圳职业技术大学商务外语学院副教授，主要从事英美文学与文化、西方文论研究。

“地方”是美国印第安文学和文化中的一个核心要素，印第安近代史是印第安人不断失去地方、被白人驱逐和殖民的历史。因此“地方”成为美国印第安契卡索族(Chickasaw)女作家琳达·霍根(Linda Hogan, 1947—)作品的重要议题。正如大卫·哈维(David Harvey)所说，“世界上的地方总是被去疆界(deterritorialized)，并根据殖民主义或者帝国主义的需要改变其先前的意义”(Harvey 264)。劳伦斯·布依尔(Lawrence Buell)也曾指出：“(关于去疆界化)最具代表性的例子就是欧洲移民者来到美洲大陆，使原本居住于此的印第安人失去了地方和家园。而后，这些居民被美国政府暴力驱赶到联邦政府定义的地方——保留地(reservation)，这种地方对原住民更像囚禁俘虏的收容所，而不是对他们家园及牧场的体面补偿”(Buell 2005：72)。多奈尔·N. 德瑞斯(Donelle N. Dreese)将哲学术语“再疆域化、归域”(reterritorialization)(Aarons 165)借用到美国印第安文学研究领域，以指涉印第安人重构“地方”的方法：通过记忆和想象重建家园和重塑自我身份(Dreese 18)。

地理批评认为，“地方不再是空间的容器”(Tally 39)，而具有强烈的文学表征能力。“人与地方的纽带决定了人的自然地理方位和文化地理归属，可以在人与人交往时用来判断和辨别对方的地域身份、文化身份和民族身份”(刘岩 70)。近年来，一批印第安作家如N. 斯各特·莫马迪(N. Scott Momaday, 1934—2024)、乔伊·哈乔(Joy Harjo, 1951—)和琳达·霍根等在文学创作中着力表现人与地方的纽带关系，尝试用“归域”策略来恢复印第安人业已缺失的民族性格和文化身份，同时解决当代印第安人因地方家园丧失而形成的文化隔离和身份迷失等问题。本文爬梳琳达·霍根小说中人与地方的互动模式，探讨作品如何通过神话归域、心灵归域和文化归域的方法实现对“地方”的想象和重构，进而重塑其地域身份、族裔身份及文化身份，并使他们在业已变迁的地理环境中再栖居。

一、神话归域：重温种族渊源

神话归域(mythic reterritorialization)是由学者德瑞斯提出的定义，她指出：“在许多信奉口头文化传统的印第安部落，人们通过重温印第安神话和传说，确定自己种族来源的具体地方，这点对于确定人们的族裔身份尤为重要”(Dreese 17)。换句话说，印第安作家可以在作品中通过神话归域的方法，明确人们的民族诞生地，产生与某个地方或地点的连接；也就是说，借由神话传说，作家希望人们通过地方崇拜来重温自己民族的自然图腾，恢复印第安传统中万物同根同源的地方自然观念。

琳达·霍根在自传《两种生命》（“The Two Lives”, 1987）中指出，印第安的近代史就是家园一次次被掠夺和霸占的历史，“失去土地是当代印第安人的鲜明特点”（Hogan 1987：237）。但是，在印第安人从小被白人灌输的教育观念中，他们的贫穷是由于自身的懒惰，而不是因为白人的殖民掠夺所造成（Coltelli 74）。事实上，印第安人被剥夺家园的殖民历史可以追溯到17世纪，大规模掠夺则是从18世纪末的“血泪之路”（Trail of Tears）开始，随后美洲大陆原住民就一次次地被驱赶、剥夺家园，被迫离开他们熟悉的地方。爱德华·萨义德（Edward Said, 1935—2003）曾提出一个问题：“作家怎么能够通过文学创作来帮助人们返回到已经被殖民者掠夺的家园呢？”（转引自 DeLoughrey & Handley 3）很显然，印第安祖辈们居住的地方已经被白人占领，并为满足资本主义发展的需要而发生了巨大变化。对于当代印第安人来说，重返之前的地方已不可能，即使回到当时的地方，周边的环境也已面目全非。因此，人们只能通过重温部落的神话和传说，来建立个人与族群故乡的渊源联系，同时实现在迁移后的地理环境中再栖居。

这种重构和再栖居不是某个个体的单一诉求，它要求族群内所有成员都加入通过重温神话传说完成历史与现代接合的活动中，打破殖民行径所带来的断裂和异化（Buell 2001：84）。事实上，这些神话“不仅记述了与本族群起源有关的重要地方，同时也通过传颂与图腾相关的动物神灵和族裔精神来建立部落身份”（Dreese 8）。简言之，印第安传说中关于创世的神话通过回答“我们来自哪里？”建立了当代印第安人与地方之间千丝万缕的联系。印第安的创世故事表明“人们不管是从地下出现，还是从天空中降生的，或者从水里出现”，它都会将族群的诞生与某个神圣的地方关联起来。比如“在西南部落的创世说中，人间的所有生物——人类，动物和植物都是孕育在大地母亲的子宫中，它们是一母同胞的三个兄弟姐妹”（Lundquist 4）。也就是说，不管是人类还是非人类，世间的生物都孕育在大地母亲的子宫中，是有着血缘关系的兄弟姐妹。人类与地方的一草一木、一花一鸟是同根同生的同胞。琳达·霍根在小说《恶灵》（*Mean Spirit*, 1990）中利用这一创世传说，把山洞比作大地母亲的子宫，来表现当地的欧塞奇（Osage）部落与山洞之间与生俱来的亲密关系。

小说中的“悲怆山洞”(Sorrow Cave)就是这样的一个神圣之地,它位于印第安欧塞奇族人(Osage People)居住的瓦特纳(Watona)镇与白人的居住地塔尔伯特(Talbert)之间。小说以 20 世纪 20 年代发生在美国西部的“石油热”为背景,描述人们在贫瘠的保留地瓦特纳镇意外发现了石油资源。贫穷的欧塞奇人因此一夜暴富,而贪婪的白人油商则纷纷从东部城市接踵而来。因为觊觎欧塞奇人的土地资源,以约翰·黑尔为首的白人油商不断迫害当地印第安人,包括枪杀首富格瑞丝·布兰凯特,陷害入狱并绞杀贝努瓦甚至活埋镇上的“疯子”老人。格瑞丝的女儿诺拉,作为财产的唯一继承人受到白人油商的恐吓和暗杀威胁,最后不得不嫁给白人律师的儿子,以寻求保护。就这样,这些白人油商利用合同诓骗、威胁恐吓、串通政府甚至是暗中谋杀生活在瓦特纳镇的欧塞奇人,从而占有他们的土地资源并过分开采石油,对当地环境造成巨大污染,使生活稍有改观的印第安人陷入更加贫穷和恐慌的境地。因此,小镇每天笼罩在阴谋和暗杀的阴云下,镇上的欧塞奇人惊慌失措,为了生存,有些居民不得不背井离乡,就像当年经历“血泪之路”的祖先一样。

但以贝拉·格雷克劳德和迈克尔·豪斯为代表的一批印第安居民,在族人再次被迫远离故乡的时刻,却选择留守家园勇敢地与白人对峙。作为部族中颇有声望的长者,他们心系族人命运,坚信人与故乡土地的内在联系,因为他们很清楚“人们(一旦)离开了一片土地,就会进入充满迷失与未知的状态”(Hogan 1990: 342)。尤其是贝拉,作为格雷克劳德家的奶奶,也是部落中的女族长,她颇受家人和族人的尊重。一方面,她智慧果敢,经常伸出援手帮助困难中的邻居。诺拉在母亲被暗杀后由贝拉接到家里悉心照顾,才免受白人奸商的暗杀和迫害。另一方面,贝拉秉承印第安传统的地方意识和自然观念,认为人类和地方的生命形式,比如各种动物和植物都是同根同源的兄弟姐妹,且人们有义务照顾这些非人类的生命形式。她会按照印第安的习俗,在月光下为玉米吟唱,帮助它们生长(同上 261)。她还会为保护被售卖的老鹰,与当地的捕鹰人发生冲突(同上 110)。尽管这些吟唱和保护行为在那些接受了白人教育的印第安年轻人看来是迷信和愚蠢的,贝拉仍然坚守这些地方观念,认为自然环境中的动物和植物是印第安人“地方”的重要组成部分,对地方中的一草一木、一鸟一石的保护和依赖既是人们保护家园、加强与地方生命连接的重要表现,同时也是当代印第安人传承古老地方观念的直接体现。

同时，贝拉也虔诚地信奉着印第安神话故事中的创世说，认为山洞是印第安人和当地动植物的孕育之地。在瓦特纳小镇，"悲怆山洞"就是欧塞奇人的诞生地，这样的神圣之地充满超自然的能力，"具有疗愈功能，它是避难所，是神殿，可以平息这些（殖民）纷争"（Hogan 2007：29—30）。当小镇居民陷入被谋杀和驱逐的危险境地，大部分人选择无奈地离开故乡的时候，贝拉坚定地留在故乡。她决定去朝拜族人的圣地"悲怆山洞"：

> 然后她进入（悲怆）山洞，那里有四个小的洞穴就像是人的心房。她坐在洞口，脑海里浮现出周围混乱的世界，被白人（用炸药密谋）炸飞了的房屋和惊慌失措陷入绝望的族人……入夜，她（贝拉）躺在山洞的地上和衣而眠。（因为）紧挨着地面，她感觉到山洞的气息，感觉到了大地的脉搏，感觉自己与山洞和大地合为一体。她仿佛看到躺在地面的自己，满头白发的妇人，却强大坚毅，与周围的山体血脉相通。通过这些血脉，她真切地感受到由大地母亲传递给她的战斗力量和对未来的希望。（Hogan 1990：344）

四个小洞穴就像是大地母亲的心脏。当贝拉躺在地上时，似乎能听到母亲那有节奏的心脏跳动。只有与大地母亲血脉相通的时候，贝拉才意识到自己其实就是大地的一部分，自己与周围的动植物生灵都是大地母亲的孩子，是地方不可或缺的组成部分。当人们彷徨、无助的时候，大地和周围生命的能量都会迅速集聚于人的体内。这些力量支撑着贝拉带领族人与贪婪的白人油商和政府对峙，直到为欧塞奇族人赢得新的生存空间。

此处，作品透过当代印第安人依旧被剥夺地方的现状，管窥整个民族几个世纪以来被欧洲白人侵占故乡家园的殖民历史。当印第安人在空间上不断失去地方和故土，生存空间愈发局促的情况下，印第安族群失去了身份及归属感。霍根认为，神话归域的方法能让人们追根溯源，通过熟悉创世说中的诞生地来重温自己的种族来源，锁定自己的地方出处从而明确地域身份并增强对地方在地理空间层面的依赖感。另外，人们还通过探访和祭拜圣地，重新恢复印第安人与地方之间的亲密关系，增强人与地方之间的互动性，促进人类与地方环境之间的能量交换，使迷失沮丧的现代印第安人重获力量。

二、心灵归域：重温地方记忆

心灵归域(psychic reterritorialization)是由德瑞斯提出,用来帮助失去土地的殖民地居民重构地方的另一方法。她认为:"地方的归域,不管通过地理空间上的连接还是通过超自然的方式,多多少少都带有心灵想象的色彩"(Dreese 47)。既然无法回到祖先的土地,印第安作家只能通过小说人物的想象和回忆来重温与部落地方相关的族群事件,与故乡地方产生心灵上的链接,形成基于地方的族群记忆,进而增强民族的凝聚力和认同感,重建基于地方的部落集体身份。

德瑞斯指出,"人们对故乡那种不可名状的渴望往往源于某个意念、某段回忆或者某种能够在脑海中勾画出有关故乡记忆碎片的怀旧思想"(同上)。人们对地方感的需求不仅涉及对地方环境的强烈依赖感,也包括对部落族群的归属感,在这个群落里他们会因为自己的身份被接纳而产生自在感。由此,作家通常会采用心灵归域的方法,通过人物回忆真实再现某个地方部落的殖民故事,重建现代人基于地方的部落族群集体身份。在霍根的小说中,她借助印第安人的回忆控诉白人殖民者的屠杀暴行,形成基于地方的群体记忆。对于没有亲历殖民屠杀的当代印第安人来说,这种历史上的群体记忆让他们能够跨越时空限制,建立与故乡的心灵链接、重温部落祖先的民族精神,建立属于当代印第安人的部落身份。这种尝试不仅仅是一种怀旧式的想象,更是重构现代印第安人族裔身份的努力。

德西蕾·海勒格斯(Desiree Hellegers)认为,疗愈殖民创伤的最有效方式就是再现在殖民意识形态操控下统治者施与受害者的种种暴行,重塑这段历史不仅仅是为了痛斥殖民暴行,更重要的是彰显原住民的价值观念及意识形态,最终寻找到新的反殖民策略(Hellegers 8)。对于霍根而言,能够再现印第安殖民史的有效途径就是语言。因为语言是激发人类想象、产生心灵链接的媒介,其"媒介功能就是对共同经验进行符码转换,使其成为能够表达'自我主体'文化与感性的符号"(刘向辉、郭英剑 102)。具体来讲,口头故事是印第安群体经验转换的符码,是表达印第安种族主体的符号,是印第安群落跨时空产生心灵链接的桥梁。著名的印第安活动家西蒙·J. 奥尔蒂斯(Simon J. Ortiz)曾经说过,"故事具有力量,是因为语言赋予故事这种强大的力量。我们的种族存在于这些故事中,我们的种族在不断地传递这种力量"(Ortiz i)。对现代印第安人来说,帮助他们重建族群身份的一个有效方法就是聆听这些口头故事，建立有关殖民暴力的族群记忆。尽管这些基于地方的殖民暴力事件异常残酷，但每每回望这些历史事件，人们都会更加清晰地认识到白人殖民者的丑恶嘴脸，同时这些口述历史都会成为加强当代印第安人族群纽带的不可或缺的手段。

在小说《恶灵》中，霍根通过两位人物的口头自述，真实再现了印第安殖民历史上臭名昭著的“伤膝河大屠杀”(Wounded Knee Massacre)和“血泪之路”事件，还原当年印第安人不断被屠杀直到各个部族灭绝的历史。小说中的苏族人(Sioux)莱昂内尔·塔尔在回忆家人及其他族人在“伤膝河”遭到集体屠杀的场景时说道：“那天正好是个飘雪的圣诞节，苏族人被全副武装骑着灰马的装甲部队屠戮殆尽”(Hogan 1990：221)。他回到族地，发现没有任何一个人生还，孩子们的尸体冻在寒冷的雪地里。当他找到妻子的尸体时，发现她怀里抱着已经冻僵的小儿子，他试图把儿子的四肢收拢回去，不想它们都脆生生地迸裂，四散在雪地上。多年后，每当夜晚回想起族人和儿子被屠杀的恐怖场景，莱昂内尔都久久无法入睡。这些记忆让他明白，白人主宰的社会充斥着太多对印第安人的压迫和杀戮，同时也让他更加清醒地认识到“山姆叔叔的灵魂是卑劣和残忍的”(同上)，美国白人殖民者对印第安人从来都不会心慈手软。

1830年5月，安德鲁·杰克逊(Andrew Jackson，1767—1845)总统通过了《印第安人迁移法》(*Indian Removal Act*)，把印第安人押送出密西西比河以东地区，白人势力在这一地区迅速发展。在迁徙途中，有大量印第安人因饥饿和病痛而死亡，这一事件又被称为印第安人的“血泪之路”。这个事件发生100年后，瓦特纳小镇上的欧塞奇女子莱蒂，再次经历了失去亲人的痛苦。1920年，来到瓦特纳小镇的白人石油商约翰·黑尔为了侵吞当地印第安人的土地来开采石油，将莱蒂的未婚夫贝努瓦抓进监狱并活活吊死。痛失未婚夫的莱蒂不禁将自己的遭遇与百年前经历“血泪之路”的族人联系起来，小说这样描述她的想象：

> 她坐在春天的青青田野中，嗅着刚翻铲过的泥土的味道，凝视着自己的双手。她手上的皮肤干涩而纤薄，(恍惚中)她似乎看到了这双手的历史。它们好像就是她祖母的双手，(至少是)来自祖母的双手。她的祖母是从“血泪之路”的长途跋涉中幸存而来到俄克拉荷马的。白人士兵驱赶着她的祖先们从密西西比家园

> 一路向西。这些族人们要么被鞭挞,要么直接消失……在西迁的路途中,当一些妇女悲恸至极,摔倒在地,为那些被白人士兵杀害的孩子们哭泣时,其他的妇女就会伸出援手搀扶起这些悲伤的母亲们,说道:"我们还得坚持下去。继续前行吧。"(同上 210)

此处,绝望的女孩莱蒂将自己的双手与"血泪之路"中经历苦难并坚强前行的祖母们的手联系起来。正是这双手轻轻地抚慰着在"血泪之路"失去孩童的悲伤母亲;正是这双手无数次搀扶起在"血泪之路"中倒下的族人同胞;正是这双手传递着勇气和力量,让祖先们从"血泪之路"的血雨腥风中幸存;正是这双手传递着来自祖先的族群力量,帮助莱蒂度过失去未婚夫的痛苦。霍根利用双手的形象,通过人物莱蒂的回忆和想象,复原了当年"血泪之路"中印第安人被迫背井离乡的场景,增强了现代印第安人基于地方的种族屠杀记忆。莱蒂的经历也让人们懂得印第安人个体的命运不是孑然孤立的存在,她在回忆想象中所提起的祖辈不幸受难和历代族人厄运的种种碎片,共同构建了历史记忆并沉淀为集体的族群记忆(刘兮颖 86)。

随着时间的推移,发生在印第安人族群的屠杀历史逐渐为现代人所淡忘,从空间上看,经过殖民迁移的印第安人不但失去了家园,而且在数量也因屠杀所剩无几,能够保留族群记忆的来源在时空上被抹去。同时,在以白人文化为主体的美国社会中,当代印第安人几乎已经被"白化",更无法形成自己的族裔群体身份。身份认同首先是建立在个体族群身份的记忆上。既然没有办法做到重塑空间上的家园,琳达·霍根只能采用记忆和想象的心灵归域手法让现代印第安人重拾殖民历史中关于某个地方的记忆,形成属于本族特有的部落身份。如上所示,在小说《恶灵》中,霍根以"伤膝河大屠杀"事件的发生地为地理原型,运用回忆手法,以口述故事为载体,通过屠杀事件亲历者的讲述,新生代族人的聆听,现代读者的阅读,来共同完成心灵归域的实践。关于"血泪之路"历史的回忆,讲述者虽然不是事件的亲历者,但作者采用想象手段,运用记忆再加工的方式不但真实再现了大屠杀的族群记忆,而且将历史上的种族灭绝与当代印第安人的悲惨遭遇相关联,产生了历史与现代的呼应。这一方面是要人们不要忘记自己的祖居故乡是被白人占领的密西西比河畔,另一方面也强调正是来自祖辈们的勇气、力量和坚强意志才能让族人延续至今,目的是增强民族的凝聚力和归属感，同时倡导当代印第安人弘扬和传承印第安族群的集体精神，形成基于地方记忆的族裔身份。

三、文化归域：回归地方典仪

纵观印第安人的被殖民史，杀戮、瘟疫、西迁保留地等遭遇让幸存下来的族人在数量上锐减。但对整个族群来说，真正造成灭绝态势的是以寄宿学校为主要手段的文化同化(cultural assimilation)，从小接受白人教育和宗教信仰影响的印第安后代，最终形成文化迷失和精神危机的后殖民状态(Dresse 15)。如何解决当代印第安人的文化迷失和精神危机？以霍根为代表的族裔作家采取了文化归域(cultural reterritorialization)的策略，即通过弘扬部落宗教传统和文化典仪，完成对印第安部落及地方文化的认同，使人们重构自己的文化身份。

所谓的“文化同化”政策是美国首任总统乔治·华盛顿(George Washington, 1732—1799)及其军事顾问亨利·诺克斯(Henry Knox, 1750—1806)所提出来，由美国白人政府在1790—1920年间推行的一系列用于同化印第安人的举措。其中，寄宿学校是他们认为最有效的政策之一。因为与战争相比，教育是将印第安人变成美国人的更加廉价和容易的方式(Pratt 260)。1891年，美国通过了一项法律，强制要求印第安儿童上寄宿学校。学校禁止他们使用母语或穿民族服装，要求他们改英语名字，日常使用英语交流；禁止他们庆祝印第安的传统节日，迫使他们接受白人文化。正如学者指出，殖民暴力和种族灭绝就像一对孪生兄弟，一步一步摧毁印第安的社会结构。欧洲移民来到美洲新大陆后，先对当地印第安人实施了最初的暴力血洗，又对他们推出寄宿学校政策，“培育”了一批仇视自己民族文化遗产的新生代(Churchill 66)。在同化政策推行了一个世纪之后，印第安的新生代大多远离了自己的民族传统和文化根基，但是他们的种族和肤色又导致他们无法完全融入白人的文化群体，于是各种文化迷失和隔离状态始终困扰着当代印第安族群。针对这个问题，作家霍根尝试使用文化归域的方法来改变这种迷惘和无奈。小说中，她采用“归家”模式，让主人公通过回归部落地方来找到自我，实现身份认同。其中，主人公“归家”所回归的是与某个地方相联系的族群、历史、文化、传统等元素，这些元素已经超越了个人层面，是集体文化，也可以被称为“部落主义”(Bevis 586)。具体来讲，这些元素是在某个部落中形成的一系列规定、条例、习俗、典仪等行为准则和价值观念,它们是为本部落人所公认并区别于其他人群的文化标签。

小说《太阳风暴》(*Solar Storms*, 1995)的情节围绕主人公安吉拉的归家之旅展开。故事伊始,在政府福利院长大的 17 岁印第安少女安吉拉只身回到出生地——亚当肋(Adam's Rib)的祖母家,去探寻自己满脸伤疤的秘密。安吉拉在福利院生活了十多年,一直为面部恐怖的伤疤所困扰,经常感到恐惧、愤怒和痛苦。其实,此处的伤疤象征着欧洲白人屠杀和同化等种族灭绝政策带给印第安民族的代际创伤(transgenerational trauma)[①],从她的外祖母洛丽塔·温处产生,先是传递给母亲汉娜·温,后又传递给安吉拉。带着这个伤疤长大的安吉拉,背负着家族和部落殖民创伤的重担,这个担子压得她喘不过气来。为了摆脱肉体的疼痛和精神上的折磨,她也尝试过酗酒和自杀,但都无济于事。最终,她决定踏上"归家"之旅,寻找疗愈内外伤痕的良方。

霍根安排主人公安吉拉回到故乡,意在让她通过回归地方,去感受、体验最终接受部落中保留下来的法令、信仰和习俗,从而完成代际创伤的疗愈。这些习俗文化之于现代印第安人的重要性在印第安学者宝拉·冈·艾伦(Paula Gunn Allen, 1939—2008)的主张中得到了充分的印证:"正是这些(印第安的)典仪不断滋养着人们,将印第安文化从欧洲白人实施的种族灭绝政策中拯救出来"(转引自 Pulitano 12)。身心俱疲、面带伤疤的安吉拉象征着经历种族灭绝政策后支离破碎的现代印第安文化体系,它们亟待修复和重建,就如同安吉拉急需疗愈的精神创伤。她的面部伤疤起源于外祖母洛丽塔·温族人的食物饥荒,强化于母亲汉娜·温由于寄宿学校带来的精神饥荒,最终呈现为安吉拉的心理饥荒。表面上看,导致这种代际殖民创伤的罪魁祸首是白人的殖民掠夺,而背后的指挥棒正是西方的人类中心主义及适者生存等观念及信仰。早期的殖民者为了捕猎完整的水獭制作皮毛产品远销欧洲市场,在埃尔克岛(Elk)上放置了大量的氰化物来毒死水獭的各种天敌(狼、狐狸等),结果整个岛屿的动物几乎都中毒身亡,外祖母洛丽塔·温的族人赖以生存的食物源被切断,人们在寒冷的冬季陷入饥荒只好以食用同伴尸体为生;母亲汉娜·温从小

① 据学者爱德华多·杜兰(Eduardo Duran)介绍,这种在家族代际之间继承传递的创伤称为代际创伤,如果不从第一代着手治疗,创伤一般不会自愈,而且会随着代际的传递更加严重(Duran 16)。

就被寄宿学校强行带走，离开族人部落，被白人教育洗脑，成为殖民教育中的牺牲品；安吉拉被母亲虐待至伤，不管祖母布什多么努力地想要争取到婴儿安吉拉的抚养权，法院还是将她带离部族在福利院抚养。这些种族灭绝政策一步步地将印第安人从部落文化母体中剥离出来，不仅从肉体上冻饿杀戮他们，而且从精神上摧残折磨他们，直至文化上将他们彻底漂白，这些做法都导致印第安人心灵的创伤和扭曲。

为了从根本上疗愈安吉拉的代际创伤，小说设置了祖母布什主持的一场异乎寻常的印第安祭奠盛宴。布什认为法院让福利院带走安吉拉的“判决对于婴儿来讲无疑是死刑”(Hogan 1997：56)，因此专门组织族人来参加祭奠宴席，以表达自己对失去孙女的极度悲愤之情。同时，这一祭奠的场景放在小说开篇的序言中，以斜体字的形式出现，似乎是要通过印第安的食物盛宴强调贯穿全文的饥荒主题，控诉西方殖民者的各种暴行所引发的印第安人食物饥荒、精神饥荒和心理饥荒。但是，“传统的典仪好像已经无法疗愈由白人观念所带来的创伤”(Lundquist 75)，所以霍根在小说中采用创新后的祭奠模式来完成人们的创伤疗愈。此处，布什为“未亡者”举办一场祭奠盛宴，除了表达自己的悼念之情，更重要的是为安吉拉开启疗愈进程的第一步。值得注意的是，布什在宴席中创造性地增加了一个环节，在食客们离开祭奠之前，她将房间内所有的物品都分给了大家，包括自己的衣物、被子、钓鱼竿、银器等等。但是，安吉拉的衣物让她感到不舍，当她把安吉拉的小衣服、小袜子和小鞋子递给族人的时候，眼中充满了泪水，收到婴儿衣物的族人们不禁失声痛哭起来，他们不仅为安吉拉难过，同时为多年来在屠杀暴行和寄宿学校中离世的印第安孩童哭泣。

若祖母布什的祭奠仪式是疗愈过程的开启，那么能够让安吉拉最终缝合心灵创伤的是由安吉拉、祖母布什、曾祖母艾格尼丝以及曾曾祖母朵拉四代印第安女性共同从事的泛舟之旅，因为这场泛舟之旅对安吉拉来说更像是一场实实在在的印第安文化习得之旅。据说，曾曾祖母朵拉是族人里少见的能够与动物、植物对话，并拥有自然魔力的德高望重者。虽然朵拉已经教授了安吉拉一些与动物对话的灵唱法以及识别植物的知识，安吉拉对朵拉的自然魔力还是半信半疑。直到在祖孙四人的泛舟之旅中，安吉拉目睹朵拉利用自己的超灵力与河神米涩呗舒(Mishebeshu)交流，并帮助她们摆脱行舟中的困境(Hogan 1997：193)。安吉拉此处的见闻彻底洗刷了白人文化的影响，她不只是被朵拉的超强自然魔力所折服，更重要的是,她终于相信人类与地方自然之间确实存在连接和融通,这些印第安的习俗观念与她多年来所接受的白人人类中心主义思想相对而立。

此后,安吉拉愿意更多地了解族人的传统观念并尝试相关的超灵体验。正是这种主动接纳族人文化传统的尝试带来了心灵跨越并完成了自身文化身份的重塑。在传授安吉拉识别植物能力的过程中,朵拉发现安吉拉其实是族人中常说的"植物梦幻者"(plant dreamer),她拥有常人所不具备的灵力,可以与荒野中的草木、藤蔓交流:"她可以看到藤蔓在生长蔓延……甚至可以聆听到藤蔓们夜间的呼吸……在过去受伤的 17 年里,安吉拉似乎丧失了这些灵力,但现在她又找到了。这种梦幻的动力……能够创造出大海、河流和冰川。不管怎么说,她已经与这些植物合二为一,这种美妙的缠绕"(同上 171)让她内心平静而满足、欣悦无比。部落的传统文化在主人公安吉拉身上产生了重生的效果,是印第安部落的文化积淀帮助她走出白人寄宿教育带来的文化迷失,是这些文化典仪让她的内心不再彷徨而坚定选择部落信仰。通过与周围环境的超灵体验,她汲取了无穷的力量并体会了前所未有的满足与欣悦。这些能量和体验使安吉拉结束了背负多年的代际创伤,完成了身心疗愈的过程。由此可见,对部落传统文化的认同,不但帮助安吉拉获得了个人的新生,同时也塑造出新一代印第安族群的文化身份。

结　　语

地方的物质构成对人类活动有很大的影响,同时催生人类对地方的依赖。从历史的角度来看,印第安神圣地方可以激发人的情感认同及依赖,对殖民创伤具有疗愈作用,因此霍根在作品中采用神话归域的模式来增强人们对神圣地方的认同感。从社会的角度来看,基于地方的记忆虽然是抽象的和模糊的,但正是这些心灵与地方的碰撞构成了印第安人集体的族群回忆,流散的地方感也是印第安族群区别于其他族群的表征。从文化的角度来看,依靠地方习俗和文化形成的典仪和宗教仪式,更容易让人们从精神危机中找到自己的文化依赖,重温这些典仪,有助于帮助塑造自己的文化身份。琳达·霍根正是利用地方在文学表征中的特质通过神话归域、心灵归域和文化归域的方法来完成印第安人对已失去地理空间的想象,即通过重温传统印第安族群的社会条例(法令、礼仪、风俗)和文化信仰(动物观、自然观、灵性宗教),再次构筑印第安人的地方意识,恢复印第安人的身份定位。由此可见，作家对地方的关注，除了表征人们的处所感知和情感依赖之外，还在塑造人的身份认同方面发挥了重要作用。通过对地方因素的书写，霍根重构了当代印第安人地域身份、族裔身份及文化身份，最终形塑具有"地方"特色的印第安品格。

引用作品[Works Cited]：

Aarons, Kieran. "Deterritorialization (and Territory)." *Deleuze: A Philosophy of the Event*. Eds. Francois Zourabichvili, Gregg Lambert and Daniel Smith. Edinburgh: Edinburgh UP, 2012. 165 – 167.

Bevis, William. "Native American Novels: *Homing In*." *Recovering the Word: Essays on Native American Literature*. Eds. Brian Swann and Arnold Krupat. Berkeley: U of California P, 1987. 580 – 620.

Buell, Lawrence. *Writing for an Endangered World: Literature, Culture, and Environment in the U.S. and Beyond*. Cambridge: Belknap Press, 2001.

——. *The Future of Environmental Criticism: Environmental Crisis and Literary Imagination*. MA: Blackwell Publishing, 2005.

Churchill, Ward. "Sam Gill's Mother Earth: Colonialism, Genocide and the Expropriation of Indigenous Spiritual Tradition in Contemporary Academia." *American Indian Culture and Research Journal* 12.3 (1988): 49 – 67.

Coltelli, Laura. *Winged Words: American Indian Writers Speak*. Lincoln: U of Nebraska P, 1990.

DeLoughrey, Elizabeth & George B. Handley. *Postcolonial Ecologies: Literatures of the Environment*. New York: Oxford UP, 2011.

Dreese, Donelle N. *Ecocriticism: Creating Self and Place in Environmental and American Indian Literature*. New York: Peter Lang, 2002.

Duran, Eduardo. *Healing the Soul Wound: Counseling with American Indians and Other Native Peoples*. New York: Teachers College Press, 2006.

Harvey, David. *The Condition of Postmodernity: An Enquiry into the Origins of Cultural Change*. Oxford: Blackwell, 1989.

Hellegers, Desiree. "From Poisson Road to Poison Road: Mapping the Toxic Trail of Windigo Capital in Linda Hogan's *Solar Storms*." *Studies in American Indian Literatures* 27. 2 (2015): 1 – 28.

Hogan, Linda. "The Two Lives." *I Tell You Now*. Eds. Brian Swann and Arnold Krupat. Lincoln: U of Nebraska P, 1987. 231 – 249.

——. *Mean Spirit*. New York: Ivy Books, 1990.

——. *Solar Storms*. New York: Scribner, 1995.

——. *Dwellings: A Spiritual History of the Living World*. New York: Touchstone, 2007.

Lundquist, Suzanne Evertsen. *Native American Literatures: An Introduction*. New York: The Continuum International Publishing Group, 2004.

Ortiz, Simon J. *Men on the Moon: Collected Short Stories*. Tucson: U of Arizona P, 1999.

Pratt, Richard H. "The Advantages of Mingling Indians with Whites." *Americanizing the American Indians: Writings by the "Friends of the Indian" 1880-1900*. Ed. Francis Paul Prucha. Cambridge: Harvard UP, 1973. 260-271.

Pulitano, Elvira. *Toward a Native American Critical Theory*. Lincoln: U of Nebraska P, 2003.

Tally, Robert T. Jr. *Topophrenia: Place, Narrative, and the Spatial Imagination*. Bloomington: Indiana UP, 2019.

刘兮颖:"马拉默德《修配工》中的记忆书写与共同体行塑",《外国文学研究》,2022 年第 2 期,第 76—88 页。

刘向辉、郭英剑:"'各美其美':《唉咿!》中的文化共同体构建",《外语教学》,2022 年第 1 期,第 101—106 页。

刘岩:"'地方'的文学表征及其意义阐释",《国外文学》,2022 年第 1 期,第 67—75 页。

论《榆树下的欲望》舞台艺术与其对话性之关联

李慧敏*

内容提要：尤金·奥尼尔在20世纪20年代创作了一系列实验型戏剧作品，《榆树下的欲望》无论在思想内容还是舞台艺术上，都是奥尼尔大胆的戏剧实验。巴赫金将戏剧排除在对话型作品之外，仅承认中世纪宗教神秘剧具有形式上的对话性。奥尼尔亲自绘制了《榆树下的欲望》的舞台草图，并在美国著名舞台设计师罗伯特·埃德蒙·琼斯的帮助下将其化为现实。他借鉴神秘剧的复合式同时性舞台布景，赋予该剧形式上的对话性，并利用舞台艺术呈现剧作思想上的对话性，从而突破了巴赫金的断言。文章从共时、对立、象征三个方面勾画了剧作形式对话性与思想对话性的内在联结，文章还结合剧作的创作年代，分析了剧作形式与思想上对话的未完成性。

关键词：尤金·奥尼尔；《榆树下的欲望》；舞台艺术；对话性

Abstract: Eugene O'Neill created a series of experimental dramas in the 1920s, and *Desire Under the Elms* is his bold dramatic experiment both in terms of its content and its staging. Bakhtin excludes drama from dialogical works, recognizing only medieval religious mystery plays as formally dialogical works. O'Neill sketched the stage of *Desire Under the Elms* himself and brought it to life with the help of the renowned American stage designer Robert Edmond Jones. He breaks through Bakhtin's assertion by drawing on the multiple and simultaneous settings of the mystery plays, endowing the play with a formally dialogical quality, and by using stagecraft to present the play's dialogical thoughts. The article sketches the inner connection between formal dialogue and ideological dialogue from three aspects: simultaneous, opposite, and symbolic. At the same time, it analyzes the unfinished nature of the play's formal and ideological dialogues in historical context.

Key words: Eugene O'Neill; *Desire Under the Elms*; stagecraft; dialogicity

---

* ［**作者简介**］：李慧敏，四川大学文学与新闻学院博士生，主要从事文化及媒介理论研究。

《榆树下的欲望》(*Desire Under the Elms*, 1925)当属美国戏剧之父尤金·奥尼尔(Eugene O'Neill, 1888—1953)最富争议的剧作之一：该剧曾在波士顿被禁演；在洛杉矶演出时所有演员都被警察逮捕；直到20世纪40年代伦敦当地才允许它重返舞台(Kennedy 95)。尽管如此，《榆树下的欲望》依旧赢得了许多人的支持。诺曼德·伯林(Normand Berlin, 1931—2015)将《榆树下的欲望》视为奥尼尔最好的剧作，他如此评论道："奥尼尔在20世纪20年代中期写出了他最好的剧本，这是通过回到农场，通过强调人类的基本感情，通过给他的现实主义故事赋予象征意义，触动比以前更深层次的源泉，通过继续尝试舞台技巧，并为他的剧本注入希腊悲剧的情感基调来实现的"(Berlin 71)。瑞典学院诺贝尔文学奖委员会主席佩尔·哈尔斯特龙(Per Hallström, 1866—1960)在为奥尼尔颁发诺贝尔文学奖时，盛赞《榆树下的欲望》是奥尼尔的实验作品，"暗含着他渴望达到古代戏剧特有的纪念碑式的质朴"(哈尔斯特龙等 191)。无论在剧作的思想内容还是舞台艺术层面，《榆树下的欲望》都是奥尼尔20世纪20年代十分具有挑战性的戏剧实验，它"将诗意的意象与鲜明的现实主义相结合，将创新的舞台与熟悉的技巧相结合，将敏感的主题与传统的古典悲剧相结合"(Wainscott 258)，创造了震撼人心的新英格兰史诗。

尽管许多评论家都将奥尼尔与西格蒙德·弗洛伊德(Sigmund Freud, 1856—1939)相提并论，但奥尼尔本人强烈否认自己受到弗洛伊德的影响，他认为比起弗洛伊德和卡尔·荣格(Carl Jung, 1875—1961)等心理学家对他微乎其微的影响，自己更多地受到了心理学派作家费奥多尔·陀思妥耶夫斯基(Fyodor Dostoevsky, 1821—1881)的影响(奥尼尔 2006b: 275—276)。奥尼尔与米哈伊尔·巴赫金(Mikhail Bakhtin, 1895—1975)一样抓住了陀思妥耶夫斯基作品的对话性本质，将其运用在戏剧创作之中。奥尼尔在与美国评论家马尔科姆·考利(Malcolm Cowley, 1898—1989)讨论《榆树下的欲望》时讲道："我从未想过剧中的语言应该记录人物实际说过的话。我想表达的是他们潜意识中的感受。我试图写出一种综合性的对话(synthetic dialogue)"(O'Neill 80)。奥尼尔所说的"综合性的对话"包含着双声语的意味，与巴赫金所言的"微型对话"，即对话性渗透进人物的语言之中含义一致。但是巴赫金强烈否定戏剧具有对话性，至多承认宗教神秘剧具有形式上的对话性(巴赫金 20—21)。作为现代实验性戏剧的《榆树下的欲望》突破了巴赫金的断言，它不仅具有形式上的对话性，更具有思想上的对话性，且二者具有内在关联。本文探讨

《榆树下的欲望》舞台艺术与剧作对话性之间的深刻联结：首先，根据巴赫金的提示，文章重回剧作体裁的历史脉络，上溯至中世纪宗教神秘剧的舞台布景，呈现《榆树下的欲望》形式对话性的文化传统；其次，从共时、对立、象征三个方面分析剧作的舞台艺术如何展现剧作思想上的对话性，勾画剧作形式对话性与思想对话性的内在联结；最后，结合剧作的创作年代，分析剧作形式与思想上对话的未完成性。

一、形式对话性的文化传统：重返宗教神秘剧的舞台布景

巴赫金在《陀思妥耶夫斯基诗学问题》中将戏剧排除在复调作品的大门之外，仅给中世纪的宗教神秘剧留下一条门缝。他讲道："戏剧中的戏剧对话和叙事作品中的戏剧对话，向来被镶嵌在坚固牢靠的独白框架之内……戏剧对话中的你来我往的对语，并不会瓦解所描绘的世界，不会将它变成多元的世界……神秘剧的确是多元的，在一定程度上是复调的"（巴赫金 20）。对戏剧统一性的要求根源于亚里士多德（Aristotle，384 BC—322 BC）的《诗学》（*Poetics*，335 BC）以及由之引申出的古典戏剧定律"三一律"，但许多中世纪宗教剧打破了"三一律"。"中世纪戏剧中的演员不受古典戏剧中的圆形剧场或后来的剧院所强加的空间配置的限制，可以相对自由地在演出空间内即兴表演，根据室内或室外演出场所的大小、形状和布局来调整他们的动作"（Sponsler 108）。宗教神秘剧在形式上具有对话性，原因在于它往往以身体与灵魂、生前与死后的二元对立为根本来布置舞台。"神秘剧的一般结构，即创造两个世界秩序的垂直轴。即使在礼拜仪式剧离开'拉丁'教堂庭院并开始在'本地'市场广场上扩散之后，这种二元论的形而上学也没有被抛弃"（De 334）。鉴于神秘剧的二元性本质特征，"至少同时存在天堂和地狱两个地点，中间还有一片演区可以让魔鬼活动"（吴光耀 109）。这一布景方式被称作"同时性布景"（simultaneous setting）或"复合布景、多重布景"（multiple setting），其主要特点便是不同地点的行动在舞台上得到了同时呈现（杜定宇 504、713）。

奥尼尔对复合式同时性布景的兴趣可以追溯至1918年，早在他设计《天边外》（*Beyond the Horizon*，1920）的戏剧结构时，便安排了室内和室外两重场景的交替出现，让两条行动线在剧中同时进行。但在实际演出中由于室内与室外场景的切换浪费了过多的时间，从而招致部分评论家

的批评。在《安娜·克里斯蒂》(*Anna Christie*, 1922)中,奥尼尔将场景设置在同一个酒吧的两个房间,可以同时展现两个房间里的人物行动,而不需要场景切换(Hayes 56)。至《榆树下的欲望》,奥尼尔亲自绘制了一个复合式舞台布景,可以同时展现农舍四个房间的内部空间以及农舍的外部场景。在奥尼尔的草图中,凯勃特的农舍分为上下两层,楼上和楼下各有两个房间,上层左侧是伊本三兄弟的房间,右侧是凯勃特的房间,下层左侧是厨房,右侧是客厅,客厅外侧是一个小小的连廊。农舍左右两侧各有一棵高大的榆树,整栋房子带窗的侧面朝向观众,每一个房间的侧墙板都是可以拆卸的,观众可以同时看到多个房间的内部布景。比如,在第二幕第二场戏中,楼上两个卧室的外墙就需要同时拆卸下来,将两个卧室的内景同时展现在观众面前。导演兼舞台设计师罗伯特·埃德蒙·琼斯(Robert Edmond Jones, 1887—1954)将这一舞台布景搬上了舞台,在实际的演出中,琼斯保留了房子的基本形状和房间的位置,但取消了连廊,在观众的视野中,整栋房子不再有可以进出的连廊,整个舞台空间更加封闭,加剧了凯勃特农庄压抑严肃的氛围。①

巴赫金仅认可宗教神秘剧具有形式上的对话性,但否认神秘剧思想上具有对话性。他讲道:"神秘剧的多元和复调,纯粹是形式上的;神秘剧的结构本身,就不允许展开众多的意识以及他们各自的世界"(巴赫金 21)。巴赫金的立论点依旧是《诗学》以来戏剧统一性的传统认知,"戏剧本质上便同真正的复调格格不入;戏剧可以是囊括多方面的生活,但不可能容纳多种世界……每出戏里实际上只有一个充分价值的主人公声音,而复调则要求一部作品中有多种充分价值的声音,因为只有这样才可能按照复调原则来建构作品的整体"(同上 45)。就宗教神秘剧而言,巴赫金是正确的,神秘剧只在形式上打破了地点与时间的统一性,但在基督教严密的思想控制下其主题依旧是统一的。"真正的对话性情感,即一方的情感似乎会影响和改变另一方的情感,在神秘剧中是比较罕见的"(Diller 217)。但就现代和后现代戏剧而言,巴赫金的观点已不再成立。正如汉斯-蒂斯·雷曼(Hans-Thies Lehmann, 1944—2022)所指出的:"话语模式以观察点及避难所的双重性、全权导演与唯我论观察者各据一边的双重性保留了古典的秩序性。这种模式对于戏剧而言曾经是典型特征。但

---

① 奥尼尔为《榆树下的欲望》绘制的草图可参见 Altman et al. (Plate 460)。琼斯绘制的舞台构图可参见 Jones (Plate 26)。1924 年纽约实际演出图可参见 Berlin (Plate 4)。

是在新型剧场艺术中……多重话语常常从这种以一个逻格斯为中心的秩序中解脱出来，变为一种意义空间与声响空间的开放性布局”（雷曼 25）。按照彼得·斯丛狄（Peter Szondi，1929—1971）和雷曼的双重考察，现代派剧场对传统戏剧模式的反叛早在19世纪末就开始了。

奥尼尔跟随作为演员的父亲，从小就生活在剧场之中，他的剧本创作从未脱离过舞台实践。他曾对一位想要学习当剧作家的年轻人说道：“找一些木头、帆布、铁钉和其他东西，先给你自己造个剧院，造个舞台，配上灯光，仔细研究一番。这样做了以后，也许你就明白该怎么样写剧本了，如果你确实能写作的话”（奥尼尔 2006b：204）。20世纪20年代前期正是奥尼尔对改建剧团、创新舞台艺术充满想法的时期。在与好友凯尼斯·麦高文（Kenneth Macgowan，1888—1963）的通信中，奥尼尔写道：“在剧本创作之外，对于戏剧演出，我也有许多独到的想法，可以使所有有关的人都有进行试验、发展和成长的可能……我愿意与任何有兴趣的人一起来实施这些想法”（同上 238）。琼斯作为美国新舞台艺术运动的主要奠基人之一，也倡导一种具有创造性、富有想象力的舞台艺术。他在《戏剧的想象》中阐述了自己的设计理念：“舞台设计要诉诸这心灵的眼睛。有一只外部的眼睛用于观察，而另有一只心灵的眼睛可以领会……一组布景不仅是美的东西，或许多美的东西的集合。它是一种风度，一种情调，一种对戏剧的交响乐伴奏，一阵吹旺戏剧火焰的风……它无言，但显示一切”（琼斯 151）。奥尼尔和琼斯两人一拍即合，他们共同拒绝自然主义式的琐碎细微复制，一起追求富有感染力和创造力的舞台艺术。《榆树下的欲望》成为他们实践新型舞台艺术的实验作品，剧场舞台真实地再现了剧作中的多元世界，这些矛盾对立的世界以及不同世界观之间的对话正是通过舞台艺术得到了完满的呈现。

一方面，《榆树下的欲望》重返宗教神秘剧的复合式同时性布景方式，在形式上具有对话性，另一方面，剧作形式的对话性与其思想的对话性是密切相连的。奥尼尔拒绝对观众进行道德说教。他认为“作者一旦把宣传塞进剧本，读者马上便察觉，剧本也就仅仅成了一段论证而已”（奥尼尔 2006b：248—249）。奥尼尔更愿直面生活，体验生活，呈现生活的本来面目，用他的话说，“我在生活中到处看到的都是戏剧：人与另外一些人发生冲突，人与自身、与命运的冲突。其余都是枝节问题。我只是把对生活的感受写下来，然后，我让这些事实用它们喜欢使用的语言跟我的观众讲话。只有生活本身使我感兴趣，它的原因和理由我是不去问津的”（同上

230—231)。奥尼尔借鉴中世纪神秘剧的舞台形式是为了更多元地呈现生活的丰富性。

二、舞台共时艺术与剧作对话性

《榆树下的欲望》继承了宗教神秘剧的同时性布景方式,人物在舞台上得以展现共时性的行动,但它也超越了宗教神秘剧的统一世界,它的舞台共时艺术反倒呈现了世界的分裂,不同的声音在舞台上得到了同时演奏,从而构成了大型对话。这一大型对话还邀请观众参与其中,也只有在观众的积极参与下,人物之间的争论才被赋予重要意义。例如在第二幕第二场戏中,楼上两个卧室的内景同时展现在观众视野之中,伊本独自一人在左侧房间,凯勃特和爱碧在右侧房间,这三个人物在两个房间中展开了一场大型对话。一方是伊本和爱碧,虽然两人隔着一堵墙壁,但共时性的舞台艺术为二人隔墙交流提供了可能性:

> 在隔壁房间里,伊本立起,心烦意乱地来回踱着。爱碧听到了他的走动声。她两眼死死盯住那堵隔开他们的墙。伊本站住,也凝视着墙壁。两人热烈的眼睛似乎透过墙壁相遇了。他下意识地向她伸出两臂,她半站了起来。他意识到自己的动作,轻轻地咒骂自己,扑到床上,将脸埋在枕头里,两只捏紧的拳头举过头顶。爱碧轻轻地叹了口气。但两眼仍旧停留在墙上,她全神贯注地倾听伊本的动静。(奥尼尔 2006a:592—593)

伊本与爱碧隔墙言说着激情与爱欲,另一方凯勃特则开启了自我剖析。凯勃特本意是对同在一个房间内的爱碧讲述自己的过往,但由于爱碧全神贯注地与伊本进行着精神上的交流,凯勃特的对语朝向了观众。观众一边倾听着凯勃特的自白,一边观视着爱碧与伊本的欲望涌动。凯勃特的自白既强而有力又充满矛盾和痛苦,他诉说着自己的强壮、勤劳和刻苦,可是这些清教品质也给予了他无尽的孤独和悲痛。他的自白本身具有内在的对话性,一方面表达了他对上帝的虔信,另一方面暗含他对上帝所给予的孤单之疑惑、不解和责怪。他说道:

> 我把石头从地里拣起,垒成高墙。在这墙上你可以看到我一生中的那些年月,每天垒上一块石头,上上下下地翻山越岭,把属于我的土地用栅栏围起来,这样我就从无到有——遵循上帝的

意志，就像他的仆人一样。这可不容易啊！这很辛苦，是上帝让我这么辛苦的。这么多日子我一直是孤独的。（同上 594）

观众一眼便能看出人物身上的矛盾性："作者和演员不遗余力地把伊弗雷姆塑造成一个坚忍不拔、铁石心肠、言出必行的大家长。事实上，除了豪言壮语之外，伊弗雷姆是一个相当软弱的老家伙，很容易上当受骗，他自己的世界嘲笑他，而他本该用铁棒控制的儿子们藐视他"（*The Evening Star* 1925）。与凯勃特的严厉、勤勉和约束相对，伊本和爱碧的眼神交流与心灵交流则是冲破束缚、充满激情的，同时又伴随着仇恨和痛苦。这场戏具有独特的转折性，因为紧接着爱碧和伊本便在客厅越过了雷池，打破了乱伦禁忌。人物双方在争论，吸引着观众参与进来，观众则站在了斗争的交叉点上。有观众反对将这部戏剧作为美国主义的一部分，并认为该剧"转向贪婪、嫉妒和乱伦之爱，它忽略了清教主义现在或过去的一切，并排除了清教主义所不是的一切"（*The Omaha Morning Bee* 1924-12-28）。也有观众持相反意见，认为《榆树下的欲望》生硬、尖刻、冷酷、现实，忠实地描绘了他所熟悉的将近两代人之前的新英格兰（*The Indianapolis Times* 1925）。还有观众指出"舞台上充斥着瘾君子、酒鬼、妓女和其他被遗弃的人……剧中的痛苦从邪恶的欲望到杀婴，包括酗酒、诅咒、复仇和近乎乱伦的行为。这是对人性如此令人震惊的诠释，甚至连奥尼尔先生笔下最铁石心肠的人也为其真实的恐怖而不寒而栗"（*The Omaha Morning Bee* 1924-11-23）。亦有观众对戏剧的负面评论表示质疑："《榆树下的欲望》具有悲剧性和胆识，它过于真挚和沉郁，并不淫秽；相反，它接近于希腊悲剧的命运进行曲"（*The Indianapolis Times* 1925）。共时性舞台艺术将人物内在的挣扎、人物之间的斗争清晰地放置于舞台之上，邀请观众进入这场对话之中。

在奥尼尔和琼斯天才般的设计下，可移动、可拆卸的农庄外墙打开了剧场的表演空间，观众进入表演的场域，与人物展开了对话。而不可移动、不可拆卸的房间内墙则象征着凯勃特与伊本、爱碧之间对话的不可调节、不可相融，只有伊本和爱碧才能透过内墙进行心灵上的交流，而凯勃特只能感受到房间的冰冷和古怪。

三、舞台对立艺术与剧作对话性

巴赫金指出对话型作品"是几个意识相互作用而形成的总体，其中任何一个意识都不会完全变成为他人意识的对象”(巴赫金 21)。为了展现互不相融的意识,就需要从新的角度来观察世界,即在空间的存在里,而非在时间的流程中观察和思考世界,“不是形成过程,而是同时共存和相互作用”(同上 36)。戏剧舞台实际上比小说更能在空间中呈现多元对立的思想,舞台不仅可以构成同时性结构,也可以直接形成对立结构,加强剧作思想上的矛盾与差异。在《榆树下的欲望》中,对立的艺术原则被运用于剧场之中,增强了人物观念的对峙,“强化了家庭空间,使之成为人物内心和人际冲突的动态剧场,而不仅仅是他们道德状态的肮脏对应物”(Eisen 129)。

首先,房间的对立设置暗示了人物思想上的对峙。舞台上农舍整体被分为左右两个空间。楼上伊本三兄弟的卧室与楼下厨房占据了整栋农舍的左侧空间,画着去往加利福尼亚大船的广告画张贴在厨房后墙的中央,而非三兄弟的卧室,这暗示着厨房空间与兄弟们卧室空间的统一性。这一空间里的人物——伊本、彼得、西蒙向往着新的自由生活,与他们严厉的清教徒父亲相对立。二楼凯勃特的卧室与一楼属于伊本母亲的客厅都设立在舞台右侧,整个舞台右侧空间属于伊本父母。同时,在凯勃特的卧室发生了弑子的罪行,在客厅则发生了乱伦的罪行,整个舞台右侧也成为犯罪的场域。但什么是罪呢?按照凯勃特的想法,他的儿子们软弱、偷懒、不听话,都是有罪的,他向上帝祈祷让最严厉的诅咒降临到他那些不幸的儿子身上。但依照伊本的看法,父亲出口伤人的诅咒才是罪恶的,跟许多男人都在一起过的敏妮,甚至杀子的爱碧都是可以原谅的。伊本不仅从语言上否定了凯勃特的上帝,而且在行为上侵入凯勃特的舞台空间,完成了对凯勃特上帝的彻底侵犯。但是在舞台上凯勃特的思想依旧笼罩四周,整栋农舍房顶呈尖顶设计,上层两间“卧室的天花板是一个倾斜的屋顶,人只有在房间近中央隔墙处才能站直”(奥尼尔 2006a: 568),这种逼仄的空间感,外加农舍外围巨大的石墙所呈现的沉重感,使整个舞台空间都弥漫着凯勃特严厉冷酷的氛围。在舞台上凯勃特的清教道德观与伊本、爱碧的现代道德观构成了不可调和的对立。

其次,舞台空间与人物之间的可交流性发生了背离,强烈的对立张力增强了剧作的对话性。伊本与爱碧多次在不同的空间产生了心灵上的交流:在第二幕第一场,爱碧双眼半闭着坐在舞台右侧尽头,伊本在楼上左侧卧室,两人在相互没有看到的情况下感受到了对方的存在;在第二幕第二场,爱碧和伊本隔墙产生了精神上的交流;在第四幕第一场戏中,爱碧在楼下再次感受到了楼上的伊本。空间的阻碍并未对两人心灵上的交往造成障碍,空间上的无碍反倒造成二人交流的失败。这尤其体现在第四幕第二场爱碧与伊本在农舍小院中的争论:爱碧询问伊本,在孩子来到世上以前他是否相信她的爱,伊本给予了肯定的回答;爱碧紧接着又追问,如果她能做到好像孩子从来没有来到他们之间,他们是否能和过去一样彼此相爱,伊本再次给予了肯定的回答。此时厨房的舞会还在进行,伴随着厨房传来的小提琴声、跺地板声和欢乐的笑声,弑子的预谋已流露在爱碧的语言中。舞台空间与人物之间的交流发生了严重的背离,空间的分离无法阻止交流的畅通,空间的统一也无法保证交流的顺利。正如约翰·杜翰姆·彼得斯(John Durham Peters)所说:"所谓'交流'不是指传播所表达的与个人意图有关的信息,而是指一种姿态,一种开放而愿意聆听他人身上的'他者特性'(otherness)的姿态"(彼得斯 26)。

总体上看,舞台对立艺术强化了剧作思想上的对话性。美国戏剧评论家斯塔克·扬(Stark Young, 1881—1963)在观看《榆树下的欲望》后,高度赞扬了该剧的舞台艺术。他评论道:"罗伯特·埃德蒙·琼斯为《榆树下的欲望》设计的布景极富戏剧性。新英格兰农舍的尽头以及悬垂的榆树实际上就建在舞台上,一面真正的石墙一直延伸到脚灯处;这一场景非常逼真,但同时又奇特而有力地增强了效果"(Young 1924)。最让这位评论家印象深刻的是第三幕第一场戏,他说"我们看到舞蹈正在进行,父亲在屋外,年轻的妻子和她的情人在楼上房间里相拥于孩子摇篮旁,这一幕写得极富诗意和恐怖之美,我们在戏剧中很少能看到这样的场景,这个场景既有诗意、恐怖的特质,又有坚定不移的现实主义精神,超越了奥尼尔先生所写的任何作品"(同上)。作为观众,斯塔克·扬体验到了舞台上的各种对立立场,村民的欢乐与情人的痛苦、父亲的无知与他人的通晓、诗意的美好与乱伦的恐怖,现实主义的真实与神秘主义的宿命,每个人都拥有各自的真理,他们相互作用,又相互制约,推动剧作走向不确定的结局。

四、舞台象征艺术与剧作对话性

2009 年,古德曼剧院(Goodman Theatre)重新上演了由导演罗伯特·福尔斯(Robert Falls, 1954—)执导的《榆树下的欲望》,令人惊奇的是新的舞台设计全然不见榆树,而到处都是巨大的岩石,福尔斯的创意引起了众多争议(Dugan 103)。尽管榆树是舞台中最安静的布景,它没有像天空、岩石等布景一样频繁地出现在人物的语言之中,但它在奥尼尔的舞台指示中占据了重要位置。奥尼尔花费大量笔墨描写了充满象征意味的榆树。剧作一开始便写道:

> 农舍的两侧各有一棵硕大无朋的榆树。那弯曲伸展的树枝覆盖着屋顶,既像在护卫它,又像在压抑它。这两棵树的外表,使人感到一种不祥的、充满妒意和企图征服一切的母性心理。由于和这屋里的人相处久了,居然令人吃惊地有了灵性。它们层层叠叠地笼罩着屋子,将它压得透不过气来,就像两个精疲力竭的女人,将她们松垂的乳房、双手和头发都耷拉在屋顶上。遇到下雨的日子,她们的眼泪便单调地噗噗往下掉,顺着瓦片流失。(奥尼尔 2006a:557)

正如伯林所说:"诚然,这个舞台指示告诉读者的信息超过了它可能展示给观众的信息……但观众应该能够自始至终感受到榆树的存在。无论剧中发生了什么,都是在榆树下发生的,榆树盘旋在房子的上空,象征着母亲的统治地位"(Berlin 73)。奥尼尔的榆树包含着鲜明的性别特征,它象征着一位衰老的母亲,既有保护性的力量,又有破坏性的力量,就像藏在幕后的伊本母亲。奥尼尔也曾肯定过榆树的重要意义,"农舍在剧中扮演了实际的角色;老榆树也是如此;它们几乎可以列入人物名单"(O'Neill 80)。

舞台象征艺术可以将不可见的力量拉入舞台之中,用物质性布景呈现实体性缺席但精神性存在的幕后角色,这些角色与其他人物以及观众构成了积极的对话关系,从而建构了舞台上的大型对话。比如,伊本的母亲虽从未出现,但她直接改变了伊本与爱碧之间的关系,她的力量便是通过舞台布景——榆树以及客厅——发挥作用的。在第二幕第一场戏中,爱碧引诱伊本时她特意提到了两棵榆树:"今天的太阳很热,是吗?可以感觉到它一直烧进了泥里——这就是大自然——它使万物生长——越长越茂盛——它也在你的心里燃烧——使你成长起来——长成别的什么——一直到你和它合成一体——它是你的——你也是它的——使你越长越高大——像棵树——像那两棵榆树一样——大自然征服了你,伊本"(奥尼尔 2006a:585)。爱碧将伊本比作了那两棵榆树,由于剧作一开始奥尼尔就将榆树与母性联系了起来,爱碧的这句话便隐含着"伊本与母亲一样"的含义。使得伊本挣脱爱碧魅力的力量也正是母亲的力量，母亲在此发挥了保护性的力量，一句口号式的对白"为了我妈在这个家的权力斗"(同上 586)将爱碧的魅力打破了，也让伊本变得理智。在第二幕第三场戏中，爱碧与伊本在客厅与死去的伊本母亲展开了神秘的对话，客厅再次充当了缺席又存在的母亲。伊本每一句对母亲的思念，经由爱碧的重复变成了母亲在客厅的自白：我会唱歌给你听；这是我的家，我的田庄；他不喜欢我；他正在往死里折磨着我(同上 599—600)。爱碧与伊本之间的对话交织着母亲向观众的对语，同时也交织着伊本与母亲、母亲与爱碧的对话，这里出现了多重声音、多重对话，伊本试图为乱伦找到理由，爱碧试图获得伊本的爱，母亲试图宣泄自己的恨。这一次母亲发挥了破坏性的力量，她推动爱碧与伊本的乱伦，完成了对凯勃特的报复。母亲身上的双重性——保护与破坏——贯穿全剧始终，也正是这种对立的双重性可以激发观众积极投身于对话之中，寻找关于母亲面貌的真相。

此外，象征艺术可以显示出人物自身的矛盾与分裂，人物的"每一个声音里都听得到争论"(巴赫金 94)，从而形成剧作的微型对话。比如，天空象征着清教严厉的上帝，而这一上帝还暗示着凯勃特身上的另一个自我，凯勃特与上帝之间的对话同时也是凯勃特身上的两个自我在相互争论。在舞台上，天空与上帝之间的象征关系是显在的，不论是凯勃特还是伊本，他们都将天空视作上帝。在凯勃特痛苦万状时，他面朝天空期待万能的上帝向他说话(奥尼尔 2006a：596)。当伊本从哥哥们手中买下田庄的完整继承权时，他"突然仰头，用严厉、挑衅的眼光望着天空"，质问上帝"田庄属于我的了！是我的，你听到了吗？我的！"(同上 573)在伊本眼中，天空就是父亲的上帝，同时也是父亲本人。凯勃特与上帝最严重的争执发生在全剧最后一幕，这一幕同时也暴露了凯勃特自身的双重性。面对伊本与爱碧的乱伦，凯勃特有些疯癫，说出了违背上帝意志、违反自身原则的话语：

> 这田庄见鬼去吧！我要离开它！我去把母牛和其他牲畜都解了绳子，我去把它们都赶到树林里去，在那儿它们可以自由了，我让它们自由，我也让自己自由！我今天要离开这儿！我要把屋子和饲养场都放火烧了，还要看着它们烧！我要让你妈在这废墟上出没。我把这片土地归还上帝，这样任何人都永远别想碰它！我这就去加利福尼亚——跟西蒙和彼得待在一起——他们

尽管傻,却是我真正的儿子——凯勃特一家会找到所罗门的金矿的!(同上624)

在凯勃特的这段话中,被石墙围住的田庄是上帝的领土,是上帝强制性意志的显现,他道出了内心隐蔽的欲望——对加利福尼亚所代表的财富与自由的向往。但很快他又否定了自己的想法:"上帝是严厉的,不是那么好说话的!也许在西部很容易搞到金子,可是那不是上帝的金子,它不是为我而存在的。我听到了上帝的声音,又在警告我要坚强,要留在这田庄上"(同上625)。凯勃特身上的两个自我在争执,一个自我是严厉的上帝,另一个自我则向往着没有上帝的自由与财富。也正是凯勃特身上的多重自我让他不仅仅是一个严厉的清教徒,也让他身上多了些人情味。

总之,舞台象征艺术使得藏在幕后的角色在台前显现,一方面,生者之间的对话包含了死者的声音,从而吸引观众加入大型对话以寻找过去的真相,另一方面,人物与不可见力量的对话暗示着人物自身的分裂,人物多重自我的争论构成了剧作的微型对话。《榆树下的欲望》不仅具有形式上的对话性及思想上的对话性,而且它的形式对话性与思想对话性密切相关,舞台艺术与剧作整体上的对话性紧密相连。

五、形式与思想上未完成的对话

巴赫金将复调作品的产生归结于资本主义社会的复杂性。他指出"社会现实的多元性和矛盾性,在这里是以一个时代的客观事实呈现出来的。这个时代本身,使复调小说的出现成为可能"(巴赫金35)。对话在巴赫金那里实际已超越了纯粹语言学的意义,迈向了人类生活本质本身。巴赫金讲道:"对话关系这一现象,比起结构上反映出来的对话中人物对语之间的关系,含义要广得多;这几乎是无所不在的现象,浸透了整个人类的语言,浸透了人类生活的一切关系和一切表现形式,总之是浸透了一切蕴涵着意义的事物"(同上54)。如果从认识论和存在论双重视角来认识对话,那么正如金惠敏所说:"对话便可以如此理解:它不是'间性'的对话,而是'间在'的对话,是个体之间的、从各自存在本身而生发出来的、因而带着自身欲望和需求的对话。对话的基础是生命,而生命不是一潭死水,它是奔腾不息的河流,无时无刻不在流动之中"(金惠敏139)。

正是社会生活的多元和复杂,才使得多维的现实、多层的情感、多重的欲望、多样的思想在艺术作品中同时共存、相互争辩，从而形成了作品的对话性。20 世纪 20 年代的美国也正处于矛盾丛生的时期。奥尼尔在 1921 年的采访中曾说，“美国现正处在精神觉醒的痛苦时期，这种迹象即使驾驶飞车兜风的人也能一眼看到……假设有一天我们突然用灵魂的明亮的眼睛，看清了我们所有得意洋洋、大肆鼓吹的物质主义到底有什么真正价值……那将是一个多大、多么具有讽刺意义的，百分之百的美国悲剧！”(奥尼尔 2006b：229—230)在创作《榆树下的欲望》的前一年，奥尼尔对现代人及现代生活发表了自己的看法，他说道：“现代人没有宗教，无法用以躲避生活，因此我们必须高高兴兴面对现实，面对我们的内心生活，从中激发出热情。从现代生活中找到乐趣并不是件易事”(同上 235)。奥尼尔从未脱离过社会生活，他根植于美国本土经验，在社会现实中看到了差异化的世界，然后将其呈现在了剧作之中。

《榆树下的欲望》不仅对美国现代物质主义展开了鲜明的批判，而且另有两种思想力量相互撕扯，它们的争执自始至终没有终结。一种是严厉苛刻的新英格兰清教思想，它严格地约束人的行为，赋予人刻苦勤劳的品质，同时教人忍受生活中的一切艰辛，凯勃特便是这一思想的化身；另一种是自然的生命力量，于人而言它是人的自然本性，它充满了激情与活力，给人带来温暖与快乐，但同时它的热量又具有神秘的破坏力，可以将一切融化，伊本与爱碧便是代表。人物与他们的思想立场融为一体，思想的鲜明性与矛盾性如出一辙。凯勃特对清教的坚守与他的孤独成正比，与他对温暖的渴求背道而驰，但也正是他的宗教意志使得他在贫瘠荒芜的土地上开垦出了美丽的田庄。伊本与爱碧沉溺于自然的力量，拥有生命的野性与强大的繁殖能力，但受惩于这一神秘的力量，灼伤了自我。奥尼尔将两种思想立场都做了细致的描绘，但他并没有简单地肯定或否定哪一种思想。奥尼尔留下了一个看似圆满的结局：伊本与爱碧被警察带走，很大可能会受到严惩，凯勃特如磐石般继续留守在田庄里。这一结局遭到了美国当代戏剧评论家罗伯特·布鲁斯坦(Robert Brustein，1927—2023)的批评，他说道：“这是一个传统的三角恋，通过一个令人难以置信的情节装置得到了解决”(Brustein 334)。布鲁斯坦对结局的不满正表明剧作所表现的问题没有得到解决，对立与矛盾依然存在，剧作的对话性仍在持续。伊本和爱碧从未因不正当的感情而忏悔，他们仅仅因谋杀了那个无辜的孩子而愿意受罚，他们选择共同赴死，甚至因此获得了心灵的宁静，不再孤独与痛苦；凯勃特虽然守住了田庄，却丧失了继承者，像一个无冕的、孤独的英雄。警长的最后一句话“多好的田庄啊,没有说的。但愿它是我的!”(奥尼尔 2006a: 626)让结尾甚至回到了开端。人与自己、与他人、与社会、与自然力量、与宗教力量的抗争远远不会结束。

奥尼尔的舞台结构也暗示了剧作对话的未完成性,《榆树下的欲望》在舞台之上完成了从“封闭”走向“打开”的过程。在第一幕最后一场戏中,西蒙和彼得离开田庄前往加利福尼亚时,将大门从石墙上取了下来,并带走了门,西蒙叫嚷着“打现在起这儿没有门了,关着的门,开着的门,什么都没有了!”(同上 577)没有门的田庄成为一个敞开的空间,人物可以进入,也可以走出,凯勃特将爱碧带进了田庄,而爱碧带伊本离开了田庄。被破坏的门只剩下“门坎”,门坎是一个边沿,是自由和约束的临界线,是交锋的临界线,也是抉择的临界线。

引用作品[Works Cited]:

Altman, George et al. *Theater Pictorial: A History of World Theater as Recorded in Drawings, Paintings, Engravings, and Photographs*. Berkeley and Los Angeles: U of California P, 1953.

Berlin, Normand. *Eugene O'Neill*. London and Basingstok: Macmillan Press Ltd, 1982.

Brustein, Robert. *Theatre of Revolt*. Chicago: Ivan R. Dee, Inc., 1991.

De, Soumick. *Perversion, Pedagogy and the Comic: A Survey of the Concept of Theatre in the Christian Middle Ages*. London and New York: Routledge, 2022.

Diller, Hans-Jürgen. *The Middle English Mystery Play: A Study in Dramatic Speech and Form*. Trans. Frances Wessels. New York: Cambridge UP, 1992.

Dugan, Timothy. "No Elms in Sight." *The Eugene O'Neill Review* 31(2009): 103-113.

Eisen, Kurt. *The Theatre of Eugene O'Neill: American Modernism on the World Stage*. London and New York: Bloomsbury Publishing, 2018.

Hayes, Richard. "Towards a 'New Stagecraft': Eugene O'Neill and Some Aspects of the Early Narrative Cinema." *The Eugene O'Neill Review* 31(2009): 51-59.

Jones, Robert Edmond. *Drawings for the Theatre*. New York: Theatre Arts Inc, 1925.

Kennedy, Jeff. "*Desire Under the Elms* in the Twenty-First Century." *The Eugene O'Neill Review* 31(2009): 87-102.

O'Neill, Eugene. *Conversations with Eugene O'Neill*. Ed. Mark W. Estrin. Jackson:

UP of Mississippi, 1990.

Sponsler, Claire. *A Cultural History of Theatre in the Middle Ages*. Ed. Jody Enders. London and New York: Bloomsbury Publishing, 2019.

The Evening Star, Washington, D. C. October 19, 1925. 〈https://chroniclingamerica.loc.gov/lccn/sn83045462/1925-10-19/ed-1/seq-15/〉(Accessed 2023-10-30).

The Indianapolis Times. May 09, 1925. 〈https://chroniclingamerica.loc.gov/lccn/sn82015313/1925-05-09/ed-1/seq-6/〉(Accessed 2023-10-30).

The Omaha Morning Bee. November 23, 1924. 〈https://chroniclingamerica.loc.gov/lccn/sn84024326/1924-11-23/ed-1/seq-32/〉(Accessed 2023-10-30).

The Omaha Morning Bee. December 28, 1924. 〈https://chroniclingamerica.loc.gov/lccn/sn84024326/1924-12-28/ed-1/seq-8/〉(Accessed 2023-10-30).

Wainscott, Ronald H. *A Critical History of the Professional Stage Direction of the Plays of Eugene O'Neill, 1920-1934*. Bloomington: Indiana UP, 1984.

Young, Stark. "Desire Under the Elms: Eugene O'Neill's Latest Play." *New York Times*, November 12, 1924.

杜定宇：《英汉戏剧辞典》，成都：四川人民出版社，1990 年。

汉斯-蒂斯·雷曼：《后戏剧剧场》，李亦男译，北京：北京大学出版社，2010 年。

金惠敏："间在论与当代文化问题"，《社会科学战线》，2022 年第 1 期，第 135—144 页。

罗伯特·埃德蒙·琼斯等：《西方演剧艺术》，吴光耀译，上海：上海文化出版社，2002 年。

米哈伊尔·巴赫金：《巴赫金全集》(第 5 卷)，钱中文译，石家庄：河北教育出版社，2009 年。

佩尔·哈尔斯特龙等：《诺贝尔文学奖授奖词和获奖演说》(上册)，刘硕良主编，桂林：漓江出版社，2018 年。

吴光耀：《西方演剧史论稿》(上)，北京：中国戏剧出版社，2002 年。

尤金·奥尼尔：《奥尼尔文集》(第 2 卷)，郭继德编，北京：人民文学出版社，2006(a)年。

——：《奥尼尔文集》(第 6 卷)，郭继德编，北京：人民文学出版社，2006(b)年。

约翰·杜翰姆·彼得斯：《对空言说：传播的观念史》，邓建国译，上海：上海译文出版社，2017 年。

诗性隐喻与文学创作互鉴研究*

孙　毅**

内容提要： 文学何以表达诗情画意、抒发思想感触，便于最大限度地实现寓教于乐或道德训化，这是中西方文学界炙手可热的课题。与中国文学善用赋比兴进行多元创作不谋而合的是，西方文学对隐喻同样情有独钟。诗性隐喻依靠作者出类拔萃的认知能力和栩栩如生的语言表现力，集创造性、新颖性与美学性于一身，是以认知诗学理论为源起依托，通过在文学作品中生动形象地凸显晦涩诗性意义从而传递隽永文化意蕴和独特审美价值的认知模式。通过摸索探赜诗性隐喻的发展脉络，寻绎文学创作对其探讨的相关动态，诗性隐喻与文学创作互鉴研究渐成探究焦点，近年来已广泛引发认知语言学、文学批评等相邻学科领域的争相关注和持续热议，其研究视域主要聚焦文学创作手段与解读方式及文学读解效果等维度，浮于浅表、未见深入，对文学创作过程中隐喻构建诗性意义的认知机制浅尝辄止。鉴于此，笔者首先就诗性隐喻的认知演变过程及其与文学创作交叉接口研究分别予以爬梳回溯、分类整理；接着就文学创作中隐喻孕育诗性意义的过程予以细致剖析，并对上述领域学者在该课题中的相关发现加以比照融通；随后基于充分理论阐释并结合确切语言实例，对支撑这一过程的环境和身体两要素分予归类盘点；最后在厘清认知机制的同时对未来研究作出憧憬，希冀为该课题将来的持续健康发展奠基铺路。

关键词： 诗性隐喻；诗性意义；文学创作；深层理据

Abstract: It is a heatedly-discussed issue for both Chinese and Western literati to reveal how literature can be adopted to express poetic and emotional thoughts and feelings so that it can boast entertaining and meaningful features and achieve moral education to the limit. Western litterateurs also display a special preference for metaphors, coinciding with Chinese counterparts that have particular eyes for

* ［**基金项目**］：本文系广东外语外贸大学阐释学研究院2021年度科研招标重点项目“约翰·济慈十四行诗的当代隐喻学阐释研究”（CSY-2021-ZD-02）的阶段性成果。

** ［**作者简介**］：孙毅，广东外语外贸大学外国文学文化研究院教授，云山杰出学者，《广东外语外贸大学学报》主编，主要研究方向为当代隐喻学与翻译学。

narrative, analogy, and association for diversified creation. The poetic metaphor, featuring creativity, novelty and aesthetics, relies on the author's outstanding cognitive competence and lifelike language expressions. Based on cognitive poetics, it is a cognitive model that vividly highlights cryptic poetic meanings in literary works, and that conveys profound cultural deposits and unique aesthetic values. In the light of the evolution of poetic metaphors and studies on them during literary creation, the study on reciprocal learning between poetic metaphors and literary creation has gradually become a hot-button topic, which has made quite a splash and sparked fevered discussions in such relevant disciplines as cognitive linguistics and literary criticism in recent years. Related researches cast a spotlight on creation and interpretation methods of literature and effects of literary construal rather than on the cognitive mechanism of poetic metaphors constructing poetic meaning in literary creation, just scratching the surface. In view of the above, the paper first centers around introducing the process of cognitive transformation of poetic metaphors and summarizing studies on the cross-over studies between poetic metaphors and literary creation. Second, a detailed analysis will be conducted on the process of creating poetic meanings by metaphors in literary creation, and relevant findings on the project discovered by scholars in this field will be compared and integrated. Third, combined sufficient theories with appropriate examples, the paper will classify the elements that support the process into two types, namely the environment and body. While clarifying the cognitive mechanism, this paper ultimately envisions studies on this topic and lays the foundation for its sustainable and sound development in the future.

Key words: poetic metaphor; poetic meaning; literary creation; deep motivation

作为一种复杂的思维活动和艺术创作过程，文学一方面要描绘事物形象，另一方面又欲借此表达情感意念，可见其并不只由单纯线性排列的众多词语构成，还包括借此传达的诗性意义，即言外之意。该意义的实现需在研读中对其进行破译、理解、阐释（王林生 106—107），这便与隐喻用驾轻就熟的此事物映射高深莫测的彼事物的言说方式殊途同归。二者随后一拍即合，文学创作通过隐喻符号来传递意念情感，由此及彼、由表及里，借此顺水推舟，隐喻便被视为文学创作之根，中流砥柱，若无前者，后者将沦为无源之水、无本之木。

抚今追昔，诗性隐喻研究虽为初出茅庐的新兵，但由于其与文学作品的组成构式异曲同工,二者完美缔结为"联姻同盟关系"。相关研究正如火如荼地成规模开展,相关文献也如雨后春笋般涌现,一方面验证诗性隐喻的解读方式,另一方面近距离观察隐喻在文学创作中究竟扮演何种角色,例如诗性隐喻与规约隐喻至为相似的解读方式(Lakoff & Turner 1989; Gibbs 1994)、修辞性语言引起的情感共鸣(Jacobs 2015: 2)、超现实主义写作中的疏离(decomposition)效应(Stockwell 2002: 79)、狄金森诗歌中的隐喻句法特征(Miller 1987: 20)、元功能和语法隐喻(黄国文 5)、隐喻所表达的文化价值观(Barker 197)、诗歌之美(Lorenz 80)等。

由此可见,运用隐喻从事文学创作的心理普遍存在,学者们不断扩展深化相关研究,不仅对诗性隐喻在文学作品中的应用进行描写、分析和解释,还呈现出多学科交叉融合之态势,其已成为一颗举世瞩目的学术新星。然冷静观之,大多数学者一股脑地将诗性隐喻的修饰作用奉若神明,更有甚者,不假思索地将其挪移、扣用、泛化至修辞全域进行规模化研究,难免有"失之毫厘,谬以千里"之嫌,而却鲜有关注诗性隐喻除装饰作品外,还传达社会层面、情感方面以及审美情趣的意象。特别在文学创作中,诗性隐喻之于文学认知性研究的磅礴力量尚未得到充分认识,有关其建构诗性意义的认知理据研究起步相对迟缓滞后,相关文献也较为缺乏。

鉴于此,本文首先提纲挈领地简述诗性隐喻自身演变的认知过程,接着对其与文学创作相关研究进行交叉性探索,随后将充分的理论阐释与足量的例证分析对接,以认知视域为突破口和试验田,对诗性隐喻与文学创作进行互鉴研究,进一步洞察和厘清诗性意义借隐喻之力得以萌发滋生的真实面貌,最后分别从孕育过程以及意义支撑这两方面拟定该话题基调,为二者参阅互鉴奠定坚实可信的认知基础。

一、从古希腊到当代:文学作品中隐喻的认知蜕变

自古希腊亚里士多德(Aristotle, 384 BC—322 BC)时代以降,隐喻一直是学界当仁不让的重要议题,对其定义肇始于亚氏的《诗学》(*Poetics*, 335 BC)和《修辞学》(*Rhetoric*, 350 BC)。而最早在这两部经典著作中,"诗性隐喻"(poetic metaphor)便已微露端倪,其作为一首小型诗歌(束定芳 12),为后者创造了一种极富创意的语言形式,即诗性效应(孙毅、彭白羽 12)。自亚里士多德之后,人们开始探讨文学作品中俯拾皆是、不胜枚

举的各类隐喻现象，诸派见解纷至沓来，大有令人应接不暇之感。

早在1725年，意大利启蒙思想家G. B. 维柯（G. B. Vico, 1668—1744）便于《新科学》（*The New Science*, 1725）中率先提出，人类以诗性语言为缘起，通过隐喻表词达意、列述观点、传递情感，其作为科学与哲学发展的基石同样坚不可摧，使人类智慧初现锋芒（Vico 161—167）。维柯对诗性隐喻的解读虽只有寥寥数语，但足见其对该问题敏锐的直觉和强势反思，他的论述虽始终滞留在语言层面，但其研究内容已稍露心理与认知的苗头。

在此基础上，欧文·巴菲尔德（Owen Barfield, 1898—1997）踏出历史惯性的舒适区，石破天惊地提出革命性己见，即人类意识的发展需遵循两项霄壤之别的原则：第一项为非诗意原则；第二项由语言本质决定，它促使人们从主观视角捕捉事物间的相似性，正是借助这一原则，诗人将难以言表的现实通过个体思维曲尽其妙，这就是诗性隐喻的精髓所在（Barfield 87—88）。巴菲尔德开创性地管窥到诗性隐喻的本质，其研究成果距探索认知世界中的诗性隐喻仅寸步之遥，堪称学术史上的一块里程碑。

20世纪80年代，认知科学展现出一派欣欣向荣、日新月异的发展盛景，认知语言学的领军学者乔治·莱考夫（George Lakoff, 1941—　）和马克·特纳（Mark Turner, 1954—　）对巴菲尔德的观点取其精华、批判继承，以其旷世之作《超过冷静理性：诗性隐喻分析指南》（*More Than Cold Reasons: A Field Guide to Poetic Metaphor*, 1989）为发端，着眼于认知视角在基本隐喻和诗性隐喻之间厘定疆界、精细区分，并指出其通过对基本隐喻触类引申而生且比后者更难捉摸（Lakoff & Turner 34）。上述突破性见解勾勒出诗性隐喻的脉络，引领学界对其进行系统的再审视和探究，标志着其在认知视域中已挺身而立（何中清、赵晶 1），并为认知诗学的登台亮相铺平了理论道路。

20世纪90年代，鉴于对认知科学理论日益滋长的兴趣，文学学者积极探索，以开辟关于文学与认知语言学跨界研究新域为标的，继而助益传统文学研究转型，实现其与美学、心理学、现象学和符号学良性互动的跨学科发展路径（Freeman 2000；2007），由此旗帜鲜明地开创了一门新学科——认知诗学（Cognitive Poetics）。作为文学认知研究的开路先锋之一，鲁文·苏尔（Reuven Tsur, 1932—2021）在1992年出版的经典著作《建构认知诗学理论》（*Towards a Theory of Cognitive Poetics*）中，首次旗帜鲜明地使用“认知诗学”指称其所从事的研究(Tsur 1)。此书考察了人类认知过程如何塑造诗歌语言以及读者怎样解读诗歌文本,一经问世便引起学界巨大轰动。

然而,“认知诗学”这一跨学科研究范式真正在学术界广为接受,则要归功于以下三部著述:彼得·斯托克韦尔(Peter Stockwell)的《认知诗学入门》(*Cognitive Poetics: An Introduction*, 2002)、乔安娜·加文斯(Joanna Gavins)和杰拉尔德·斯蒂恩(Gerard Steen)合著的《认知诗学实践》(*Cognitive Poetics in Practice*, 2003),以及吉尔特·布朗(Geert Brone)和杰伦·范代尔(Jeroen Vandaele)联袂撰写的合集《认知诗学:目标、成果和挑战》(*Cognitive Poetics: Goals, Gains, Gaps*, 2009)等。这些著作展现了学者们希冀推进认知科学介入文学领域的热情,更加值得赞赏的是,在对文学创作的“得力干将”,即诗性隐喻的研究中,认知诗学无疑发挥着“钥匙”的作用,其里程碑式的洞见开启了诗性隐喻认知解读之锁,借此对其产生的效果做出新释,帮助读者发现文学作品的新内涵和新美感(孙毅、邓巧玲 45),令学界同仁为之一振。

综上所述,自古希腊时期以来,诗性隐喻初展拳脚。从彼时至 20 世纪 80 年代初期,其作为文学创作中的“家常便饭”,层出不穷、屡见不鲜,对其研究虽涵盖多个层面(微观、文本和语篇层面等)(Stockwell、马菊玲 4),却裹足于修辞学的羁绊,相关研究浅尝辄止。而在当代,随着认知科学的日新月异,认知语言学与修辞学在界定诗性隐喻时初现裂痕,通过据理力争、力排众议,最终前者助其挣脱屈尊俯就的辞格镣铐,脱颖而出,成为该学科中经久不衰的研究重心。基于此,致力于探讨文学叙事情感表现和审美力量的认知诗学横空出世,从零星介绍进入局部综述,从专题研究走向实践运用,助诗性隐喻步步攀登为独立的认知学科门类(Jacobs 2015: 7),它也一举成为认知诗学中从认知语言学获益最大的探索天地(Steen 197)。因此,如将诗性隐喻置于认知视域展开深入剖析,不仅可以摆脱当前研究困于传统修辞学的藩篱,还能开拓跨学科发展进路、促进文学领域持续健康发展。可见,既往研究中的难掩缺失亦可成为新研究的契机和起点。基于此,下文将对诗性隐喻与文学创作交叉接口研究进行系统梳理,为着力挖掘隐喻构建诗性意义的深层认知理据奠定基础、铺平道路。

二、诗性隐喻与文学创作交叉性研究回眸

诗性隐喻借助于认知诗学理论,更新思维图式、产生额外关联、挑战固着执念,在文学创作中能够实现作者-文本-读者三者间的互动,帮助读者结合个人经历与文化背景搭建别样世界,并对文学作品做出独到解读。借此,诗性隐喻横向拓宽,与文学创作相互滋养、交叉融合,创新动力十足,围绕该话题的实证研究扎实丰富,下文将着重从文学创作手段与解读方式、文学读解效果这两个层面逐一爬梳盘整相关成果。

(一) 文学创作手段与解读方式:从诗性隐喻到概念隐喻

在对诗性隐喻发起的持续热议中,文学研究者常对其如何用于建构叙事各执己见、莫衷一是,此时其被视作一种书写手段(Stockwell 2020: 105)。他们容易忽视读者如何洞悉借诗性隐喻所传递的诗性意义,同样,对为前者奠定理论基调的概念隐喻理论(Concept Metaphor Theory, CMT)[①]也知之甚少。事实上,借鉴该理论进行认知诗学研究的对象包括寓言作品(Crisp 292),情感隐喻及其概念结构(Kövecses 131)和诗性隐喻(Freeman 2015: 209)。一些学者虽未挑破,但文学作品的解读多需调用该认知工具,这一点不言自明。然而,在文学解读中有关概念隐喻理论的实证研究虽少,却也不乏璀璨星光。

雷蒙·吉布斯(Raymond Gibbs)和索朗热·纳西门托(Solange Nascimento)选取巴勃罗·聂鲁达(Pablo Neruda, 1904—1973)的爱情诗作《颂歌与萌芽》(*Ode and Burgeoning*, 1952)为语料,对该作品的解读方式进行考察(Gibbs & Nascimento 221)。结果表明,受试在阐释诗义时提到了"LOVE IS A JOURNEY"这一概念隐喻的弦外之音,比如路径(这对夫妇找到了一条可以相伴出行的路途),目标(他们爱情的未来就在眼前),以及障碍(他们设法克服了艰难险阻)。随后,吉布斯开展了另一项研究,对罗伯特·弗罗斯特(Robert Frost, 1874—1963)的诗歌《未选择之路》("The Road Not Taken", 1915)进行解析。此研究结果与前者并无二致、本同末离:人们会借用概念隐喻"LIFE IS A JOURNEY"的言外之意,即诗人是旅行者,或困难是障碍等,对诗歌进行阐发。许多受试表

---

① 概念隐喻理论由乔治·莱考夫和马克·约翰逊(Mark Johnson,1949—)在20世纪80年代提出。该理论认为,隐喻不仅仅是一种语言现象,而且是人类思维和理解的基本组成部分。根据这一理论,抽象概念通常是通过更具体、更熟悉的概念来理解和建构的。这些具体的概念被称为源域,它们被用来构建和推理更为抽象的靶域。

明这是因其在阅读此诗时设身处地,因此有感而发(Gibbs & Boers 53)。

基于上述研究,吉布斯和莱西·奥肯斯基(Lacey Okonski)为检验实验结果是否“放之四海而皆准”,将受试分为四组并给予不同的阅读要求,选材为阿德里安娜·里奇(Adrienne Rich, 1929—2012)的诗《潜入沉船》(“Diving into the Wreck”, 1973)。第一组得知这首诗描述了一段失败关系;第二组需对其逐字解读;第三组则应细思其多重含义;而第四组未得到明确指示。基于此次实验结果,两位学者最终独出己见:在文学创作中,诸多学者同力协契,使用耳熟能详的具体事物喻指抽象晦涩的文学主题,后者虽“隐姓埋名”,避影匿形,但无论受何指示,所有受试均通过诉诸涉身体验的概念隐喻来理解文学作品(Gibbs & Okonski 46)。

吉布斯的多项实验无疑成为探索文学作品读解方式的一座丰碑,其阐幽显微,着力深挖概念隐喻的重要作用,为众多后学涉足相关研究夯实了确切可信的基石。例如,卡瑞娜·瑞斯(Carina Rasse)就受试对六首诗的意义诠释予以分析,研究结果丰富多样:第一种情况,概念映射在读者的见解中一目了然,研究人员在此推测出其象征的概念隐喻毫不费力、易如反掌;第二种情况,人们含蓄地指摘此种概念映射,在该情形下,探寻其具体为何更具挑战性,因受试未阐明此因之故,此时,便需仔细阅读文学作品,找到潜藏的概念隐喻(Rasse 150)。该结论不仅印证了此前实验结果,还扩充了其适用范围,即文学作品的解读方式虽各自有别,但均关乎概念隐喻的应用。

一言以蔽之,围绕文学作品解读的实证研究确切而有效,诗性隐喻虽是推动诗性意义隐晦莫测的“定海神针”,但就文学解读而言,无论是何要求、持何能力、布何场景,却均需仰给于概念隐喻,借此不仅会增添对前者的阐释分析,还会助读者跨越时空界限,对作者融入诗性隐喻的心理状态浮想联翩。这弥补了关于运用概念隐喻进行文学解读的实证探索空白,并为后续兴起的文学读解效果研究注入了新鲜血液和学术滋养,尤其为即将到来的隐喻建构诗性意义的认知大潮迎来先声。

(二)文学读解效果:可否预测之争

纵览文学创作与解读全程,有一现象令诸位学者由衷赞叹:作者将诗性隐喻尊为其构建诗性意义的“左膀右臂”,而读者在对其细品时却要借助于概念隐喻的磅礴力量。这一现象在强化理论深度和拓展应用广度的同时,也带动了该课题开疆扩土,瞩目于文学作品读解效果研究。

部分学者称希望尽其所能对文本解读严以管控、多加干涉。例如,米里亚姆·奥尔(Miriam Auer)称文学作品常借隐喻传递诗性意义,但由于社会环境、文化历史等方面有所分野,诗性隐喻对读者的影响各异,同样后者对文学的识解也异彩纷呈(Auer 2014)。虽领悟至此,但为令读者充分掌握文本的元语言功能,他便对此冷眼相待,仍期许能在某种程度上介入读者的认知识解。

另一些学者的看法大体与此大同小异,就个别观点存在分野,即在特定程度上愿予以积极引导,但读者反应使其颇为惊异。莱斯利·惠勒(Lesley Wheeler)首肯上述观点,称其虽努力引导读者理解某一特定观点,但其无以名状、不可捉摸的反应却是旨趣所在(Wheeler 2010)。艾米·莫尔(Amy Mohr)和马克·奥利瓦尔-巴特利(Mark Olival-Bartley)也称虽抱有积极操控的美好幻想,但偶尔会为读者的反应大惊失色(Mohr & Olival-Bartley 2019)。

还有学者对上述观点嗤之以鼻,以图扭转前两者的误导,铿锵有力地亮出底牌,即解读文学作品因人而异,如欲对其了如指掌更是难于登天。凯特·莱克格斯(Cate Lycurgus)对此深以为然,并明确提出精准预测读者的见解乃痴人说梦(Lycurgus 2023a)。学者乔治·西尔泰什(George Szirtes)甚至从作者角度出发,指出自己阅读自己的作品时不啻雾里看花,对其诠释同样茫然不解(Szirtes 2012)。

基于此番唇枪舌剑,学者卡瑞娜·瑞斯针对该话题,对20位学者开展问卷调查,结果发现:学者的解答可分为六类,其中第一类“尽其所能予以干预”和第二类(“可以积极引导”)分别得到二位和五位学者认同,占比分别为10%和25%,第三类“束手无策”共有七位学者支持,所占比例高达35%,第四类“特定程度进行控制”和第五类“未曾思考”共有六位学者赞同,共占比30%,而第六类“完全控制”的见解所占比例为0%,无一拥护(Rasse 72)(见表1)。

表1 关于“文学解读可否控制”的调查问卷

	支持人数	百分比
1. 尽其所能予以干预	2人	10%
2. 可以积极引导	5人	25%
3. 束手无策	7人	35%

续 表

	支持人数	百分比
4. 特定程度进行控制	4人	20%
5. 未曾思考	2人	10%
6. 完全控制	0人	0%

例1：锦瑟无端五十弦，
一弦一柱思华年。
庄生晓梦迷蝴蝶，
望帝春心托杜鹃。
沧海月明珠有泪，
蓝田日暖玉生烟。
此情可待成追忆？
只是当时已惘然。

——李商隐《锦瑟》

《锦瑟》是唐代大诗人李商隐的传世之作，在千百年的历史长河中，文人墨客众说纷纭，竟然解读出各有千秋的十余个版本。其中，有的断章取义、望文生义，有的与诗人的生平经历相连，也有的与音律知识息息相关。由于党派之争，李商隐终生潦倒，壮志难酬。其诗篇饱含丰富的个人经历和独特的情感体验，借物喻人、托物言志，处处体现着隐喻意象，时时散发着细腻情感。第一种解读认为，《锦瑟》就是一首爱情诗，尤其是诗中结尾两句，“此情可待成追忆，只是当时已惘然”，塑造出一幅失去初恋挚爱的落寞人物形象；第二种解读，此诗描绘了作者仕途不畅，即古瑟有50弦之多，而如今仅余25根，借此喻指自己与古代的瑟一样“不流行”、不得意、不得志；第三种解读，这是介绍乐器“瑟”的诗，瑟作为一种弦乐，形状如琴，有25根弦，两者常在一起合奏。上述异彩纷呈的观点均透过语言符号，抓取诗性隐喻、破解诗性意义，均持之有因、言之成理。

究其原因主要是：饱蘸文化特性的隐喻是文学创作的“顶梁柱”，其对每位读者都是独一无二的。多数情况下，作者会允许读者在对文本解读时利用所处文化背景，激活长时记忆中的知识储备，掺杂个人情感，因此后者开展之加工匠心独运、别出心裁，形成之见解天差地别，所生之效果天壤之别便理所当然，不足为奇。由此可见，无论是多加干预解读，还是诱导启发读者，均饱受指摘，受多轮质疑，因其乃泛泛空谈。

有鉴于此，就文学创作手段与解读方式而言，诗性隐喻作为构建文字符号与传递诗性意义之间的“桥梁”，地位不可动摇，但在文学解读中概念隐喻的作用经研究证明，皆凿凿有据，其不仅助读者对作者的所思所想感同身受，还凸显了文学作品解读方式的多样性；就文学读解效果来看，诸位学者虽各抒所见，但无论抱有何种企图，均受文化环境、社会背景等因素辖制，诗性隐喻识解各人各异，文学作品读解之效果便不可避免地出现两极分化，其无法操纵乃大势所趋。

三、诗性隐喻在文学创作中的意义构建机制

以上结合对诗性隐喻与文学创作的研究成果梳理可见，文学创作手段与解读方式及文学读解效果研究蔚然成风，成为炙手可热的探讨对象。而隐喻构建诗性意义的认知机制研究虽建树不丰，但毫无疑问，上述对文学解读和概念隐喻展开的交叉探索表明，从认知视域深入剖析意义构建机制可谓“小荷才露尖尖角”，研究成果具有鲜明的时代感和前瞻性。鉴于此，本文接下来将从孕育过程以及意义支撑的双重视角对诗性隐喻与文学创作依次开展互鉴观照，就该现象的深层认知理据进行扼要阐发。

（一）孕育过程：隐喻构筑本质判定

随着认知语言学家对文学创作中诗性意义产生之途径（即诗性隐喻）的不懈探讨，其一跃成为热点话题，他们试图探究隐喻用于传达诗性意义是否刻意为之。在对文学批评者深度访谈后发现，他们各持己见。部分学者认为，诗性隐喻源头众多，包括艺术作品，例如音乐、神话故事、情绪感觉以及渴望表达等，此时他们能清晰明确地回溯其灵感源泉。

一些学者发表了高见，将交际目的尊为诗性隐喻生成的金科玉律。这是因其能将作者难以言表，甚至不可言说的思想主题“回炉重塑”，辅助读者冥然感于中。弗兰克·贝克（Frank Beck）指出，由于渴望通过文字与读者交流，便将其在世界的经历、对人事的感悟寄付隐喻（Beck 2017）。艾德里安·格里玛（Adrian Grima）认为，从本质上讲，隐喻是以交际和文学为“导火线”而生的一种现实创造机制，为读者营造新颖奇妙之感（Grima 2011）。

与贝克和格里玛一样，许多学者赞同文学交际是隐喻滋生之钥。米里亚姆·奥尔称通过推本溯源，诗性隐喻的产生根源是知识思想、关联事

实以及社会批评(Auer 2014)。弗兰齐斯卡·鲁普雷希特(Franziska Ruprecht)认为,在文学创作中,由于普通措辞无法确切概括所思所感,作者便会对未用或少用的文字翘首以待,以将其置于一种异乎寻常的关系中,重塑已知、预设未知,诗性隐喻便由此而生(Ruprecht 2018)。

综上所述,一些学者将交际目的崇为诗性隐喻浮现之缘起,即是说,在文学创作中,运用隐喻传递诗性意义可谓"有知有觉"的过程。与这一观点相去甚远的是暗示其在不知不觉间孕育而生,也就是说当提到表述诗性意义,诗性隐喻一马当先,乃天性使然。下文将分别从天性本能视域和文学创作角度予以分类爬梳。

从天性本能角度视之,隐喻表达,乃人之天性也。该见解得到学者乔治·西尔泰什的赞同,他认为当想到一串数字时,文学学者便会择其一而尽其用,但无可知其然,应是直觉所致罢了,诗性隐喻亦是如此(Szirtes 2012)。凯特·莱克格斯也写道:"诗性隐喻生于本能,漫无目的、无声无息地显现"(Lycurgus 2023b)。基于上述见解,伊丽莎白·巴斯(Elizabeth Bahs)甚至从身体器官构造方面予以深度剖析,提出大脑浑然不知所作所为之时,事物之间便相互依存,同理诗性隐喻的构造产生往往也是无意为之(Bahs 161)。

从文学创作角度视之,诗性隐喻,文之先天优势。乔治·西尔泰什说:"如果诗性隐喻的产生带有目的性和意识性,那么文学创作可谓是等而下之"(Szirtes 21)。凯瑟琳·霍奇斯(Catherine Hodges)称:"诗性隐喻立足于自然世界和潜在意识,文学创作尚未牵涉至此"(Hodges 2023)。米里亚姆·奥尔对此开展反思并声称:"此前过于重视语言对人类思想、行动和生活的多层面影响,但事与愿违,在文学创作中,这种影响会在浑然不觉间萌发,诗性隐喻亦是如此"(Auer 60)。

无论是从天性本能视野,还是文学创作角度出发,学者们都对诗性隐喻缘何而生颇感困惑,因此将其视作无意之为。这导致蓄意隐喻理论(Deliberate Metaphor Theory, DMT)遭受诟病,其提出当且仅当读者认识到作者"有意为之"时,才会将相关表达按照隐喻来识解处理,才能对文学作品中的诗性意义豁然开朗。但事实上真正涉及意识性的绝非隐喻应用,而是保留隐喻与否的决定。凯特·莱克格斯对这一观点心服首肯并指出:"隐喻通常在细思斟酌或诗歌写作的过程中潜至。而在文本修改时,作者才如梦初醒,惊叹于隐喻的运用"(Lycurgus 2023a)。

一言以蔽之,对诗性隐喻孕育过程的见解百家争鸣。一些学者谈本溯源、追根究底，坚信为令读者对文字以外的诗性意义大彻大悟，作者会专门运用诗性隐喻使二者浑然一体，但该见解被大多数学者所证伪，他们对诗性隐喻源自何处不甚了了，从而归因于潜意识，并认为交际意图只是露出表面的冰山一角，那么潜藏在“水底暗礁”之下的真相究竟为何？

不同时间范畴（time-scale）内以复杂方式相互叠嵌的多层动态动机和交际需求通常“诱使”作者在文学创作中做出多样决定，从运用特定的押韵、节奏或图式，到使用特定的诗性隐喻、对作品的视觉描绘，再到传达某种情感。它的出现如影之随形，响之随声，令学者倍感茫然，追根溯源不可再得，由此诗性隐喻悄然而至的观点便被许多人接受。然而，其并非从天而降，是何因素潜在地支撑作者将运用隐喻进行文学创作的优势内化于心呢？下文将不揣冒昧，分别从环境和身体等擘架维度做一番探究。

（二）意义支撑：隐喻属性交互赋予

首先，环境辅助是语料之泉。古往今来，人们对万事万物的认识发端于“近取诸身，远取诸物”，因此便将距其身体半径最小的物理环境视作感知万事万物生发之摇篮，助推行为活动和神经活动日益高级，感知、思维、表达便顺势而为、瓜熟蒂落。在该过程中，物理环境还成为学者们进行文学创作的“辅助工具”，以及辅助文学语言饱含地域风情的灵丹妙药，而其中隐喻作为文学创作的股肱耳目以及文学思维在文字上的具体体现，亦复如是，客观环境为认知源域给养了大量原料：

例 2：Shall I compare thee to a summer's day?
Thou art more lovely and more temperate.
（William Shakespeare, “Sonnet 18”）

在这首诗中，莎士比亚用夏天喻指爱人。那么，所选喻体为何不是其他季节呢？由于中国大部分地区属季风性气候，因此提到夏季便不由分说地想到高温多雨、烈日炎炎；而英国位于欧洲西部、大西洋东岸，受盛行西风控制且三面环海，其属温带海洋性气候，全年温和湿润，四季寒暑变迁不大。英国的夏季与中国的烈日灼灼有别，反而恰似国内盛春的绿意盎然、草长莺飞，温暖舒适，可谓最宜人的好时节，但该时节如白驹过隙，十分短暂，不足一月便已呈花褪残红之衰态。在第十八首短诗中，诗人就地取材，将所处环境中明艳珍奇的“夏天”作为源域发端，将其视为转瞬即逝的稀世之宝映射至靶域“爱人”，以此表达她的美好贵重，并叹息她的稍纵即逝、昙花一现。

例3：O wild West Wind, thou breath of Autumn's being,
Thou, from whose unseen presence the leaves dead.
Are driven, like ghosts from an enchanter fleeing,
Yellow, and black, and pale, and hectic red,
Pestilence-stricken multitudes: O thou.
Who chariotest to their dark wintry bed,
The winged seeds, where they lie cold and low.
(Percy Bysshe Shelley, "Ode to the West Wind")

《西风颂》是19世纪英国诗人珀西·比希·雪莱(Percy Bysshe Shelley, 1792—1822)的传世之作之一。雪莱在诗中运用隐喻赋予笔下"西风"具身化的形象,而在中国俗语有云"万事俱备,只欠东风",足见"东风"不可撼动的决定性地位。那么雪莱为何将"西风"而非"东风"立为喻体呢？中国地处欧亚大陆的东南部,夏季从海洋吹向内陆的东风,温和湿润,因而在汉语里"东风"象征着希望降临。然而,英国受暖湿气流影响,从大西洋徐徐吹来的西风温暖湿润,给英伦三岛带来勃勃生机。可见,中西方对东风与西风的定义大相径庭。雪莱鉴于所处环境中西风狂扫秋季残叶、带来无限生机这一自然规律,择其为源域素材,令其分别与旧世界同样具有摧枯折腐特质的"破坏者"及新世界中新生事物的"建设者"比量齐观、视同一律,刻画了其吹送"种子"以待春雷炸响、枯木逢春的意象,暗指革命力量终将推翻暴政、新事物必然战胜旧事物的理想信念。

综上所述,隐喻作为人类的交际工具和符号系统,仰息环境而生,倚重环境而成。文学创作万变不离其宗,独特地域风情潜移默化地为诗性隐喻的自动生成输送素材,助推诗性意义匿影藏形,文学作品高深莫测的同时,为其日臻丰富完善添砖加瓦,助语言薪火相传、世代延续。而且,为表达同一诗性意义,处在不同地形、气候的作者无一例外会选用各异的源域,促使文学主题处处散发鲜明的地域特色,时时彰显深厚的环境底蕴。

除了环境辅助之外,身体引擎可以视为隐喻之源。物理环境为语料之泉,辅助诗性隐喻饱含地域风情。值得关注的是,经前者之体验,身体经验便油然而生、水到渠成。现实中我们的概念和意义是由身体组织、身体运动、大脑及大脑组织结构、感知觉系统与现实中的物体互动塑成(Lakoff & Johnson 98),而隐喻作为一种诗意的表达方式(孙毅、陈鸿志 92),无独有偶,同样是"身之所为、惟身参之"的产物(见例4):

例 4：Two roads diverged in a wood, and I,
I took the one less traveled by,
And that has made all the difference.
(Robert Frost,"The Road Not Taken")

作者弗罗斯特在创作时，运用隐喻"the one less traveled by"赋予道路独特的个性特征和人格魅力，生动形象地传达了与人生选择相关的诗性意义。文本中的诗性隐喻基于概念隐喻"LIFE IS A JOURNEY"而生，其包含若干基础成分(basic components)，莱考夫和约翰逊将该成分称为基本隐喻(primary metaphors)(Lakoff & Johnson 50)，即当两种身体体验常被相提并论时，此种概念化方式便顺流而为、借势而起(Lakoff 2)。

因此，"人生选择"成为靶域可归因于如下三点：第一，交通工具是容器。从外貌上看，旅行中的交通工具形似一个能装物体的容器；从功能上看，其是搭载旅客抵达目的地的一种方式。可以假设人们藏身其中，在面对抉择时，意见相左者选择离开，异口同声者原地不动。第二，旅程困难是生活分歧。山高水险、荆棘载途会阻挡人们前进的步伐，令其望而却步，可以假设在人生的岔路口面对各种诱惑时人们众说纷纭、各执己见，会造成唇枪舌剑，甚至不欢而散。第三，旅行目的地是人生选择。旅行过程中由于人们中途离开或所遇困难导致意见不一，造成旅行路程截然不同，所到目的地也迥然有别，因此所到之处便是其选择的具体表现。同理，在面对人生抉择时，所做不同决定会成就各自人生，实现多样的梦想，到达迥异的"目的地"。

通过将例中的隐喻细分拆解可见，借由感觉器官和行为动作而形成的身体体验是基本隐喻萌生的源头，而其经过组合即可形成复杂的诗性隐喻。从这些司空见惯的生活经历，我们就能轻松将其映射至艰深晦涩的概念、联想到二者间的交互性关系，助推文学创作，使较为生僻抽象、百思莫解的"人生选择"变得生动形象、通俗易懂(见表 2)：

表 2　概念隐喻"LIFE IS A JOURNEY"的所含蕴意

	源　域	靶　域
交通工具是容器	交通工具	容器
旅程困难是生活中分歧	旅程困难	生活分歧
旅行目的地是人生选择	旅行目的地	人生选择

溯本求源,文学创作的盎然诗意乃依隐喻而生,赖体验而长。诗性隐喻虽是概念隐喻的一种特殊形式,但前者同后者一样,当且仅当思维作用于受环境因素钳制的生理基础时,认知加工与概念映射才随之而来,文学创作得以丰添滋养,诗性意义得以流露传播。同样,饱含具身特征的诗性隐喻也有助于读者刺激感觉器官、激活意象图式,将心比心、推己达人地理解作者创作过程中的"难言之隐"。

窥一斑而知全豹,文学创作中的诗性意义寄托于隐喻外壳,后者可谓增添前者"神秘感"的"耳目心腹"。该认知手段之所以能登上文学创作大雅之堂并成为"重头戏"绝非空穴来风,环境基础和具身体验均对其悄然产生发挥作用。要而言之,物理环境为诗性隐喻提供素材,辅助诗性意义的"外部表象"增加地域特色。在其作用下,具身体验被尊为上位,其乃诗性隐喻自动生成之要诀、生动存在之先导,缺失前者,后者将变得虚无缥缈,诗性意义则艰深晦涩、生僻难懂。两种因素并非敌对竞争,而是合作共赢、彼此倚重,共同赋予诗性隐喻多样属性,使其得以饱满充盈,为诗性意义的创造、生成和完善推波助澜,使隐喻构建诗性意义机制的解释力指数陡增。

上文在理论阐释和个案分析的基础上,介绍并回顾了诗性隐喻的认知演变过程及其与文学创作交叉性研究成果。综观国内外学者对该议题的论述,有些是对文学创作手段与解读方式的研究,有些论述了文学读解效果,而鲜有从认知高度对隐喻构建诗性意义的深层理据予以充分探讨的。本文拟在前人基础上,对诗性隐喻与文学创作开展互鉴研究,首先就文学创作中运用隐喻传递诗性意义的认知过程予以细描刻画,并对支撑该过程的环境辅助、身体引擎予以分类爬梳,最后得出结论:在文学创作中,运用隐喻多为无心之举,其中环境基础为其提供源域素材,发挥辅助作用,借此揭晓幕后"操盘手",身体体验便闪亮登场,其对诗性隐喻的生成有着极大的促进作用,甚至是决定作用。在二者的共同作用下,多样碎片拼凑成承载地理风情以及具身体验等属性的认知工具,丰富诗性意义的表现形式,助推文学创作百花齐放。上文研究为探索这一议题提供了理论视角和实践路径,扩充了诗性隐喻与文学创作互鉴研究的外延,为其可持续发展平添了一条富有开拓精神的坦途。

结　语

诗性隐喻携带着概念隐喻的基因血脉,承载着深刻的创新烙印,兼具语言的含蓄性、修辞的艺术性与文化的多样性，特别是在文学创作洪流中，其乃一柄塑造诗性意义、令人叹为观止的认知工具。随着该议题的推进，其渐成语言学和文学批评等多个领域的热议焦点。本文不揣冒昧，首先对诗性隐喻自身演变的认知过程及其与文学创作交叉性探索进行分类介绍；接着就诗性隐喻与文学创作开展互鉴关照，就前者孕育诗性意义的认知过程加以细致阐析，并对上述领域学者在该课题中的相关发现予以交织；随后基于充分的理论阐释并结合具体语言实例，对支撑这一认知过程的两要素展开细致分析。文章最终得出如下结论：

1）在文学创作中，诗性隐喻被推崇为构建传递诗性意义的捷径，一些学者认为其对诗性隐喻的生成过程完全晓悟并将其归因于交际目的，但这仅是管中窥豹，不同时间范畴内相互叠嵌、多重交互的因素才是水面之下的庞大真身，致使学者们对其产生过程难以名状，因此多将运用诗性隐喻的行为归于无意识，但其并非平白从天而降。

2）诗性隐喻起于身体体验之初，止于物理环境之末，其中身体是其自动生成的“决策者”；环境是其富含异域风情的“语源库”。二者珠联璧合，交互赋予诗性隐喻属性，共辅文学家在其浑然不知的情况下操用，共促诗性意义灵活生动、易于理解，使文学创作熠熠生辉。

根据上述总结，在认知诗学的精心呵护和鼎力扶掖之下，诗性隐喻与文学创作互鉴研究虽有诸多磕绊与疑难，但整体上众星拱辰、熠熠生辉。本文旨在抛砖引玉，无法将二者互鉴研究牵涉的所有方面一网打尽，但以不息为体，以日新为道，通过进一步从其他学科汲取宝贵养分，对其进行再探索，助其在今后的嬗变和演进洪流中更加开放包容、灵活生动，使其更具解释力和说服力，进一步拓宽互鉴研究的新视野。

引用作品[Works Cited]：

Auer, M. *Poetry in Motion and Emotion: An Analysis of the Forms, Functions and Effects of Intermedial References to Poems and Poets within Creative Products of Visual Culture*. Diss. Vienna: Sigmund Freud University Vienna, 2014.

Barfield, O. *Poetic Diction: A Study in Meaning*. Connecticut: Wesleyan UP, 1973.

Barker, W. *Lunacy of Light: Emily Dickinson and the Experience of Metaphor*. Carbondale & Edwardsville: Southern Illinois UP, 1987.

Beck, F. “Interviewed by Rasse, C.: What Do Metaphors Mean to You?” (2017).

〈https://www.cambridge.org/〉(Accessed Feb 8, 2024).

Bahs, E. *On the Threshold: The Polyphonic Poetry Sequence*. Diss. London: Royal Holloway, University of London, 2017.

Crisp, P. "Between Extended Metaphor and Allegory: Is Blending Enough?" *Language and Literature* 4(2008): 291 - 308.

Freeman, M. *Poetry and the Scope of Metaphor: Toward a Theory of Cognitive Poetics*. Berlin: Mouton de Gruyter, 2000.

——. *Cognitive Linguistic Approaches to Literary Studies: State of the Art in Cognitive Poetics*. Oxford and New York: Oxford UP, 2007.

——. "Authorial Presence in Poetry: Some Cognitive Reappraisals." *Poetics Today* 3 (2015): 201 - 231.

Gibbs, R. *The Poetics of Mind: Figurative Thought, Language, and Understanding*. Cambridge: Cambridge UP, 1994.

Gibbs, R. & Nascimento, S. "How We Talk When We Talk about Love: Metaphorical Concepts and Understanding of Love Poetry." *Empirical Approaches to Literature and Aesthetics* 4(1996): 221 - 240.

Gibbs, R. & Boers, E. *Metaphoric Processing of Allegorical Poetry*. Tunis: U of Manouba P, 2005.

Gibbs, R. & Okonski, L. "Cognitive Poetics of Allegorical Experience." *Expressive Minds and Artistic Creations: Studies in Cognitive Poetics* 1(2018): 33 - 55.

Grima, A. "Adrian Grima on Dun Karm's Angry Moment of Metaphor" (2011 - 12 - 1). 〈https://adriangrima.org/〉(Accessed Feb. 12, 2024).

Hodges, C. "Interview with Catherine Abbey Hodges, First Friday Open Mic at Dagny's" (2023 - 10 - 11). 〈https://kernpoetry.com/poems/〉(Accessed Feb. 8, 2024).

Jacobs, A. "Neurocognitive Poetics: Methods and Models for Investigating the Neuronal and Cognitive-affective Bases of Literature Reception." *Frontiers in Human Neuroscience* 9(2015): 1 - 22.

——. "The Gutenberg English Poetry Corpus: Exemplary Quantitative Narrative Analyses." *Frontiers in Digital Humanities* 5(2018): 1 - 14.

Kövecses, Z. *Metaphor: A Practical Introduction*. New York: Oxford UP, 2002.

Lakoff, G. "Mapping the Brain's Metaphor Circuitry: Metaphorical Thought in Everyday Reason." *Frontiers in Human Neuroscience* 12(2014): 1 - 14.

—— & Johnson, M. *Philosophy in the Flesh: The Embodied Mind and Its Challenge to Western Thought*. New York: Basic Books, 1999.

—— & Turner, M. *More Than Cool Reason: A Field Guide to Poetic Metaphor*.

Chicago: Chicago UP, 1989.

Lorenz, J. "The Weight of God: An Analysis of Emily Dickinson's Poem 632." *Ciências & Letras* 47(2011): 75 - 85.

Lycurgus, C. "Across the Span of a Linebreak: An Interview with Matthew Thorburn" (2023a). 〈https://32poems.com/〉 (Accessed Feb. 8, 2024).

——. "Ringed by an Atoll of Fear: An interview with Greg Wrenn by Cate Lycurgus" (2023b). 〈https://32poems.com/〉 (Accessed Feb. 8, 2024).

Miller, C. *Emily Dickinson: A Poet's Grammar*. Cambridge: Harvard UP, 1987.

Mohr, A. & Olival-Bartley, M. *New Interpretations of Harper Lee's To Kill a Mockingbird and Go Set a Watchman*. Cambridge: Cambridge Scholars Publishing, 2019.

Rasse, C. *Poetic Metaphors: Creativity and Interpretation*. Amsterdam: John Benjamins, 2022.

Ruprecht, F. "Interview: Uwe Kullnick spricht mit Franziska Ruprecht über BODY TAG". (2018 - 7 - 12). 〈https://literaturradiohoerbahn.com/〉 (Accessed Feb. 8, 2024).

Stockwell, P. *Cognitive Poetics: An Introduction*. London: Routledge, 2002.

——. *Cognitive Poetics: An Introduction* (2nd Edition). London: Routledge, 2020.

—— & 马菊玲:"文学认知研究的精妙科学",《外国语文》,2012 年第 6 期,第 1—6 页。

Steen, G. *From Linguistic Form to Conceptual Structure in Five Steps: Analyzing Metaphor in Poetry*. Berlin & New York: Mouton de Gruyter, 2009.

Szirtes, G. *New & Collected Poems*. Oxford: Bloodaxe Books, 2012.

Tsur, R. *Towards a Theory of Cognitive Poetics*. Sussex: Sussex Academic Press, 1992.

Vico, G. *The New Science*. Trans. Zhu, G. Q. Beijing: People's Literature Publishing House, 1997.

Wheeler, L. "A Moment with ... Lesley Wheeler * 94, on Teaching Poetry" (2010 - 2 - 3). 〈https://paw.princeton.edu/〉 (Accessed Feb. 8, 2024).

何中清、赵晶:"认知诗学视域下艾米莉·狄金森诗歌中的'死亡'隐喻分析",《西安外国语大学学报》,2019 年第 3 期,第 1—6 页。

黄国文:"自然诗歌中的元功能和语法隐喻分析——以狄金森的一首自然诗歌为例",《外语教学》,2018 年第 3 期,第 1—5 页。

孙毅、陈鸿志:"从隐喻当代理论到当代隐喻学认知蜕变卅载(1994—2023)",《东北师大学报》(哲学社会科学版),2024 年第 1 期,第 92—103 页。

孙毅、邓巧玲:"济慈'三颂'的认知诗学新诠",《广东外语外贸大学学报》,2022 年第 5 期,第 34—48 页。

孙毅、彭白羽:“隐喻阐释紧缩论刍议：理论演进与学术突破”,《天津外国语大学学报》,2022 年第 6 期,第 1—15 页。

束定芳:“论隐喻的诗歌功能”,《解放军外国语学院学报》,2000 年第 6 期,第 12—16 页。

王林生:“‘诗性意义’的读者维度——马利坦文艺观念探析”,《云梦学刊》,2015 年第 1 期,第 106—109 页。

“复数的”修辞虚构性理论*

邱小轻**

内容提要：理查德·沃尔什首先提出修辞虚构性理论，H. S. 尼尔森、詹姆斯·费伦等学者随后加入研究行列，一起推进了从修辞视角展开的虚构性研究，多个国际权威期刊还组织了修辞虚构性理论的大讨论。国内学界对修辞虚构性理论则缺乏关注，引介不全面，仅有的几篇文章主要运用该理论解读一些文类中的虚构性问题。本文考察沃尔什的理论主张以及他和尼尔森、费伦一起提出和分别提出的论点，发现他们在虚构性的评判标准、修辞方法的本质、虚构性与真实的关系等方面存在不同程度的分歧。尽管如此，修辞虚构性理论在历史小说、自小说、虚构自传体小说、历史传记、宣传片、叙事医学等文类得到了卓有成效的运用，其研究范围不断拓展，还激发了虚构性的新研究方法。

关键词：虚构性；修辞虚构性理论；理查德·沃尔什；H. S. 尼尔森；詹姆斯·费伦

Abstract: Rhetorical theory of fictionality was advanced by Richard Walsh and has been furthered by Walsh, H. S. Nielsen, James Phelan and some other scholars. It has captured full attention of several international journals. However, it has not received due attention in domestic academia, where it is partially introduced and mainly applied to the analysis of the issue of fictionality in several genres of (non) fiction. This paper examines Walsh's views on fictionality and the views both jointly and respectively put forward by him, Nielsen and Phelan. It reveals that these theoreticians disagree to varying extent in such aspects as the criteria for fictionality, the nature of rhetorical approach and the relation between fictionality and truth. Yet their theories have been effectively applied in various genres including historical novel, autofiction, autobiographical fiction, historiography, campaign and narrative

---

* ［**基金项目**］：本文系国家社会科学基金重大项目“当代西方叙事学前沿理论的翻译与研究”(17ZDA281)和广东省研究生示范课程建设“叙事学研究”(2023SFKC_027)的阶段性成果。

** ［**作者简介**］：邱小轻，广东外语外贸大学教授，主要研究方向为西方叙事学、现当代英美文学研究。

medicine, which in turn has inspired new approaches to fictionality. Moreover, their research scope has been continuously extended.

Key words: fictionality; rhetorical theory of fictionality; Richard Walsh; H. S. Nielsen; James Phelan

西方学界对虚构性的系统研究集中于20世纪最后十几年,弗朗索瓦丝·拉沃卡(Françoise Lavocat, 1961—)和奥利维尔·卡伊拉(Olivier Caïra, 1973—)对此均有述评(转引自曹丹红 2)。事实上,自从理查德·沃尔什(Richard Walsh, 1964—)于2007年正式提出修辞虚构性理论以来,西方学界掀起了虚构性研究的又一波热潮,亨里克·斯科夫·尼尔森(Henrik Skov Nielson, 1965— ;学界一般称其为H. S. 尼尔森)[①]、詹姆斯·费伦(James Phelan, 1951—)等学者纷纷加入修辞方法的研究行列,另有学者开辟新的研究方法,如艾莉森·吉本斯(Alison Gibbons, 1973—)提出认知视角。此外,近年来多个国际权威期刊组织了虚构性和修辞虚构性理论的大讨论,如《今日诗学》(*Poetic Today*)、《叙事》(*Narrative*)、《文体》(*Style*)(尚必武 110)。

相较之下,国内学界从21世纪第二个十年末才开始从理论或阐释实践层面对虚构性和修辞虚构性展开研究(郭彬清 2018;Lin 2018;Shen 2019;Tang 2019;尚必武 2020;万晓蒙 2020;申丹 2021;曹丹红 2023)。现有研究的不足表现在:梳理虚构性研究的理论转向时,聚焦的是20世纪末西方学界的研究路径,而没有梳理近十几年来中外学界对修辞虚构性理论的大讨论和出现的新研究路径;在谈论修辞虚构性理论时,大多聚焦沃尔什的理论,较少关注费伦和尼尔森的理论,几乎没有讨论三者存在的分歧,也没有述评理论的阐释实践情况。本文首先分析沃尔什的理论主张以及他和尼尔森、费伦一起提出的论点,接着讨论三位学者的理论存在的分歧,继而述评修辞虚构性理论在不同文类中的阐释实践,最后探讨该理论的价值与前景。

---

① 近年来他改名为 Henrik Zetterberg-Nielsen,鉴于国内学界一直使用其原名,故本文沿用 H. S. Nielsen。

一、修辞虚构性理论的主要观点

关于虚构性理论，卡伊拉梳理出内外两种研究路径，内部路径从虚构与真实世界、与真实的关系出发，采用本体论和形式主义的视角，外部路径则从虚构与用途的关系出发，采用语用学（或曰修辞学）和认知的视角；拉沃卡则提出内外结合的第三种研究路径（转引自曹丹红 3，5）。

沃尔什反对本体论和形式主义所代表的内部研究路径，认为不应将虚构性看成真实性问题，而应将其从真实领域中分离出来（Walsh 2007：14—15）。他认为虚构性位于交流框架之中，是一种功能属性，邀请读者做出阐释（同上 15），故以法国认知学家丹·斯波伯（Dan Sperber，1942— ）和英国语言学家戴尔德丽·威尔逊（Deirdre Wilson，1941— ）的关联理论（theory of relevance）为概念框架，从修辞的角度研究虚构性，提出了修辞虚构性理论（rhetorical theory of fictionality），成为叙事学界最早从修辞的视角系统地研究虚构性的学者。沃尔什在《虚构性的修辞》（*The Rhetoric of Fictionality*，2007）一书中指出，虚构性是"一种独特的修辞资源"（a distinctive rhetorical resource），直接充当具有语用功能的严肃交流的一部分（同上 1—2）。虚构性作为一种交流策略，"在许多非虚构叙事中也较明显地存在"（同上 7）。

此外，沃尔什认为虚构性是"虚构的一种特性，是为了交流，因此不应该将虚构性视为再现的物体或者该物体的一种特性；虚构性是对交流行为做出的一种判定，而不是交流行为的语义产品的一个属性或者本体论产品的一个属性"；它是"一种直接的交流资源"而"不是假装的话语或者否定的话语的结果"（Walsh 2019a：398）。他还强调了虚构性的历史维度："不仅各种形式的虚构叙事文类具有各自的历史，虚构性本身的修辞力量也如此"（同上 420）。换言之，虚构性的交流关联性是一个文化变量，必须跟普遍存在于一个特定社会及特定历史时刻中的文化话语相关联（同上 421）。如果对虚构性展开历时性研究，就会发现"迷信"在某一历史时期有可能被当作真实可信的事件来对待（Walsh 2019b：522）。的确如此，古希腊、古罗马和中世纪的人们就相信各种精灵的存在（张剑 186），因而不会视之为虚构性的描写。

沃尔什强调虚构性的判断标准是语境,虚构性不是话语(utterance)①固有的,因而不是该话语的目的(Walsh 2019b: 510)。从形式上看,它“包括类似反讽旁白的东西、各种样式的猜测或者想象性的补充以及跟事实完全相反的叙事例子”(Walsh 2007: 7)。但他认为假设性质的反事实(类似“如果……就会……”的句式)不属于虚构性的范畴,因为它是断言式的(declarative)(Walsh 2019b: 512)。换言之,假设性质的反事实是在假设的基础上而不是在关联的基础上做出的判断,因此本质上不具有虚构性。有些文本类型或者话语类型则处于虚构与非虚构的边界,比如“谎报”(hoax),因为它被虚构性和欺骗性同时包裹着,所以它存在两种接收者/受众,一种会将之解读为真实的行为,另一种则会理解为具有虚构性(同上)。沃尔什还认为,虚构性是一种自反式的认识形式,因为它包含了过程或时间性(Walsh 2022: 184)。

概括而言,在沃尔什看来,虚构性就是作者可以利用的一种修辞资源,需要接收者结合具体语境,以交流关联性而不是真假为基础,对作者的意图做出自主选择,从而对该意图做出最终判断;虚构性还是一种交流策略,因而包括从全局上看为非虚构话语,但局部具有虚构性的文类,如广告、政治演讲、本意为了搞笑或为了增添艺术性话语的记载文和回忆录、“新新闻”(New Journalism),但反事实不是为了交流,因而不属于虚构性的范畴;与此同时,虚构性在本质上是叙事,因此隐喻、想象性的概念不属于虚构性的范畴(Walsh 2019b: 512)。

尽管修辞虚构性理论在短短十几年间发展势头强劲,但正如拉赛·贾玛尔贾尔德(Lasse Gammelgaard, 1983—)所指出,至今仍未形成一个统一的理论体系(Gammelgaard 440)。沃尔什与尼尔森、费伦一起撰写的论文《虚构性的十个命题》(“Ten Theses about Fictionality”, 2015)当属最接近统一的理论(同上 439)。该论文跟保罗·道森(Paul Dawson, 1972—)的论文《驳虚构性的十个命题》(“Ten Theses against Fictionality”, 2015)形成有趣的对照。沃尔什等三位学者首先解释了虚构性与修辞的关系,指出修辞产生于某人在某个地点或者某个时间想说服他人去做、思考或改变某事,因此他们致力于解答“某人向谁、何时、何地、为何,以及如何使用虚构性,为了达到何种意图?”(Neilsen et al. 2015a: 63)。这个研

① 需要说明的是,沃尔什虽然使用了“话语”(utterance)一词,但是其实他所研究的对象并不仅限于口头表达。

究思路跟费伦对叙事所做出的修辞界定的思路相一致:“某人在某个场合出于某种目的向他人讲述故事”(Phelan 1996: 7—8)。三位学者接着提出了虚构性的十个命题:

> 1) 虚构性是建立在人类的想象力的基础之上。
>
> 2) 尽管虚构话语明显异于非虚构话语,但两者在不断交流中形成密切的相互关系,读者处理两者的方式也呈现出同样的特点。
>
> 3) 虚构性修辞建立在交流意图之上。
>
> 4) 从发送者的角度看,虚构性是一种灵活的手段,可以达成多种意图。
>
> 5) 从接收者的角度看,虚构性是对发送者的交流行为做出的阐释判断。
>
> 6) 没有任何一种形式技巧或者其他文本特征本身足以用来辨识虚构话语。
>
> 7) 当标明或者断定存在一个虚构的交流意图的时候,对交流信息持有的态度就会不同于对非虚构话语所持有的态度。
>
> 8) 虚构性常常导致想象的东西和真实的东西均被显露出来。
>
> 9) 虚构性的识别对发送者的理念以及整个信息的逻各斯均会产生或好或坏的结果。
>
> 10) 由于我们习惯将虚构叙事视为一种文类或一整套文类而忽视了虚构性的重要性。(Neilsen et al. 2015a: 63—70)

第二个与第八个命题均强调了虚构性研究同时关注虚构与非虚构话语,第六个命题则强调虚构性是一个文化变量,不是话语本身固有,而是基于交流语境做出的断定(同上 66)。三位学者还写了一篇文章回应道森,强调虚构性是“交流者通过编造来跟特定读者进行交流以达到某种目的”(Neilsen et al. 2015b: 109),因而修辞方法能更好地认识那些不只是描述真实情况的人类交流行为(同上 110)。

沃尔什、尼尔森、费伦还和其他几位学者在沃尔什专著《虚构性的修辞》的基础上,合著了《虚构性与文学》(*Fictionality and Literature*, 2022)一书,探讨虚构性的本质,强调虚构性跟真假二元对立的不同,指出虚构性是一种有效的、情感的修辞交流模式,进一步指出虚构的功能与效果,包括道德功能和政治后果(Crayon 165)。

此外,费伦和尼尔森还重申修辞虚构性理论的另一个论点,即虚构性取决于主题背后的作者意图,因此判断虚构性的两个因素是我们对作者的认识以及话语的语境,而单纯依赖某一叙述技巧来判断虚构性不可取,因为技巧和话语的性质(虚构还是非虚构)之间的关联是规约问题而不是本体论或者认识论问题,比如"文学性"本身是一个文化变量(Phelan & Nielsen 87)。

二、修辞虚构性理论的分歧

正如贾玛尔贾尔德所指出,目前并不存在唯一的修辞虚构性理论,而是存在多个相互抵触的修辞虚构性理论,还没有就什么是虚构性的评判标准达成共识(Gammelgaard 440)。事实上,除了评判标准之外,还需要解决的问题包括:是否只关注交流行为本身才算是修辞的方法?虚构性是否跟真实无关?

第一,虚构性的评判标准。

沃尔什坚持以语境和关联性来判断虚构性,但尼尔森认为这个评判标准存在两个问题:语境为什么以及如何让接收者将话语解释为虚构?他发现沃尔什严重依赖那些以副文本(paratext,也译成"类文本")的形式指定为虚构的作品来判断虚构性,而他认为这种语用学方法就是"不断地用虚构的问题几乎将虚构性问题重新瓦解"(尼尔森 5)。使用语用学方法研究虚构性的确能注意到语境框架对阐释的有效性,但单单依赖语境是不够的,应该"同时寻找并发现指向虚构状态的文本符号"(同上 7)。从哲学角度研究虚构性的学者彼得·拉马尔克(Peter Lamarque, 1948—)也认为,光靠语境来推断虚构性不够可靠,因为如果推断失败,交流就中断,也就无从研究虚构性(Lamarque 476)。

鉴于此,尼尔森"建议将虚构性界定为交流中刻意用信号示意的编造。运用虚构性时发送者故意发出信号,告知接收者交流的信息未必指称真实,而对于谎言来说,这种有意的信号是不存在的。虚构的言说和对事物实际状态的断言不同,它与真值无关"(尼尔森 4),并指出虚构性"要求人们对被视作编造的故事做出情感和想象的反应"(同上 6)。换言之,虚构性不同于谎言,因为它强调了事实;它也不同于真相,因为它并没有准确地描述真实;因此,虚构性是一种特质,而不是文类(同上)。跟尼尔森同为奥尔胡斯大学"虚构性研究中心"一员的贾玛尔贾尔德,同意尼尔森的观点,认为沃尔什是最纯粹的理论家,但为了强调话语的交际功能而将话语的再现维度无限淡化的做法并不可取,因为这样会导致缺少可分析的东西,而在具体语境中讨论虚构性的标记是合乎道理的(Gammelgaard 443)。

费伦则认为"虚构性可以标示出,也可以只是暗示"(Phelan 2020: 188)。他认为虚构性之所以可以通过暗示的方式发出,是跟作者采用的反讽心态一致,即相信读者能够领悟到(同上)。他通过区分"非虚构性"(nonfictionality)与"虚构性"来界定虚构性,认为"非虚构性"就是"某人报道、阐释、评估或者以其他的方式介入真实事件,以便影响他人的理解、信念、态度、感受,或者劝说他人对该真实事件采取某种行动"(Phelan 2023: 165—166),相较之下,"虚构性"则是"某人有意编造、推想某事件,或者引导他人想象非真实事件,以便影响他人的理解、信念、态度、感受,或者劝说他人对该非真实事件采取某种行动"(同上 166)。

第二,虚构性研究的修辞方法。

沃尔什从修辞的视角研究虚构性,视虚构性为修辞性质而不是本体论性质,认为它作为一种交流策略广泛地存在于虚构与非虚构叙事之中(Walsh 2007: 7),尼尔森对此完全赞同:"如果将虚构性看作有关非现实的、明显属于编造之事的修辞性交流策略,而不仅仅属于虚构文类的特性,那么我们会发现它普遍存在于各种话语和媒介中"(尼尔森 2)。

不过,沃尔什认为他的研究方法才是修辞的,理由是真正的修辞立场只关注交流本身,而不关注文本再现,布斯、费伦为重要代表的芝加哥学派采取的其实是再现的方法(Walsh 2019a: 414—416)。马尔库·雷特玛奇(Markku Lehtimäki, 1968—)反驳了该看法,指出费伦实际上把交流扩展至文本外而包括了实际作家和实际读者,而且他一再强调交流行为本身(Lehtimäki 490)。申丹也质疑沃尔什的看法,认为他虽然偏重交流行为本身,将注意力放在交流双方共享的认知语境,"然而,忽略语言再现和修辞手段未必可取……在文学交流中,尤其需要关注作者的修辞手法……我们应关注作者如何运用特定的文本资源来跟读者交流,以达到特定的修辞目的"(申丹 138—139)。她还指出沃尔什实际上存在理论与实践相脱节的情况,因为他所举的酒吧笑话例子和《达洛维夫人》(*Mrs. Dalloway*, 1925)最后两句的例子均说明他的研究其实包括具体的分析文本(同上 139)。

如果我们回到亚里士多德(Aristotle, 384 BC—322 BC)对修辞学的界定,注意到修辞是一种技巧和沟通方式(江守义 148),并注意到费伦对"作为修辞的叙事"的界定包括"讲述的内容"和"讲述行为"(Phelan 1996: 8),以及他的多向度交流模型展示了结构与再现都从属于交流(Phelan 2019: 503),那么就会认同雷特玛奇和申丹的观点,认识到费伦采取的是修辞方法。事实上,这一认识有助于我们辨析修辞虚构性与真实的关系。

第三,虚构性与真实的关系。

沃尔什坚持认为,虚构性是一个基于语境的断定,与话语的真值无关(Walsh 2019a: 414);费伦则认为,虚构性是带有交流意图的编造,其目的在于引导读者考虑非真实的状态与事件,因此真值是判断话语是否具有虚构性的一个不可或缺的组成部分(Phelan 2019: 503)。他认为沃尔什的修辞虚构性研究就解释力而言存在三个明显不足:虽然虚构性产生于交流行为本身,但这并不能推导出真值应被排除在外;再者,他的理论无法解释那些被公认为具有直接信息关联的虚构性以及非虚构性的事例(同上 504)。

事实上,费伦和尼尔森都肯定虚构性与真实的密切关系。他们认为,虚构性普遍存在于各种话语形式之中的事实凸显了虚构性在人类交流中扮演的重要功能(Phelan & Nielsen 85),而否定"推特"等非叙事文类具有虚构性就等于丢失了它们的交流功能,而肯定它们的虚构性能更充分地认识人类如何运用虚构性,这恰恰跟我们接受大众媒体对虚构性(如独角兽和龙)的运用是一致的,也体现了虚构性的修辞逻辑,即编造的目的不是逃避现实而是正视现实,因为它会影响我们对现实的信念、感知、阐释等(同上 86)。因此,编造是我们跟真实打交道并影响我们对真实的感知和信念的一种间接方式,有助于区分虚构性的不同用法(同上 90)。结合内外研究路径研究虚构性的拉沃卡也认为虚构性虽然不受制于真实条件,但一直指向真实世界(Lavocat 4)。

费伦还从修辞视角研究了"生命书写"文类的虚构性,发现"编造"可以用来更好地传达一种或两种"主观真实"(一种通过非虚构性再现,另一种通过虚构性再现),修辞方法因而可以修正我们对"生命书写"文类的理解,也能让我们对个体叙事做出细致分析;他建议在创建生命书写理论时,多多关注作者为实现其非虚构意图而采用局部虚构性的频率(Phelan 2017: 237)。

尽管修辞虚构性理论还不是一个统一的理论,三位学者除了在上述三个方面有分歧,还对虚构性是否只存在于叙事中持不同看法。但费伦和尼尔森认为,这恰好体现了修辞的本质:"作为修辞学家,我们重视不同意见,因为我们相信由不同意见引发的对话能提高我们对虚构性的认识"(Phelan & Nielson 90)。

三、修辞虚构性理论的阐释实践

目前学界运用修辞虚构性理论主要研究了历史小说、自小说、虚构自传体小说、历史传记、宣传片、叙事医学这六种文类中的虚构性。

《显著的沉默:维多利亚长篇小说中的隐含义与虚构性》(*Conspicuous Silences: Implicature and Fictionality in the Victorian Novel*, 2016)一书力图论证虚构性是一种语境而不是文类,虚构性本身是隐含义(implicature)的主要生产者,隐含义在小说文类出现的频率最高且扮演着重要角色,维多利亚小说就是明证;该书集中讨论了"被认定的虚构性"(assumed fictionality,特别是文本中被察觉到的虚构性)对文本建构和解读施加的影响,发现全知叙述有可能是导致虚构性产生的条件(May 503—504)。此外,有学者采用修辞方法对比了英国与丹麦的早期历史小说展示的事实与虚构性的关系,发现被誉为丹麦的瓦尔特·司各特(Walter Scott, 1771—1832)的早期历史小说家本哈德·因格曼(Bernhard Ingemann, 1789—1862)之所以不像司各特那样广受好评,是因为他不像前者那样对历史采用一种明显的虚构性写法,而是运用诸如人物内聚焦、传说、迷信、神话等虚构性技巧来建构自己的历史观和将历史改写合法化,由于他的历史小说表现出忠于历史,反而招惹学界关注其不符史实之处,把其视为事实而不是虚构(Zetterberg Gjerlevse 132)。

有学者研究了自小说的虚构性。《虚构性与自小说》("Fictionality and Autofiction", 2019)一文采用了尼尔森、费伦、沃尔什三人的虚构性理论,审视两部努力如实再现自我的自小说——V. S. 奈保尔(V. S. Naipaul, 1932—2018)的《到达之谜》(*The Enigma of Arrival*, 1987)和J. M. 库切(J. M. Coetzee, 1940—)的《夏日时光》(*Summertime*, 2009)。该文发现,一旦我们认定一个作品是自小说,那么即使作者反复使用了虚构话语,我们仍然期待作者最终同我们交流的是跟她的真实生活相关且有一定分量的东西(Srikanth 346)。《到达之谜》有一个插曲与奈保尔本人的经历相平行,这就在叙事内部赋予了该插曲意义与共鸣,要求我们不要在真实性的框架内去阅读,而是在关联性的框架内阅读;此外,既然奈保尔像其他任何一个自小说作者那样清楚地宣告他的叙事偏离了标准的非叙事作品,那么他就避开了一个问题,即我们读到的东西是否一定是具有指涉性的非虚构叙事,或者是不是经过编造虚构来调节的叙事(同上 347)。尼尔森、费伦、沃尔什三人提出的修辞方法能很好地辨识各种叙事文类,比如自小说是以作者为主人公,作者的生平背景和生活经历提示了整体非虚构性,作者使用虚构性与非虚构性相结合的方式来最终达到他们的目的(同上 353)。

有学者还研究了几种文类杂糅的叙事作品。万晓蒙从修辞叙事的视角研究了大卫·福斯特·华莱士(David Foster Wallace, 1962—2008)的虚构自传体小说《苍白之王》(*The Pale King*, 2011)中的虚构性与非虚构性话语,指出读者作为非虚构话语的接收者时,能切身体会作为小说叙述者的"华莱士"所构筑的"真实"历史,这种"代入感"不仅让读者进入历史和感受历史,而且对相关的社会问题进行历史性的反思;但当读者读到虚构性话语如"现代风格的怪异叙述手法或者与客观事实相悖的事件"(万晓蒙 54)时,就会进入旁观者的"上帝视角",思考这些虚构性话语的隐喻含义,并分析身为真实作者的"华莱士"所传达的警告和劝诫(同上 49)。还有学者借鉴费伦的人物叙述理论和修辞虚构性理论研究了朱利安·巴斯(Julian Barnes, 1946—)的小说《福楼拜的鹦鹉》(*Flaubert's Parrot*, 1985),重点探讨了虚构性如何跟真实性互动,以及虚构性的运用跟作者对生命与虚构的思考的关系(Tang 179),发现作者试图追求的是主观真实而非历史真实(同上 186)。

除了上述各种类型的虚构性叙事,学界还研究了非虚构叙事中的局部虚构性。有学者借鉴尼尔森、费伦、沃尔什的虚构性理论研究了《左传》的虚构性,发现《左传》开启了中国历史传记的一种叙事写法,不仅仅记载历史事件,而且还描述了占卜、征兆、幽灵等局部虚构性,认为《左传》的交流意图使编撰者得以利用各种虚构性手段来向读者传递意图,读者因而做出许多阐释判断(Lin 215)。

还有学者借鉴并发展了沃尔什关于虚构性具有自反性的观点,研究了宣传片中的虚构性,发现许多宣传片旨在激发观众的想象力,敦促他们提出究竟"发生了什么"的问题,以引发他们的人道主义行动(Iversen 198)。费伦则研究了叙事医学中的虚构性,发现小说某一人物对另一人物所做之事进行的全过程想象,会改变该人物对另一人物的伦理判断

(Phelan 2023：130)。

总体而言，这些采用修辞视角研究虚构与非虚构话语中的虚构性的论著，充分展示了修辞虚构性理论的价值，借用其中一位学者的话，那就是“令读者重新审视文学作品中作者与读者沟通的方式，是批评实践的得力工具”(万晓蒙 48)。

四、修辞虚构性理论的价值与前景

沃尔什引领的修辞虚构性理论采用修辞方法研究虚构性，视虚构性为一种修辞资源，从而“拓展了语用学虚构研究”(曹丹红 5)，引发了热烈的讨论。一直采用本体论方法的托马斯·帕维尔(Thomas Pavel，1941—)肯定了修辞方法，指出叙事中编造的东西如神话、童话、精灵虽然不再是我们所相信的东西，但仍然向我们展示了人类的种种激情和行为所具有的真实价值，使叙事具有道德价值，能触动读者的心智(Pavel 431)。媒体学者露易丝·布里克斯·雅克博森(Louise Brix Jacobsen，1978—)认为，沃尔什的修辞虚构性理论对人文学科不同领域的研究与教学均有不可估量的影响(Jacobsen 483)，并认为他与费伦、尼尔森关于虚构性在虚构与非虚构话语中的功能的论点，非常有助于理解不同形式的作品如电影、纪录片等的虚构性的作用，而且这些形式也促使虚构人物与真实人物之间的跨界互动(同上 484)。

道森认为，将虚构性从虚构文本中分离出来，有利于跨媒介和非虚构话语的虚构性研究，为虚构叙事文类也提供了新的研究视角，还为理解虚构的使用价值提供新方法(Dawson 94—95)。雷特玛奇赞同沃尔什关于全局性的信息性话语中的局部虚构性研究的重要性，但认为全局性虚构话语如环境小说或者历史小说中的局部信息性话语也值得研究，指出几位当代小说家都积极将信息性、指导性、教诲性、教学性的内容包含在各自的小说中(Lehtimäki 493)。吉本斯则指出，采用修辞的方法研究虚构性的一大优点是凸显了文本是现实世界的人所使用，但缺点是忽视了读者究竟是如何把握作者的意图，因此认为有必要从认知的角度考察读者阐释虚构性时涉及的认知过程，提出结合“文本世界理论”和“思维建模”来研究虚构(Gibbons 394)。事实上，吉本斯的研究方法跟拉沃卡提出的内外研究路径相结合的方法，即结合本体论与虚构用途、读者反应的角度(转引自曹丹红 6)，具有重要相似处，皆关注文本内潜在的虚构性标记和本体论意义的想象文本世界以及文本外的语境和读者反应。

尚必武认同沃尔什、费伦、尼尔森等学者从修辞视角将虚构性作为一种叙事手段进行研究的做法,但他认为,“如果我们仅将虚构性作为叙事手段来考察,则容易忽略其同时作为叙事效果的存在样态”(尚必武 109)。他以麦克尤恩的小说《赎罪》为例,从非自然叙事学视角出发,分析了虚构性何以成为该小说旨在凸显的一个重要叙事效果,从而指出虚构性也可以是作为效果而存在的叙事目的(同上 110)。

当下被称为“后真相”(post-truth)时代,“每个人都生活在自己版本的真实当中”(Kraatila 420),事实与真相越来越被认为无关紧要,甚至在非虚构话语中也一样(Walsh 2019b: 528)。在这种时代背景下研究虚构性的意义何在?有学者担心虚构性作为一种修辞资源非但不能引发对话反而会抑制对话的出现,但沃尔什认为无须担忧,因为对虚构性的修辞做出回应本身就鼓励了批评声音和反叙事的出现,这个过程就构成了对话;此外,关于虚构性的论述会让大家做出解释,因此虚构能抵制各种时代(同上 529)。

事实上,自沃尔什出版《虚构性的修辞》一书以来,虚构性研究迎来了第二波热潮,研究人员持续增加,文章与书籍不断面世。尼尔森与莫妮卡·弗鲁德尼克(Monica Fludernik, 1957—)合编了《概念的旅行:虚构性的新研究》(*Travelling Concepts: New Fictionality Studies*, 2020);他和斯蒂芬·艾凡森(Stefen Iversen, 1976—)研究了政治文件中与欺骗及纯粹主观性相反的虚构性(Nielsen 2022: 74)。他还尝试将修辞虚构性理论拓展至人的性属研究中(同上 75)。费伦的《叙事医学》(*Narrative Medicine: A Rhetoric Rx*, 2023)一书专辟一章研究叙事医学的虚构性。吉本斯则出版了《虚构性与多模态叙事》(*Fictionality and Multimodal Narratives*, 2023)。

由此可见,修辞虚构性理论在后真相时代具有广阔的研究前景。

引用作品[Works Cited]:

Crayon, Alex. “Book Review on *Fictionality and Literature: Core Concepts Revisited*.” *Cultures of Collectivity* 55.2 (2022): 165 - 169.

Dawson, Paul. “Ten Theses Against Fictionality.” *Narrative* 23.1 (2015): 74 - 100.

Gammelgaard, Lasse R. “Megalomania or Arbitrary Deliminations: The Scope of

Fictionality?" *Style* 53.4 (2019): 439 - 443.

Gibbons, Alison. "The 'Dissolving Margins' of Elena Ferrante and the Neapolitan Novels: A Cognitive Approach to Fictionality, Authorial Intentionality, and Autofictional Reading Strategies." *Narrative Inquiry* 29.2 (2019): 391 - 417.

Iversen, Stefan. "'Just Because It Isn't Happening Here, Doesn't Mean It Isn't Happening': Narrative, Fictionality and Reflexivity in Humanitarian Rhetoric." *European Journal of English Studies* 23.2 (2019): 190 - 205.

Jacobsen, Louise Brix. "Fictionality and Directly Informative Relevance." *Style* 53.4 (2019): 483 - 489.

Kraatila, Elise. "Conspicuous Fabrications: Speculative Fiction as a Tool for Confronting the Post-Truth Discourse." *Narrative Inquiry* 29.2 (2019 - 10): 418 - 433.

Lamarque, Peter. "Fiction as a Practice." *Style* 53.4(2019): 472 - 477.

Lavocat, Françoise. "The Frontiers between Fact and Fiction in the Light of Trimenditional Comparatism." *Travelling Concepts: New Fictionality Studies*. Eds. Monika Fludernik and Henrik Skov Nielsen. Berlin: Peter Lang, 2020. 1 - 28.

Lehtimäki, Markku. "Fiction and Instruction." *Style* 53.4 (2019): 489 - 495.

Lin, Yuzhen. "Fictionality as a Rhetorical Resource in *Zuozhuan*." *Neohelicon* 45 (2018): 213 - 228.

May, Leila S. "Book Review on *Conspicuous Silences: Implicature and Fictionality in the Victorian Novel* by Ruth Rosaler. " *Victorian Studies* 60.3 (2018): 503 - 505.

Nielson, Henrik Skov. "The Shape of Things to Come: An Interview with Henrik Zetterberg-Nielsen." *Diegesis* 11.1(2022): 73 - 79.

——, James Phelan & Richard Walsh. "Ten Theses about Fictionality." *Narrative* 23.1 (2015a): 61 - 73.

——, James Phelan & Richard Walsh. "Fictionality as Rhetoric: A Response to Paul Dawson." *Narrative* 23.1 (2015b): 101 - 111.

Pavel, Thomas. "The Links between Fiction and Rhetoric." *Style* 53.4 (2019): 430 - 433.

Phelan, James. *Narrative as Rhetoric: Technique, Audiences, Ethics, Ideology*. Columbus: Ohio State UP, 1996.

——. "Fictionality." *a/b: Autobiography Studies* 32.2 (2017): 235 - 238.

——. "Good Family: Agreeing and Disagreeing with Richard Walsh." *Style* 53.4 (2019): 502 - 508.

——. "Chapter 7: MTS, Fictionality, Nonfiction." *Debating Rhetorical Narratology*. Eds. Matthew and James Phelan. Columbus: Ohio State UP, 2020. 187 - 195.

——. *Narrative Medicine: A Rhetorical Rx*. New York and London: Routledge, 2023.

—— & Henrik Skov Nielsen. "Why There Are No One-to-One Correspondences among Fictionality, Narrative, and Techniques: A Response to Mari Hatavara and Jarmila Mildorf." *Narrative* 25.1 (2017): 83 - 91.

Shen, Dan. "Fictionality as a Rhetorical Resource for Dual Narrative Progression." *Style* 53.4 (2019): 495 - 502.

Srikanth, Siddharth. "Fictionality and Autofiction." *Style* 53.3 (2019): 344 - 363.

Tang, Yili. "Character Narration and Fictionality in Julian Barnes's *Flaubert's Parrot*." *A Journal of Literary Studies and Linguistics* Ⅸ (2019): 176 - 189.

Walsh, Richard. *The Rhetoric of Fictionality: Narrative Theory and the Idea of Fiction*. Columbus: Ohio State UP, 2007.

——. "Fictionality as Rhetoric: A Distinctive Research Paradigm." *Style* 53. 4 (2019a): 397 - 425.

——. "Further Reflections on Fictionality: Rejoinders to the Responses. " *Style* 53. 4 (2019b): 508 - 530.

——. "Metafiction and Metalespsis." *Fictionality and Literature: Core Concepts Revisited*. Eds. Lasse R. Gammelgaard et al. Columbus: Ohio State UP, 2022. 184 - 203.

Zetterberg Gjerlevsen, Simona. "Inventing History: Fictionality in the Historical Novel in Britain and Denmark." *Travelling Concepts: New Fictionality Studies*. Eds. Monika Fludernik and Henrik Skov Nielsen. Berlin: Peter Lang, 2020. 115 - 135.

曹丹红:"虚构研究'理论转向'与当地西方虚构性研究趋势",《文艺理论研究》,2023 年第 4 期,第 1—9 页。

郭彬清:《修辞叙事学视角下的虚构性研究——以理查德·沃什为例》,西南交通大学硕士学位论文,2018 年。

江守义:"叙事的修辞指向——詹姆斯·费伦的叙事研究",《江淮论坛》,2013 年第 5 期,第 148—155 页。

尼尔森:"虚构性与叙述",王长才译,《探索与批评》,2021 年第 5 辑,第 1—18 页。

尚必武:"什么是虚构性",《外语与外语教学》,2020 年第 1 期,第 109—119 页。

申丹:"关于修辞性叙事学的辩论:挑战、修正、捍卫与互补",《思想战线》,2021 年第 2 期,第 131—139 页。

万晓蒙:“似真还假的‘回忆录’:华莱士遗作《苍白之王》的虚构性与非虚构性”,《外国文学动态研究》,2020 年第 1 期,第 47—56 页。

张剑:“英国生态意识的诞生:浪漫派诗歌中的环境问题与环境保护”,《英美文学研究论丛》,2023 年春,第 180—193 页。

艾伦·沃尔德的马克思主义文学批评*

王予霞**

内容提要：密歇根大学教授艾伦·沃尔德潜心于美国左翼文学研究，撰写出里程碑式的学术三部曲，实现马克思主义文学批评的理论创新。这既检测出20世纪美国左翼文学的时代意义，又使左翼文学研究体系自身臻于成熟，终至与詹姆逊的马克思主义文化阐释学并驾齐驱。中国学者对此进行爬梳和整理本身，也彰显它在中国文化语境中的参考价值。

关键词：艾伦·沃尔德；学院左翼；马克思主义文学批评；中国文化语境

Abstract: Professor Alan M. Wald from the University of Michigan dedicated his life to the study of American leftist literature and has written an academic trilogy incorporating theoretical advances in Marxist literary criticism. A benchmark for evaluating the importance and influence of American leftist literature of the 20th century, Wald's research and publications also help the American leftist literary studies advance and align at last with Jameson's Marxist cultural theory. The way the Chinese scholars sorted things out further demonstrates its usefulness as a point of reference within Chinese culture.

Key words: Alan Wald; Academic Left; Marxist literary criticism; Chinese cultural context

20世纪70年代初，美国学院左翼在远离政治经济中心的高校找到复活马克思主义理论的竞技场。左翼学者在课堂内外广泛开展对文学文本的意识形态分析与研究，恰如路易斯·阿尔都塞（Louis Althusser, 1918—1990）所言："戏剧世界也如同审美世界一样，意识形态一直就在这里缠斗。这里回荡着人类社会政治斗争此起彼伏的怒吼声"（阿尔都塞

* ［**基金项目**］：本文系教育部人文社科项目"当代美国学院左翼与新马克思主义批评研究"（17YJA752018）阶段性成果。

** ［**作者简介**］：王予霞，北京师范大学（珠海校区）文理学院教授，主要从事美国左翼文学研究。

122)。这样,对文学/文化文本的意识形态分析遂演变为一场文化革命,使美国的马克思主义文学批评悄然复苏。本文尝试在中国文化语境中钩沉学院左翼马克思主义文学批评的学术思想贡献,以期积极介入,获得启发。

一、马克思主义文学价值观的形成

所谓学院左翼(Academic Left),指的是在新左翼运动消沉后,那些相继返回校园的激进师生所展开的学术活动。随着力量的不断壮大,他们逐渐形成了一个激进学派,使美国的学术思想结构、学术建制发生了根本性的改变。美国学院左翼的领军人物艾伦·沃尔德(Alan M. Wald, 1946—)以历史性思维架构,力图在全球化语境中激活马克思主义文学批评,这就与同期弗雷德里克·詹姆逊(Fredric Jameson, 1934—2024)的马克思主义文化阐释学相互交织、互相影响。可以说,沃尔德与詹姆逊是当代美国马克思主义批评的双星:前者侧重于文学批评;后者注重理论建构。在这个艰辛的过程中,"学者塑造自己的个性,但他们不会随心所欲。戴着历史的镣铐,在左翼文学研究领域著述的方式,也与一系列塑造和重塑自己生活的高度紧张的、情境化的经历密不可分。要对这些不断冲突中展现的复杂自传体的形象做个总结,就好比瞄准了一个移动的目标"(Brick 345)。

沃尔德在20世纪60年代中期接受大学教育,并深度参与新左翼运动,此后,他立足密歇根大学,开展马克思主义文学批评、教研活动。概括起来看,他通过以下三种方式,逐步确立了马克思主义文学价值观:参与新左翼运动,收获大学之外的真正教育,为马克思主义文学批评奠定思想基础。

20世纪六七十年代,沃尔德先后参加多个激进组织——"学生民主同盟""社会主义工人党"等——深度参与新左翼运动。此间,他结识了"三乔治"——乔治·诺瓦克(George Novack, 1905—1992)、乔治·韦斯曼(George Weissman, 1916—1985)和乔治·布莱特曼(George Breitman, 1916—1986)。三位乔治为沃尔德提供了大量原始资料,为他日后的研究打开了一扇大门。他多次表示:"到目前为止,我的政治、知识和个人生活中最为重要和珍视的,是我有幸在20世纪60年代上大学"(Wald 1992: xi)。

在著名左翼作家詹姆斯·法雷尔(James T. Farrell, 1904—1979)的指导下,沃尔德搜集资料,撰写博士论文,渐至形成与马克思主义文化阐释学互补的马克思主义文学批评。1971 年,伯克利英文系出现了结构主义热潮,正在学习期间的沃尔德也有意朝着马克思主义文化理论方向发展。但是,经过冷静思考后,他觉得自己的研究是基于历史经验的,而詹姆逊的文化阐释学是思辨性质的,二者无法兼容。确切地说,沃尔德的兴趣在马克思主义批评内部和周围那些躁动不安、相互纠缠的文学创作,因此,他没有追赶理论大潮,而是潜心于左翼文学研究。

美国学界对左翼文学谱系的研究始于 20 世纪五六十年代。1956 年,沃尔特·赖道特(Walter Rideout, 1917—2006)在《1900 年至 1954 年的美国激进小说》(*The Radical Novel in the United States, 1900 -1954*)一书中指出,美国共产主义运动的衰落主要由于内部政治纷争与外部打压(Rideout xv - xvi)。1961 年,丹尼尔·阿伦(Daniel Aaron, 1912—2016)的《左翼作家》(*Writers on the Left*)深化了左翼文学研究。当时正值新左翼运动兴起之初,这些著作激发了沃尔德的学术热情,为其研究指明了方向。1974 年,沃尔德开始采访包括法雷尔在内的许多左翼作家与批评家,受访人数达 500 余人。丰盛之路通向了智慧之宫,在左翼作家口述史搜集方面,无人能出其右。沃尔德还拜访了左翼文学研究的前辈——阿伦、赖道特和詹姆斯·吉尔伯特(James Gilbert, 1939—),他们的著作对他的研究方法起到了导向作用。

沃尔德长期参加马克思主义文学小组的学习,及时了解欧洲马克思主义文学批评动态,积极推动"红色大学"计划的实施。创建于 20 世纪 60 年代的"马克思主义文学小组",到 70 年代俨然成为学院左翼的一个重要"沙龙",它的《社会文本》(*Social Text*)期刊是沃尔德的必读刊物。1985 年,他开始参加"马克思主义文学小组"的学习活动,直到其核心人物迈克尔·斯普林克(Michael Sprinker, 1950—1999)逝世为止。

此间,沃尔德在教学中经常把对欧洲中心主义的批评与密歇根大学校园的反种族活动结合起来,实践学者的参与意识。在复杂的社会局势中,他着手实施美国版的"红色大学战略",呼吁将资源交给那些寻求结束国际战争、废除贫民区、通过控制经济实现政治民主的人们手中。他最关心的还是把文学中的"西方传统"置于广阔的阶级、族裔和性别的背景中加以审视。在课堂上,沃尔德倾听每一种观点,鼓励学生在现实中检视自己的思想。如此,在 20 世纪七八十年代,以沃尔德为代表的密歇根大学青年教师举起了“反抗”大旗，对课程、招聘和录取等做法都实施了激进改革。需要指出的是，沃尔德特别强调知行合一，视其为左翼学者的重要职责，这与詹姆逊理论研究的书斋化倾向完全不同。

二、马克思主义文学批评的探索历程

从1975年到2015年的40年里，沃尔德对20世纪上半叶的美国左翼文学展开百科全书式的研究，共出版六部专著和两部文集，丰富与完善了美国文学史和马克思主义文学批评。总体观之，沃尔德的马克思主义文学批评可分为前后两个时期：

(1) 20世纪70—90年代初为早期探索。在此期间，沃尔德挖掘整理了激进主义文学作家和作品，以作家、批评家集锦的形式撰写了三部著作：《詹姆斯·法雷尔》(*James Farrell*, 1978)、《革命想象》(*Revolutionary Imagination*, 1983)和《纽约知识分子》(*The New York Intellectuals*, 1987)。他抓住反斯大林主义的思想线索，把三部作品贯穿在一起，形成统一的风格，侧重作家生平资料的细节考证与理论阐发的结合。

在《革命想象》中，沃尔德借鉴詹姆逊的《马克思主义与形式》(*Marxism and Form*, 1974)和《政治无意识》(*The Political Unconscious*, 1981)的相关理论，将流派、形式和历史与那些名不见经传的现代主义诗人——薛利·曼根(Sherry Mangan, 1904—1961)和约翰·威尔赖特(John Wheelwright, 1897—1940)联系起来，展开传记研究。沃尔德认为，反斯大林主义政治诉求驱使现代主义诗人进行形式创新(Wald 1983)。1992年，沃尔德精选了20篇文章，编辑为《知识分子责任》(*The Responsibility of Intellectuals*)出版。论文集的题目“知识分子责任”，取自诺姆·乔姆斯基(Noam Chomsky, 1928—)1967年的一篇同名文章，副标题“文化承载中的马克思主义传统”(Selected Essays on Marxist Traditions in Cultural Commitment)，则来自雷蒙·威廉斯(Raymond Williams, 1921—1988)的“马克思主义与文化”(Maxism and Culture，见Williams 1977)，而“承载”主要指知识分子在理论、实践与组织忠诚之间的关系。他坚信社会主义理念与文化干预的作用(Wald 1992)。

(2) 20世纪90年代中期至2015年为近期探索。自20世纪90年代末起，沃尔德开始撰写《美国之夜》(*American Night*)，最初只计划了单部书。然而，丰富的材料让沃尔德欲罢不能，结果出版了学术三部曲著作：

《未来的放逐》(*Exiles from a Future Time*, 2002)、《激情三位体》(*Trinity of Passion*, 2007) 和《美国之夜》(2012)。每部书突出一个时间段，从 20 世纪三四十年代的反法西斯战争到 50 年代的冷战时期，这三个十年的大叙述自成体系，且可以不按顺序单独阅读。20 世纪 30 年代初，由于美国的经济大萧条和法西斯主义的蔓延，共产主义遂成为一股激进的文化力量，可是，它并没有持续下去。战后，美国的文学共产主义销声匿迹了。那么，它在文本中是如何被叙述的，如何演变的？又留下了哪些遗产？带着这些疑惑，沃尔德在学术三部曲中，打开了尘封的历史，发现了文学共产主义的踪迹。

作为学术三部曲的开卷之作，《未来的放逐》探讨了大萧条初期的左翼作家作品所承载的马克思主义思想。他以大萧条为时间轴，把无产阶级诗人/作家曼努埃尔·戈迈斯(Manuel Gomez, 1895—1989)、迈克尔·高尔德(Michael Gold, 1894—1967)、梅里德尔·勒·苏厄尔(Meridel Le Sueure, 1900—1996)；意第绪语作家 V. J. 杰罗姆(V. J. Jerome, 1896—1965)；黑人作家斯特林·布朗(Sterling Brown, 1901—1989)等分别置于其中，剖析他们如何从当下被放逐到未来。他从六个方面凸显文学左翼的理想主义主题——对苏联的理想化与无产阶级内部的合作——实现了两大学术目标：(1) 撰写一部有关 20 世纪上半叶美国左翼文学的"修正"之作，使那些长期被边缘化的作家作品重见天日，让更多的青年人从中获益；(2) 突破学界对左翼文学的习惯性划分(20 世纪 30 年代与 60 年代)，重新钩沉左翼文学发展的错综复杂的关系。他特别强调对作家个人生活和政治活动的个性化研究，视其为评估作品价值的前提条件。该书揭示了美共在 20 世纪 30 年代全力打造的文学传统，虽然经受四五十年代的摧残，但是，经过新左翼运动的传承，延续至今。《激情三位体》是学术三部曲的第二部，书名取自参加马德里保卫战的埃德温·罗尔夫(Edwin Rolfe, 1909—1954)的《挽歌》("Elegia", 1948)中的诗句。沃尔德把罗尔夫与反法西斯战斗视为"三位一体的激情"，这其实是对人类的隐喻。在沃尔德看来，"激情"展现了全部左翼文学遗产中最迷人且又最不确定的特质。倘若缺少激情，难以产生炽热的理想，也就无法有效地打击法西斯主义，但是，一旦激情被误导，也会导致狂热与盲从。换言之，激情可以激励作家创作出有关社会解放的宏大作品，但是，激情本身并不能确保艺术的成功。

《美国之夜》是最后一部，主要对冷战初期(1945—1954 年)的激进作家作品展开追踪研究。诚如书名所示,它讲述的作家经历都带有个人痛苦和孤独写作的特征。这些“失败者”秉持20世纪30年代的愿景,义无反顾地投入那场反法西斯主义战争,他们不但没有获得掌声与鲜花,反而被保守势力、大众媒体称作“红色法西斯主义者”。而他们花费毕生心血所打磨的作品,尽管充溢着解放全人类的崇高情感,却沦为专制极权的粗俗宣传品。带着这些疑问,沃尔德开始探寻1945年后左翼作家消沉的原因,最终在坚实史料的基础上,升华出政治文学感。

可以说,《美国之夜》是前两部著作的继续与深化,特别阐发了文学共产主义的蛰伏以及对美国文学的影响。他坚持把共产主义视为一个动态、不断变化的历史过程,并在此过程中全面审视文学左翼。唯其如此,才能揭示其深刻的思想内涵与丰富的艺术品格。沃尔德通过撰写学术三部曲,试图重建左翼文学的全貌,进而展望未来的社会主义前景。在他看来,虽然马克思主义文学遗产看似支离破碎,倘若为青年学生所接受,依然可以产生变革社会的巨大力量。

综上,沃尔德把人类学、历史学和文艺学等方法结合起来,多方搜集史料、访谈,一方面呈现左翼文化运动在塑造与改变作家个性方面的重要作用;另一方面作家个人的经历和写作风格也反作用于运动本身,二者交互影响、相互激荡。同时,沃尔德又把研究转向自身,对自己参与新左翼运动的经历进行深刻反思,更加深了其对文学左翼的理解。因此,学术三部曲与其说是关于“激进的正典”,不如说是对那些鲜为人知作家作品的解封。

三、构建马克思主义文学批评体系

如果说历史是一场人类不断追求社会正义的活动,那么,社会主义的意义必不在于结果,而是过程本身。1983年,沃尔德在《革命想象》一书中,运用文化历史研究方法,彰显马克思主义文学批评要旨,得到了学界的肯定。此后,历史就化为沃尔德建构马克思主义文学批评体系的核心,一切都置于历史维度中加以审视。具体说,沃尔德的批评体系可从四个方面把握:

第一,坚持左翼文学研究的多元性,强调史论结合。沃尔德擅长搜集史料,对文学进行全面的历史研究。20世纪90年代,他在编辑系列丛书《激进小说再评估》(*The Radical Novel Reconsidered*,该丛书因经费问题未能付梓)的过程中,发现"文学共产主义"广泛地出现在左翼作家作品中。此后,他沿着这一线索,不断向前推进。各种不引人注意的宣传单、海报、漫画,都被他纳入研究。同时,他善于体察批判理论的细微差别,并灵活地运用于自己的研究中。例如,在对左翼文学的复杂构成与思想多元性的剖析方面,他充分汲取西德尼·霍克(Sidney Hook, 1902—1989)的美国化的马克思主义批评,发展了"人民阵线"时期的文化理论成果。宏大的批评框架,只有以扎实的史料作为支撑,锚定作家作品的分析,才不至于偏离真相,这就确保了沃尔德研究的实证性、严谨性与客观性。

第二,在详尽占有资料的基础上,对作家作品展开历史唯物主义的分析,得出科学结论。在《美国之夜》中,沃尔德通过大量实证研究发现,在冷战期间,左翼作家意外地获得了相对宽松的创作空间。表面上看,他们并没有发表任何异见,但私下却以化名,刊发各种迎合市场需求的通俗作品。事实上,众多左翼作家早在战争期间就已经悄然转入商业化写作。

第三,面对战后美国文化语境与学术传统的剧变,沃尔德不断拓展批评视阈,突破禁区,重新评估美共领导的左翼文学运动的成败得失。在《美国之夜》中,沃尔德批评学界对左翼文学的研究怀旧般地为 20 世纪 30 年代涂脂抹粉,只关注左翼知识分子个人的传奇经历,而这些研究又总是与大萧条和罗斯福新政纠缠在一起,完全忽略了四五十年代的左翼作家作品。在沃尔德看来,新政不过是一种权宜之计,无法概括 20 世纪 30 年代的本质特征。换言之,美国左翼文学所积蓄的社会能量,早在新政之前就开始萌动;战后,人们发现大萧条随处可见,而 20 世纪 30 年代的愿景依然是一项未竟的社会事业。沃尔德在书中指出,学界普遍缺乏对 20 世纪 30 年代愿景的深入研究,更无力直面历史中的"文学共产主义"。学者们常常以当下视野考量左翼作家作品,习惯性地贴标签;有的学者善意地为左翼制造理想化、被粉饰的过去。凡此种种,都是对左翼文学研究的简化。如果说学界的各种弊端令沃尔德苦恼,那么,最大的挑战还是那些左翼作家对自己过往经历讳莫如深,这令他一筹莫展,只得通过模糊、策略性的描述,将其视为一种记忆缺失。当然,沃尔德也惊讶地发现,仍有左翼作家秉持 20 世纪 30 年代的愿景展开创作,如果把他们的作品聚集在一起,就像一颗巨大的小行星,足以照彻未来。诸如米尔顿·梅尔策(Milton Meltzer, 1915—2009)、艾拉·瓦拉赫(Ira Wallach, 1913—1995)等人,对于加入共产党无怨无悔,他们认为问题在于人们把对马克思主义的错误理解当成了马克思主义本身。这就为学院左翼的研究提供了一条不间断的历史之流。

第四,沃尔德在《激情三位体》中,提出左翼文学的两时期划分与"共产主义文学现代主义"叙事形态,标志着其研究范式的确立。美国学界对20世纪四五十年代的左翼文学缺乏深入研究,因为此时文学左翼处在至暗时刻,研究20世纪30年代左翼文学的惯用策略——"探索之光",完全不奏效。这样,沃尔德根据美共政策的变化,把反法西主义运动细分为两个时期:(1)"人民阵线"时期(1935—1939年);(2)"后反法西斯主义"时期(1940—1945年)。因为美共在这两个时期推行截然相反的政策:前者主张打击法西斯主义;后者主张与资本主义合流。这不仅带来作家创作取向与艺术风格的变化,而且加速了战后左翼文学的整体转向。因此,只有细分才能贴近左翼文学的真实状况,进而把握其本质。

他在书中还对1932—1934年间A. A. 日丹诺夫(A. A. Zhdanov,1896—1948)的"文艺武器论"对美国左翼的干扰,进行了具体分析。事实上,日丹诺夫在苏联所推行的社会主义现实主义创作方法,等到它输入美国时,已是"人民阵线"期间。此时美共全面推行进步主义方针,认为工人阶级具有进步主义和共产主义两种倾向:前者为劳工权益而斗争;后者为实现社会主义而奋斗,二者实为一体。在这种意义上看,进步主义者就是(亲)共产主义者。进步主义方针必然带来相对宽松的文化要求,较少强调作家的政治身份与立场,一定程度上规避了日丹诺夫的影响。战后,霍华德·法斯特(Howard Fast,1914—2003)的文学创作就处在这两个时期中间,它最具代表性,也最能说明问题。

法斯特在"人民阵线"时期跻身文坛,并于1943年加入共产党,在1946年的"后反法西斯主义"时期,他开始撰写西德尼·格林斯潘(Sidney Greenspan,1915—1944)传记。格林斯潘以战地医生的身份参加西班牙保卫战,1944年他奋不顾身抢救多名伤员后壮烈牺牲。战后,他的事迹被人称颂,甚至进入了华盛顿颁奖提名,因其赤色历史未果,左翼作家与昔日的战友们纷纷为他鸣不平。此期,法斯特也从前期的共产主义政治视角转向一种更为宽泛的文化视角。人们从格林斯潘短暂而辉煌的一生中,见证了反法西斯斗士的高尚品格;也从法斯特义无反顾撰写格林斯潘传记的行动中,看到左翼作家的执着追求。这充分显示了两个时期左翼作家与反法西斯主义者的内在关联性。

法斯特在1946年构思传记时,"反法西斯主义"已经发生变化。他敏锐地觉察到,当时的美国政治局势与1934年德国法西斯主义的嚣张极其相似。面对右翼势力的反扑,法斯特试图通过撰写格林斯潘传记,再造 20 世纪 30 年代的愿景。然而事与愿违,最终法西特的传记只能以短篇小说《西德尼的墓铭》("An Epitaph for Sidney", 1950)面世。

在"后反法西斯主义"时期,左翼作家处在时局骤变的漩涡中,肯尼斯·费林(Kenneth Fearing, 1902—1961)最先预见了消费社会的来临,在他看来,新的感受不可能出现在旧范畴(昔日的马克思主义)中。他放弃过往的激进文学创作,尝试一种让新形式与戏剧性的故事情节有效结合的写作。费林解释说:"文学中的马克思主义是有价值的,仅限于作家吸收它。其原则必然成为作家背景的一部分,也是其思想、感受和解释的方式"(转引自 Wald 2012: 255)。最终,他以惊悚小说《大本钟》(*The Big Clock*, 1946),营造出一种新的激进感,从而获得巨大的成功。也就是说,进入市场与持守马克思主义原则并不矛盾,费林开创了一种寓政治意蕴于传奇形式中的叙事方式。

并不是每个作家都如费林那样感受到时代艺术的变化,仍有不少作家坚守反法西斯主义立场。莱斯特·柯恩(Lester Cohen, 1901—1963)在《回家》(*Coming Home*, 1945)中,继续讲述国内的反法西斯主义故事。小说中的退役士兵乔,回到故乡匹茨堡,目睹自己家乡被多股反动势力所撕裂,他必须依靠理性的力量,恢复从前的生活。显而易见,冷战期间的左翼作家处在费林与柯恩之间,做着艰难的选择。

在各种不确定的政治因素与错综复杂的社会事件的叠加中,左翼作家不断调整创作思路,令小说的内容更加庞杂。他们把现代主义、新自然主义、存在主义、少数族裔、女权主义以及商业性的创作"一锅炖"。这一方面拓展了小说的政治和审美视阈;另一方面也使马克思主义主题消融到各种通俗文学中。于是,这一时期出现了大量左翼作家转入通俗文学创作的现象,诸如艾萨克·阿西莫夫(Isaac Asimov, 1920—1992)、西里尔·柯思布拉斯(Cyril Kornbluth, 1923—1958)、约翰·米歇尔(John B. Michel, 1917—1969)、弗莱德里克·波尔(Fredrik Pohl, 1919—2013)、唐纳德·沃尔海姆(Donald A. Wollheim, 1914—1990)等均属此类。他们运用通俗文学形式含纳过去,让 20 世纪 30 年代的激进文化因子在变化了的历史环境中继续发酵。

沃尔德在《美国之夜》中,沿着共产主义文化这条线索,通过聚焦种族身份、阶级冲动与性别欲求,挖掘其内在运行机制和象征性表述。他通过大量实证,把这一叙述形态概括为"共产主义文学现代主义"。在沃尔德看来，正是出于左翼文学核心议题的语义模糊性与概念的不可通约性，他更需要提炼这一新的研究范式。

沃尔德在书中指出，在美共领导的左翼文学运动全面消沉之后，令人意想不到的却是“文学共产主义”的起死回生。“共产主义文学现代主义”的叙事形态在左翼作家作品中随处可见。确切地说，左翼作家沿着共产主义的思想线索，不断尝试现代主义文学写作。理查德·赖特（Richard Wright，1908—1960）、托马斯·麦格拉斯（Thomas McGrath，1916—1990）、安·佩特里（Ann Petry，1908—1997）、卡洛斯·布洛桑（Carlos Bulosan，1913—1956）等人，纷纷吸纳现代主义手法，在马克思主义框架中不断深化对种族主义和殖民主义的认识。可以说，他们是在一种特殊的文化路径中进行创新，既超越了现实，又拓展了文学视阈，最终在麦卡锡主义的阴霾中，使“共产主义文学现代主义”的叙事形态清晰呈现出来，直至与主流文学分庭抗礼。

从历史上看，美共领导的左翼文学运动是一场持续性的社会运动，旨在历史中嵌入一种异质意识，并非一次历史的偶然聚合，它赋予“共产主义文学现代主义”叙事的双重功能：(1) 把想象文本中的各种隐喻形式推向极致；(2) 推出了一种全新的文学叙事。当作家充分调动文学想象力，并以反法西斯主义的道德诉求，迫使自己与消费主义保持距离，“共产主义文学现代主义”就成了一种新的创作选择。

历史既是谜团，也是一个不断被分辨阐释的过程。沃尔德在《美国之夜》中，探究左翼文学的“缺失的存在”，辨析那些由隐蔽的文学共产主义所驱动的，经由作家的生活形态所构建的文学叙事结构，为美国左翼文学研究提供了新的范式。在沃尔德看来，“共产主义文学现代主义”必然介于作家个性化创作与集体愿景的交织中，冲击了主流文学话语体系。尽管共产主义在战后美国文学/文化中难以先声夺人，但是，它也绝非历史教科书中的一长串脚注，而是早已成为常态化的美国文学史的重要组成部分。

四、沃尔德与文学左翼谱系

到 2014 年止，美国学界对左翼作家作品的研究已经超越了针对 20 世纪 30 年代的单一视角，延伸至 20 世纪五六十年代。基于前辈的研究，沃尔德描绘出一个更加广阔的左翼文学谱系，极大地激励了同行与晚辈。

保拉·拉比诺维茨(Paula Rabinowitz, 1951—)、芭芭拉·弗莱(Barbara Foley, 1948—)、迈克尔·丹宁(Michael Denning, 1954—)等人都被囊括入这一谱系中。他们追问:什么样的假设、概念、价值观和实践构成了审视左翼文学的方式?这让沃尔德越发感到对左翼文学的研究缺乏一个连贯、全面的体系。从这种意义上看,沃尔德在2012年完成的学术三部曲,不仅是他自己的学术故事,也是他努力理解那段历史的记录。这是一次艰辛的学术旅程,每个所到之处都变成了踏脚石,激励着后人继续前行。然而,左翼文学的多元性、复杂性和不可移译性增大了研究的难度,沃尔德发现自己是在撰写一部缺失的历史,而缺失的主角正是那些被遗忘的作家。

2013年,为了纪念沃尔德对美国左翼文学的开创性研究,本着塑造新一代学者之目的,霍华德·布瑞克(Howard Brick, 1953—)、罗比·利伯曼(Robbie Lieberman, 1954—)和拉比诺维茨三位学者编辑了文集《左翼文学谱系》(*Lineages of the Literary Left*),收入有关美国左翼文学/文化运动的最新研究成果,对20世纪初持续至今的文学左翼作家作品展开全面评析。文集的编辑与论文作者均为沃尔德的同事、朋友或学生,通过半个世纪以来他的教研活动而联系在一起,事实上他们自己也是文学左翼谱系的一部分。

论文集取名为"左翼文学谱系",旨在彰显学术包容精神,传承社会正义,追寻美好未来。这里的"谱系"包含了英语"linage"有关血统、世系、谱系的全部含义。这样看来,左翼文学无疑是一个前景广阔的研究领域,其谱系超越了文学范畴,其历史既不受国界限制,也不受传统分期束缚。三位学者以反帝国主义和反种族主义为内在思想线索,以20篇论文所探讨的内容为依据,将论文集分为诗歌、作家传记、小说和历史四个部分。粗略地说,这些文章广泛涉及20世纪的文学/文化作品,与激进的社会运动相关联。它涉及一系列令人兴奋的主题——从描绘哈莱姆黑人拳击手的小说,到日本无产阶级文学——所有这些都反映出沃尔德研究的特征——细读文本与历史想象的结合。特别是沃尔德总结性的自传体文章本身就很值得一读。他们希望通过这些学术努力,改变文学经典的标准,重新划定美国文化的边界。

虽然沃尔德的作品和论文集所收录的文章都集中在美国左翼文学方面,但是,他们希望该论文集能引发对国际左翼文学的研究,在不久的将来收录欧洲、中国、日本和拉丁美洲乃至中东学者的文章,从而书写世界左翼文学之谱系。从这种意义上讲，沃尔德所开展的新马克思主义文学批评立于历史，将经受时间的检验并开启未来的研究。

《左翼文学谱系》在2015年付梓，沃尔德也在同年退休。虽然教师生涯告一段落，他将继续深化新马克思主义文学批评，建构包括中国左翼文学在内的全球新视阈。如此宏大的学术格局，受到同行的广泛赞誉：华盛顿大学的威廉·麦克赛尔(William J. Maxell)称沃尔德是自1970年以来美国左翼文学研究领域中最重要的学者；马萨诸萨大学的朱尔·查梅茨基(Jules Chametzky)认为，沃尔德的研究表明，马克思主义思想对20世纪美国文学的影响不亚于19世纪超验主义的影响；纽约大学的安德鲁·罗斯(Andrew Ross)指出，长期以来沃尔德一直是我们在左翼文学和左翼思想史的丛林中稳扎稳打的向导，没有人比他更了解20世纪30年代错综复杂的政治格局，他发起了百科全书式的研究(Brick 1)。因此，在中国文化语境中对沃尔德的马克思主义文学批评展开研究，并与詹姆逊的马克思主义文化阐释学进行对照，揭示他们在总体性思维架构中的马克思主义理论的学术生命力，无疑具有十分重要的价值。

引用作品[Works Cited]：

Brick, Howard. Ed. *Lineages of the Literary Left*. Michigan: Michigan Publishing, 2015.

Rideout Walter. "Introduction to the Morningside Edition." *The Radical Novel in the United States, 1900 - 1945*. New York and Oxford: Columbia UP. xv - xvi.

Wald, Alan. *The Revolutionary Imagination: The Poetry and Politics of John Wheelwright and Sherry Mangan*. Chapel Hill: U of North Carolina P, 1983.

——. *The Responsibility of Intellectuals: Selected Essays on Marxist Traditions in Cultural Commitment*. New Jersey and London: Humanities Press, 1992.

——. *Exiles from a Future Time: The Forging of the Mid-Twentieth Century Literary Left*. Chapel Hill: U of North Carolina P, 2002.

——. *Trinity of Passion: The Literary Left and the Antifascist Crusade*. Chapel Hill: U of North Carolina P, 2007.

——. *American Night: The Literary Left in the Era of the Cold War*. Chapel Hill: U of North Carolina P, 2012.

Williams, Raymond. *Maxism and Literature*. Oxford: Oxford UP, 1977.

阿尔都塞：《保卫马克思》，顾良译，北京：商务印书馆，2019年。

脑内留声：听觉意识与现代主义记音诗学

周星月*

内容提要：现代主义文学记录下留声机带来的时空重构、公私交叠、言语解体、浪漫主义灵性声音的市场物化、对话语质地和节奏的聚焦、对即逝现时的历史意识、对声音的民主包容、人身上的非人性，以及话语、声音、经验和主体性的去身体化、错位、怪怖和碎片化。自诞生起，留声机也在19、20世纪之交的神经科学话语下被比作记录和重放的大脑。在艾略特、克兰、史蒂文斯等诗人的留声机意象里，诗人们敏锐捕捉到新声景下机械留声与听觉主体意识及写作的关联，提供了独特诗作以探寻听觉意识、思维与环境之共鸣，由此再思考现代主义诗歌中的留声/记音诗学。

关键词：留声机；记音诗学；听觉意识；哈特·克兰；华莱士·史蒂文斯

Abstract: The phonograph has left an indelible imprint on modernist literature, bringing forth the reconstruction of time and space, the overlapping of the public and the private, the decomposition of language, the commercial reification of the Romantic voice, the actual speech texture and rhythm, the historical consciousness of a dead nowness, the sonorous democratic inclusiveness, the inhumanity in human life, as well as the disembodiment, displacement, fragmentation, and uncanniness of speech and sound that in turn affected the modern subjectivity. From its birth, the phonograph has also been analogized to the recording and recalling faculty of the human brain enlightened by the turn-of-the-19th-and-20th century neurobiology. In the phonograph imageries from poets like T. S. Eliot, Hart Crane, and Wallace Stevens, they intuited the influence of mechanical sounds on the subjective consciousness and writing, providing idiosyncratic cases to explore the acoustical consciousness, the mind in resonance with its environment, and a phono-graphic poetics of modern poetry.

Key words: phonography; phonographic poetics; acoustical consciousness; Hart Crane; Wallace Stevens

---

* [**作者简介**]：周星月，中山大学国际翻译学院助理教授，主要研究英语和葡萄牙语现当代诗歌、垃圾美学、环境人文。

一、留声现代性

托马斯·爱迪生(Thomas Edison，1847—1931)于1888年成立留声机公司之初，便为首批爱迪生蜡筒留声机寻找当时大西洋两岸的著名诗人，如阿尔弗雷德·丁尼生(Alfred Tennyson，1809—1892)、罗伯特·勃朗宁(Robert Browning，1812—1889)、沃尔特·惠特曼(Walt Whitman，1819—1892)等，录下了他们朗诵自己诗歌的珍贵声音。勃朗宁在1889年4月7日的录音被认为是最早的诗人留声。年迈的他现场诵起《他们如何将好消息从根特带至埃克斯》("How They Brought the Good News from Ghent to Aix"，1845)，很快忘了词，说道："我很抱歉忘了自己的诗行，但有件事我将终生记得：你们这奇妙发明带来的惊异感受"；不过，勃朗宁这段话所产生的奇异效果还要等到一年多以后，即这段录音在诗人去世一周年的纪念会上对到场的听众"首播"时(转引自 Picker 123)。在场的休·雷吉纳德·哈维斯(Hugh Reginald Haweis，1838—1901)随后在《泰晤士报》回顾了这场"非凡的招魂会"："这是科学史上独一无二的事件，具有奇特的共情意义……逝者的声音得以被听闻。这是罗伯特·勃朗宁或任何人的声音第一次在坟墓之外被听闻"(Hills 8)。但并非所有人都惊奇于此。勃朗宁的妹妹萨丽安娜·勃朗宁(Sarianna Browning，1814—1903)就无法忍受人们以亡兄的声音为乐，称其为场"不合宜的招魂会"(转引自 Picker 123)。带着健忘的记忆、"惊异感受"的生死、科学和灵异、惊叹与不适，诗句得以在诗人身后发声。

自其早期粗粝嘈杂的奇迹声音开始，留声机已带有一种或许固有于留声技术的生死张力。爱迪生本人道，"言语已成为不朽，如其从前那般"(转引自 Kittler 21)。这一"奇妙发明"从一开始就常用于录下临终遗言，将奄奄一息的声音传递至永恒之境。霍雷肖·纳尔逊·鲍尔斯(Horatio Nelson Powers，1826—1890)在作于1888年的《留声机的问候》("The Phonograph's Salutation")一诗中写道："我是一座坟墓，一个天堂，一张王座；一位天使，先知，奴隶，不朽朋友"[①](转引自 Picker 117)，亦暗指这一技术彼时被广泛用于临终留音。从维多利亚时代到现代主义时期，伴随留声技术的快速商业化，爱迪生蜡筒留声机逐步让位于埃米尔·贝林纳(Emile Berliner，1851—1929)的唱片式留声机(gramophone)；詹姆

① 本文所引原文(包括诗节)皆为作者结合讨论情境自译，此后不注。

斯·乔伊斯(James Joyce, 1882—1941)的《尤利西斯》(*Ulysses*, 1922)里,在墓地散步的利奥波德·布鲁姆一度想象在每个坟墓中放置一台唱片留声机,以便老祖宗们还能通过它跟我们说话,实现我们对逝去记忆的渴望(Joyce 144)。而布鲁姆设想情境的反讽意味,可联系法国科幻作家默里斯·雷纳德(Maurice Renard, 1875—1939)1907 年的短篇小说《死亡与贝壳》("La Mort et le coquillage"),"听见这铜嗓子和它的声音从坟墓里出来真是太可怕了!……它是声音本身,仍然活在一堆腐肉、骸骨和虚无里的声音……"(转引自 Kittler 53)。瑞士作家查尔斯·格里韦尔(Charles Grivel, 1936—2015)后从另一端道出了相似感受:"我的自我将脱离我为生——恐怖之恐怖!"(Grivel 35)。留下的声音反复无休如僵尸,留声的确也成为另一座坟墓(engrave)。而《死亡与贝壳》中的作曲家,死于意图转谱出贝壳(一种自然留声机)中的塞壬之音。①

与对瞬时的永恒化相反,留声带来了另一些形式的死亡。如塞巴斯蒂安·诺尔斯(Sebastian Knowles)在《死于留声机》("Death by Gramophone", 2003)一文中所言,对现代主义及此后的作家,"留声机带来了死亡,是一种死亡:在他们所写之物的对立面,对他们的写作生活构成直接威胁"(Knowles 2)。格里韦尔如此描述:"它装出的声音强制我倒空我,逼迫我吸入我。裂隙和空无:一个被机器驱逐的主体"(Grivel 56)。这一面可联系弗雷德里克·基特勒(Friedrich Kittler)的观点,过于保真的留声技术威胁了阅读和写作的致幻力量;另一面,与爱迪生的愿望相反,那保留下的"永恒生动"的话语只能愈加远离浪漫主义诗学对自发言辞的追求,自然有机语言由此沦为机械重复的模拟声(参见 Kittler 25—26; Camlot 29—31)。机械技术和灵性的关系可进一步从瓦尔特·本雅明(Walter Benjamin, 1892—1940)的文化批评来考虑。尽管本雅明对这一同摄影一样塑造了现代美学的声音技术并未留下太多评论,留声机在音景层面的捕捉很大程度上契合了本雅明辩证唯物的批判思路,可与其关于即刻被寓言化的碎片、照片中的视觉无意识、机械复制时代的艺术等

---

① 威廉·福克纳(William Faulkner, 1897—1962)的《我弥留之际》(*As I Lay Dying*, 1930)的结尾或为另一个内涵讽刺,老本德伦太太终得入土后,新本德伦太太抱着一台小留声机登场。它有一个更滑稽拗口的名字 graphophone,产自另一发明家亚历山大·格雷汉姆·贝尔(Alexander Graham Bell, 1847—1922)的公司。

思考相类比。[①] 文化批评传统下，西奥多·阿多诺（Theodor Adorno，1903—1969）将留声机描述为浪漫主义声音在市场的物化，因而是“人性与艺术的对立面”（Adorno 58）。在考虑“留声”（phono：声音；graph：写作、印刻）的本质时，仍有另一条理论线索，即雅克·德里达（Jacques Derrida，1930—2004）矛盾的“痕迹”（trace）。任何录写都是一种同时存在又抹消的媒介，而在语音中心下的留声行为似乎形成了双重悖论。声音写刻即便如其声称那般比文字更直接，媒介更透明，一度被认为可替代阅读，却也有着与文字一样的悖论，一段被抽离出真实世界的声音或话语成为不朽的那一刻也是它被肢解、去真实化和物化的一刻。德里达本人在《尤利西斯留声机》（*Ulysses gramophone: deux mots pour Joyce*，1987）中谈及乔伊斯对日常语的录写，以留声（gramophonie）效应来阐述“复制”的声音或文字印迹如何因果反推式地同时保护和迫害自发的原音（Derrida 90）。在此，“留声”的“文字”（grámma）词源再次闪现。

在结合媒介研究的文学批评中，不乏回顾和探讨留声机与现代文学关系的角度，许多讨论仍呼应着本雅明和德里达两大思想脉络。在马歇尔·麦克卢汉（Marshall McLuhan，1911—1980）的《理解媒介》（*Understanding Media*，1964）中，已论及留声机如何在情境中“强调出音乐、诗歌和舞蹈中实际的谈话节奏”（McLuhan 276）。由此，只言片语、拉格泰姆（ragtime）、爵士乐和可循环重复的声音元素都得以挪用或转化入文学，参与构建文字中新的时间和节奏感。基特勒对留声机的详细研究将之置于“促成了更广泛的语言解体”的主要技术之一（参见 Halliday 37）。杰森·坎姆洛特（Jason Camlot）在《声音诗学》（*Phonopoetics: The Making of Early Literary Recordings*，2019）中探讨了留声机如何使人们关注从前在文字中被过滤掉的真实人声或自然声音，并从中剖解出更纷繁破碎的拟声词（Camlot 54—67）。[②] 语言在真实情境切割下的声音片段中变形、定格，一面丰富文字的音色，同时又打碎、干扰、陌生化或重建着自身的意

① 本雅明在《机械复制时代的艺术作品》（*The Work of Art in the Age of Mechanical Reproduction*，1936）中确有考虑留声唱片，但未进行更多讨论；他还尤为重视广播这一更公共的声音媒介并积极参与其中，见 Benjamin（2014）。罗伯特·赖德（Robert Ryder）的《听觉无意识》（*The Acoustical Unconscious: From Walter Benjamin to Alexander Kluge*，2022）是首部探讨本雅明对声音的思考的专著，也论述了视觉与听觉批评的对应。

② 留声机的发明也直接促成了全球各地语音学的解析语音和语音实验，可参考 Peterson（1974）。

义。安吉拉·弗拉塔罗拉(Angela Frattarola)在《留声机与现代主义小说》("The Phonograph and the Modernist Novel", 2010)一文中认为,留声机同时揭示出客观现实感和听觉的主观性,对外界喧哗的敏锐记录随之突出了作者或人物的内心感受,而伴着声音碎片化而来的是主体的碎片化,这与听觉生态学学者 R. 默里·谢弗(R. Murray Schafer)提出的录音所带来的"声音分裂"(schizophonia)异曲同工(Frattarola 2010: 143—147, 148, 153)。弗拉塔罗拉还论及乔伊斯去原语境而突出言词形态的杂糅引用,将之与德国 20 世纪 30 年代留声机音乐运动(Grammophonmusik)中变速和拼贴唱片的创作模式相类比(同上 154)。在《声音现代性》(*Sonic Modernity*, 2013)中,萨姆·哈利德(Sam Halliday)则强调了留声机带来的声音的民主包容和"人类生活中的非人性"(Halliday 15, 27)。从录音到播放,"杂音"或"噪音"等环境音和改变了音色的机械化人声重新杂糅了人类"前景"和非人类"背景",脚本角色和意外情境。与视觉相比,听觉更少夹带主体的选取、征服和权力,或能更沉浸式地接收环境。此外,呈现在怪怖的机器发声中的异化感还带来更多的历史意识,既是对录下的现时的即刻历史化,也是另一时空情境在此时此刻的死魂舞蹈。如本雅明所言,"人的感官模式改变人的整个生存模式"(转引自 Halliday 6),声音的剪切、蒙太奇和流动赋予人新的现实感,而现代主义文学的复调、杂音、节奏、意识流记录下了留声机、电话、广播的时代征兆。

二、"脑内的冥界留声机"

自诞生起,留声机的记刻和"回忆"功能也很快在 19、20 世纪之交的神经生物学话语下被比喻为人脑。在基特勒梳理的历史论述中,法国哲学家让·马利·居约(Jean-Marie Guyau, 1854—1888)在 1880 年的《记忆与留声机》("Memory and Phonograph")一文中引用了比利时心理学家约瑟夫·德尔伯夫(Joseph Delboeuf, 1831—1896)的评论:"灵魂是一个留声机式的笔记本。"随后居约将人脑记忆,特别是神经元的印象和激活,同新发明的留声机的印刻和振动相比。德国作家乔治·赫斯(Georg Hirth, 1841—1916)在 1891 年的《艺术生理学的任务》(*Aufgaben der Kunstphysiologie*)中评论:"谈到分子和颅骨路径时,我们会自动想到一个类似于爱迪生留声机的过程。"俄国心理学家萨宾娜·斯皮勒林(Sabina Spielrein, 1885—1942)也以唱片的磨损比喻自我的性心理在心理治疗中的转变过程。而最著名的比较来自赖内·马利亚·里尔克(Rainer Maria Rilke, 1875—1926),在散文《原初声音》("Ur-Geräusch," 1919)中,诗人想象着颅骨的冠状缝恰似爱迪生蜡筒里划出的纹路,由之展开对人类感官和机器拓展人类感触的探问。(以上转引自 Kittler 29—46, 277)类似联想也能在爱迪生此后收到的大量信件中找到,其中有来自业余发明家的"脑洞",认为人脑可能像留声机一般卷绕,"灰质以蜡筒的方式运作";有幻听者认为脑中折磨自己的声音皆因留声机而起,向爱迪生寻求治疗;还有人感到自我隐私被留声机的声音所侵占(Gitelman 87—89)。这一新兴媒介技术和前沿生命科学的联系,夹杂着不安的对物质和意识的双重迷惑与探求,不自觉形成一个时代思路,至 20 世纪三四十年代,"魔法大脑"(Magic Brain)正式成为 RCA 唱片公司新款维克多牌留声机(Victrola)的名号。广告里透明的人头像中,一台播放的留声机替代了颅内的大脑。

由是,弗吉尼亚·伍尔夫(Virginia Woolf, 1882—1941)在《现代小说》("Modern Fiction," 1921)中如此描述她对事物和念头的捕捉:"让我们按照原子落在大脑的顺序记录下它们……每个景象或事件都刻印(scores upon)在意识上"(Woolf 9)。[①] 在此,广义的声刻原理成为意识流的隐喻。时代背景下,类似的更细微、更接纳、更偶然的声音书写/印刻改变了文学图景,从感官意识、文字意义至叙事路径。在现代诗歌的新调音中,在"电子媒体、语言自动化、心理治疗和无意识话语、流行文化习语"的批评网络下,胡安·A. 苏亚雷斯(Juan A. Suárez)分析了《荒原》(*The Waste Land*, 1922)记录下的话语和声音,视 T. S. 艾略特(T. S. Eliot, 1888—1965)为一台行走的"留声机"(Suárez 747—748)。不仅日常闲聊、谈话节奏、噪音模仿和声音并置等元素被录入了艾略特的诗,并成为现代诗歌的一大症候,在苏亚雷斯更为启发性的论述里,正是留声原理及效应使《荒原》中那些多源头历史片语的回响成为可能,这是一个以新媒介重塑传统诗歌语言和结构的尝试。末章那些"我钩沉撑起抵御我毁灭的片断",那些神话与自然之诗的历史声音碎片,虽淹没掉此前包括留声唱片在内的机械嘈杂的都市声景,却也因它们而如是成形(同上 750—751)。尽管如此,留声机对艾略特可能仍是对现代精神的机械化和庸俗化,带着

① 关于留声机对伍尔夫写作的影响,可参见 Frattarola(2018)。中文学界对此的一点讨论,可见周蕾(2022)。

潜在威胁。作为其时代的记音(phono-graphic)诗人,艾略特也典型地将现实话语和物件渲染上黯淡寓意,其诗歌在日常场景中对无聊语句的转录、反复聚焦和影射暗嘲,在祛魅中回响起的失落的精神(对超越的否定式召唤),也可与本雅明加之于物的世俗与救赎相对照。

在《一位女士的肖像》("Portrait of a Lady", 1915,下文简称《肖像》)中,带裂痕的音乐持续萦绕着抒情主人公和女士的交往,穿插在人物对话间。开始时,"——于是交谈游离/在念想和细微捕察的遗憾中/穿过减弱的小提琴音/混着稀远的短号/开始";一段谈话后,"在小提琴的盘绕/和短号破裂的/咏叹之间/我脑内响起一阵沉钝的咚咚/荒谬敲打着它自己的前奏曲/任性的单调音/至少有一个无疑的'错音'";散步到户外后,女士的"声音又响起,像八月下午/坚持跑调的破小提琴",而我"保持镇定/只是当一架街头钢琴,机械而疲惫/反复奏出破旧的俗调/夹着花园传来的风信子香/唤起些事物,那为他人曾向往的"(Eliot 1970: 8—11)。在苏亚雷斯听来,在那气氛如"朱丽叶墓冢"的室内,场景中的乐音明显出自留声唱片(Suárez 750)。这丰富了以前常将之视作肖邦演奏会后余音绕梁的解读,更应和女士对《前奏曲》私密性的暗示。通过这些音质破损的乐声,艾略特或许不动声色地在诗里记下彼时技术下留声机和自动钢琴(pianola)的声音,又莫不是诗里的又一层讽喻。它们既奏出产业化的古典之音,又成为时代之音的寓言,如埃兹拉·庞德(Ezra Pound, 1885—1972)在《休·赛尔温·莫伯利》("Hugh Selwyn Mauberley", 1920)里对时代的一句速写:"自动钢琴'取代'了萨福的巴比托琴"(Pound 112)。《荒原》的《火诫》("The Fire Sermon")一节,留声机意象重现在一个平淡乏味并若有所失的女性室内场景:"她转身朝镜子里看了会儿,/几乎没意识到她离开的情人;/脑中一个半成形的想法闪过……/重又踱步在她的房间,独自一人,/她自动的手捋着头发,/在留声机上放上一张唱片"(Eliot 1970: 62)。这里"自动的手"使人物也无意识地成为受机械调控而自动行为的装置,一如女人的职业,一位留声机式的女打字员[①]。而在下班后,与情人例行公事后,留声唱片批量灌装的音乐是精神隐隐渴求的出口,也是不会带来惊奇的日常举动。从脑内敲打起自己的前奏曲到意识和肢体的自动化,艾略特已关注到大脑在环境中所感到的内外交响,以及

① 可参考某位化名为"颠倒打字员"(Topsy Typist)的作者于 1904 年编的《我们的留声机式诗人:速记员和打字员写他们的技艺》(*Our Phonographic Poets*)一书。

机械音对思维的影响。当然，他对此表现出一贯的忧虑，在1922年11月的《伦敦来信》（“London Letter”）里，借英国演唱家玛丽·劳埃德（Marie Lloyd, 1870—1922）去世一事，他表达了对真实人声沦为录音产业的批判，并借威廉·H. R. 里弗斯（William H. R. Rivers, 1864—1922）新近的心理人类学观点——给美拉尼西亚人一台留声机，他们很快就会对生活和部落失去兴趣[①]——警醒西方文明切莫步其后尘（Eliot 1976：421）。

在艾略特诗歌的基调下，哈特·克兰（Hart Crane, 1899—1932）变换着场景和节奏，奏出了现代主义“记音”旋律的对调。艾略特对克兰的影响和克兰对艾略特的主题和文本重构，一种被哈罗德·布鲁姆（Harold Bloom, 1930—2019）称为“角力”（agon）的关系，是美国现代诗歌的经典话题[②]。不满于艾略特为现代文明定下的“荒原”基调，认为其忽略了某些仍真实有力的精神可能性，同时视艾略特为“意气相投的影响”并希望将之“培育”，克兰有志写下一个对机械时代之精神更乐观更兴奋的版本（Crane 1997：72, 117—118）。从暗暗反抗着“荒原”情绪的长诗《桥》（*The Bridge*, 1930）中，可细读出这一文本的对抗，其中不乏对艾略特式记音技法的吸收和转化，而克兰对留声与其所连意识的不同书写，可作为此话题的一个切入点。《卡蒂萨克》（“Cutty Sark”）篇里，同样是背景音乐和人物谈话的交织叙事，夜间酒吧的攀谈声间数次穿插入投币唱机传来的曲词。歌曲首次出现时：

投币钢琴中碰出
《斯坦布尔之夜》——编织某人的镍币——唱起——

噢斯坦布尔玫瑰——梦编织玫瑰！

他说起利维坦的哝哝低语，
而朗姆是我们脑中的柏拉图……（Crane 2011：61—62）

---

① 此为威廉·H. R. 里弗斯身后出版的《论美拉尼西亚的人口减少》（*Essays on the Depopulation of Melanesia*, 1922）中的观点，但当时也有人对此表示质疑，如伊萨克·丹尼森（Isak Dinesen, 1885—1962）和约瑟夫·康拉德（Joseph Conrad, 1857—1924）等，举出肯尼亚和马来群岛的社群对机器接受的反例（参见 Knowles 8）。在里弗斯革新了西方人类学田野方法的同时，留声机的应用同样革新了民族志方法，有大量史料和研究与此相关。

② 可参见 Bloom（1983）。

同《肖像》中的街头自动钢琴一样,新式投币唱机也让预制的乐音叠进都市场景,穿插于人物间的交流,唤起杂糅的都市感官体验,继而融入新诗的形式、语调和主题。艾略特诗中充满游离的话语、微弱的古典音色、疲怠的街头机器、单调重复的俗曲,融合自我沉迷的烦闷、风信子香、对他人旧时欲望的想象。这些元素在克兰的诗句中得以重新设计:倦怠重复的平淡曲调转化为香浓迷醉的流行歌谣,花园的风信子转化为曲中的异国玫瑰,被曲声和花香唤起的从前的向往转化为主动召出的记忆和花朵,"我"脑内荒谬敲打的咚咚转化为"我们"脑中神话巨鲸的哝哝。直接入诗的歌词同样浮泛着不知可否被唤出的寓意,不同的是,艾略特诗中寡淡消散的情欲在此渐浓。而二诗中,情欲的可能性连接着精神的可能性。

这里"我"是试图打开的,乐音触发了诗中新的时空,似乎也将社交空间中众人的大脑彼此连通。"我们"与陌生人点播的异域思念小曲一同沉醉,与邂逅水手的交谈也没有即刻游离,而是等待着被酝酿为古老的神话,带着崇高的未知风险与集体理想。与夜间酒吧里回荡的情歌歌词并置隐现的是"利维坦"指代的"白鲸"——通往危险神秘深海和美国崇高[①],以及柏拉图(Plato, 427 BC—347 BC)在《伊翁》(*Ion*, 390 BC)中的诗辩——通往诗人出位的(ec-static)迷狂(ecstasy)(参见 Crane 2011: 62)。与《肖像》"任性的单调音"相比,《卡蒂萨克》不断变速,在松散中起伏、编织。反复穿插的一段虚构的流行曲勾连起那些偶闻的只言片语,好似它们不甘于仅仅为意义的碎片,在廉价曲目和随机词曲中仍有一条暗道通向崇高——"斯坦布尔玫瑰"在数段后将化为沉没海底待被唤醒的"亚特兰蒂斯玫瑰"。于是,借由这随后被颂为"歌唱的白机器"的娱乐唱机,《卡蒂萨克》暗通向《桥》的终篇《亚特兰蒂斯》("Atlantis"),那潜藏着精神可能性的时刻。

《卡蒂萨克》还展示了思维如何与外部声音共鸣,音乐如何进入意识流并被转化为诗。克兰的信件和传记记录下他对留声唱片的热情和写作时的特别癖好:一边"迷狂"写作一边在他的维克多牌留声机上循环播放唱片。弗兰克·奥哈拉(Frank O'Hara, 1926—1966)在《玉米类》("Cornkind,"

① "The American Sublime"一词可源于华莱士·史蒂文斯(Wallace Stevens, 1879—1955)的《秩序的观念》(*Ideas of Order*, 1936)里的同名诗,后被布鲁姆用以描述一种美国文学的精神传统,其中尤为关注赫尔曼·梅尔维尔(Herman Melville, 1819—1891)和克兰的文本互联,可参见 Bloom(2015)。

1964)中便俏皮发问："那哈特 · 克兰呢？/那留声唱片和金酒呢？"(O'Hara 43)布莱恩 · 里德(Brian Reed)详细分析了克兰的这一创作习性。伴听的音乐词曲常为其写作供给灵感，主题变形入诗句，这使克兰诗里本已复杂的意象和隐喻再加读解的难度，虽然难以重现写作过程和断定音乐对诗句的具体影响，里德仍探讨了一些值得注意的联系，如莫里斯 · 拉威尔(Maurice Ravel, 1875—1937)的《波莱罗》(*Boléro*, 1928)在克兰后期创作中的重要在场，或是伯特 · 威廉姆斯(Bert Williams, 1874—1922)的歌曲在克兰诗中的痕迹(Reed 100—107)。

留声机意象出现在克兰诗句的时刻，在《桥》的《隧道》("The Tunnel")篇，傍晚从曼哈顿开往布鲁克林的拥挤地铁里，夹杂在直录的乘客对话间：

"……要是
你不喜欢我的门你为啥
在那儿晃悠，你为啥
还在那儿
晃悠——"
仍在 还在 晃悠——

脑内的冥界留声机
是自我回绕的隧道，而爱
一根划尽的火柴滑转在小便池—— (Crane 2011：117)

这是一个嘈杂空间下突然内视的亲密/孤独时刻，在地铁的机械冲撞声和身旁乘客的絮语中，也许由一句"晃悠"(swing)引发，一个未界定的主体意识被唤起。此处场景跌宕回转，遵循克兰的诗辩提出的"隐喻的逻辑"(logic of metaphor)：凭着诗中元素自身隐含的情感动力学而在联想思维中形成的有机意象群(参见 Crane 1997：277—283)。一句"脑内的冥界留声机/是自我回绕的隧道"同时勾勒出几重时空：主体对车厢内对话的印象(包括将其录写入诗)；蜿蜒的地下隧道如同留声凹槽刻录下呼啸而过的现代群体；以及更幽暗的神经通路中意识孤独地察觉自我和整个外部世界。其中留声唱片的转动好似一个隐喻联通站(correspondence)，对应起微观神经通路与延伸的铁轨、脑内空间与地下世界，带动起意识内外、幽冥之界的摇晃旋转。隐喻的逻辑随着留声机唱针在唱片上的回旋，变形为火柴螺旋式滑转入下水道，从意识对环境的描摹转入更私密更幽深的意识暗道。

短短几行中，意象来回穿梭于不同尺度不同域界，如同诗中的纽约地铁穿过神话、社会史、文学和个体经验的地下世界，关联起基建、机器、人群、感官和欲望。留声机的转动成为这里的原型运动，协调起现实世界、周遭情境、私密记忆。“隧道”自身成为记录的凹槽，在城市的深处意识中晃荡、回绕、滑转，刻下克兰渴望书写的“现代意识的史诗”(同上 308)在飞升前夕下至地狱(katabasis)的一季。此处暗应的，还有此前《河流》(“The River”)篇通往北美大地历史的列车，一个混生商标，爱迪福特(Ediford)，将机器的声音和语言的速度合鸣，随疾风响彻。从《河流》《卡蒂萨克》《隧道》一路至《亚特兰蒂斯》，《桥》全诗的叙事试图讲述，如果崇高理念在现代已变为意义的灾难和残骸，仍需凭借死亡驱力投身进这一切之中，从机械、琐碎乃至低贱的日常物质生活中联通起暗道，通往精神的可能性；也是如此，克兰将自己投入某种机械乐观主义，试图为艾略特为现代文明和诗歌设定的沉郁语气找到救赎。留声作为创作时的背景音乐、带寓意的副歌歌词、转录和旋转着的原型意象，带着其固有的物性与灵性张力，触发了于此在中即刻“出窍”的状态，幽荡在克兰对现代世界的感受和转化中。

三、“留声机话话天气”

《隧道》中穿梭于维度间的隐喻在延续留声机与大脑的类比、记录环境映射进思维的同时，还显现出主体意识在吸收环境音时的自我放大。意识好似不仅包容了外部环境，还延伸为外部世界的一体，跑在脑内的“留声隧道”使抒情主体的意识领域扩展至整个地下城市，或是使城市自身成为一个拥有内在意识的神经通路的主体。如其以比拟形象进入早期神经科学话语，作为“魔法大脑”的留声机还可成为一个感触更精微的听觉现象学的意象，揭示和探索的是通过声音的传递与共鸣而形成的身处世界中的主体意识。对史蒂文斯来说，听觉作为连通意识内外世界的渠道，成为触发诗中意识主体的种种来回变形、拟化和隐喻的基础模式，贯穿着他毕生的写作。史蒂文斯的“记音性”在其生动丰富的拟音音色之外，也在这层现象学思辨的意义上展开，其中带来了一些难以为听觉生态学或神经美学所普遍研究的“脑内留声”的吊诡主体意识。

以留声机为主题的《寻找无动之音》（"The Search for Sound Free from Motion"）收录于战时诗集《一个世界的各部分》（*Parts of a World*，1942），是一首小巧却奇异，充满解读和互文可能性的诗：

整下午留声机
话话西印度天气。
斑马叶，大海
都和它一起说。

多诗节海，众叶
都和它一起说。
可你，你用词，
你自己它之幸。

整下午留声气，
整下午留声气，
世界如言词，
话话西印度飓风。

世界一如你活，
一如你说，重复
生气词的造物，平衡
音节之音节。

All afternoon the gramophone
Parl-parled the West-Indian weather.
The zebra leaves, the sea
And it all spoke together.

The many-stanzaed sea, the leaves
And it spoke all together.
But you, you used the word,
Your self its honor.

All afternoon the gramaphoon,
All afternoon the gramaphoon,
The world as word,
Parl-parled the West-Indian hurricane.

The world lives as you live,
Speaks as you speak, a creature that
Repeats its vital words, yet balances
The syllable of a syllable. (Stevens 240 - 241)

带着语音的摹拟、变形和生造,由简易介词"如"(as)联系起来的逻辑句法,这首小诗的语言同时带有史蒂文斯诗中接近胡话的丰腴和形而上思考的干枯。第一句"话话"天气便已透露出留声机作为印迹的语言原型和全诗对语言的思辨,古早的拟音词"parl-parl"可为留声机对哗哗风声的机械复刻和回应,而机器也同时将世界语言化,话出了世界之话(parler:说话)。诗的大场景是某个下午佛罗里达混乱的天气,飓风吹奏出空旷自然界的层层海浪和树叶飒飒,而留声机的声音构成了一个呼应其间的人造室内空间,一个相对安稳、静态,却被外部事件扰动的室内回荡音。这样的"话话"忠实于世界的变动交响,其间另一个主体"你"(一个人、一个诗人或是一个寻找无动之音的人)用着另一种音:将变动之音物化为意义之词。词语在下午天气的吹动中动乱,"留声机"(gramophone)变形为"留声气"(gramaphoon),词语形意的微变呈现出一个生机勃勃的词样世界:文字(grama)的强气流(如 typhoon)。在世界的声气下,世界(world)与言词(word)的联系亦是声态的。二者经典的语音类同带来了世界与"你"的类同,世界变为一个鲜活的主体,与"你"共通地成为"一个造物";之前世界之"话话"与你之用"词"间的张力似乎开始协奏出共响的生气词,一种能游走于音节间的言辞。"音节"本身带着神秘的中间性质,既来自前语言前意义的发声,又是语言被唤出的时刻;既是被切分开来的部分,又"被并置"(syn-:一同;lambanein:带走)为一体。这儿的"音节"也是一个在重复中演绎其意义变奏的生气词。如是,言词最终要达到一种微妙的"平衡",需要不断地离叛出"你"的"词",不断变动为"话话",在语言与真实、词与物间行走。

在将自然气流吹奏出语言思辨的背后,留声机提供给史蒂文斯的是一个毕生逡巡的诗学悖论：在动乱之音中“寻找无动之音”（在尘世风物中寻找最高虚构）；而这首诗同史蒂文斯许多次的理念追寻一样，同道成形的是途中真实世界的变动之音，对不和音色的描摹和拆解实则反成为其诗学的另一面，而时代下留声机促成的语言解体和拟声词翻新混入其间。在史蒂文斯敏锐的耳朵里，“parl-parl”亦是个简陋甚至粗鄙的击打音，或还带着西印度群岛的洋泾浜腔调；与《莫扎特，1935年》（“Mozart, 1935”, 1935）中现代音乐的“hoo-hoo-hoo”“shoo-shoo-shoo”“ric-a-nic”一样（Stevens 107），像是留声机滑稽表演的拙劣诗歌。留声机虽带给唱片发烧友史蒂文斯许多日常慰藉[①]，但留声机的意象及其略显笨拙的三音节长词出现在他诗里的几个时刻，多带着诗人有意加入的异质感和对并不理想的当代现实的戏谑，且主要对应了他在大萧条至二战这段混乱时期的诗作（其间他饱受现实对想象力的入侵，以及来自文艺左派的苛责）。《冬日钟声》（“Winter Bells”, 1936）里，不愿去犹太会堂的犹太人更愿听那“牧师状留声机上数世纪的声音”（同上 114），一如现今个体娱乐替代了宗教在生活中的地位。在《猫头鹰三叶草》（*Owl's Clover*, 1936）这一被不少评论家视作史蒂文斯的失败“荒原”组诗，“留声机”两次闪现在混杂的意象堆里：《最绿大洲》（“The Greenest Continent”）中，“留声机上的长笛”夹杂在各种媒介、商业、宗教、阶级、政治斗争的乱象里，是操控自然的技术之一；《晚餐的鸭子》（“A Duck for Dinner”）尾声，“很遗憾我们没有夜莺。/我们必是有歌鸫在留声机上”夹杂在一堆“面对时间边缘”的发问里（同上 152—170）。在爱丽诺·库克（Eleanor Cook）听来，史蒂文斯在此拿艾略特《荒原》里的两种鸟打趣，还将《火诫》的一幕狡黠影射为：“他自动的手捋着他的诗句，/在留声机上放上一支老歌鸫”（Cook 129）。在此，“留声机”同样被有意用以衬托、物化和折损那曾象征着诗歌的自然灵性之物，“留声机上的歌鸫”莫不是又一个对其时代诗歌的讽喻。然而，当“gramaphoon”吹奏进来时，带有同样的滑稽感，却又在对嘈杂外音的转

① 哈特福德音乐学院（Hartford Conservatory）保有他生前收藏的约460张古典乐唱片，许多为欧洲进口，甚至是彼时纽约留声唱片行（The Gramophone Shop）专为这位常客进口的特供品，涵盖了音乐史上大多重要作曲家和一些同时代作曲家。早年的史蒂文斯不仅喜爱弹奏钢琴、风琴、吉他等乐器，还当过乐团男低音并常为妻子钢琴伴唱，在纽约的时期去过大量音乐会（Stegman 79—97）。史蒂文斯的书信里亦留下不少他同友人谈及在家听唱片的时刻或对具体音乐家的评价。这些音乐素养和口味很好地体现在史蒂文斯充满音乐性的诗歌中，以及遍布其间的对乐器、音乐类型和音乐家的指涉。

录、重放中,令生疏的拟音词游走在从声音到语言的临界,为陈词注入生气。相较于寻找以抽象语义的稳定来包容所有变动,赋予海浪以语词之秩序——如《在基维斯特的秩序观念》(“The Idea of Order at Key West”, 1934)所述——作为写作隐喻的“留声机”实则随外音而生动,是可以愉悦于象声、语音变形、音节重奏、意义悬置、喧哗乱世的诗学状态。

《寻找无动之音》中的留声机奏响的,还有听觉自身的特质。凭着其意象特征,应和着风声的留声机如同一个公放的“魔法大脑”,将脑内的听觉感受演绎出来,响彻室内空间。通过“留声机话话天气”,还引发了“世界”向内收缩地被赋予意识和主体性,与“你”相类同。放在史蒂文斯整体的诗歌中,《寻找无动之音》这首小诗可谓史蒂文斯在对思维与环境共鸣的探索中的一个逆向版本。更多时候,主体意识借由听觉感知由内向外延展,与世界相通乃至同体,如《茶在鸿馆》(“Tea at the Palaz of Hoon”, 1923)里史蒂文斯的自我角色鸿,“我的双耳鼓吹它们听见的赞诗……/我即是我走过的世界,我的/所见所闻所感皆来自我自己”(Stevens 51)。外部那听似遥远的声音实在地振动于脑内,造成一个更洪荒的现象自我之谜。如劳伦斯·克雷莫(Lawrence Kramer)在《世界的嗡鸣》(*The Hum of the World*, 2018)中所认为,威廉·冯特(Wilhelm Wundt, 1832—1920)和威廉·詹姆斯(William James, 1842—1910)讨论的“普通意识的朦胧时分”不是被看见而是被听闻,联系着时间、脉搏、律动等变动进程(Kramer 174—175)。鸿的通透意识回荡在史蒂文斯毕生的诗歌发展中,主体意识的轮廓也时常隐现在这些察觉到声音的将醒时分,不断逡巡于客观唯物的外界音与主观唯心的脑内音的论点之间,在往返中延伸思维和存在的疆域。

结语:原初声音?

在与人脑功能相类比之外,留声机意象在 19 世纪末的科学语境里还有一个比喻。提出四维空间的查尔斯·H. 辛顿(Charles H. Hinton, 1853—1907)在《科学小说》(*Scientific Romances*, 1886)中描述了地球在环绕太阳的运动中划过褶起的以太,如同留声唱针在唱盘凹槽上无声地刻下宇宙之动音/动因(转引自 Kramer 113—114)。在更大的尺度上,世界在回旋运动中话出自己;同时,宇宙古老的神秘和谐(仍以亚里士多德[Aristotle, 384 BC—322 BC]设想的物质)也被简化为一种即将被普及的现代机械运动。通过留声机这一隐喻的媒介，人的意识与世界的意识一次次往返连通，但这一比拟关系也始终不安。在一个从前的理念转向物质化、机械化的历史时刻，对自我意识和世界精神的超验想象仍是许多现代主义诗歌背后的目的地和搏斗场。意图修正艾略特的克兰的“乐观主义”选择先自甘堕落投入那“歌唱的白机器”，那“脑内的冥界留声机”，却仍是为了返回那柏拉图音乐观的“亚特兰蒂斯”。而在思维与环境共鸣的种种隐喻变形中，史蒂文斯不会选择将“留声”作为其诗学追求，或将意识投射进机器，虽然话话出天气的留声机与鼓吹出现象世界赞诗的鸿之间已拥有高度相似的原型特征，而这在那个回响着飓风的房间、那个身处时代气候的主体那儿仅一步之遥。早年的里尔克从爱迪生蜡筒留声机上感受到的“现实的质地”中“某种比我们大得多的事物”（转引自 Kittler 39）在一次次透进现代主义时期的大脑，唤起神经通路中那些比自我大得多的主体意识体验时，仍难以通透大脑虚构的一层理念的薄膜。或许我们可以再想象一下里尔克设想却未付诸实践的科学实验，如果在爱迪生蜡筒上播放我们颅骨冠状缝的刻纹，将听到怎样的“原初声音”？

引用作品[Works Cited]：

Adorno, Theodor. "The Form of the Phonograph Record." Trans. Thomas Y. Levin. *October* 55 (1990): 56-61.

Benjamin, Walter. "The Work of Art in the Age of Mechanical Reproduction." (1936). *Illuminations*. Trans. Harry Zohn. Ed. Hannah Arendt. New York: Schocken Books, 2007. 217-252.

——. *Radio Benjamin*. Ed. Lecia Rosenthal. Trans. Jonathan Lutes. London: Verso, 2014.

Bloom, Harold. *Agon: Towards a Theory of Revisionism*. Oxford: Oxford UP, 1983.

——. *The Daemon Knows: Literary Greatness and the American Sublime*. New York: Spiegel & Grau, 2015.

Camlot, Jason. *Phonopoetics: The Making of Early Literary Recordings*. Stanford: Stanford UP, 2019.

Cook, Eleanor. *Poetry, Word-Play, and Word-War in Wallace Stevens*. Princeton: Princeton UP, 1988.

Crane, Hart. *O My Land, My Friends: The Selected Letters of Hart Crane*. Eds.

Langdon Hammer and Brom Weber. New York: Four Walls Eight Windows, 1997.

——. *Hart Crane's The Bridge: An Annotated Edition*. Ed. Lawrence Kramer. New York: Fordham UP, 2011.

Derrida, Jacques. *Ulysse gramophone: deux mots pour Joyce*. Paris: Galilée, 1987.

Eliot, T. S. *Collected Poems 1990 – 1962*. New York: Harcourt, Brace & World, 1970.

——. *Selected Essays*. London: Faber & Faber, 1976.

Frattarola, Angela. "The Phonograph and the Modernist Novel." *Mosaic: An Interdisciplinary Critical Journal* 43.1 (2010): 143 – 159.

——. "Recording the Soundscape: Virginia Woolf's Onomatopoeia and the Phonograph." *Modernist Soundscapes: Auditory Technology and the Novel*. Gainesville, FL: UP of Florida, 2018. 66 – 93.

Gitelman, Lisa. *Scripts, Grooves, and Writing Machines: Representing Technology in the Edison Era*. Stanford: Stanford UP, 1999.

Grivel, Charles. "The Phonograph's Horned Mouth." Trans. Stephen Sartarelli. *Wireless Imagination: Sound, Radio, and the Avant-garde*. Eds. Douglas Khan and Gregory Whitehead. Cambridge, MA: MIT Press, 1992. 31 – 61.

Halliday, Sam. *Sonic Modernity: Representing Sound in Literature, Culture and the Arts*. Edinburgh: Edinburgh UP, 2013.

Hills, William H. Ed. *The Author: A Monthly Magazine for Literary Workers*. Vol. 3. Boston: Writer Publishing Company, 1891.

Joyce, James. *Ulysses*. Intro. Declan Kiberd. London: Penguin, 2000.

Kittler, Friedrich. *Gramophone, Film, Typewriter*. Trans. Geoffrey Winthrop-Young and Michael Wutz. Stanford: Stanford UP, 1999.

Knowles, Sebastian. "Death by Gramophone." *Journal of Modern Literature* 27.1/2 (2003): 1 – 13.

Kramer, Lawrence. *The Hum of the World: A Philosophy of Listening*. Oakland, CA: U of California P, 2018.

McLuhan, Marshall. *Understanding Media: The Extensions of Man*. Cambridge, MA: MIT Press, 1994.

O'Hara, Frank. *Lunch Poems*. San Francisco: City Lights Books, 1964.

Peterson, Phillip. "Origins of the Language Laboratory." *NALLD Journal* 8. 4 (1974): 5 – 17.

Picker, John M. *Victorian Soundscapes*. Oxford: Oxford UP, 2003.

Pound, Ezra. *New Selected Poems and Translations*. Ed. Richard Sieburth. New

York: New Directions, 2010.

Reed, Brian. *Hart Crane: After His Lights*. Tuscaloosa: U of Alabama P, 2006.

Rivers, W. H. R. *Essays on the Depopulation of Melanesia*. Cambridge: Cambridge UP, 1922.

Ryder, Robert. *The Acoustical Unconcious: From Walter Benjamin to Alexander Kluge*. Berlin: De Gruyter, 2022.

Stegman, Michael O. "Wallace Stevens and Music: A Discography of Stevens' Phonograph Record Collection." *The Wallace Stevens Journal* 3.3/4 (1979): 79-97.

Stevens, Wallace. *Wallace Stevens: Collected Poetry and Prose*. Eds. Frank Kermode and Joan Richardson. New York: Library of America, 1997.

Suárez, Juan A. "T. S. Eliot's 'The Waste Land', the Gramophone, and the Modernist Discourse Network." *New Literary History* 32.3 (2001): 747-768.

Topsy Typist. *Our Phonographic Roets: Written by Stenographers and Typists upon Subjects Pertaining to Their Art*. New York: Popular Publishing Company, 1904.

Woolf, Virginia. *Selected Essays*. Ed. David Bradshaw. Oxford: Oxford UP, 2008.

周蕾,"'音乐即声音':伍尔夫《幕间》与现代音乐",《外国文学评论》,2022年第3期,第179—199页。

论埃德加·爱伦·坡文学批评的影响及其局限性[*]

王二磊[**]

内容提要： 埃德加·爱伦·坡文学批评的价值和贡献未曾像他的文学创作那样得到批评家的一致认可。虽然许多英美诗人不愿公开承认坡的影响，但他的诗歌批评实践和诗学理念深刻影响了法国和俄国象征主义、纯诗派和唯美主义，甚至一些美国本土诗人。坡小说批评中的重要术语诸如"单一效果""效果统一"和"意义的潜流"等成为后世短篇小说理论家讨论的重心。坡对艺术形式和艺术品本身的关注为 20 世纪新批评运动奏响了先声。尽管偶尔呈现出一定的个人主义局限性，坡的文学批评对 19 世纪以来的世界文学产生了广泛而深远的影响。

关键词： 埃德加·爱伦·坡；文学批评；影响

Abstract: The value and contributions of Edgar Allan Poe's literary criticism have not received unanimous recognition from critics as his literary creations have. While most English and American poets are reluctant to publicly acknowledge Poe's influence, his criticism of poetry and poetic concepts have deeply influenced French and Russian Symbolism, Pure Poetry, Aestheticism and even some American poets. Important terms in Poe's fiction criticism such as "single effect", "unity of effect" and "undercurrent of meaning" become the focus of later short story theorists. Poe's extreme attention to artistic form and the art object itself heralds the new critical movement of the 20th century. Despite occasionally displaying a certain degree of personal limitations, Poe's literary criticism exerts a broad and profound influence on world literature since the 19th century.

Key words: Edgar Allan Poe; literary criticism; influence

---

* ［**基金项目**］：本文系国家社科重大项目"19 世纪欧洲文学与科学关系研究"（23&ZD303）的阶段性成果。

** ［**作者简介**］：王二磊，浙江工商大学外国语学院副教授，主要从事英美文学和比较文学研究。

勒内·韦勒克(René Welleck, 1903—1995)在《近代文学批评史》(*A History of Modern Criticism, 1750 -1950*, 1955—1992)中将埃德加·爱伦·坡(Edgar Allan Poe, 1809—1849)与拉尔夫·沃尔多·爱默生(Ralph Waldo Emerson, 1803—1882)视为美国19世纪上半叶文学批评的代表人物。美国学者佩里·米勒(Perry Miller, 1905—1963)认为坡是美国第一位重要的评论家(转引自 Levine ix),乔治·斯内尔(George Snell, 1909—1991)称坡为美国的"首位新批评家"(Snell 333)。然而,由于坡的文学批评屡遭非议,大多英美文人都不情愿公开承认坡的诗学影响,甚至对其文学批评的价值做出了刻意的否定和诋毁。美国批评家兼诗人伊沃·温特斯(Yvor Winters, 1900—1968)认为坡的诗歌美学带有强烈的"蒙昧主义(Obscurantism)"(Winters 125)色彩。美国学者 H. T. 卡比-斯密斯(H. T. Kirby-Smith, 1938—)指出,法国象征主义美学表现出不稳定性的部分原因就是由于象征主义者对坡的诗歌和思想的过分膜拜造成的(Kirby-Smith 4)。美国著名文学批评家亨利·詹姆斯(Henry James, 1843—1916)指摘坡的文学评价是"恶毒、庸俗的"(James 189)。本文通过梳理坡的文学批评理念对西方诗歌、小说和文学批评的影响,肯定其文学批评的价值和重要贡献,同时指出其文学批评中偶尔呈现出的个人主义局限性,为我们公正客观地看待坡的文学思想提供了参照。

一、诗歌批评的影响

虽然以夏尔·皮埃尔·波德莱尔(Charles Pierre Baudelaire, 1821—1867)、斯特凡·马拉美(Stéphane Mallarmé, 1842—1898)和保罗·魏尔伦(Paul Verlaine, 1844—1896)为代表的法国象征主义诗人对坡推崇备至,但就他的诗歌批评理念而言,其影响不可能也不应该仅仅止步于法国象征主义。可以说,坡在诗学原则和诗歌目的之间实现了完美的融合,他的诗歌以其自身的尊严而存在,达到了一种纯粹的高度。由是,坡被奉为纯诗(pure poetry)理念的奠基人,波德莱尔就是第一位用"纯诗"这个词来形容坡的文学家。坡诗歌批评中的重要理念"要纯粹为了诗而诗"及其超前的唯美主义诗学观让他成为引领诗歌在"19世纪走向纯诗运动的开端"(Mossop 47)。T. S. 艾略特(T. S. Eliot, 1888—1965)在《从坡到瓦雷里》("From Poe to Valéry", 1949)一文中指出,法国象征主义诗人马拉美和保尔·瓦雷里(Paul Valéry, 1871—1945)"不仅仅是从波德莱尔那里学习坡,他们每个人都直接受到坡的影响”(Eliot 264),而且“就纯粹的诗(la poésie pure)而言,坡很容易就具备这种纯粹”(同上 273)。

坡的诗歌批评理念与 19 世纪晚期的“唯美主义”文化运动也有着密切的关联。于坡而言,诗歌创作的终极目标并非“真实”(truth),而是愉悦(pleasure)和美感(beauty),诗歌就是一种“美之有节奏的创造”(Poe 688)。泰奥菲尔·戈蒂耶(Théophile Gautier, 1811—1872)、波德莱尔、马拉美、瓦雷里、艾略特、A. C. 布拉德利(A. C. Bradley, 1851—1935)和美国新批评派都表达过类似的诗学原则,并在这一美学基础上进行诗歌创作和批评实践,而“坡是这个流派中的关键人物”(Polonsky 45)。坡的诗歌批评实践常被视为欧洲唯美主义诗学的生成阶段,“主要原因在于他在整个唯美主义文艺思潮当中所处的特殊地位”(杜吉刚 17),及其对浪漫主义诗学观念所做出的唯美主义改造。甚至波德莱尔对于唯美主义诗学建构所做贡献的一个方面就是他发现并引进了坡的唯美理念,使处于美国主流文化之外的坡的文学思想进入欧洲的主流诗学建构之中,从而让坡对整个唯美主义诗学建构进程发挥了重要的作用(同上 19)。鉴于此,坡被视为美国唯美主义第一人,一位“早期的美国奥斯卡·王尔德(Oscar Wilde, 1854—1900)”(Marks 300)。

通过法国象征主义代表人物的推崇,坡的诗学理念从大洋彼岸传回了美国本土。然而,坡将新奇和理想作为天才诗人的标志,同时强烈批判说教诗,这“使他对诗歌原创性的定义表现出先锋派的味道”(Ljungquist 13),与美国当时主流诗人的保守立场形成了鲜明对比。坡在 1842 年评价亨利·华兹华斯·朗费罗(Henry Wadsworth Longfellow, 1807—1882)的《民谣及其他诗》(*Ballads and Other Poems*, 1841)首次提出了将“真”与诗歌分割的美学理念,之后他在《诗歌原理》(“The Poetic Principle”, 1850)中再次重申并对之进行详细的阐述和论证。然而,坡的这一超前的唯美主义诗学理念与美国超验主义代表人物爱默生的美学思想背道而驰。爱默生将诗歌定义为“制造韵律的论证”(meter-making argument)(Emerson 323)。在爱默生看来,诗人不是由他的语言技巧来定义的,只有懂得并能够表达出精神之“真”的人才配得上“诗人”的称号。尽管坡在有生之年被排挤在美国诗歌主流之外,但是通过法国象征主义诗派和欧洲唯美主义思潮的推动,坡的诗学理念影响了诸多美国诗人和诗歌理论家,尤其是艾略特和史蒂文森。

相较于法国和俄国象征主义诗人而言,英美作家似乎都不太愿意公开承认坡的影响,这种现象用哈罗德·布鲁姆(Harold Bloom, 1930—2019)的话来说就是一种"影响的焦虑"。虽然威廉·巴特勒·叶芝(William Butler Yeats, 1865—1939)曾在写给友人 W. T. 霍顿(W. T. Horton, 1864—1919) 的信中承认道,"我很欣赏他的几句歌词,也很欣赏他的几段散文,主要是他的评论文章,有时很深刻"(Yeats 214),但是他认为坡的其他作品要么非常普通,要么非常庸俗。然而,坡反复强调的现实与梦境交界之处这一主题在叶芝的长诗《在本布尔山下》("Under Ben Bulben", 1938)中反复出现。于叶芝而言,这种似睡非睡的状态非常有利于诗歌创作,而坡指向"意义的潜流"的"秘密写作",用叶芝的话来说就是一种"遐想"(reverie)和"恍惚"(trance)。此外,叶芝在《诗歌中的象征主义》("The Symbolism of Poetry", 1900)一文中对声音、颜色和形式统一于音乐关系中从而唤起统一情感的强调与坡对"效果统一"和诗歌音乐性的推崇毫无二致。与叶芝类似的是,意象主义领军人物埃兹拉·庞德(Ezra Pound, 1885—1972)同样对坡的影响缄默不言。然而,庞德关于意指概念(ideograph)和意象(image)的理论是一种将两种层次的经验合二为一从而产生心理效果的文学方法,这在某种意义上是对坡关于"秘密写作"在艺术生产中的心理效果理论的一种更新,甚至庞德将诗歌视为一种灵感迸发的数学方程式,也明显重复了坡的《创作哲学》("The Philosophy of Composition", 1846)在诗歌与数学之间所做的类比。

坡对 20 世纪初的俄国象征主义流派产生了塑造性的影响,其诗学理念对俄国象征派诗人的启发可谓是全方位和多角度的。象征主义者瓦列里·布留索夫(Valery Briusov, 1873—1924)"最先在俄国推介坡和波德莱尔的美学理想"(Mohrenschildt 1195)。拥有俄罗斯白银时代的"太阳歌手"和"诗歌之王"美誉的俄罗斯象征派领袖人物康斯坦丁·巴尔蒙特(Konstantin Balmont, 1867—1942),其诗歌语言富丽华美,极富音乐感,常以抒发瞬间的内心情感为目标,被誉为俄罗斯的尼科罗·帕格尼尼(Niccolò Paganini, 1782—1840)。巴尔蒙特不仅译介坡的诗歌,甚至还专门写过以赞美坡为主题的诗歌。尽管他的诗歌《天涯海角》("Ultima Thule", 1921)和《埃德加·坡》("Edgar Poe", 1912)不能被称为佳作,却是他对坡诗学理念"疯狂痴迷"的明显例证。与坡类似的是,另一位俄国象征主义领军人物亚历山大·勃洛克(Aleksandr Blok, 1880—1921)的诗作富有强烈的音乐感、神秘感和新颖别致的韵律。勃洛克在 1906 年对坡作品集的影响力进行评价之际,将生活在 19 世纪上半叶的坡与生活在

18世纪末西班牙的浪漫主义画家戈雅·卢西恩特斯(Goya y Lucientes, 1746—1828)相提并论。需要指出的是,在坡唯美诗学思想的引领下,俄国象征主义诗人逐渐从严肃的说教者转变为美的捍卫者。

二、小说批评的影响

短篇小说艺术理论的两个关键元素就是它的强度(intensity)和夸张的艺术技巧。虽然坡在严格意义上不是短篇小说的开拓者,但他是首位严肃地将短篇小说视为一种文学类型和独立艺术形式的批评家。短篇小说理论家布兰德·马修斯(Brander Matthews, 1852—1929)在《短篇小说之哲学》(*The Philosophy of the Short-Story*, 1921)一书中指出,"真正的短篇小说与长篇小说的区别主要在于其本质上的印象的统一。更确切地说,短篇小说具有长篇小说不具有的统一性"(Matthews 15)。很明显的是,马修斯区分短篇小说与长篇小说的理念直接来自坡的"效果统一"说。带着非同一般的压缩性和强度,短篇小说具有超越自身的意义,而这种"强度"来自消除所有中介思想或情境,也同样是坡所强调的一种美学效果,而"张力"(tension)则来自故事中约束细节的统一原则所创造的氛围。具体而言,坡对短篇小说形式的另一重要贡献在于,他将"张力"这一诗歌的重要特质引入了故事(tale)。

于坡而言,语言文字的意义可以划分为上层和下层两个维度,即"意义的显流"(upper-current of meaning)(Poe 295)和"意义的潜流"(undercurrent of meaning)(同上24)。在此基础上,坡将"秘密写作"界定为在透明的意义的上层水流之下的一种下层或暗示性的潜流,而暗示性或"意义的潜流"就是优秀故事的重要标志。坡的秘密写作与波德莱尔的"应和"(correspondences)说存在密切的关联性,而"坡是第一位提出短篇小说的压缩性和强度(compression and intensity)暗示着一种有意义的潜流的人"(May xxiii)。坡的这一美学理念为堪萨斯大学教授艾伦·H.帕斯科(Allan H. Pasco)的论文《定义短篇小说》("On Defining Short Stories", 1991)一文提供了理论向导。帕斯科在文中为坡辩护道,尽管坡的一些观点受到了批评家严厉的责难,但"坡的模仿者的局限性并不能否定坡最初直觉的智慧"(Pasco 417)。同样在坡的《创作哲学》("The Philosophy of Composition", 1846)的启发下,帕斯科指出简短性(brevity)既是短篇小说的特质,又是短篇小说的局限性所在。因此,要想创作出一篇成功的短篇小说，作者必须克服有限篇幅的羁绊，不能仅仅描绘出一个个支离破碎的片段，而应该勾勒出一个完整的世界。

如果说坡强调艺术作品的统一性，那么他就会极其反感结构松散和缺乏连贯性的散文体叙事作品。事实上也确实如此，坡在小说艺术不受重视的年代，提倡一种更为严整和连贯的艺术形式。于坡而言，作家从结尾开始就应该创造出与结局保持一致的感官细节。美国学者查尔斯·梅伊（Charles E. May）在《新短篇小说理论》（*New Short Story Theories*，1994）中将坡、马修斯和 B. M. 艾亨鲍姆（B. M. Eikhenbaum，1886—1959）归类为其著作目录中的“早期形式主义理论家”，并将坡置于首位。梅伊在“引言”中指出，20 世纪关于短篇小说和长篇小说区别的一个最为醒目的观点出自 20 世纪 20 年代的俄国形式主义评论家艾亨鲍姆，他声称宏大叙事和简短叙事之间存在着本质的区别。需要指出的是，坡早在《创作哲学》中就已经着重强调，故事作家应该从作品的结尾开始创造出一个必然通向结尾的结构形式，而艾亨鲍姆正是在这一美学理念的启发下将短篇小说的重心聚焦于故事的结尾部分（May xvi）。美国著名短篇小说研究学者苏姗·鲁哈芬（Susan Lohafer）在《阅读故事性》（*Reading for Shortness*，2003）一著的开篇就自豪地宣称，“跟随坡的脚步，我们认为即将到来的结尾（the imminence of closure）是短篇小说类型的标志性特征”（Lohafer 1）。鲁哈芬的这一观点基本上重复了坡对故事开头结尾的注重以及艾亨鲍姆对故事结尾的强调。

自坡以来，短篇小说作家经常诉诸大量的视觉隐喻让故事的统一性得以延续。英国短篇小说理论家多米尼克·赫德（Dominic Head）指出，短篇小说批评领域被一种简化的“单一效果”（single effect）说所统治，而这种学说就源自坡的故事理论。赫德极其称赞坡的故事可以“一口气读完”这一区别故事与小说的开创性观点，因为“这种审美整体感让坡将故事与视觉艺术进行了类比”（Head 9）。在赫德看来，“单一效果”说对省略、歧义和共鸣等常见的短篇故事特征提供了一种重新统一的方法，而这种方法在研究现代主义短篇小说时效用显著，因为短篇小说特别强调叙事技巧，这同样促使现代主义对形式创新的关注。赫德甚至宣称，“乔伊斯式的灵瞬事实上是坡以来短篇小说理论中单一效果说的典型模式”（同上 49），而到了后现代，灵瞬技巧既是短篇小说创作的核心原则，也是短篇小说批评的一个重要术语。评论界普遍认为，真正的短篇小说要严格限制情节或行动的范围，应更加注重模式的重复。

虽然坡之后的美国短篇小说家走向了不同的道路,但坡在小说批评方面的思想及其短篇小说创作对美国本土短篇小说美学发展有着重要的价值和意义。美国学者本杰明·F. 费舍尔(Benjamin F. Fisher)指出,美国的短篇小说与坡有着天然而又密切的关联,尽管坡常使用"故事"(tale)来指称这一文类,但"他为真正的短篇小说艺术提出了第一个系统性的批评原则"(Fisher 20)。美国学者艾尔弗雷德·本迪克森(Alfred Bendixen)就曾无比自豪地宣称,"短篇小说是美国的发明,可以说是在美国出现的最重要的文学体裁"(Bendixen 3)。在本迪克森看来,如果说华盛顿·欧文(Washington Irving, 1783—1859)作为美国故事的先驱者值得称赞,那么坡和纳撒尼尔·霍桑(Nathaniel Hawthorne, 1804—1864)则更加值得颂扬,因为他们夯实了美国故事作为艺术作品的地位,用一种类似建筑的艺术形式感取代了欧文式的亲切漫谈和冗长描述。

尽管在某种程度上是间接的,但坡的短篇小说批评理论对中国20世纪文学界也产生了一定的影响。胡适认为,"真正的短篇小说"就是用"经济"的方式来展示人生、国家或者社会历史的一个"横截面",就是一种"恰到好处"、写情饱满的叙事作品(转引自严家炎 37)。由于胡适并没有清晰地指出短篇小说的美学标准,民初著名通俗小说家和小说理论家张舍我在《短篇小说作法》(1924)中,将"单纯的动情的效应"视为短篇小说这一新兴文类的基本风格特征(张舍我 2)。梁实秋等人在同年编写和出版的《短篇小说作法》,将短篇小说美学特质表述为"单纯的感效"(转引自严家炎 108)。显而易见的是,张舍我的"单纯的动情的效应"和梁实秋的"单纯的感效"均为坡的"单一效果"说的变体。

三、批评理念的影响及其局限性

西方古典美学对艺术形式给予了充分的重视,而在18世纪末19世纪初席卷欧美的浪漫主义思潮则再次强调对文学形式的关注。虽然坡并不是彻底的有机主义者,甚至在某种程度上是"一半理性主义和一半有机主义的结合体"(Davison 44),但他对整体效果的形式主义式的推崇与新批评从浪漫派那里继承而来的对有机形式的迷恋有着共通之处。当浪漫主义作家都在谈论自我表现之际,"他关注的不是艺术家本人,而是创作的艺术作品"(Parks 5)。坡将文学批评局限于对艺术的评论之中的这条"他一再重申的文学标准,到了20世纪[被批评家]以一种沾沾自喜的心情称之为新批评”(Regan 4)。由是,“坡是美国新批评第一人”(Foust 17),他倡导批评家聚焦于艺术作品而不是艺术家这一批评理念,为20世纪的新批评运动奏响了先声。

坡的批评理念对新批评的影响主要集中于艾略特,艾略特也是少数几个公开称赞坡的著名文人。艾略特指出,坡不仅是一位英勇无畏的评论家,而且是一流的批评家和新批评代表人物。艾略特自己的批评理念中重要的术语诸如“自主自足”(autonomous)和“客观对应物”(objective correlative) 均可以在坡的文学批评中找到共振之处。具体而言,艾略特的“自主自足”与坡的“为诗而诗”在美学思想方面基本一致,而艾略特的“客观对应物”可以通过波德莱尔的“应和”理念再溯源到坡,即诗既不再造自然,更不复制自然,而是要创造出一个与自然有着“应和”关系的超自然的理想世界。此外,新批评代表人物艾伦·塔特(Allen Tate, 1899—1979)、范·威克·布鲁克斯(Van Wyck Brooks, 1886—1963)和约翰·克罗·兰瑟姆(John Crowe Ransom, 1888—1974)的文学理念与坡的批评思想同样存在着诸多共通之处。

早在1832年坡就立场鲜明地指出,“与科学作品相对立的是,诗歌的直接目的是愉悦,而不是真理”(Poe 11)。对于曾为坡所遭到的不公平的道德主义评判而打抱不平的新批评诗人塔特而言,诗歌不仅与科学截然不同,而且在本质上与科学是对立的。塔特的《诗歌的张力》(“Tension in Poetry”, 1938)和《纳西索斯》(“Narcissus as Narcissus”, 1938)等重要文章中所主张的诗歌是源于对诗歌本身分析的“完满”知识的语境主义原则,在某种意义上就是一种坡批判“说教的异端”的批评理念,及其“为诗而诗”创作理念的变体。依兰瑟姆之见,“诗歌是对抗科学毒害的最佳解药”(转引自 Wellek 619),他甚至将艺术与科学的冲突作为历史的核心主题。尽管布鲁克斯在《南方的坡;北方的坡》(“Poe in the South, Poe in the North”, 1944)一文中指出坡并不能算一位伟大的批评家,其诗歌主题过于单一,缺乏激情、荣誉、忠诚、宗教热情以及诗人们所赞扬的高尚行为的源泉等,但布鲁克斯借用坡的核心诗歌理念质问道:“在所有的美国诗人中,谁曾带来过比他更多的愉悦,谁能在‘美之有节奏的创造’方面超越他?”(Brooks 175)

诗人W. H. 奥登(W. H. Auden, 1907—1973)曾指出,波德莱尔笔下的艺术家是欧仁·德拉克洛瓦(Eugène Delacroix, 1798—1863)、康斯坦丁·盖斯(Constantin Guys, 1802—1892)、理查德·瓦格纳(Richard

Wagner, 1813—1883)等著名人物,而派给坡批评的文本大多是毫无价值的东西,坡文学批评的局限性因而"完全是他的不幸,但不是他的错误"(Auden 281)。尽管奥登在看待坡的文学批评局限性方面有着一定的道理,但是这种局限性不应该仅仅在批评对象方面找原因。首先,坡的批评文章散落于各类杂志期刊之中,缺乏一定的系统性,其观点偶尔也呈现出一定的矛盾性。举例来说,坡在 1842 年 5 月评价霍桑的《故事重述》(*Twice-Told Tales*, 1842)时,宣称霍桑能够与美国小说界的巨擘欧文比肩而立,甚至拥有比欧文更多的独创性,但在几年之后他在《戈迪淑女杂志》(*Godey's Lady's Book*)上再次评价霍桑的小说创作时,却指出其作品的诸多缺陷,尤其指摘霍桑对德国文学家路德维希 · 蒂克(Ludwig Tieck, 1773—1853)的仿效以及霍桑作品中的过度的寓意(allegory),后一种评判在今天看来既是一种偏见也有失公允,因为霍桑的作品获得了当之无愧的声誉,正是因为他成功地将寓意与新英格兰历史融于一体。

另外,坡时常把他自己的创作作为例证运用到文学理论的建构之中,有时甚至在批评中夹杂着个人利益的趋向,透露出一定的个人主义局限性。譬如,坡在其代表性文论《创作哲学》一文中使用的例证基本上来自他自己创作的诗歌《乌鸦》("The Raven", 1845),给人以自我推销和自我吹嘘之感。在 1844 年 3 月评价英国诗人 R. H. 霍恩(R. H. Horne, 1802—1884)诗集《俄里翁》(*Orion*, 1844)之际,坡甚至为他自己极其反对的诗歌寓意做出了辩护,尽管霍恩也是一位坡异常厌恶的超验主义者。坡违心地称赞霍恩为"一位最崇高的天才"(Poe 289)。究其缘由,坡违背他一直以来的批评原则完全出自个人利益的考虑,因为坡觉得霍恩或许能够帮助他获得英国读者认可。类似的是,坡在 1849 年 4 月发表在《南方文学信使杂志》(*Southern Literary Messenger*)上的《边页集》("Marginalia")评价伊丽莎白 · 勃朗宁(Elizabeth Browning, 1806—1861)的诗歌《一出流亡的戏剧》("Drama of Exile")时同样表现出一种违心的迎合态度。坡对大多英国作家的温和甚至是恭维的态度,与其对诸多美国本土作家的严厉态度形成了鲜明对比,这也是一些美国评论家批判坡的批评中带有强烈的个人主义色彩的根由所在。此外,坡对个别同时代的作家所做出的评判经不住历史的考验。譬如,坡对德国作家弗里德里希 · 德 · 拉 · 莫特 · 福凯(Friedrich De La Motte Fouqué, 1777—1843)的幻想小说《水神乌丁娜:一部微型传奇》(*Undine: A Miniature Romance*, 1839)的颂扬就有着过度之嫌。

结　　语

坡在有生之年没能出版一部系统的批评著作，其文学批评有时甚至带有一定的局限性和个人主义倾向，但这些瑕疵不能否定他批评思想的卓越洞见及其对后世的影响和贡献。与许多文学家不同的是，坡的批评理论与创作实践具有高度的一致性，他倡导将视觉艺术和听觉艺术分别融入小说和诗歌创作之中，并为后世的文艺创作和艺术媒介内部之间互动与联袂提供了素材和典范。虽然遭到了诸如温特斯、卡比-斯密斯和詹姆斯等著名文学批评家的诟病和指摘，坡的小说、诗歌批评实践及其批评理念为法俄象征主义、纯诗派和意象主义等诗歌流派和新批评运动提供了理论向导和创作摹本。我们有理由说，坡的文学批评对 19 世纪以来的世界文学产生了广泛而又深远的影响。

引用作品[Works Cited]：

Auden, Wyston Hugh. "Introduction to Edgar Allan Poe: Selected Prose and Poetry." *Edgar Allan Poe: Critical Assessment*. Vol. I. Ed. Graham Clarke. Mountfiled: Helm Information Ltd., 1991. 276-284.

Bendixen, Alfred. "The Emergence and Development of the American Short Story." *A Companion to the American Short Story*. Eds. Alfred Bendixen and James Nagel. Malden: Wiley-Blackwell, 2010. 3-19.

Brooks, Van Wyck. "Poe in the South; Poe in the North." *Edgar Allan Poe: Critical Assessment*. Vol. Ⅳ. Ed. Graham Clark. Mountfield: Helm Information Ltd., 1991. 156-179.

Davison, Edward H. *Poe: A Critical Study*. Cambridge: The Belknap Press of Harvard UP, 1957.

Eliot, T. S. "From Poe to Valéry." *Edgar Allan Poe: Critical Assessments*. Vol. Ⅰ. Ed. Graham Clark. Mountfield: Helm Information Ltd., 1991. 263-274.

Emerson, Ralph Waldo. *The Complete Essays and Other Writings of Ralph Waldo Emerson*. Ed. Brooks Atkinson. New York: The Modern Library, 1950.

Fisher, Benjamin F. "Poe and the American Short Story." *A Companion to the American Short Story*. Eds. Alfred Bendixen and James Nagel. Malden: Wiley-Blackwell, 2010. 20-34.

Foust, R. E. "Aesthetician of Simultaneity: E. A. Poe and Modern Literary Theory." *South Atlantic Review* 46.2 (1981): 17-25.

Head, Dominic. *The Modernist Short Story: A Study in Theory and Practice*. Cambridge: Cambridge UP, 1994.

James, Henry. "Hawthorne." *Bloom's Classic Critical Views: Edgar Allen Poe*. Ed. Harold Bloom. New York: Infobase Publishing, 2008. 188 - 189.

Kirby-Smith, H. T. *The Celestial Twins: Poetry and Music through the Ages*. Amherst: U of Massachusetts P, 1999.

Levine, Stuart. "Introduction." *Critical Theory: The Major Documents/Edgar Allan Poe*. Eds. Stuart Levine and Susan F. Levine. Urbana and Chicago: U of Illinois P, 2009. ix - xii.

Ljungquist, Kent. "The Poet as Critic." *The Cambridge Companion to Edgar Allan Poe*. Cambridge: Cambridge UP, 2004. 7 - 20.

Lohafer, Susan. *Reading for Storyness: Preclosure Theory, Empirical Poetics, and Culture in the Short Story*. Baltimore: Johns Hopkins UP, 2003.

Marks, Emerson R. "Poe as Literary Theorist: A Reappraisal." *American Literature* 33.3 (1961): 296 - 306.

Matthews, Brander. *The Philosophy of the Short-Story*. New York: Longmans, Green and Co., 1917.

May, Charles E. "Introduction." *The New Short Story Theories*. Athens: Ohio UP, 1994. xv - xxvi.

Mohrenschildt, D. S. von. "The Russian Symbolist Movement." *PMLA* 53. 4 (1938): 1193 - 1209.

Mossop, D. J. *Pure Poetry*. Oxford: Clarendon Press, 1971.

Parks, Edd Winfield. *Edgar Allan Poe as Literary Critic*. Athens: U of Georgia P, 1964.

Pasco, Allan H. "On Defining Short Stories." *New Literary History* 22.2(1991): 407 - 422.

Poe, Edgar Allan. *Edgar Allan Poe: Essays and Reviews*. Ed. G. R. Thompson. New York: Library of America, 1984.

Polonsky, Rachel. "Poe's Aesthetic Theory." *The Cambridge Companion to Edgar Allan Poe*. Cambridge: Cambridge UP, 2004. 42 - 56.

Regan, Robert. "Introduction." *Poe: A Collection of Critical Essays*. Englewood Cliffs: Prentice-Hall, Inc., 1967. 1 - 13.

Snell, George. "First of the New Critics." *Quarterly Reviews of Literature* 2 (1945): 333 - 340.

Wellek, René. "The New Criticism: Pro and Contra." *Critical Inquiry* 4.4(1978): 611 - 624.

Winters, Yvor. "Edgar Allan Poe: A Crisis in the History of American Obscurantism." *Edgar Allan Poe: Critical Assessments*. Vol. Ⅳ. Ed. Graham Clarke. Mountfield: Helm Information Ltd., 1991. 117-135.

Yeats, William Butler. "Letter to M. T. Horton." *Edgar Allan Poe: Critical Assessment*. Vol. I. Ed. Graham Clarke. Mountfield: Helm Information Ltd., 1991. 214.

杜吉刚:《西方唯美主义诗学研究》,四川大学博士学位论文,2005 年。

雷纳·韦勒克:《近代文学批评史》(第 3 卷),杨自伍译,上海:上海译文出版社,2009 年。

严家炎:《二十世纪中国小说理论资料》(第 2 卷),北京:北京大学出版社,1997 年。

张舍我:《短篇小说作法》,上海:梁溪图书馆,1924 年。

继承和超越：奈保尔虚构与非虚构作品中的中国形象*

俞曦霞**

内容提要：奈保尔的作品主要有虚构小说和非虚构考察记两类，两类体裁中的中国形象迥异：虚构小说中的中国是西方优越论的陪衬，展现奈保尔“西方之眼”对“他者”中国的镜像凝视；非虚构考察记的中国是一个崛起的亚洲强国，表现西方非虚构文学力图反映客观事实的创作旨归，不同的中国书写体现了一种历史性偏离。本文选取这两类体裁的典型作品进行分析，“革命的傅满洲”吉米·梁是邪恶化中国的形象代表，旅欧中国杂技团则展现出自信从容的中华民族，两者不同的中国形象反映出作家不同的创作理念。非虚构考察记中的中国形象多样性叙述超越了英语文学历来中国形象塑造上的两极模式，体现当代中国形象的新发展，丰富了当代英语文学的中国形象叙事模式。

关键词：奈保尔；非虚构；虚构；中国形象

Abstract: Naipaul's works mainly consist of two types: fiction and non-fiction. The images of China in these two genres are vastly different. China in fiction serves as a backdrop for Western superiority, showcasing Naipaul's "Western eyes" gazing on the "other" China. His non-fiction records that China is a rising Asian country, following the creative principles of non-fiction to reflect facts objectively. Different images of China reflect some historical deviation. This paper is to analyse the typical works of these two genres. Jim Liang, the revolutionary Fu Manzhou, is a representative of an evil China, while the Chinese acrobatic troupe in Europe

* ［**基金项目**］：本文系 2019 年国家社科基金重大项目“中国非虚构诗学的历史生成与当代传承研究”（19ZDA265）、2021 年国家社科基金重大项目“加勒比文学史研究（多卷本）”（21&ZD274）、2024 年国家社科基金一般项目“当代英国文学中的中国传统文化书写研究”（24BWW038）和 2022 年教育部人文社科规划项目“当代英国小说中的中国人新形象研究”（22YJA752024）的阶段性成果。

** ［**作者简介**］：俞曦霞，上海理工大学外语学院教授，主要从事英美文学和比较文学研究。

presents a confident China. These different images show Naipaul's different writing ideas. The diversity of Chinese images in non-fiction goes beyond the bipolar models for image of China in English literature, reflecting the new development of contemporary image of China and enriching the narrative image of China in contemporary English literature.

Key words: V. S. Naipaul; non-fiction; fiction; image of China

V. S. 奈保尔(V. S. Naipaul, 1932—2018)是后殖民文学的代表作家,他的三重移民背景与丰富的人生经历赋予其作品独特的视角与意蕴。在他60多年的作家生涯中总共创作了32部作品,体裁上主要有虚构小说和非虚构考察记两类①,早期创作以小说为主,中后期以考察记为主。奈保尔自愿成为英国公民,这种西方认同在他早期小说中表现得淋漓尽致,之后他游历考察西印度群岛、南美洲、北美洲、非洲和东南亚等地区,从第一部考察记《中间道路》(*The Middle Passage*, 1962)到最后一部《非洲的假面具》(*The Masque of Africa*, 2010),总共创作了十多部作品,这些作品显示出他刻意偏离西方文化认同,反而更像是一个不同文明和文化的观察者和思考者。

奈保尔的中国书写在他的整个创作中占据篇幅不多,但无论是虚构小说还是非虚构考察记都有关于中国和中国人形象的叙事,并且贯穿于他不同时期的创作中。国内对奈保尔作品中国书写的研究较少,目前仅有李小均的《奈保尔的中国镜像》一文,该文指出《幽暗国度》(*An Area of Darkness*, 1964)和《自由国度》(*In a Free State*, 1971)中的中国书写反映了奈保尔的"中国威胁论"的观点(李小均 50)。本文选取这两类体裁中有关中国书写的作品进行分析,认为不同的中国形象与作家的不同创作理念之间存在内在关联,西方不同时期对于中国印象的变化也是一个重要因素。非虚构考察记中中国形象多样性的呈现,一定程度上超越了英语文学历来中国形象塑造上的两极模式,是英语文学中中国形象的当代新

① 国内外学界对小说的虚构性质持一致看法,但也认同小说的非虚构、真实性特点,小说事实上包含虚构小说(fiction)和非虚构小说(non-fiction)两大类。我国翻译界大多把20世纪50年代以来西方文坛出现的新文类non-fiction翻译成"非虚构写作"。奈保尔反对把自己创作的旅行考察记归类于non-fiction或者travel (Jussawalla 166)。本文为论述需要,将他创作的小说称为"虚构小说",非虚构作品称为"非虚构考察记"。

发展,丰富了当代英语文学的中国形象叙事模式。

一、"西方之眼"与镜像中国的契合:聚焦阴暗

奈保尔虚构小说中的中国书写没有如历代英语作家那样叙述中国物质文明,如长城、瓷器和茶叶等,而是围绕小说主题的需要进行构建。早期短篇小说《面包师的故事》("The Baker's Story", 1953)叙述一个黑人青年开设面包店发家致富的故事,他的原雇主、中国夫妇的结局是面包店被卖给别人、倾家荡产,中国人的失败凸显了黑人创业的成功。奈保尔创作中期出版的长篇小说《游击队员》(*Guerrillas*, 1975)根据1972年发生在特立尼达的一个真实案件改编,这个案件中的杀人犯是葡萄牙人,但奈保尔在小说中将其改换成混血儿中国人,其阴险狡诈与西方世界家喻户晓的恶魔典型傅满洲非常相似。

哈罗德·罗伯特·伊萨克斯(Harold Robert Isaacs, 1910—1986)在研究20世纪上半叶以美国为主的西方心目中的中国形象后发现,20世纪四五十年代西方对中国的印象完成了从幻灭时期到敌视时期的过渡(伊萨克斯 86)。这一针对中国的西方群体意识能够部分佐证《面包师的故事》中的中国人形象,这部短篇小说出版于20世纪50年代初期。小说主人公、叙述者"我"黑人小伙是一个弃儿,饥饿贫困迫使他去面包店打工,并由此遇到开面包店的中国夫妇。中国人在特立尼达受到其他种族排挤打压,处于社会底层,只得以开面包店为业,顾客是岛上最穷的人,他们经常赊账。中国夫妇形象邋遢,小说两次用"脏"来形容这对夫妇的外表,女人"衣服脏极了,在烤箱前大汗淋漓",男人"是个脏兮兮的瘦子";男人好逸恶劳,干活的时候总是拉着一张苦瓜脸,但他痴迷赌博,小说称之为"中国式的乐子","你知道那些中国人是怎么赌博的,安息日一大早,你开车经过海洋广场,三回总有一回你会见到一些中国人坐在财政部外面,仿佛想离钱近一点儿,赌得天昏地暗"(Naipaul 2011: 289)。这对夫妇的结局肯定悲惨,赌博的嗜好毁了这个家,女主人生病死后,男主人赌光家产,面包店输给了别人。这一对中国夫妇的形象一定意义上反映了当时依旧是英国殖民地的特立尼达社会对中国人的集体无意识,是中国印象的一次反映。

史蒂文·W.莫舍尔(Steven W. Mosher, 1948—)完成于20世纪90年代的著作《被误解的中国:美国的幻觉与中国的现实》(*China*

Misperceived: American Illusions and Chinese Reality, 1990)指出,20 世纪 70 年代,西方对中国处于敌视时期(Mosher 34)。这有助于读者理解作家出版于 1975 年的长篇小说《游击队员》中的主人公吉米·梁,这是一个当代版的傅满洲。傅满洲是 20 世纪初以来西方文学对中国人形象最大也是最坏的贡献,他残忍、狡诈,杀人、绑票、斗殴,无恶不作,领导秘密组织,意在“打破世界均衡”,“梦想建立全世界的黄色帝国”(葛桂录 2015: 289)。在小说中,吉米·梁是岛国帮派团伙的头子,也是杀人犯,他阴险残暴,虚伪狡诈,在他的英国白人主子面前伪装成一条哈巴狗,但背地里对主子充满仇恨,他宣称自己代表无产者,在骗取主子信任后,他以“黑人领袖”的身份从英国回到出生地,以开展革命的借口从当地政府那里获得一块签约 25 年的土地(Naipaul 1975: 11),但实际上,他建成只供自己舒适安逸生活的“画眉山庄”。他清除团伙中不听他话的人,命令手下杀害对“革命”提出质疑的下属,在最后走投无路之时,他又和自己的下属、同性恋伴侣残忍杀害白人女子简。小说充分刻画出这一形象的伪善、阴险和残忍,以及他性格中的矛盾性和复杂性及其悖论的统一。

在外表上,混血儿吉米全然表现出中国人的基因,并且和傅满洲相似,给人一种神秘莫测的感觉,刚到岛国的英国白人女子简第一次看到他:“眼前这个人似乎是中国人(looked distinctively Chinese)。浓密的胡须遮住了上嘴唇,使得饱满的下嘴唇显得突出。他的眼睛小、黑、木然,加上胡须下紧闭的双唇,给人紧张、沉默寡言、难以捉摸的印象”(同上 15),这一形象容易唤起人们内心的恐惧。小说还以反讽手法叙述吉米充分利用西方对新中国和中国革命的敬畏和恐惧心理,以自己的中国人身份蛊惑民众,从而确立自己的可信度,但实际上,他骨子里对新中国极具嘲讽之情。当第一次来参观的简说“我对中国杂货店一无所知”之后,他回答道“我想这就是为什么我老觉得饿。我的中国兄弟了解这种情况”(同上 23)。贫穷落后的中国只是他讥讽唾弃的对象,这暴露出一个帮派头子的真实内心世界。

在西方的中国形象史上,20 世纪 50 年代以来邪恶化中国形象是 1750 年以来丑化中国形象传统的继续。对中国犯罪主谋的刻板印象和其他“黄祸”形象是 20 世纪上中叶英语文化的组成部分。1975 年,《游击队员》出版后一举打开美国市场,美国大众的共同想象使得这部小说成为奈保尔第一部受到美国读者广泛认可的畅销书,被《纽约时报书评》评为年度最佳小说,小说被认为是“有关第三世界政治的小说”(麦格拉斯 528)。

吉米这一中国人形象迎合了该时期英美大众视野下的新中国形象，实现了奈保尔用“西方之眼”评判中国的图谋。借助这一形象，小说固化了当时以英美为代表的西方世界对新中国的歪曲理解。

小说作为典型的虚构文学，是作家主观意念和想象的产物，这两部小说充分暴露出奈保尔的西方认同意识，开面包店的中国夫妇是成功者黑人小伙形象的背景和烘托，混血儿吉米身上的中国基因是邪恶的化身。中国形象是西方以负面的历史政治文化经验为前提，通过选择性聚焦凸显出来的中国镜像，中国是一个站在阴影中的巨大的“他者”。

二、“作家之眼”与事实中国的契合：聚焦崛起

在体裁上，奈保尔把自己创作的非虚构考察记称为“新闻体”(Journalism)，目的是“对世界做出强烈而立即的反应”(Naipaul 1971：36)。这些考察记中的中国书写展现出客观写实的新闻报道特征，颠覆了他虚构小说中的中国形象。《幽暗国度》是他考察母国印度的游记，展现出中印边境自卫反击战[①]中中国军队的昂扬战斗风貌。小说集《自由国度》的尾声取自奈保尔的日记，描述他游历期间邂逅中国杂技团的情形，刻画了他们自信积极的精神状态。

《幽暗国度》是奈保尔首部印度考察记，1962 年他在印度待了一年，回到英国之后考虑继续用虚构小说的方式来写印度，但经过反复思考后，他认为要准确传达对印度的感受，必须采用非虚构的方式，“因为这经历太特殊……对这种特殊的经历，正确的方式就是非虚构小说”(杨中举 92)。在这部力图讲述真实印度的考察记中，我们也得以了解中印边境自卫反击战中真实的中国军队形象。整部作品关于中国书写的内容主要有四处，均出现在第十章“紧急状态”中，叙述背景是 1962 年我国对印度的自卫反击战。第一处是开章第一段，战争爆发后印度前线传回的消息越来越糟，“赫赫有名的印度陆军第四师，一交手就被中国军队打得溃不成军，落荒而逃。印度人引以为荣的印度陆军雄狮，遭受前所未有的奇耻大辱”，印度士兵士气低迷，但中国军队如钢铁长城，“如果光靠意志就能打

① 中印边境自卫反击战，即 1962 年我国边防部队针对印度军队在边境上的多次挑衅和入侵行为进行的一次反击作战，作战时间从 1962 年 6 月持续到 11 月，发生在我国藏南和印度之间的边境。

败敌人，只消一个礼拜，中国军队就能收兵”(Naipaul 1964：250)。第二处叙述在面临战争失败的黯淡前景下，玛瓦尔商人已经向有关单位咨询“在中国管理下经商前景如何”，一直反对将印地语颁定为印度国语的印度南部马德拉斯人“现在却已经开始学习中文”，印度士气低落、人心惶惶，“面对势如破竹的中国军队，阿萨姆省的行政系统一夕之间全面崩溃，官员和老百姓纷纷逃亡”(同上 260)。第三处涉及阿萨姆平原“暴露在炮火之下”，尼赫鲁向印度全国发表演说(同上 261)。第四处提到作家在宾馆听收音机，播报员提到“中国边防部队”，猜测这是来自北京电台的广播(同上 262)。有关这场战争和中国军队的报道符合历史事实，中国军队在这次作战中大获全胜，上述叙述客观反映了中国军队昂扬的战斗风貌和作家对正在崛起的强大中国的敬畏之情。

《自由国度》的“尾声”来自作家日记“卢克索的杂技团”，叙述 1970 年 10 月他在意大利米兰和埃及卢克索巧遇中国杂技代表团的经过。代表团总共有 100 多人，在米兰的餐厅里，他们精神状貌“神采奕奕”“生气勃勃”，举止从容地“一边缓步走下台阶，一边轻声交谈着”，用餐之后，中国领队礼数周全地给服务生“分发了小费，口中道着谢，一一与侍者们握手。然后这两个中国人又向侍者们鞠了躬，走进了电梯”(Naipaul 1971：188)。叙述者还将目光对准餐厅里的侍者，他们“流露出敬畏的神情”，服务台的人说“他们是杂技团的。从红色中国来的。他们来自红色中国”(同上)。作家以观光客视角展现了健康、积极向上的新中国杂技团员群像。在旅游胜地卢克索的一家餐厅里，奈保尔再次遇到他们，在这个炎热的沙漠地带，他们依旧展现出自信从容、有教养、谨守中华传统礼仪的民族形象，“即使是在沙漠里，他们仍旧衣冠楚楚，男士们穿着西装，女士们穿着运动服，和在米兰的下雨天里一样。这些中国人安静、矜持、大方、健康，相互之间平心静气：很难想象他们只是观光客而已”(同上 479)。叙述者还采用了对比衬托的手法，埃及侍者接受小费和礼品的时候，“穷酸相的侍者直挺挺地站着，神情严肃，不敢正视那位女士。他们就像是在接受勋章的士兵”(同上 192)。莫舍尔认为 20 世纪 70 年代初西方对中国的印象经历了从敌视到钦佩的过渡期(Mosher 34)。米兰和卢克索，意大利和埃及，欧洲和亚非两大洲，普通民众对东方新崛起的大国接纳、艳羡和钦佩的态度是一致的。

李小均认为这则日记反映出奈保尔持有“中国威胁论”的观点，“中国是一个新的‘帝国’……他以隐晦的笔法暗示中国以新殖民主义的形式登陆非洲,威慑西方”(李小均 49—50)。对此笔者持不同看法。中国杂技团在用餐完毕后付给侍者小费和赠送礼品,印着中国国花牡丹的明信片和毛主席像章是中国特色的纪念品,这是一种基本的外交礼仪,是加深国家之间彼此了解和友谊的象征性行为。作家两次偶遇杂技团,如实记录下他们的举止和精神状貌,最后驻留在这个承载五千年埃及文明的旅游胜地、记录历史变迁的卢克索,身旁是公元初年古罗马哈德良皇帝初到埃及留下的巨型雕像,想起此番旅行印象最深的中国杂技代表团,他们的综合素养都昭示着这是一个自信从容的民族,因此自然发出一声感叹,是作家思绪对历史和当下纵横驰骋之后的由衷喟叹。奈保尔在接受采访时多次否定他的作品代表“殖民主义”,认为这么解读的人“有一种把事情投入政治沟槽的特长,这些人认为他们会激起反响,(其实)他们是在投资政治学术股市”(Jussawalla 77)。

奈保尔认为自己创作的非虚构考察记是“考察和探索的书籍”(books of inquiry and exploration)(同上 128)。无论是《幽暗国度》中的中国军队还是《自由国度》中的中国杂技团,奈保尔“探索”到的中国是一个正在崛起中的东方大国。

三、想象与事实:继承和超越

奈保尔虚构小说和非虚构考察记中的中国是两类完全不同的形象,体现出镜像中国和真实中国之间的历史性偏离,不同的中国形象本质上反映出作家在这两种体裁上的不同创作理念,小说中的中国形象在很大程度上呼应了西方不同时期的中国印象。

奈保尔的思想文化渊源主要是英国为代表的西方文化,虚构小说不可避免地继承了“西方之眼”,从西方视角想象中国。帕斯卡尔·卡萨诺瓦(Pascale Casanova, 1959—2018)这样评价道:“奈保尔借助继续学习深造的奖学金来到英国,带着当作家的梦,他不断地被同化,不断地融入,最终成为最完美的英国风格的代表”(卡萨诺瓦 242)。奈保尔从少年时代起就十分喜欢欧洲小说的开创者、“英国小说之父”丹尼尔·笛福(Daniel Defoe, 1660—1731)。笛福是18世纪欧洲对中国攻击最肆无忌惮的一位作家,是“当时欧洲对中国一片赞扬声里最刺耳的声音”(葛桂录 2005: 66)。《面包师的故事》和《游击队员》毫无例外地继承了笛福的中国书写传统。德国汉学家卜松山(Karl-Heinz Pohl, 1945—)指出西方绝大多数人对中国了解很少，谈起中国就马上联想到“黄祸”“蓝蚂蚁”和“傅满洲”等充满敌意和偏见的图景（转引自葛桂录 2005：70）。在虚构的小说创作中，东方主义的想象始终左右着英国作家对中国的认知阈限。拉纳·卡巴尼（Rana Kabbani，1958— ）在谈到“欧洲的东方神话”时指出“欧洲关于东方的叙事，不断处心积虑地强调所谓不同于西方的性质，从而将东方置于某种万劫不复的‘他者’地位”（Kabbani 5—6）。

奈保尔的非虚构考察记和虚构小说完全不同，他指出“我旅行不是写自己，而是看世界，我旅行是为了调查，我不是记者，我在用作为作家培养出来的所有同情、观察和好奇的天赋进行写作”（Jussawalla 166）。他认为自己的考察记和格雷厄姆·格林（Graham Greene，1904—1991）等旅行记不同：“他们写的书可以想象他们的人物在本土背景下的欧洲性……他们为如画的风景而旅行，我只是非常关心我所在的国家”（同上 70）。中国共产党领导下的新中国焕然一新，中印边境自卫反击战中中国军队表现卓越，中国杂技团举止高雅，精神面貌积极，这些是奈保尔亲历亲见的，是无法改变的历史事实，他只是用新闻的叙述手法如实报道而已，正因此，这两部非虚构考察记中的中国形象是一个积极正面的崛起大国的形象。

学者周宁认为英国作家对中国形象的描述主要呈现妖魔化和理想化的两极模式：“西方的中国形象在每一个时代的特殊表现背后都有一个既定的原型，这个原型就是关于他者、东方主义式的、构筑地狱与天堂式的想象”（周宁 59）。奈保尔虚构小说中的中国人形象主要展现出妖魔化的显著特征，是负面传统的延续。非虚构考察记中的中国形象在呈现出一个正面、积极的中国形象的同时，带有一定的理想化色彩。日记《卢克索的杂技团》中的中国杂技团成员的形象是作家理想中的人物，或多或少带有想象色彩。当然更重要的是，中国书写更多呈现出客观写实的特征，在中国人形象塑造方面，拓展了西方中国形象的僵化模式框架。《卢克索的杂技团》中的中国杂技团成员的表现堪称典范，这令我们自然联想起我国相关部门在社会团体出国之前，对他们进行系列礼仪和形象方面的规范和培训。《幽暗国度》中的中国军队表现与这场战争中国获胜这一史实吻合，奈保尔叙述之准确可以和新闻报道相媲美。事实上，奈保尔的非虚构书写和事实契合的精准度非常之高，已经引起其他领域的关注。这些多声部的中国形象的呈现改变了英语文学传统中已有的中国形象的固定叙述模式，展现出在当代英语文学中，中国人的形象塑造已经超越了固有的两极模式，呈现出多样化和丰富性的特点。

结　语

中国形象要么理想化要么妖魔化,这种两极模式观在一定意义上体现出“西方中心主义”话语中的中国形象,此种后殖民主义文化批判观能合理解释诸多文学现象,但部分忽视了现实历史语境以及异文化语境的丰富复杂性。奈保尔笔下的中国形象在继承这一两极模式的同时,也在一定程度上超越了这一固化书写范畴,展现出当代英语文学中新的中国形象。

奈保尔的中国书写本质上是复杂矛盾的,反映出身处西方中心的移民作家的历史和现实境遇之复杂性。批评家罗伯特·海门威(Robert Hemenway, 1941—2015)认为,作为一位来自第三世界和前殖民地国家却在原殖民宗主国中心接受高等教育并定居的知识分子,奈保尔“有一种客观冷静的视界,并且认为表达这一视界是一位作家理所当然的责任”(Hemenway 191)。正是这份“客观冷静”造就了奈保尔创作的斑驳色彩。奈保尔晚年承认这种写作改变了他对世界的看法,让他坦然应对自己创作和思想的矛盾性,也认识到正是人们不同的“视界”赋予了世界的丰富多样:“我的写作把我带向了那种复杂情况。我的写作生涯全在英国度过,这一点必须承认,这也必定是我世界观的一部分。也必须承认,我做过很多次旅行,我无法假装作为作家,我只了解一个地方……我这一辈子,不得不时时考虑各种观察方式,以及这些方式如何改变了世界的格局”(Naipaul 2007: 11)。

引用作品[Works Cited]:

Hemenway, Robert. “Sex and politics in V. S. Naipaul.” *Studies in the Novel* 14 (1982): 189 - 202.

Jussawalla, Feroza. *Conversations with V. S. Naipaul*. Jackson: UP of Mississippi, 1997.

Kabbani, Rana. *Europe's Myths of Orient: Devise and Rule*. Hongkong: Macmillian, 1986.

Mosher, Steven W. *China Misperceived: American Illusions and Chinese Reality*. New York: Basic Books, 1990.

Naipaul. V. S. *An Area of Darkness*. New York: Macmillan, 1964.

——. *In a Free State*. London: Andre Deutsch, 1971.

——. *Guerrillas*. New York: Randon House, 1975.

——. *A Writer's People: Ways of Looking and Feeling*. New York: Randon House, 2007.

——. *Collected Short Fiction*. New York: Alfred A. Knopf, 2011.

查尔斯·麦格拉斯:《20 世纪的书: 百年来的作家、观念及文学》,李燕芬等译,北京: 三联书店,2001 年。

葛桂录:"'中国不是中国': 英国文学里的中国形象",《福建师范大学学报》(哲社版),2005 年第 5 期,第 64—70 页。

——:《雾外的远音: 英国作家与中国文化》,福州: 福建教育出版社,2015 年。

哈罗德·伊萨克斯:《美国的中国形象》,于殿利、陆日宇译,北京: 时事出版社,1999 年。

李小均:"奈保尔的中国镜像",《创作评谭》,2019 年第 1 期,第 46—50 页。

帕斯卡尔·卡萨诺瓦:《文学世界共和国》,罗国祥等译,北京: 北京大学出版社,2015 年。

杨中举:《奈保尔: 跨界生存与多重叙事》,上海: 东方出版中心,2009 年。

周宁:"中国异托邦: 二十世纪西方的文化他者",《书屋》,2004 年第 2 期,第 53—62 页。

《你，黑暗》中的“水”叙事与加勒比书写*

邹　萍**

内容提要：古巴裔波多黎各作家马伊拉·蒙特罗的小说《你，黑暗》通过独特的“水”叙事彰显出加勒比文学跨越地理与文化局限的“混合”特质。作者借由以“水”媒介为原始动力的，各种自然元素之间的沟通和关联，完成了对家园的独特想象和书写；进而通过“水的法则”，不仅具象化阐释了以海地为代表的加勒比非裔族群的自然观，更通过建构以其自身作为主体的认知和解释自然的方式，形成了对西方主流话语的反抗和解构；最终，通过“水”之暗不断加剧对“黑色”的指涉和隐喻，将历史叙事和政治叙事嵌入其中，努力消解黑暗与光明、人与自然、西方世界与加勒比地区等二元对立，体现出一种跨越地理、种族、阶级，乃至物种局限的普遍的伦理关怀。

关键词：马伊拉·蒙特罗；《你，黑暗》；“水”叙事；加勒比书写

Abstract: The novel *Tú, la oscuridad* by the Cuban-Puerto Rican writer Mayra Montero, based on an original "water" narrative, highlights the "hybrid" quality of Caribbean literature, which transcends geographical and cultural boundaries. The author completes her unique imagination and writing of Caribbean through the communication of various natural elements with the medium—water, which works as the primordial driving force; Then, through "The Law of Water", it not only illustrates the view of nature of the Afro-Caribbean community represented by Haiti, but also forms a resistance and deconstruction of the dominant Western discourse; Finally, the darkness of "water" intensifies the references and metaphors to "blackness", meanwhile, historical and political narratives are also inserted, so that the novel dissolves artistically the dichotomies between darkness and light, man and nature, the Western world and the Caribbean, etc., embodying a universal ethical concern that transcends the limits of geography, race, class, and even species.

Key words: Mayra Montero; *Tú, la oscuridad*; narrative of "water"; Caribbean writing

---

* ［**基金项目**］：本文系国家社科基金重大项目“加勒比文学史研究（多卷本）”（21&ZD274）的阶段性成果。

** ［**作者简介**］：邹萍，复旦大学外国语言文学学院副教授，主要从事西语文学与文化记忆研究。

对于加勒比国家来说，“水”几乎可以被看作一种文化符号，正如安东尼奥·贝尼特斯·罗霍（Antonio Benítez Rojo）指出的那样：“加勒比文化，至少在它最与众不同的方面，就在于这是一种水生的而非陆生的文化……加勒比是一个自然且难以预测的由洋流、波浪构成的，折叠、充满流动性和水波蜿蜒的王国”（Benítez Rojo 16—17）。由这一独特地理特征形成的文化符号常常反映在加勒比作家的书写中，体现出他们对于家园的想象和对自我身份的探寻。例如多米尼加裔美国小说家安吉·克鲁斯（Angie Cruz，1972— ）就在小说《孤独》（*Soledad*，2001）中描述道：“当我被温柔的海水包裹着的时候，我感到过去，现在和将来融为一体”（Cruz 227）。

在古巴裔波多黎各女作家马伊拉·蒙特罗（Mayra Montero，1952— ）的小说《你，黑暗》（*Tú, la oscuridad*，1995）中，“水”的意象同样是极其丰富的，它是跨越了时空局限的、象征着家园的符号，凝结着这一族群的文化身份，但又不仅限于此。作家借由以“水”媒介为原始动力的，各种自然元素之间的沟通和关联，完成了对家园的独特想象和书写；进而通过“水的法则”，一方面具象化阐释了以海地为代表的加勒比非裔族群的自然观，另一方面则通过建构以其自身作为主体的认知和解释自然的方式，形成了对西方主流话语的反抗和解构；最终，通过“水”之暗不断加剧对“黑色”的指涉和隐喻，将历史叙事和政治叙事嵌入其中，努力消解黑暗与光明、人与自然、西方世界与加勒比地区等二元对立，体现出一种跨越地理、种族、阶级，乃至物种局限的普遍的伦理关怀。

一、“水”媒介：想象的加勒比

作为被海水环绕的加勒比国家，“其最具鲜明本土特征和丰富内涵的景观是海洋和群岛”（张德明 117），“水”和“岛屿”一样，几乎成为作家叙事中天然不可或缺的元素。因而贝尼特斯·罗霍在总结加勒比文化的独特性时特别强调，尽管不主张用西方的思想体系来理解加勒比，然而泰勒斯（Thales，624 BC—546 BC）提出的“水是万物的本源”在此处依然是适用的。我们因此可以推断，“水”是可以用来建构关于加勒比国家独特想象的一种最原初的物质元素，因为“水在颜色、强度、流向、纯度和位置上的不同”（Macauley 46），会融入具体的景观和文化之中，进而反映在“我们如何与之建立联系”的过程和途径上。换言之，“水”必然在某种程度上塑造了加勒比人民的思想和行为方式。在小说《你,黑暗》中,“水”元素通过作者的叙事,其内在被以“动态、开放”(Bachelard 24)的方式打开,将物质的水和想象的水从根本上相互关联,成为激发读者想象与共情的有效媒介,使其关于加勒比世界的想象性重塑成为可能。

一方面,“水”不仅是海地这个岛屿国家最显著的地理特征,更是整个想象性建构合理发生的前提和先决条件。被海水环绕的海地天然拥有各种热带气候类型,中部和西部山区潮湿多雨,是蛙类所青睐的生存环境,世界上濒临灭绝的“血蛙”就生活在这里,海地人蒂埃里的命运因而与美国生物学家维克多产生了交集。蒂埃里自小就生活在海边:“我们住在热雷米,不算是城市,但是距离港口很近。我们在那里学会了游泳、钓鱼。那个时候的海地和现在很不一样。海水更宽广,更深,也更被鱼儿们喜欢”(Montero 1995: 10)[①]。也是在那时,蒂埃里记忆中最后一次见到血蛙,那是一个雨夜:“开始下雨了,我开始思考去哪个山洞过夜,突然,我听到了血蛙的叫声。就像从深水里冒出的泡泡的声音”(29)。于是当维克多跨越重洋来到妻子口中的“危险国度”(8)海地时,熟悉当地环境又见过血蛙的蒂埃里便成为他的向导。

而另一方面,“水”也承载了这个加勒比岛国关于其自身的历史记忆,标识出他们流散命运的开端。正如蒂埃里妹妹的教母,厨师约约特·普拉西德在烹饪食物时经常唱起一首歌:“哦,太阳,我不是这里的人,太阳,我出生在几内亚,我永远也回不去了。哦,太阳,我的船沉了”(13)。蒂埃里自小也常常在宗教仪式上见到人们带着丰厚的祭品潜入水底,向居住在那里的神灵阿格威·塔罗约(Agwé Taroyo)请求庇护(80)。在非洲的古老传说中,阿格威不仅是海上往来船只、海洋生物和渔民的保护者,更是“伊玛穆”号的船长,将那些由于跨大西洋奴隶贸易而葬身大海,或客死异乡的非洲黑人的灵魂带回几内亚(Dayan 110)。换言之,茫无边际却在其深处暗流涌动、交融贯通的大海成为他们有可能重返非洲故乡的唯一希望。

或许正因为如此,“水”还承载着这个族群关于生命或是死亡的理解与认知。海浪滔天或是暴雨狂风从来不会令海地人感到恐惧,而是对于回归故土和回到生命原初状态的某种预示或召唤。就像蒂埃里在面对父亲的意外死亡时,并未表露出太多难过,而是为“那天没有暴风雨也没有

---

① 本文所有《你,黑暗》的引文均出自 Montero(1995),下文仅标注页码,不再一一说明。

打雷，一点怜悯都没有”感到遗憾，毕竟“雷雨交加的夜晚才是父亲这样的猎人在工作时喜欢的天气”(54)。蒂埃里的长子水手查理曼在捕捞金枪鱼时不幸落水殒命，人们却说“……他想把鱼放回大海，结果那鱼把他带到了海底”(180)。甚至蒂埃里自己也希望将来能够“死在海上，因为那是圣鱼潭泽(Tánze)生活的地方”，也因为那时的他将在海上与所有逝去的亲人再次重逢(131)。

此外，小说中的西方人对于海地的认知也同样建立在“水”元素之上。这个加勒比岛国由于天然潮湿多雨，植被丰富，物种多样，一直是科学家们的热衷之地。两栖动物学家贾斯珀·威尔伯起初最喜欢的就是这里的左臂河(Bras a Gauche)和右臂河(Bras a Droit)，因为在这里他幸运地找到了自己想要用于科学研究的蟾蜍(81)。分别来自法国和美国的植物学家爱德华多和萨拉同样不愿离开海地，原因在于这是他们寻找到佩雷斯基亚(Pereskia)仙人掌的最后机会：这种仙人掌在雨天时会从地面冒出来，而干旱时则会缩进土里(130)。来到这里寻找世界上最后一只“血蛙”的维克多亦不例外。

然而，“水”媒介的意义更在于，作为物质的“水”可以激发作为想象的“水”，通过造成人物的“心理双重性”，从而“使物质的本原系住整个心灵”(巴什拉 20—21)。也就是说，“水”能够拓展我们的视域，将理性认知与心灵感受联系在一起，成为引导来到海地的西方人，包括读者们完成其关于海地的想象性建构的有效媒介。威尔伯从无比喜爱这两条河流，到甚至“一靠近河岸便瑟瑟发抖”(81)，因为这位老人清楚自己很可能会被心爱的当地女子甘尼萨背叛，甚至被下毒，她是他坐着船从曾被加勒比土著人命名为“卡鲁凯拉”(Karukera)，即阿拉瓦克语中的“美水之岛”(la Isla de las Bellas Aguas)的瓜地洛普(Guadalupe)带来海地的。因此威尔伯对于“水”的想象从成功和荣耀转为矛盾与恐惧。

而维克多对于海地的认知变化，也是通过“水”而逐渐建构完成的。初到首都太子港，维克多选择入住位于中心位置的知名酒店奥洛福森，但他很快便注意到一些不寻常：“奥洛福森的游泳池是干的，偶尔会有人清理一下。两个穿着短裤的男人会跳进去，把枯叶、棕榈叶、半烂的水果、一些纸屑扫起来，全部塞进塑料袋里，然后爬上梯子，汗流浃背，浑身湿透，就好像真的刚从水里被捞出来一样”(57—58)。走在街上，维克多感受到的也不是他所期待的来自加勒比海的热带海风，而是阵阵臭味：“街上飘来一股说不清楚的臭气，有点像海上的空气，但又夹杂着汗味……在海地,我的汗已经变臭了,几乎变浓稠了,干了以后,我的衬衫都硬了”(22)。如果说此时他对于海地的直观感受还主要停留在“水”的物质层面,那么随着寻找血蛙工作的展开和对当地愈发深入的了解,他的感受开始转向对“水”的想象。于是,当维克多感到危险正在迫近时,他觉得看向他的蒂埃里“眼神迷蒙,仿佛我俩都沉在水底”(167)。而当二人终于踏上那艘可以载着他们离开海地的轮船时,维克多又感叹道:“那一片汪洋,那一片在蒂埃里的记忆中如此不同寻常,如此风波汹涌的大海,在此刻突然变成了我们唯一的逃生之路”(177)。显然,“水”已经在不自觉中制造了维克多的心理双重性:“水”预示着凶险也意味着希望,既是死亡也是生命。

总之,小说对于海水、河水、雨水、汗水,甚至是水的匮乏的种种书写,不仅是对于“水”这一物质在不同形态下的诗学探索,更体现了“水”作为一种自然媒介,通过叙事“超越物质的表面存在”(Bachelard 24),在人与自然世界之间建立精神与情感上的关联,从而激发读者对海地产生独特的景观想象与情感认同。

二、“水的法则”:加勒比民族的自然观

如果说“水”媒介能够激发人们的想象和情感沉浸,从理性及感性层面双重建立起我们与这个加勒比岛国之间的联结,那么“水的法则”则提供给我们深入其视角,以他们的身份,由内及外地去理解和探索这个世界,包括加勒比非裔流散族群甚至我们自身的一种可能性。“在土著知识体系中,知识通常与经验和想象紧密相连”(Whitt 35),小说《你,黑暗》中的“水的法则”就是这样一系列经验型知识,它们形象地展现了海地人民独特的自然观,即他们通过口述记忆世代传递和保存下来的、有别于西方科学表征性(representational)认知自然世界的、一种具象化的(presentational)理解和描述人与自然界之间的关系的方式(同上 37)。

在小说的第九章,作者经由蒂埃里的口述,向读者描述了十条所谓“水的法则”。这显然不是法则的全部,因为蒂埃里的讲述在这一章的末尾被心不在焉的维克多匆匆打断。但我们仍可以清晰地看到,所谓“水的法则”实际就是人与自然万物关系的法则。有关于池塘湖泊的:“海边的池塘都是饥饿的……当一个人靠近这些巨大而孤独的池塘时,他必须十分谨慎……”;有关于树木的:“不要躺在任何树下睡觉。你需要特别的知识来分辨哪棵树是干净的,哪棵树是满的”;有关于动物的:“如果你在家

附近看到一只螃蟹，一定要喊它的主人，并且要大声地喊，因为这种动物从不单独行动”；还有关于自己所爱之人的：“不要在水没过你的腰的时候说出你所爱的人的名字”；自然，也有关于水的：“你可以收集青蛙……只是你要小心不要看水的眼睛……”“当你的脚在水里的时候，不要制定计划……”等(75—78)。

这些在我们的知识体系中看起来毫无逻辑和科学依据的法则，却是几个世纪以来，数代被迫迁移的非洲原住民和他们的后裔，在远离故土的加勒比海岛上，通过代际之间的身口相传保留下来的传统与信仰。那些被贩运至当时的圣多明哥，在法国殖民者的甘蔗园和咖啡种植园充当苦力的黑人奴隶们，即使戴着镣铐，也虔诚地祈求着自己的神灵。他们甚至在极度恶劣的生活条件下，秘密设立和发展了更多的伏都教仪式。于是，奴隶们在身体失去自由的情况下反而获得了更多精神上的自由。这也常常被看作大西洋奴隶贸易造成的一个意外后果：由于伏都教信徒的坚守和传播，这一非洲宗教的地位在美洲反倒被大大提高了(Rigaud 12)。有学者指出，由于伏都教天然具有的复杂和神秘性，对于它的理解不妨回到这个词的本身，即 vodou，其中 vo 代表着“内省”，而 dou 则意味着“进入未知”，也就是说，伏都教的最初源起就存在于古老非洲人民对于超自然现象的观察和解释之中(同上 8)。由此便不难理解，为何伏都教教徒们所信仰的二十多个罗瓦(loa)，即神灵，都与自然有关。换言之，伏都教将“神性的本质、人性的本质和自然的本质”(Benson 72)看作一体。因此，人不仅可以与自然沟通，而且人类和其他动物并无两样。

不仅如此，伏都教徒所供奉的神灵就生活在他们身边，可以随时随地传递造物主的意旨并和信徒们保持沟通。这些神灵说着克里奥尔语，“栖居在云层、树木、森林、雨水、所有的水域、田野和墓地里”(同上)。总之，他们无处不在，在日常生活的各个方面，帮助和指导着信徒们。可以说，“伏都教加强了沟通，强化了身份的含义，以及对人类与自然之间的关系的觉知”(Gewecke and Pagni 43)。因此，所谓“水”法则其实就是自然的法则：“知识和土地是密不可分的……自然界是有生命的，是充满灵性的”(Whitt 29)。

然而，当我们一方面关注着这些法则所讲述的内容时，另一方面也不应忽略这样一个问题，它们是在怎样的情形之下被以何种方式讲述的？以及，在伏都教的诸多教义中，为何蒂埃里单单选择了“水的法则”？

小说中，蒂埃里两次正式地提到“水的法则”，尽管在时间上相隔了三十余年,但均以非常郑重谨慎的方式,面对面地向他当时所服务的西方科学家,阐述他从父辈那里继承来的知识和信仰,试图帮助后者远离危险,从而在海地生存下去。第一次是他看到威尔伯开始对水产生无法克服的巨大恐惧,蒂埃里认为这是由于自己没有教过对方何为“水的法则”。于是他首先询问威尔伯是否接受自己的教导(instruct),在得到肯定的回答后,他们来到教授的家中,在一个只有他们两人的独立空间里开始了讲授(73)。第二次则是维克多于太子港的街头遇袭,蒂埃里在用心照料他的同时,担心这个外来人是由于没有遵守“水的法则”而招来横祸,于是决定向其传授。过程中,他要求维克多关掉录音机,因为“这法则只能存在于人的大脑里和舌头上”(75)。这样的知识传递方式,一方面展示了土著文化中的传统道德责任层面:“……他们坚持自己要说的话必须当面交流。(因为)土著人民知道知识是一种力量,而这种力量既可以用来行善也可以用来作恶。在传递知识时,传授者有义务充分考量学习者是否已经准备好负责任地使用知识”(Brant Castellano 26);另一方面,则演示了数个世纪以来,这个流散族群是以怎样的智慧与坚持对抗奴隶制和殖民主义的压迫,保留和传递自己的文化记忆和民族身份的。

此外,值得注意的是,被雇佣的蒂埃里,一个几乎没有正式接受过任何教育的海地人,尝试通过自己关于自然的知识来帮助他的雇主——两位计划解决物种生存问题的美国科学家自己先生存下去。在这样一个超出了西方人想象的加勒比岛国,原本处于权力关系下端的被雇佣者,第一次拥有了主动话语权,成为其雇主在生存命题上的指引者。显然,作者蒙特罗借助这样一场跨地理、跨文化、跨种族的相遇,不仅为处于不对等权力关系中的双方建立了对话,还将这样的对话进行了颠覆。而这一张力暗涌的对话对于这部小说的叙事来说同样至关重要,因为当“科学行为以其殖民化的能力参与塑造一种按种族、阶级和性别划分等级的世界叙事”的时候,对话就是“一种矫正”(a corrective)(Gillman 653)。在小说《你,黑暗》中,这种“矫正”,或曰对抗和解构,依然是通过“水”来完成的。

蒂埃里向威尔伯传授“水的法则”时,开场第一句话为:“愿水神阿格威·塔罗约保佑,水能熄灭火”(73)。而当他逐条向维克多描述何为“水的法则”时,后者却逐渐感到原本就因为受伤而发烫的眼睛此刻愈发“火烧火燎”(78),仿佛感受到“水”对于“火”的威胁,维克多强行中断了蒂埃里的讲述。作为“水的法则”之根本核心的“水能熄灭火”,亦是当地爬虫学家埃米尔·布卡卡博士经常重复的一句话。当维克多寻找血蛙的工作陷入瓶颈时，他决定向布卡卡求助。这位海地科学家在清楚了对方的来意后，对这一现象发表了自己的见解：“大逃亡已经开始了……水神塔罗约，召唤青蛙来到水底。人们说看到它们离开了：淡水动物跳入大海，那些没有时间和力气到达汇合点的动物在地上挖洞躲藏，或者让自己在路上死去”(95)。最后，他补充道：“所有我学到的东西，都来自书上。但是我理解的东西，每一样，都是从火与水，从水流与火焰中得来的，那就是：水能熄灭火”(97)。

众所周知，在地球上的所有生物中，只有人类会使用火，一方面火代表着技术与进步，让人类位于生态链的顶端；而另一方面，“火危险、变幻且具有破坏力……火能使自然消失，它是大自然的橡皮擦”(彼得斯 134)。“水”与“火”的对抗，体现出一直存在于加勒比地区发展过程中的，土著原始文化与西方科学的矛盾和冲突，以及由此带来的发达国家对边缘国家和流散民族的曲解与误读。正如小说中的维克多接受到海地寻找血蛙的任务，并非真正出于保护濒危物种的心理，而是为了能够在西方权威学术界拥有一席之地。因此，他在蒂埃里面前始终保持着自己来自西方文明世界的优越感，不仅必须由自己主导两人的谈话内容，且与对其完全信任的蒂埃里相反，他数次想要解雇对方，甚至在蒂埃里照顾受伤的自己时，猜疑对方也许是要借机谋财害命(46)。在寻找血蛙的方式上，两人的区别更为明显：维克多捕捉青蛙标本，记录叫声、名字和特点，整理归档小卡片，定期阅读科学期刊《青蛙日记》，撰写调查报告，等等。而蒂埃里则“集中注意力在声音上，并长时间地把耳朵贴在地上”(150)，并最终在维克多认为根本不适合两栖动物生活的一个“相当干燥，没有草也没有凤梨科植物”(168)的地方，帮助维克多找到了仅有的一只血蛙。而维克多关于海地人、关于其知识生产方式、关于自然和关于他自身的认知与看法，也在这一艰难的寻找过程中得到了一定程度上的“矫正”，他甚至开始设想如何向委派给他这一科研任务的帕特森解释自己所看到和经历的一切：“……我该如何解释海地不仅仅是一个地方、一个名字、一座生活着幸存下来的青蛙的大山?”(170)在“水能熄灭火”的原始信仰中，浓缩了加勒比非裔流散族群的自然观，更是他们对长期以来的欧洲民族中心主义和殖民主义思想持续的反抗与解构。

三、"水"之暗：毁灭与重生

对于出生在古巴而目前定居波多黎各的马伊拉·蒙特罗来说，对海地的持续关注和书写几乎已经成为她最具代表性的个人标签。自 1987 年，她凭借第一部小说《可爱月亮的辫子》(*La trenza de la hermosa luna*)获埃拉德小说奖(Premio Herralde de Novela)，到 1991 年《和你共度的最后一晚》(*La última noche que pasé contigo*)，1992 年《来自他影子中的红色》(*Del rojo de su sombra*)，再到 1995 年小说《你，黑暗》的出版，这些故事几乎都发生在海地，或海地与多米尼加的边境。对于蒙特罗而言，书写海地是她接近古巴的一种方式，尽管这种方式是"婉转的、抱歉的，甚至是有些艰难的"(Montero 1996：103)，但依然行之有效，其根本原因就在于这两个国家所具有的"黑人性"(Negritude)。正如贝尼特斯·罗霍指出的那样，"整个加勒比地区都或多或少地受到非洲文化的影响，如果按其程度从大到小排列，可以是：海地、古巴、牙买加"(Benítez Rojo 81)。

因而在最后，我们有必要回到小说的标题："你，黑暗"，来思考这样一个问题：这里的"黑暗"究竟指的是什么？作者蒙特罗在一次访谈中表示，她在写作时有个"陋习"，总喜欢将流行于南印度的司雨的女神马里安曼(Mariamman)作为故事的底色(Lister 78)。而在印度教的经典颂诗《梨俱吠陀》(*Rig Veda*)的"创世赞美诗"(Creation Hymn)中就有这样的描述："黑暗一开始就隐藏在黑暗之中，这一切都是水。被空虚覆盖的生命力"(Doniger 25)。于是，我们可以认为"水"就是"黑暗"，"水"之暗是整个故事的底色。

直观看来，这"黑暗"首先让人联想到的就是加勒比非裔族群的共同肤色。蒂埃里和他的家人、亲戚、朋友等都是黑人，博士埃米尔·布卡卡也不例外，以至于维克多初见他时心中暗觉吃惊："我原以为布卡卡是个黑白混血……，他浑身都是黑的，非常黑，手臂上的皮肤闪闪发光，就好像他出生在非洲"(93)。维克多的"意外"实际也并不意外。从 1804 年独立革命胜利到革命果实变质腐烂，在整个 19 世纪，海地对于那些在新大陆拥有海外殖民地的国家来说，已经成为一个完全不同的象征："一个种族主义一统天下的世界……一个噩梦般的共和国"(Farmer 226)；无论是 1884 年斯宾塞·白金汉·圣约翰(Spenser Buckingham St. John，1825—1910)出版的回忆录《海地，黑色共和国》(*Hayti, or, the Black Republic*)，还是美国占领海地期间出版的《国家地理》(*National Geographic*)，都对黑人充满了歧视：“黑人没有自治能力”（St. John xi），“（海地农民是）没有思想的内陆黑色动物”（*National Geographic* 497）。成长和浸润在这样一种思想环境下的维克多，自然和大部分来自发达国家的人一样，很难想象“……加勒比地区的非裔也值得拥有受到尊重的体面生活”（Benítez Rojo 80）。因而“黑暗”的所指之一不仅是被迫迁移至加勒比的非洲移民的后代，更是他们共同的被孤立和被歧视的边缘身份。

其次，“水”之暗更预示着“死亡”与“无止境的苦难”（巴什拉 10），它是挥之不去的、笼罩着整个海地的沉重阴霾，并且还在不断扩大、汇聚，直至将这个岛国完全吞噬。这黑暗就是“暴力”与“贫穷”，是海地几个世纪以来都无法摆脱的、国内外势力在政治和经济上的操控与剥削。小说中的美国科学家维克多于 1992 年来到海地，第一次见到他的向导蒂埃里时，觉得对方看起来很老，病恹恹的，当蒂埃里说自己只有 56 岁的时候，维克多认为他在撒谎，因为他的脸上满是皱纹（18）。而蒂埃里回忆自己在十几岁时，曾见过妹妹的教母普拉西德给孩子扇扇子，扇子的一面是海地地图，另一面是绰号“爸爸医生”（“Papa Doc”）的独裁者弗朗索瓦·杜瓦利埃（François Duvalier，1907—1971）的照片（144）。实际上，从这条时间线索，读者大致可以推断出蒂埃里的脸上写满沧桑的缘由：他出生于 1936 年，即美国对海地近 20 年的军事占领刚刚结束之际；成长过程中则经历了 1957—1986 年臭名昭著的杜瓦利埃政府的军事独裁。美国的占领不仅从根本上改变了海地的政治、经济和社会结构，而且为了确保其自身在冷战中的“安全”，美国政府在杜瓦埃利的暴政达到顶峰时，对其放任甚至是支持，以杜绝海地成为共产主义国家的可能性（Farmer 107—109）。以上种种都为海地至今无法解决的政治动乱和经济崩溃埋下了隐患。

因此，当维克多于 1992 年抵达海地之时，海地整个国家正处于临时政府暴力上台所引发的巨大政治动荡之中。刚刚在 1990 年底当选的海地总统让-贝特朗·阿里斯蒂德（Jean-Bertrand Aristide，1953—　）仅仅执政八个月就被军事政变推翻，海地人民苦苦企盼的民主和变革再次落空。长期以来，海地廉价的劳动力使它变成“外国投资者的摇钱树”，杜瓦利埃家族的长期独裁使其沦为“国际毒枭的窝点”；惊人的失业率更令其成为“需要国际援助的‘穷光蛋’”（同上 232）。阿里斯蒂德流亡美国后，当地毒品交易再度猖獗，暴力恐怖横行。维克多和蒂埃里第一次进山寻找血蛙，是在被当地人称为“失踪孤儿之山”（Mont des Enfants Perdus），他们在山中露营了三天三夜,未见血蛙踪影却意外发现了至少七具人类尸骨。将这座山当作毒品藏匿之地的秘密警察组织"通顿马库特"(Tonton Macoute),更是将二人的营地洗劫一空,以示警告(46)。维克多回到太子港的第二天早上,在酒店门口亲眼见到一具被砍掉双手的女性尸体,差点呕吐;惊魂未定的他紧接着又在街头惨遭毒打(58—59);最后,历经重重惊险与阻碍,这位终于捕获血蛙的美国科学家所思考的,已经不再是如何向帕特森请功,而是怎样向西方学界描述这里的黑暗与恐怖:"我该如何让他明白,植物学家的向导卢克被埋葬时没有双脚,而蒂埃里的兄弟保罗可能正在某个地方腐烂,身体的一部分已经失去? ……我怎样才能让他明白海地正在消失?"(171)

幸而,在作为故事底色的"水"之暗中,黑暗并非它的全部,作者蒙特罗的创作目的并不是要整个故事陷入令人窒息的黑暗之渊。因为"水的深刻的母性"(巴什拉 24),这"水"之暗中也必然蕴藏着希望与生机。小说中那位来自"美水之岛"瓜地洛普的甘尼萨,身着橘红纱丽,戴着鼻环,额头正中还有一个血红色的圆点(69)。她所信仰和祈求的正是雨神马里安曼(84);也是她,在蒂埃里的耳边,用其神秘且富有磁性的声音轻声说道:"你,黑暗,环抱着那些无视你荣光(glory)的人的灵魂"(181)。也就是说,蒂埃里既是"黑暗",同时也传递着"光亮"。

第一次从蒂埃里身上感受到"光"的存在的正是维克多本人。那时蒂埃里刚刚得到向导的工作,他带着喜悦走在人群之中,维克多看到"他的头高昂着,莫名的敏捷,甚至是健壮:世界的光给了他这样的活力"(22)。而之后,两人在数月的相处中,维克多也逐渐通过蒂埃里的自述了解了他的生活。这个几乎失去了所有家人、和唯一的兄弟住在太子港的一个大型垃圾场后面的海地人,在历经磨难、几乎看不到一丝希望的生活中依然保有对生命的热爱,包括曾想尽办法挽救威尔伯的性命、努力保护维克多,尽心尽力帮助他寻找血蛙,又或是试图将不肯放弃寻找仙人掌的萨拉强行带下立刻要被毒贩封山的危险之地,等等。显然,生活在"黑暗"之中的蒂埃里恰似一束生命之光,他甚至沟通连接了维克多与多年未见的父亲之间的情感,在信里,"我(维克多)开始向他描述蒂埃里和他对鸵鸟的巨大兴趣……这是我告诉他我经常想念他的一种方式"(148)。实际上,除了蒂埃里,那位40年前因为热爱而最终将生命留在了海地的威尔伯、为了科学研究坚持独自一人留守卡西塔奇山(Casetaches)的女科学家萨拉,又或是从怀疑到相信再到认同的维克多,都体现出作者蒙特罗希望能够弥合种族、阶级差异，增进西方世界和加勒比民族之间相互了解和沟通的心愿与努力。

另外值得一提的是，维克多对血蛙的寻找是贯穿小说始终的一条叙事线索。当他迟迟寻而不得时，布卡卡给了他这样的解释："当丹巴拉赫(Damballah)想要的时候，伟大的迁徙就会开始"(96)。换言之，青蛙，包括其他正在海地不断减少的物种，野猪，候鸭，鬣蜥，包括人类，都在逃亡。"……人类皮肤下的骨头也在向外推，就好像他们也想逃跑，把他们虚弱的肉体留在那里，把自己藏在其他某个地方"(11)。那么，所有的生命去了哪里呢？不是别处，正是"水"之暗最为汇聚的地方——海之深处。

在《你，黑暗》的开头，维克多踌躇满志准备踏上自己的寻蛙之旅，他的妻子，海洋生物学家玛莎告诉他，一位西藏占星师说她的丈夫，也就是维克多会被火烧死(1)。在小说的末尾，维克多和蒂埃里带着仅有的一只血蛙，登上了尼普顿(Neptunus)号，而尼普顿正是罗马神话中的海神王。最终这艘船在驶离太子港不久就遭遇海难，近两千人遇难。然而，"这位科学家和他的海地助手，蒂埃里·阿德里安先生的尸体一直未被找到"(183)。无论是将这里的"火"看作占星师的预言，还是将其理解为以"船"为代表的"人类对技术的极端依赖"(彼得斯 114)，在小说的结尾，水再一次熄灭了火，一个闭环的叙事结构也随之形成。我们知道，大海孕育了地球上所有的生命，蒙特罗以一种创世纪灾难的写作方式，让所有的生命又回到了母体，回到了它最原初的形式。所以，面对死亡，落入大海的蒂埃里不仅没有恐惧，反而有一种期待："我将见到所有爱我的人，我将向他们展开双臂，轻声说道：你们，黑暗……而他们将为我带来光明"(181)。这既是一切重新开始的希冀，也是对所有人类的警示：地球上所有生命体的命运都休戚相关，唯有爱和理解才是黑暗中的那束光亮，引导我们不因利益而迷失，不被暴力而蛊惑。

结　语

至此，蒙特罗借助"水"的元素想象、"水的法则"和以"水"之暗为故事底色的叙述暗流，建构了其独特的"水"叙事。正是"水"所具有的"沟通、关联、流动"(韦清琦、李家銮 50)等特点，不仅让她重新认知和回归自己的故乡——古巴，更彰显出加勒比文化的独特特质：混合。正如作家本人在一次访谈中表示的：

(在加勒比)伏都教的神灵、桑特里亚教的神、圣母玛利亚教的神,以及天主教的圣人能够共存。这种奇妙的混合正是我们的本质,是它赋予了我们民族以深度和灵性。……左边是加勒比海,一马平川;右边是大西洋,波涛汹涌。一瞬间,两片海域奇异地沐浴在同一束光下,那是只有在安的列斯群岛才能看到的独特的垂直的光,……还有什么景象能超越这种奇迹呢?(Prieto and Montero et al. 89—90)

引用作品[Works Cited]:

"Haiti and Its Regeneration by the United States." *National Geographic* 38 (1920): 497.

Bachelard, Gaston. *Earth and Reveries of Will: An Essay on the Imagination of Matter*. Dallas: Dallas Institute of Humanities and Culture, 2002.

Benson, LeGrace. "Haiti's Elusive Paradise." *Postcolonial Ecologies: Literatures of the Environment*. Eds. Elizabeth M. DeLoughrey and George B. Handley. New York: Oxford UP, 2011. 62-79.

Benítez Rojo, Antonio. *La Isla Que Se Repite: El Caribe Y La Perspectiva Posmoderna*. Puerto Rico: Editorial Plaza Mayor, 2010.

Brant Castellano, Marlene. "Updating Aboriginal Traditions of Knowledge." *Indigenous Knowledges in Global Contexts: Multiple Readings of Our World*. Eds. George J. Sefa Dei and Budd L. Hall et al. Toronto: Toronto UP, 2000. 21-35.

Cruz, Angie. *Soledad*. New York: Simon & Schuster, 2001.

Dayan, Colin. *Haiti, History, and the Gods*. Berkeley: California UP, 1995.

Doniger, Wendy. *The Rig Veda: An Anthology: One Hundred and Eight Hymns*. New York: Penguin Books, 1981.

Farmer, Paul. *The Uses of Haiti*. Monroe, Me: Common Courage, 1994.

Gewecke, Frauke, and Andrea Pagni. *De islas, puentes y fronteras: estudios sobre las literaturas del Caribe, de la frontera norte de México y de los latinos de EE. UU*. Madrid: Iberoamericana, 2013.

Gillman, Laura. "Narrative as a Resource for Feminist Practices of Socially Engaged Inquiry: Mayra Montero's *In the Palm of Darkness*." *Hypatia* 28.3 (2013): 646-662.

Lister, Elissa L. *Travesí as por el Caribe contemporá neo: la narrativa de Mayra*

Montero de 1981 a 1998. Bogotá, D.C.: Nacional de Colombia UP, 2015.

Macauley, David. *Elemental Philosophy: Earth, Air, Fire, and Water As Environmental Ideas*. Albany: State U of New York P, 2010.

Montero, Mayra. *Tú, la oscuridad*. Barcelona: Tusquets Editores S. A., 1995.

——. “Cuentos para el caimán y otras lágrimas de cocodrilo maduro.” *Encuentro de la Cultura Cubana* 1(1996): 102 - 106.

Prieto, José Manuel and Mayra Montero et al. “Mayra Montero.” *BOMB*, no. 70 (2000): 86 - 90.

Rigaud, Milo, Robert B. Cross, and Odette Mennesson-Rigaud. *Secrets of Voodoo*. San Francisco: City Lights Books, 1985.

St. John, Spenser Buckingham. *Hayti, or, the Black Republic*. London: Smith, Elder, & Co., 1884.

Whitt, Laurelyn. *Science, Colonialism, and Indigenous Peoples: The Cultural Politics of Law and Knowledge*. Cambridge: Cambridge UP, 2009.

巴什拉：《水与梦：论物质的想象》，顾嘉琛译，郑州：河南大学出版社，2016 年。

彼得斯：《奇云：媒介即存有》，邓建国译，上海：复旦大学出版社，2020 年。

韦清琦、李家銮：《生态女性主义》，北京：外语教学与研究出版社，2019 年。

张德明：《流散族群的身份建构》，杭州：浙江大学出版社，2007 年。

《哦，星夜空》：沃尔科特的华丽谢幕*

张　锐**

内容提要：2014年德里克·沃尔科特出版了最后的剧作《哦，星夜空》。此剧虽非沃尔科特戏剧的巅峰之作，却无疑是他本人入戏最深的佳作。耄耋之年的沃尔科特自感江郎才尽，来日无多，此时尤为感怀梵高创作欲最为丰沛的阿尔岁月，期待从中找到不竭的艺术源泉。剧中梵高与高更从相知、疏离到和解的历程也映照了沃尔科特在将死岁月希冀用爱与宽容实现与自我、与他人及整个世界的和解。这是一部向死而生之作，梵高最璀璨的《星夜空》是死亡的狂想曲，在这部剧作中寄寓了沃尔科特向这个世界的华丽谢幕。

关键词：德里克·沃尔科特；《哦，星夜空》；梵高；高更；回家

Abstract: In 2014, Derek Walcott published his final play *O Starry Starry Night*. Though this play is not the pinnacle of Walcott's dramatic works, it is undoubtedly the one in which he was most deeply immersed. In his advanced years, Walcott felt that his creative powers were waning and that his time was running short. He became particularly reflective on van Gogh's most creatively abundant years in Arles, hoping to find an inexhaustible source of artistic inspiration from them. The journey of van Gogh and Gauguin in the play, from understanding and estrangement to reconciliation, mirrors Walcott's own hope, in his final days, to achieve reconciliation with himself, with others, and with the world through love and forgiveness. This work is a creation born from the awareness of impending death. Van Gogh's most brilliant *The Starry Night* is a rhapsody of death, symbolizing Walcott's grand farewell to the world.

Key words: Derek Walcott; *O Starry Starry Night*; Vincent van Gogh; Paul Gauguin; homecoming

---

* ［**基金项目**］：本文系国家社科基金重大项目“加勒比文学史研究（多卷本）”（21&ZD274）的阶段性成果。

** ［**作者简介**］：张锐，浙江工商大学博士生，杭州师范大学外国语学院副教授，主要从事英美文学与比较文学研究。

国内学界一般认为德里克·沃尔科特(Derek Walcott, 1930—2017)在80岁高龄写下的诗集《白鹭》(*White Egrets*, 2010)是他的封笔之作[①]。这种错觉实际上确实有迹可循:诗集中有"才华或它所爱的事物已经死了"(沃尔科特 2015:104)这样的诗句,诗人自感江郎才尽,就此搁笔的怅惘跃然纸上。然而,自感被才华舍弃的沃尔科特并未就此终结自己的文学生涯,而是笔耕不辍。在诗歌创作方面,他于去世前一年与彼得·多伊格(Peter Doig, 1959—)合作了诗集《早安,派拉名》(*Morning, Paramin*, 2016)。在戏剧方面,2011年沃尔科特出版了《月亮孩子》(*Moon-Child*),2014年出版了他最后的剧作《哦,星夜空》(*O Starry Starry Night*)。此剧完成于2012年,当年中风的沃尔科特依然决定亲自导演此剧的首演。2013年5月13日,此剧在英国埃塞克斯大学湖畔剧院(Lakeside Theatre)首演并获成功,之后又在当年11月作为圣卢西亚第16届英联邦文学学会三年会(Triennial Conference of the Association for Commonwealth Literature)作品在加勒比的特立尼达和多巴哥首演。

顾名思义,《哦,星夜空》致敬伟大画家文森特·梵高(Vincent van Gogh, 1853—1890)的画作《星夜空》(*The Starry Night*, 1889),更以极其诗意的笔触致敬绘画史上值得浓墨重彩的高光时刻——1888年梵高与保罗·高更(Paul Gauguin, 1848—1903)为期62天的南法阿尔岁月。该剧展示了沃尔科特作为剧作家、诗人和画家的敏锐洞察力,实现了剧艺、诗艺和画艺的和谐交融:威廉·莎士比亚(William Shakespeare, 1564—1616)的华美诗句与沃尔科特式的粗俗秽语交相辉映;雅克·奥芬巴赫(Jacques Offenbach, 1819—1880)轻快的舞曲在手风琴的演绎下明亮中不失怀旧;世界艺术史上神圣的"黄房子"及房中的惊世杰作与剧中梵高与高更的即兴舞蹈都熠熠生辉,极具感染力。无论从哪个角度来看,此剧都值得观赏。然而,它不仅在国内几乎少有人耳闻,在西方世界也较少亮相剧场,评论界亦对此作关注极少。

该剧首演后,圣卢西亚诗人弗拉基米尔·卢西恩(Vladimir Lucien)在《卫报》(*Guardian*)上发表的剧评似乎道出缘由。卢西恩认为此剧缺乏"中心张力"(a central tension),作为戏剧并不成功(Lucien)。然而,另一篇剧评则认为此剧"虽然取材于19世纪,剧作本身却是后现代的,并非依

---

① 《白鹭》中译本《代序》中提到此诗是"沃尔科特的终结之作",参见沃尔科特(2015)。王伊宁(2018)三次提到《白鹭》是沃尔科特封笔之作。

靠传统的情节与叙事,而是一幅画作,渲染一种情绪,是一首情绪之诗(mood poem)"(Bagoon)。两篇剧评虽有褒贬的相反观点,却道出了此剧的特质:从传统戏剧所看重的情节与冲突来看,本剧并无高妙之处,而是意在抒情与渲染情绪。那么,此剧到底渲染了何种情绪?它也许不是沃尔科特艺术成就最高的剧作,却一定是他本人入戏最深的作品。

一、莫笑痴狂老戏翁

梵高与高更两位画界宗师像萦绕在沃尔科特心间的幽灵,幻现在他一生的创作当中。在艺术心灵上,沃尔科特是梵高与高更的合体,两位都是他本人最认同的画家。对此剧苛评不断的卢西恩批评其中"无论是高更的粗俗幽默,还是梵高的高亢抒情甚至怪癖都明显带有沃尔科特化(conspicuously Walcott-esque)烙印"(Lucien)。从戏剧表现角度来说这也许有瑕疵,但由于作家希望隐匿的自传色彩和自我声音呼之欲出,也从另一个角度佐证剧作家对两位画家的认同之深。

有评论家认为,沃尔科特对于"梵高的认同(identification)在其作品中比比皆是"(De Lima 172)。沃尔科特曾坦言青春时代对其影响最深的一本书是《梵高传》(*Lust for Life: A Novel of Vincent van Gogh*, 1934)。刚过而立之年的沃尔科特在自传体长诗《另一生》(*Another Life*, 1972)中追忆自己的艺术之路时,幻想"梵高的影子在玉米地泛起涟漪"(Walcott 1972: 51)。梵高仿佛总是出没于沃尔科特的灵视之眼,默默守护着他艰辛的艺术之路,不时给予他力量与启迪。对沃尔科特来说,称得上深入艺术精髓的唯有梵高的三幅名作"太阳爆裂而成的《彩虹》""幻影交错在《玉米地上空的鸦群》"和"金黄在喧叫的《向日葵》",沃尔科特仿佛潜入这三幅画的构思与运笔当中,与梵高一同呼吸,一同捕捉画中每一抹色彩的情感张力,又与梵高一起将其挥洒于画布之上,酣畅淋漓,因为只有梵高的作品是接近沃尔科特所认为的伊甸园"亚当为世界万物命名式"的"艺术本源"(primal)(Fumagalli vi)。

1980 年,沃尔科特发表了题名为《自画像》("Self Portrait")的诗作。从语词表面看这是一首绘画诗,读者初读便可直接联想到梵高自画像。诗中前四个诗节写割耳不久的梵高绑着绷带对镜自画,镜中的梵高仍在阿尔,刚与高更交恶,而后者的离去却令他倍感孤独。后五个诗节又刻意否定前四句的镜中梵高,以似是而非的口吻说"这个很像他的画像""他想要存留，必先消失”“镜中无法传达是或不是”，第八节则直接说：“无人在此，根本不是梵高”（Walcott 1980：94）。有学者提到“含混中性的题名（ambiguously neutral title）映射了与梵高同一的沃尔科特”（De Lima 172）。其实，含混又何止题名。不惑之年的沃尔科特仿佛化身为镜中自画像的画者与被画者，以镜为媒，幻化了梵高与沃尔科特的双重形象，两者交错穿越。镜中那个“谦卑、惊惧与孤独”的“质素”（essence）是梵高式的，又是沃尔科特式的。在晚期作品《白鹭》当中，梵高复现其间：自叹78岁的画作依然“只是一种愚蠢的自信——/一种厚密，并非梵高或培根的技艺”（沃尔科特 2015：78）。梵高似乎构成其一生“影响的焦虑”，是沃尔科特画艺无法超越的高峰。而这种“焦虑”一半源于梵高来自“我半个祖先的国度”——荷兰，《在荷兰》（“In Holland”，2004）一诗以梵高画为背景，沃尔科特对“半个故乡”难以割舍的心绪直接表现为他对梵高及荷兰画派的亲近。

自感才思枯竭的沃尔科特将此剧作为自己戏剧舞台上的封笔之作，显然别有深意。据统计，梵高在阿尔的一年多时间，“创作了超过200幅画作……很大一部分都是传世之作”（盖福德 12）。毫不夸张地说，这是梵高最富有创造力、才华迸发的时光。梵高丰沛的创作欲望与其日渐疯狂的倾向几乎并行而至。沃尔科特显然早就有感于梵高的疯狂，在《另一生》中，沃尔科特就潜入梵高心灵释读梵高的书信中的那句“亲爱的提奥，我要发疯了”，称梵高是头脑中“镀着火”的“中暑的圣哲”（Saints of all sunstroke）（Walcott 1972：56—57）。沃尔科特称从梵高的风景画走入了自然之火，进入了“大熔炉”中，于是“我奋起，也在强光下中暑”（同上 57）。沃尔科特渴慕继承梵高如火的激情与丰沛的创作灵感，正因分享了这份“神性的迷狂”（divine fever）（De Lima 177），梵高与沃尔科特得以突破常人理性僵硬的静态视角，仿佛可以洞穿彩虹诞生前太阳的爆裂，可以看到鸦群之上的幻影重生，也可以洞穿视觉谛听向日葵的喧叫，梵高的神性在于世界所有的僵硬界线与坚实的确定性都在“火”中熔化，直到这团火将自己彻底熔炼。

在《哦，星夜空》中，沃尔科特高扬梵高式的疯狂。高更称梵高“他妈的疯子”（a fucking lunatic）（37）[①]，妓女洛提（Lotte，此名应为虚构）大叫：“你们都疯了”（38）。咖啡店老板称梵高“那个疯狂的荷兰人”（47）是“住

① 本文所有《哦，星夜空》的引文均出自 Walcott（2014），下文仅标注页码，不再一一说明。

精神病院的料"(Asylum material)(49)。所谓的正常人都认为梵高疯了,梵高却对自己的疯狂有着不同的体认,他对刚到来的高更说:"我如此幸福,我要疯了……我不是肉体上的疯狂,而是接近橄榄般扭曲的狂喜"(contorted ecstasy of the olives)(31)。沃尔科特这句精巧的台词中"扭曲的狂喜"这一比喻充满悖论,"扭曲"表达一种被歪曲与扭打的痛苦过程,而"狂喜"则是被护佑的天籁至福,与时间一样古老且充满宗教气息的橄榄从开始苦涩不堪入口,经过艰苦的扭转才蝶变为美食。疯狂正如橄榄变形的过程,悲喜交加,伴随着深度的情感体验,必将带来狂喜的松弛和全新的体认,迎来灵感与欲望井喷的快感,梵高扭曲的向日葵和松柏树都是如此"狂喜"的附体。

垂垂老矣的沃尔科特此刻病痛缠身,深深缅怀壮年时期的高产。也许太久未得到这种迷狂的眷顾,此剧正是致敬疯狂的艺术灵感之神,而梵高仿佛永远正坐中央。

二、繁星指引归家路

沃尔科特并未直接以梵高的《星夜空》为题,而是加上了沃尔科特式意涵极其丰满的"O"。这个语言诞生之初远古人脱口而出的古老元音总是充盈着发现的惊喜。"O"是传统颂诗的顿呼语,用以呼唤神明或所颂之物抒发至深的崇敬与悲悯。沃尔科特以类似颂诗的肃穆来呼唤梵高的《星夜空》,其深意显然不止于景仰。在沃尔科特的诗学中,"O"象征着海洋孵育生命的源初和古老的加勒比故国,"O"圆润、圆满的形状又象征着游子的回归和生命的永恒轮回。此剧中的归家不仅回归家的地理方位——加勒比,更回归艺术的热带故园。

回归加勒比的夙愿氤氲在高更的每抹加勒比色彩与塔西提醉人的"诺阿诺阿"(方言,指香味)中。高更在沃尔科特心中的地位并不逊色于梵高,高更最打动他的是其总在非西方的加勒比找到艺术的根源。《哦,星夜空》中,高更总以"秘鲁血统"(Peruvian blood)(42)自居,视加勒比为故乡。他的画作多以加勒比的马提尼克和塔西提为背景,认为在此才能找到源初的色彩与形体。在高更的塔西提游记《诺阿诺阿》(*Noa Noa*,1901)中,当地的一切都被美化,馨香四溢。在当地土语中,"诺阿诺阿"表示无比自然的"香啊香"。这里无论少男少女,还是林地族群都"诺阿诺阿",这里的一切都"与四周的大自然合拍,表现一种美,散发一种香"(高更 55),而此时的高更"失去时间与钟点,一切渗透在塔西提的诺阿诺阿中"(同上 91)。《诺阿诺阿》是高更的艺术宣言,更是沃尔科特的加勒比艺术宣言。《另一生》的第 18 章直接以《诺阿诺阿》为题。"高更已离去",然而,这里却满是"他的手和他的手影,他的思想和他思想的影子"(Walcott 1972: 119—120)。已远逝的高更却赋予这片土地艺术的魅影。

沃尔科特以高更为题材的画作《高更的工作室》(*Gauguin's Studio*, 1986)和水彩画《高更在马提尼克》(*Gauguin in Martinique*, 1991)都将高更定格在加勒比。《哦,星夜空》中多次提到马提尼克,回应了第二幅画中的图景:高更被热带水果和植物的静物画所包围,高更的正后方是其热带缪斯——一位包着头巾的本地黑人女子,温顺的加勒比女子给了高更太多灵感,也构成他生命中最大的精神转折。在高更的世界里,加勒比那些天真未被欧洲世俗沾染的无邪女孩给了他无尽灵感。值得一提的是,《高更在马提尼克》的背景是欧仁·德拉克洛瓦(Eugène Delacroix, 1798—1863)的名作《从天堂放逐的亚当和夏娃》(*Expulsion of Adam and Eve from Paradise*, 1844)。这幅画 1887 年被带到马提尼克,沃尔科特将其作为高更画像的背景,其意颇丰:画像中的高更与黑人女子象征那对已经偷食禁果的人类祖先;而偷食禁果后被放逐的亚当和夏娃来到了加勒比热带的天堂;马提尼克就是那片未被基督教"用贞洁腐蚀"(28)的享乐天堂,这里是名副其实的肉欲与精神的艺术天堂。

在《哦,星夜空》中,高更坚信艺术的中心应从"巴黎转移至热带马提尼克"(20),这个高更反复出现的艺术圣地也是沃尔科特本人的艺术圣地。"马提尼克就像约瑟芬皇后[①],有个水一般金色的名字、撩人的民间音乐、比律(beguine)舞曲[②]、马德拉斯头巾、绿色的酒瓶、瓶身上精美的盾形酒标,还有 causer[③],一种打手势交谈的艺术"(沃尔科特 2019: 259)。这

① 约瑟夫皇后(Empress Joséphine, 1763—1814),原名玛利·罗丝·约瑟芙·塔契·德·拉·帕热利(Marie-Josèphe-Rose Tascher de la Pagerie),拿破仑的首任妻子,法兰西第一帝国的第一位皇后,出生于马提尼克岛。她一生传奇曲折,法国革命时因美丽免于赐死,并以美貌、才智及交际手腕享誉巴黎社交界,她风流但不浪荡,她全心全意辅佐拿破仑却算不上忠贞。33 岁嫁给拿破仑,46 岁离婚,拿破仑却依然保留了她的皇后名号。

② 比律是一种源自加勒比地区,特别是马提尼克和瓜德罗普岛的舞曲形式,节奏较为缓慢且平稳,伦巴舞和狐步舞节奏似可溯源于此。它通常以二拍或四拍节奏为基础,带有一种温柔的摇摆感。在 20 世纪 30—40 年代,法国的音乐家将其传播到了欧洲和北美,成为广受欢迎的社交舞风格。

③ 法语动词,意思是"聊天",通常指轻松的、非正式的交谈方式。

里的一切仿佛都有着独特的魅惑,闪烁着艺术的辉光。高更无比坚定地放弃了所谓的欧洲艺术中心,坚信此处才是真正的艺术家园。在诗集《仲夏》(*Midsummer*, 1984)中,《高更》一诗开篇即为:"在帕皮提(位于塔西提岛)的码头,身穿白帆布衣、懒散的殖民者,/跟肌肤铜色如便士的妓女喝着酒,/望着光影中野性的皮肤,他们自欺欺人,/以为不加冰的苦艾酒,可以再造出一个大都会"(沃尔科特 2020: 459)。此诗中沃尔科特深潜高更灵魂,含混了高更的内心世界与诗人独白的界限,一针见血地讽刺了白人殖民者的狂妄。苦艾酒和晒成古铜色的皮肤都无法复制所谓西方式的大都市,因为在高更看来,加勒比绝非市侩之地,因为"当地人对多此一举的事毫无兴趣"(高更 51),而这里的"多此一举"之事无非现代商业社会所有庸碌苟且的世俗追求而已。加勒比自由自在的状态才能哺育真正的艺术。已经腐败的西方大都市"财富的阴影笼罩着所有人,随即变成贪婪的鬼影"(63)。"野蛮"的加勒比人高更对原始的加勒比风格推崇备至,却对欧洲文明无比厌弃,认为法国早已腐朽,而荷兰更是"像布道一样枯燥"(32)。

剧中,高更认为自己的艺术天堂有"不随季节变化的阳光,没有雾,也没有教堂"(33),梵高与高更都从宗教中挣脱出来,走向了艺术,认为艺术才能救赎这个日益物化腐败的世界,在没有宗教的文化中,"我们将成为圣哲"(28)。在《另一生》中,沃尔科特不止一次地将两位前辈称作"圣哲"(saints),在没有宗教的国度,艺术引导着精神的归家,而艺术的家园应在热带的加勒比。在《黄昏的诉说》中,沃尔科特曾向所有加勒比艺术家提出灵魂的拷问:"是选择回家还是流浪,是自我实现还是精神上背叛祖国?"(沃尔科特 2019: 35)沃尔科特坚定地选择了回家,并借高更之口道出他内心深处回家的渴望。

较于更为享乐主义的高更,梵高则选择在黄房子中实现精神归家。在《哦,星夜空》中,梵高反复探索自己理想的"艺术家联盟"(Aesthetic Republic),这是人人相互尊重,女性收获真正爱与同情的艺术家共同体,而其实践之处是不过斗室的黄房子。室内挂满油画并非意在表面装饰,而是"希望这些油画能激荡起画家丰富的情感,画中对比的色彩和图案能给生活添一抹亮色"(盖福德 20)。简朴的黄房子是梵高为艺术打造的清修之地,穷困潦倒的艺术家可在此互帮互助,孵化新艺术,实现美与善的乌托邦。也许源于高更的影响,梵高对加勒比也魂牵梦绕,黄房子极耀眼的亮色仿佛沐浴在加勒比热带的阳光中。在沃尔科特心中,这份耀目的亮黄裹挟着对热带艺术的神圣向往，那里有“圣土之上的丛林画室，狮与羊和平共处”（同上 76）。

三、爱、感恩与和解

沃尔科特的晚期诗文多写爱、感恩与和解，《哦，星夜空》是其与自我、与他人和整个世界的和解之作，充盈着爱与感恩。《另一生》追述了艺术之爱如何早年弥合分裂，实现自我的成长。生长于加勒比后殖民语境中的知识分子沃尔科特有种天然的分裂感，正如《另一生》第一诗章的标题“分裂的孩子”（divided child）一样，沃尔科特的分裂几乎与生俱来，是天然的创伤：在民族身份上，他是荷兰人、英国人，也是圣卢西亚人；在种族身份上，他有白人血统也有黑人血统；在语言上，他生长于圣卢西亚岛，从小对当地语言耳濡目染，却疯狂地热爱英语，比欧洲人更熟稔欧洲人的经典文学作品；在爱好上，绘画是他走向艺术世界的起点，也是他一生挚爱，但他却发现自己永远与梵高等画界圣哲相形见绌，在他们的阴影中迷失自我。沃尔科特在最后的戏剧中，终于不纠结于所谓的种族民族身份，而是企图在梵高与高更身上找到他们的融合，因为艺术没有国界。他不再认为不写加勒比故地岛国的简朴日常生活就是一种背叛，也许任何国度的艺术爱好者都可以向艺术圣哲顶礼。他的笔墨虽未能完全摆脱后殖民指涉，但这部剧却实现了他超越加勒比性的更大的身份和解。而对于耿耿于怀、无法超越的梵高，沃尔科特仿佛也最终释怀，剧中的梵高不再是高高在上的艺术大师，而是挣扎在困顿迷茫之间，有着疯狂的怪癖和嫉妒之心，一生爱画如痴却始终未能得到世人理解和接受的失意人。此刻的沃尔科特与最失意的梵高站在一起，与自己并不高拔的绘画天赋和成就冰释前嫌。

友爱构成沃尔科特晚期作品的另一个重要主题。梵高与高更从相知相惜、交恶疏离到最终和解是本剧最显性的情节之一。两人在相遇前就有书信往来，梵高热情地邀约困境中的高更来黄房子一起切磋技艺，并将自己的生活费一分为二，交到罐中共同使用。两人九周中的最初几周是那么合拍，他们一起去逛咖啡馆，一起去山顶看星星，甚至一起寻花问柳。两人在艺术旨趣与信仰问题上均有针锋相对的争执，高更敦促梵高“忘记那些形而上学，我们只是艺匠，并非灵视者或预言家，玄学家或星象家，我们绝无灵视者的自负”（27）。两人在构图、色彩、表现手法、象征意义上的分歧可见一斑。然而,更为深层的原因却植根于两人原生的宗教信仰:“一个是狂热的新教徒,一个是虔诚的天主教徒”(盖福德 89)。虽说两人对艺术的狂热消弭了宗教的狂热,然而分歧却根深蒂固,早已注定。早期热衷于天主教礼拜仪式的高更仿佛拥有超自然孕育的想象力,关注内心,信仰来世。高更的巨型油画《我们从哪里来?我们是谁?我们到哪里去?》(*Where Do We Come From? What Are We? Where Are We Going?*, 1897)就是天主教徒对生命的终极追问,高更倒向“象征主义饱含的寓意与梦幻以及模糊的诗意”(同上 91),而梵高仿佛真的用艺术填补了宗教的空隙,坚信上帝的美德就掩映在大自然中。“当梵高失掉了信仰,转而狂热追求眼前的实景,这是超自然信仰消失殆尽后一种典型的北方新教徒式的补偿行为”(同上 92)。沃尔科特有些刻意地错置了两人的艺术旨趣,两位到底谁更为形而上学?谁更为抽象?这已经不是需要激烈探讨的问题,因为唯有两人的爱与和解是最被珍视的。

高更虽称梵高为疯子,当面也提醒梵高:“你越早承认自己的精神紊乱(mental imbalance),对大家越好”(69)。然而在他人面前却坚定地说:“他是一个再正常不过的人”(81)。高更充分理解梵高的疯狂,正是爱与友谊促成他们走进对方的心灵,激烈碰撞之后实现彼此和解。悲剧的是高更的不辞而别竟是诀别。梵高请咖啡馆老板代言:“请告诉他,我爱他,想跟他道别”(103)。高更请提奥代为回应的话语也感人肺腑,“什么都不要说,只告诉他我爱他,但我必须离开”(106)。两人最后深情的隔空告白都道出了人世的无常与无奈。和解不止于高更与梵高,洛提临终前,高更说愿意带她一起去巴黎乃至远赴马提尼克,她在高更怀中含笑死去。

W. H. 奥登(W. H. Auden, 1907—1973)说,“在读过梵高的书信之后,绝不可能把他想象成一个浪漫的遭难的艺术大师,或是悲剧英雄,尽管如此,最后的印象却是一次凯旋,在死后发现他给提奥的信中充满绝无一丝浮夸的感恩的满足”(奥登 13)。梵高对提奥的感恩是无比真挚的:正是这段时间,提奥喜得爱子,梵高写信祝福:“刚开始的时候,你应该竭力保护你刚刚建立起来的家庭,不让他们和这个艺术圈子有过多的接触”(梵高 204)。梵高太清楚自己对弟弟及其家庭的拖累,所有的内疚与感恩在剧中更是得到无以复加的渲染。并不富裕的提奥几乎竭尽所能满足潦倒哥哥的一切物质需求,甚至梵高艺术家联盟的梦想均由提奥无偿支持。更为可贵的是,在梵高画作被人误解、无人接受时,提奥给了他最真诚的鼓励。剧中梵高说:“你不仅是一个弟弟,我深知无人能如你般善良”

(78)。梵高与高更爱的和解，加之梵高对提奥的感恩映照了沃尔克特本人晚年对家人和朋友深深的忏悔与感恩，沃尔科特希望用对爱的肯定与赞美致敬此生的亲情与友情。

结　语

值得探究的是此剧虽开篇便有星夜空的抒情独白，但无论在剧中的黄房子，还是在真实历史中，梵高最有名的那幅星空画都不会出现在两人共同生活的阿尔岁月。事实上，艺术史中梵高有三幅最为著名的星空之作，前两幅《星光夜间的咖啡馆》(*Cafe Terrace at Night*)和《隆河星光》(*Starry Night Over the Rhone*)均完成于1888年9月，即高更到来前的那个月，而最著名的《星夜空》则是作于1889年高更离开后，梵高被送入精神病院期间。星空画作的真实情况与剧中设定是错位的，但缘何沃尔科特异常执着于《星夜空》这一题名？这说明沃尔科特并不苛求题名与剧作情节本身在事实层面的对应，而是指向星夜空的象征意义。有学者称："对于一个认为隐喻是诗之来源的诗人，戏剧是诗，因为无论概念或舞台、动作或人物都是隐喻的，不亚于语言的质量"(Baugh 2)。然而，要解析此剧中沃尔科特的星空隐喻，就必须回到梵高作品的初始意涵。

梵高在1888年7月10日的信件中说："我们必须死亡才能到达一颗星星，活着的时候我们不能抵达星辰，正如我们死后也无法乘坐火车一样"(van Gogh 551)。梵高的死亡意象不仅在星星，其构图中最凸显的那棵柏树在中西传统观念中均与死亡、坟墓相伴。星星和柏树的夸张画法，使内在强烈的情感呼之欲出，这种接近表现主义的意象简直是一首死亡的狂想曲。星星高低远近，布满夜空，消融了黑夜与白昼、人间与天堂、生命与死亡的界限，这里有梵高抵达星星并与满天繁星对话的狂喜，人不再只是仰视，梵高拥有了平视、俯视甚至手捧星辰的自由，这是一种超越一切的抵达。在《哦，星夜空》中，沃尔科特开场便激情澎湃地借梵高的独白直抒胸臆——"城市大街小巷的星光，指引我们回家，回到天堂"，梵高重提他是"第一个绘出黑夜的画家，黑夜正是坑洞、隧道、阴沟，一幅你可能带着对无限的惊恐跌落万丈深渊的图画"(92)。此处"无限"一词意义至深，生之有限也许只能在死亡中延展这种无限。"夜空唤起了人们对永恒、无尽和死后的畅想，他早已不再热衷于宗教，而只是在向苍穹寻求舒适和慰藉"(贝利 83)。

梵高的死亡狂想曲《星夜空》深深打动了沃尔科特。早在几年前，沃尔科特就有这样的诗行——“我已所剩不多，/即将辞世”(沃尔科特 2015：19)；“在可能是我的最后一年里画好画写好诗”(同上 101)；“死亡已经被接受，不再构成任何焦虑”(同上 5)。对一生追求艺术之美的沃尔科特来说，爱和死不过是美的变体。然而，诗歌的表达仍嫌不足，沃尔科特说：“戏剧创造诗歌也许无法给予的满足，能表达某些诗歌无法表达的部分”(Walcott 1996：144)。《哦，星夜空》帮助沃尔科特表达了诗不尽意的部分。

梵高用不朽的《星夜空》幻绘了生死和解的瞬间，只有梵高能把死亡画得如此绚烂。他几乎没有用一丝纯黑来绘画黑暗的死亡，而是用比白昼还要丰富的色彩来描绘夜空。紫罗兰、各种饱和度的蓝色和绿色、融合渐变的蓝绿色、闪着特殊光泽的柠檬黄以及闪着生命暖色的粉红，星夜空中色彩的舞蹈与飞旋仿佛剧场华丽的幕布，而这部向死而生的剧作正是沃尔科特向整个世界的华丽谢幕。

引用作品[Works Cited]：

Bagoon, Ander. 〈http://www.newsday.co.tt/news/0,186293.html〉(Accessed May 2024).

Baugh, Edward. *Derek Walcott*. Cambridge: Cambridge UP, 2006.

De Lima, Clara Rosa, "Walcott, painting and the shadow of van Gogh." *The Art of Derek Walcott*. Ed. Stewart Brown. Chester Springs: Dufour, 1991. 171-193.

Fumagalli, Maria Cristina. *Derek Walcott's Painters A Life with Pictures*. Edinburgh: Edinburgh UP, 2023.

Lucien, Vladimir. 〈https://www.guardian.co.tt/article-6.2.406282.793f5d9076〉(Accessed May 2024).

Van Gogh, Vincent. *Vincent van Gogh: Ever Yours: The Essential Letters*. Eds. Leo Jansen, Hans Luijten, and Nienke Bakker. New Haven and London: Yale University Press, 2014.

Walcott, Derek. *Another life*. London: Jonathan Cape Ltd., 1972.

——. "Self Portrait." *Caribbean Quarterly* 26(1980): 94.

——. Conversations with Derek Walcott, Ed. William Baer. Jackson: UP of Mississippi, 1996.

——. *O Starry Starry Night: A Play*, New York: Farrar, Straus and Giroux, 2014.

奥登等：《诗人与画家》，马永波译，济南：山东画报出版社，2006 年。
德里克·沃尔科特：《白鹭》，程一身译，南宁：广西人民出版社，2015 年。
——：《黄昏的诉说》，刘志刚，马绍博译，南宁：广西人民出版社，2019 年。
——：《德里克·沃尔科特诗歌，1948—2013》，格林·麦克斯韦编选，鸿楷译注，郑州：河南大学出版社，2020。
高更：《诺阿诺阿》，马振聘译，杭州：浙江文艺出版社，2005 年。
马丁·贝利：《我有一片星空：凡·高在精神病院不为人知的故事》，徐辛未译，桂林：广西师范大学出版社，2020 年。
马丁·盖福德：《凡·高与高更在阿尔勒的盛放与凋零》，张洁倩译，上海：上海交通大学出版社，2013 年。
王伊宁：《沃尔科特诗歌中的景观书写与身份认同研究》，上海师范大学硕士学位论文，2018 年。
文森特·梵高：《梵高自述：麦田里的反抗与不安》，范伟坤译，南昌：江西教育出版社，2012 年。

书　评

“非常”历史事件的文学释读

——评《“非常”事件与美国历史小说》

张和龙*

虞建华教授领衔撰写的《“非常”事件与美国历史小说——小说再现与意识形态批判研究》(下文简称《“非常”事件与美国历史小说》)是一部研究美国“非常”历史事件文学表达的学术专著。全书 23 章,分上、下两卷,总字数近百万,皇皇巨著也。这本专著聚焦 25 个“非常”历史事件,每章选择一部或多部美国历史小说进行分析,揭示文学家们对众多“非常”历史事件的艺术再现与审美重构。不难看出,本书的研究对象既是美国历史上真实发生过的一系列“非常”事件,也是书写这些“非常”事件的数十部美国历史小说。所谓“非常”事件,即“不正常事件”,“往往是美国强势群体对弱势群体的伤害事件”(陈广兴 308)。《“非常”事件与美国历史小说》每章第一节都是对一个或两个“非常”事件的“描述”,但是其重点并不在于对这些历史事件的史实回顾或史学探讨,或者说,不是像历史学家那样对历史事件进行记述、书写和论定,而是将这些历史事件的重述和叙写作为美国历史小说研究的对照和铺垫,旨在探讨小说家们对这些“非常”事件的文学书写与历史观照。用著者的话来说,本书“着重探讨小说家笔下呈现的历史中美国国家政治意志和法律对异教徒、少数族裔、新移民、激进青年、战争中的他国平民等边缘群体实施的权力压迫”(虞建华等 7)。[①] 换言之,本书的主要目的在于揭示美国文学家们如何用文学叙事来

* [**作者简介**]:张和龙,上海外国语大学文学研究院教授,主要研究方向为英美文学。

① 本文所有《“非常事件”与美国历史小说》的引文均出自虞建华等(2024),下文仅只标注页码,不再一一说明。

修正历史叙事，如何用文学正义来纠正历史不公，从而向那些为遭受主流意识形态压迫的弱势群体或边缘个体发声的历史小说家们致敬。

本文标题中的“文学释读”既是指美国历史小说用不同艺术手法表达对“非常”历史事件的诠释和解读，也是指这部专著对美国历史小说“释读”的释读，即是对文学文本、历史事件及其复杂关系的批评性阐释与解读。专著上、下卷分别聚焦美国“非常”历史事件（以政治和社会事件为主）与“非常”法律事件，探讨了以两类事件为内容、题材或时代背景的美国历史小说，其研究的侧重点略有不同，却正好代表了两种不同的文学批评范式，一种是文学-历史学批评范式，另一种是文学-法律批评范式。当然，这两种范式虽然以历史批评或法律批评为中心，但并不限于历史或法律批评，而是融入了丰富的政治、社会、文化批评以及细致的文学审美批评。

一、伸张历史正义：文学-历史学的批评释读

《“非常”事件与美国历史小说》上卷聚焦的“非常”历史事件主要有：(1) 少数族裔、奴隶等弱势群体被屠杀事件，以及底层民众发动起义和暴力反抗事件，如马利亚斯大屠杀、谢斯起义、奈特·特纳起义、约翰·布朗起义、密瑟尔·斯劳事件、草场街事件等；(2) 美国版图扩张与白人拓殖移民过程中的战争与暴力事件，如阿拉莫事件、安德森维尔虐囚事件等；(3) 二战与越战期间美国军队对平民的滥杀或屠杀事件，如德累斯顿大轰炸、美莱村屠杀等；(4) 给美国民众带来精神创伤或心理刺痛的历史事件，如肯尼迪遇刺事件、9·11恐怖袭击事件等。这些事件都是当时轰动一时，或影响巨大，或争议未定的重要或重大历史事件。这本专著对这些“非常”历史事件的选择独具慧眼，都是基于强烈的历史感与现实感，体现了对美国全部历史的深刻洞察力。著者以“文史不分家”的中国文化立场以及深邃的文学-历史学批评视域切入具体文本，系统地呈现了美国历史上的阶级对立、种族歧视、族裔不公等诸多问题以及当代美国强权逻辑的跨国暴行与反向戕害。

其实，上述“非常”事件，历史学、政治学、社会学、法学等各领域均有卷帙浩繁的论述与考探。然而，从文学学术史的角度来看，美国历史小说对上述事件的艺术再现与审美重构显然从未受到过如此系统而深刻的关注和研究。这本专著运用“以诗证史、以史证诗”的中国传统诗学研究路

径,以及对比叙事分析法。每章第一节带有历史叙事特征的描述与勾勒,意在为本书的研究重点——美国历史小说研究,建构一个清晰而具体的历史语境,从而在历史叙事与文学叙事之间建立互文、互释、互鉴、互证的逻辑关系。著者在绪论中开门见山,言明本书的研究视角是新历史主义,其立论依据是历史与小说都是以语言为载体的文本化、叙事化与修辞性的重构;历史未必都是历史事件的客观书写与记录,而小说未必不能呈现历史的真实与本相。本书的研究对象是几十部美国历史小说,无一不体现了"严肃的历史认识",但是历史小说的作用和价值远非如此。在著者看来,"小说书写和历史书写一样,都利用了某些支配性原则,都隐含着权力关系和权力本质。尤其在美国历史中,官方叙事充分利用语言的统治力量,对中心权力的合法性进行'自圆其说';而美国作家则通过颠覆性的小说再现,利用语言的解放力量,以虚构叙事对抗历史叙事,以个人叙事对抗总体叙事,从而解构中心,解构神话"(13—14)。著者由此指出,美国历史小说家们"也参与了争夺历史阐释权的文化斗争"(14)。

这本专著借用了海登·怀特(Hayden White, 1928—2018)、斯蒂芬·格林布拉特(Stephen Greenblatt, 1943—)、琳达·哈钦(Linda Hutcheon, 1947—)、特里·伊格尔顿(Terry Eagleton, 1943—)、弗雷德里克·詹姆逊(Fredric Jameson, 1934—2024)等人的文论思想,是美国历史小说研究的创新之作,但是该书的理论视角并未停留在新历史主义的认识层面,而是综合运用了历史唯物主义与马克思主义意识形态批判理论。上卷(包括下卷)选择了带有进步意识或反主流意识形态的历史小说文本,不仅探讨了历史小说家们如何用小说创作来重写历史,也分析了这些小说家如何为被统治阶级、为被压迫的弱势群体发声和正名,以及如何以充满历史正义感的文学书写赋予冷冰冰的,甚至充满残酷血腥的历史以情感与人性的温度。全书选择了数十部美国历史小说,分析其书写"非常"历史事件的现实主义、现代主义或后现代艺术特征,通过对不同类型的历史小说的深度解读与辩证分析,凸显了文学审美对统治阶级伤害弱势群体和压迫底层民众的控诉、揭露和批判作用。著者明确指出这些"非常"事件是"美国种族、阶级、宗教矛盾激化的产物"(5),并将美国历史小说重新放回其特定的历史语境中加以剖析和探讨,其实质是用科学的唯物史观来深刻揭示美国建国以来的社会性质、根本矛盾以及统治阶级的意识形态。

上卷(包括下卷)所选择的长篇历史小说,要么是美国三大文学奖(普利策奖、美国国家图书奖、美国书评家协会奖)的获奖和提名作品,或其他重要文学奖的获奖之作,要么是名家之作或畅销书排行榜前列之作。这些历史题材不一、艺术手法往往迥异的名作或畅销小说所聚焦的主要是"异教徒、少数族裔、新移民、激进青年、战争中的他国平民",其描写对象都是这些边缘和弱势群体中的单一或弱小个体,所构建的不是以官方英雄人物为中心的宏大叙事,更不是中国古代历史小说中的王侯将相叙事,而是个人化、个体化的"小叙事"。这些"小叙事"所针对的是一个又一个重大甚至是史无前例的"非常"历史事件,能够以小见大,以小博大,是用"小人物"来表现大价值,用"小叙事"来揭示重大主题。正如著者所言,这是一种"介入性的书写,具有平衡和扶正历史的政治意义"(14)。这本专著聚焦小说家们所采用的弱小个体的叙事视角,其实是受害者、受压迫者、受奴役者的叙事视角。这样的"小叙事"与美国官方的宏大叙事具有话语-权力上的不对称性,但是具有消解宏大叙事话语-权力的超越性意义和价值。宏大叙事与"小叙事"的二元对立解读方法凸显了美国历史小说所介入的正是美国主流意识形态对历史真相的遮蔽与抹杀,所伸张的正是被官方历史叙事污名化的弱势群体或边缘个体所长期缺失的历史正义。

这本专著一方面用新历史主义理论来张扬文学文本对历史的重构,诠释美国历史小说对历史真相的审美再现,另一方面用历史唯物主义来揭示占主导地位的资产阶级意识形态对历史真相的故意掩盖,由此批判统治阶级对边缘群体或底层劳动人民的权力压迫。例如,第一章对詹姆斯·韦尔奇(James Welch, 1940—2003)《愚弄鸦族》(*Fools Crow*, 1986)的研究强调小说家既呼应历史,又"偏离"历史,为印第安人被白人统治阶级同化、驱离、残杀的历史提供本土裔的个体叙事视角,对抗已经被大量官方历史叙事"洗白"的美国"西进运动",从而逆写了美国白人移民的主流历史观,揭示了"西进运动"的扩张性、征服性与暴力侵占的本质。又如,第二、第三与第五章讨论了以三场起义为题材的六部历史小说,其中第二章指出,具有空想社会主义思想的小说家爱德华·贝拉米(Edward Bellamy, 1850—1898)在《斯多克布里奇的公爵》(*The Duke of Stockbridge*, 1900)中通过描写谢斯起义,揭示了美国建国初期的阶级矛盾与社会冲突;第三章认为,美国当代小说家威廉·斯泰伦(William Styron, 1925—2006)以黑奴起义为题材的小说《奈特·特纳的自白》(*The Confessions of Nat Turner*, 1967)用第一人称自传体叙事方式重构了历史,重塑历史人物形象,揭露了美国蓄奴制的种族压迫罪恶;第五章更是通过对《山火》(*Fire on the Mountain*, 1988)、《闹翻天》(*Raising Holy Hell*, 1995)、《分云峰》(*Cloudsplitter*, 1998)、《上帝鸟》(*The Good Lord Bird*, 2013)四部历史小说的研究,探讨了美国小说家通过重写美国蓄奴制与种族主义的历史变迁,抨击了统治阶级意识形态对弱势群体的污名化,凸显了美国进步历史小说所蕴含的强大审美与意识形态批判力量。

在马克思主义看来,历史深处弱小无助或被污名化的个体所代表的是广大底层群众,他们是创造人类历史的主体和动力,是社会变革和推动历史不断进步的核心力量。这部专著对众多"小叙事"的聚焦与深入探讨,清晰地体现了鲜明的马克思主义价值立场和审美态度。例如,第四章从社会不公与阶级分析的视角引入密瑟尔·斯劳事件,并将弗兰克·诺里斯(Frank Norris, 1870—1902)的批判现实主义小说《章鱼》(*The Octopus*, 1901)置于垄断资本主义与帝国主义时期的历史语境中加以分析,通过探讨"揭丑文学"所深刻反映的劳资矛盾与阶级斗争状况,表达了对美国资本主义社会现实的尖锐批判。第八章所涉及的草场街事件反映了美国统治阶级对芝加哥工人运动的镇压,而历史学家、小说家马丁·杜伯曼(Martin Duberman, 1930—)的《草场街》(*Haymarket*, 2004)对工人运动领袖的审判与死刑判决的描写,被认为是"对历史审判的再审判"。美国二战期间对不设防城市德累斯顿的轰炸所造成的平民巨大伤亡,无疑是一场变相的大屠杀,而第九章通过对库尔特·冯内古特(Kurt Vonnegut, 1922—2007)后现代历史小说《五号屠场》(*Slaughterhouse-Five*, 1969)的研究,重新审视了美国国家权力所掩盖和扭曲的历史真相。第十章通过分析蒂姆·奥布莱恩(Tim O'Brien, 1946—)《林中湖》(*In the Lake of the Woods*, 1994)对越战期间美莱村大屠杀的艺术呈现,揭露了政治上层建筑为了维系自身统治对历史真相的刻意掩盖和盲视。第十一、第十二章将研究视角从白人殖民者在北美大陆的扩张与征服转移到当代超级大国在世界各地的侵略和霸权行径的探讨和分析,指出唐·德里罗(Don DeLillo, 1936—)的《天秤星座》(*Libra*, 1988)与两部 9·11 小说《特别响,非常近》(*Extremely Loud and Incredibly Close*, 2005)、《转吧,这伟大的世界》(*Let the Great World Spin*, 2009)揭露了美国强权或霸权背后的晚期资本主义意识形态与历史文化逻辑。这本专著对历史事件与历史小说的分析精彩纷呈,此不赘述。

二、诗性正义：文学-法律跨学科研究的旨归

"法律与文学"运动是西方后现代法律运动的重要一支，也是20世纪70年代兴起于北美的一种跨学科研究方法。"法律与文学"属于法学跨学科研究，主要是法学学者依托文学作品及相关资源探讨法律问题和法学命题。《"非常"事件与美国历史小说》下卷借鉴了"法律与文学"新兴交叉学科的研究成果，并在绪论中引用了美国法学家理查德·A. 波斯纳(Richard A. Posner，1939—)的重要论断，即"法律作为文学的主题无处不在"(Posner 12)，但它并不是法学学者的法学跨学科研究成果，而是文学学者的文学跨学科研究成果。这是一种以文学为中心，而不是以法律为中心的文学法律批评，因而不同于学界已有的各类"法律与文学"著述。在中国学者吴笛看来，文学法律批评"属于文学研究的范畴，以文学为本体，所强调的是文学批评中法律视野的介入，即借鉴法律视野和恰当的研究方法来审视文学作品。尤其是审视文学作品中的法律事件、法律主题、作家的法学思想以及法律要素在文学作品的措辞、风格、结构等方面的体现，从而加深我们对作家及其作品的理解和认知"(吴笛 33)。

《"非常"事件与美国历史小说》下卷共11章，全部聚焦美国著名的"非常"法律事件以及以这些事件为内容、为题材、为背景的20余部美国历史小说。这些"非常"法律事件大致分为两类：一类是美国政府出台的法令或法案，如美国涉印第安法案(包括《印第安人迁移法》)、禁酒令、《逃亡奴隶法》和《排华法案》等；一类是美国历史上著名的司法案件，如塞勒姆审巫案、加纳弑婴事件与审判、斯考茨伯罗审判、帕尔贴审判、萨科·樊塞蒂审判、斯哥普斯审判、罗森堡间谍案等。前者是一些对少数族裔或底层民众充满歧视并产生深远影响、长期以来颇受诟病或遭遇猛烈批判的法律条文，后者则是美国历史上轰动一时、充满争议、至今尚有巨大评论和阐释空间的法律案件。下卷每章第一节都对一个或两个"非常"法律事件的发生、起因、过程、结局、历史争议以及相关文学书写进行了详细的描述与精彩的勾勒，能够让读者重温美国法律制定与实施的历史过程，了解美国司法审判的冲击力和影响力，感受美国"法治"充满争议与不公正的历史真相，充分认识"非常"法律事件背后的政治、社会与文化权力斗争以及意识形态的博弈。

下卷每章自第二节开始，分别选择一部或多部以这些真实法案和司法审判为原型的历史小说。具有针对性的文本选择明显不同于众多的

“法律与文学”著作,后者大多关注以虚构的法律事件为内容的经典文学作品,如弗兰兹·卡夫卡(Franz Kafka, 1883—1924)的《审判》(*The Trial*, 1925)、威廉·莎士比亚(William Shakespeare, 1564—1616)的《威尼斯商人》(*The Merchant of Venice*, 1596)、查尔斯·狄更斯(Charles Dickens, 1812—1870)的《荒凉山庄》(*Bleak House*, 1852)、弗奥多尔·陀思妥耶夫斯基(Fyodor Dostoevsky, 1821—1881)的《卡拉马佐夫兄弟》(*The Brothers Karamazov*, 1879—1880)。波斯纳在《法律与文学》(第三版)(*Law and Literature*, 3rd ed., 2009)中专门讨论过从马克·吐温(Mark Twain, 1835—1910)到约翰·格雷斯汗(John Grisham, 1955—)的美国法律小说(American legal fiction)以及通俗小说中的法律主题,涉及从马克·吐温《傻瓜威尔逊》(*Pudd'nhead Wilson*, 1894)到汤姆·沃尔夫(Tom Wolfe, 1930—2018)的《虚荣的篝火》(*The Bonfire of the Vanities*, 1987)、威廉·加迪斯(William Gaddis, 1922—1998)的《他自己的狂欢》(*A Frolic of His Own*, 1994)、斯科特·特洛(Scott Turow, 1949—)的《假定无罪》(*Presumed Innocent*, 1987)、格雷斯汗的通俗小说《当事人》(*The Client*, 1994)和《律师事务所》(*The Firm*, 1991)等诸多作品(Posner 35—50)。《“非常”事件与美国历史小说》下卷选择数十部书写“非常”法律事件的历史小说作为研究对象,则体现了更加系统和深广的美国历史、文学史与法制史的学术视野。尤为重要的是,这部专著不是将文学作品当作论述一般法律问题或法学理论的论据和材料,而是依托文学与法律之间天然而深厚的亲缘关系,聚焦文学家所书写的真实法案与审判背后所蕴含的极其丰富的政治、社会、文化与审美内涵,凸显历史小说对法律真相的重构与反思以及对统治阶级法律意识形态的批判价值。

如同上卷中的文学-历史批评一样,下卷中的文学-法律批评也体现了鲜明的马克思主义理论观点、价值立场和审美态度。如果说,上卷通过对美国历史小说的分析,揭示美国“非常”历史事件无一不是统治阶级调动国家机器来维护自身权力和利益的结果,那么,下卷通过对诸多美国涉法历史小说的探讨,揭示出这些“非常”法律事件几乎都是统治阶级动用法律工具、压迫边缘群体和弱势个体反抗以维护自身统治权力的产物。例如,第十五章的研究和论证表明,美国殖民拓展与扩张的西进之路之所以是“血泪之路”,源于“不公正的法律”,即白人统治阶级所推行的《印第安人迁移法》,而戴安·格兰西(Diane Glancy, 1941—)“推熊”系列小说(*Pushing the Bear*)中每位亲历者的回忆和叙述都是一个个“小写的历史",是对资产阶级法律制度以及上层建筑的血泪控诉,而所谓"合法与非法的标准",无一不"打着白人的烙印",严格地说,都打着白人统治阶级的烙印。又如,第十六章对两大法律事件,即《逃亡奴隶法》和加纳弑婴与审判案,以及托尼·莫里森(Toni Morrison, 1931—2019)小说《宠儿》(*Beloved*, 1987)的讨论,揭露了美国主流历史叙事对蓄奴制罪恶的搪塞和掩盖,充分说明美国蓄奴制是西方殖民主义与美国资本主义政治与法律制度的产物,从而为遭遇无尽屈辱和苦难的非裔美国人伸张缺失的历史正义。

有学者指出,"法律与文学"运动之所以能在西方兴起,一个根本原因在于法律与文学的"共性",即"法律和文学都是探讨人类的正义问题"(田俊武 6)。一般来说,法学家们侧重关注法律文学中的法律正义命题,而文学研究者则更多关注法律文学中的诗性正义主题,以及诗学正义对历史和现实中的法律不公的纠偏与批判意义。所谓诗性正义(poetic justice),或诗学正义,是以文学书写和艺术想象为中介、以情感和道德价值为导向对法律问题进行再审视、再审判的一种艺术理想。《"非常"事件与美国历史小说》探讨了 20 余部小说对"非常"法律事件的描写和再现,深刻诠释了美国历史小说中的诗性正义主题。美国文学家的诗性正义理想包含族裔正义、阶级正义、性别正义、社会正义等,所针对的都是美国男性白人统治阶级制定的歧视性法案以及不公正法律制度下被扭曲的司法审判。例如,第十三章将塞勒姆审巫案视作国家政权的"猎巫"行为,其中所体现的"迫害、偏执、暴力、不公"类似 20 世纪的麦卡锡主义,而三部相关小说对这一"非常"法律事件的书写不仅修正了历史,而且也为那些死于非命的无辜"女巫"们伸张性别正义。又如,汤亭亭(Maxine Hong Kingston, 1940—)的《中国佬》(*China Men*, 1980)所描写的是《排华法案》背景下族裔正义的缺失,路易斯·厄德里克(Louise Erdrich, 1954—)的"北达科他四部曲"所描写的是遭受法律不公的印第安人对白人法律的不信任,厄普顿·辛克莱(Upton Sinclair, 1878—1968)的《波士顿》(*Boston*, 1928)通过对萨科·樊塞蒂审判的描写所呼唤的是社会正义的重建,等等,不一而足。

《"非常"事件与美国历史小说》下卷很多章节都触及美国资本主义社会立法与司法审判的不公正问题,其副标题中的"意识形态批判"无疑也包含对资本主义法律意识形态的批判。波斯纳在《法律与文学》第五章专门讨论"文学对法律不公正的控诉"(Posner 195),然而没有提及法律不公正的阶级根源。法律与法律制度是有阶级性的,它们都是统治阶级国家机器的重要组成部分,属于上层建筑。马克思主义认为,上层建筑分为政治上层建筑和观念上层建筑,前者是建立在一定经济基础上的政治、法律制度以及军队、警察、法庭、监狱等国家机器,后者是同经济基础相适应的社会意识形态,包括政治法律思想、道德、艺术、宗教、哲学等,二者都反映了统治阶级的根本利益,具有阶级性(徐光春 70)。《"非常"事件与美国历史小说》中的研究充分表明,美国统治阶级为了维护资本主义社会的阶级关系以及本阶级的根本利益,必然会动用国家机器、社会意识形态以及相应的政治法律制度和组织设施。而"非常"法律事件是美国资本主义政治法律制度以及为之服务的军队、警察、法庭、监狱等政治法律组织对被统治阶级实行专政的一次次社会表演,也是美国统治阶级政治法律思想的具体体现。因此,这本专著对美国历史小说中诗性正义主题的探讨不仅是对美国资本主义社会"法律正义"的重新审视,也是对历史正义的伸张,更是对当代现实正义的呼唤。

一切历史都是当代史。文学叙事中的历史是作家所处历史语境与意识形态的写照。同样,《"非常"事件与美国历史小说》中的批评释读也是当下现实语境与意识形态的写照。这本专著的问世有助于国内知识界了解当今世界唯一超级大国——美国的前世今生,深刻认识其拓殖主义、种族主义、帝国主义、霸权主义等民族"原罪"及其国内外的危害性,也有助于认识以美国为代表的当代西方资本主义社会的本质特征与内在矛盾,从而破解西方中心主义的历史和现实迷误。

引用作品[Works Cited]:

Posner, Richard A. *Law and Literature*, 3rd ed. Cambridge, MA, and London: Harvard UP, 2009.

陈广兴:"书写美国的非常历史:评《'非常'事件与美国历史小说》",《英美文学研究论丛》,2022年秋,第308—314页。

田俊武:"二十世纪末以来东西方法律与文学共舞的态势研究",《社会科学论坛》,2016年第5期,第5—10页。

吴笛:"文学法律批评 vs 法律与文学",《外国文学研究》,2021年第5期,第33—42页。

徐光春主编:《马克思主义大辞典》,北京:崇文书局,2017年。

虞建华等:《"非常"事件与美国历史小说——小说再现与意识形态批判研究》,上海:上海外语教育出版社,2024年.

叙事形式与伦理指向：评《麦克尤恩的小说创作及其价值研究》，兼论形式文化批评的基本范式*

李亚飞**

文学的叙事形式和意义指涉之间的关系一直是文学理论中的一个重要论题，贯穿从古至今文学批评史的每一阶段。亚里士多德（Aristotle，384 BC—322 BC）在《诗学》（*Poetics*，335 BC）中把悲剧视为对行动的模仿，并强调悲剧结构的完整性和连贯性，他同时也认为悲剧能够影响接受者的情感反应，对其产生“净化”的效果（亚里士多德 64）。《诗学》作为文学批评史上的开拓性论著，不仅关注悲剧的形式结构，同样注重它能产生的效果。从形式到内容的文学批评范式自亚里士多德以来便延续至今，文学的形式和文学所能实现的意义自始至终都是文学批评关注的重心。不过，不同时期的文学理论大都只是关注形式和内容中的一个单方面，从形式主义、新批评、结构主义这类文学本体论到马克思主义、后殖民主义、文化研究这类文学社会学的文学理论演进轨迹可以清晰地窥见这一倾向。勒内·韦勒克（René Wellek，1903—1995）和奥斯丁·沃伦（Austin Warren，1899—1986）的《文学理论》（*Theory of Literature*，1942）在当代文学理论界被确定为一部经典教材，在文艺批评领域产生了很大影响。该书把文学理论划分为“文学的外部研究”和“文学的内部研究”两个部分，暗示了这两类研究范式之间存有难以弥合的裂痕，而韦勒克和沃伦二人这样谋篇布局的主要意图在于强调“内部研究”，致力于把新批评这种去意识形态的文学本体批评模式确定为唯一的正宗（程巍 17）。内容和形式之间的复杂关系究竟是如何体现在文学的叙事话语之中的，文学批评

---

* ［**基金项目**］：本文系四川外国语言文学研究中心项目“新世纪以来西方叙事学热点理论研究”（SCWY23－06）的阶段性成果。

** ［**作者简介**］：李亚飞，电子科技大学外国语学院副教授，文学博士，主要从事叙事学研究。

又该如何透视文学形式与文学内容之间的张力,这或许是批评家一直在关注但仍然有待开掘的领地。尚必武教授在新作《麦克尤恩的小说创作及其伦理价值研究》(以下简称《价值研究》)中将形式解剖与内容分析有机结合,铸就了新时代形式文化批评的典范研究。

一、文学叙事与伦理指向

小说理论家多蕾西·J. 黑尔(Dorothy J. Hale)在《小说与新伦理》(*The Novel and the New Ethics*, 2020)中认为,就算是在当代,文学的价值仍然在于其所能够传递的"伦理力量"(ethical power),透过小说去激发"文学阅读和文学写作的伦理功能"仍然是不少当代作家的创作动机(Hale 1—2)。这与聂珍钊教授的文学伦理学观点不谋而合:"文学是特定历史阶段人类社会的伦理表达形式,文学在本质上是关于伦理的艺术……文学的基本功能就是教诲功能"(聂珍钊 13—14)。尚必武教授在《价值研究》导论中重申了这一具有统摄性的观点,认为"伦理价值是文学创作和文学批评的重要命题,以伦理道德为基础的教诲功能是文学的基本属性。实际上,伦理与道德也是贯穿麦克尤恩作品的主题"(尚必武 35)。[①] 要实现文学叙事的伦理功能,一个最直接的做法就是关注一系列伦理话题,即在故事层面介入伦理议题当中。这不仅是麦克尤恩小说伦理价值得以实现的基础,同样也是他践行一位具有道德良知和人文关怀的严肃小说家应该承担的社会责任的体现。

《价值研究》的一个重要贡献在于,该论著把"伦理"确定为一种贯穿麦克尤恩创作始终的"问题意识",系统而全面地考察了麦克尤恩如何透过虚构叙事来实现对那些极具社会文化普遍性的一系列伦理问题的探索。《价值研究》中的 12 个章节大致遵循两条基本思路展开:一是基于类型学对麦克尤恩小说所关注的伦理问题加以分类考察;二是以一种"从形式到伦理"的总体阐释立场把麦克尤恩在小说中的独特形式建构与他意在表达的伦理内涵加以勾连。文学伦理学批评为《价值研究》提供了一种基本批评理据,基于文本细读,《价值研究》充分"解构麦克尤恩作品中人物的伦理身份、伦理意识、伦理选择等一系列'伦理结',剖析浸淫于作品

① 本文所有《麦克尤恩的小说创作及其价值研究》的引文均出自尚必武(2023),下文仅标注页码,不再一一说明。

深处的伦理特征，重构一个又一个充满伦理意蕴的故事世界，并对故事世界中的伦理原则做出客观公允的道德评价”(34—35)。《价值研究》基本上关注了麦克尤恩所有的重要伦理叙事，颇为全面地考察了麦氏作品对一系列伦理问题的挖掘，涉及青少年成长、社会关系、政治事件、人类生存等各个方面的伦理问题，表达了麦克尤恩试图通过小说叙事来实现“对少年儿童成长的关切、对社会边缘人的关注、对环境恶化的焦虑，以及人类文明和生存现状的忧思”(34)。

通过对麦克尤恩小说中呈现的伦理故事的深入挖掘，《价值研究》充分揭示了麦克尤恩作为一位负责任的小说家，借助文学想象，直面各类“最糟糕、最极端的伦理事件”(70)，剖析不同社会群体所面临的伦理困境，呈现他们在复杂伦理环境中各自的伦理意识和伦理选择，进而以超越某种恒定律令和固定价值系统的方式，为作为伦理存在的每一个“人”提供了理解自己的多种可能。尚必武教授在《价值研究》中投射出的一个根本论点，就是麦克尤恩对伦理的反思是基于塑造多种极端、偏执、惊悚等伦理事件来得以实现的。通过把生活中存在(或不存在)的令人失望的堕落、罪恶、虚伪等现象植入虚构故事当中，被冠以“恐怖伊恩”名号的麦克尤恩的最终目的，并非要借助对这些人类生活中的消极情感的前景化而博取更加广泛的阅读关注，更不是为了传递一种愤世嫉俗的悲观主义，而是要借由虚构想象把现实推到一个面临最严峻伦理考验的边界，让故事中的人物和阅读故事的读者在复杂的伦理环境中去反思自身。正如麦克尤恩在辩解他小说所投射出的“罪恶”时所指出的，他是“为了抓住更好的东西而去努力想象一个最糟糕的东西”(70)。麦氏的这种创作理念与J. M. 库切(J. M. Coetzee，1940—　)提出的“想象不可想象之物”(段枫38—39)高度契合，这同样也体现出一位敏锐而严肃的小说家应有的担当。优秀的小说家区别于常人的地方，不仅在于他们能够以超凡脱俗的姿态对人们所处的时代提出批判性的反思，更在于他们能够对那些常人难以或不愿意想象的未有之景做出前瞻性的大胆探索。如格非所言：“我觉得作家的重要职责之一，在于描述那些尚处于暗中、未被理性的光线所照亮的事物，那些活跃的、异变的，甚至是脆弱的事物”(格非 76)。

二、叙事形式与文学的能动性

尚必武教授在《价值研究》中不仅在“故事”层面从麦克尤恩在小说叙

事中所建构的伦理事件去洞察麦氏作品的伦理意蕴，还尤为注重从“话语”层面切入，把麦氏小说的形式编织与其要传达的伦理内涵有机结合，考察小说的形式逻辑如何服务于小说的意义指涉。尚必武教授是国内叙事学研究的重要学者，在叙事学界做出了极具引领性和影响力的贡献。早在 2013 年，他就著有《当代西方后经典叙事学研究》这一关于叙事理论的优秀成果。从《当代西方后经典叙事学研究》到《价值研究》的发展，明显体现出尚必武教授从系统的叙事理论阐释转向依据叙事理论视角深挖叙事文本内涵的学术轨迹，整个过程透露出他试图从形式去洞悉意义的宏观批评立场。《价值研究》的各个章节都展现出尚必武教授对各类叙事理论的熟谙和扎实的文本细读能力。他熟练运用非自然叙事、虚构性、小说聚焦等叙事理论，游刃有余地穿梭在麦克尤恩的文本海洋中，总能提出新颖且极具启发意义的批评洞见。尚必武教授在《价值研究》中经由小说叙事方式去窥探文本所折射出的文化意义的批评实践，为建构“形式-文化”批评范式做出了重要且具有开拓性的努力，也是他在文学合法性因其表意逻辑与当代追逐物质主义的市场模式渐行渐远而陷入无限危机这一宏观语境下再次论证文学的独特价值及其“能动性”的一种坚持，体现了他作为一位具有良知和责任感的当代批评家为推进中国文学批评事业前进的初心。

《价值研究》把麦克尤恩的叙事形式与小说的伦理指向紧密关联，进而将形式界定为一种方法，一种为虚构叙事所独有的，能够介入社会伦理问题讨论中去的手段，而这构成文学能动性的重要基础。该书第三章(《立体几何》:“M”消失的秘密)从伦理批评的角度去阐释小说中的非自然叙事，指出“通过想象和书写不可能事件的方式，麦克尤恩在《立体几何》中试图投射出的不仅仅是关于科学伦理的思考，即任何科学的进展和突破，一旦违背了伦理道德，都不可能造福人类，无法成为真正的科学；同时也投射出麦克尤恩关于人的道德属性，即人性的思考”(93—94)。第五章(《赎罪》：叙述聚焦与小说家的伦理责任)通过对叙述聚焦的分析来洞察麦克尤恩的文学观念，得出了极富新意的见解：“麦克尤恩鲜明地勾勒出历史学家和小说家之间的差异：在历史学家的记录中，得以留存的是被公开宣布的时间、地点、主要人物以及事件的前因后果；与此恰恰相反，小说家的叙述则关注那些游离于焦点之外、被历史遗忘的个人及其内心世界”(119)。类似的批评路径同样体现在第十二章(《蟑螂》:“在黑暗中发出一阵野蛮的笑声”)。该章运用非自然叙事理论解读麦克尤恩在《蟑螂》中设置的变形文学叙事模式，深入剖析小说中的“解叙述”和“非自然心理”这两种叙事策略,并借助扬·阿尔贝(Jan Alber)的非自然叙事阐释策略,把小说中的变形叙事解读为一则剑指英国脱欧的“政治反讽”,并由此突出麦克尤恩对“文学抚慰心灵的伦理价值”的强调(255—266)。

尚必武教授通过对麦克尤恩小说叙事方式的解读去观察作品的文化内涵,这种批评方法有效论证了文学是一种能够介入社会问题讨论的独特形式,这是《价值研究》一书映射出的另一个核心观点。对文学究竟有何用的讨论,是文学批评中的一个古老话题。近来由于空前发达的 AI 技术及大量文化资本的注入而导致各类精彩纷呈的数字化叙事无限泛滥,文学在这个被资本拿着砍刀追赶的时代究竟能产生什么价值——这一问题引发了各方的热烈议论。大量消极片面的声音不绝于耳,让文学陷入了前所未有的危机中。尚必武教授对此有长期的关注和思考。《价值研究》是他回应此类唱衰文学声音的有力尝试。第五章(《赎罪》:叙述聚焦与小说家的伦理责任)和第六章(《星期六》:“两种文化”的碰撞与融合)均基于麦克尤恩的小说叙事去讨论文学本身的价值,强调文学的“能动性”。第五章对《赎罪》中的聚焦方式与小说要表达的伦理主题之间的关系做了精辟的分析,并进一步提出虚构叙事能够借助其独特的修辞资源去实现历史叙事难以触及的细腻和深入,揭示历史叙事未能抵达的另一种真理。第六章超越了现有研究基于《星期六》而建立的“9·11 小说”的阐释框架,认为此种先入为主的批评立场可能“遮蔽《星期六》所潜藏的多种意蕴”(130)。该章从“两种文化”这个经典命题入手,分析了小说对科学与文学关系的探索,并认为“借助小说《星期六》,麦克尤恩喻指了‘两种文化’在排他性背后的互补可能”(142)。文学之所以具有和科学同等的价值,是因为文学能够借助丰富的叙事资源以想象的方式去建构具有普遍意义的真实,进而实现对现实的影响,发挥其能动作用。通过深入具体的视角内部,虚构叙事可以揭示在历史叙事中不能触及的空白地带,呈现更丰富和复杂的伦理情景,而这往往也更具普遍意义。“总而言之,虚构作品创造了一种张力。这种张力介于个体历程和层层递进的、把个体逐渐变成一个普遍形象的历程之间,前者以见证的方式身处历史之中,后者朝向一个认知的、规范的普遍性”(魏简 13)。

三、形式-文化批评的基本范式

文学实现其能动性的方式是经由叙事形式,这使得文学研究本身就需要一种“形式-文化”批评范式的融入。形式作为一种修辞资源和文本特征并非与文本的意义再现毫无干系。恰恰相反,叙事的形式总是和文化意识形态的呈现密切相连,因为“‘形式’并不是一种可以从写作中分离出来的外在手段,摆在那儿,供我们随时取用,‘语言’也不是某种现成的道具,适合千篇一律的舞台布景,它们的活力首先取决于我们内心的情感图像,取决于我们感到并打算加以表述的现实场景”(格非 75—76)。与此同时,文学形式的生产总是和特定历史文化语境之间存在联系,如赵毅衡所说:“文学的意义组织方式并不停止于文本形式,形式,是由社会文化和意识形态制约的。这不是对形式的否定,因为意识形态与文化历史本身也是意义的组织形式,甚至是叙述形式——这样,从小形式到大形式,我们就有可以从文本这个窗口一窥浩荡无形无态的历史运动”(赵毅衡 2)。一方面,文学研究若是跳过文本的叙事形式而直接讨论内容是存在缺陷的,因为形式的编织与文本所再现的现实场景之间存在天然的联系,形式是把文学确定为文学的重要依据。德里克·阿特里奇(Derek Attridge)就认为:“形式的独创性不仅是为建构句子和处理文字韵律而找到新方法。要创造一种具有我已描述的那种效果的他性,不仅源于文字组成某种声音和形态的事实,也源于那些声音与形态是意义与情感的节点的事实,并由此深深地扎根于文化、历史和人类的各种体验之中”(阿特里奇 161)。另一方面,社会历史文化和意识形态背景的变迁总是制约或至少是影响着形式的发生和发展,形式是也是反映文化的一个标准,因为如芮塔·菲尔斯基(Rita Felski, 1956—)所指出的,“艺术作品与其他社会现象相互关联,这并不是它堕落的标志,而是存在的先决条件”(菲尔斯基 2023: 295)。所以在某种程度上说,形式具有生产性,形式本身就是意义。

菲尔斯基在《文学之用》(*Uses of Literature*, 2008)中极力为文学的能动作用辩护,而文学的形式独特性则为她提供了充分的依据。菲尔斯基坚信,文学的虚构性特质非但不是文学难以为认知活动提供启发性指导的原因,反而成为它能够建立一种极具穿透性的社会理解模式的基础。文学叙事通过对社会互动的细腻呈现、对语言表达和文化语法的特别模仿,以及对物性的生动再现等专属形式资源,去建构一种直接指向现实的虚构世界,介入对多元化的社会问题的探索:“文本不仅仅是再现,更展现出重要的社会意义;文本不仅仅通过其自身展现,还通过对其读者的呼告,具体地表现了莫里斯·梅洛-庞蒂(Maurice Merleau-Ponty, 1908—1961)所说的我们存在的本质上的互相交织性(interwovenness)。文本的虚构和审美维度并不能证明其在认知上的失败,而应该被理解为其认知力量的源泉"(菲尔斯基 2019:164)。把文学的叙事方式作为文学能动性的源泉,这一观点同样是黑尔在《小说与新伦理》一书中所持的基本立场。她明确提出,"当代小说家和文学理论家越来越将文学的社会价值定义为一种通过小说的叙事形式而实现的一种与'他异性'(otherness)的伦理遭遇"(Hale 5)。黑尔把当代小说美学确定为一种"他异性伦理"(ethics of otherness),并将之视为文学之社会价值的支点,而文学的独到叙事形式则是实现这种他异性伦理的基础。换言之,黑尔把小说的形式视为作者表达伦理的方式,透过小说的形式来观察伦理。在她看来,当代作家对于现代叙述方式的推崇与小说的社会功能之间存在内在联系。小说不仅仅是一种形式层面的自足艺术,更是具有社会价值的他者伦理,小说要表达的伦理价值内嵌于小说的叙述方式之中。菲尔斯基和黑尔对小说形式在实现文学之社会意义方面的关键作用不约而同做出了强调,这同样说明,基于形式的文学社会学批评范式是顺理成章的,尚必武教授在《价值研究》中对麦克尤恩小说的探究极具说服力地证明了此种范式的有效性。

把形式批评和文化批评有机结合,实现有价值的形式文化批评实践绝非易事。这不仅要求批评家对叙事形式有高度的敏感性,还要求他具有历史观,能够看到隐匿于形式逻辑之下的整体,而《价值研究》是这方面的重要探索。对叙事理论极为熟悉的尚必武教授并未把他对麦克尤恩小说的分析限定在各种形式主义的条条框框"内部"。他深知,虽然"'内部研究'在某种程度上能够磨砺批评家对形式的敏感性,但代价是丢掉了整个世界及其社会关系,因此也完全不能说明形式自身的历史变化和阶层差异,因为形式的历史变化和阶层差异只有在历史进程的全部复杂关系中才能获得真正的说明"(程巍 18)。若要在文学研究过程中达到一种形式分析范式和文化批评范式相互激发的理想状态,人们应当有意识地避免对任何批评方法做出某种本质主义的界定,防止将自己的批评活动画地为牢。拿叙事学来说,如果只是在文本分析中借用叙事学对文本结构的分类去对叙事话语做封闭的形式化切割,忽视文本的叙事模式如何服务于意义传递的话,多少显得有些机械且不够完整。实际上,为叙事学提供基本理论支撑的结构主义本身就是一种极其强调意义呈现的理论,凌津奇对此有充分的论述:"解读也是结构主义语言学的基本关注。但结构主义语言学的解读目标并不是寻找文学文本的意义,而是要解释意义如何在文学语言系统中生成,以及文学语言的音节、句子结构和词法这些语言学范畴通过什么样的常态或等差关系,在文学文本中起到一种潜在的美学规范作用。西方叙事学是一种建立在结构主义语言学模式之上,关于文学语言内部规律的理论体系。在结构主义语言学框架之内,叙事学制定了一整套科学、严谨的方法,用来研究文学语言的特点、体裁、文学叙事的结构,以及作家如何通过文学叙事的形式、种类、词法和句法来表达他们对文化和社会的关注"(凌津奇 58)。

结 语

尚必武教授在《价值研究》中指出:"本书在解读麦克尤恩小说时,不求面面俱到,但求从新的视角出发来解读麦克尤恩具有代表性的作品,以文本细读为基础,在细节中把握文本稍纵即逝的深层意义"(273)。这种关注文本细节的批评是建立在他对麦克尤恩小说叙事形式高度敏感的基础之上的,但他绝未局限于叙事形式,仅仅把文本分析限定在文学本体的内部,而是围绕"伦理"这一总体问题意识,深入挖掘麦克尤恩小说所投射出的"深层意义"。此种批评方法将形式分析与意义阐释有机地结合起来,把文学的"内部研究"与"外部研究"统摄到批评实践当中,由此推动了"形式文化批评"这种文学研究范式的进一步发展,同时也在文学的独到价值遭遇前所未有的广泛质疑这一背景下,重申了基于文本本身去探查文学意义的批评路径的有效性,并为文学的社会能动性做出了有力的学院派注解。

引用作品[Works Cited]:

Hale, Dorothy J. *The Novel and the New Ethics*. Standford: Standford UP, 2020.

程巍:"康德或马克思:20 世纪 80 年代中国文艺学重建",《文化与诗学》,2021 年第 2 辑,第 8—18 页。

德里克·阿特里奇:《文学的独特性》,张进、董国俊译,北京:知识产权出版社,2019 年。

段枫:《想象不可想象之事:库切的小说创作及其后现代语境》,上海:复旦大学出版社,2017 年。

格非:《小说的十字路口》,杭州:浙江文艺出版社,2023 年。

凌津奇:"关于文学形式研究的必要性——兼论族裔文学与文化批评",《江西师范大学学报》(哲学社会科学版),2015 年第 1 期,第 54—59 页。

聂珍钊:《文学伦理学批评导论》,北京:北京大学出版社,2014 年。
芮塔·菲尔斯基:《文学之用》,刘洋译,南京:南京大学出版社,2019 年。
——:《批判的限度》,但汉松译,南京:南京大学出版社,2023 年。
尚必武:《麦克尤恩的小说创作及其伦理价值研究》,北京:北京大学出版社,2023 年。
魏简:《在虚构与现实之间:20 世纪初期的文学、现代主义和民主》,杨彩杰等译,北京:人民日报出版社,2019 年。
亚里士多德:《诗学》,陈中梅译注,北京:商务印书馆,1996 年。
赵毅衡:《窥者之辩——形式文化学论集》,长春:时代文艺出版社,1996 年。

外国文学研究的中国视角

——评《桑塔格与中国》

崔潇月*

西方文论统领现当代文学批评领域日久，较少有学者用中国文论来解读外国文学作品。2023年底，郝桂莲教授的《桑塔格与中国》出版，深度关联中国传统文化与西方文艺理论，这种文学批评方式令人耳目一新。看到书名，读者或许期待书中内容是苏珊·桑塔格（Susan Sontag，1933—2004）对中国风物的书写，或是中国读者对桑塔格的接受，但作者实际谈论的是桑塔格美学的精神实质与中国传统美学精神的对话。随着作者思维的发散与勾连，读者能够看到以桑塔格为媒介，中西方文艺理论产生了广阔而深刻的交融。更为重要的是，作者通过此书重新彰显了被西方文论遮蔽的中国文论话语模式，为外国文学批评和比较文学研究提供了新的视角。

该书涉及的桑塔格作品共16部，几乎涵盖了桑塔格所有著作，其中包括文学研究者所熟知的小说，如《恩主》（The Benefactor，1963）、《死亡之匣》（*Death Kit*，1967）、《火山情人》（*The Volcano Lover*，1992）和《在美国》（*In America*，2000），作为桑塔格文学创作理论的示例，小说自然是深入剖析的对象，但作者重点研究的是桑塔格的文学理论著作，如《反对阐释》（*Against Interpretation*，1966）、《土星照命》（*Under the Sign of Saturn*，1981）、《重点所在》（*Where the Stress Falls*，2001）和《同时》（*At the Same Time*，2007），因其直接呈现桑塔格的美学思想。另外，作者也随桑塔格跨界，深入剖析关于疾病的《疾病的隐喻》（*Illness as Metaphor*，1978）和关于摄影的《论摄影》（*On Photography*，1977）。桑塔格本人涉猎广泛，很难对其理论进行系统梳理，但作者对桑塔格的思想脉络了然于

* ［**作者简介**］：崔潇月，云南师范大学外国语学院副教授，主要从事比较文学和英美戏剧研究。

心,分六个方面将其作品融会贯通,恰切地容纳于书中,其中,关于文学与作者、批评、社会和道德的关系分属四章,关于疾病和摄影的阐释各书写一章,在中西文论的交流中,《桑塔格与中国》做到了中西文论关键词的对话,凸显了跨学科意识和对现实的深厚关怀。

一、文论关键词的对话

在西方文学批评话语中有数以百计的关键词,例如,M. H. 艾布拉姆斯(M. H. Abrams, 1912—2015)在《镜与灯》(*The Mirror and the Lamp*, 1953)中就把作者、作品、世界、文本划分为文学四要素,其中,"作者"这一关键词占据着重要位置。形式主义者们则强调"作者之死",以彰显文本的价值。《桑塔格与中国》首先指出中国批评话语的"文如其人"恰能符合桑塔格对作者的论述:在《土星照命》中,桑塔格谈论瓦尔特·本雅明(Walter Benjamin, 1892—1940)把自己忧郁孤独的性格投射到其写作对象中,因此,土星气质的他深思熟虑,作品中常出现迷宫与走廊,并喜欢使用假名,"文如其人"的表现正是《文心雕龙》中所说的"士衡矜重,故情繁而辞隐"(刘勰 506),也印证了作者与文章"表里必符"(郝桂莲 30)[①];罗兰·巴特(Roland Barthes, 1915—1980)则主张摒弃作者介入的零度写作,采用文字游戏的方式逃逸任何权势的控制,这种超越于形式之外的写作风格与道家美学中的"虚室生白""虚静"相应(39);桑塔格自己作为作者的特点在于她是一个能同时注意到发生的事件和人物内心的卓越观察者,因此能够游刃有余地对空间中的时间、记忆、人物细节进行刻画,因为她深谙"贞观之道"(55),能如《周易》中所说的以"诚意精专"的方式观天地,并能够在确定与不确定之间自如转换,因为艺术如"空中之音,相中之色,水中之月,镜中之象,言有尽而意无穷"(严羽 26)。

对应"批评"这一关键词,桑塔格广为人知的"反对阐释""新感受力"和"静默美学"等主张都能够被"观物"与"观我"所解。"反对阐释"指的是反对扭曲原文本、没有边界地挖掘文本,桑塔格讽刺弗洛伊德式的批评,主张关注形式,而发现特定形式带来的整体感受被桑塔格称为"新感受力",凝望这种有距离的观看方式则能成全新感受力。出于对语言的不信任,桑塔格将"反对阐释"拓展为"静默美学",进一步强调艺术的难以言

① 后文对《桑塔格与中国》的引用,仅标注页码。

表,而静默则能达到超越历史与现实的永恒。在以中国文论来具体解释桑塔格美学术语时,《桑塔格与中国》指出"新感受力"即是基于文章发乎于情的道理来拓展分析各种感觉,并强调"写气图貌,既随物以宛转;属采附声,亦与心而徘徊"(刘勰 693)的"通感";"静默美学"中的"凝望",则可以通过《庄子》中的"心斋",即"有"从耳经过心再归于气的"无"这一过程,和"坐忘",即忘却身体,停止思考而与天地相通的境界来理解这种消解主体的方式。作者的"无我"之"我"是情感被消解的、隐身于"物"之外的主体,但"我"是从对"物"的观照来实现主体性的彰显,正如王国维所论"然非物无以见我,而观我之时,又自有我在"(王国维 68)。

"观物"与"观我"中也蕴含了桑塔格与众不同的道德观。对应"道德"这一关键词,《桑塔格与中国》指出桑塔格的道德观更接近于中国诗歌传统所强调的"思无邪"。桑塔格与唯美主义者一样反对道德说教,但她并不是否定道德,她所谈论的道德是求真的道德,认为只有作品的真诚才能启发读者的真诚,她所主张的具有道德意义的文学是能够扩大对别的领域产生同情的文学,在她看来,无论是约翰·凯奇(John Cage, 1912—1992)还是罗兰·巴特的作品都有这种非道德的道德性。这种文学通过审美性的呈现感动读者,进而能够对道德进行潜移默化的塑形。"文如其人""观物""观我""通感""心斋""思无邪"这些中国文论中的话语被作者自然地应用于桑塔格的理论梳理中,实现了与西方文学批评话语的对话。

二、"圆满性"的跨学科意识

在中国写作传统中,文、史、哲圆融不分,例如,《史记》既是一部史书,又是优秀的文学作品,同时也蕴含着儒家哲学思想,这种"圆满性"无处不在。西方哲学及文学传统长期被二元对立的思维所操控,导致各学科之间出现了几乎不可逾越的壁垒,而中国人所看重的圆满则超越了二元对立,能够对事物进行更全面的理解。作者指出,桑塔格致力于消除高雅与低级、精英与大众、先锋与媚俗之间的界限,期望通过故事赋予读者感受和启迪,创作真正民主的文学,她在写作中也力求融各学科于一体,呈现出一种百科全书式的文本,这正是一种"圆满性"文学。这种文学不但超越了阶级和圈层的对立,也实现了各学科知识的互融。桑塔格的身份具有多重性,她既是一位小说家,又是一位批评家,她热衷于摄影和导演,活跃在多个媒体,桑塔格的名字就是一个跨学科的符号,因此,对桑塔格进行研究，理当具备一种跨学科的意识。跨学科的写作，能够展现作者的博学多识、兼容并包；跨学科的批评，在一定程度上就是回归中国传统的“圆满性”研究。

《桑塔格与中国》涵盖文学、媒介、文化和社会批评，是在一种“圆满性”的跨学科批评意识引领下进行的，这种意识与桑塔格的写作方式相呼应，其中的四、五、六章给出了跨学科研究最直接的例证。在第四章，作者指出桑塔格深知新闻的目的是传递信息，媒体写新闻为的是树立某种观点，引领某种舆论，但文学只为讲出真相，因此，桑塔格的政治立场左右难辨，只站在自己认为是正义的那一方；在桑塔格的历史小说中，历史材料常与虚构内容混合使用，她擅长让事件成为艺术，由此获得超越时空的生命。在第五章，作者主要剖析了桑塔格对隐喻在文学领域之外被滥用的抵制，例如结核病原本是被想象成一种与贫困和匮乏相关的病，而到了19世纪竟成为贵族阶层进行标榜的精神资本，而梅毒则被欧洲各国在命名中加以别国的国名而造成种族歧视的效应，桑塔格所拒绝的就是对“受到某种话语模式的裹挟而产生的隐喻”(175)，让疾病回归它本身。作者在第六章剖析了桑塔格关于摄影的真知灼见：她谈摄影，并不只局限于谈论摄影艺术本身，而是在《论摄影》中讨论摄影与伦理道德的关系，她认为摄影的任务就是让人展示和感受世界的多样性和趣味性，哪怕是最微小的事物都是具有美感的，而摄影的对象，即便是无生命的“物”，也能够经由镜头被人类赋予生命。她所理解的摄影，不是一种高高在上的艺术，而是与现实息息相关的启迪性媒介。桑塔格在其书写中自觉地使用跨学科的方法，而她的“圆满性”意识实际上反映出她对现实的深厚关怀，《桑塔格与中国》敏锐地捕捉到了这种关怀与中国文化传统的相互映照。

三、“观天下”的现实关怀

中国人对“文”的理解，是不外乎天地的，文“与天地并生”(刘勰 1)，文的诞生来自“观天下”，即“仰则观象于天，俯则观法于地，观鸟兽之文与地之宜，近取诸身，远取诸物，于是始作八卦……”(王弼等 436)，文的作用则是“动天下”，“鼓天下之动者存乎辞”(刘勰 3)，由此，古代文人素来重视“文以载道”，因为唯有载道之文，才能合天地之德而“动天下”。西方古典文论家深谙文学对现实世界具有强大的影响力，柏拉图(Plato, 427 BC—347 BC)唯恐诗人会败坏城邦的道德，亚里士多德(Aristotle, 384 BC—

322 BC)强调悲剧对人心的净化作用，贺拉斯(Quintus Horatius Flaccus，65 BC—8 BC)"寓教于乐"的思想至今仍被津津乐道，他们的理想与中国传统文人"文以载道"的志愿相契合。但随着康德提出审美的无功利性，J. C. F. 冯·席勒(J. C. F. von Schiller，1759—1805)也强调文学创作时"游戏冲动"的重要性，奥斯卡·王尔德(Oscar Wilde，1854—1900)更是主张"为艺术而艺术"，作家的现实关怀似乎变得不再重要。桑塔格却是为"生活而艺术"的代表，她的现实关怀无处不在，她曾置身越南，对美国发动越南战争强烈谴责；她也曾远赴萨拉热窝导演《等待戈多》(*En attendant Godot*，1953 年首演)，以呼吁美国干预南斯拉夫的种族冲突；面对风起云涌的女性主义运动，桑塔格鼓励对异性的包容，因为她深知两性理想的相处之道，即中国古人在《礼记·乐记》中早已总结出的"安其位而不相夺"，因此，她重视女性主义话语的质量而不是其内容，宣扬兼具两性特征的"坎普"风格，抛去性别的面具，作为双性同体的存在，她能够不偏不倚地表达自己。

作者洞悉桑塔格这种深切的人文关怀正是契合了《周易·观卦》中的"中正以观天下"，即"观天之神道，而四时不忒，圣人以神道设教，而天下服矣"(王弼等 150)，意为在上者以中正之道观天下，民众则能通过观察祭祀的仪式而被在上者的虔诚感化，教化由此深入人心。桑塔格作为一位睿智的观察者，内心寄望着对他者的感化，她因自身患癌而对疾病进行了大量调查研究，由此诞生的著作《疾病的隐喻》有深刻的社会影响，许多读者由此感激桑塔格"拯救了他们的生命"(158)。桑塔格在反对滥用隐喻于疾病时，将审美范畴、人格建构与伦理价值相结合，所表达的是"修辞立其诚"(王弼等 23)，《疾病的隐喻》就是她站在"中正"的立场"观天下"的结果。她在批判虚无主义的价值观使摄影悲惨和暴力事件变得平常时，批判的是一种"诚"的欠缺，而中国人关于虔诚恭敬才能感天动地的伦理观为摄影之"观"提供了参照。在《关于他人的痛苦》(*Regarding the Pain of Others*，2004)中，她尤其强调摄影对人们认识战争的意义。对她来说，照片的一个重要功能，是"让人扩大意识，知道我们与别人共享的世界上存在着人性邪恶造成的无穷苦难"(桑塔格 101)，她所希望看到的摄影也是一种表现民主的方式，这是她所理解的摄影的善，也是她胸怀天下的体现。桑塔格在深入观察社会并将自己所观所感诉诸笔墨时，为的是实现"观风俗，知得失，自考正"(班固 39)，她的作品因而才能够"温柔敦厚"地教化民众，也正是怀有"观天下"的现实关怀，《桑塔格与中国》的作者才将中国文化传统诉诸笔墨,呈现了这样的写作方式。

《桑塔格与中国》在条分缕析桑塔格的文艺思想时不乏洞见,但此书的重要价值在于作者看到了西方文论与中国文论的可通约之处,从桑塔格这位美国当代学者切入,引领读者体会到中国传统文化的博大精深。经由桑塔格,我们看见本雅明、巴特、阿尔贝·加缪(Albert Camus,1913—1960)、保罗·德曼(Paul de Man,1919—1983),我们也看见孔子、老庄、刘勰,白居易、李白、苏轼;经由桑塔格,我们看见马克思主义、形式主义、现代主义,我们也看见《周易》《道德经》《诗经》《文心雕龙》等等。将桑塔格个人与中国并置,真正体现了以小见大的批评方法,因此,读者从书中看到的不仅仅是当代美国一位批评家的思想,同时也是贯穿中外古今的文化精神和文学内蕴。作者在书中所运用的批评方法不是把两种观点进行对比,分出孰优孰劣,而是一种相互尊重的交流。这种一以贯之的涵容态度,也是桑塔格身体力行的文学批评理念,更是中国文人从古至今看重的精神。尤为难得的是,此书创新性地让中国文论与世界接轨,展现出真正的文化自信,或能开启一个以中国文论解读西方文学的时代。

引用作品[Works Cited]:

班固撰,顾实讲疏:《汉书艺文志讲疏》,上海:上海古籍出版社,2009年。

郝桂莲:《桑塔格与中国》,北京:中国社会科学出版社,2023年。

刘勰著,范文澜注:《文心雕龙》,北京:人民文学出版社,1978年。

桑塔格:《关于他人的痛苦》,黄灿然译,上海:上海译文出版社,2006年。

王国维:《人间词话》,上海:上海古籍出版社,2008年。

王弼、韩康伯注,孔颖达疏:《宋本周易注疏》,北京:中华书局,2018年。

严羽:《沧浪诗话校释》,郭绍虞校释,北京:人民文学出版社,1983年。

理论绘图的史与思

——评《外国文学理论》

王影君*

上海外语教育出版社2024年出版的《外国文学理论》，是由乔国强和曾军两位教授主编的外国语言文学学科研究生核心课程教材。外国文学理论，一直是改革开放后中国高校外语学科研究生教学模块里的专业课程，一度被称为“西方文论”。伴随着大数据AI时代的来临，新文科建设全面展开，外语专业亟须改革，如何实现跨学科发展成为时代共识。为此，“2013年，国务院学位委员会外国语言文学学科评议组提出了外语学科五大学科方向的方案，即外国文学、外国语言学、翻译学、比较文学与跨文化研究、国别和区域研究”（查明建I）。外国文学作为一个与以往不同的学科方向被确立起来，课程建设随即被提上了日程。2022年国务院学位委员会组织各学科评议组编写了《学术学位研究生核心课程指南》，其中《外国语言文学一级学科研究生核心课程指南》（以下简称《核心课程指南》）确定了外国文学理论为外国文学方向的核心课程之一。至此，尽快推出课程教材一事，成为外国文学学科建设的当务之急。《外国文学理论》的出版，满足了急需。

此前多年，高校的外国文学课堂里一直欠缺公认的、成体系的外国文学理论教材。外语文学专业研究生的理论教学，或是使用任课教师提供的课程阅读材料，或是借用中国文学教材体系中的书籍，或是直接采用引进的外文原版理论教材，如高等教育出版社于2004年出版的查尔斯·E.布莱斯勒（Charles E. Bressler）的英文原版《文学批评》（*Literary Criticism: An Introduction to Theory and Practice*）。这本《文学批评》因外语专业课程的需要，被一版再版，已沿用二十几年。显然，外国文学理论教材不

* ［**作者简介**］：王影君，上海理工大学副教授，主要从事英美文学、西方文论及中西文化比较研究。

但稀缺，而且无法满足新文科建设的实际需要。在时代大潮的变革之中，外国文学学科正翘首以待一本具有中国文化立场的、系统化的外国文学理论用书。上海外国语大学乔国强教授以自己丰富的教学和研究经验，准确预判了这样的需要，提前做好了准备工作。他长年从事外国文学理论的教学与研究，尤其专精于西方思想的研究，这为他和曾军主编《外国文学理论》打下了深厚基础。他先是在2007年编写了由北京大学出版社出版的《西方思想经典选读》，该著作成功入选"21世纪课程规划教材"，并被广泛应用于各高校英语专业的思想史课程，获得了肯定和好评。这为他接下来编写《外国文学理论》积累了丰富的经验。事实上，早在2022年《核心课程指南》出版之前的2021年9月，乔国强教授就已经在组织专家学者共同编写这本教材了。这种对学科建设趋势的精准研判和对专业课程发展方向的敏锐感知，充分体现了一位学者深厚的学识积累和高度的责任心。

最终，这本教材在乔国强教授离世前的2024年4月出版了。全书共分18章，总篇幅达46.5万字，各章分别由乔国强、曾军等负责撰写，是乔国强教授在世时出版的最后一本著作。在书籍的编撰过程中，他花费了极大的精力和心力，来协调、研讨、修改各章。可以说，这本书凝聚着他与病魔顽强抗争的精神，也凝聚着他对外国文学教育事业的热爱和追求。他对这本教材的出版发行极其珍视，就在他即将长别人世的两个多月前，还在联系给相熟的高校教师、专家、学者邮寄样书，并真挚地渴望他们的意见和建议。可以想见，若他现在还在，一定还会像以往对待《西方思想经典选读》一样，持续征集教材的阅读和使用反馈，不断修订，推陈出新。

一、理论绘图的史

《外国文学理论》的第一个显著的特点，就是呈现理论绘图下的历史脉络模态。文学绘图及文学地理学是弗兰克·莫莱蒂（Franco Moretti，1950— ）和弗雷德里克·詹姆逊（Fredric Jameson，1934—2024）等学者十分看重的文学批评理论。绘图的特点是有定位点，有标尺。显然，如莫莱蒂所言，绘图在这里是个描述性的隐喻。我们可以借用来形象地展现这部书的构思。莫莱蒂曾提出文学史的撰写必须采用新的方法，以便纠正西欧中心主义，重写文学史（Moretti 2013：64），这与中国编者强调的主体化立场不谋而合。他提倡一种"树"的形态理念（同上 67），用来指文学的进化之“树”、文学场域之“树”的隐喻式呈现,并通过“树”的模态,来建构一种新的认知图式(Moretti 2005: 2)。从文学地理绘图学的角度,可以更清晰地发现该著作的编写特色。

第一,文学地理绘图中绘制点的选取。在撰写体例上,遵循时间节点先后顺序的同时,通过多层次、多原点的绘制点选取,建构出立体多维的文学理论知识谱系,这是具有创新意识的尝试。具体做法是以名家为理论地图的关键定位点,再以他们的核心主张为理论地图的散点,以此绘制出最基本的信息模块单位。如“柏拉图”,就是一个定位点,他主张的“模仿说”与“迷狂说”就是定位点下的散点;“亚里士多德”是又一个定位点,他的“三一律”和“净化说”是散点。此外,还有作为定位点的“贺拉斯”和“朗吉努斯”等,也有作为散点的贺拉斯的“合式”原则和朗吉努斯的“崇高论”等。散点围绕定位点聚合在一起,就绘制出了古希腊时期的文学理论地图。这种绘图范式体现了提纲挈领的认知图谱,其生成的立体架构显然是一种独特且活跃的叙事结构。这种结构包含归纳并输出的表达欲望,令人联想起层次分明的教师板书,但是它又没有板书条条框框的生硬,而是内外、上下、前后错落有致的,就连教材内部的绘画和插图也展现出了这种立体架构的美感。显然,传统教材平面的条框式结构,被丰富立体的图像式表达所替代。而对立体多变的绘图来说,线条是不稳定的、不规则的、柔性的、长短不一的,对应到文学理论教材,那就是各个小节并不需要在形式上整齐划一,这也就向作者开放了文字在空间上的自由。这样的模块架构,既是按照时间顺序前后联结的,却又不受这种联结的彻底约束。由此,表达的欲求可以深入文学地理模块的内部,这种做法特别有利于充分描述和辨析各个绘图点,有利于把最新的学术研究成果书写进去,从而更能满足研究生教学在学术性上的特殊需要。该书第八章英美新批评是乔国强教授本人撰写的,从中可以更好地勘察出其作为编撰者的用意。通常,前人论说英美新批评的著作或国外教材,往往从本体论的角度出发,如按照什么是英美新批评、新批评具有什么样的特点、有什么样的批评表现等逻辑思路展开,以追问式的线性思维展开,前文所提的《文学批评》就是这样的编排。但是《外国文学理论》一书则体现出新时代教材从知识性向思想性和研究性转化的做法,虽然对于学术著作,尤其是论文集来说并非首创,但应用到教材层面却是很新的做法。可以说,编撰本身即蕴含了最新的学术研究理念,这使得整本教材具有了突出的理论高度。

第二,认知的理论根系在历史维度下的延展。文学理论总是伴随着一定时期的社会思潮产生的，所以文学理论的发展体现出清晰的历史轨迹。追寻任何一种文学理论，总是能够在历史的脉络上找到它的来路。外国文学理论，诞育于西方的语言逻辑，是依据逻各斯的思维范式绘制出的理论谱系，呈现出在线性历史时间中承续延展的特征。但从《外国文学理论》写作的体式和范例上可以看出，它虽然也遵循历史前后为继的顺序，但编写者在极力抗拒单一的线性脉络，力图为现代乃至当代纷繁复杂的外国文学理论，以经纬交织的"树"的架构范式来寻根塑魂，以便学习者更全面、更深刻地把握住外国文学理论的来龙去脉。如此，编者期待的理想读者，或说课程的学习者，就可以通过输入思考点来搜索，并撷取定点与散点勾连的枝干或根块状的理论信息，重新拼合、绘制出自己感兴趣的文学理论图谱。该书所提供的这般便捷，同AI时代大数据万物互联的区块链式认知新范式相应和，体现出教材编者对时代思维新变的精准把握。从这个角度来看，它必然更适合年轻一代的学习，具有较强的当下性。这种做法还有一个优点，就是更好地适应了中国读者自身的认知习惯，即非线性、辩证互动、图式化的认知，从而为学习者对外国文学理论的认知深度和主体性立场提供了更广阔的空间。

由于《外国文学理论》在理论绘图的历史中，深藏着对课程学习者文化身份和文化认知范式的考量，我们不难推知编者有着明确的意图，尝试对接新文科建设跨学科的多元诉求。因此该书在构思和应用目的上皆慧心独具。它通过古希腊古罗马文论、中世纪与文艺复兴文论、新古典主义文论、启蒙主义文论，浪漫主义与批判现实主义文论总计五章，来建构出较为详实的经典文论部分。这部分占全书近三分之一的篇幅，与许多外国文学理论书籍仅用数页，即从古希腊古罗马跳跃式过渡到现当代文学理论的做法大为不同。以往的西方文论课程倾向于讲述现代文论，但却缺少追溯历史的延展性。事实上，若减少对历史的持续展现，文学理论的学习也会失去根基，特别是历史延展过程中蕴含的思想性就会遭到损抑，导致理论作为研究工具的属性过于突出。这也使得研究生在应用理论时，因思想根脉不足，容易陷入教条化的误区。乔国强教授领衔编写的《外国文学理论》力图克服这样的缺陷，以增强外国文学理论教材在历史全景和体系方面的把控。

二、理论绘图的思

《外国文学理论》不但体现了编者自身的学术高度、思想深度和理论前瞻性,而且展现出大胆革新的编写理念。首先,它虽然是以"外国语言文学学科研究生核心课程教材"的定位出版的,但它在内容和内涵上显然超越了传统的课程教材编写范式。传统教材的知识呈现方式是结构稳定的封闭式模态,在文字的表述上意义是完成的,时刻体现出客观的、真理式的知识内核,传达出某种不可挑战的权威性,且在目的功能上是作为知识和知识的标准被传授和应用的。相较之下,这本教材在编撰理念上彰显出时代的变化,与其说它涵盖的是标准的外国文学理论知识,不如说它在极力呈现外国文学理论从古至今的具象化的面貌,它在邀请理想读者过来观看,一同构建,这满足了提倡主体性学习的需求。它的内在结构始终是开放、生成式的。

其次,它的撰写范式为教材编撰提供了新的经验。在编撰意图上,它致力于赋予教材前沿的学术引领力。它没有采用传统教材中常用的转述性的范式,而是转向一种更为具有主体立场的、先锋的学术表达。在这种表达的深层,它力图展示给受众如何进行研究思考,所以它涵盖了大量原始文献的引用和作者的理论分析,使信息的传递具有先锋的思辨性。其先锋性意味着它可以被挑战、被质疑、被重新拼合,因为它编写设计的初心就是激发学生对文学理论现象的思考,而不是记住权威的、僵硬的知识。对开放性思考的追求,恰恰符合新时代研究生教学以学生为主体的方法论需要。毋庸置疑,在这样的编写理念下,各章的撰写者能够将最新的研究成果融汇其中。

这种大胆涵盖最新研究成果的教材编撰理念及其实践做法,可追溯到 2005 年高等教育出版社出版的四卷本《中国文学史》,这套史书在当时对文学本位加以强调,把最新的考证和研究发现编撰其中,在细致详尽的话语表述中,体现出中国文学史详实的面貌。实践已证明,这套教材十分成功,至今畅销不衰,是一本里程碑式的文学史类教材。《外国文学理论》的编写,在此基础上做出了更进一步的开拓。它直接打破了教材内在逻辑上的线性结构,采用了立体绘图式的"树"的具象化结构。如上文所言,它在内容的编排上是绘图式的,在内涵上其知识板块具有无限联结的可能,因而是敞开式的,具有大数据时代万物互联的区块链式思维模式。可以肯定地说,这种文学认知图式体现在《外国文学理论》的编排和行文中,有着文学理论诗学的独特之"思"。

《外国文学理论》除了在思想内涵、内容和论述风格上完成了具象化的文学理论地理绘图,也在具体形式上加强了这种认知的图式感,共同表达出“思”的力量。这本书从封面到插图，展现出编者对图像和绘图的喜爱，试图将不尽之意通过精致的图像直观地“讲述”给读者，意图将图像化为语言，在图像的补充叙事中阐发未尽之意，与读者形成从理性到感性的读图互动。如，该书封面的设计以色块叠加，表达出一种艺术之思的先锋意味。再如，关于女性主义的一帧配图为勃朗特三姐妹(乔国强、曾军 265)，选用的是三姐妹的兄弟帕特里克·布兰威尔·勃朗特(Patrick Branwell Brontë, 1817—1848)于1834年亲手绘制的一幅画作。画面中三人的视觉焦点从左右两侧共同指向画面中心向外的立体延伸线，这种立体的艺术呈现令人过目不忘。特定的图像彰显了这本著作对艺术审美、表达方式和认知绘图化的追求，蕴含着独特的理念之思。

结　　语

乔国强、曾军教授编写的《外国文学理论》涵盖古典文论和现代文论的“史”，以纵贯古今的多维立体式脉络，弥补了以往同类教材对古典文论阐释的不足。全书在编写理念上采用文学地理绘图式的方法，通过“树”状的联结，将全书丰富的内容融聚为一体，形成一种开放、前沿、具有图式认知范式的样态，独具诗性之“思”。通过理论绘图的“史”与“思”，其编写理念的独特性、内涵的思想深度和内容的学术前沿性等诸多特点给人留下了深刻的印象。

引用作品[Works Cited]:

Bressler, Charles E. *Literary Criticism: An Introduction to Theory and Practice*. Shanghai: Higher Education Press, 2003.

Moretti, Franco. *Graphs, Maps, Trees: Abstract Models for a Literary History*. New York: Verso, 2005.

——. *Distant Reading*. New York: Verso, 2013.

乔国强、曾军:《外国文学理论》,上海：上海外语教育出版社,2024年。

查明建:“总序”,载《外国文学理论》,乔国强、曾军主编,上海：上海外语教育出版社,2024年,第Ⅰ—Ⅲ页。

会议综述

人类文明新形态下外国文学研究新动向

丁姗姗*

中国推动物质文明、政治文明、精神文明、社会文明、生态文明协调发展，创造了人类文明新形态。人类文明新形态的形成，为更多国家，特别是发展中国迈向现代化、发展新文明提供了新路径，使丰富多彩的人类智慧结晶以多元化的载体和形式呈现给世界。这一具有世界历史意义的创举对于我国的外国文学文化研究极具启示意义。为了探讨人类文明新形态理论的世界意义，探索新时代外国文学跨学科研究的新方法和新路径，杭州师范大学外国语学院和《英美文学研究论丛》编辑部于2023年11月10—12日共同承办了"'人类文明新形态与外国文学研究'——2023年中国高校外国文学跨学科研究高端论坛暨中英语言文化比较专业委员会年会"。本次会议由中国高校外语学科发展联盟外国文学跨学科研究委员会、中外语言文化比较学会中英语言文化比较专业委员会主办，汇聚了来自上海外国语大学、浙江大学、复旦大学、同济大学、中国社会科学院大学、南京大学、南开大学、上海交通大学、中山大学、苏州大学等数十所知名高校的近150名专家学者和师生。

会议开幕式由杭州师范大学外国语学院院长周敏教授主持。开幕式上，杭州师范大学副校长张杭君教授代表学校对各位专家、学者表示热烈欢迎和衷心感谢，他详细回顾了杭州师范大学的发展历史和所取得的成就，特别对作为优势学科的外国语学院近年来取得的成果给予了高度认可。中国高校外国文学跨学科研究委员会主任委员、上海外国语大学李维屏教授代表中国高校外语学科发展联盟及外国文学跨学科研究委员会

* ［**作者简介**］：丁姗姗，杭州师范大学外国语学院硕士研究生。

发表了致辞。李维屏教授强调了本次会议在杭州和杭州师范大学举办的重要意义,介绍了中国高校外国文学跨学科研究委员会近年来为加快外国文学跨学科研究的发展步伐所付出的努力和取得的成就,从发展理念、创新发展、国际视野三个角度深入阐述了人类文明新形态与跨学科发展的密切关联。(中国)中外语言文化比较学会会长、杭州师范大学教授吴笛高度肯定了本次会议的前沿性、创新性和高水准。他强调了跨学科研究在当今学术界的重要性和必要性,并希望与会者能够充分利用本次论坛的机会,分享研究成果,拓宽研究视野,丰富前沿文学知识理论,推动人类文明新形态与外国文学研究进一步发展。

研讨会分为主旨发言和分会场发言。来自各高校的10位教授主持了17位教授方向性、前沿性的发言。五个分会场分别围绕人类文明新形态与外国文学跨学科研究,人类文明与世界文学的命运共同体书写研究,现代化进程与外国文学文化研究,文明互鉴与区域国别研究,文学教学、翻译、传播与人类文明新形态构建,文化交流与人类文明新形态构建等论题展开。在为期一天半的研讨会上,与会专家围绕人类文明新形态下外国文学研究的新观念、新方法、新趋向,外国重点作家、作品和文学现象研究等议题进行了跨学科、多角度的探讨。此次会议推开了人类文明新形态与外国文学交叉研究的大门,大门背后气象万千,天地广阔。

人类文明新形态,由习近平总书记在庆祝中国共产党成立100周年大会上提出,指中国特色社会主义制度下创造的新型文明形态。该形态借鉴人类文明成果,独具中国特色和制度优势,代表人类文明进步与发展的方向。然而,人类文明新形态与外国文学交叉研究的探讨目前尚不多见,本次研讨会旨在对当前外国文学研究做出阶段性回顾与反思,为人类文明新形态下该领域研究的发展开辟新道路。为此,上海交通大学王宁教授在题为“现代性理论与中国式现代化理论构建”的报告中梳理了“现代性”概念在中西方的发展演变,重点探讨了全球化时代“中国式现代化”与文学理论建设的关系,以及从文学视角讨论中国式现代化特征和未来前景的意义。上海交通大学刘建军教授在题为“后现代主义思维与外国文学研究的转型”的报告中分析了后现代思维的特征,说明了这一思维影响下改变外国文学研究方式的必要性和可行性。中国社会科学杂志社文学部主任、中国社会科学院大学张跣教授则以“人类文明新形态视阈下东方主义再反思”为题,分析了东方主义话语背后的东西方关系对于冲破西方文化霸权,发展一种文明互鉴的历史观所具有的意义,以及人类文明新形态强调主体性的同时尊重差异性的重要价值。南京大学王守仁教授在题为"文明交流互鉴视域下的外国文学研究"的报告中,探讨了百年来外国文学翻译和研究对中国式现代化进程产生的重要影响,主张促进文学观念的更新、文学研究理论与方法的创新,同时融通中外,实现中外文学文化的交流与互鉴,以展现中国发展路径对人类文明新形态构建的贡献。广东广语外贸大学聂珍钊教授在题为"文学的 AI 形态与文学研究的科学转向"中指出,文学 AI 形态的出现推动了文学研究的科学转型,文学与科学的融合需要文学伦理学批评等新理论的支撑和引领,以便将我们从传统伦理羁绊中解脱出来,建构或重构科学的文学理论。华中师范大学苏晖教授则以"比较文学视域下的中非文学交流与互鉴研究"为题,号召学界关注中非文学文化关系,着重探讨中非文学文化的交互影响以及交流和借鉴过程中的经验与教训,并为如何开展相关研究提供了具体指引。

随着对"新文科"讨论的不断深入,跨学科作为其基本特征逐渐成为学界共识。跨学科旨在突破现代分工过细所导致的学科专业壁垒,依托人类整个知识系统,重建文科与其他学科的血脉联系,推动自身学科理念的更新。多位学者就外国文学的跨学科研究,如文学与科学、艺术、戏曲、艺术跨媒介和园林艺术等方面展开探讨。关于文学与科学领域,浙江工商大学蒋承勇教授以"文学何以'科学化'? ——'实验小说'特质与意义之跨学科阐释"为题,以实验小说为例,系统分析了科学对 19 世纪以降的西方文学从观念、题材到表现方法的演变所起的关键作用,阐明了科学对文学的顺向影响。就文学与艺术领域而言,广东外语外贸大学傅修延教授以"丝巾与中国艺术精神"为题,分析了丝巾具有的灵性、自足和超脱等特质,并结合中国古代艺术阐明了丝巾是华夏艺术的象征,是中华文明融合性与包容性的体现。有关文学与戏剧领域,南方科技大学王立新教授以"经典重温:从《赵氏孤儿》到《中国孤儿》——两种思想与艺术观念的对话"为题,分析了伏尔泰对《赵氏孤儿》的创造性改写所采用的文学策略,及其对中国戏曲传统美学观认识上的局限。广东外语外贸大学刘茂生教授则以"文明互鉴与百年中外戏剧交流"为题,从跨文化视角分析了百年来中外戏剧交流互鉴的特质与源流,探究了中外戏剧双向交流互证互补的有效路径。关于文学与艺术跨媒介领域,南京大学何成洲教授在题为"文学与艺术的跨媒介研究"中分析了文学与艺术跨媒介的四种主要类型,并结合多种文艺作品说明了运用跨学科的理论和方法进行跨媒介研究对于创新文艺研究的意义。在文学与园林艺术领域,复旦大学桑德罗·扬(Sandro Jung)教授在题为“从英国18世纪的中国文学景观花园看一种新文明”中,追溯了一座名为“利索斯”的英国景观花园中的中国园林因素如何对威廉·申斯通(William Shenstone, 1714—1763)形成影响,并助其创造出了一种新文明的媒介和文学模式,指出是中国风格帮助申斯通以园林的形式构建了一种新文明的形式和思想框架。

本次研讨会研究范围广泛、视角多维。部分与会专家从具体作家作品或特殊文学现象入手,管窥人类文明进程历史趋向于外国文学研究中的体现。杭州师范大学吴笛教授的报告“从《死魂灵》的体裁之争看作家的跨学科意识”回顾了《死魂灵》究竟是长篇小说还是史诗的体裁之争,认为身为历史学家的果戈理借文学表现社会历史思想,探索俄罗斯民族的发展道路,以及人类文明进程的历史趋向,具有较强的跨学科意识,而“诗”的内涵则体现于作品的艺术结构和思想探索中。河南大学李伟昉教授的报告题为“哈姆莱特延宕内涵再审视”,从新角度揭示了哈姆雷特的延宕特征及其思想内涵,认为莎士比亚借此反映了英国从封建国家向现代民族国家转变过程中对文明和理性的诉求。上海外国语大学王欣教授在题为“基于蒲伯批判的英国前浪漫主义诗学特征”的报告中考察了英国“前浪漫主义”时期转型的具体表征,探讨了英国批评界如何通过挑战和背离蒲伯的批评范式,以呈现“前浪漫主义”的诗学思想和诗学特征。上海外国语大学虞建华教授以“记忆重构与文学研究的重大主题”为题,通过美国历史小说与历史事件的互文比照,揭示了小说家历史书写中的政治介入意图,及其作家担当起的重新记忆、重新书写历史的责任,凸显了艺术虚构在反思历史中的批判功能。杭州师范大学殷企平教授以“‘愉悦’不再愉悦?——重估愉悦价值的必要性”为题,探讨了“愉悦”不再愉悦的复杂成因,分析了重新认识愉悦三大命题的必要性,认为愉悦亦真亦善亦美,关乎个人修养,更关乎人类尊严和命运。

会议闭幕式由杭州师范大学外国语学院副院长孙立春教授主持。中英语言文化比较专业委员会会长周敏教授做大会总结,对与会专家、学者就人类文明新形态与外国文学研究贡献的观点和智慧致予诚挚的敬意和谢意。安徽大学余凝冰教授代表下一届年会承办方致辞,充分肯定本次会议成果,诚邀大家参加来年年会。此次会议也必将成为人类文明新形态与外国文学研究的新起点。

征稿启事

自2007年始,《英美文学研究论丛》每年出版两期,分春季号和秋季号。主要发表与英国文学、美国文学、文学批评理论、英美文学翻译研究、英美文学教学研究相关的论文。热诚欢迎英美文学工作者来稿。

来稿请遵守学术规范,切勿一稿多投。本刊原则上不再刊用两位或两位以上作者合写的稿件。稿件收到后3个月内给予回复。3个月未见回复者,请自行处理。因本刊编辑部人员有限,不能一一办理退稿,恳请理解。

来稿请按照本刊稿件格式要求排版,电子文本请发至:ymwxlc@sina.com。

稿件格式要求

一、来稿请同时提交电子文本和打印文本;

二、来稿文本应包括(1) 中、英文标题;(2) 中、英文摘要(200—250字之间);(3) 中、英文关键词(4—5个);(4) 正文;(5) 作品引用;(6) 作者基本信息(姓名、学位或职称、研究方向、最新主要成果、联系方式);

三、中文字体:(1) 大标题用三号大写白体;小标题用小四号大写白体;(2) 正文:五号宋体;(3) 中文摘要、作品引用:小五号宋体;(4) 脚注由WORD文档自然生成;

四、英文字体:一律使用Times New Roman:(1) 大标题用三号白体;小标题用小四号白体;(2) 正文:五号字体;(3) 英文摘要、作品引用:小五号字体;(4) 脚注由WORD文档自然生成;用阿拉伯数字表示序列;其他语种参照使用;

五、行距:正文用单倍行距,小标题和正文之间上下各空一行;

六、文字引用:(1) 五行以内(不含五行)放在正文中;(2) 五行(包括五行)以上,使用文字块,即左右各缩进2.5个汉语字符;

七、引文出处:使用“双注”标注方式,即“脚注”和“作品引用”:(1) 脚注仅用于对正文内容进行补充说明,不用于标明引文出处；(2)"作品引用"分为(A) 文内标注，即在引文后在圆括号内注明作者和源资料页码，中间空一格，如(李维屏 10)；如引用同一作者的多部作品，则在作者姓名和页码之间加出版时间，出版时间与页码之间用冒号隔开，如(李维屏 2003：10)；(B) 正文后标注：被引用作品按作者姓名拼音字母的顺序排列：

中文专著：姓名：作品名称，出版地点：出版社名称，出版时间。

如：李维屏：《英国小说艺术史》，上海：上海外语教育出版社，2005 年。

英文专著：Last name, first name. book title (italicized). name of city: name of publisher, year of publication.

如：Roth, Philip. *The Plot against America*. Boston and New York: Houghton Mifflin Company, 2004.

中文论文：姓名：作品标题，来源期刊名称，期刊号，起止页码。

如：李维屏："论现代英国小说人物的危机与转型"，《外国语》，2005 年第 5 期，第？—？页。

英文论文：Last name, first name. "title of article." name of journal (italicized) volume number (year of publication): page numbers.

如：Nilsen, Normann. "Malamud's *The Assistant*: A Return to Jewishness? A Note on the Text," *The International Fiction Review* 15. 1 (1988): 44 - 47.

网上资源：Title of database (underlined) (if given). 〈Network address〉(Date of access).

如：中国文学网〈http://www.literature.org.cn/Index.asp〉(accessed 2008 - 6 - 23)。

Braye, Kerry. "Conventions and Genre—Orange are not the only fruit." 〈http://www.kelta webconcepts.com.au/eorangesl.htm〉(accessed Jun. 23, 2008).

八、正文中第一次出现外国人名时，应将相应的外文名称放在其后的圆括号内，并标注该人的生卒年限，如迈克尔·戈尔德(Michael Gold, 1893—1967)；正文中第一次出现国外作品名称时，应将相应的外文名称放在其后的圆括号内，并注明出版时间，如《没钱的犹太人》(*Jews without Money*, 1930)。此后如无特别需要，一律不再进行标注。

九、以上投稿格式要求中没有包括在内的情况请按照 MLA 格式统一规范。(详情请登录上海外国语大学文学研究院网站,并参考“MLA 引用文献的规范”一文,网址:ills.shisu.edu.cn)

十、《英美文学研究论丛》春季号的截稿时间为发稿前一年 7 月底,秋季号的截稿时间为当年 1 月底,截止日期之后发来的稿件一般顺延到下一期。

《英美文学研究论丛》编辑部